天津博物館藏

直報 拾壹

天津古籍出版社

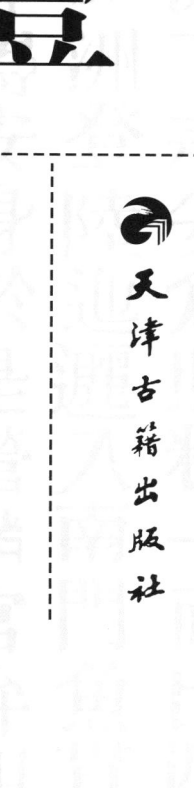

光緒二十四年八月

直報

本館開設天津紫竹林海大道老桑市氣燈房巷內

光緒二十四年八月初一日　此月小建　第一千百七十六號
西歷一千八百九十八年九月十六日　禮拜五

上諭恭錄　戶部奏稿　勸辦江蘇淮徐海賑捐開優獎成案
謹備節貢　不忘武備　日官到京　仗勢欺人
捕役參賊　投水畢命　督轅門抄　清蹕聽籌
屏翰勤王　恭衛南巡　恭迎學使　出洋訪學
靜致課程　逢人說項　津市糧價　巡工告示
粵匪要電　台海颶風　京報全錄　各行告白

上諭恭錄

上諭軍機大臣等議覆袁昶條陳請籌八旗生計等語旗丁生齒日繁徒以格於定例不得在外省經商貿易遂致生計日艱從前富俊松筠沈桂芬均曾籌議及之現當百度維新允宜弛寬其禁俾得各習四民之業以資治生着戶部詳查嘉慶道光年間徙戶開屯計口授田成案切實訂立新章會同八旗都統迅速奏明辦理欽此　上諭軍機大臣等議覆袁昶條陳清理屯田等語屯衛之設昉於明代本所以養兵實邊至國初屯軍次第裁汰惟有漕運省分仍隸衛所乃專爲贍運之計現在漕糧既歸海運衛所半屬虛懸若改衛爲屯徵租充餉於國用不無裨益着兩江湖廣浙江各督撫通飭所屬澈底淸查各衛所屯田地畝實在數目詳定徵租章程迅速奏明請旨辦理欽此　上諭錢應溥奏假期又滿病仍未痊懇恩賞假並派員署缺一摺錢應溥着賞假一個月調理工部尚書着徐樹銘署理欽此

戶部奏稿

戶部謹　奏爲遵　旨議奏事兩江總督劉坤一江蘇巡撫奎俊等奏舉人潘慶琦捐輸鉅欵援案請給優獎一摺光緒二十四年六月十四日奉　硃批該部議奏欽此欽遵由內閣抄出到部查原奏內稱上年江蘇淮徐海各屬災重欵絀經臣等奏請援照湖北等省成案開辦賑捐奉　旨允准在案茲據賑捐局司道詳稱舉人潘慶琦安徽涇縣人由附生中式光緒甲午科江南鄉試舉人係已故南河總督潘錫恩之孫家世行善鄉里著稱茲因淮徐海各屬災重地廣賑務殷繁慨捐銀一萬三千兩當卽兌收解往散放等情詳請具奏優獎前來臣等伏查湖北賑捐成案凡捐實銀至一萬二千兩以上者專摺奏請優獎今該舉人捐實銀至一萬三千兩之多於災區所全實大洵屬善承先志未便沒其好義之忱照新海防例由未揀選舉人加捐道員分發指省試用祗須六成實銀九千九百餘兩該舉人所捐銀數尚多三千兩有奇合無仰懇　天恩俯准將舉人潘慶琦以道員分發指省江蘇試用以昭激勸等語臣等伏查前由內閣抄出兩江總督劉坤一等奏江蘇淮徐海等屬被災請開辦賑捐並請推廣優獎各條等因光緒二十三年十一月二十五日奉　硃批

著照所請戶部知道欽此欽遵行知遵照在案茲據劉坤一等奏稱舉人潘慶琦捐助賑銀一萬三千兩査由未揀選舉人加捐道員分發指省試用祇須六成實銀九千九百餘兩核其所捐銀數尙多三千兩有奇請將該舉人潘慶琦以道員分發指省江蘇試用等因臣等査由未揀選舉人報捐道員分發指省試用應六成實銀九千九百二十七兩該員所捐銀一萬三千兩核計尙屬有盈擬請照新海防例准將該員以道員分發指省江蘇試用俟　命下之日卽由臣部知照吏部繕照封發所有臣等遵議緣由謹恭摺具陳伏乞
皇上聖鑒謹　奏　光緒二十四年七月二十五日具奏奉　旨依議欽此

直隸勸辦江蘇淮徐海賑捐局優獎成案

劉坤一片　再上年淮徐海等屬災重欵絀蒙　恩允准開辦賑捐以資接濟當經飭委分投勸募無如近來各省捐局林立勢成弩末籌集鉅資實非易易査有候選道李徵庸供差天津熟悉捐務經臣札委幫同勸辦該員因見淮徐海等處災情甚重需賑孔殷隨卽籌墊巨欵又復自捐庫平銀一萬三千兩均經先後兌收解往散放現據賑捐局司道詳請　奏獎前來臣査李徵庸四川進士由主事改捐知縣歷任廣東河源香山南海揭陽海陽等縣精明勤惠爲守兼優歷經各督撫臣保薦循良奉　旨嘉獎在案旋捐道員在任候選光緒十六年因捐助順直賑欵萬兩經兼順天府府尹臣祁世長奏保奉　旨在任以道員卽選欽此部議以該員係遇缺先用道員班次已屬極優今又報捐鉅欵應請遇有缺出卽將該員先行選用毋庸另積五缺奉　旨依議欽此又因拏獲鄰省會匪首犯經前兩廣總督臣李瀚章等奏明該員陞階班次均無可加應請量予擢用奉　旨李徵庸著交軍機處記名遇缺簡放等因欽此二十三年因前在南海縣任內延擱刦案經兩廣總督臣譚鍾麟等奏叅降爲通判歸部銓選本年選授山東沂州府通判仍捐陞道員候選並因賑捐獎花翎二品頂戴一品　封典該員歷膺繁要所至有聲見義勇爲不遺餘力且能留心時事於洋務商務均極講求洵爲監司中不可多得之才今又以淮徐海被水成灾捐輸賑銀至一萬三千兩之多於災區裨益不少按照賑捐章程凡捐實銀至一萬二千兩以上者奏請優獎該員所捐銀數有盈無絀合無仰懇　天恩俯准將候選道李徵庸仍以道員遇缺卽選並交軍機處存記遇有道員缺出請旨簡放以爲急公好義者勸出自　逾格鴻施除將該員履歷咨部査照外謹會同江蘇撫臣奎俊附片陳請伏乞　聖鑒訓示謹
奏　光緒二十四年七月十二日奉　硃批着照所請欽此

謹備節貢　○八月初一日爲內務府節貢之期各王大臣俱備奉進者內務府包衣昂邦卽滿洲語大臣也頃聞先期呈進琴栢兩盆桂花山兩座芙蓉花十六盆其餘所呈活計尺頭點心等不暇細記有別名媽媽者進紙花四匣精細絕倫均由他坦達一一登進記單呈　皇太后御覽諒俱收訖分別賞賜有差云

不忘武備　○本朝以武功定天下二百餘年來八旗子弟無不各食口糧按期操練不忘本也七月二十九日各該旗子弟在崇文門外城根演射馬步箭枝約有百餘人無不各盡穿楊之技預備挑缺現功令改習洋槍他日亦必有以此擅長者拭目俟之

日官到京　○七月二十九日順天府尹憲胡芸楣大京兆暨諸大臣由永定門外馬家堡火車站迎接日本前內閣總理大臣侯爵伊藤博文隨員大岡育造　頭本元貞　森泰二郎　時岡茂弘　領事官鄭永昌是日午前在馬家堡入座進茶小酌畢俱乘綠轎進城至前門內御河橋日本公使署中入宴諒不日赴　內廷覲見云

仗勢欺人　○京師前門外珠市口同信恒布店主郝鳴西平日結交要路勾通撞騙仗勢欺人罄竹難書去冬威逼向明臣夫婦服毒身死已列前報茲聞近日因串通高松亭復行撞騙某鉅公銀數千餘兩現經步軍統領衙門將郝鳴西之子郝殿臣責押按律究辦

捕役豢賊　○京城五城所屬地面近日盜案層見疊出其中以南城六鋪爲尤甚按南城六鋪地面捕役窩賊人所共知捕役杜順自知厥咎難辭故於城憲點卯時託故不到經城憲嚴行懲責該役之豢賊情形尚未發覺仍不免狠狽爲奸也

投水畢命　○七月二十八日西直門外樂善園地方某姓婦年貌不過花信而簪珥衣衫亦復齊楚不似小家女面目忽於日落崑崙之際飛奔至高亮橋河岸躍入清流以圖畢命旋卽有人大踏步而至冀圖拯救奈河當漲發倩人鳧水援手已杳無踪影至二

十九日午後尋得屍身則玉殞香消幽魂早赴水府矣緣何傾生之故詢諸跟踪而至者但望洋灑淚不肯遽道隱情焉

督轅門抄 ○八月初一日中堂見 駐紮朝國大臣候補三品京堂徐大人壽明 運司方大人 關道李大人 津道任大人 候補道黃大人建筦 潘大人志俊 柯大人欣榮 竇大人延馨 正任威縣張聯恩 候補縣吳亦琳 王恢善 記名副都統奇克伸布 水師營鄭大人國俊 親軍馬隊楊大人福同 河南儘先叅將李大人葆玉 前阿拉楚哈副都統噶噜岱 馬蘭鎮右營守備鮮俊卿

清蹕聽籌 ○今秋 聖駕幸津所有蹕路經過各舖戶均須懸燈結彩擺設香案跪請 聖安自估衣街及城內南北大街至海光寺一帶聞官場傳說係委江太守槐序照料一切

屏翰勤王 ○昨由省來信云藩憲傳諭宛平通州武清天津各州縣應行恭辦 皇差事宜均隨時稟覆候批遵辦以免臨期貽誤云

恭衛南巡 ○河間協玉協戎崑奉派帶兵三百名來津伺候 皇差一則已紀前報茲聞協戎於八月中浣抵津兵勇駐紮南門外以備站段跪接 聖駕

恭迎學使 ○學憲按臨津郡由京起馬向於蒲口預備茶座迎迓茲學憲定於初二日由京起馬日昨津邑大令已傳諭値差伺候矣

出洋訪學 ○昨登督轅門抄戊戌庶吉士伯太史富甲午編修李太史家駒工部員外楊部郎士燮晉謁中堂茲悉三君爲都中總管大學堂孫中堂奏派赴日本訪大學校一切情形云

靜致課程 ○洪氏靜致廬七月十五日會課前茅甲乙 薛洪基 呂耀辰 劉慶雲 武國楨 杜鴻賓 姜蔭棠 劉現 楊培蔭 周俊元 繆聯奎 楊鳳岡 韓凌 陸大奎 文斌 任化棠 八月初一日會課題 新垣平論 問中國仿行泰西農務利病

逢人說項 ○昨達摩庵孫某見一幼孩神色荒張急忙向前拉住詢問知其爲河東王姓失迷之子比卽留住送到王某家中王亦卽登門叩謝一路逢人輒道孫君誠津門善士後當爲懸匾額以表盛德也

津市糧價 ○七月三十日沿河頭堡西集雜糧行情列後 御河白秋麥十千零五六至九千七八 生米八千四五 紅秋麥十千零四五至十千 小元豆六千二三 春麥十千零六七 元玉米六千五六至六千 眞靑豆八千一二 上河白麥十千零二三至九千七八 白玉米五千七八 吉豆七千五六至七千 花麥九千六七至九千 紅高粱五千 閘河白麥九千七八 黑豆五千二三 元豆七千五六 白黑豆七千一二 芝蔴十二千 茶豆八千一二 元小米八千七八

巡工告示 ○大清署理各口巡工司戴 爲 通行曉諭事照得本巡工司前奉 總稅務司赫 憲箚行以沿海沿江建造鐙塔浮樁等事或係創設或宜改移或有增添或須裁撤營造既有變更務卽隨時彰明出示通曉各處俾得行江海船隻周知徧喻等因茲本巡工司查鎭江關稅務司所屬界內龔家老圩地方向置之鐙杆現經移設合將其情形度勢開列於左 計開 一長江通州龔家老圩地方之北岸向置之鐙杆現因江堤坍塌自原處移設向北四十度東相距約八十丈 爲此合卽遵行出示通曉各處船隻務宜留心詳記以免疎虞勿忘勿忽切切特示 光緒二十四年 七月二十一日 第三百二十七號示

粵匪要電 ○勞打八月三十號來電晉粵督譚現因官軍屢爲西匪挫敗故禁止省中各新聞報爲不許刊登西匪實信噫防民之口甚於防川該督胡未之思也○目下遍傳西匪準於二日內攻破廣州省城故居民甚爲震動黑旗劉淵帥現駐箚北門用資守衛○西匪頭目有張貼僞示一道云目下洋人肆侮虔劉邊陲虐我同人故動義旗誓除斯醜云云○西匪起旗之日在西八月十一號卽華六月二十四日也

台海颶風 ○十九日香港來電言台灣淡水地南於西歷八月二十八號狂風大作毀去口內停泊之沙船八艘溺人至一百

餘名之多至三十號有東洋船名靈西麥曾者下　波心被風連錨吹至口外相近燈塔之旁竟閣于淺又有數船同時遭風捲出不知下落九月一號有海龍輪船由淡水開駛至廈沿海見有大號損壞船隻不計其數當經救起華人十四名詢係美國廣美武帆船中人于八月三十號遭風者所有船中船主夫婦大副以及另有四人均已溺斃殊可慘也

光緒二十四年七月二十九日京報全錄

宮門抄○七月二十九日工部　正白旗值日　無引見　順天學政張英麟請　訓　貴州總兵張紹模謝　恩　大額駙溥倜明安各續假五日　崑中堂桂公鍾公各請假十日　那公續假十日　意公續假二十日　錢應溥續假一個月　嚴復預備　召見火器營奏派蘆溝橋演放炮位　派出敬信　太常寺奏派對引之大臣　派出裕德　召見軍機　張英麟　張紹模　嚴復

○○鹽運使銜道員用候補知府總理各國事務衙門章京劉慶汾謹　呈爲倣照成法印造銅錢通飭各省從速籌辦以濟時艱而紓民困懇乞代　奏事竊維國帑支絀國用浩繁從未有如今之甚者當此財力竭蹷輒向息借洋款息借民款從未有議開利源以補時困是猶汲江河之水絕其源流而飲之飲之雖少日久必端猶用太倉之粟廢其耕作而食之食之雖寡日久必窮至竭至窮終陷饑渴此職所以有動於中而不能已於言者也事至今日迂緩之計莫補時艱空疏之談罔有成效現在惟有速將錢法畧爲變通各省措施盡善不須數年大利頓興職隨使外洋十有餘載每見彼國所鑄銅錢與金銀等錢併行不悖行使之便利益之溥有筆楮所不能殫述者爰就管見所及而畧陳之詳考印造銅錢非第無弊其利有四焉一成本極輕獲利增倍也我國現行各種制錢每一千文畧重七斤左右若以目前每銅百斤價銀二十餘兩之銅鑄之虧本過半倘攙鎔鉛則年號模糊圜法愈壞今改爲當五當十當二十每銅百斤計可得錢八十餘千此較舊法而兩倍其利也一製造甚精分兩無幾可杜作僞而免私鎔也印錢改用機器勒字畫明顯樣式堂皇斷非土爐可以倣造亦非小號機器所可倣摹但每枚既作當五當十當二十分兩自是無幾奸商卽圖毀銷必虧資本此作僞私鎔之弊不禁而自絕者也一錢價劃一則小民厚沾其惠也咸豐同治年間雖有當十當百成法因製造不精民間易於作僞以致各省格不能行今倣其法而改用機器鑄造一面印光緒通寶暨年分省分局名一面印當五當十當二十以及若干枚可換龍洋一元庫銀六錢八分永遵定價卽奸商無可居奇錢價不致昂貴此小民實沾厚惠者也一飭官收用則中飽可除漏巵可杜者也查道光年間所行寶鈔制非民不遵使實由官不肯收以致中止今若改印此項新錢凡民間應納官款數在千文以上者勒令繳納新錢以錢之不僅准零星搭用如此徵收新錢方能流通不窒卽以各省現造龍洋而論其不能周轉使行者一因轉由外省銷行京師勢理不順一因各項用款仍計銀數事照兩歧且劣書蠹役深恐龍洋一行則火耗平餘盡爲烏有是以百計阻撓多方掣肘況　國家米折盡用僅勸商民强而行之其難陽銷勢所必至倘將各省厘稅丁漕薪俸軍餉內外一切正雜各欵凡例納庫銀一兩者改爲龍洋一元五角多寡之數以此類推應請　欽定成案京外一律奉行龍洋自可暢銷銅本亦必廣佈銀銅兩相並用數年再繼紙幣國帑之充可立而待且外國行銷我國洋錢每元內攙銅質數分歲計受此成色之虧不下二百餘萬全倣成法自主利權則外國洋錢進口自少此宗漏巵非特可以補救向來中飽惡習亦可滌除者也職邊隅下士樗櫟庸材寡學淺聞焉敢預謀　國家大計因在洋日久此項利益確見眞知且運會所趨變通損益實處不得不然之勢用是不揣冒昧另將詳細條議抄呈總署敬謹粘圖貼說伏乞察看代奏奉　旨已錄

○○大學士北洋大臣直隸總督奴才榮祿跪　奏爲新建陸軍創設武備學堂現屆二年期滿著有成效援案擇尤酌請獎敘繕單恭摺仰祈　聖鑒事竊維自强之道莫重於練兵莫急於儲將查督練新建陸軍直隸臬司袁世凱自成軍以來卽規仿西制創設同文砲隊步隊馬隊四項武備學堂於所部各營內挑選官兵作爲學生入堂肄習擬定條規兩年彙獎一次稟蒙督辦軍務處批准在案計自光緒二十二年四月初一日開辦起至本年三月底止已屆二年期滿該臬司輪調各生親加考驗所學兵法戰法算學測繪溝壘鎗學砲學操法及德國語言文字均能洞悉窽要日臻精熟該堂月領經費銀六百兩生徒共二百八十餘人所需薪水飯食及購置儀器圖書紙筆雜費等項每月約二千兩不敷甚鉅均由該臬司設法籌措各教習薪資甚薄亦各不辭勞苦認眞課導著有成效而各員中以砲隊學堂監督段祺瑞尤爲出力現屆二年限滿適符定章請獎之期據該臬司袁世凱稟請　奏咨給獎等情前來奴才查泰西各國

於練兵一事無不精益求精現値時事多艱力圖自強陸軍人材以武備學堂爲根本該學生所習各種西法事極繁難均能踴躍向學力求精進此項官兵卽爲豫儲異日將材地步若不予以進身之階實不足以資鼓舞教習員司朝夕督課成就甚廣亦屬著有微勞擬請援照天津武備學堂成案分別獎敘擇其尤爲出力各員及屢考優等學生酌保十六員謹繕清單恭呈 御覽仰懇 天恩俯准照擬給獎以昭激勸除擬保千把以下武弁五十一名咨部註冊並將各員履歷送部外謹恭摺具陳伏乞 皇上聖鑒 訓示謹 奏

奉 硃批着照所請該衙門知道單併發欽此

聲明被竊 啓者予自入育才館以來失物屢見雖稟及監督監督力難周察終亦莫可如何二十九日晚間又失去裕成德銀條兩個二兩一三兩予急往該鋪掛號該鋪主云恐有強橫之徒持票往索鋪主難就沈重予故急於登報此票無論歸之誰手當作爲廢紙可也

劉恩遇啓

頃接山左友人郝希孔兄來信據云東省水災久爲昭著惟今歲黃河決口已知八處災情大異往年澤國之區二十餘州縣計 高苑 博興 樂安 齊東 新城 蒲台 利津 濱州 章邱 歷城 齊河 德雀 禹城 肥城 東阿 范縣 平陰 壽張 陽穀 東平 汶上此二十餘處居民廬舍墳墓盡行漂沒其災民數百萬啼飢號寒無所歸貢思及存無餬口沒無餘地令人傷痛無已現在雖經 大憲多方賑救無奈款項奇絀惠難均霑此等時光若能措款來賑而功德實屬無量云云查本年東魯水災誠甚於昔年無如僕等自庚寅順直被水連年籌辦義賑勸捐一節早成努末徒喚奈何惟謹將郝君來函登諸報章以供 衆覽伏望大善仁人君子慨發慈念往賑災黎則功德不可言量矣僕等不禁爲億兆待斃生靈馨香祝之

津門義賑同人具

施救吞烟 白鴨血及人糞汁皆爲救吞鴨片妙方爲其吐耳然效與不效或未可必茲上洋白藥粉專救吞烟經驗多人萬無一失法用白藥粉一劑加熱水一碗沖藥温服服畢以二人扶之行走不住卽易吐出若遲至半刻不吐再服一劑不吐仍卽再服一劑總以吐淨鴨片毒爲度吐後多飲清水仍令一吐再吐至所吐之水澄清無汚其毒乃盡可慶更生切不可用煤油醬油等方誤灌致傷性命如吞烟後一時取藥不及先以食鹽三錢攪冷水一碗許灌入暫殺其毒以待藥至卽急灌救如吞烟歷時甚久昏迷欲睡此係烟毒已發恐一吐猶未能盡淨必須二人扶之行走另着人用竹竿打其兩腿皮肉務使知痛驚醒終夜不睡睡則難保無虞矣此藥西頭流水溝西河沿立興成糧莊暨金華園西河沿聚豐恒糧店河東十字街西存仁堂樂局中義當東愼修堂闔宅均爲施送合併錄報使遇此事者就近救急 諸善士如欲購捨此粉上海大馬路科發藥房及津郡老德記等大藥房均有價亦甚廉豫備不虞古之善道願我同人勿以小善而不爲也

同人公啓

元茂機器磚瓦公司

本公司仿照西法燒作磚瓦事屬創舉曾經通稟在案該貨堅固異常價値從減並各樣印花磚瓦俱全 賜顧者請至海大道新興南里內本公司面議可也敝處機器購自禮和洋行甚屬靈巧特此並達

魁陞號綢緞洋貨莊

本號自置顧繡綢緞洋貨等物整零均按銀莊格外公道皆比大市價廉發售 寄賣各種貢料大小皮箱漢口水烟袋各種眼鏡龍井雨前紅茶梗 寓天津北門外估衣街五彩號衚衕口坐北向南 士商賜顧者請認本號招牌特此謹啓

啓者昨接上海孫仲英善長來電旋又接到顧緝庭葉澄衷嚴筱舫楊子萱施子英各觀察來電據云江蘇徐海兩屬水災綦重飢民數十萬顚沛流離死亡枕藉災區十餘縣待賑孔急需款甚鉅官款恐未能徧及素仰貴社諸大善長久辦義賑飢溺猶已敬求代呼將伯源源接濟功德無量蒙滙賑款卽滙上海陳家木橋電報總局內籌賑公所收解可也云云伏思同居覆載異姓不啻天親縱隔形骸民物莫非胞與頓遭洪水哀此災荒盡是蒼生何分畛域况救人性命卽積我陰功雖此日拯茲黎庶散盡赤仄靑蚨卜他年報在子孫同來玉堂金馬敝社款無備濟自知獨力難成術欲廣仁惟冀衆擎易舉叩乞 顯官鉅紳仁人君子共憫奇災同施仁術原擬活人無算雖千金之助不爲多但能濟世有功卽百錢之施不爲少盡心籌畫量力輸將敝社不禁爲億萬災黎泥首叩禱也如蒙 慨助卽交天津滙米廠濟生社帳房代收並開付收條以昭徵信

濟生社籌賑同人謹啓

論義快覽

功令改試經義論策新章初立學者苦無佳本本齋舊藏兩田史論兩册世鮮藏本近因同人多來假抄幾有日不暇給之勢爰亟印行以公同好在天津文美齋寄售並各書坊分賣本齋又輯有經義導先集二本皆從前人各文集中廣爲搜羅採擇成帙而以四書精義揭要付其後亦即不日印出由文美齋付售

竹素齋主人白

爲釣叟先生畵潤小啓

予向讀醉翁亭記曰先生之意不在酒而在乎山水之間未嘗不歎古人之高也夫古人往矣而欲求其嗣響追踪彷彿則莫如新會歐陽子行者誠六一先生之遺裔也公少負奇氣嗜酒有家風長徧游名山大川落帋得烟雲生趣求畫者戶履常滿筆禿硯枯客有睨笑其旁者曰甚矣公之勞而費也胡不以潤筆之資作杖頭之助及今請自隗始可乎公笑曰無已其以酒酬我也昔人斗酒百篇畫何獨不然自今請以酒進爰定其數因爲之序

茲湊俚言作潤筆歘

借問先生何所癖　無如醉筆寫丹青
諸君若索先生畫　帋方一尺酒一罇
素絹又當加倍計　扇如團摺釀雙瓶
酒單斟膏糧合　潤筆兼能養性靈

香山襄侯魏宗彌書於潤州客次　寓紫竹林廣永隆號內

石印留書

是書爲明章大力所著四書義章解句釋義理詳明誠善本也准於八月初二日出書

文美齋寄售及各書坊均售

告白

啓者本齋精選五經四書義史論時務策若干首名曰新試四種初編八月初一日在鼓樓北居易堂寄售特此達知

寄鴻齋具

告白

念七日接到　日本國志　東華錄　時務策論法程　陸清獻連六本四書義　四書古註羣義彙解　寄鴻齋寄售五經四書義史論　時務策初一出書　圖註五經體註　歷代史論　東萊博議　大板格致課藝　格致鏡原　中外經濟興國論論　續富國策　洋務自強新論　延年益壽論　中西測地志畧　地理全志　西法策學滙源　洋務備要　餘者來班再錄

天津北門內府署東各報總處紫氣堂仝啓

天后宮北　義興順綢緞莊

本莊自置顧繡綢緞綾羅紗絹哈喇大呢羽綾羽毛各樣花素洋布南貨雅扇桂尉頭油香粉胰皂歸安貝松泉湖筆一概俱全

頭號杭甯綢
頭號摹本緞
紅梅茶　九百六
紅茶　六百四
紅茶梗　二百二
龍井茶　一吊八
每斤
金百
壽棉[illegible]裙布裡每套五兩八
雜色金刀絨每尺五錢五

告白

敬啓者茲因自蓋三層鴻春大樓開設番菜館以來生意稍佳奈因福仙戲園關閉不開兼之敝號生意寥寥故今敝東公議欲將小號出兌出賃均可任便所有店內一切各樣家具等件一併按單點交不悞有願兌賃者務速駕臨敝號面議以免先後自誤可也特此佈聞

海大道鴻春樓主人謹白

新開 天吉齋京靴店

本店開設天津府東門外天后宮前路北門面二間本號專辦京莊上上材料專做京都滿漢朝靴各欵鑲繡插鎖全式名鞋一應俱全貨高價廉士商賜顧者請認明本號招牌庶不致悞本店擇於七月十三日開張

[illegible]

告白

茲因錦衣衛橋正骨科蘇靜軒三先生令孫名蔭棠字子甘少大先生承授家傳跌打損傷接骨等症分此在侯家后歸賈胡同太山菴西開設永生堂藥店自置藥材丸散俱全並家傳筋骨疼痛風寒膏藥蜜藥專治舒筋活血止疼丸散膏丹門診過午不候並施敷藥

同人公啓

京緞零剪　減價售現

零剪

高鴉背	一千三百五
正號元青貢緞每尺	一千四百文
中號元青貢緞每尺	一千一百文
副號元青貢緞每尺	八百八十文
眞杭青金銀庫緞每尺	二千二百文
眞裕順會皮絲烟每包	一千一百文
南京鹹鴨每支（大）	一千八百文
南京鹹鴨每支（小）	一千二百文

寄售（每斤）

龍井	一吊七百文
雨前	一吊一百文
珠蘭	一吊四百文
雀舌	九百六十文
蜂翅	一吊二百文
紅袍	六百四十文
小種	一吊二百文

本號自製元淺京緞整售零剪杭絨衣線官燕金腿南貨糟貨一應俱全近因錢市漲落不同分別減價抑因無恥之徒假冒南味字號者甚多雖云謀利誠恐亂眞欲辨薰蕕用煩褚墨

天津宮北大辮子胡同公益仁記南味坊謹白

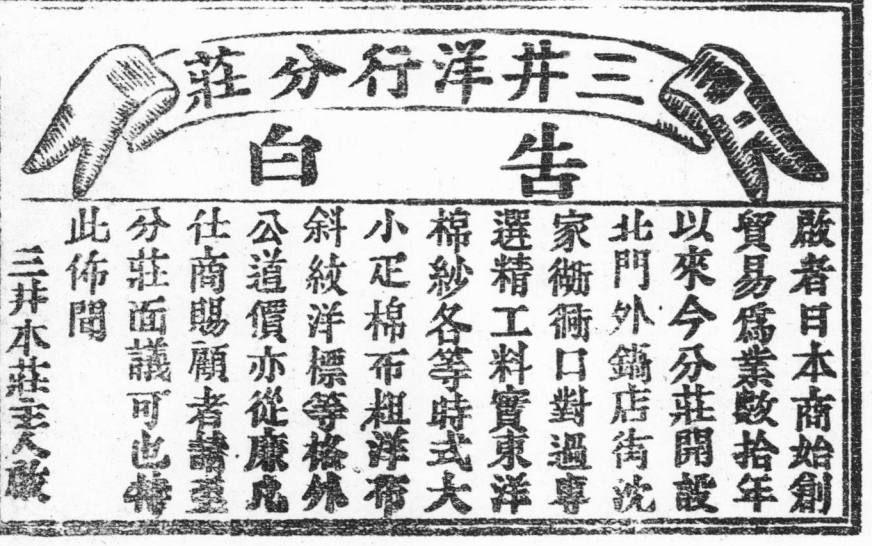

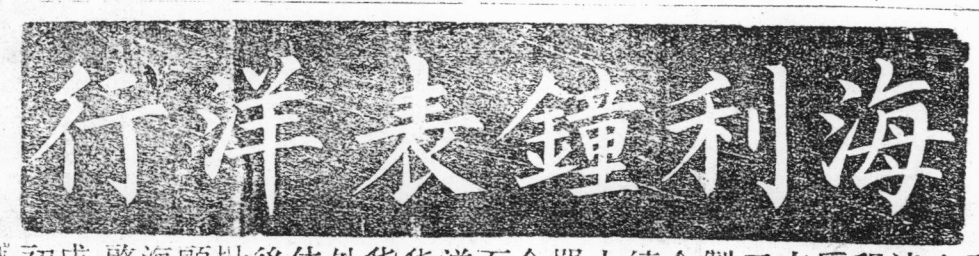

八月初二日出口輪船　禮拜六

新裕　輪船往上海　招商局

新豐　輪船往上海　招商局

八月初三日出口輪船　禮拜日

武昌　輪船往上海　太古行

八月初一日銀洋行情

天津通行九七六錢

銀盤二千三百一十二　洋錢一千六百二十文

紫竹林通行九六錢

銀盤二千三百四十五　洋錢一千六百四十五

洋錢行市七錢一分

直報

光緒二十四年八月初二日　第一千百七十七號
西歷一千八百九十八年九月十七日　禮拜六

上諭恭錄　總局奏稿　同文棄取　督轅門抄
潤及閭閻　觀察北上　差委支應　領事來津
保甲詰盜　上風下草　戀妓忘親　巡工告示
臺地奇災　育才捷徑　洋米滯銷　日界已定
匪黨肆刧　法員勘地　索地又聞　軍機務密
請助被駁　火山頓長　京報全錄　各行告白

上諭恭錄

上諭昨日道旁叩閽之宗室寶珍之妻着交刑部會同宗人府嚴行審訊欽此　上諭耆徵奏假期屆滿病勢加劇懇請開缺一摺吉林副都統耆徵着准其開缺回旗欽此　上諭雲南臨安開廣道員缺着李必昌補授欽此　上諭張英麟奏酌保人才以備任使一摺廣東候補道林賀峒候選道林怡游分省補用知府劉恩駐均着來京預備召見刑部候補主事陳春瀛着該部傳知該員預備召見欽此

奏事處口傳奉　旨嗣後各部院衙門奏事摺匣前後銅什件均要厚重堅固欽此

總局奏稿

欽命礦務鐵路總局謹　奏爲遵　旨設法礦務鐵路總局謹將路礦大畧開局日期並派定司員恭摺仰祈　聖鑒事本年六月十五日奉　上諭鐵路礦務爲時政最要關鍵現在津榆津蘆鐵路早已工竣由山海關至大凌河一帶亦籌欵接辦大段已具礦漠河兩處辦理最爲得法成效已著現在一律推廣惟路礦事務繁重誠恐各省辦法未能畫一或致章程岐出動多窒礙亟應設一總滙之地以一事權著於京師專設礦務鐵路總局特派總理各國事務大臣王文韶張蔭桓專理其事所有開礦築路一切公司事宜俱歸統轄以專責成欽此臣等竊維中國疆圉之廣民物之饒甲於諸洲指日鐵路星羅礦工雲集若漫無歸宿則利未濬而害已潛滋欽奉　諭旨京師專設總局所以保　國權而息紛擾畧如爲國鐵路礦務設部之例經權妙用深佩　聖明此中籌辦之道或商辦或官督商辦官有區別卽中西商合股亦屬商辦與他國國家無涉又鐵路公法凡車載脚價均由政府核定從無公司自定者現在津榆津蘆鐵路車行漸暢而每噸貨物收數幾何上等中等下等客位收數幾何戶部與總理衙門均無案可稽卽車路起訖工程分數開車次數車行時刻車上條規車棧處所車路車棧所占地畝爲官地爲民地並車路車棧車頭車內所用工匠華洋人各幾名客車貨車各幾輛亦均無可考將來蘆漢粤漢甯滬津保四保推而及之他處亦復如是則　國家予公司以莫大利益而公司視相關所謂開鐵路以拓富强者安在也及今整理尚不致叢錯日積不可收拾此鐵路之大畧也至各省礦務漠河開平成效已著漠河

歲解戶部銀約二十萬兩幾經駁查而得而其鑛山界址採礦章程與沙丁畫分四六成生金猶是藏頭露尾黑龍江將軍開鑛又尤而效之無非以距京遙遠驟難稽核自非令和盤托出不足以拓商務而垂久遠又開平煤礦初辦甚疲累近年經理如法出煤日多時或運銷南洋煤質之佳遠勝日本果能推行盡利足爲　國家生財現在商欵若干官欵若干從前兼辦塞門德土能否不致虧本每日每年出煤數目局廠幾處各用華洋人幾名應令據實具復此礦務之大畧也本年山西河南礦務章程經總理衙門核議具奏其第六欵鑛質出井値百抽五仍完出口稅各節於　國帑不無裨益他省煤鋏礦可採照辦理至五金之礦則値百抽五不足以盡之自宜另訂抽收之法以重公帑現在遵　旨設立京師總局臣等先就戶部總理衙門調查擋案分行各省各公司查取現辦章程詳爲核訂請　旨遵行未經奉　旨設局以前無論官商擬欵未確之事均不得作爲定案緣此數年間謀辦路鑛者紛至沓來大都欲得一准辦之據以自爲謀其於　國計民生無與也於路鑛成敗利鈍無與也其所臚舉甚至松竹齋一紙舖亦可擔認八十萬銀貲本江浙鐵路竟有借銀行期票作保驗訖發還僅與該行訂認一次月息空中樓閣百出不窮駁之則叢謗准之則誤公臣等仰維　朝廷設局之意惟當實事求是何敢委曲遷就然此中情形臣等旣有見聞不能不豫爲防範以免魚珠淆混貽笑外人設局伊始端緒甚繁另覓公所恐礦時日現擬就總理衙門西院權爲總局選派提調管股章京先將路礦擋案分別淸釐以憑核辦卽於七月初一日開局一切應辦時宜容臣等隨時商議具奏所有遵　旨設立礦務鐵路總局各緣由謹繕摺具陳伏乞　皇上聖鑒訓示謹奏

同文棄取　○張樵野少司農考試京師同文館學生業已陸續考舉擇其洋文精通輿圖熟悉者每人獎銀四兩幷標堂諭獎勵數語張貼館內以爲勤學者勸其得奬人名列後英文館十五名　劉田海　文　志　金　森　愛　存　馮晉秩　俞文鼎　胡希林　黃　俊　李汝益　梁　煜　梁翹廈　李廣元　鍾　普　何源深　瑞　光○法文館五名唐在復　陳思謙　黃書淦　文　惠　寅　煦○俄文館十二名　郝樹基　成　緒　范緒良　范其光　李純然　張慶桐　李　垣　闞澍恩　彭宗彰　陳瀚　那莫圖　維　昌○德文六名唐德萱　齊宗祜　高運昌　永　祜　李樹蕃　王益謙其學無長進之六兩學生方傳欽戴陳霖著令罰去膏火一半其三兩學生之王松慶海文著令革去膏火

督轅門抄　○八月初二日中堂見　候補道承大人霖　王大人修植　候選道鐸大人洛崙辭回京　署冀州龔壽昌　試用通判胡長年　候補縣程蔭　鄭思賓　郝增祜　已革江蘇題奏道游春澤　特用道張大人鼎祜　候候直隸州蔡紹基　美國商人胡治定

潤及閭閻　○茲奉閣督部堂札飭司道府縣及保甲工程各局所所有將來　鑾輿經過津城內外道路橋梁城垣均宜修整屢誌前報並諭路旁舖戶當如何酌加油飾之處均着司道局所分別承辦

觀察北上　○奏辦津鎭鐵路江蘇候補道容純甫觀察閎自上海來官場傳說爲籌鐵路底欵一節須赴京稟謁胡大京兆於日昨抵津謁見中堂後卽乘火車北上

差委支應　○海防公所改修　宮門各則均登前報茲聞修葺支應局差中堂札委陳刺史以培徐刺史銘勳胡大令良駒張令鐵珊成令鑾麟會同吳太守積翌商議辦理業將公事發下昨已稟知任事矣

領事來津　○本埠英領事司君因病請假前副領事偉君晉頌由烟台領事任內調署來津接署本埠正領事現於西九月十六號卽華八月初一日接任辦事

保甲詰盜　○淸查保甲向在九月間茲因　聖駕將臨事事提前辦理總局憲傳諭各段局員限以八月底一律查淸務須格外認眞從此保甲文員武弁差役必須明查暗訪如有形跡可疑之人卽於册內註明隨時稟報辦理以副中堂整頓地方至意

上風下草　○勿以善小而不爲勿以惡小而爲之上有好者下必甚上有作者下必應君子德風小人德草勢必至理固然也津俗奢華中堂蒞津以來力行禁止卽傳諭不准歛錢賽會募安寺賽會旋止曾紀前報茲悉因會中串通督署某差弁招搖出會事爲中堂所聞立將該差弁斥革驅逐出署並將該寺住持經保甲局員拿獲送案非此雷厲風行誠不足以整頓風俗也

戀妓忘親 ○城內李某以籌賑局書吏致富其子甲乙二人日以花柳爲事某因憤懣遂致痰迷閉一室中赤體仰臥而其子仍游蕩如前不顧父母惟乙尤甚聞乙與某妓有嚙臂盟現已製辦妝奩不日將鴛鴦成對彼赤體仰臥者何以爲情耶

巡工告示 ○大清署理各口巡工司戴爲 通行曉諭事照得本巡工司前奉 總稅務司赫 憲箚行以沿海沿江建造鐙塔浮樁等事或係創設或宜改移或有增添或須裁撤營造既有變更務卽隨時彰明出示通曉各處俾得行江海船隻周知徧喩等因茲本巡工司査瓊海關稅務司所屬界內海南島地方現經查有尖形礁石一塊合將其情形度勢開列於左 計開 一瓊州府海南島之東邊現經查有尖形礁石一塊自東北偏北至西偏南長約五丈一尺寬約一丈二尺於朔望潮落時該礁石之周圍水深約十五丈礁上水深不過五尺該礁名爲樂那礁因光緒十四年間曾有樂那輪船悞觸該樵碰沉是處故卽以此爲名自該樵視東郡山爲北四度二十五分西視淸瀾礮台爲北七十一度二十五分西 以上所開度數均按羅經方向 爲此合卽遵行出示通曉各處船隻務宜留心詳記以免疎虞勿忘勿忽切切特示 光緒二十四年 七月二十一日 第三百二十八號示

臺地奇災 ○臺灣訪事友來函云東歷八月七號臺北鄰近地方風雨爲災慘難筆述自五號日間大雨傾盆迄夜間十一點鐘纔以暴風越兩晝夜始息城內水高二尺房屋全倒者六十四戶半傾者九十三戶壓死人口九名傷者十一名至八號兒玉總督派員詳査統計大稻埕滬尾基隆金包里水返脚錫口士林防橋海乾厝各地方房屋之全倒者一千三百九十二家半傾者七百十六家流失者二十五家浸水者一千零二十四家漂去船隻一百三十三艘船中水手死者八十五人傷者三人至九號復査悉盂押及大稻埕船中死亡者計有六十人傷者十六人是誠可謂奇災矣

育才捷徑 ○昨日武昌官場接到文檄獲悉張香帥擬選幼童千名出赴日本學習各藝刻下先經選得湖北幼童一百人湖南五十人次第赴東以三分之一專習武備餘則分習機器化學歷法等類是亦造就人才之捷徑也

洋米滯銷 ○杭州訪事友人云前者上憲因米粮缺乏派員採購洋米運省設局發售自上月二十七日開局以來每石定價洋銀六員糴米者踵接趾錯擁擠異常嗣有奸民造言生事謂此項米石曾用藥水泡製食之日久必生肺癰等症聞者不察隨聲附和以致往購者不復如前之繁盛兼之連日獲沛甘霖新米價因而漸減各米舖於本月初四日起每石售洋銀五元六角零售每升錢五十八文雖不及洋米之光潔而居民喜其適口亦頗樂從是以各局所售之洋米每日不及十石刻聞洋米每石亦已減去洋銀二角而往購者依舊寥寥誠不知其何故也

日界已定 ○營口訪事友人云自英國索闢租界後俄法繼之日本亦乘機而起現經日員會同華官勘定西營迤西大廟直街西首作爲日本租界會議既定由海防廳咸廼臣司馬傳齊各業主諭令嗣後出售祇准日人購買不得售與別國人惟日商財力未裕不能將地一律購歸須俟數年租界市面方可興旺因恐爲他國捷足爭先故將基址預爲訂定亦未雨綢繆意也

匪黨肆刦 ○廣州訪事友人云石井地方向駐安勇一營附近居民藉資保護前月西匪倡亂由大憲調往防勦以致境內空虛匪黨乘間而入本月初旬有赳赳者十數人明火持械至岡背望岡茶頭黃聖堂四鄉肆行搜刦自去自來如入無人之境鬮黃聖堂一鄉有絲舖數家被刦存貨約値銀二三千兩擄脅鄉人肩荷而行至龍眼洞始遣回每人給以工資八角目下鄉民咸切杞憂擬辦團練以衛閭閻亦未始非補救之一策也

法員勘地 ○廣州博聞報譯法報云法廷委員往雲南踏勘鐵路西六月已行抵府城據稱由蒙自至雲南縣相去祇隔一百六十一英里而地勢高下從首至尾判若霄壤有一千八百英尺然最棘手者猶在通海縣與廣邇縣一路此地相隔僅三里而首尾相去有一千六百四十英尺若經營鐵路非用鑿山穿貫之法恐必須繞道紆迴工費益覺浩繁歷時更須延宕也又聞此委員數人陸續勘路直至川省界而止可知法人立意必欲開廣越南鐵路跨越滇省以展商務也

索地又聞 ○廣州中西報云中國允將福州之臺南一島批與法人茲又聞英人亦在南臺獲佔利權現有英國砲船名連匿在福州稅關對面停泊派委水手在左近測量深淺査探形勢以使具禀駐華英使並說日人於南臺一島亦同沾利益此蹟得諸傳聞

第四頁

然本月十九日有日本署理領事附搭柯斯利火船到福州閩係辦理南臺之事是則此說恐非盡子虛也噫中國邊圉割讓一地又復一地雖曰批租實同荊州之借將來沿邊七省不至盡歸西人恐婪索不已也

軍機務密　○當班美開仗時俄法派員登船樓窺美水師動靜美廷駁之恐美軍機爲俄法窺破將與西班牙定盟其禍非淺

請助被駁　○英國輿地公會擬由澳大利亞洲起程往探南極禀請政府資助首相沙侯批云據禀已悉此舉無關大局且於澳洲亦無甚裨益政府不能給欵云

火山頓長　○意大利西邊有逆湖霧山高約四百英尺此山係二日而成成時甚爲奇異但見四圍之地逐漸升近海水地亦變爲新灘漁人往來灘上見多水族形跡當時考究未精莫解此山何以能繼長增高如此之速今查得其地實因熱氣蒸騰卽火山也其力甚大無從發洩故土質爲熱力所鼓遂凸起成山耳明乎此者可論地學之理

光緒二十四年七月三十日京報全錄

宮門抄○七月三十日內務府　國子監　正紅旗值日　無引　見　徐樹銘謝署工部尚書　恩　崇禮謝抵銷處分　恩　那王續假五日　克王續假十日　徐中堂續假二十日　掌儀司奏初一日祭　奉先殿溥巽行禮　召見軍機　崇禮　楊銳

○○頭品頂戴閩浙總督臣邊寶泉跪　奏爲遵議變通武科章程敬陳管見恭摺仰祈　聖鑒事竊准兵部咨軍機處會同本部議改武科章程並擬定大概章程十條恭錄　諭旨通行各省遵照又咨會議黃槐森改試洋鎗一摺令各省按照兩次原奏逐細參詳熟察情形指陳利弊各抒所見等因先後咨行到閩竊維近來泰西各國專以火器爭長據此而言武備鎗炮之用誠宜急講然禦敵不能不變新章而試士似難盡廢舊法我　朝龍興騎射超越前古滿綠各營將士均以弓馬課其殿最卽八旗文場必先考過騎射方准應試二百餘年遵行弗替誠壹之也武科則騎射外覆試以弓刀石蓋騎射以驗其工候之淺深弓刀石以觀其膂力之强弱果能致遠命中舉重挽强以此呈材效技推之鎗砲亦豈有異術哉近年軍營出力各員率以鎗砲立功而騎射多不如式誠以鎗砲可取辦於臨時弓矢必練習於平日故有習鎗砲而不能長於弓矢者未有習弓矢而不能施放鎗砲者定例武員必打仗受傷始准免騎射而改習鎗砲是槍砲之易於騎射明矣若一律改槍砲則游惰之民粗悍之輩學之數月卽可精熟中的者多將何以第高下而定去取不特此也軍火一項關有例禁練兵貴能合衆之志器械必取其易齊校士貴有出衆之材藝勇必求其特異臣悉心籌度並與在省司道再三商酌擬請嗣後武場除童生人數衆多未經投營過於散漫連同應試營兵均無庸試以槍炮仍照舊章考試外查武科外場地球一項稍嫌其贅似可裁去改試六槍以能中四槍爲合式其餘內外場概請毋庸變更鄉試之前各縣武生卽就近防練各營學習槍法三月始准申送赴省鄉試洋槍軍火由營備辦毋庸本生購買取中武舉再送海口炮台學習三月始准咨送赴京會試之後除授職各員外無論新科舊科已未取中年在三十五歲以內者概須砲台研求槍炮之密察地形之險要攻守之機宜另派教習隨時指授學足三年由炮台統領察看出具切實考語呈報分別進士舉人派發水陸各營哨各官補用如有不常在台練習或不授教誨卽隨時報查黜退如此立法所謂勤教練嚴管束立限制設條規示鼓勵定處分各節均不外是似覺簡易可行不至別滋流弊至鎗砲格式閩省多不齊備未能酌定應由南北洋大臣奏定聽候部議請　旨除須行遵辦外所有遵議變通武科章程緣由是否有當理合恭摺具陳伏乞

皇上聖鑒　訓示施行謹　奏奉　硃批兵部議奏欽此

○○邊寶泉片　再福建省垣城廂內外五方雜處良莠不齊南台倉前山一帶洋房林立巡防彈壓尤關緊要向來南校場駐紮防勇數營自倭防以後因餉絀裁減議有陳字中及福靖前兩旗弁勇共七百餘人近因各國兵船絡繹往來北路之東冲東路羅源之廈門連江之東岱各海口皆可橫插入省人心不免浮動根本重地原駐兵力殊覺過於單薄現在添募弁勇二百六十餘員名將福字中福靖前兩旗改作兩營合作弁勇共一千零一十員名分段巡防按期操練以壯聲勢而靖地方於本年五月十九日題驗成軍起支粮餉據福建善後局司道具詳請　奏前來臣覆查無異除咨部查照立案並將起支餉數日期另行造册咨部外謹附片陳明伏乞　聖鑒

謹　奏奉　硃批該部知道欽此

○○張蔭桓片　再山東屏藩畿輔疆域既廣籌海治河已極緊要近以德法英美教案紛沓稍有疏虞掣動全局固非厚集羣才實心任事不足爲理臣查已革山東濟東泰武臨道張上達河南人熟悉河工久膺艱鉅遇有教案與各國教士周旋不激不隨洞中機竅引疾餘年忽爾遭劾時論惜之又山東候補道黃璣順天人歷辦河工勞苦備嘗其於利津遷民一役尤有條理祇以任事勇往遂爲忌者中傷實非其罪又降補通判臨清直隸州知州陶錫祺江蘇人筮士山東垂三十年有循吏之稱兼管臨清關稅歷年徵收溢額官民無間言辦理冠縣莠民聚衆與德教士爲難一案單騎馳往痛切開導銷患將萌尤爲得法亦以虛疑降黜以上三員山東情形最爲熟諳委以籌海治河中外交涉之事均能得力臣在山東相知素深況値　旁求肫切但値名實相符　朝廷不惜破格錄用擬乞聖恩飭調引　見候　旨錄用此時山東河務方亟抑或　飭下山東撫臣先行檄調各該員赴東差遣俟河工合龍再行送部引　見統俟　聖裁臣爲時事需才起見謹附片陳請伏乞　聖鑒施行謹　奏奉　旨已錄

頃接山左友人郝希孔兄來信據云東省水災久爲昭著惟今歲黃河決口已知八處災情大異往年澤國之區二十餘州縣計　高苑　博興　樂安　齊東　新城　蒲台　利津　濱州　章邱　歷城　齊河　德雀　禹城　肥城　東阿　范縣　平陰　壽張　陽穀　東平　汶上　此二十餘處居民廬舍墳墓盡行漂沒其災民數百萬嗁飢號寒無所歸貲思及存無餬口沒無餘地令人傷痛無已現在雖經　大憲多方賑救無奈款項奇絀惠難均霑此等時光若能措款來賑而功德實屬無量云云查本年東魯水災誠甚於昔年無如僕等自庚寅順直被水連年籌辦義賑勸捐一節早成弩末徒喚奈何惟謹將郝君來函登諸報章以供　衆覽伏望大善仁人君子慨發慈念往賑災黎則功德不可言量矣僕等不禁爲億兆待斃生靈馨香祝之

津門義賑同人具

施救吞烟　白鴨血及人糞汁皆爲救吞鴉片妙方爲其吐耳然效與不效或未可必茲上洋白藥粉專救吞烟經驗多人萬無一失法用白藥粉一劑加熱水一碗冲藥温服服畢以二人扶之行走不住卽易吐出若遲至半刻不吐再服一劑不吐仍卽再服一劑總以吐淨鴉片毒爲度吐後多飲清水仍令一吐再吐至所吐之水澄清無汚其毒乃盡可慶更生切不可用煤油醬油等方誤灌致傷性命如吞烟後一時取藥不及先以食鹽三錢攪冷水碗許灌入暫殺其毒以待藥至卽急灌救如吞烟歷時甚久昏迷欲睡此係烟毒已發恐一吐猶未能盡淨必須二人扶之行走另着人用竹竿打其兩腿皮肉務使知痛驚醒終夜不睡睡則難保無虞矣此藥西頭流水溝西河沿立興成糧莊暨金華園西河沿聚豐恆糧店河東十字街西存仁堂樂局中義當東愼修堂閻宅均爲施送合併錄報使遇此事者就近救急諸善士如欲購捨此粉上海大馬路科發藥房及津郡老德記等大藥房均有價亦甚廉豫備不虞古之善道願我同人勿以小善而不爲也

同人公啓

元茂機器磚瓦公司

本公司仿照西法燒作磚瓦事屬創舉曾經通稟在案該貨堅固異常價値從減並各樣印花磚瓦俱全　賜顧者請至海大道新興南里內本公司面議可也　特此謹啓

魁陞號綢緞洋貨莊

本號自置顧繡綢緞洋貨等物整零均按銀莊格外公道皆比大市價廉發售　寄賣各種眞料大小皮箱漢口水烟袋各種眼鏡龍井雨前紅茶梗　寓天津北門外估衣街五彩號衚衕口坐北向南　士商賜顧者請認本號招牌特此謹啓

啓者昨接上海孫仲英善長來電旋又接到顧緝庭葉澄衷嚴筱舫楊子萱施子英各觀察來電據云江蘇徐海兩屬水災綦重飢民數十萬顚沛流離死亡枕藉災區十餘縣待賑孔急需款甚鉅官款恐未能徧及素仰貴社諸大善長久辦義賑飢溺猶已敬求代呼將伯源源接濟功德無量蒙滙賑款卽滙上海陳家木橋電報總局內籌賑公所收解可也云云伏思同居覆載異姓不啻天親縱隔形骸民物莫非胞與頓遭洪水哀此災荒盡是蒼生何分畛域況救人性命卽積我陰功雖此日拯茲黎庶散盡赤仄靑蚨卜他年報在子孫同來玉堂金馬敝社款無備濟自知獨力難成術欲廣仁惟冀衆擎易舉叩乞　顯官鉅紳仁人君子共憫奇災同施仁術原擬活人無算雖千金之助不爲多但能濟世有功卽百錢之施不爲少盡心籌畫量力輸將敝社不禁爲億萬災黎泥首叩禱也如蒙　慨助卽交天津溜米廠濟生社帳房代收並開付收條以昭徵信

濟生社籌賑同人謹啓

論義快覽

功令改試經義論策新章初立學者苦無佳本本齋舊藏兩田史論兩册世鮮藏本近因同人多來假抄幾有日不暇給之勢爰亟印行以公同好在天津文美齋寄售並各書坊分賣本齋又輯有經義導先集二本皆從前人各文集中廣爲搜羅採擇成帙而以四書精義揭要付其後亦卽不日印出由文美齋付售

竹素齋主人白

爲鈞叟先生書潤小啓

予向讀醉翁亭記曰先生之意不在酒而在乎山水之間未嘗不歎古人之高也夫古人往矣而欲求其嗣響追踪彷彿則莫如新會歐陽子行者誠六一先生之遺裔也　公少負奇氣嗜酒有家風長徧游名山大川落帋得烟雲生趣求畫者戶履常滿筆禿硯枯客有睨笑其旁者曰甚矣　公之勞而費也胡不以潤筆之資作杖頭之助及今請自隗始可乎　公笑曰無已其以酒酬我也昔人斗酒百篇畫何獨不然自今請以酒進爰定其數因爲之序

茲湊俚言作潤筆欵

借問先生何所癖　無如醉筆寫丹青
諸君若索先生畫　帋方一尺酒一罇
素絹又當加倍計　扇如團摺釀雙罏
酒[illegible]斟酌膏糧合　潤筆兼能養性靈

香山襄侯魏宗弼書於潤州客次
寓紫竹林廣永隆號內

石印留書

是書爲明章大力所著四書義章解句釋義理詳明誠善本也准於八月初二日出書

文美齋寄售及各書坊均售

告白

啓者本齋精選五經四書義史論時務策若干首名曰新試四種初編八月初一日在鼓樓北居易堂寄售特此達知

寄鴻齋具

告白

念七日接到　日本國志　東華錄　時務策論法程　陸濤獻連六本四書義　四書古註羣義彙解　寄鴻齋寄售五經四書義史論時務策初一出書　圖註五經體註　歷代史論　東萊博議　大板格致課藝　格致鏡原　中外經濟興國論　續富國策　洋務自强新論　延年益壽論　中西測地志畧　地理全志　西法策學滙源　洋務備要　餘者來班再錄

天津北門內府署東各報總處紫氣堂仝啓

天后宮北　義興順綢緞莊

本莊自置顧繡紗緞綾羅紗絹哈喇大呢羽綾羽毛各樣花素洋布南貨雜扇桂冊頭油香粉胰皂[illegible]安貝松泉湖筆一概俱全

頭號杭甯綢
頭號摹本緞
紅梅茶　每斤九百六
紅茶　六百四
紅茶梗　二百二
龍井茶　一吊八
金百
壽棉襪裙布裡每套五兩八
雜色金刀絨每尺五錢五

告白

敬啓者茲因自蓋三層鴻春大樓開設番菜館以來生意稍佳奈因福仙戲園關閉不開兼之敝號生意寥寥故今敝東公議欲將小號出兌出賃均可任便所有店內一切各樣家具等件一併按單點交不悞有願兌賃者務速駕臨敝號面議以免先後自誤可也特此佈聞

海大道鴻春樓主人謹白

新開　天吉齋京靴店

本店開設天津府東門外天后宮前路北門面二間本號專辦京莊上上材料專做京都滿漢朝靴各欵鑲繡插鎖全式名鞋一應俱全貨高價廉士商賜顧者請認明本號招牌庶不致悞

本店擇於七月十三日開張

本號特白

告白

茲因錦衣衛橋正骨科蘇靜軒三先生令孫名蔭棠字子甘少大先生承授家傳跌打損傷接骨等症分此在侯家后歸賈胡同太山菴西開設永生堂藥店自置藥材丸散俱全並家傳筋骨疼痛風寒膏藥蜜藥專治舒筋活血止疼丸散膏丹門診過午不候並施敷藥

同人公啓

京都　內全盛

本店由京都移來專做全盛齋全樣鑲絨鞋亦有全樣布緞鞋各樣扎拉鎖綉扣鑲花鞋材料與衆不同樣式各外另有眞傳本店今有新添寄賣各樣旗鑾扎花坤鞋亦有鑲花坤靴一應俱全開設在天津府帶河門外樂壺洞北口巷內路北準仕商賜顧者詳認本店字號便是貨眞價實言不二價不悞主顧

本店謹白

聲明被竊

啓者予自入育才館以來失物屢見雖稟及監督監督力難周察終亦莫可如何二十九日晚間又失去裕成德銀條兩個二兩一三兩予急往該鋪掛號該鋪主云恐有強橫之徒持票往索鋪十難就沈重予故急於登報此票無論歸之誰手當作爲廢紙可也

劉恩遇啓

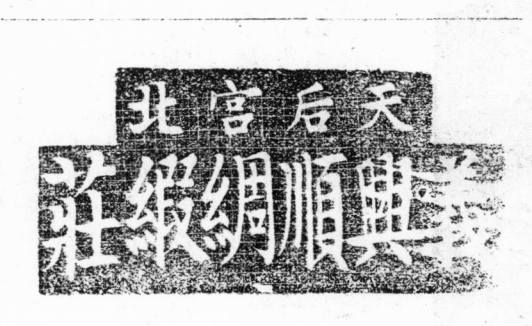

三井洋行分莊告白

啟者日本商始創貿易為業數拾年以來今分莊開設北門外鍋店街洗家衚衕口對過專選精工料實東洋棉紗各等時式大小疋棉布粗洋布斜紋洋標等格外公道價亦從廉凡仕商賜顧者請至分莊面議可也特此佈聞

三井本莊主人啟

天福茶園

特請上洋頭等名角小長奎回津擇日開演

紫竹林法租界三義飯店

本店專做英法葷素大菜並由外洋自運各國上品洋酒各色異味點心罐頭鮮菓食物等類一應俱全本洋樓工程告竣房間寬闊夕時均用氣燈明亮異常貴仕商光顧者或携眷另有雅室亦足稱暢叙幽情矣擇於六月十七日開張至期請郎駕臨賜顧是荷

本主人謹啓

海利鐘表洋行

啟者本行自上海分設天津紫竹林法租界良濟藥房對過女成衣飯店一號二號房內自製新式鐘表金銀表金表練各樣新式大小說話機器耳鳴機器金戒指金鋼石戒指大小洋鏡各樣新貨一應俱全貨好價廉格外公道在此住兩三個月後另造洋房批發諸公光顧請早駕臨海利洋行謹啓

戊戌年八月初二日禮拜六

天福茶園

特請上洋新到

頭等名角

八月初三日晚補演

天娥旦

苦中苦　燒骨計

顯學書塾

浙江蕭山湯伯述先生擬招學徒百人講授策論文字每人每月脩四元每月兩課一策一論三屆期到塾領題三日繳卷三日批改取定甲乙榜示暫時遙授不必往館本塾在海大道直報館旁

紫竹林第一樓番菜館

本號專作英法大菜各色精細點心各樣洋酒洋貨等物一應俱全並售

上　　　　　八百
上　紅茶每斤津錢一千
上　　　　　六百

又批發茂生公司鐵海紙烟零整發售價值格外公道原箱計一百盒價洋一百四十四元每盒計五百支洋一元五角凡仕商賜顧請即駕臨是荷風雨勿阻

主人謹白

福仙承茶園

特請京都新到　特請上洋新到

頭等名角

八月初三日早晚准演

德珺如　韓樂卿　金秀山　劉景雲　香霄旦

忠孝全　戰宛城

探母大青峯寨打嚴嵩董家山

包廂加錢一千文散座每位二百文

同文仁記南紙書局

本局自印耕香館書膾每部價洋二元專辦各種石印書籍精選加高南紙頂細雅扇格外價廉廣天津東門外礦子衚衕本局啟

本局謹啓

減價

今有友人自辦陝西老七每兩津錢五百文新到梁州七每兩津錢五百六十文如蒙賜顧者請到東門內聚隆成寄售

名醫過津

前辦東海關官醫局嚴備九二尹鳳藻日前隨嵩武軍統領孫紹襄軍門到津寓紫竹林春元棧小住數日即赴小站新建陸軍將來能留寓津門則七十二沽中抱采薪憂者當受惠不淺矣

同人全啓

開設紫竹林法國租界北

天福茶園

崇慶名班

特請京都上洋姑蘇山陝等處

各色文武　頭等名角

八月初三日早十二點鐘補演

長祿　崇鵬　十二紅　小三寶　六月鮮　小連仲　姜小五　羊喜壽　白文奎　安桂秋　汪德寶　十四旦　常雅秋　王葶雲　鄭鐵焜　高玉喜　蘇廷奎　李吉瑞　趙斌恒　衆武行

十王府　清風亭　寶蓮燈　錯中錯　准演　雄黃陣

初三日晚七點鐘補演

十七紅　崇芬　十一紅　高玉喜　終德明　姜小五　趙斌恒　蘇廷奎　張長奎　羊喜壽　天娥旦　十二紅　常雅秋　李吉瑞　于報　于景五　草上飛　小香鳳　汪德寶　衆武行

柴桑口　伐東吳　苦中苦　全本　燒骨計　全班合演

代辦各種機器告白

敬啓者余自去歲代辦各種機器業蒙紳商賜顧並無遲悞今又向英國着名大廠代辦各樣紡紗織布造磚炸毛等機器以及各行應用各樣機器零星物件定日交貨不能遲悞如貴行包辦常年機器人工煤料或安設各樣機器價值格外相宜如蒙貴官紳商購買者請至英新租界福仙永茶園看圖面訂可也特此佈聞

簃子卿謹白

八月初三日出口輪船　禮拜日

武昌　輪船往上海　太古行

順和　輪船往上海　怡和行

新豐　輪船往上海　招商局

八月初五日出口輪船　禮拜二

新濟　輪船往上海　招商局

連陞　輪船往上海　怡和行

富平　輪船往上海　礦務局

八月初二日銀洋行情

天津通行九七六錢

銀盤二千三百一十二　洋錢一千六百二十文

紫竹林通行九六錢

銀盤二千三百四十五　洋錢一千六百四十五

洋錢行市七錢一分

開設天津紫竹林海大道旁

福仙茶園

京都永慶成班

特請京都上洋蘇杭山陝等各處

頭等文武名角

八月初三日早十二點鐘開演

劉桂林　李德山　潘桂芳　賈星橋　牛處　小禿紅　沪金紅　海棠紅　霸州紅　十六紅　韓樂卿　德均如　金秀山　劉景雲　嚴寶恒　香霄旦　朱子久　萬斋燈　李殿元　明海山

御林郡　戰蒲關　牧羊卷　富春樓　殺廟　客煩　忠孝全　戰皖城　割髮代首

初三日晚七點鐘開演

潘桂芳　劉桂林　小禿紅　荀靈紅　霸州紅　李殿元　海棠紅　牽呂市　韓樂卿　衆武行　香宵旦　李喜堂　金秀山　劉景雲　周春奎　德均如　賈星橋　陸春蘭　牛處　董度雲

樊城長亭　回龍閣　送灰面　送銀燈　大青峯寨　董家山　打嚴嵩　探母回令

浙紹朱鈍翁先生術嫺心細游津十年屢臨重症均各穩愼近治勞癰膏淋霍亂瘡羅痧並婦科產後小兒喉癰俱喜回春久萬彌勒菴

新開元隆號綢緞洋貨莊

自去歲四月初旬開張以來蒙各主顧垂盼雲集馳名日盛本號特由蘇杭等處加意揀選名機新鮮貨色零整銀價俱照大莊行市公平發售以昭久遠此白

寄賣龍井雨前素茶福建皮絲水烟各種眞料大小皮箱

開設天津府北門外估衣街中路北門面便是

美孚老牌煤油

啓者美國三達煤油公司之德富士老牌煤油天下馳名萬商稱美蓋其質潔色清亮白如銀且絕無烟氣能耐久燃比之生荳等油晶光百倍而儉用價廉此爲德富士老牌之佳處誠屬無雙妙品也士商賜顧請到天津美孚洋行採辦或向就近殷實行店購買庶不致悞

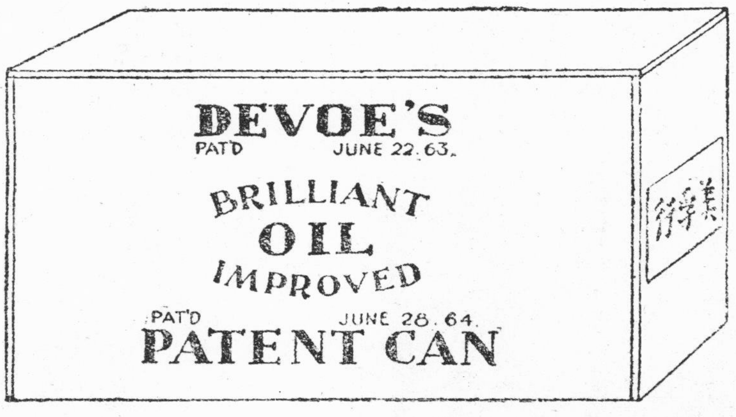

直報

本館開設天津紫竹林海大道老菜市氣燈房巷內

光緒二十四年八月初三日　第一千百七十八號

西歷一千八百九十八年九月十八日　禮拜日

上諭恭錄

上諭現在練兵緊要直隷按察使袁世凱辦事勤奮校練認眞着開缺以侍郎候補責成專辦練兵事務所有應辦事宜着隨時具奏當此時局艱難修明武備實爲第一要務袁世凱惟當勉益加勉切實講求訓練俾成勁旅用副朝廷整飭戎行之至意欽此　上諭翰林院奏代遞庶吉士丁惟魯請編歲入歲出表頒行天下一摺戶部執掌度支近年經用浩繁左支右絀現在力行新政尤須寬籌經費以備支用朕爲古者冢宰制國用量入爲出以審歲計之盈虛近來泰西各國皆有預籌用度之法着戶部將每年出欵入欵分門別類列爲一表按月刊報俾天下咸曉然於國家出入之大計以期節用豐財蔚成康阜朕實有厚望焉欽此　上諭戶部奏代遞主事蔡鎮藩請審官定職以成新政一摺朕詳加披閱除御史規復巡按舊制各關監督改爲關道兩節應毋庸議外其餘所陳各條具有條理深得綜核名實之意可以見諸施行着軍機大臣會同大學士各部院並翰林科道各官詳議具奏欽此

上諭河南開封府知府員缺緊要着該撫於通省知府內揀員調補所遺員缺着壽山補授欽此

保世說

三十年爲一世父子相承亦曰世古者帝王有世紀諸侯有世家備載豐功偉烈與歷傳之久遠以爲祥故創業垂統無不願子子孫孫保世滋大者雖然亦視其培植何如耳聖天子積德累仁應乎天而順乎人釀太和於寰宇乃能建無疆之業奠不拔之基非然者逞雄心勤遠畧專恃兵威相脅迫恐財殫力窮上與下交困卒至見削於他人是紓之而反促之可乎哉三代時禹征有苗湯伐韋顧昆吾宣王用兵於蠻荆玁狁類因不順不恭聲罪致討既服矣從而舍焉未嘗爭地爭城爲拓版圖計故忠厚所留遺用能卜世卜年過其歷而綿延勿替焉秦政崛起西陲肆詐力恣行殺戮誅鋤併吞六國攘據神器將自一世傳之萬萬世不旋踵而道死沙邱關中破敗並故土而失之徒爲天下後世笑漢武承文景後國家殷富將耀武於殊方北討胡南誚越西通道於若沐　柯當時郡縣苦供億士卒困奔走天下騷然不靖藉非輪臺一悔流毒伊於胡底乎降至晉唐以還英君閎創大半恃武功者居多攻城畧地芟刈羣雄輒曰臥榻之下豈

容他人鼾睡卒之旋得旋失不數傳而頓歸削弱鮮有能善其後者佳兵不祥可不戒與試即中國論之嘗伏讀開國方畧癸我 太祖神武天生胸懷多大畧初有遺甲十三副微弱極矣而能修德以聚衆遂滅尼堪外蘭撫有滿洲之地 世祖龍興入關定鼎京師收十八省土地入我版圖 聖祖平三藩撫定內外蒙古凡得地三萬餘里 世宗綏撫藏衛及青海 高宗戡定新疆伊犁等處又共得地四萬里詩所謂日闢國百里不足喻也乃未及百年英人據香港而緬甸暹邏隨之向之修職貢仰册封者不復入王會圖矣日本割琉球而高麗臺灣繼之向之列藩服託庇蔭者改爲自主國矣然猶曰羈縻所及甌脫閒地不足爲輕重也乃未幾而膠澳淪於德未幾而旅大陷於俄未幾而威海租於英撫今思昔强與弱立判天淵國無人耶謀不臧耶抑極盛難繼運會使然耶雖然我 朝之覆轍即他國之前車彼海上爭雄諸强大其亦作持盈保泰之思忽徒長駕遠馭而反忘根本乎環球五部洲名國多矣强且大者約有七焉曰英曰俄曰法曰德曰奧曰義曰美他若荷蘭比利時西班牙葡萄牙類具雄風轄屬地而兼弱攻昧莫不互相吞噬查英國轄地八百四十萬方里五百年前即於諸國稱巨擘而近復逐次開闢又增一千一百萬矣法屬地統計六十六萬方里近則增至三百萬有奇矣德與比與義或五十萬或百餘萬均有增益俄美尙不在此數增式廓而拓輿圖不可謂蒸蒸日上乎然蠶食鯨吞擇肥而噬類攘奪於本洲以外遠隔山陬海澨散漫未能相聯絡地大則治難勢渙則治尤難縱有明君賢宰相圖度維持不至顧此失彼而所置總督領事各官果能經理得人乎經理即云得人斷無意外之虞而傳之後世子若孫果能蒙業而安乎一有蹉跌鞭長莫及將奈之何即不然枝强而本弱反致尾大不掉噬臍之悔何及也乃復貪得無厭覬覦我中華妄作瓜分之議是豈明順逆知進退之老成人所肯出乎亞之與歐也地非同洲人非同種風俗政令俱不能相畫一其不可以泰西之治爲治不得智者而後決也現在通商各口岸教案屢有所聞賴地方官保護彈壓尙復蠢然欲動倘防範偶疏事變更不堪設想當早在諸國洞鑒中矣傳曰相時而動無累後人鄭莊所爲知禮也今東西講信修睦行李往來旣已化干戈爲玉帛但當申明公法作弭兵之計共保太平有違公論而妄啓爭端者衆國共擊之各君其國各子其民相與生養休息保全多少生靈節省多少餉項豈非久安長治之良圖也哉敢以質之泰西諸執政當不以爲老生常談否

分別去留 ○頃聞各部院衙門實缺額外行走人員擇期考試如考取者尙可供職餘具飭令回籍

上達天聽 ○各部院衙門日前聞有裁撤歸併之意現經六部會議定稿於八月初二日專摺具陳上聞至應如何裁撤歸併諒不久即有 綸音下降

請鑄關防 ○欽命礦務鐵路總局片 再現在遵設礦務鐵路總局一切文牘自必繁多應有關防以專責成相應請 旨飭下禮部鑄銅關防一顆其文曰 欽命統轄礦務鐵路總局關防鑄成後咨送臣局俾資鈐用未鑄以前所有應行文件暫借總理衙門關防辦理謹附片陳明伏乞 聖鑒訓示謹 奏

工程報竣 ○南苑內新宮舊宮團河等處工程現已呈報修竣頃聞克郎立豫甫少司農定於八月初五日隨帶司員前往南苑查驗倘有不甚堅固之處即行分派赶緊修理整齊毋許草率云又聞黃村地方修理 御路以備 皇上恭奉 皇太后升火車時俾免道路崎嶇云

小學開辦 ○欽命巡視五城御史爲曉諭事現奉 諭旨開辦學堂先行設立兩處一在西河沿大宛試館一在打磨廠學東會館凡京外舉貢生監京官子弟皆可入學肄業每堂聘請中學教習一人專課四書諸經史鑑內外政治等學華教習一人先課英國語言文字算法輿地其聲光化電諸學陸續加添學生以五十人爲度須通中國文理方准入學仍照各學堂之例每人每月交束修京平足銀二兩先交三個月由本堂代備器具茶水及購買初學洋書等項餘作月課獎賞另議學規章程懸示堂內現將定期開學爲此諭知五城所屬人等如願來學即行取具同鄉京官印結註明年歲籍貫出身報名勿得遲悞切切特示 計開 一學生宜通中國文理雖已讀書識字不解文義者不收 一身家不清無印結者不收取具同鄉京官印結註明年歲籍貫 一吸鴉片烟者不收 一曾在各學堂因犯規辭退者不收 一年在四十以外者不收 一學生五十人爲度多則由中學教習考試分別去取

形迹可疑 ○七月二十九日崇文門外木廠胡同寶豫當內有一人手持首飾一件赴當質錢朝奉因見其人面貌甚兇頗生

疑慮故意挑剔不收其人即口出不遜遂由懷內取出舊首飾一捆均已傷折詢其件數若干答以不知當經盤詰言語支離適南城練勇瞥見形跡可疑暗約勇丁十數名將其人獲住押赴東柳樹井南城練勇局經哨弁嚴刑拷訊尚未吐出實供究從何處所竊俟訪明再錄

磨刀霍霍　○京師宣武門延旺廟街童某冀州人也平素好交游重然諾或以郭解一流目之獨於兄弟間絕無友于情誼以是同母弟兩人皆恨之切齒日昨不識緣何觸怒其弟磨刀霍霍欲得而甘心童見此情形恐遭意外立挽戚友調處以免同室操戈不識果能言歸於好否

督轅門抄　○中堂昨晚見　新授江寧布政司袁昶辭赴京　姚大人文棟　初三日見　關道李大人　戶部員外郎會堂王之杰　通永道沈大人安辭

諭驗兵輪　○大沽砲台工程告竣業已稟知日昨中堂傳諭定於初六日乘小輪船前往驗看並驗前在德國造來停泊沽口之鐵甲海籌海容兵船二隻試駛遲速

委司起卸　○今秋　皇差應行蹕路估衣街城內南北大街至海光寺昨奉辦理　皇差總司委派陳孟威照料並派起卸行李物件均用練軍兵勇云

勞尉勤勞　○昨報登潤色閭閻一則今悉　御蹕道旁各鋪戶及庵觀寺院門面均宜修理油添茲復奉中堂札委天津縣典史勞少尉晉卿催辦一切

栢節將臨　○直隸臬台廷廉訪因有要公來津稟謁督憲於初一日由省起程來津諒三二日內即當戾止矣

改課定章　○刻奉閣督部堂批示天津舉貢王廷瑜等稟云據稟已悉查前奉　諭旨令將大小書院改爲兼習中學西學之學校至於學校等級應以省會之大書院爲高等學郡城書院爲中等學州縣書院爲小學等因欽此當經飭據司道擬將天津集賢書院改爲北洋高等學堂無論本省外省士子均准入選其會文稽古三取三書院改爲天津府中學堂天津縣小學堂各一所學有成就升入高等學堂惟學堂學生額數碍難過多天津人才薈萃每屆應試不下二千人勢不能不兼收應將問津輔仁兩書院改爲學堂變通辦理兼課中西各學庶士子未經選入學堂肄業者亦不致有向隅之嘆業經　奏奉　諭旨允准恭錄分行司道在案問津輔仁兩書院雖已改爲學堂現仍按月考課中西兼試該舉人等亦可赴考毋庸多瀆仰司道查照抄稟批發

示期換季　○諭閭屬滿漢文武官員軍民人等知悉本閣督部堂定於八月十二日換戴暖帽至期一體遵照毋違特示

食蟹宜知　○橙切香黃持螯把酒誠吟壇絕好詩料也惟是已涼天氣食蟹後忌飲涼水倘不小心患即不測近聞津城內外因此致疾者指不勝屈惟金家窰一帶數日間連殤四命可不懼哉猶記紅樓夢中詠食蟹詩云性能寒胃定須薑按蟹性陰寒宜鮮食熱食最忌隔宿冷食人所共知惜貪口腹者習若罔聞可怪也

好色有誠　○高麗四者津之名妓久與少年李乙約爲伉儷而七十鳥以錢樹豐茂決不使拔去根株而少年刻刻在心亦決不甘爲負約聞該少年現在紫竹林某處隱身招集謀士數人日夜籌畫務使人定勝天以期必得好德如色必如此方滿得好字之量至其所畫何策俟訪再佈

西匪亂音　○近日紛紛傳說有謂亂黨不日即犯廣東者故廣州府南番兩縣稟請督撫憲將所有工人充當民兵歸高軍門管轄無事則照常工作倘有意外之虞即聽調遣勦匪云○前月九號有亂黨千餘人攻撲廣西之德順湖彼處向無官兵故得任所欲爲所有鋪戶錢物盡被搜刮一空次日復犯塘岡始被官兵擊退現仍避居德順湖云又傳云西匪另起大股竄擾大干崗於上月念六晚攻陷平南縣城縣主宋大令以身殉城茲據友人來函言平南縣城並未失陷緣大王崗密邇縣城當賊竄陷該崗城中風聲鶴戾草木皆兵宋大令招集民團督率兵勇登陴固守居民陡聞警報紛紜奔避誤傳城陷一時疑以傳疑致有此說惟匪黨現仍竊據桂平紫荊山等處梧州府屬人心震動各銀號皆暫停滙兌粵東商人集議會館團練丁壯以資捍禦甚形嚴密故凡貿易場中與西省有交涉

者莫不心搖搖如懸旌也

氣球新法　○德武備專家藩而過次愛考行軍氣球緩急情形謂造球諸物務取其最輕者球體既輕上昇愈速卽遇風雲天氣亦以速力勝之其球式酌爲更改務使穩正至繫球之繩不用紵麻以鋼絲代之俾球中人與管球人可以得律風通語氣球一物莫要於裝盛炭輕氣一事其氣豐備人乘之雖騰至天半猶如在養氣中蓋球中輕炭氣隨缺隨放不至令人悶損今設法多備炭輕氣兵官於每杪鐘可査知周徑三四十啓羅邁當內地方敵人之舉動

光緒二十四年八月初一日京報全錄

宮門抄○八月初一日理藩院．鑾儀衛　廂白旗値日　無引　見　裕德謝對引大臣　恩　直隸臬司袁世凱到京請　安　曾齡愛隆各續假十日　吏部呈進月官卷　宗人府禮部工部奏派恭送　玉牒　派出怡王薩廉鳳鳴　召見軍機　袁世凱

○○頭品頂戴貴州巡撫臣王毓藻跪　奏爲遵　旨査明據實覆奏恭摺仰祈　聖鑒事竊臣前奉　寄諭密査雲貴總督松蕃臬司興祿營私各節當卽派按察司玉恒帶同候補知府陳惟彥准補龍里縣知縣陳价前往雲南査訪本年五月初二日奏報在案茲據按察使玉恒等査畢回黔逐一具稟陳明據稱原參督臣與臬司興祿朋比營私省城設備選營爲納賄之所一節査設備選營自光緒二十一年五月間定額五十名由營務處及提鎭選察員弁請督臣考驗收入該營酌給薪水備更換管帶之用督臣一切差委尙不徇私索賄査無其事備選營立法甚善行之稍久漸成具文原參委用實署武弁及實署文員及聘山長用紳士皆以賄賂之豐嗇定其人之留去各節査督臣素能有守委用文武各員及聘山長等事査無弊竇惟省城三書院經正院長編修綮昌育材院舉人陳矩植呂尙優五華院長庶吉士羅瑞圖主講十餘年不符人望且交結商紳王熾藉通聲氣爲固位計督臣久未更易士論少之王熾係保舉候選道開設同慶豐票號兼充礦務公司因滙協餉時與官場往還未免囂張原摺所言山長紳士兩層或卽指此原參督臣最寵任門丁王姓張姓假以威福一節査督署家人王升魏喜跟隨多年張升則既逐回督臣頗加約束而私收門包在所不免若暗通苞苴呵斥首府縣査無其事原參信任興祿省城各局皆由興祿把持大抵文報搪塞毫無實際不特不遵　旨裁併局所抑又從而加增一節査督臣蒞任劃界交涉事繁札飭設立洋務局委候補道李必昌總辦李道丁憂後委前雲南府知府興祿總辦保甲事件前撫黃札前臬司湯壽銘總辦旋經督撫會委試用道盧國熙會辦此外並未另設局所卽洋務保甲兩局尙係因時制宜亦非卽興臬司而設原參督臣奉命閱兵旌節所至不問營伍之治亂但以餽送供應之豐儉定官員將弁之優劣及盛輿從肆需索各節査督臣閱兵應帶員弁人等係按向章委派輿從未至過盛原摺所謂餽送需索既未指出何人何事無從査實原參督臣祇知般樂怠傲値歲大旱於省城翠海旁大興土木高建一樓飾儉歲爲豐年名樓曰喜雨日率文武官宴飲其中恒舞酣歌一節査光緒二十一年七月間於翠海海心亭旁建造船亭因久旱得雨名曰喜雨亭督臣於落成時曾宴飲一次並未習以爲常上年六月亭圯已拆之矣原參督臣最喜逢迎令文武官至內署伺候其妾陳氏身故停柩於昭忠祠闔省文武皆素服匍匐弔奠偏收祭禮各節査督臣接見屬遂係屬衆目具瞻之地間因事傳見一二員遂致有伺候內署之謠其妾陳氏身故柩停昭忠祠逢七道場首府縣間往照料原摺所言首府縣及省標六營逐日分班看守照料傳聞之過原參督臣有一愛女呼曰五少爺時常出遊各營武官前呼後擁各節査督臣僅有一女現年十四歲極重愛之上年其妾病故適値督臣巡閱出省女寂寞憂鬱嘗往同鄉興臬司署中散悶細詢省肆商民並未常常出署不見一二品翎頂者肩輿之事亦不聞有官紳女眷帖請宴飲之事謠諑之興似太甚者女生辰並未有送屏帳壽金者傳說貴州鎭總兵黃呈祥曾送金鏡台切實査探知黃總兵與督臣門丁張升等相識不無禮儀往來送金鏡台之說或由此而起實無其事原參滇省密邇強鄰爲外人窺伺最危之地督臣一味因循閑員冗兵不肯裁營操軍械不知變學堂書院不能立地利礦務不欲興各節査督臣蒞任後先後裁兵勇水火夫不下六千名奏報有案邊疆要地兵力尙嫌單薄自難再減惟軍營操械尙仍舊規學堂未立僅於經正書院旁設算學館肄業生無多未能大加整頓自二十二年四月間具奏興辦礦務有武弁梁士偉等認辦石軍等礦各領工本銀數百兩已逾兩年毫無成效亦未追繳工本銀兩原參興祿聲名卑鄙有無別端劣跡亦併　諭飭査懲一節査興臬司但工酬應備選營武弁多出其門下爲求差委不遺餘

力自　簡放迤東道後　奏留省城辦理各局不能核實識字亦無多畫稿筆跡互異圖記亦不同似假手於人未能親理各等情臣逐條詳閱參以文卷虛衷考核備選營既漸成具文應即裁撤免耗公款五華院長庶吉士羅瑞圖不符人望應另選端正之儒爲士林矜式齊紳候選道王熾與宦場往還廣通聲氣殊屬不合應着地方官隨時稽察以後如不安本分從嚴究辦保甲局委臬司總辦是分內事不必另委會辦之員興辦礦務武弁梁士偉饒敏等各領工本數百金既無成效應一律追繳臬司興祿識字無多辦理省城各局不能核實且武弁多出其門下代求差委甚力操守殊不可信似此庸劣殊難勝任請　旨即行革職督臣崧蕃潔清自重雲貴文武官無異辭所參賄賂需索各節查無確據應免議其私收門包之門丁王姓張姓等應由督臣立時驅逐以息物議臣維滇係巖疆於大局極有關繫習洋操以簡軍實設學堂以練人材皆夙運於　聖心本自强之要政聞督臣近亦籌議經理請　旨令其力求振作迅速舉行開邊隅之風氣以紓　九重南顧之憂所有查訪據實覆奏緣由恭摺馳陳伏乞

皇上聖鑒　訓示謹　奏奉　硃批另有旨欽此

頃接山左友人郝希孔兄來信據云東省水災久爲昭著惟今歲黃河決口已知八處災情大異往年澤國之區二十餘州縣計　高苑　博興　樂安　齊東　新城　蒲台　利津　濱州　章邱　歷城　齊河　德雀　禹城　肥城　東阿　范縣　平陰　壽張　陽穀　東平　汶上此二十餘處居民廬舍墳墓盡行漂沒其災民數百萬啼飢號寒無所歸貲思及存無餬口沒無餘地令人傷痛無已現在雖經　大憲多方賑救無奈欵項奇絀惠難均霑此等時光若能措欵來賑而功德實屬無量云云查本年東魯水災誠甚於昔年無如僕等自庚寅順直被水連年籌辦義賑勸捐一節早成弩末徒喚奈何惟謹將郝君來函登諸報章以供　衆覽伏望大善仁人君子慨發慈念往賑災黎則功德不可言量矣僕等不禁爲億兆待斃生靈馨香祝之

津門義賑同人具

施救香烟　白鴨血及人糞汁皆爲救吞鴨片妙方爲其吐耳然效與不效或未可必茲上洋白藥粉專救吞烟經驗多人萬無一失法用白藥粉一劑加熟水一碗冲藥温服服畢以二人扶之行走不住即易吐出若遲至半刻不吐再服一劑不吐仍即再服一劑總以吐淨鴨片毒爲度吐後多飲清水仍令一吐再吐至所吐之水澄清無污其毒乃盡可慶更生切不可用煤油醬油等方誤灌致傷性命如吞烟後一時取藥不及先以食鹽三錢攪冷水碗許灌入暫殺其毒以待藥至即急灌救如吞烟歷時甚久昏迷欲睡此係烟毒已發恐一吐猶未能盡淨必須二人扶之行走另着人用竹竿打其兩腿皮肉務使知痛驚醒終夜不睡睡則難保無虞矣此藥西頭流水溝西河沿立興成糧莊暨金華園西河沿聚豐恒糧店河東十字街西存仁堂樂局中義當東愼修堂閤宅均爲施送台併錄報使遇此事者就近救急諸善士如欲購捨此粉上海大馬路科發藥房及津郡老德記等大藥房均有價亦甚廉豫備不虞古之善道願我同人勿以小善而不爲也

同人公啓

元茂機器磚瓦公司

本公司仿照西法燒作磚瓦事屬創舉曾經通禀在案該貨堅固異常價値從減並各樣印花磚瓦俱全　賜顧者請至海大道新興南里內本公司面議可也　特此謹啓

魁陞號綢緞洋貨莊

本號自置顧繡綢緞洋貨等物整零均按銀莊格外公道皆比大市價廉發售　寄賣各種眞料大小皮箱漢口水烟袋各種眼鏡龍井雨前紅茶梗　寓天津北門外估衣街五彩號衚衕口坐北向南　士商賜顧者請認本號招牌特此謹啓

啓者昨接上海孫仲英善長來電旋又接到顧緝庭葉澄衷嚴筱舫楊子萱施子英各觀察來電據云江蘇徐海兩屬水災綦重飢民數十萬顚沛流離死亡枕籍災區十餘縣待賑孔急需欵甚鉅官欵恐未能徧及素仰貴社諸大善長久辦義賑飢溺猶已敬求代呼將伯源源接濟功德無量蒙滙賑欵即滙上海陳家木橋電報總局內籌賑公所收解可也云云伏思同居覆載異姓不啻天親縱隔形骸民物莫非胞與頓遭洪水哀此災荒盡是蒼生何分畛域況救人性命即積我陰功雖此日拯茲黎庶散盡赤仄青蚨卜他年報在子孫同來玉堂金馬敝社欵無備濟自知獨力難成術欲廣仁惟冀衆擎易舉叩乞　顯宦鉅紳仁人君子共憫奇災同施仁術原擬活人無算雖千金之助不爲多但能濟而有功即百錢之施不爲少盡心籌畫量力輸將敝社不禁爲億萬災黎泥首叩禱也如蒙　慨助即交天津溜米廠濟生社帳房代收並開付收條以昭徵信

濟生社籌賑同人謹啓

論義快覽

功令改試經義論策新章初立學者苦無佳本本齋舊藏兩田史論兩册世鮮藏本近因同人多來假抄幾有日不暇給之勢爰亟印行以公同好在天津文美齋寄售並各書坊分賣本齋又輯有經義導先集二本皆從前人各文集中廣爲搜羅採擇成帙而以四書精義揭要付其後亦即不日印出由文美齋付售

竹素齋主人白

京緞零剪 減價售現

零剪 寄售

高鴉背號元青貢緞每尺 一千三百五
正號 一千四百文
中號 一千一百文
副號 八百八十文
眞杭青金銀庫緞每尺 二千二百文
眞裕順曾皮絲烟每包 一千一百文
南京鹹鴨每支 大 一千八百文 小 一千二百文
龍井 一吊七百文
雨前 一吊一百文
珠蘭 一吊四百文
雀舌 九百六十文
蜂翅 一吊二百文
紅袍 六百四十文
小種 一吊二百文
（茶）每斤

本號自製元選京緞躉售零剪杭綾衣線[illegible]燕金腿南貨精貨一應俱全近因錢市漲落不同分別減價抑因無恥之徒假冒南味字號者甚多雖云謀利誠恐亂眞欲辦韋猶用煩楮鑒

天津宮北大鄉子胡同公益仁記南味坊謹白

告白

啓者本處經理各報月頭一過蒙節甚近所外欠報款及書籍并代登告白錢若干均請擲下均弗多遲日期可應節需君子莫怪

天津各報總處紫氣堂仝啓

告白

靜致廬八月初一日會課陸沛郇部戎宣贈紫豪筆二十枝龍鳳墨二十錠延舒霞太守齡贈詩牋二十合張勛伯大令廣建贈石印書五種

本廬主人登報

石印留書

是書爲明章大力所著四書義章解句釋義理詳明誠善本也准於八月初二日出書

文美齋寄售及各書坊均售

告白

啓者本齋精選五經四書義史論時務策若干首名曰新試四種初編八月初一日在鼓樓北居易堂寄售特此達知

寄鴻齋具

天后宮北 義興順綢緞莊

本莊自置顧繡綢緞綾羅紗絹哈喇大呢羽綾羽毛各樣花素洋布南貨雅扇桂母頭油香粉胰皂歸安貝松泉湖筆一概俱全

頭號杭寧綢
頭號摹本緞
紅梅茶 九百六
紅茶 六百四
紅茶磚 二百二
龍井茶 一吊八
（每斤）
金百獼褶
壽棉布褳每套五兩八
雜色金刀絨每尺五錢五

告白

敬啓者茲因自蓋三層鴻春大樓開設番菜館以來生意稍佳奈因福仙戲園關閉不開兼之敝號生意寥寥故令敝東公議欲將小號出兌出賃均可任便所有店內一切各樣家具等件一併按單點交不悞有願兌賃者務速駕臨敝號面議以免先後自誤可也特此佈聞

海大道鴻春樓主人謹白

告白

啓者澄思齋主人不惜工費聘請四方實學名儒精選各種書籍現因院試在邇未得求全先出四書經各史論時務策名曰改科欣賞集此書係書院前列各士課作迥非選拔古藝者可比准於即月初六日出書俟後別種印齊再爲登告

寄售處 襪子衚衕王宅

新開 天吉齋京靴店

本店開設天津府東門外天后宮前路北門面二間本號專辦京莊上上材料專做京都滿漢朝靴各款鑲繡插鎖全式名鞋一應俱全貨高價廉士商賜顧者請認明本號招牌庶不致悞

本店擇於七月十三日開張

本號特白

告白

茲因錦衣衛橋正骨科蘇靜軒三先生令孫名蔭棠字子甘少大先生承授家傳跌打損傷接骨等症分此在侯家后歸賈胡同太山菴西開設永生堂藥店自置藥材丸散俱全並家傳筋骨疼痛風寒膏藥蜜藥專治舒筋活血止疼丸散膏丹門診過午不候並施敷藥

同人公啓

聲明被竊

啓者予自入育才館以來失物屢見雖稟及監督監督力難周察終亦莫可如何二十九日晚間又失去裕成德銀條兩個二兩一三兩予急往該鋪掛號該鋪主云恐有強橫之徒持票往索鋪主難躭沈重予故急於登報此票無論歸之誰手當作爲廢紙可也

劉恩遇啓

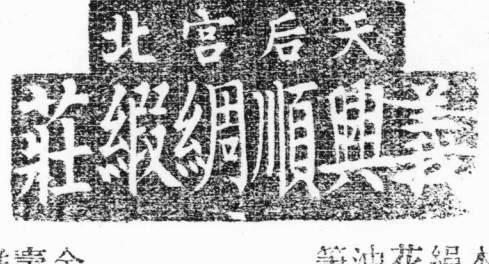

紫竹林法租界 三義飯店

本店專做英法葷素大菜並由外洋自運各國上品洋酒各色異味點心罐頭鮮菓食物等類一應俱全本洋樓工程告竣房間寬闊夕時均用氣燈明亮異常仕商光顧者或携眷另有雅室亦足稱暢叙幽情矣擇於六月十七日開張至期請即駕臨賜顧是荷

本主人謹啓

天福茶園

特請上洋新到

頭等名角

八月初四日晚補演

天娥旦

女起解

福仙承茶園

特請京都新到　特請上洋新到

頭等名角

八月初四日晚准演

德珺如　韓樂卿　金秀山　劉景雲　香霄旦

轅門射戟　鍘美案　富貴圖

包廂加錢一千文散座每位二百文

名醫過津

前辦東海關官醫局嚴備九二尹鳳藻日前隨嵩武軍統領孫紹襄軍門到津寓紫竹林春元棧小住數日卽赴小站新建陸軍將來能留萬津門則七十二沽中抱采薪憂者當受惠不淺矣

同人全啓

三井洋行分莊 告白

啓者日本商始創貿易爲業數拾年以來今分莊開設北門外錦店街洗家衚衕口對過專選精工料實東洋棉紗各等時式大小疋棉布粗洋布斜紋洋標等格外公道價亦從廉凡仕商賜顧者請至分莊面議可也特此佈聞

三井本莊主人啟

天福茶園　特請上洋同津頭等名角　小長奎　擇日開演

海利鍾表洋行

啓者本行自上海分設天津紫竹林法租界良濟藥房對過女成衣飯店一號二號房內自製新式鐘表金銀表金表練各樣新式大小說話機器耳鳴機器金戒指金鋼石戒指大小洋鏡各樣新貨一應俱全貨好價廉格外公道在此住兩三個月後另造棧房批發諸公光顧請早駕臨海利洋行謹啓

戊戌年八月初三日禮拜日

紫竹林 第一樓番菜館

本號專作英法大菜各色精細點心各樣洋酒洋貨等物一應俱全並售

上　　　　　八百

紅茶　每斤津錢一千

上　　　　　六百

又世發茂生公司鐵海紙烟零整發售價值格外公道原箱計一百盒價洋一百四十四元每盒計五百支洋一元五角凡仕商賜顧請即駕臨是荷風雨勿阻

主人謹白

減價

今有友人自辦陝西老土每兩津錢五百文新到梁州土每兩津錢五百六十文如蒙賜顧者請到東門內聚隆成寄售

顯學書塾

浙江蕭山湯伯述先生擬招學徒百人講授策論文字每人月脩四元每月兩課一策一論屆期到塾領題三日繳卷三月批改取定甲乙榜示暫時遙授不必住館本塾在海大道直報館旁

同文仁記南紙書局

本局自印耕香館書賸每部價洋二元專辦各種石印書籍精選加高南紙頂細雅扇格外價廉鹿天津東門外護子衚衕本局啓

本局謹啓

八月初四日出口輪船　禮拜一

順和　輪船往上海　怡和行

八月初五日出口輪船　禮拜二

新濟　輪船往上海　招商局

連陞　輪船往上海　怡和行

富平　輪船往上海　礦務局

八月初三日銀洋行情

天津通行九七六錢

銀盤二千三百一十二　洋錢一千六百二十文

紫竹林通行九六錢

銀盤二千三百四十五　洋錢一千六百四十五

洋錢行市七錢一分

直報

本館開設天津紫竹林海大道老菜市氣燈房巷內

光緒二十四年八月初四日　第一千百七十九號
西歷一千八百九十八年九月十九日　禮拜一

上諭恭錄

上諭劉坤一奏遴保人才一摺江蘇試用道劉恩訓江蘇候補知府柯逢時江西候補知府袁樹勛江蘇候補道丁葆元江蘇候補知州張邦直着該督撫卽飭各該員來京預備召見其另片奏保之河南候補道易順鼎卽着劉坤一傳知該員一併來京預備召見欽此　上諭闊普通武奏敬舉通達時務人才一摺候選道陳日翔刑部主事陳桂芳兵部員外郞祁師曾分發知縣馮寶琳均着預備召見欽此　上諭直隸按察使着周蓮補授福建興泉永道着惲祖祁補授欽此　上諭福建福州府知府員缺緊要着該督於通省知府內揀員調補所遺員缺着王貴補授欽此　上諭福建督糧道着胡廷幹補授欽此　硃筆唐椿森補授刑科掌印給事中欽此　上諭劉坤一奏遴保人才一摺江蘇補用道錢德培特用道阮祖棠記名道羅嘉杰試用道陶森甲候補道沈敦和安徽候補道張佩緒着該督撫卽飭各該員來京預備召見欽此　上諭工部主事康有爲前命其督辦官報局此時聞尚未出京實堪詫異朕深念時艱思得通達時務之人與商治法聞康有爲素日講求是以召見一次令其督辦官報誠以報館爲開民治之本職任不爲不重旣籌有的欵着康有爲迅速前往上海毋得遷延觀望欽此

論農工商局宜防病農

講農工商務者利工利商亦以利農縱俗以工商利厚於農以之求富術速於農苟有術智喜習工商不喜習農必待下愚始操農業致或重工重商不重農不重巳矣未遂病農卽泰西各國向皆重商尤皆重工果能自出新機製器利用該國國家許以專利若干年製其器以爲交易工卽其商商卽其工其器物利工利商亦非不利於農泰西農工商部農工商學農工商會太東取法由致富以致强中國效焉特維新以立政將使農與工商均獲其益開民智濬財源收利權　國家設立總局使大臣總董協同紳士督辦其事宏綱細目固非艸莽愚昧所能知大義所存要不難揣可得其爲富民以富國旣利工商豈病農哉蒙今別有杞憂者竊恐名同而實有不同條敎無殊功效迴異法在太西太東則爲利法在中國則爲弊太西論中國爲弊國君縱勵精圖治臣下痼弊難除法未行弊先生法一行弊

蓋起何也談新政者固不乏激於　國恥痛於弊俗奮志意以誠心實力爲國爲民卽熟習洋務歷辦優差善自爲謀者倘推其自謀秘訣以謀國則欲立立人欲達達人縱不能博施濟衆而能近取譬當無失爲仁善方特恐自是以下入此局者懷利而來習爲貪婪慣於朦蔽諸差由營謀而得諸事期自便身圖藉行新政多設科條鋪張揚厲勉臧其事冀以邀功不問民情不察地利口言變法爲民心則藉法行術苟利於己不恤人言上以訓導爲心下以箝制爲主夫中土新法風氣未開工商人等或寓居於大邑通都或往來於衝衢名鎭其與洋商洋工不無交涉畧知仿彿農民類居僻壤世服先疇其勤而智者如耕耘如收穫惟識舊規惰而愚者其於耕耘收穫失利失機尙多未察驟語新政既多芒昧又涉遲疑成效未覩奉行不力倘加以官役督責紛擾奚似農家械器概皆以粟易來終歲勤動十每九荒卽較數歲核以半歉半豐所餘有幾故其舊存耒耜非積數年節儉不能置備周全一旦舍舊圖新力實難逮縱官不迫以更置而鹽新器者亦必竭其升斗爭購數端爲工者或慣於作僞或製未精良或不諳土宜器乖燕越枉竭農粟供其罔利爲商者勢必稱此機會操奇計贏出貴納賤多增新異以眩愚氓使其失儉朴素風啓機巧妄念工商得農則病矣況官府所延紳士必爲公門出入者流斷非民公舉而至若輩倚官食民向未辨南東其畝更何悉小民所依惟喜得以新法奉公獲厚俸嚇愚賤並得藉以尋閭閻猥瑣魚肉鄉民法中之弊難防法外之弊更有防不勝防者農病何如昔年青苗近年治河是其前鑒又況民事難緩貧家日月閒隙無多人各有職必俟冬藏始有少暇其口衆田寡者秋收不堪給冬飽又必謀爲小負販藉以營生未幾六九春來又當亟謀來歲而所設學堂或在州縣或在郡城誰能於天寒地凍時裹糧赴堂以聽教授卽使有力者能聽教授所授西法如光學電學未必一猝能精至化學所謂收炭氣爲生氣總不除中土糞田諸方所謂牛宜黍羊宜稷者概謂人爲棄我爲取取之多用自宏衆朽聚則精氣生棄者取爲沃土之産衆穢集則釀鬱發剝者復爲田畝所珍卽無西法老農亦解且卽於西法肥田植種諸術學有心得而其田奪於水雖得無用方今川省湖省江左山左徐海畿南巨災待賑者病難救藥孰非患水有地方之責者果欲利農胡先治水果欲治水何不先於下游開口以順朝宗於上游營田以殺暴漲易水害爲水利卽分此設局設學巨欵實力經營行實政以宅哀鴻耶彼談新政者果非懷利而來闢終南以爲功名捷徑乎果能效西人之法效西人之心不欺君亦不欺民乎果爾則誠爲萬家生佛農病將勿藥有喜　國其庶有豸乎凡此情形人所共見人所共知人人可得而言人人不敢直言者何也直言於君君必不罪直言於官官不以此罪而巧以他事加之罪罪且不宥故古今有敢諫之臣少敢言之民痼弊病深千古莫破今何幸我　皇上聖明洞鑒及此皇皇　天語明詔屢頒更以實力堅心四字綜厥旨不知當事諸公將何以副　聖懷而醫民瘼也

孜孜求治　○日前恭奉　諭旨令將近日有關新政　上諭飭各督撫普抄一通懸挂大堂俾得觸目經心已見邸抄頃悉　皇上復令軍機章京將此項硃諭錄成稿本恭呈　乙覽仰見聖人求治之心孜孜不倦有君如此吾儕小人更何懼哉

恭候命下　○日前戶部主事楊楷呈遞條陳並呈進書籍均蒙　皇上留中未經發抄今復聞楊主政又遞條陳一件懇求戶部堂憲代奏此項條陳傳聞係請派大員剿滅粵西會匪之事已於八月初二日列銜代奏恭候命下

搭放龍元　○本屆開放秋俸之期所有在京文武大小官員應領俸銀已於八月初一日開放按照數目搭放廣東省所解龍元三成各衙門業巳照數領訖矣

正黃領米　○按各旗赴倉吃米先滿洲次蒙古次漢軍次步營末宗室包衣按序而領不准紊亂都統不容改期蓋恐此次不領未免挨延時日是以赶緊催請給發此亦體貼人情之一端也正黃旗滿洲甲米例于八月底赴倉支領該固山達印務叅領禀請都統速定日期今由松恩兩都統定於二十四日海運倉驗揀隹米支領云

謄錄傳到　○國史館示傳吏部送到漢謄錄華蘊吳世綸王闓元馮煥圭姚雲詩劉鸞書等六員限於八月初五日午刻取具同鄉京官印結赴館驗到毋違特示

望重楚材　○楚材晉用越劍吳求古誠有之至於俄德等國當變法之初借材異域又更僕難數日前洪主政條陳三策有請　皇上用日相伊藤爲客卿使之以變日者變中不至有阻撓格抑之患言頗諄切第中日人情風俗大不相同幅員又幾十倍日本伊

藤雖賢一薛居州耳語言之不同情性之各異驟使改絃而更張之卽如九州日日新報所載伊相議論華事四條未嘗非救時要政而大銀行無此巨貲士官學堂非日月所能仿校改募勇爲徵兵更非旦夕所能奏功卽使勉强行之尤恐利少害多近日繼洪主政上言者甚衆聞　聖上有延見伊相之說是否前席陳詞日內當有綸音也

噩耗遙傳　○粵西會匪竄擾以黃大中丞奏報不實不能尅期剿除摘去頂戴巳見邸抄茲聞官場傳說現巳電信到京言大中丞星殞未經發抄云云所聞未知確否姑照有聞必錄之例登之以俟續音

明定互結　○欽命武會試提調　出示曉諭事照得本屆各直省會試武舉赴部投文後取具同省同考五人連名互結於兵部過堂日親身投遞以杜頂冒如無互結者不准應試爲此示仰各省應試武舉一體遵照毋違特示

地藏盛會　○都門各舖戶於七月三十日在前門外石頭胡同準提菴廟內捐貲延請龍泉寺戒僧日間禮懺夜放燄口超度幽魂並紙紮車馬船隻焚化錠帛觀者紛紛擁擠有妓女十餘人以燒香爲由勾引狂蜂浪蝶致混混趙三趁人手雜亂之時竟搶去妓女一名經地方捕役將混混等揪獲解送北城坊訊辦

督轅門抄　○八月初四日中堂見　關道李大人　通永道沈大人　張大人鼎祜　本府李大人　候補守備楊常錦　宋春蘭　中堂今早出府拜客

直藩牌示　○署大名縣王維蕃請咨引　見遺缺以准補是缺前委署長垣縣苗玉珂飭赴新任其長垣縣缺以候補縣周世銘署理委署藁城縣訓導李金錫在籍辦理書院繳委遺缺委試用訓導李寶樹署理平谷縣訓導朱奎丁憂遺缺輪委孝廉方正教職沈芝署理

洋務添員　○督署設立洋務總局經中堂札委辦理銜名前報業經詳紀茲因事務殷繁尙恐人數較少照料未周昨又添派數員入局襄辦聞一爲王蕘生一爲譚芝雲一爲聶桐秋一爲邢華褆蓋四觀察皆素悉洋務故也

謝委會辦　○承觀察霖奉中堂札委海防支應局會辦差使昨赴督轅叩謝並稟知入局任事

何故投河　○日昨挂甲寺河中浮起女屍一具地方擬將報官經李某赶往認視蓋其妻也詢悉李某住陳家溝子妻某氏從母家歸甯方回並無口角爭吵情事忽於夜間潛出不知何往初不料其投河云云遂遣人信知母家尙未悉作何辦理

幼女被拐　○城內板橋胡同傳家水舖隔壁闞宅於上月二十七日晚收留幼女一名年十三歲詢悉京師人住南城外崔姓早歲失恃父遠方服賈依祖母過活誤被匪人拐來乘間逃逸云云按京津相距僅二百餘里火車往來甚便如有仁人君子信知其家俾骨肉團聚則功德無量矣

自宮可駭　○河東過街閣王姓子年甫十六七父物故與母度日作小本營生近因生意蕭條未免鬱鬱不樂昨晚自街市回家卽長吁短嘆其母亦不甚介意詎乘人不見竟用刀自宮立卽暈絕母大駭急央人設法療救逾時方甦尙不知能保性命否

洋鎗闖禍　○客自任邱縣來云該縣所屬大尙屯鎭某太監於上月初旬與鄰村某甲爭競袖出洋鎗燃放意圖威嚇詎鎗中裝有子彈當卽應聲斃命經屍屬控官請驗將某帶案審訊不知作何擬辦也

水淹雹打　○子牙河在楊家口地方决口業紀前報茲聞友人言該河上游留各莊橋旁東岸又决口三道各寬數十丈洶湧異常勢難堵築致將該村冲刷大半又滄州某村一帶忽降冰雹大幾等拳幸爲時不久其被災情形尙未訪悉

潤色鐵橋　○院署前鐵橋左右飯舖數家生意皆甚興旺現因　皇差在卽鐵橋口永福興飯舖又添設小竈幷增闢樓房一間與其舊樓通連頗極宏敞前軒臨河帆墻在目把酒談心最爲得地以備隨差員弁一快登臨

津市糧價　○八月初三日沿河頭堡西集雜糧行情列後　御河白秋麥十千零六七至十千　生米八千三四　紅秋麥十千零四五至十千　小元豆六千三四　春麥十千零六七　元玉米六千五六至六千　眞靑豆八千一二三　上河白麥十千零二三至九千六七　白玉米六千三四至五千七八　吉豆七千五六　花麥九千六七至九千　閘河白麥九千七八　黑豆五千三四

元豆七千五六　白黑豆七千二三　芝蔴十二千　茶豆八千一二　元小米八千七八

購米接濟　○蘇垣訪事友人云糶局之設本爲一時權宜之計一俟新穀登場卽須停止撫憲奎中丞愛民如子以爲僅恃各倉積穀恐有不及接濟之勢遂於前月札委陳二尹秉中前赴江西採辦米石現已購就三千石由孟河營孫千戎沿途護送於本月抵省卽詣撫轅稟請銷差

擠斃又聞　○蘇垣訪事友人云自平糶局開設以來貧民爭先恐後以致斃命者時有所聞某日婁門豐備義倉又有倉街某剃頭店老嫗某氏赴局糴米守候已久忽見開門一擁而進竟因年老力衰遽被擠倒隨卽斃命倉中司事覩此情形惻然動念遂爲備棺收殮招其家屬領回埋葬吁慘矣

光緒二十四年八月初二日京報全錄

宮門抄○八月初二日吏部　翰林院　廂紅旗值日　無引見　袁世凱謝開缺以侍郎候補　恩　成勳謝授吉林副都統　恩　徐郙續假十日　周蓮陳春瀛預備　召見　召見軍機　袁世凱　成勳　周蓮　陳春瀛　林旭　皇上明日辦事後由　頤和園還宮

○○頭品頂戴順天府府尹臣胡燏棻跪　奏爲京西運煤鐵路請歸津蘆一路展造以杜外人覬覦恭摺仰祈　聖鑒事竊臣接准總理各國事務衙門先後劄開據西山煤商張慶餘等稟請自集資本專造京西運煤小鐵路刑部候補主事席慶雲請設公司自西山北口起至西口止通築鐵路並就大安山齋堂一帶購礦開煤廣西候補道田良請自蘆溝橋起由房山縣至張家口止設立公司興築鐵路席慶雲田良係借用洋款轇轕尤多其所擬章程有無窒礙應否就已成之路自行展接以免紛歧而收速效行令籌辦聲覆各等因臣當卽傳到煤商張慶雲面詢一切該商係督辦軍務處勇目僅據稱開有煤窰一座其餘列名總商多係書舖散夥核其所集股本四十萬兩毫無把握並據席慶雲田良各呈送所訂借款合同一借義商銀一百二十萬兩一借美商銀一千萬兩臣詳加查核洋商遇有借欵無不審愼再三該員等均非身家殷實之人豈有欵至百數十萬及一千萬絕不加察遽行定議之理核其情節顯與劉鶚方孝傑辦理山西礦務借欵同一用意深恐流弊滋多因卽據實具覆嗣復准總理衙門劄稱西山鐵路有稗煤斤運道令卽妥籌欵項奏明展接等因臣查西山一帶烟煤專備京城炊爨之需祗因向歸駝運費重價昂頗爲居民之累如由蘆溝橋展造至門頭溝路僅四十餘里用欵不過三四十萬尙易措辦臣忝任畿疆責無旁貸相應請　旨飭下總理衙門路礦總局查照立案准由臣處展造京西煤路以杜詭計而擴利源如蒙　俞允當飭洋工程司金達俟月內高粱收割後地勢平敞履勘綫路核估工程一面設法籌欵興辦至張家口一路計有四百餘里需欵甚鉅核計所有運脚特有俄商茶葉駝絨爲大宗現在俄路已准修至大連灣彼路一成各貨勢將改道獲利便難操劵且關十餘萬駝戶生計亦非淺鮮察度情形自可暫從緩議所有請造京西運煤鐵路緣由理合恭摺具陳伏乞　皇上聖鑒謹　奏奉　旨已錄

○○三品頂戴候補四品京堂臣王照跪　奏爲私罪被革之員蒙混列保請　旨辦理事竊臣近閱邸鈔恭讀二十日　上諭張蔭桓另片奏保已革山東濟東泰武臨道張上達山東候補道黃璣降補通判臨清州知州陶錫祺均着開復原官原銜發往山東河工交張汝梅差遣委用俟此次河工事竣由該撫給咨送部引見欽此臣不勝駭異緣張上達黃璣皆人所共知劣迹昭著者也伏查光緒二十年十一月十五日　上諭李秉衡奏參庸劣不職各員一摺山東候補道黃璣攬權納賄聲名狼藉着卽行革職欽此又光緒二十三年三月二十三日　上諭李秉衡奏參開缺道員張上達請旨嚴懲等語開缺山東濟東泰武臨道張上達前充河工總辦憑權藉勢賄賂公行屬員求得差委甘認師生購買樁料等項任意尅扣若不予以嚴懲無以挽回積習張上達着卽行革職以示懲儆該部知道欽此又查李秉衡原參摺內於張上達朋比分贓言之尤晰自悔受其蒙蔽聲明其小有才大吏易受其欺逆料將來必鑽營回東臣竊維李秉衡廉明清正詳於察吏精於綜核歷官各省人無間言但於中外交涉事宜非其所長守舊之流妄事標榜誠爲太過而李秉衡所參貪吏尙未有誤張蔭桓役志於聲色貨利爲外人所輕笑於洋務僅識皮毛今乘　皇上日不暇給之時蒙混保此劣迹昭著之員卽

行開復前此　上諭具在使天下疑　皇上講求新政遂翻然於用人之際不論賢奸不別貪廉從此中人之志節皆隳仕途之痼習愈深張蔭桓苟知時務不應有此其如何懲戒之處出自　聖裁臣受　皇上破格之恩死無以報旣有所見不敢不言伏乞

皇上聖鑒謹　奏奉　旨已錄

〇〇黃槐森片　再定例未經簽仕人員如加捐過班分發簽發各省令該督撫詳加察看試用一年期滿如果才堪勝任卽據實奏明留於該省遇有相當缺出酌量題補等因茲查有試用知府胡傳釗業已試看一年期滿據藩臬兩司出具考語詳請留省照例補用前來臣詳加察看該員胡傳釗精明幹練任事勤能歷奉差委並無貽悞應請留於廣西遇有缺出照例補用除將該員履歷送部外謹會同兩廣總督臣譚鍾麟附片陳明伏乞　聖鑒　訓示謹奏奉　硃批吏部知道欽此

頃接山左友人郝希孔兄來信據云東省水灾久爲昭著惟今歲黃河決口已知八處灾情大異往年澤國之區二十餘州縣

計　高苑　博興　樂安　齊東　新城　蒲台　利津　濱州　章邱　歷城　齊河　德雀　禹城　肥城　東阿　范縣　平陰　壽張　陽穀　東平　汶上

此二十餘處居民廬舍墳墓盡行漂沒其灾民數百萬嗁飢號寒無所歸貴思及存無餬口沒無餘地令人傷痛無已現在雖經大憲多方賑救無奈款項奇絀惠難均霑此等時光若能措款來賑而功德實屬無量云云查本年東魯水灾誠甚於昔年無如僕等自庚寅順直被水連年籌辦義賑勸捐一節早成弩末徒喚奈何惟謹將郝君來函登諸報章以供衆覽伏望大善仁人君子慨發慈念往賑灾黎則功德不可言量矣僕等不禁爲億兆待斃生靈馨香祝之

津門義賑同人具

施救吞烟

鴨血及人糞汁皆爲救吞鴨片妙方爲其吐耳然效與不效或未可必茲上洋白藥粉專救吞烟經驗多人萬無一失法用白藥粉一劑加熟水一碗冲藥溫服服畢以二人扶之行走不住卽易吐出若遲至半刻不吐再服一劑不吐仍卽再服一劑總以吐淨鴨片毒爲度吐後多飲清水仍令一吐再吐至所吐之水澄清無汚其毒乃盡可慶更生切不可用煤油醬油等方誤灌致傷性命如吞烟後一時取藥不及先以食鹽三錢攪冷水一碗許灌入暫殺其毒以待藥至卽急灌救如吞烟歷時甚久昏迷欲睡此係烟毒已發恐一吐猶未能盡淨必須二人扶之行走另着人用竹竿打其兩腿皮肉務使知痛驚醒終夜不睡睡則難保無虞矣此藥西頭流水溝西河沿立興成糧莊暨金華園西河沿聚豐恒糧店河東十字街西存仁堂樂局中義當東愼修堂闔宅均爲施送合併錄報使遇此事者就近救急諸善士如欲購捨此粉上海大馬路科發藥房及津郡老德記等大藥房均有價亦甚廉豫備不虞古之善道亟我同人勿以小善而不爲也

同人公啓

元茂機器磚瓦公司

本公司仿照西法燒作磚瓦事屬創舉曾經通禀在案該貨堅固異常價値從減並各樣印花磚瓦俱全　賜顧者請至海大道新興南里內本公司面議可也　特此謹啓

魁陞號綢緞洋貨莊

本號自置顧繡綢緞洋貨等物整零均按銀莊格外公道者比大市價廉發售　寄賣各種眞料大小皮箱漢口水烟袋各種眼鏡龍井雨前紅茶梗　寓天津北門外估衣街五彩號衚衕口坐北向南　士商賜顧者請認本號招牌特此謹啓

啓者昨接上海孫仲英善長來電並又接到顧緝庭葉澄衷嚴筱舫楊子萱施子英各觀察來電據云江蘇徐海兩屬水災綦重飢民數十萬顚沛流離死亡枕藉災區十餘縣待賑孔急需款甚鉅官款恐未能徧及素仰貴社諸大善長久辦義賑飢溺猶已敬求代呼將伯源源接濟功德無量蒙滙賑款卽滙上海陳家木橋電報總局內籌賑公所收解可也云云伏思同居覆載異姓不啻天親縱隔形骸民物莫非胞與頓遭洪水哀此災荒盡是蒼生何分畛域況救人性命卽積我陰功雖此日拯茲黎庶散盡赤仄青蚨卜他年報在子孫同來玉堂金馬敝社款無備濟自知獨力難成術欲廣仁惟冀衆擎易舉叩乞　顯宦鉅紳仁人君子共憫奇災同施仁術原擬活人無算雖千金之助不爲多但能濟世有功卽百錢之施不爲少盡心籌畫量力輸將敝社不禁爲億萬災黎泥首叩禱也如蒙　慨助卽交天津溜米廠濟生社帳房代收並開付收條以昭徵信

濟生社籌賑同人謹啓

論義快覽

功令改試經義論策新章初立學者苦無佳本本齋舊藏雨田史論兩冊世鮮藏本近因同人多來假抄幾有日不暇給之勢爰亟印行以公同好在天津文美齋寄售並各書坊分賣本齋又輯有經義導先集二本皆從前人各文集中廣爲搜羅採擇成帙而以四書精義揭要付其後亦即日印出由文美齋付售

竹素齋主人白

京緞零剪 減價售現

零剪　寄售

高鴉背 一千三百五
正號元青貢緞每尺 一千四百文
中號 一千一百文
副號 八百八十文
眞杭青金銀庫緞每尺 二千二百文
眞裕順曾皮絲烟每包 一千一百文
南京鹹鴨每支 大一千八百文 小一千二百文
龍井 一吊七百文
雨前 一吊一百文
珠蘭 一吊四百文
雀舌 九百六十文
蜂翅 一吊二百文
紅袍 六百四十文
小種 一吊二百文
每斤

本號自製元淺京緞臺售零剪杭綫衣線作燕金腿南貨糟貨一應俱全近因錢市漲落不同分別減價抑因無恥之徒假冒南味字號者甚多雜云謀利誠恐亂眞欲辦壽藉用煩褚墨 天津宮北大獅子胡同公益仁記南味坊謹白

啓者本處經理各報月頭一過靠節甚近所外欠報款及書籍并代登告白錢若干均請擲下均弗多遲日期可應節需君子莫怪

天津各報總處紫氣堂仝啓

石印留書

是書爲明章大力所著四書義章解句釋義理詳明誠善本也准於八月初二日出書

文美齋寄售及各書坊均售

新式四種

鹽山崔蘭溪孝廉著通齋論義一書博通圓法密議論機宏通詢可爲後學之津梁也工料每本三伯六購取請到天津北門內天津府署東大街各報總處紫氣堂出售

四知齋主人白

告白

靜盧八月初一日會課致陸沛郇部戎宣贈紫豪筆二十枝龍鳳墨二十錠延舒霞太守詩贈二十齡合張勵伯大令廣建贈印書五種石

本盧主人登報

告白

啓者本齋精選五經四書義史論時務策若干首名曰新試四種初編八月初一日在鼓樓北居易堂寄售特此達知

寄鴻齋具

天后宮北 義興順綢緞莊

本莊自置顧繡綢緞綾羅紗
絹哈喇大呢羽綾羽毛各樣
花素洋布南貨雅扇桂母頭
油香粉胰皂歸安貝松泉湖
筆一概俱全
頭號杭寗綢
頭號摹本緞
紅梅茶 九百六
紅茶 每 六百四
紅茶梗 二百二
龍井茶 斤 一吊八
金百
壽棉襉裙布裡每套五兩八
雜色金刀絨每尺五錢五

告白

敬啓者茲因自蓋三層鴻春大樓開設番菜館以來生意稍佳奈因福仙戲園關閉不開兼之敝號生意寥寥故今敝東公議欲將小號出兌出賃均可任便所有店內一切各樣家具等件一併按單點交不悞有願兌賃者務速駕臨敝號面議以免先後自誤可也特此佈聞

海大道鴻春樓主人謹白

告白

啓者澄思齋主人不惜工費聘請四方實學名儒精選各種書籍現因院試在邇未得求全先出四書經各史論時務策名曰改科欣賞集此書係書院前列各士課作迥非選拔古藝者可比准於即月初六日出書俟後別種印齊再爲登告寄售處襪子衚衕王宅

新開 天吉齋京靴店

本店開設天津府東門外天后宮前路北門面二間本號專辦京莊上上材料專做京都滿漢朝靴各款鑲繡插鎖全式名鞋一應俱全貨高價廉士商賜顧者請認明本號招牌庶不致悞 本店擇於七月十三日開張

本號特白

告白

茲因錦衣衛橋正骨科蘇靜軒三先生令孫名蔭棠字子甘少大先生承授家傳跌打損傷接骨等症分此在侯家后歸買胡同太山菴西開設永生堂藥店自置藥材丸散俱全並家傳筋骨疼痛風寒膏藥蜜藥專治舒筋活血止疼丸散膏丹門診過午不候並施敷藥

同人公啓

京都 內全盛

本店由京都移來專做全盛齋全樣鑲絨鞋亦有全樣布緞鞋各樣扎拉鎖綉扣鑲花鞋材料與衆不同樣式各外另有眞傳本店今有新添寄賣各樣旗鑾扎花坤鞋亦有鑲花坤靴一應俱全開設在天津府帶河門外樂壺洞北口巷內路北準仕商賜顧者詳認本店字號便是貨眞價實言不二價不悞主顧

本店謹啓

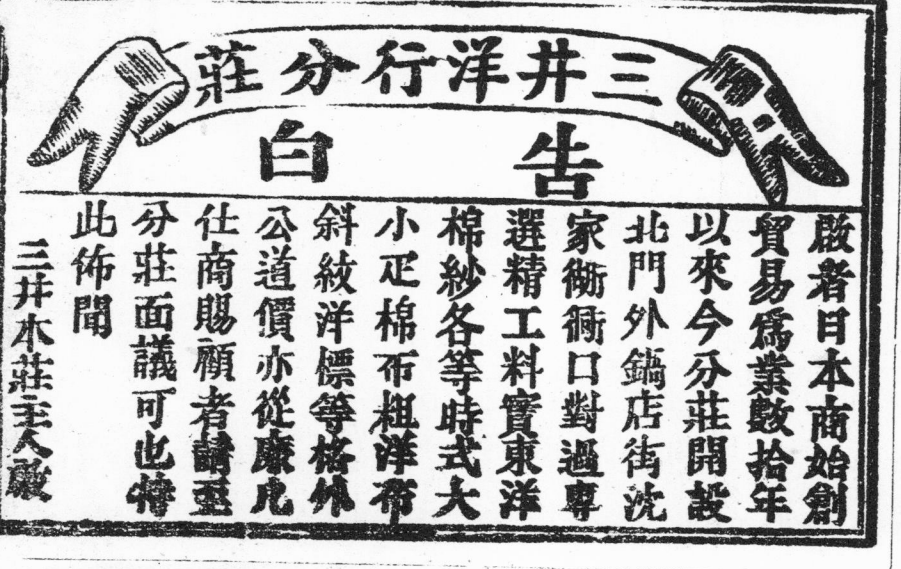

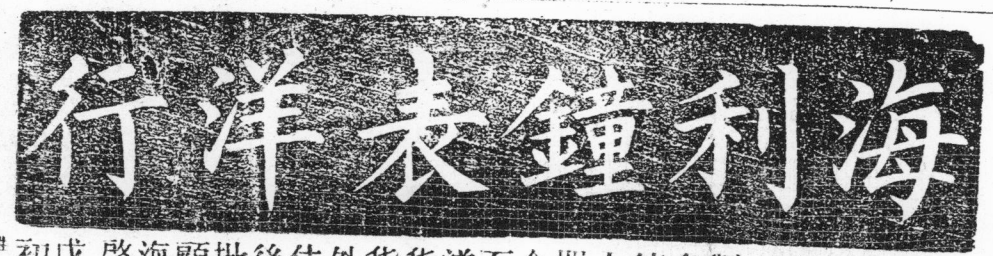

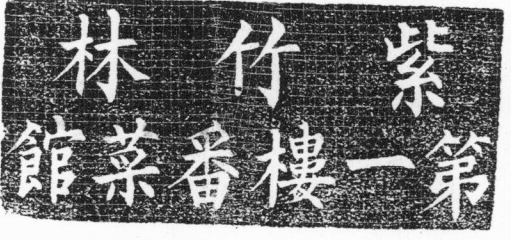

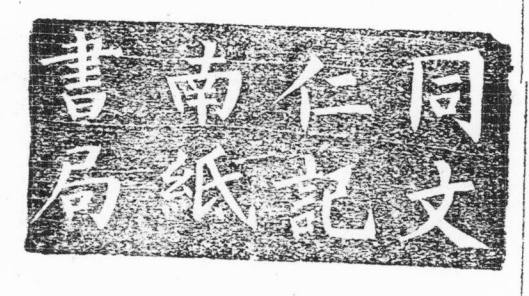

八月初五日出口輪船　禮拜二

新濟　輪船往上海　招商局

連陞　輪船往上海　怡和行

富平　輪船往上海　礦務局

北平　輪船往營口　礦務局

八月初四日銀洋行情

天津通行九七六錢

銀盤二千三百一十二　洋錢一千六百二十文

紫竹林通行九六錢

銀盤二千三百四十五　洋錢一千六百四十五

洋錢行市七錢一分

直報

本館開設天津紫竹林海大道老菜市氣燈房巷內

光緒二十四年八月初五日
西歷一千八百九十八年九月二十日
禮拜二
第一千百八十號

上諭恭錄

上諭陳兆文奏敬舉通達時務人員以供任使等語翰林院庶吉士李稷勳着預備召見欽此

日本必經營南洋乃可立足

吳廣沛劍華

嗟乎日本挾二萬三千五百里方土萃三千四百四十餘萬生齒中立乎數萬里汪洋巨浸環國皆水逐處受攻其殆天生用武國而非守文邦歟或爲策曰英人處西海積三撮土而成島國亦猶日也顧迺兼幷淩跨强莫與爭安見日不復爲東海一英乎今方北撫三韓南割台澎中御中山日長炎炎迹近是已劍華子笑曰未足恃也又有爲日說者曰日方西聯英交北避俄勢魚肉吾華而與各國爲市何敵足患致煩子慮劍華愈哂而不信也則且有攘臂而前陳詞者曰二子豪論猶果蟲螟蛉爭鳴也日本者東方地長義和氏裔也行將背合美邦盟好西致英法奧援北拒强俄以逐鹿乎中原也劍華子則俯膺而嘻曰有是哉子誠善爲日訣也其劇秦美新亞也歟抑桀犬吠堯亞也歟居吾詔汝今夫日古絕國而今孤國也雖迹不與一國連而實則與天下萬國無不鄰者也何則東海汪洋一片水固不能界而畫封各國帆輪所畢至也然而與天下萬國無不隣而又獨不得與一二國毗連以爲隣於是揚　磨牙欲有以爲試其吞幷長技自琉球蝦夷外莫可恣其呑噬者是則天實爲限地實爲靳人力所不得而爭者也今雖南得台疆尚未能安輯底定而顧猶欲北爭高麗夫爭高麗必挑强俄挑强俄必將兵連禍結匪特無益而又有大害是則謀國者甚失計也語云猛士斷臂兵法曰地有所不爭彼伊藤氏其未前聞耶吾以是知伊藤非相才也或者起而難余曰脫如子言讓高麗與北俄俄得高土勢將益張地益與日爲鄰則是延虎自近滋巨敵以偪處東海也將若何余曰否否不然非也夫日卽不以高讓俄而華太一島久讓於俄人北海道已與俄混同江諸部錯處烟波間是亦臥榻側矣奚俟俄得高麗而後成偪處形勢卽令爲日策奇計莫如讓高麗仍還中國消俄人忌解中人恨與中國棄瑕尋好用緩北方兵爭而一志幷力以經營乎台澎台地方二千里礦質滿山物產豐富善理其財不可勝用也厚結其人民悉除苛政而重沛恩澤其懷義眷華怏怏不服者全其孥賄以歸其人官鬻其物產而價留焉悉捐猜詐以誠感民民何不服服則兵亦不可勝

漢斯言
用矣爾乃開各礦刋木材製藥料闢荒谷敎生番設學校通商貨來百工百廢具舉物乃阜而民斯康然後乃建台北爲中都日主徙居
爲增設台澎舟師一以新法講海戰徐添商船翼以兵艘運臺產以通歷南洋大小各島埠貧者賄取弱者兵幷如羅婆洲西里北蘇祿
巴布亞小呂宋蘇門答臘皆數千里數百里巨島殊非彈丸者比也如是以漸蠶食而蟲蝕焉日拓百里而天下不以爲暴利盡南海而
諸侯不以爲貪此秦所以取西蜀也逆計數十年間天下大勢必變變而英俄必爭爭則英將一敗而衰乘其衰敗日則攘其輿斯得里
亞大土而建設南都王復徙居焉然後盡括南洋大小各島設方伯連帥以班爵定海國封建規模大島統中中島統小臂指節制全用
水軍以船炮握要害制敵死命以商貨爲賦稅恤農力耕而以本土三島分封親王建東海屏藩中山則駐水師重兵備東方遊擊夫而
後脫離臥榻偪處患日王乃得高枕而臥治海邦矣矧夫蘇門答臘與星架坡兩海間過峽不過百餘里聲相聞影相接也日既囊括南
洋則建鐵炮臺塞其口扼以水師重兵厚徵西來船貨稅則富莫與敵也總括東南洋特立海國大封建於五大洲君主民主君民共主
間相與支拄而因應斯足爲安身立命無上妙策也已非然者中國射工俄人犧牲耳語云小敵堅大敵禽也胡弗深思而審處哉噫嘻
余本輿亞會中人也中日同爲亞州黃種同倫同文復關脣齒誼故弗辭一得慮竊爲借箸籌三山八道中頗多豪傑英奇士或當無河

體念民依　○皇太后體念民依所有老圃老農藝種各節不憚詳稽密考自七月下旬以來在頤和園玉帶橋側首闢廣場
一區凡打稻磨礱均命在該工作　慈駕開坐躬自督看甚至半日旬留昔　聖祖仁皇帝勤求民隱名其居曰勤稼軒今
皇太后重農課稻洵可與　聖祖後先媲美矣

貢品新奇　○現屆諸王大臣呈進節貢聞所進俱極精美莊親王所呈紙作蓮花花砲更設想新奇以備中秋夕在昆明湖施
放諒是夕月明分外間以大樹銀花廣寒宮當不在天上矣

及時招募　○皇上閱視秋操在邇各項差務異常吃緊現經慶邸招募精壯子弟五千名備作親兵每名每月給口糧銀四兩
五錢其號衣旗幟軍械帳棚等件業於八月初一日開工赶造限於二十一日一律造竣聞所費已不下數萬金矣

荆棘叢生　○東直門地方近聞每日有回民糾約黨羽三五成羣各持洋鎗白晝攔路搶刼並在秋禾蒙密地方囉皂檢拾柴
薪婦女種種不法屈指難數幾至通區要路將斷行人又聞有順義縣鄉民鍾某由鄉來京携帶行李包裹行至東壩迤北龍溝村地方
忽有暴客數人劈面一刀幸躲避甚速未經受傷竟將行李等物刼去彼時只求饒命　思財物幸事哉

梟獍性成　○京師安定門內報恩寺胡同居住汪某年約十八九歲早失怙恃育于祖母有叔久已析爨分居祖母以汪少孤
未免稍形溺愛以致養成梟獍役使祖母恒如奴婢祖母積有錢五十餘千汪索未給遂肆兇毆復加足踢適經鄰人見此兇狀恐其祖
母因傷斃命致干訟累是以用言嚇阻豈料汪怒念肆隨將勸阻者以利刃砍傷六人因傷斃命者三人乃見已闖禍恐擬重罪乘間服
洋藥毒發身死當經該管地面官廳步軍校詳報步軍統領衙門票委北城司帶領吏仵相驗咨送刑部訊辦矣

竈君盛會　○前門外東磚兒胡同灶君廟於八月初一日至初三日舉辦灶君聖誕善會紙紮行中以綢絹糊成各燈彩爭奇
角勝籍籍生新初一日聘請子弟高蹻秧歌扮演漁翁灑網小尼姑下山等齣鬚眉活現情致動人其最可觀者則爲二龍戲珠骨節靈
通首尾相應此亦因滾手圓熟也後有開路神五鬼對叉少林棍雙石頭堆龍頭等藝又有採蓮船一隻陸地行舟扮一二八女郎端坐
其中嫣然手致媚態橫生口唱仙花調等曲楚楚動人長街短巷紅男綠女爭前踴躍先覩爲快迨至會散後婦女等各緩步以歸當擁
擠時有失去幼孩者有遺脫首飾者甚有變嬉笑爲怒罵者噫天下事興盡悲來大都如是何必逞一時歡樂竟忘却下場哉

井有死人　○阜成門外月壇後身某菜園內有井一口碧水澄清深難測底七月三十日忽浮一男屍年約不惑皮膚盡化想
己落井多日衆人設法撈起經總甲赴西城司禀請相驗檢驗屍身有傷不敢收殮抬埋出示招認於八月初一日有一老嫗赴案泣訴
自稱夏氏鄉居京師八里莊死者是其嗣子夫歿無嗣承繼此子日前因負欠羅某京錢二百數十千未償彼此口角經羅某扭我子送
官追究今屍從井撈出身有傷痕乞恩傳羅某到案嚴究以重人命云

督轅門抄　○八月初五日中堂見　提督聶軍門　臬台廷大人雍　候補道王大人修植　承大人霖　法文繙譯李家瑞　法國教士樊國樑

奔走宣勤　○御蹕經行極宜肅靜昨中堂札委江大令宗瀚稽查　御路驅逐閑人差使緣大令精明幹練租界情形熟習將來警蹕必經由租界一帶是以蒙派此差凡事皆得人而理也又陳大令用壎奉總辦　皇差局憲札委照料海光寺行宮工程並鋪墊陳設燈彩等項事宜昨已赴轅稟知並謝委任事矣

豸節來津　○臬台廷廉訪因有要公來津稟謁督憲曾紀昨報茲聞邑尊飭差役預備茶座在薩寶實洋行行轅則在江蘇海運局今日准可抵津

飭速修理　○天津縣典史勞少尉奉委催令舖戶寺宇油飾門面等情已登昨報昨又奉　皇差局憲札飭趕緊催令速辦云

市錢日壞　○近來錢法壞極無以復加合郡錢店攙用私錢每串數幾有半機器局雖開爐鼓鑄無如爲數不多實不足以資周轉頃聞該局又添置爐座加工趕鑄如能日出百萬市面藉以流通未始非調劑閭閻一要道也

酬視竈神　○昨初三日爲竈君神誕津郡大小廚行共計二百餘人在圜津會館演劇祝嘏以答神庥

私樹花旛　○開設烟館久在禁例誠以俾晝作夜最易藏奸也花烟館爲尤甚津埠尙不多覯乃近來西南兩城根多暗藏春色噴雲吐霧卽以品綠題紅致使良家子弟沈溺其中不至傾家敗產不止于世俗大有關繫若非雷厲風行嚴爲禁止風化豈復可問

南洋新政　○南洋大臣奉到　廷寄爲着總理衙門暨南北洋大臣妥籌廣開商埠事宜蓋因某侍御具奏大致以我　國自中東一役割棄臺灣歐西各邦愈形淩侮去年德人佔據膠澳諸外國紛紛效尤英則借我九龍法則索我廣州俄則租我旅順此租一隅彼索一地瓜分豆剖恐無已時宜於中國沿海沿江口岸査明凡可開商埠處所一律開通任東西洋各國擇地通商立埠以免侵奪且某地既經某國開埠通商將來其地若有兵事該通商各國自必力爲保護中國受裨益於無形故朝廷著總署及南北洋大臣籌度情形迅速議覆劉峴帥又奉　諭著先於上海設立農工商務各局次於沿江沿海通商口岸以及人烟輻輳地方一律設局所有各局宜如何籌辦着卽妥議章程咨呈總理各國事務衙門具奏峴帥疊奉　諭旨想必統籌大局切實條奏矣

江寗興學　○金陵訪事友人云大憲前奉　諭旨飭將省垣書院及不載祀典廟宇一律改爲學堂由府憲劉嘉樹太守先査清書院經費每年僅有二萬二千餘金擬先設學堂兩所廟宇尙未清査茲悉上元江寗兩縣暨保甲總局各委員均已奉檄飭將城廂內外所有未載祀典廟宇凡有房屋十餘間者均著於册以便改爲學堂其未及十間廟宇則悉仍舊貫云

紹辦鄉團　○紹興訪事人云新昌縣距郡城二百四十里與台州府天台縣犬牙相錯山深林密向爲土匪出沒近以台州土北包萬生擁衆數百在天台縣關嶺一帶肆行搶刼關嶺貼近新昌東南鄉居民一夕數驚未能安枕因創設民團除每村設團董外所有丁壯編入團册者無事各安農業匪至鳴鑼爲號荷戈禦賊一村有警隣村鳴鑼接應有能殺賊一名者賞給洋銀六十元倘被匪傷給撫卹田五畝創自南鄉由南而東而北而西現在四鄉一律成軍器械精良號令嚴肅七月十八日擬請邑尊侯緯辰大令閱視聞某日在新昌天台交界靑芝嶺與台匪接仗鏖戰兩時台匪力絀向山谷中奔逸迄今未見動靜想已遠颺矣

閩垣缺米　○福州訪事友人云自五月間米價奇昂後民心惶惶幾有不克終日之勢幸經官紳設法平糶藉濟民艱嗣經善後局提調秦子質太守稟明上憲委柴蘭谷司馬赴湘採辦詎料湘民意存遏糴見是處某號錢米舖係太守昆玉所開率爾遷怒搗毀一空並糾衆至縣署肆行吵鬧迨司馬購得若干石運閩已延擱一月之久以致氣味畧有蒸變現在估計此項米石連運腳每石約需銀三兩半然市工只値錢四千文之譜共計應虧萬金辦事之難不於此可見乎○福州非產米之區所有民食向資溪海接濟不料近有一種奸商反將本郡所產之米販運出口現經上憲訪聞已檄令黃大令逢年前往長門瑄頭一帶査察矣

福寗鬧荒　○福州訪事人云福甯離省會不遠近因米價昂貴民心皇皇致有滋鬧情事管帶某營官周協戎飭弁馳往勸諭衆咸不服將弁毆傷幾釀大變署福寗鎭洪梓靑鎭戎遂親往辦理諒不致有意外之變矣

遣儲赴俄　○倫敦郵報云據俄京消息暹羅儲君擬充俄國武員藉資學習武備按各國通例各國王均再充別國武職今暹王遣儲貳赴俄學習足見勵精圖治云

英得新島　○日本郵報云英國屬土富甲天下水師雄冠各國茲閱輿地西報言英國兵船和那路近游太平洋迤西一帶尋得小島一處鳥迹獸蹄交徧島內山深林密杳無居人說者謂此島銅礦甚多果爾則英人又增一銀窟矣

考究地影　○本司科新聞報云大地垂影天文家各抒已見論說不一今美國天文家又稱地影當天朗氣清時形如紅霧日出入前一小時可見朝東夕西又謂其影又若濃雲其實非雲非霧譬有明星位居日月對面卽能輝煌燦爛亦此理也其未見此雲此霧者卽未有如此議論云

光緒二十四年八月初三日京報全錄

宮門抄○八月初三日戶部　正藍旗值日無引　見　恩公假滿請安　周蓮謝授直隸臬司恩　玉貴謝授福建遺缺知府恩　濂貝勤續假五日　鈕楞額請假五日　李端棻請假十日　德壽錫露各續假十日　鍾亮續假一個月　召見軍機　周蓮　玉貴

○○臣孫家鼐跪　奏爲遵　旨議奏事本月二十日內閣奉　上諭翰林院侍讀學士徐致靖奏冗官既裁酌置散卿以廣登進一摺着孫家鼐妥速議奏欽此查原奏內稱自古設官有行政之官有議政之官行政之官不可冗議政之官不厭多歷引三代至唐宋以來故事欲仿其制定立三四五品卿翰林院衙門定立三四五六品學士不限員不支俸等語臣竊謂國家積弊惟在敷衍顢頇事無大小多以苟且塞責了之如能詳細推尋多方討論必不致百爲叢錯遺誤至今徐致靖謂議政之官不厭多蓋欲　皇上廣集衆思卽藉以留心賢俊此求賢審官之至意也苟能行之必有裨益擬請准如所奏辦理抑臣更有請者議政之官固不厭多聽言之道尤當致愼之大知固由好問好察尤在執兩用中蓋問察難而用中最難也夫發言盈廷則是非各執其言或似是而實非或似非而實是精擇審處不使賢否混淆惟賴我　皇上聖智聰明斯國勢可强而天下蒙福矣其原奏所稱定立三四五品卿以備列大夫之職翰林院衙門定立三四五六品學士以備散學士之職此項卿員學士遇有對品卿缺並翰林院衙門對品缺出由吏部一體開單候　旨錄用至於不支俸一節臣愚謂　皇上裁汰冗員乃實事求是之意並非惜此俸銀擬求　皇上嘉惠各員卽按照所授品階給予俸祿則　皇上體念羣臣該臣等當益思報稱矣臣愚昧之見是否有當伏乞　皇上聖鑒訓示謹　奏奉　旨已錄

○○廣西巡撫臣黃槐森跪　奏爲廣西提督修築炮臺挪借銀兩請由戶部指撥歸還以清墊欵恭摺具陳仰祈　聖鑒事竊查廣西邊防修築炮臺一案先經提臣蘇元春奏明共用銀四十五萬餘兩除部撥十八萬兩又提臣蘇元春報効銀十二萬餘兩外尙有前撫臣張聯桂借撥銀二萬兩又前撫臣史念祖借撥銀二萬兩龍州收放局借撥銀四萬兩邊軍底餉挪移銀四萬兩龍州市肆東商名下息借銀二萬兩共銀十四萬兩奏懇　天恩飭部議撥何省關項解粵給領俾得逐一償還旋准戶部議覆由廣東籌欵歸還如司庫無欵籌解卽於闈商報効項下分作兩年提銀七萬兩解交隨復由廣東司道詳經兩廣督臣譚鍾麟具奏前項挪借銀十四萬兩內由廣借撥銀八萬兩如何籌還應由西省商辦等因咨行到臣當經檄行去後茲據藩臬兩司會詳稱伏查粵西本係瘠苦之區司庫徵收地丁不能敷綠營俸餉其邊關及內地防勇所需餉項除通省厘金及梧潯兩府廠稅西稅各項儘數撥支不敷尙鉅全仗各省協餉挹注而協餉僅惟廣東按年解足近亦裁減四萬兩湖南湖北則或年解一二萬兩或全年不解實難倚恃以致歷年邊關內地勇粮無存積欠尾餽遇有驤需孔急之時祇得向商肆息借陸續籌還當時提臣蘇元春築臺需欵司庫無可籌解挪移卽經前撫臣張聯桂史念祖先後飭由善後局及龍州收放局分投向商肆息借共銀八萬兩提臣亦知並非公中欵項是以原奏內聲明借撥字樣請部撥還若係將庫欵挪移則祇須奏明請銷原不必另行請撥現准督臣奏明應由西省籌還如司庫早已羅掘俱空此項借欵置之不還則西省商力有限固非體恤之道且日後遇有緩急雖息借不能於西省向辦情形亦多窒碍等情詳請　奏咨前來臣查該司等所詳委係實在情形除咨戶部查照外相應請　旨飭部另行議令何省關項解粵給領俾得逐一償還抑或就在梧州新關撥還以清墊欵而示體恤是否有當理合恭摺具陳伏乞　皇上聖鑒　訓示謹　奏奉　硃批戶部議奏欽此

快取眞正新書　出售　御製四書五經論三百六十　四書義彙編三百六十　博通齋論議和編係鹽山崔孝廉專著閎才精通每部三百六十　新出四書五經義史論時務策名曰四種合編每部六百二十　又出歷代史事五州時務新策每部九百八十四書五經義入門每部三百六十　國朝史論上下本五百　八面鋒七百五　新出小本四書五經袖代妙書滿錢二百　新班接到日本書目志　并音字譜　日本國志地球十五大戰紀　中西學門經七種　意大利興國俠傳　春秋中國夷狄解　湖南學堂寄到中義總教習梁起超撰學約十章　京都大學堂章程　新出時務策論法程　萬國總說　萬國輿圖　英人強賣雅片記　先取爲快遲者候班　天津北門內府署東各報總處紫氣堂仝啓

頃接山左友人郝希孔兄來信據云東省水災久爲昭著惟今歲黃河決口已知八處災情大異往年澤國之區二十餘州縣計　高苑　博興　樂安　齊東　新城　蒲台　利津　濱州　章邱　歷城　齊河　德平　禹城　肥城　東阿　范縣　平陰　壽張　陽穀　東平　汶上此二十餘處居民廬舍墳墓盡行漂沒其災民數百萬啼飢號寒無所歸貲思及存無餬口沒無餘地令人傷痛無已現在雖經　大憲多方賑救無奈款項奇絀惠難均霑此等時光若能措款來賑而功德實屬無量云云查本年東魯水災誠甚於昔年無如僕　等自庚寅順直被水連年籌辦義賑勸捐一節早成努末徒喚奈何惟謹將郝君來函登諸報章以供　衆覽伏望大善仁人君子慨發慈念往賑災黎則功德不可言量矣僕等不禁爲億兆待斃生靈馨香祝之　津門義賑同人具

施救吞烟　㕥鴨血及人糞汁皆爲救吞鴨片妙方爲其吐耳然效與不效或未可必茲上洋白藥粉專救吞烟經驗多人萬無一失法用白藥粉一劑加熱水一碗冲藥溫服服畢以二人扶之行走不住卽易吐出若遲至半刻不吐再服一劑不吐仍卽再服一劑總以吐淨鴨片毒爲度吐後多飲清水仍令一吐再吐至所吐之水澄清無汚其毒乃盡可慶更生切不可用煤油醬油等方誤灌致傷性命如吞烟後一時取藥不及先以食鹽三錢攪冷水碗許灌入暫殺其毒以待藥至卽急灌救如吞烟歷時甚久昏迷欲睡此係烟毒已發恐一吐猶未能盡淨必須二人扶之行走另着人用竹竿打其兩腿皮肉務使知痛驚醒終夜不睡睡則難保無虞矣此藥西頭流水溝西河沿立興成糧莊暨金華園西河沿聚豐恒糧店河東十字街西存仁堂樂局中義當東愼修堂閻宅均爲施送合併錄報使遇此事者就近救急　諸善士如欲購捨此粉上海大馬路科發藥房及津郡老德記等大藥房均有價亦甚廉豫備不虞古之善道願我同人勿以小善而不爲也　同人公啓

元茂機器磚瓦公司

本公司仿照西法燒作磚瓦事屬創舉曾經通稟在案該貨堅固異常價値從減並各樣印花磚瓦俱全　賜顧者請至海大道新興南里內本公司面議可也　特此謹啓

魁陞號綢緞洋貨莊

本號自置顧繡綢緞洋貨等物整零均按銀莊格外公道皆比大市價廉發售　寄賣各種眞料大小皮箱漢口水烟袋各種眼鏡龍井雨前紅茶梗　寓天津北門外估衣街五彩號衚衕口坐北向南　士商賜顧者請認本號招牌特此謹啓

啓者昨接上海孫仲英善長來電旋又接到顧緝庭葉澄衷嚴筱舫楊子萱施子英各觀察來電據云江蘇徐海兩屬水災綦重飢民數十萬顚沛流離死亡枕籍災區十餘縣待賑孔急需款甚鉅官款恐未能徧及素仰貴社諸大善長久辦義賑飢溺猶已敬求代呼將伯源源接濟功德無量蒙滙賑款卽滙上海陳家木橋電報總局內籌賑公所收解可也云云伏思同居覆載異姓不啻天親縱隔形骸民物莫非胞與頓遭洪水哀此災荒盡是蒼生何分畛域況救人性命卽積我陰功雖此日拯茲黎庶散盡赤仄青蚨卜他年報在子孫同來玉堂金馬敝社款無備濟自知獨力難成術欲廣仁惟冀衆擎易舉叩乞　顯官鉅紳仁人君子共憫奇災同施仁術原擬活人無算雖千金之助不爲多但能濟世有功卽百錢之施不爲少盡心籌畫量力輸將敝社不禁爲億萬災黎泥首叩禱也如蒙　慨勛卽交天津粥米廠濟生社帳房代收並開付收條以昭徵信　濟生社籌賑同人謹啓

論義快覽

功令改試經義論策新章初立學者苦無佳本本齋舊藏兩田史論兩册世鮮藏本近因同人多來假抄幾有日不暇給之勢爰亟印行以公同好在天津文美齋寄售並各書坊分賣本齋又輯有經義導先集二本皆從前人各文集中廣爲搜羅採擇成帙而以四書精義揭要付其後亦即日印出由文美齋付售

竹素齋主人白

京緞零剪減價現售

零剪

高鴉背元青貢緞每尺 一千三百五
正號 一千四百文
中號 一千一百文
副號 八百八十文
眞杭青金銀庫緞每尺 一千二百文
眞裕順曾皮絲烟每包 一千一百文
南京鹹鴨每支 大 一千八百文 小 一千二百文

寄售

每斤
龍井 一吊七百文
雨前 一吊一百文
珠蘭 一吊四百文
雀舌 九百六十文
蜂翅 一吊二百文
紅袍 六百四十文
小種 一吊二百文

本號自製元淺京緞躉售零剪杭絨衣線[illegible]燕金腿南貨糟貨一應俱全近因錢市漲落不同分別減價抑因無恥之徒假冒南味字號者甚多雖云謀利誠恐亂眞欲辦薰蕕用煩楮墨天津宮北大獅子胡同公益仁記南味坊謹白

告白

博通齋新著論義一書名曰博通論初篇係鹽山崔孝廉著每部津價三百六購取請至天津北門內府署東各報總處紫氣堂出售

博通齋主人白

新式四種

鹽山崔蘭溪孝廉著博通齋論義一書機圓法密議論宏通詢可爲後學之津梁也工料每本三伯六購取請到天津北門內天津府署東大街各報總處紫氣堂出售

四知齋主人白

告白

靜致廬八月初一日會課陸沛郇都戎宣贈紫豪筆二十枝龍鳳墨二十錠延舒霞太守齡贈詩妝三十合張勛伯大令廣建贈石印書五種

本廬主人登報

天后宮北 義興順綢緞莊

本莊自置顧繡綢緞綾羅紗絹哈喇大呢羽綾羽毛各樣花素洋布南貨雅扇桂舟頭油香粉胰皂歸安貝松泉湖筆一概俱全

頭號杭寧綢
頭號摹本緞

每斤
紅梅茶 九百六
紅茶 六百四
紅茶梗 二百二
龍井茶 一吊八

金百薇裙布裡每套五兩八
壽棉
雜色金刀絨每尺五錢五

告白

敬啓者茲因自蓋三層鴻春大樓開設番菜館以來生意稍佳奈因福仙戲園闗閉不開兼之敝號生意寥寥故令敝東公議欲將小號出兑出賃均可任便所有店內一切各樣家具等件一併按單點交不悞有願兑賃者務速駕臨敝號面議以免先後自誤可也特此佈聞

海大道鴻春樓主人謹白

告白

啓者澄思齋主人不惜工費聘請四方實學名儒精選各種書籍現因院試在邇未得求全先出四書經義各史論時務策名曰改科欣賞集此書係書院前列各士課作迥非選拔古藝者可比准於即月初六日出書俟後別種印齊再爲登告

寄售處襪子衚衕王宅

新開 天吉齋京靴店

本店開設天津府東門外天后宮前路北門面二間本號專辦京莊上上材料專做京都滿漢朝靴各款鑲繡插鎖全式名鞋一應俱全貨高價廉士商賜顧者請認明本號招牌庶不致悞

本店擇於七月十三日開張

本號特白

告白

茲因錦衣衛橋正骨科蘇靜軒三先生令孫名蔭棠字子甘少大先生承授家傳跌打損傷接骨等症分此在侯家后歸買胡同太山菴西開設永生堂藥店自置藥材丸散俱全並家傳筋骨疼痛風寒膏藥蜜藥專治舒筋活血止疼丸散膏丹門診過午不候並施敷藥

同人公啓

名醫過津

前辦東海關官醫局嚴備九二尹鳳藻日前隨嵩武軍統領孫紹襄軍門到津寓紫竹林春元棧小住數日即赴小站新建陸軍將來能留寓津門則七十二沽中抱采薪憂者當受惠不淺矣

同人仝啓

石印留書

是書爲明章大力所著四書義章解句釋義理詳明誠善本也准於八月初二日出書

文美齋寄售及各書坊均售

三井洋行分莊
告白

啟者日本商始創貿易爲業數拾年以來今分莊開設北門外鍋店街范家衚衕口對過專選精工料實東洋棉紗各等時式大小疋棉布粗洋布斜紋洋標等格外公道價亦從廉凡仕商賜顧者請至分莊面議可也特此佈聞

三井本莊主人啟

天福茶園 特請上洋回津 頭等名角 小長奎 擇日開演

紫竹林法租界
三義飯店

本店專做英法葷素大菜並由外洋自運各國上品洋酒各色異味點心罐頭鮮菓食物等類一應俱全本洋樓工程告竣房間寬闊夕時均用氣燈明亮異常什商光顧者或攜貴眷另有雅室亦足稱暢敘幽情矣擇於六月十七日開張至期請卽駕臨賜顧是荷

本主人謹啓

海利鐘表洋行

啓者本行自上海分設天津紫竹林法租界良濟藥房對過女成衣飯店一號二號房內自製新式鐘表金銀表金表練各樣新式大小說話機器耳鳴機器金戒指金鋼石戒指大小洋鏡各樣新貨一應俱全貨好價廉格外公道在此住兩三個月後另造樓房批發諸公光顧請早駕臨海利洋行謹啓

戊戌年八月初五日禮拜二

天福茶園

特請京都新到

頭等名角

八月初六日早晚准演

劉七　十三旦　十二紅　德才　孫福泰　靈芝草

進燈　盂蘭會　八大錘　汴梁圖　斬黃袍　雙泗洲　四杰村　挖蔓菁　丑別窖　池水驛　蝴蝶盃

包廂加錢一吊文散座每位二百文

顯學書塾

浙江蕭山湯伯述先生擬招學徒百人講授策論文字每人月脩四元每月兩課一策一論三期到塾領題屆日繳卷三日批改取定甲乙榜示暫時遙授不必住館本塾在海大道直報館旁

紫竹林
第一樓番菜館

本號專作英法大菜各色精細點心各樣洋酒洋貨等物一應俱全並售

上　　　八百
紅茶每斤津錢一千
上　　　六百

又批發茂生公司鐵海紙烟零整發售價値格外公道原箱計一百盒價洋一百四十四元每盒計五百支洋一元五角凡仕商賜顧請卽駕臨是荷風雨勿阻

主人謹白

福仙永茶園

特請京都新到　特請上洋新到

頭等名角

八月初六日准演

劉景雲　金秀山　德珺如　韓樂卿　一盞燈　蒲州紅　靈芝草

早演 頭本四進士　早演 潮義縣 拾玉鐲

晚演 二本四進士　晚演 蝴蝶夢 畫春園

包廂加錢一千文散座每位二百文

同文仁記南紙書局

本局自印耕香館書牘每部價洋二元專辦各種石印書籍精選加高南紙頂細雅扇格外價廉處天津東門外襪子衚衕本局啓

本局謹啓

減價

今有友人自辦陝西老土每兩津錢五百文新到梁州土每兩津錢五百六十文如蒙賜顧者請到東門內聚隆成寄售

福仙永茶園

聘請上洋初次新到

頭等花旦

小萬盞燈　元元旦

擇日開演

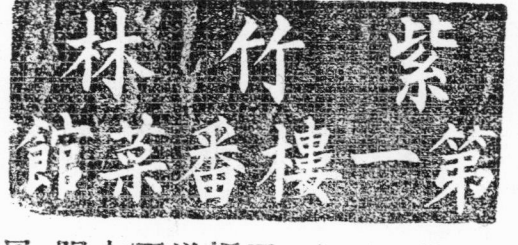

開設紫竹林法國租界北

天福茶園

崇慶名班

特請京都上洋姑蘇山陝等處

各色文武　頭等名角

八月初六日早十二點鐘開演

全班 小十六 孫福紅 東發泰 天娥亮 小仲旦 德連 武行才 驢肉衆 鄭鐵紅 眞土桂 小三紅 劉寶 小七 靈芝黑 十四草 蘇廷日 十三奎 衆武旦行

大獻瑞 黃花山 挖蔓菁 春秋配 雙泗洲 打沙鍋 斬黃袍 瞎子逛燈 池水驛 八大錘 代斷背

初六日晚七點鐘開演

京都新到　山陝初次眞正到津文武花旦

邊義臣 崇鵰 李吉瑞 德才 趙斌恒 衆武行 驢肉紅 孫福泰 溜溜旦 長祿 天娥旦 十四旦 十三旦 眞土紅 靈芝草 馬勝榮 劉七 十三旦 孫福泰 于景五

四水關 四杰村 丑別窰 算糧 雙斷橋 卞梁圖 蟠桃會 孟蘭會（衆武行）

開設天津紫竹林海大道旁

福仙茶園

京都永慶成班

特請京都上洋蘇杭山陝等處各

頭等文武名角

八月初六日早十二點鐘開演

初次新到　特請京都一等名角

全班 潘桂芳 牛處 劉景雲 劉桂林 十六紅 衆武行 遲玉海 靈芝草 沈處 楊四立 一薔燈 霸州紅 嚴寶恒 韓樂卿 金秀山 德均如 劉景雲 明海山 朱子久

大賜福 寶蓮燈 宮門帶 萬佛山 潮義縣 拾玉鐲 頭本四進士（節義廉明）

初六日晚七點鐘開演

特請京都一等名角　眞正花旦

賈星橋 劉桂林 海棠紅 香霄旦 寨呂布 韓樂卿 金秀山 德均如 劉景雲 嚴寶恒 蒲州紅 一薔燈 沈處 一台丑 嚴賽恒 霸州紅 靈芝草 遲玉海 沈處 一道丑

戰城都 戲叔 破紅州 二本四進士（節義廉明） 蝴蝶夢 代劈棺 全班合演 畫春園 代劍峯山

浙紹朱鈍翁先生術嫺心細游津十年屢臨重症均各穩愼近治勞瘧膏淋霍亂藥羅瘀並婦科產後小兒喉癰俱喜回春久寓彌勒菴

新開 光隆號綢緞洋貨莊

自去歲四月初旬開張以來蒙　各主顧垂盼雲集馳名日盛本號特由蘇杭等處加意揀選名機新鮮貨色零整銀價俱照大莊行市公平發售以昭久遠此白

寄賣龍井雨前素茶福建皮絲水烟各種眞料大小皮箱

開設天津府北門外估衣街中路北門面便是

代辦各種機器告白

敬啓者余自去歲代辦各種機器業　蒙紳商賜顧並無遲悞今又向英國着名大廠代辦各樣紡紗織布造磚炸毛等機器以及各行應用各樣機器零星物件定日交貨不能遲悞如　貴行包辦常年機器人工煤料或安設各樣機器價値格外相宜如蒙　貴官紳商購買者請至英新租界福仙茶園看圖面訂可也特此佈聞

籌子卿謹白

美孚老牌煤油

啓者美國三達煤油公司之德富士老牌煤油天下馳名萬商稱美蓋其質潔色清亮白如銀且絕無烟氣能耐久燃比之生萓等油晶光百倍而儉用價廉此爲德富士老牌之佳處誠屬無雙妙品也　士商賜顧請到天津美孚洋行採辦或向就近殷實行店購買庶不致悞

八月初八日出口輪船　禮拜五

海晏　輪船往上海　招商局

景星　輪船往上海　太古行

重慶　輪船往上海　太古行

泰順　輪船往營口　招商局

八月初五日銀洋行情

天津通行九七六錢

銀盤二千三百三十文　洋錢一千六百三十五

紫竹林通行九六錢

銀盤二千三百六十文　洋錢一千六百六十文

洋錢行市七錢一分

直報

本館開設天津紫竹林海大道老菜市氣燈房巷內

光緒二十四年八月初六日　第一千百八十一號
西歷一千八百九十八年九月廿一日　禮拜三

上諭恭錄

上諭前經降旨諭令總理各國事務衙門編輯通商約章頒行各衙門以便遵守茲據該衙門奏稱編輯需時請先將北洋原有條約彙纂一書刷印頒行等語卽着照所請行仍着咨行各直省將軍督撫先行派員赴北洋請領以便飭屬認眞講求遇事得有依據仍俟該衙門編輯成書再行補發至此項通商約章事事皆關交涉該衙門務須遴選熟悉條約之員悉心考訂以成善本而免流弊餘依議欽此　上諭吏部奏遵議處分一摺雲貴總督崧蕃應得降二級調用處分着加恩改爲革職留任滇黔地係疆岩督臣責任綦重現當振興庶務該省開辦各礦以及整頓武備創設學堂並農工商務諸大端均係自強要策現在雲南巡撫業經裁併該督責無旁貸務當振刷精神於用人行政一切事宜破除積習俾有成效可觀方不負朝廷曲予成全之至意欽此　上諭孫家鼐等奏順天擬設中學堂一摺京師爲首善之區允宜多設學堂以繫四方觀聽所擬就順天府屬州縣中調取廩增附生入堂肄業考定額取四十名又另設外省士子南額二十名課以西國語言文字以及藝政算學各書所擬章程尙爲切實着照所議行惟經費必須寬爲籌備着於現解順屬湖南漕折備荒經費項下撥銀八千五百兩作爲學堂之用以垂久遠另片奏請於地安門外兵將局撥給官房等語卽着內務府將該處官房撥給順天府設立首善中學堂用示作育人才之至意該部知道欽此　上諭孫家鼐奏四川京官四品卿銜內閣候補侍讀楊銳等呈請於京師設立蜀學堂專教京員子弟及留京舉貢生監據呈代奏一摺川省地屬邊遠學堂規模誠未易遽臻美備現經該省京員就京師建立學堂以開風氣京員舉貢學業有成卽可爲鄉里師資所擬辦法亦甚切實楊銳等均着傳旨嘉獎所有捐銀二萬兩之二品頂戴記名道李徵庸關心時務慨輸巨欵洵屬好義急公着賞給頭品頂戴直隸津海關道李岷琛捐銀二千兩雲南候補道韓銑兵部主事陳時利各捐銀一千兩着一併傳旨嘉獎餘着照所議辦理該部知道欽此

客官入覲　○皇太后於八月初四日辰刻由　頤和園啓鑾還宮　皇上於瀛秀門外跪接所有値差王公大臣俱穿補褂初五日巳刻　皇太后　皇上升　南海勤政殿召見　日本前總理內閣大臣侯爵伊藤博文等一切儀註俟明日再錄

膽大妄爲　○南北海各殿陳設對聯匾額掛屏暨養心殿寶座底座皆係先年紫檀花梨裝成極爲貴重每逢油漆修飾皆由前門外大柵欄德興隆古玩鋪于七承攬于七素與　內廷太監交好歷年修理時以梨木將紫檀等木拆換運出隱存前門外車輦胡同于七寓所隨時與鋪夥林五私行銷售現聞經某鉅公查出前項情弊認眞究辦于七揑稱病故林五聞風遠颺惟于七之子于拴兒恐難逃出法網也

備文關提　○日前北城拏獲巨賊周俊德即周長發一案疊列前報現聞此案因贓未起齊尚有寶中堂宅內所失珍珠十八子一掛翡翠匾方一尺二寸長二支供稱賣給上海某人經北城院憲備文詳報都察院存案並仰坊備文派差前往上海關傳銷贓之人到案澈底根究嚴追贓物未悉能否關提到案俟訪明再錄

新限五日　○京倉開放八旗兵米現經某侍御奏准每月初一日掣定旗分後五日內即傳知各旗赴倉支領按兵丁關支月餉本有定期每月部擋到倉繕寫册票磨對數日均須詳細查覆以部擋到倉之日起務於十日內開倉陸續關支其有同時開放別項米石爲數較多准其呈明戶部查核云

腰牌爲憑　○天安門內　太廟爲本朝　列祖　列宗靈爽式憑理宜肅靜不准閒雜人等出入現因開工修理自八月初一日爲始每日清晨放入匠人五十餘名由內務府督飭各門護軍嚴加盤查所有出入之人各以携帶腰牌爲憑方准放入如無腰牌概行阻止以防混淆而昭愼重

筆政畏考　○頃聞各部院缺額外筆帖式擇期考試時務策論所有供職諸君莫不愁鎖雙眉預先有欲告資斧或回籍修墓者紛紛藉藉有不可終日之勢至擇於何日考試俟訪再錄

先行墊送　○浙江印結局前經兵部僕部郎子童經管僕放道員該局事務輪應戶部洪部郎勳接管因同豐錢店關閉所有八月初一日同鄉京諸公應分結費經洪部郎先行墊送每人銀十兩暫濟燃眉餘者俟同豐錢店措有章程再行按數補送

督轅門抄　○八月初五日晚中堂見　候補侍郎袁大人世凱　廣東藩台岑大人春煊　初六日見　新授湖北臬台瞿廷韶號賡甫　新授貴州古州鎭張紹模　霸昌道英大人瑞　候補道黃大人建筦　吳大人廷斌　那大人三　汪大人瑞高　王大人修植　前廣西主考尹銘綬　記名總兵耿鳳鳴　前統帶保定親軍馬隊汪文淼　准補灤州李振鵬　豐潤縣盧靖辭　中堂午後出門拜客

督憲牌示　○牌示事照得本閣督部堂欽奉光緒二十四年七月二十日　諭旨藩臬道府凡有條陳均令其專摺具奏毋庸代遞其州縣等官言事者均由督撫原封呈遞至士民有上書言事者即經由本省道府隨時代奏不准稍有抑格等因欽此當行兩司轉飭各屬一體欽遵在案茲有故城縣附生賈厚濟請將漏規濫費提作學堂經費擬具條陳來轅呈懇代奏核與　諭旨不符應令遵旨呈由本省道府代奏此外士民恐尚未及週知合行牌示一體遵照毋違特示

委員帮辦　○委江大令宗瀚　御路驅逐閑人事宜已紀前報茲聞中堂恐地段綿長諸務繁雜處處皆應周密復委周大令文藻會同府經歷繆廷珍帮同辦理計自行宮起至海光寺一路鐵橋均留心彈壓毋許嘈雜云

照料陳設　○宜興埠操塲閱武殿座修畢奉中堂札委施大令有方照料殿之上下懸燈結彩陳設事宜昨已赴轅稟知日內即當入局任事

侍郎旋津　○袁慰亭欽憲以練新建軍上結主知下孚衆志實事求是成效昭彰日昨奉　旨開缺以侍郎候補謝恩後於初五日請訓出都四點鐘抵埠　聖安棚在火車棧同城文武俱往迎接聞欽憲已飭令全隊於十六日來津駐紮祗候　皇上恭奉　皇太后閱視秋操云

學憲按臨　○學憲起馬日期已登前報貢院俱預備安帖　聖安棚在吳楚公所昨於初五日已派差迎接至今日晚五點鐘文旌尙未蒞止想因雨阻故也

器重上游　○幫辦軍械局張司馬錫藩奉局憲稟明中堂札升任委會辦所遺幫辦差使委提調汪太守文綬接替昨已趨赴督轅稟謝並稟入局任事日期

兩院同課　○書院歸併改作學堂已誌前報茲悉三取問津歸爲一處本月初四官課輪應運憲出題業已考訖題目照錄

以三十年之通制國用論　問西國年歲亦有豐歉備荒之政若何策　生童同題

考生被竊　○聞靜邑歲考某生寓東城根劉家扛房院內於月之初一日夜被賊撬門入室竊去皮匣一個內有足銀八兩津帖三十六吊並書籍筆墨等物次晨開具失單赴該管保甲局並縣署報案業經查驗屬實限期飭捕上緊緝務獲贓賊恐鴻飛冥冥未易弋獲也

種樹防隄　○歷屆六七兩月間伏秋大汛諸河皆漲非漫溢卽決口堵築綦難誠以北方樹木稀少僅賫土塊況汛漲時必兼陰雨取土難故成災易無怪動輒淹沒也據西人欲禦水災惟宜程樹蓺草茅蓋樹根盤屈旣能吸水而落葉與草茅又能生土況樹旣長成小者可作薪大者可製器凡我北方何不於曠處多樹桑榆楊柳耶

婢出不歸　○河北某廟戲樓後某公館新買婢女年甫十一歲昨晨主家遣往大胡同買食物該婢女初次來津未免不識路徑至午未回隨遣人偵騎四出踪影全無不知爲拐爲迷刻已張帖告白書該婢身穿洋紅夾襖花布單褲如有見者或寄信或送到必當重謝決不食言云

南來新貨　○順和輪船載卸計木料六百零一根機器六件面巾十二件鐵枝一百三十九件洋線二十件煤麥八件紗頭二十件鐵釘六十件鐵邊三件鐵皮十五件鐵條一百零三件鐵札二百三十四件花藥一件洋皂五百五十五件銀線五件欄杆一件桐油一百十五件土布五件雜貨四百十九件洋布一千九百七十三件紬子四件生鐵一百六十七担

好色細情　○前登籌賑局書吏李某二子甲乙兩人不務正業因氣病迷乙不顧其父與名妓高麗四定嚙臂盟鵠堅不允行乙遂與四約曰我不能取汝爲妻不爲男子乙歸持刀入庶母室謂庶母曰無錢而生勝於有錢而死今出藏金則已否則頭落地矣遂以刃加頸李妾懼出債券二紙計錢四千緡乙拋刃持券去其庶母在國聞報登載告白言失去借券二紙四千緡作爲廢帋云云及乙持券討債債主以廢帋對乙復重賂中人討錢到手決意必取高麗四又恐強奪鵠不干休因在紫竹林租界內覓得外國衙署潛身茲有謀士爲乙畫策擬於某日招高麗四在外國飯店佐酒候四來則云飯店不雅必移席外國衙署方覺暢意俟其入署便閉置暗室計於夜間潛移他處幷邀集武壯多人爲衛鵠如來索高麗四則有人出作合事老強以千緡了事否則武士齊出以爲恐赫現聞奩妝俱已備齊惟待吉期以成佳偶矣

西藏政治　○駐藏大臣如有交涉事件必商諸達賴喇嘛遇有碍難達賴推諉三大寺與衆共議其俗官噶布倫亦不能主其事茲文帥遇事往復辦難其可行者斷以必行否則稽查舊案必衷至當達賴頗信文帥辦事認眞不敢稍涉誣慢云

稽查米數　○金陵官糴各局經江甯府劉嘉樹太守手訂章程稟奉上台准自五月十六日開辦迄今將兩月各局所糴米石均經太守稟奉派委陸續採辦運省儲倉以備糴濟民食現雖四鄉新穀未能一律登場而外江新米由商販運來甯者爲數頗多米價因而大跌官局暫行停止乃連日詣豐備阜成各倉稽查存米數目聞將造具四柱清册詳候上憲核奪矣

英俄備戰　○英俄二國因北方鐵路事積有違言昨閱西字報云目下俄政府方力阻　中朝向英人貸欵與築務須廢去所立合同英使臣則謂旣經訂約在前萬萬不能中輟俄使臣仍力持前說以致英俄二使齟齬不休聞英水師提督巳奉政府論其火速傳令各巨艦星夜裝足煤粮馳往威海俄人聞有此事亦在旅順備兵二萬五千名日夜操演所用軍械務取至靈且新者幷將從前中國所築砲臺塢工修理附近要隘各增設砲臺若干三日前有英國巨艦三艘赴長崎購煤火船主以日工不能迅速從事派令水手助運至午後卽事竣隨開行出口旁有俄兵船亦起定尾隨覬此知俄人以旅順爲駐足處英人以威海爲駐足處恐不免因此而啓戎機據傳聞有開仗一說未知確否

光緒二十四年八月初四日京報全錄

宮門抄○八月初四日禮部　宗人府　欽天監　廂藍旗値日　宗人府引　見二十二名　吏部十七名　正白蒙四名　溥侗假滿請　安　意公貽穀各請假十日　成公請假十五日　大額駙阿克東阿各續假十日　濟澂文熙各續假五日　袁昶禮預備召見　刑部奏派覆核朝審之大臣　派出崑中堂熙敬敬信徐用儀溥良文治薩廉榮惠　召見軍機　孫中堂　張蔭桓　袁昶禮

皇上本日辦事後至　瀛秀園門跪接　皇太后畢還宮明日辦事後至南海升　勤政殿畢還宮

○○臣張蔭桓跪　奏爲臚舉將才請　旨分別擢用恭摺仰祈　聖鑒事竊惟中興以來老成宿將凋落殆盡　皇上銳意維新百度更始比者中外臣工請仿德兵制變通成法臣愚以爲統馭不得其人雖有良法美意終成虛設中國將領號稱驍勇健鬥者尚多求其宅心忠愛謀畧優長而尤通達時務能以新法訓練士卒亦甚寥寥矣臣仰體　旁求德意留心物色參以輿論查有補用總兵鄭潤材爲原任廣東水師提督鄭紹忠之子忠勇性成實心任事身在兵閒垂二十年管帶安勇剿辦著名巨匪所在有功　記名總兵署通永鎮總兵李大霆沈毅有爲歷權鎮篆臣任大順廣道時該鎮管帶大名練軍紀律嚴明軍民愛戴以上二員堪勝專閫應請　旨交軍機處存記遇有總兵缺出請　旨簡放署通州協副將龍殿揚才具開展權畧恢奇經前兩江督撫臣曾國荃崧駿等前後保舉將才奏稱堪任實缺提鎮迭奉　諭旨交軍機處分別存記嗣因多獲盜梟矜功自喜被議蒙　恩棄瑕錄用以游擊發往北洋臣査該員被議之後深自貶損近更折節書吏講求新法游擊一官不足展其才畧擬乞　天恩以總兵交軍機處存記遇缺請　旨簡放前廣東南韶連鎮總兵黃金福胆識過人用兵神速爲左宗棠曾國荃所倚重嗣因人連累革職閑居現當破格用人之際實未忍沒其所長擬乞聖恩飭調引　見候　旨擢用出自　逾格鴻慈所有臚舉將才緣由謹恭摺具陳伏乞　皇上聖鑒謹　奏奉　旨已錄

○○臣張蔭桓跪　奏爲擬請實行團練以爲民兵之基恭摺仰祈　聖鑒事年來中外臣工屢有仿西法練民兵之請誠爲自強至計惟挑練民兵難於經始若各省實行團練卽以民團爲民兵徐定更番替換之法似較遽練民兵爲有把握咸同之際各省辦團捍禦之功殊爲自弊甚或聯莊結寨抗官抗糧說者遂以團練爲害又或厭其繁難指爲迂闊臣愚以爲軌里連鄉之法久隳各省辦理保甲不過稽察戶口誠能舉辦民團擇公正耐勞紳士董其一邑一鄉自選丁壯編勒部位酌予口分地方長吏按季查閱聲威既立良善賴以保全頑黠之徒亦不敢蠢動特團練宜有專欵若攤派抑勒則團未集而民怨興矣故必官紳合籌各知警惕實事求是庶幾有濟咸豐四年廣東會匪竊發旬日之閒蔓延全省府州縣城能自保者寥寥省會戒嚴勢極危險幸南海九十六鄉創辦團練遏賊兇焰使老巢悍賊與撲城之賊聲氣不通然後專力省防得以次剿滅當團練之初亦祇各鄉紳民各出私家之穀以養戰士從未一資官帑事平奬敘亦復不優要皆百姓自顧身家富者出貲貧者出力遂勵敵愾同仇之志然必俟事變已迫倉卒集團何如未雨綢繆俾有條理擬請　飭下各直省督撫籌商富儆以時艱激以大義就各城鄉情形先籌養團之費以定團練之數擇衝要之地設總局各鄉設分局列册報縣轉詳所需鎗砲子藥官爲酌給以示上下相維之意規模既定仿德國民兵更替之法次第爲之由鄉而縣而州而官皆能實力奉行其爲自顧且可禦侮現在廣西土匪未靖外來游匪合之兵到則逃兵去則聚未易淨絕根株惟有實行練民一法各城鄉均有預備匪黨固無可覬覦無業之民震懾官威亦不敢貿焉附和團省練民聲息既通團剿捕拿瞬息集事匪黨卽或負隅抗拒無難聚殲而流寇之患可遏故練民不特全局治安所繫大爲兩廣近事最要之圖如蒙　俞允擬請俟奉　旨之日各直省於三月內兩廣於一月內將籌辦情形先行覆奏以紓　宸廑所有擬請實行團練緣由謹繕摺具陳伏乞　皇上聖鑒訓示謹　奏奉　硃批另有旨欽此

○○都察院左都史奴才裕德跪　奏爲敬保將才以備任使恭摺仰祈　聖鑒事竊奴才伏讀迭次　諭旨殷殷以整軍經武爲國家自強要圖而尤以將領得人爲急務仰見　皇上整飭戎行建威銷萌之至意莫名欽仰竊維水師武備各學堂成就人材須稽時日能先就宿將中果有講求西法訓練者選用一二人爲之準的則收效尤爲迅速奴才平素悉心訪求查現辦直隸新建軍營務處記名提督張士元安徽亳州人經歷隨同僧忠親王及大學士曾國藩等攻剿髮捻各匪勇於任事所向克捷甲午朝鮮事起復奉調統領奉天靖邊各軍日夜淬厲深以未得効用前敵爲憾該員樸誠忠直在軍與士卒同甘苦有古名將風如何擢用之處恭候　聖裁又査有

革職廣東南韶連鎮總兵黃金福廣東潮陽縣人前投効大學士左宗棠軍營轉戰秦隴保以留於廣東補用嗣以迭次督隊拿獲海洋大盜補授總兵實缺於光緒二十一年正月言官奏參兩廣總督李瀚章案內以黃金福補授總兵藉故留省部議革職該員沈毅有謀心機敏捷於泰西操演各法確有心得奴才查前撫臣馬丕瑤奏復案內該司並無實在劣迹値此時事維艱需才孔亟合無仰懇 天恩交部帶領引 見可否錄用出自 鴻慈所有敬保將才緣由理合恭摺具陳伏乞

皇上聖鑒謹 奏奉 旨已錄

快取眞正新書 出售

御製四書五經論三百六十 四書義彙編三百六十 博通齋論議和編係鹽山崔孝廉專著閎才精通每部三百六十 新出四書五經義史論時務策名曰四種合編每部六百二十 又出歷代史事五州時務新策每部九百八十 四書五經義入門每部三百六十 國朝史論上下本五百 八面鋒七百五 新出小本四書五經袖代妙畫滿錢二百 新班接到日本書目志幷音字譜 日本國志地球十五大戰紀 中西學門經七種 意大利興國俠傳 春秋中國夷狄解 湖南學堂寄到中義總教習梁起超撰學約十章 京都大學堂章程 新出時務策論法程 萬國總說 萬國輿圖 英人強賣雅片記 先取爲快遲者候班

天津北門內府署東各報總處紫氣堂全啓

頃接山左友人郝希孔兄來信據云東省水災久爲昭著惟今歲黃河決口已知八處災情大異往年澤國之區二十餘州縣計 高苑 博興 樂安 齊東 新城 蒲台 利津 濱州 章邱 歷城 齊河 德平 禹城 肥城 東阿 范縣 平陰 壽張 陽穀 東平 汶上此二十餘處居民廬舍墳墓盡行漂沒其災民數百萬啼飢號寒無所歸貲思及存無餬口沒無餘地令人傷痛無已現在雖經 大憲多方賑救無奈欵項奇絀惠難均霑此等時光若能措欵來賑而功德實屬無量云云查本年東魯水災誠甚於昔年無如僕等自庚寅順直被水連年籌辦義賑勸捐一節早成努末徙喚奈何惟謹將郝君來函登諸報章以供 衆覽伏望大善仁人君子慨發慈念往賑災黎則功德不可言量矣僕等不禁爲億兆待斃生靈馨香祝之

津門義賑同人具

施救吞烟

白鴨血及人糞汁皆爲救吞鴨片妙方爲其吐耳然效與不效或未可必茲上洋白藥粉專救吞烟經驗多人萬無一失法用白藥粉一劑加熟水一碗冲藥温服服畢以二人扶之行走不住卽易吐出若遲至半刻不吐再服一劑不吐仍卽再服一劑總以吐淨鴨片毒爲度吐後多飲清水仍令一吐再吐至所吐之水澄清無污其毒乃盡可慶更生切不可用煤油醬油等方誤灌致傷性命如吞烟後一時取藥不及先以食鹽三錢攪冷水碗許灌入暫殺其毒以待藥至卽急灌救如吞烟歷時甚久昏迷欲睡此係烟毒已發恐一吐猶未能盡淨必須二人扶之行走另着人用竹竿打其兩腿皮肉務使知痛驚醒終夜不睡睡則難保無虞矣此藥西頭流水溝西河沿[illegible]興成糧棧豐金華園西河沿聚豐恆糧店河東十字街西存仁堂樂局中義當東愼修堂閻宅均爲施送台併錄報使遇此事者就近救急 諸善士如欲購捨此粉上海大馬路科發藥房及津郡老德記等大藥房均有價亦甚廉豫備不虞古之善道願我同人勿以小善而不爲也

同人公啓

新開 元隆號綢緞洋貨莊

自去歲四月初旬開張以來蒙 各主顧垂盼雲集馳名日盛本號特由蘇杭等處加意揀選名機新鮮貨色零整銀價俱照大莊行市公平發售以昭久遠此白寄賣龍井雨前素茶福建皮絲水烟各種眞料大小皮箱開設天津府北門外估衣街中路北門面便是

元茂機器磚瓦公司

本公司仿照西法燒作磚瓦事屬創舉曾經通稟在案該貨堅固異常價値從減並各樣印花磚瓦俱全 賜顧者請至海大道新興南里內本公司面議可也 特此謹啓

魁陞號綢緞洋貨莊

本號自置顧繡綢緞洋貨等物整零均按銀莊格外公道皆比大市賈廉發售 寄賣各種眞料大小皮箱漢口水烟袋各種眼鏡龍井雨前紅茶梗 寓天津北門外估衣街五彩號衚衕口坐北向南 士商賜顧者請認本號招牌特此謹啓

論義快覽

功令改試經義論策新章初立學者苦無佳本本齋舊藏雨田史論兩册世鮮藏本近因同人多來假抄幾有日不暇給之勢爰亟印行以公同好在天津文美齋寄售並各書坊分賣本齋又輯有經義導先集二本皆從前人各文集中廣爲搜羅採擇成帙而以四書精義揭要付其後亦卽不日印出由文美齋付售

竹素齋主人白

京都 內全盛

本店由京都移來專做全盛齋全樣鑲絨鞋亦有全樣布緞鞋各樣扎拉鎖綉扣鑲花鞋材料與衆不同樣式各外另有貢傳本店今有新添寄賣各樣旗鑾扎花坤鞋亦有鑲花坤靴一應俱全開設在天津府帶河門外樂壺洞北口巷內路北準仕商賜顧者詳認本店字號便是貨眞價實言不二價不悞主顧

本店謹啓

告白

自明詔改試策論經義承學之士均思改弦易轍砥礪實學一變八股空疏之觀難然治筆則易而取式爲難規做失眞弊且滋甚其故昭昭然也今者選集歷代及國朝四書五經義之當行出色者名曰精選四書五經義計六十首都爲一册有志觀光者不可不先睹爲快也每册津價二伯購取請向天津北門內府署東大街各報總處紫氣堂寄售書本頗小舟車甚便非夾帶之用

實學齋啓

告白

博通齋新著名論義一書初曰博通論篇係鹽山崔孝廉著每部津價三百六購取請至天津北門內府署東各報總處紫氣堂出售

博通齋主人白

新式四種

鹽山崔蘭溪孝廉著博通齋論義一書機圓法密議論宏通詢可爲後學之津梁也工料每本三伯六購取請到天津北門內天津府署東大街各報總處紫氣堂出售

四知齋主人白

告白

啓者本處經理各報月頭一過靠節甚近所外欠報款及書籍幷代登告白錢若干均請擲下均弗多遲日期可應節需君子莫怪

天津各報總處紫氣堂全啓

天后宮北 義興順綢緞莊

本莊自置頭繡綢緞綾羅紗絹哈喇大呢羽綾羽毛各樣花素洋布南貨雅扇桂母頭油香粉胰皂歸安貝松泉湖篦一概俱全

頭號杭甯綢
頭號摹本緞

每斤
紅梅茶　九百六
紅茶　六百四
紅茶梗　二百二
龍井茶　一吊八

金百
壽棉襉裙布裡每套五兩八
雜色金刀絨每尺五錢五

告白

敬啓者茲因自蓋三層鴻春大樓開設番菜館以來生意稍佳奈因福仙戲園關閉不開兼之敝號生意寥寥故今敝東公議欲將小號出兌出賃均可任便所有店內一切各樣家具等件一併按單點交不悞有願兌賃者務速駕臨敝號面議以免先後自誤可也特此佈聞

海大道鴻春樓主人謹白

告白

啓者澄思齋主人不惜工費聘請四方實學名儒精選各種書籍現因院試在邇未得求全先出四書經義史論時務策名曰改科欣賞集此書係書院前列各士課作迥非選拔古藝者可比准於即月初六日出書俟後別種印齊再爲登告

寄售處禳子衚衕王宅

新開 天吉齋京靴店

本店開設天津府東門外天后宮前路北門面二間本號專辦京莊上上材料專做京都滿漢朝靴各款鑲繡插鎖全式名鞋一應俱全貨高價廉士商賜顧者請認明本號招牌庶不致悞

本店擇於七月十三日開張

本號特白

告白

茲因錦衣衛橋正骨科蘇靜軒三先生令孫名蔭棠字子甘少大先生承授家傳跌打損傷接骨等症分此在侯家后歸賈胡同太山菴西開設永生堂藥店自置藥材丸散俱全並家傳筋骨疼痛風寒膏藥蜜藥專治舒筋活血止疼丸散膏丹門診過午不候並施敷藥

同人公啓

名醫過津

前辦東海關官醫局嚴備九二尹鳳藻日前隨嵩武軍統領孫紹襄軍門到津寓紫竹林春元棧小住數日卽赴小站新建陸軍將來能留寓津門則七十二沽中抱采薪憂者當受惠不淺矣

同人全啓

石印留書

是書爲明章大力所著四書義章解句釋義理詳明誠善本也准於八月初二日出書

文美齋寄售及各書坊均售

三井洋行分莊　告白

啟者日本商始創貿易爲業數拾年以來今分莊開設北門外鍋店街沈家衚衕口對過專選精工料實東洋棉紗各等時式大小疋棉布粗洋布斜紋洋標等格外公道價亦從廉凡仕商賜顧者請至分莊面議可也特此佈聞

三井本莊主人啟

天福茶園

特請上洋回津頭等名角

小長奎

擇日開演

海利鐘表洋行

啓者本行自上海分設天津紫竹林法租界良濟藥房對過女成衣飯店一號二號房內自製新式鐘表金銀表金表練各樣新式大小說話機器耳鳴機器金戒指金鋼石戒指大小洋鏡各樣新貨一應俱全貨好價廉格外公道在此住兩三個月後另造樓房批發諸公光顧請早駕臨海利洋行謹啓

戊戌年八月初六日禮拜三

顯學書塾

浙江蕭山湯伯述先生擬招學徒百人講授策論文字每人每月脩四元每月兩課一策一論三屆期到塾領題批日繳卷三日批改取定甲乙榜示暫時遙授不必住館本塾在海大道直報館旁

同文仁記南紙書局

本局自印耕香館書籍每部價洋二元專辦各種石印書籍精選加高南紙頂細雅扇格外價廉廣天津東門外襪子衚衕本局啓

本局謹啓

紫竹林第一樓番菜館

本號專作英法大菜各色精細點心各樣洋酒洋貨等物一應俱全並售

上　紅茶　每斤津錢　八百

一千

上　六百

又批發茂生公司鐵海紙烟零盤發售價值格外公道原箱計一百盒價洋一百四十四元每盒計五百支洋一元五角凡仕商賜顧請即駕臨是荷風雨勿阻

主人謹白

減價

今有友人自辦陝西老土每兩津錢五百文新到梁州土每兩津錢五百六十文如蒙賜顧者請到東門內聚隆成寄售

三義飯店

本店專做英法葷素大菜並由外洋自運各國上品洋酒各色異味點心罐頭鮮菓食物等類一應俱全本洋樓工程告竣房間寬闊夕時均用氣燈明亮異常仕商光顧者或携貴眷另有雅室亦足稱暢敘幽情矣擇於六月十七日開張至期請即駕臨賜顧是荷

本主人謹啓

天福茶園

特請京都新到

頭等名角

八月初七日晚准演

劉七　十三旦　孫福泰　十二紅　靈芝草

英節烈　串珠龍　賣胭脂

包廂加錢一吊文散座每位二百文

福仙永茶園

特請京都新到　特請上洋新到

頭等名角

八月初七日准演

韓樂卿　金秀山　德珺如　劉景雲　香霄旦

早演　三四本

取金陵　四進士　日月圖

包廂加錢一千文散座每位二百文

福仙永茶園

聘請上洋初次新到

頭等花旦

小萬盞燈　元元旦

擇日開演

開設馬家口下娘娘廟前

天仙茶園

特請京都

玉成全班

特請京都山陝姑蘇上洋等處文武名角

新製

新彩　新切　平金行頭　新戲　亮臺

擇日開演

告白

靜致廬八月初一日會課陸沛郇都戎宣贈紫豪筆二十枝龍鳳墨二十錠延舒霞太守齡贈詩牀二十合張勛伯大令廣建贈石印書五種

本廬主人登報

開設天津紫竹林海大道旁

福仙永茶園

京都永慶成班

特請京都上洋蘇杭山陝等處各名

頭等文武名角

八月初七日早十二點鐘開演

特請京都一等名角

雙小潘屯劉賈陸朱海龐杜十小霸荀徐嚴韓朱李
狸桂福桂星春子棠呂福六禿州蘆天寶樂子殿
明畫芳奎林橋蘭久紅布玉紅紅紅紅元恒卿久元

紅逼宮　鳳鳴關　斬黃袍　殺狗　客煩　雙算糧　登殿　取金陵　衆武行

初七日晚七點鐘開演

上洋新到　特請京都一等名角

小十楊胡孫崔孫香賽劉周牛張嚴劉德金明霸陸
狸七四少福雪福齊呂桂春鳳寶景均秀海州春
豬紅立卿祥琴林旦布林奎處台恒雲如山山紅蘭

三上轎　全班合演　頭二本洗浮山　日月圖　天水關　三四本四進士　當出聯三八大　場彩斷節油臨

浙紹朱鈍翁先生術嫺心細游津十年屢臨重痒均各穩慎近治勞瘧膏淋霍亂擒羅痧並婦科產後小兒喉癱俱喜回春久寓彌勒菴

開設紫竹林法國租界北

天福茶園

崇慶名班

特請京都上洋姑蘇山陝等處

各色文武　頭等名角

八月初七日早十二點鐘開演

長大十發邊十崇高白安謝小十汪蘇常王羊高草
八義二玉文蓮才德一德廷雅喜喜玉上
祿貞紅生臣紅鵬喜奎依寶生紅寶奎秋雲壽喜飛

刺字　打登州　廣太庄　硃砂痣　鐵蓮花　戰皖城　割髮代首　衆武行

初七日晚七點鐘開演

京都新到　山陝初次眞正到津文武花旦

全班小驢銀小眞鄭靈馬劉孫李勝十汪小于小
合連肉三土鐵之勝福吉勝三德香景
演仲紅堂寶紅棍草榮七泰瑞榮旦寶鳳五黑

大賜福　四勸　串龍珠　賣胭脂　大鐵弓緣　英節烈

代辦各種機器告白

敬啓者余自去歲代辦各種機器業蒙紳商賜顧並無遲悞令又向英國着名大廠代辦各樣紡紗織布造磚炸毛等機器以及各行應用各樣機器零星物件定日交貨不能遲悞如貴行包辦常年機器人工煤料或安設各樣機器價値格外相宜如蒙貴官紳商購買者請至英新租界福仙永荼園看圖面訂可也特此佈聞

甯子卿謹白

美孚老牌煤油

啓者美國三達煤油公司之德富士老牌煤油天下馳名萬商稱美蓋其質潔色清亮白如銀且絕無烟氣能耐久燃比之生菓等油晶光百倍而儉用價廉此爲德富士老牌之佳處誠屬無雙妙品也士商賜顧請到天津美孚洋行採辦或向就近殷實行店購買庶不致悞

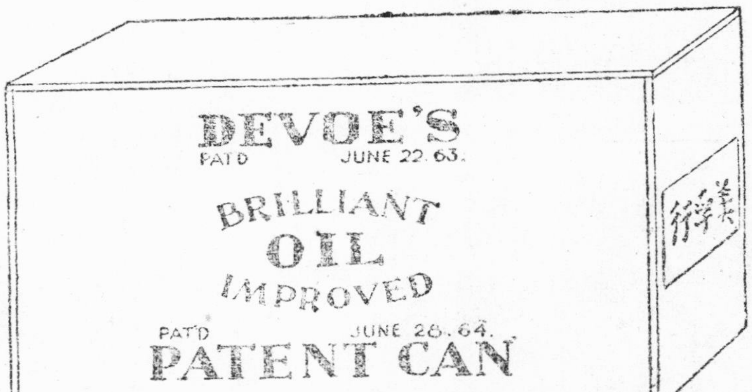

八月初八日出口輪船　禮拜五

海晏　輪船往上海　招商局

景星　輪船往上海　太古行

重慶　輪船往上海　太古行

泰順　輪船往營口　招商局

八月初六日銀洋行情

天津通行九七六錢

銀盤二千三百三十文　洋錢一千六百三十五

紫竹林通行九六錢

銀盤二千三百六十文　洋錢一千六百六十文

洋錢行市七錢一分

直報

本館開設天津紫竹林海大道老菜市氣燈房巷內

光緒二十四年八月初七日
西歷一千八百九十八年九月廿二日 禮拜四
第一千百八十二號

上諭恭錄

上諭州縣爲親民之官必須才守兼優庶無愧父母斯民之任近來督撫往往意存遷就不復從嚴考核甚至著名要缺或以調劑私人不思庸劣者濫厠仕途賢能者轉多屈抑殊非綜核名實之道該督撫等受國重寄必當以吏治民生爲重以後無論實缺署任均須爲地擇人不可爲人擇地如有疲庸不肖之員隨時甄別務期仕途澄清官方共飭用副朝廷察吏安民之至意欽此 上諭四川順慶府知府員缺着馮汝騤補授欽此 旨順天霸州知州着呂品律補授四川彰明縣知縣着聶延祜補授山東棲霞縣知縣着鮑誠堉補授江西寧都直隸州水利州判着錢葆青補授俸滿教職常懋德着以教職用保舉直隸補用道楊士驤着照例用山東候補道洪用舟着准其補授照例用於知縣任內卓異加一級保送分發知府編修吳炳着以知府分發省分補用明保直隸候補知府勞乃寬着照例用並隨帶加一級保舉陝西補用知縣張典謨着照例用俸滿直隸井陘縣知縣言家駒着回任年滿陝西巡撫衙門筆帖式惠誠着發往原省照例用卓異俸滿江西南城縣知縣洪汝濂着回任准其卓異加一級仍註册候升卓異前湖南新甯縣知縣李尙卿着准其卓異加一級仍註册候升 醇賢親王園寢筆帖式着春明補授理藩院筆帖式着梁宇清補授京察年老官 泰陵禮部贊禮郎奎成着照舊供職欽此

論設農局農學宜勸農先立農會

客有二人聞農局農學將開走相告者一則云農業自是將興一則云農業自此多擾予曰居吾語汝夫民事不能自治也勢必待官以爲治古今一體夫復何言粵稽官制自周始備舉凡東作西成耕耨糞田牧畜粟米蔬果魚肉以逮婚嫁游讌田獵諸瑣事無不爲民設官制以禮賦爲詩著於籍惟於農業爲詳周禮毛詩可考也今制雖少異其實備詳於古今復益局學以備西法其爲民治業也計甚周乃民自治則帖然官爲治則騷然者豈今日農民情刁於古抑今日農官治疏於古歟世恒求其故而不得竊嘗思焉情莫患乎相離離則睽睽生疑疑生懼懼生譎譎則逆詐億不信迭起循環上下猜忌明明是也而以爲非明明益也而以爲損官則明告諭以予將利汝民則暗忖度以官將不利於予由是民情與官動輒牴牾驅諸東而反西期其向而轉背一切功令陽奉陰違及其違也官始以怒繼以威民遂謂不利情形確有可據愈離愈甚上下愈截然不相關出令者以事實爲民力責屬吏以必行而計期責效奉令者以憲不可抗

隨應上台以遵辦而刻意奏功洎乎未得端倪限期已迫不得不敷衍塞責上下朦朧致使朝廷美意良規可循名不能核實總知屬吏不可專責也因令事協紳辦而以紳視長官無殊屬僚視上憲其卓然公正不阿者固恒戒以片帑不入公門也末俗官紳其不彼此迴護相與上下其手者幾何協紳辦依然由官辦其與民情不格者幾何上迫以令所必行下格以勢所不行其不敷衍塞責者幾何下議其罪上賞其奸君以爲實效已收民以爲實惠未逮上下不通民情不離者又幾何凡事類然農爲甚誠以農分卑紳分尊官分愈尊勢素不得與紳謀勢更不能與官謀也然則君可舍官不用官可舍紳不用官紳可置農不問一任其事事失利而農局不開農學不設乎曰否開局設學尤莫要於官勸立會夫圖治有機起於因行於漸要於誠精於聚而進於爭　此稿未完

禮部知照　○禮部爲知照事祠祭司案呈本部具奏八月十一日　太祖高皇帝忌辰是日俱穿素服不報祭不還願不作樂不宴會不理刑名照常辦事奉　硃批知道了欽此欽遵到部相應知照各衙門轉飭所屬一體遵照

傳車運送　○宗人府禮部工部奏請　欽派恭送　玉牒王大臣　派出怡王薩鳳鳴已見宮門抄現經宗人府咨行順天府轉飭大興宛平兩縣飭傳官行預備廠車一百二十輛轎車二百輛以備載運帳棚行李等物於八月初六日以前交齊毋得違悞

內廷節用　○內務府承領本年中秋節　內廷應用節賞原庫平銀五萬兩於八月初四日照領云

飭修牒路　○步軍統領衙門轉飭八旗滿蒙漢各官廳現奉恭送　玉牒　黃擔　册　寶前往　盛京所有沿途道路卽宜修墊平妥一自東長安門起沿長安街以抵東單牌樓一自宗人府署起沿戶部街東交民巷崇文門內大街以抵東單牌樓再由東單牌樓沿大街經東四牌樓出朝陽門外直抵步營交界止卽行劃分段落按廳圖分派兵往爲修墊務期一律平坦又檄飭巡捕五營應於朝陽門外步營交界起至定福莊直隸交界止沿途道路按汎劃分修墊務須平坦

案關人命　○日前東安門內二道橋地方有女屍一具業經相驗已列前報茲續聞該女屍耳孔穿有四孔諒非滿洲婦女驗明該屍咽喉勒有黃布條一根飭弁查訪並無親屬認領由官動欵棺殮尚未掩埋因案關人命步軍統領衙門咨送刑部訊辦旋經刑部問官研訊確情究出該管地面官廳看街兵有移屍情事當將看街兵詹二訂加鐐拷管押再行訊究至其中有無別情俟訪明再爲續錄

倒閉再紀　○日前宣武門外果子巷同豐錢店稟請封閉業經疊列前報茲聞該錢店共虧銀票七千兩之譜經城憲勒限嚴追該鋪經管雲南四川浙江江蘇福建五省印結局出入欵項每月計在二萬數千兩上下以此出入餘平銀約在四百數十金足可敷衍乃因東夥意見不合是以稟請封閉現經陳敬菴指揮飭傳該錢店管賬鋪夥五人均已責押嚴追詳城究辦人言嘖嘖公私叅半統俟訪明再錄

督院門抄　○中堂八月初七日見　督理農工商務總局徐大人建寅仲虎　臬台廷大人　關道李大人　黃大人建筦　翰林貴鐸自奉天來

鹽商請奬　○大學士直隸總督兼管長蘆鹽政奴才榮祿跪　奏爲長蘆鹽商公同報効銀兩恭摺仰祈　聖鑒事竊據署長蘆鹽運使方恭釗詳稱據長蘆通綱商人晉有孚等一百二十五商聯名稟稱據商等食毛踐土歷荷　聖世之生成浹髓淪肌霑被皇仁之豢養謹查　聖祖　高宗　仁宗之朝巡幸津沽時　頒詩賜宴通綱荷逾格之榮蠲課緩徵商灶感再生之德　鴻恩疊沛蟻悃頻輸今秋　皇上恭奉　皇太后蒞津閱操商等敬聆之下歡忭難名昔年既屢沐　恩榮此日又躬膺　盛典實三生之有幸爲曠世所難逢志切呼　嵩情殷就　日惟私衷感戴未報涓埃茲由蘆綱京外各商公同報効銀二十萬兩不敢仰邀　恩典請轉詳具奏等情前來竊查今秋　聖駕臨幸天津閱兵奴才前於恭備　行宮操場摺內聲明所需經費已據長蘆運司方恭釗詳稱蘆商等量力報効不敷之欵由奴才督飭司道局所設法籌備奏報在案今該商等公同報効銀兩事係出於至誠合無仰懇　天恩准其報効如蒙　俞允擬將此項銀兩飭交運庫以備恭修各工之需謹恭摺具陳伏乞　皇上聖鑒訓示謹　奏奉　硃批卽着榮祿核明請奬其報効銀兩著賞收欽此

武毅得人 ○初三日夜半大風雨中武毅之右軍後營拔隊來津管帶官衆將尹得勝以積勞之軀冒雨遄行感受時疫於紮營後猝然病故提憲聶軍門深爲惋惜所遺管帶一缺委中軍周游戎鼎甲接統周君以庚寅進士入營深諳韜畧智勇公廉實後起之彥所遺行營中軍一缺委龔副將振翮接充亦武毅軍之矯矯者功帥知人善任於此畧見一斑

工作雲屯 ○宜興埠操塲地方漫水奉派練軍淘及各節曾紀前報茲有友人自該處來者據云該處地方寬闊周圍約四十里同於文王之囿近日有萬餘人工作其水俱吸歸塌河淀隨吸隨墊用三和土堅築計高十二尺築結後卽開工造房昕夕赶催不遺餘力並以新毅兩軍陸續開紮該處附近一帶更覺人山人海洶一時之熱鬧都會也

忠厚之報 ○楊某南人寓河北窰窪向在營伍中操業無營混子習氣年五十餘尙無子嗣昨偕友在鐵橋西某飯館小酌提燈歸家行經橋北忽聞道旁瓜瓜聲以燈照之見包裹一男孩頗似英物因念無子卽取而懷之歸與婦謀婦亦良喜當雇乳媼撫之噫無意中得此螟蛉殆亦其人忠厚之報歟

守身宜愼 ○近日津埠時令不正寒暖失常疫癘之災在所不免昨聞某飯館夥計某甲黃昏時赴河北金家窰冰窖擔冰囘經疊道中間忽覺腹痛如絞吐瀉交作昏不省人適爲鄰館夥瞥見赶緊倩人抬送該館延醫針治未悉能保性命否守身如玉者宜何如愼之又愼耶

瘋僧治病 ○近日傳聞有一瘋僧衣服藍縷言語顚狂自言係河間府任邱縣某廟住持時常在西關內外大喊治病或有求治者該僧卽向日叩頭手點病人患處無不手到病除分文不取邪耶正耶姑錄之以覘厥後

事不難明 ○本津上西下西南運北運四河集船與南中之航船烟船彷彿爲客送貨載人之外各商家以其來往有期信實可靠常賒給貨物令船戶自行運銷售畢付値在各商號旣得暢銷之益而船戶藉他人之貨自圖利息兩便之道爲各集船所恒有故集船所裝之物不盡皆某某客人之貨也頃聞饒陽雜貨店瑞陞成店夥盧洛協前在津雙義祥購得煤油一百箱倩楊得貴船隻裝回本號其時楊得貴亦在雙義祥賒取煤油六百箱運往該路行銷先是楊曾在饒盧姓店中賒運麥子五十六石九斗每斗合錢一千二百文又賒董姓麥五十九石八斗二共合錢一千四百吊有零屢集未付而煤油六百箱到饒適無主顧因以三百六十一箱折兌盧董二家歸還麥價正相符合其餘之二百三十九箱楊得貴賣給驍境尹村之恒盛祥字號詎雙義祥向楊索欠未付竟勾串架訟控盧姓所欠責令盧洛協償還船戶之狡賴不足責何以正經字號亦作此狡獪技倆殊爲可恥南面者若不加察則老實生意人更相何處討生活哉

車覆傷人 ○本埠通衢甚形擁塞日昨北門外針市街口有推糖包小車赴某棧交卸行抵該處擁擠難行偶不小心將車滑倒致將行路異鄉人右腿軋折當卽暈絕移時方甦赶卽抬赴河北大胡同蘇姓藥舖調治未識能保無恙否

南來新貨 ○景星輪船載貨計長板六十一塊雜貨一百一十件鐵條九百零六件鐵札一百件雜貨三百二十一件馬料五件土布三十件大吉一件鐵板八十塊糖色四包紙頭六十四件綢子十件條鐵一百三十件洋布三千二百三十疋札鐵二十七件共五千零四十一件

皖擬裁員 ○皖撫鄧大中丞接奉裁汰冗員諭旨遵將皖省佐裁各缺一再斟酌擬裁八十一員當卽行知兩司查照辦理茲錄如左

計開 按照廳 府照廳 徽州府同知 安廬甯池太五府管糧通判 和州無爲州壽州州同 廣德州州判 廬屬合肥潁屬阜陽甯屬南陵太屬當塗徽屬歙休婺安屬潛宿十縣縣丞 宣城主簿 安慶徽州甯國池州太平廬州鳳陽六安滁州和州廣德懷甯桐城歙縣休甯婺源宣城涇縣無爲宿州亳州全椒三十二府州縣復設訓導潛太宿望祁黟績當蕪繁含英霍邱霍山建平建德懷遠定遠東流合肥廬江旌德南陵貴池銅陵石埭靈璧潁上太和來安盱眙天長五河巢縣三十六復設敎諭

閩開銀行 ○經理閩省中國通商銀行候選通判王君同恩現已趨謁各憲並稟明擇期本月十八日開辦行務聞其行地係暫設在南台蒼霞洲地方云

分設銀行　○本埠俄華道勝銀行近在牛莊地方新放枝行一所此行昔時由遠來洋行代理一切今則胥歸道勝自理矣

台土漲價　○台郡烟土向收土產台漿今屆收成大減新漿每洋祗易三兩陳者二兩六錢較之上年價增倍蓰一時凡抱阿芙蓉癖者莫不愁眉雙鎖焉

光緒二十四年八月初五日京報全錄

宮門抄○八月初五日兵部　太常寺　八旗兩翼值日　無引　見　徐樹銘謝管戶部三庫　恩　袁世凱前往天津請　訓　前任阿勒楚喀副都統巑嚕岱到京請　安　那王續假五日　鳳鳴良培各請假十日　召見軍機　袁世凱　皇上明日卯初二刻升中和殿看版畢還海至　瀛秀園門跪送　皇太后畢還宮

○○經筵講官戶部尙書臣敬信等謹　奏爲遵　旨核議具奏恭摺仰祈　聖鑒事光緒二十四年七月初十日軍機大臣面奉　諭旨本日御史黃桂均編修張星吉各摺片均請停辦昭信股票等語着戶部核議具奏欽此欽遵鈔交到部據御史黃桂均原片內稱昭信股票外省往往藉端騷擾恭閱邸鈔四川之苛派則有御史張承纓之奏山東苛派則有主事李經野之奏四川山東如此則他省之流弊想亦不少方今民窮財匱倘於此等弊政不早豁除於　國帑無補於政體有虧況自開辦以來除各省官員業經認領若干外其有殷實商民自願籌借者皆已量力承領至遲延至今猶待勸辦此必不願者也既不願借則勉強搜括所得幾何徒以拖累滋擾破良民之生產資亂民之口實請體察情形卽行停辦以遏亂萌又編修張星吉原摺內稱股票易於擾民比年以來因未辦地方若再藉端滋擾其何以堪並聞粵西土匪滋事每借此爲名簧鼓大衆現在各省股票除官商承領已有成數外其餘十室九空殷實之家實屬寥寥卽勉强湊借爲欵有限亦屬無濟於事徒爲不肖官紳牟利分肥之地應請　諭旨卽行停止以蘇民困各等語臣等伏査昭信股票臣部奏定章程通行各省不准蕾派抑勒並迭奉　諭旨愿借與否聽民自便嚴禁地方官藉端擾累等因各該省如果勸辦得人則謹守部章恪遵　諭旨自可上裨　國計下順輿情又何至强民所難動滋流弊無如地方印委各官辦理不能善或急欲見功而操之過蹙或用人不愼而藉以營私遂至假勸借之名行勒派之實以故四川山東等省均因股票擾民屢經人口指摘蓋天下無無弊之法有無弊之人不得其人雖良法亦不能久行也今御史黃桂鋆編修張星吉復因股票滋擾請停辦奉　旨交臣部核議臣等竊維昭信股票原議收有成數備還洋債現在續借洋債既指由釐金抵還而撥補釐金亦先儘各欵湊集尙非專賴股票一項爲目前救急之需隨時制宜與民休息臣部固未嘗不統籌兼顧也且股票之宜停與否總以人之願不願爲斷自開辦以來收數約在千餘萬頗爲踴躍近時收數無多已成弩末與其徵事日求損下不能益上何如姑留餘力得富卽以惠民臣等公同商酌除王公以下文武各官員中如有情愿認領股票者照舊辦理外擬請　飭下各省將軍督撫順天府府尹接奉此次　諭旨卽將認領股票一事曉諭紳士民人等概行停止毋庸再行勸辦以免紛擾而杜弊端其奉　旨以前業已認繳之欵仍應如數繳齊查照臣部奏定章程辦理不得以業經停止藉口不繳再昭照信股票既擬停辦京城所設昭信局及外省所設昭信分局亦擬自奉旨後一律裁撤凡頒發股票更換實收及將來還息歸本各事宜仍照臣部奏定章程在京統由臣部承辦在外統由藩司地方官承辦俾專責成而節經費所有遵　旨核議具奏緣由理合恭摺具陳伏乞　皇上聖鑒　奏奉　旨已錄

○○禮部左侍郞奴才闊普通武跪　奏爲敬舉通達時務人才恭摺仰祈　聖鑒事竊維識時務者爲俊傑誠古人之名言卽今日之要務我　皇上勵精求治時以人才爲重數月以來內外臣工所保人員迭蒙　召見錄用古帝王籲俊求賢何以逾此洵自强之本原也奴才渥荷天恩備員禮部首以洊賢爲巳任謹舉夙所知者用效以人事　君之義査有候選道陳日翔器識深沉才猷卓越係福建台灣舉人辦理本省團練統領義勇經歷任巡撫總兵奏保在案前南澳總兵劉永福尤爲倚重其少時曾出外洋游歷數國於通商交涉機宜最爲熟悉刑部主事陳桂芳福建進士英才卓犖博極羣書尤講求時務兵部員外郞祁師曾一品廕生係原任工部尙書祁世長之孫家學淵源具有根柢講求兵商學問頗得日本之規模分發知縣馮寶琳天資明敏才識閎通係廣州駐防舉人髫年卽有見洋務於茶商利弊尤識本源以上四員就奴才所見均係通達時務之才用敢據實保荐且俱在京候選供職其可否量才器使之處恭

候 聖裁所有奴才保薦人才緣由謹繕摺具陳伏乞 皇上聖鑒謹 奏奉 旨已錄

○○劉坤一片 再河南候補道易順鼎學識閎通性情忠篤志實可嘉其條陳戰守事宜均屬切中肯綮經臣委辦營務鹽務亦復措置裕如似是救時之器該員曾隨臣出師榆關現在辦理湘局知之頗深理合附片具陳伏乞 聖鑒謹 奏奉 硃批另有旨欽此

好色細情　前登籌賑局書吏李某二子甲乙兩人不務正業因氣病迷乙不顧其父與名妓高麗四定嚙臂盟鶼堅不允行乙遂與四約曰我不能取汝爲妻不爲男子乙歸持刀入庶母室謂庶母曰無錢而生勝於有錢而死今出藏金則已否則頭落地矣遂以刃加頸李妾懼出債券二紙計錢四千緡乙抛刃持券去其庶母在國聞報登載告白言失去借券二紙四千緡作爲廢帋云云及乙持券討債債主以廢帋對乙復重賂中人討錢到手決意必取高麗四又恐強奪鶼不干休因在紫竹林租界內覓得外國衙署潛身茲有謀士爲乙畫策擬於某日招高麗四在外國飯店佐酒候四來則云飯店不雅必移席外國衙署方覺暢意俟其入署便閉置暗室計於夜間潛移他處並邀集武壯多人爲衛鶼如來索高麗四則有人出作合事老強以千緡了事否則武士齊出以爲恐赫現聞奩妝俱已備齊惟待吉期以成佳偶矣

頃接山左友人郝希孔兄來信據云東省水灾久爲昭著惟今歲黃河決口已知八處灾情大異往年澤國之區二十餘州縣計 高苑 博興 樂安 齊東 新城 蒲台 利津 濱州 章邱 歷城 齊河 德平 禹城 肥城 東阿 范縣 平陰 壽張 陽穀 東平 汶上此二十餘處居民廬舍墳墓盡行漂沒其灾民數百萬啼飢號寒無所歸貧思及存無餬口沒無餘地令人傷痛無已現在雖經 大憲多方賑救無奈款項奇絀惠難均霑此等時光若能措欵來賑而功德實屬無量云云查本年東魯水灾誠甚於昔年無如僕等自庚寅順直被水連年籌辦義賑勸捐一節早成努末徒喚奈何惟謹將郝君來函登諸報章以供 衆覽伏望大善仁人君子慨發慈念往賑灾黎則功德不可言量矣僕等不禁爲億兆待斃生靈馨香祝之 津門義賑同人具

施救吞烟　勻鴨血及人糞汁皆爲救吞鴨片妙方爲其吐耳然效與不效或未可必茲上洋白藥粉專救吞烟經驗多人萬無一失法用白藥粉一劑加熱水一碗冲藥溫服服畢以二人扶之行走不住即易吐出若遲至半刻不吐再服一劑不吐仍即再服一劑總以吐淨鴨片毒爲度吐後多飲清水仍令一吐再吐至所吐之水澄清無污其毒乃盡可慶更生切不可用煤油醬油等方誤灌致傷性命如吞烟後一時取藥不及先以食鹽三錢攪冷水碗許灌入暫殺其毒以待藥至即急灌救如吞烟歷時甚久昏迷欲睡此係烟毒已發恐一吐猶未能盡淨必須二人扶之行走另着人用竹竿打其兩腿皮肉務使知痛驚醒終夜不睡睡則難保無虞矣此藥西頭流水溝西河沿立興成糧莊暨金華園西河沿聚豐恒糧店河東十字街西存仁堂樂局中義當東愼修堂閻宅均爲施送台併錄報使遇此事者就近救急 諸善士如欲購捨此粉上海大馬路科發藥房及津郡老德記等大藥房均有價亦甚廉豫備不虞古之善道願我同人勿以小善而不爲也 同人公啓

論義快覽

功令改試經義論策新章初立學者苦無佳本本齋舊藏兩田史論兩册世鮮藏本近因同人多來假抄幾有日不暇給之勢爰亟印行以公同好在天津文美齋寄售並各書坊分賣本齋又輯有經義導先集二本皆從前人各文集中廣爲搜羅採擇成帙而以四書精義揭要付其後亦卽不日印出由文美齋付售

竹素齋主人白

紫竹林法租界 三義飯店

本店專做英法葷素大菜並由外洋自運各國上品洋酒各色異味點心罐頭鮮菓食物等類一應俱全本丫樓工程告竣房開窗闊夕時均用氣燈明亮異常仕商光顧者或携貴眷另有雅室亦足稱暢叙幽情矣擇於六月十七日開張至期請卽駕臨賜顧是荷

本主人謹啓

京都 內全盛

本店由京都移來專做全盛齋全樣鑲絨鞋亦有全樣布緞鞋各樣扎拉鎖綉扣鑲花鞋材料與衆不同樣式各外另有眞傳本店今有新添寄賣各樣旗鑾扎花坤鞋亦有鑲花坤靴一應俱全開設在天津府帶河門外樂壺洞北口巷內路北準仕商賜顧者詳認本店字號便是貨眞價實言不二價不悞主顧

本店謹啓

告白

博通齋新名論義一書著曰博通論初篇係鹽山崔孝廉著每部津價三百六購取請至天津北門內府署東各報總處紫氣堂出售

博通齋主人白

代辦各種機器告白

敬啓者余自去歲代辦各種機器業蒙紳商賜顧並無遲悞今又向英國着名大廠代辦各樣紡紗織布造磚炸毛等機器以及各行應用各樣機器零星物件定日交貨不能遲悞如 貴行包辦常年機器人工煤料或安設各樣機器價値格外相宜如蒙 貴官紳商購買者請至英新租界福仙永茶園看圖面訂可也特此佈聞

甯子卿謹白

新式四種

鹽山崔蘭溪孝廉著博通齋論義一書機圓法密議論宏通詢可爲後學之津梁也工料每本三伯六購取請到天津北門內天津府署東大街各報總處紫氣堂出售

四知齋主人白

天后宮北 義興順綢緞莊

本莊自置顧繡綢緞綾羅紗絹哈喇大呢羽綾羽毛各樣花素洋布南貨雅扇桂母頭油香粉鑄皂歸安貝松泉湖筆一概俱全

頭號杭甯綢
頭號摹本緞
紅梅茶 每斤 九百六
紅茶 六百四
紅茶磚 二百二
龍井茶 一吊八
金百
壽棉褶裙布裡每套五兩八
雜色金刀絨每尺五錢五

告白

敬啓者茲因自蓋三層鴻春大樓開設番菜館以來生意稍佳奈因福仙戲園關閉不開兼之敝號生意寥寥故令敝東公議欲將小號出兌出賃均可任便所有店內一切各樣家具等件一併按單點交不悞有願兌賃者務速駕臨敝號面議以免先後自誤可也特此佈聞

海大道鴻春樓主人謹白

告白

啓者澄思齋主人不惜工費聘請四方實學名儒精選各種書籍現因院試在邇未得求全先出四書經義史論時務策名曰改科欣賞集此書係書院前列各士課作迥非選拔古藝者可比准於即月初六日出書俟後別種印齊再爲登告 寄售處襪子衚衕王宅

新開 天吉齋京靴店

本店開設天津府東門外天后宮前路北門面二間本號專辦京莊上上材料專做京都滿漢朝靴各欵鑲繡插鎖全式名鞋一應俱全貨高價廉士商賜顧者請認明 本號招牌庶不致悞

本店擇於七月十三日開張

本號特白

告白

茲因錦衣衛橋正骨科蘇靜軒三先生令孫名蔭棠字子甘少大先生承授家傳跌打損傷接骨等症分此在侯家后歸賈胡同太山菴西開設永生堂藥店自置藥材丸散俱全並家傳筋骨疼痛風寒膏藥蜜藥專治舒筋活血止疼丸散膏丹門診過午不候並施敷藥

同人公啓

石印留書

是書爲明章大力所著四書義章解句釋義理詳明誠善本也准於八月初二日出書

文美齋寄售及各書坊均售

告白

本齋新印王蓮西先生摺楷字樣與衆不同每本津價三百六十購取請問天津北門內府署東各報總處紫氣堂出售津門辛宅具

告白

寄售兩田史論 經義遵先集 均分寄天津北門內府署東大街各報總處紫氣堂就近先取爲快

二齋全具

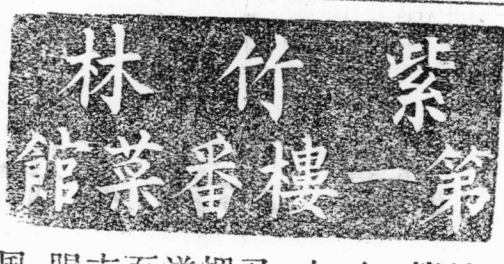

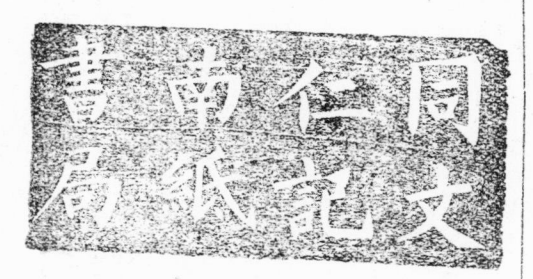

告白

自明詔改試策論經義承學之士均思改弦易轍砥礪實學一變八股空疏之觀雖然治筆則易而取式爲難規倣失眞弊且滋甚其故昭昭然也今者選集歷代及國朝四書五經義之當行出色者名曰精選四書五經義計六十首都爲一冊有志觀光者不可不先覩爲快也每册津價二伯購取請向天津北門內府署東大街各報總處紫氣堂寄售書本頗小舟車甚便非夾帶之用　實學齋啓

告白

靜致齋八月初一日會課陸沛郇都戎宣贈紫豪筆二十枝龍鳳墨二十錠延舒霞太守齡贈詩牋二十合張勛伯大令廣建贈石印書五種

本廬主人登報

開設天津紫竹林海大道旁

福仙永茶園

京都永慶成班

特請京都上洋蘇杭山陝等各處

頭等文武名角

八月初八日早十二點鐘開演

劉桂林　文月山　瑞龍　潘桂芳　牛處　十七紅　海棠紅　賽呂紅　洒金布　小禿紅　朱子紅　李殿久　連元　汪立喜　朱子本　香霄久　霸州旦　十六紅　翳寶恒　玻璃丑

男綁子　教子　鳳儀亭　衆武行 迴荊州　全班合演 殺子報　煩客

初八日晚七點鐘開演

上洋新到　上洋一等花旦

劉桂林　賈星橋　董度雲　汪立本　香宵旦　萠蘭紅　李德山　馬雲仙　周春奎　陸春蘭　左月春　明海山　元元旦　賽呂布　胡少卿　孫福祥　崔雪琴　衆武行

羣英會　火烟駒　乾坤帶　打龍袍　遺翠花　大溪皇庄

浙紹朱鈍翁先生術嫻心細游津十年屢臨重症均各穩愼近治勞瘧膏淋霍亂擒羅痧並婦科產後小兒喉癰俱喜回春久寓彌勒菴

開設紫竹林法國租界北

天福茶園

崇慶名班

特請京都上洋姑蘇山陝等處

各色文武　頭等名角

八月初八日早十二點鐘開演

長祿　大貞　十二紅　發生　楊福保　安桂秋　謝才寶　楊同來　白文奎　蘇廷奎　十四旦　常雅秋　王喜雲　汪德寶　終德明　高玉喜　小香鳳　趙斌恒　于景五　賽旋風

辟朝　賣華山　孝感天　黃金台　錯中錯　衆武行 借聖威

初八日晚七點鐘開演

京都新到　山陝初次眞正到津文武花旦

蓋天雷　老虎　小香鳳　趙斌恒　蘇廷奎　張永升　十一紅　張長奎　劉七　十三旦　王喜雲　于報　驢肉紅　十三旦　劉七　馬勝榮　蘇廷奎　靈芝草　李吉瑞　德才

捕油鍋　衆武行 八美圖　天水關　小放牛　拾玉鐲　萬佛衣　翠屏山　代殺山

開設馬家口南興基新馬路

天桂茶園

特請京都

慶吉祥名班

特請京都山陝姑蘇上洋河南等各處

頭等文武名角

新製

新彩　新切　平金行頭　新戲　亮臺

擇日開演

八月初八日出口輪船　禮拜五

海晏　輪船往上海　招商局
景星　輪船往上海　太古行
重慶　輪船往上海　太古行
泰順　輪船往上海　招商局

八月初七日銀洋行情

天津通行九七六錢
銀盤二千三百三十文
洋錢一千六百三十五
紫竹林通行九六錢
銀盤二千三百六十文
洋錢一千六百六十文
洋錢行市七錢一分

美孚老牌煤油

啓者美國三達煤油公司之德富士老牌煤油天下馳名萬商稱美蓋其質潔色清亮白如銀且絕無烟氣能耐久燃比之生荳等油晶光百倍而儉用價廉此爲德富士老牌之佳處誠屬無雙妙品也　士商賜顧請到天津美孚洋行採辦或向就近殷實行店購買庶不致悞

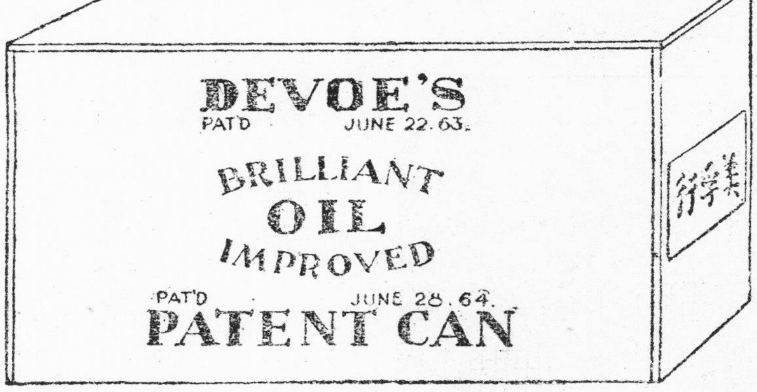

直報

本館開設天津紫竹林海大道老菜市氣燈房巷內

光緒二十四年八月初八日　第一千百八十三號
西歷一千八百九十八年九月廿三日　禮拜五

上諭恭錄

上諭現在國事艱難庶務待理朕勤勞宵旰日綜萬幾兢業之餘時虞叢脞恭溯同治年間以來　慈禧端佑康頤昭豫莊誠壽恭欽獻崇熙皇太后兩次垂簾聽政辦理朝政宏濟時艱無不盡美盡善因念　宗社爲重再三籲懇　慈恩訓政仰蒙俯如所請此乃天下臣民之福由今日始在便殿辦事本月初八日朕率諸王大臣在勤政殿行禮一切應行禮儀着各該衙門敬謹預備欽此

上諭御史宋伯魯濫保匪人平素聲名惡劣着卽行革職永不敘用欽此　上諭譚繼洵奏遵保使才一摺在翰林院檢討宋育仁湖北候補知府洪超着各該督飭知該員等來京預備召見欽此

論設農局農學宜勸農先立農會　續前稿

會也者所以因其業使相觀而善漸適於相見以誠聚其議而使求精爭其志而使屑進也事不從閱歷中來言不能親切有味以農會農彼此皆爲箇中人其心投其意親其所言必無不合遲請學稼孔子曰吾不如老農孔子天縱多能何所不學然占歲時辨土宜審物力因天因地因人知其大無暇求其瑣所以不勤四體不分五穀丈人譏其徒固知其猶少師丞尼山不得爭長也彼講太西學者其已眞知中土農學乎事宜因所至而求進不能棄所至而求進深知中學乃可取西學相証治田如治人資稟不同毗陰毗陽各宜因才施教無殊因地制宜就中論中中學尙非一致畧中學講西學西學雖通恐遷地不可爲良以西訓中固不如以中會中又不如以接陌連阡者互爲証俾其因此識彼也且夫利所在人盡趨欲禁不能奚煩過慮惟是凡民貪尺寸少遠謀甘在日後苦在目前驟語以日後大利縱家置一喙言者諄而聽者邈所謂可與樂成難與圖始也是必漸移以化導焉俾其能有所通也然後可以語大利故曰化行於漸也且夫野人雖愚彼此測心則甚智何者業同故情同卽其誠求所欲者無不同大學以從其所好繼誠求爲言以好從好故易易也如是則農學遂底於成乎猶未也讀千百卷書莫綜一是聚二三人議始有折衷治田治學原無二理況所議皆本地風光情事現在得失皆熟計寸心者經一失長一智其學乃精益求精矣猶未也學如逆水行舟不進則退農學何獨不然然野人長於有守短於有爲一善偶得拳拳弗失其弊也恒至於矜一得而故步自封故講信則宜修睦誼勗進則宜啓爭心凡人易動心者遠莫如近近莫如其所與爭無論太西太東民富若何耳無聞目無見未聞未見則必不動心爭於何有惟此東隣西舍彼也地利日興此也物力日耗一欣羡一愧

憤將見好學近智知恥近勇凡厥耕種何以獲畜牧何以蕃有弗學學不能弗措有弗思思不得弗措有弗辨辨不明弗措苟日新日日新又日新如有能得新法以致富者當不遠里道爭先求教況在比鄰現在西法是否勝於中法卽其物產流入中國者孰美孰惡無難取以相証果其物美必其法良一人得法一鄉樂效一鄉得法一邑樂效則新法流行化如時雨明若傳燈縱其人有智愚學有深淺其智愚深淺則異其喜成惡敗飴甘厭苦則同一入蔗境味愈濃嗜愈切境愈熟則爭趨恐後其進自不能已矣如是則卽會卽學何須設局何須官勸雖然非官莫能以除害故非官莫能以興利農所患者多矣訟獄也盜賊也强暴也其待官勢爲除不計外而水害水利非仰官勢莫能興除尤爲急務其購機器譯西書延洋教猶後也一言以決之曰欲農勸先祛病欲祛農病官須實力堅心以除害爲興利則農自勸矣何幸此義我仁憲早已熟計也昨讀大學士北洋大臣直隸總督部堂遵　旨覆陳直省設立農工商分局摺內有云農田必藉資水利東西各國雖有機器代耕藥料培土而遵辦數年仍須藉水灌溉必俟土性漸熟始可早耕直隸原有水利屯田兩局自應設法推廣考究東西各國濬河築閘成法擇要試行以爲農務根本擬於就近寬廣官地購買機器與化學脂料樹藝各種稻秫果木幷擬設農工商務學堂延聘泰西農學博選英敏學生入堂肄業將上海農學會報以及東西各報凡有關於農事者廣爲繙譯購置刋佈以期推行盡利云云仰見我中堂得其要領實心堅力爲　國爲民務期有以副　皇上念切農民至意　君臣一德萬姓蒙　恩草莽執筆大書特書普告閭閻額手稱慶

天下蒙福　○近以變法自强　皇上日理萬幾懼有叢脞叩求　皇太后訓政仰蒙俞允已見邸抄恭溯歸政以來已十餘年於茲矣今重煩　慈念日在便殿辦事唐虞之治行將見於今日洵天下臣民之福豈第自强已哉

比匪之咎　○宋侍御伯魯保薦工部主事康有爲當蒙　皇上召見派管時務官報籌給的欵日久並未出京後經嚴旨敦促近聞有在京妄爲情事是以奉　旨將宋伯魯以濫保匪人革職永不敘用已見邸抄第康有爲聞風遠颺恐宋伯魯雖已革職尙不足蔽厥辜也

司農被譴　○八月初六日午前　內廷值差人傳云張樵野少司農奉旨查抄一時人言嘖嘖有往東安門外錫拉胡同探訪者祇見滿巷男婦紛紛擁擠張宅左右有三堂提憲親帶武弁兵丁團團圍住禁止宅中人出入適有一人年約三十餘歲身穿素服由張宅出來正欲登車經崇受之大金吾諭令武弁將其拏獲交該管地面官廳步軍校看守解交步軍統領衙門懲辦觀至此因驅逐閒人不容立足未知究竟俟訪明再錄

欽犯遠颺　○每逢　皇太后起鑾駐蹕　頤和園　皇上應先詣瀛秀門外跪送八月初六日遲至午刻　皇上並未送駕　皇太后向御前太監詢問情由始知　皇上聖體違和因服康有爲呈進藥餌之過不由　皇太后慈顏大怒卽密諭步軍統領崇受之大金吾英德兩副金吾分撥親帶武弁兵丁飛馳宣武門外米市胡同南海會館嚴拏康有爲從重懲辦詎康有爲業已聞風遠颺卽將康有爲之弟康有信拏解步軍統領衙門管押應如何懲辦恭候　命下再行遵　旨辦理至如何訊究有無別情統俟訪明再錄

禮部示諭　○禮部爲曉諭事查定例外任引　見文武官員向由吏兵二部於給憑前十日內開送職名知照鴻臚寺由寺派員帶領四品以上赴　午門前五品以下赴　天安門前謝　恩違誤不到者指名題參等因今鴻臚寺於七月二十日經內閣會議奏准歸併禮部此後自應由禮部帶領近來鴻臚寺謝　恩一事往往有揑名書吏串通長班揑造該寺執照到處包攬索費以致外任官員希圖省便並不親身前往似此謝　恩重典竟至有名無實殊屬不成事體除行知吏兵二部於引　見後逐一開送職名知照本部外相應出示曉諭凡應行謝　恩各員本部定於每月初五十五二十五等日每日辰刻由本部司員帶領前赴　午門　天安門前分別謝恩以符定制該員等務須先期赴部投遞履歷並由本部發給印照愼毋貽悞特示

覆核定期　○本年　朝審應入情實緩決各犯業經刑部分別案情輕重造齊各省冊籍奏請　欽派覆核朝審大臣崑中堂諸公已見宮門抄矣茲聞擇於八月十三日在禁廷刑部朝房內覆核各省冊籍十四日卯刻由刑部提犯出決其應入本年朝審共計

若千名起侯訪明再錄

督轅門抄　〇八月初八日中堂見　候補侍郎袁大人世凱　臬台廷大人雍　通永鎭李大人大霆　通州協龍大人殿揚　保定馬隊韓大人殿爵　候補府梁大人丹銘　昨日晚見　新授福建興泉永道惲大人祖祁　江蘇候補道沈大人楡慶　候補道徐大人楨祥

驗船有待　〇前報登初六日中堂赴沽驗看德國新造新式快船等因是日該船尚未駛到口外是以未經出轅訪事人所稱見有新船到口者係英日國船隻多艘也茲悉該船名海琛於昨日已經駛到大約日內中堂必命駕前往大沽矣

學憲到津　〇直隸學政張學憲英麟于昨早八點鐘乘坐官舫抵津船泊新浮橋上乘輿赴吳楚公所中堂率同司道均赴公所虔請　聖安學憲卽赴貢院駐節

奉委監塲　〇鄭家口游擊于遊戎金聲奉鎭憲調津伺候監塲一則巳紀前報茲于初七日抵津暫以西關魁發店爲行台昨巳赴轅稟知到差云

不如一經　〇河北某富戶以生意起家數十年來積儲詎止百萬計膝下一子年僅弱冠每思弟男子姪衆多且均成立恐將來其子不能獨享厚豐遂將公欵提出一半飽入私囊自以爲計之得也詎身故後家中皆知底蘊紛紛議論咸有窺伺之心恐不免釀成訟累因憶古人有云遺金滿嬴不如一經觀此益信

天人共棄　〇今早河東小聖廟前有嬰兒委地無人收拾觀者如堵云巳體冰氣絕亦並無人埋掩以是知寒冰溢巷非鳥覆翼牛羊腓字不得生曠野間非轂以於免亦皆斷無生理也是兒其人棄而天亦棄者乎

謠言勿信　〇初七日火車棧不賣票者半日南北路隔電亦不通津人惶惑互相猜疑無非扣盤捫鑰好事者遂流長飛短雖家置一喙幾不能以破其疑至晚本館接到京函已得確耗滿擬刋報以快衆覽以釋羣疑惜當日報已印畢無從補綴故於今日登諸報首大抵凡事由情理而生無情無理卽斷斷必無其事寄語君子萬勿輕信謠言輕傳謠言以信口開河也

落河又見　〇昨有一小孩年約十五六歲由金家窰買冰一担路經小鹽店擺渡不料偶一慌疎失脚落河至今渺無踪影云

戲園將開　〇前日本報尾登天仙茶園擇吉演戲告白一則詢係在紫竹林上娘娘廟對過去年新造戲樓欲開女戲園之處查其地並非租界曾經關道憲李觀察嚴行禁止何以忽又開張據稱已經上下打點妥帖通城官憲上至中堂皆已允准班主爲想九霄定於十二日開演云云從此該處又將熱鬧矣惜其地向爲水坑去歲動工又値冬令地脚既不堅固曾經坍卸修理今年窗櫺上又有人縊死一經開演人數衆多必須愼防坍塌甫得利市十倍也

津市粮價　〇八月初六日沿河頭堡西集雜糧行情列後　御河白秋麥十一千　生米八千四五　紅秋麥十千零六七　元米八千五六　春麥十千零七八　元玉米六千七八　眞青豆八千二三　上河白麥十一千　白玉米六千五六　吉豆七千四五　花麥九千七八　閘河白麥十千　白黑豆七千三四　芝蔴十二千　茶豆八千一二　元小米八千七八至九千二三　紅高糧四千餘

粤匪猖獗　〇廣西海南地名諸度土匪擾亂現在更形猖獗情形岌岌可危該鎭防營兵數無多恐難抵敵盼望援兵甚亟八月十四號土匪約千餘人分六隊來攻瓊州項統領派兵四路抵禦鏖戰甚久殺斃土匪三十人傷者四五十人搶獲軍械旗幟不少戰場卽在美國教堂相近之地美教士因避亂他去教堂遂爲土匪所據官軍旣將土匪擊退奪回教堂並殺土匪數人官軍統帶周守戎追逐土匪爲鎗彈擊傷尚無大碍項統領在華夏地方駐紮手下之兵僅百有餘人該處地方遼闊不敷調遣故亦盼望援兵甚亟教士巳於八月十三號避往他處將教堂產業請地方官保護一面發急電至領事署領事接電後照會兩廣總督派兵迅往彈壓譯香港每日報又廣東訪事人云近日兩廣無處不有亂黨從廣東至梧州由梧州至雲南邊界以至海南汕頭等處其所謂三合會白蓮教者幾至遍處皆有地方官異常憂慮向以海南爲更危急據近日消息謂亂黨近復聚集官兵等思欲先行復奪瓊州再進攻海口彼處地方

官並美領事已稟請督憲赶緊派兵前往撲滅按粵西粵東兩信雖有少異實則客同匪之猖獗於玆益信

活佛東來　○蒙番皆遵奉釋氏其大寺廟之喇嘛相傳爲轉世投胎者番語曰胡畢勒罕漢民稱爲活佛循化南番中有拉布楞寺閎壯偉麗縱橫數萬間其活佛曰嘉木樣近日東遊至蘭州乘坐綠呢八抬大轎前導用黃蓋從者百餘人皆衣黃徧拜當道將甯夏賀蘭山並山之五臺山拈香禮佛豈卽諺所謂西天望到東天好者歟青海蒙古某郡王躬送活佛進省又聞河套某親王已遣使者數輩來迓蓋將大啓經壇超度衆生自王公迄庶民所集布施之費當以十餘萬計然則攘攘者原爲利來歟

梧開報館　○聞廣西梧州埠不久將開報館一所取名梧州日報一俟佈置停妥卽行判發報紙查粵西一省向無報館今得是報以爲之倡將來風氣漸開當必有繼其後者從此據事敷陳直言無隱吾道爲不孤矣

光緒二十四年八月初六日京報全錄

宮門抄○八月初六日刑部　都察院　侍衛處值日　無引見　克公假滿請安　江甯藩司袁昶到京請安　出使大臣徐壽朋到京請安　李徵庸謝賞頭品頂戴恩　壽公謝襲爵恩　梁仲衡謝管戶部三庫恩　馮汝騤謝授四川順慶府知府恩　補用道府楊士驤等謝恩　山東在任儘先卽補道東昌府知府洪用舟謝恩　車王英傒各請假十日　明安續假五日　恩輝續假十日　馮寶琳祁師曾李稷勳預備召見　召見軍機　袁昶　徐壽朋　李徵庸　馮汝騤　皇上明日寅正至社稷壇行禮畢還海

○○日講起居注官翰林院侍講學士奴才瑞洵跪奏爲南漕改折有益無損仍請飭下疆臣妥議施行毋循故事以期湔除積弊裨佐時艱恭摺仰祈聖鑒事竊奴才伏惟人臣以身事主當時時存利國家之念不可執偏私而誤公朝大臣奉上竭忠當事事以和衷共濟爲公不可分畛域而膠成見向來朝廷有所敷施外省有所舉動往往言官以爲可行部議必與之扞格疆吏以爲可辦廷臣每斥其更張意見參差是非紛糾雖有良法美意一誤再誤支吾牽掣必至廢輟不行而後已此卽在太平全盛晏安無事之時猶必牽率因循隱釀異時之患而況國家多事之秋哉卽如南漕改折一事張之洞在署兩江總督任內奏旨籌議力請全改可謂公忠體國獨任其難部臣明知公議所在人人以爲可行不能悍然而阻之也於是試爲游移兩可之辭得過且過之計藉辭推諉輾轉宕延並守一定切實辦法及奴才續行條陳奏旨交議聞初議亦謂可行已將具摺奏准嗣以尙書敬信瞻徇迴護力持不可與同官意見不合仍復中止以欽奉上諭謂應及時舉辦者而尙不能行朝廷每有變法自强之端必且多方阻撓同歸於廢棄敗壞而不爲挽救以此歎易轍改弦之非易易也嗣張之洞於交卸回鄂時復以改折有利無弊專摺覆陳不知該部如何定議夫以國家歲轉南漕百餘萬石船運至京關繫數十萬人計口授食之需向使輪船未通奴才亦何敢冒昧上陳力言改折今則海道暢行有如衽席南來包米盈溢市廛官運朝更商販夕湧顧必約守舊章牢不可破坐令百萬金錢耗蠹於官吏戶胥之囊而不思變計豈不可惜且自咸豐以來湖北折漕而官民稱便湖南江西河南安徽等省折漕而官民亦無不稱便何於兩江獨不可行況以蘇屬而論全完本色者不過數縣餘皆統收折色若松常鎭太等府州雖有本折兼完之說而完本者更不及三成至江甯藩司所屬州縣向來卽係全完折色是則本色早非定章河運已無實際今昔情形迥有不同部臣職屬大農豈於河漕利弊茫無所知殆亦徒恃氣矜並未平心體察耳邇者部庫艱難度支告匱借用洋欵費舌敝唇焦之力猶且金磅扣頭折閱巨萬抵押重息虧耗多端何如取數百餘萬中飽而歸諸公之爲愈哉應請飭下兩江總督江蘇巡撫再行妥議請旨施行勿以錮習而志在苟安以內重而意存遷就俾多年積弊漸次可除或於時艱少補萬一貿貿之愚是否有當謹具摺瀝陳伏乞皇上聖鑒謹奏奉旨已錄

○○劉樹堂片　再竊臣承准軍機大臣字寄光緒二十四年六月初十日奉上諭國家講求武備非添設海軍籌造兵輪無以爲自强之計玆經召見裕祿詢以福州船廠情形據奏工匠機器一切均足以資興造惟所需欵項較鉅必須於原撥常年經費外另籌的欵按年撥解庶足備製造船炮之用着各該將軍督撫遵照單開指撥數目妥籌辦理等因欽此查單開河南省派銀五萬兩經臣飭司籌撥一面先行電奏在案玆復據藩司額勒精額詳稱豫省庫欵向係入不敷出惟値此時會多虞自非添設海軍廣造兵輪不足以圖强

盛除應解京協各餉暨應還洋欵遵照不動外擬將司庫每年應入河夫銀三萬餘兩儘數動用其不敷之數在於支撥養廉扣收新章三成軍需內動撥銀一萬餘兩補足五萬兩批解應用詳請具奏前來臣覆核無異除分咨外謹附片具陳伏乞聖鑒勅部查照謹奏奉硃批戶部知道欽此

好色細情　前登籌賑局書吏李某二子甲乙兩人不務正業因氣病迷乙不顧其父與名妓高麗四定嚙臂盟搗堅不允行乙遂與四約曰我不能取汝爲妻不爲男子乙歸持刀入庶母室謂庶母曰無錢而生勝於有錢而死今出藏金則已否則頭落地矣遂以刃加頸李妾懼出債券二紙計錢四千緡乙拋刃持券去其庶母在國聞報登載告白言失去借券二紙四千緡作爲廢帋云云及乙持券討債債主以廢帋對乙復重賂中人討錢到手決意必取高麗四又恐強奪搗不干休因在紫竹林租界內覓得外國衙署潛身茲有謀士爲乙畫策擬於某日招高麗四在外國飯店佐酒候四來則云飯店不雅必移席外國衙署方覺暢意俟其入署便閉置暗室計於夜間潛移他處并邀集武壯多人爲衛搗如來索高麗四則有人出作合事老強以千緡了事否則武士齊出以爲恐赫現聞奩妝俱已備齊惟待吉期以成佳偶矣

頃接山左友人郝希孔兄來信據云東省水災久爲昭著惟今歲黃河決口已知八處災情大異往年澤國之區二十餘州縣計高苑　博興　樂安　齊東　新城　蒲台　利津　濱州　章邱　歷城　齊河　德平　禹城　肥城　東阿　范縣　平陰　壽張　陽穀　東平　汶上此二十餘處居民廬舍墳墓盡行漂沒其災民數百萬啼飢號寒無所歸貲思及存無餬口沒無餘地令人傷痛無已現在雖經　大憲多方賑救無奈欵項奇絀惠難均霑此等時光若能措欵來賑而功德實屬無量云云查本年東魯水災誠甚於昔年無如僕等自庚寅順直被水連年籌辦義賑勸捐一節早成努末徒喚奈何惟謹將郝君來函登諸報章以供　衆覽伏望大善仁人君子慨發慈念往賑災黎則功德不可言量矣僕等不禁爲億兆待斃生靈馨香祝之　津門義賑同人具

施救吞烟　白鴨血及人糞汁皆爲救吞鴉片妙方爲其吐耳然效與不效或未可必茲上洋白藥粉專救吞烟經驗多人萬無一失法用白藥粉一劑加熱水一碗冲藥溫服服畢以二人扶之行走不住即易吐出若遲至半刻不吐再服一劑不吐仍即再服一劑總以吐淨鴉片毒爲度吐後多飲清水仍令一吐再吐至所吐之水澄清無污其毒乃盡可慶更生切不可用煤油醬油等方誤灌致傷性命如吞烟後一時取藥不及先以食鹽三錢攪冷水碗許灌入暫殺其毒以待藥至即急灌救如吞烟歷時甚久昏迷欲睡此係烟毒已發恐一吐猶未能盡淨必須二人扶之行走另着人用竹竿打其兩腿皮肉務使知痛驚醒終夜不睡睡則難保無虞矣此藥西頭流水溝西河沿立興成糧莊暨金華園西河沿聚豐恒糧店河東十字街西存仁堂藥局中義當東愼修堂閻宅均爲施送合併錄報使遇此事者就近救急　諸善士如欲購捨此粉上海大馬路科發藥房及津郡老德記等大藥房均有價亦甚廉豫備不虞古之善道願我同人勿以小善而不爲也　同人公啓

代辦各種機器告白

敬啓者余自去歲代辦各種機器業蒙紳商賜顧並無遲悞今又向英國着名大廠代辦各樣紡紗織布造磚炸毛等機器以及各行應用各樣機器零星物件定日交貨不能遲悞如貴行包辦常年機器人工煤料或安設各樣機器價值格外相宜如蒙貴官紳商購買者請至英新租界韻仙永茶園看圖面訂可也特此佈聞

甯子卿謹白

論義快覽

功令改試經義論策新章初立學者苦無佳本本齋舊藏兩田史論兩册世鮮藏本近因同人多來假抄幾有日不暇給之勢爰亟印行以公同好在天津文美齋寄售並各書坊分賣本齋又輯有經義導先集二本皆從前人各文集中廣爲搜羅採擇成帙而以四書精義揭要付其後亦即不日印出由文美齋付售

竹素齋主人白

紫竹林法租界　三義飯店

本店專做英法葷素大菜並由外洋自運各國上品洋酒各色異味點心罐頭鮮菓食物等類一應俱全本洋樓工程告竣房間寬闊夕時均用氣燈明亮異常　仕商光顧者或携貴眷另有雅室亦足稱暢叙幽情矣擇於六月十七日開張至期請即駕臨賜顧是荷

本主人謹啓

告白

敬啓者茲因自蓋三層鴻春大樓開設番菜館以來生意稍佳奈因福仙戲園關閉不開兼之敝號生意寥寥故令敝東公議欲將小號出兌出貨均可任便所有店內一切各樣家具等件一併按單點交不悞有願兌貨者務速駕臨敝號面議以免先後自誤可也特此佈聞

海大道鴻春樓主人謹白

天后宮北　義興順綢緞莊

本莊自置顧繡綢緞綾羅紗絹哈喇大呢羽綾羽毛各樣花素洋布南貨雅扇桂丹頭油香粉胰皂歸安貝松泉湖筆一概俱全

頭號杭甯綢		
頭號摹本緞		
紅梅茶	每	九百六
紅茶		六百四
紅茶梗	斤	二百二
龍井茶		一吊八
金百		
壽棉薇裙布裡	每套	五兩八
雜色金刀絨	每尺	五錢五

京緞零剪　減價售現

零剪

高鴉背	一千三百五
正號元青貢緞每尺	一千四百文
中號	一千一百文
副號	八百八十文
眞杭青金銀庫緞每尺	二千二百文
眞裕順會皮絲烟每包	一千一百文
南京鹹鴨每支　大	一千八百文
小	一千二百文

寄售

龍井　每斤	一吊七百文
雨前	一吊一百文
珠蘭	一吊四百文
雀舌	九百六十文
蜂翅	一吊二百文
紅袍	六百四十文
小種	一吊二百文

本號自製元遠京緞臺售零剪杭絨衣線官燕金腿南貨糟貨一應俱全近因錢市張落不同分別減價抑因無恥之徒假冒南味字號者甚多雖云謀利誠恐亂眞欲辦薰猶用煩楮墨

天津宮北大獅子胡同公益仁記南味坊謹白

告白

啓者澄思齋主人不惜工費聘請四方實學名儒精選各種書籍現因院試在邇未得求全先出四書經義史論時務策名曰改科欣賞集此書係書院前列各士課作迴非選拔古藝者可比准於即月初六日出書俟後別種印齊再爲登告

寄售處襪子衚衕王宅

新開　天吉齋京靴店

本店開設天津府東門外天后宮前路北門面二間本號專辦京莊上上材料專做京都滿漢朝靴各欵鑲繡插鎖全式名鞋一應俱全貨高價廉士商賜顧者請認明本號招牌庶不致悞

本店擇於七月十三日開張

本號特白

告白

茲因錦衣衛橋正骨科蘇靜軒三先生令孫名蔭棠字子甘少大先生承授家傳跌打損傷接骨等症分此在侯家后歸賈胡同太山菴西開設永生堂藥店自置藥材丸散俱全並家傳筋骨疼痛風寒膏藥蜜藥專治舒筋活血止疼丸散膏丹門診過午不候並施敷藥

同人公啓

石印留書

是書爲明章大力所著四書義章解句釋義理詳明誠善本也准於八月初二日出書

文美齋寄售及各書坊均售

告白

本齋新印王蓮西先生摺楷字樣與衆不同每本津價三百六十購取請問天津北門內府署東各報總處紫氣堂出售

津門辛宅具

告白

寄售雨田史論　經義遵先集均分寄天津北門內府署東大街各報總處紫氣堂就近先取爲快

二齋全具

天福茶園

新排新戲

左公平西

此戲係除暴安良於咸豐年間西下逆叛擾亂世界黎民不安拆毀廟宇無惡不作故此上蒼大怒分遣列宿降生諸將帥運智設謀掃逆叛將盡克復一統錦繡山河從此海宴河清昇平永慶前有西下賊匪作亂在甘泉縣界逆叛造反起首在馬各店縣太爺家眷被殺少爺逃走投奔逆左大師求發救兵左大師意欲前往不日來到路州得扎營後平盡賊匪掃却逆歎大師得勝而歸後有數十餘本內中關節頗多並無奸盜邪淫污穢之處皆係忠臣良將孝子賢孫善夫節婦俠士烈女改惡從善去邪歸正天理昭彰循還報應可以勸世梨園中借詞演唱勸入為善今本園特請藝入排成數十餘本不惜重貲製辦紬緞五彩旌旗軍裝器械全堂燈采鮮明悅目詢屬另有可觀本園並不蕩言另期擇吉試演

本園謹啓

天福茶園

特請京都新到

頭等名角

八月初九日晚准演

十三旦 劉七

桃山洞 溪皇莊

鳳儀亭

包廂加錢一吊文散座每位二百文

福仙永茶園

特請上洋新到

頭等名角

八月初九日晚演

元元旦 馬雲仙 左月春 香霄旦

採花赶府 二進宮 寶劍 鐵

福仙永茶園

聘請上洋初次新到

頭等花旦

小萬盞燈

擇日開演

天福茶園

特請上洋回津頭等名角

小長奎

擇日開演

三井洋行分莊

告白

啟者日本商始創貿易為業數拾年以來今分莊開設北門外鍋店街洗家衚衕口對過專選精工料實東洋棉紗各等時式大小疋棉布粗洋布斜紋洋標等格外公道價亦從廉凡仕商賜顧者請至分莊面議可也特此佈聞

三井本莊主人啟

海利鐘表洋行

啓者本行自上海分設天津紫竹林法租界良濟藥房對過女成衣飯店一號二號房內自製新式鐘表金銀表金表練各樣新式大小說話機器耳鳴機器金戒指金鋼石戒指大小洋鏡各樣新貨一應俱全貨好價廉格外公道在此住兩三個月後另造樓房批發諸公光顧請早駕臨海利洋行謹啓

戊戌年八月初八日禮拜五

名醫過津

前辦東海關官醫局嚴備九二尹鳳藻日前隨嵩武軍統領孫紹襄軍門到津寓紫竹林春元棧小住數日即赴小站新建陸軍將來能留寓津門則七十二沽中抱采薪憂者當受惠不淺矣

同人仝啓

紫竹林第一樓番菜館

本號專作英法大菜各色精細點心各樣洋酒洋貨等物一應俱全並售

上 八百

上 紅茶每斤津錢 一千

六百

又批發茂生公司鐵海紙烟零整發售價值格外公道原箱計一百盒價洋一百四十四元每盒計五百支洋一元五角凡仕商賜顧請即駕臨是荷

風雨勿阻

主人謹白

同文仁記南紙局

本局自印耕香館畫譜每部價洋二元專辦各種石印書籍精選加高南紙頂細雅扇格外價廉廣天津東門外襪子衚衕本局啓

本局謹啓

減價

今有友人自辦陝西老土每兩津錢五百文

新到梁州土每兩津錢五百六十文

如蒙賜顧者請到東門內聚隆成寄售

開設天津紫竹林海大道旁
福仙永茶園
京都永慶成班
特請京都上洋蘇杭山陝等各處
頭等文武名角
八月初九日早
忌辰

開設紫竹林法國租界北
天福茶園
崇慶名班
特請京都上洋姑蘇山陝等處
各色文武　頭等名角
八月初九日早
忌辰

告白
自
明詔改試策論經義承學之士均思
改弦易轍砥礪實學一變八股空疏之觀
雖然治筆則易而取式爲難規倣失眞弊
且滋甚其故昭昭然也今者選集歷代及
國朝四書五經義之當行出色者名曰精
選四書五經義計六十首都爲一冊有志
觀光者不可不先觀爲快也每冊津價二
伯購取請向天津北門內府署東大街各
報總處紫氣堂寄售書本頗小舟車甚便
非夾帶之用　實學齋啓

初九日晚七點鐘開演
京都新到　山陝初次眞正到津文武花旦

高玉喜　周瑞奎　張長奎　謝才寶　自來紅　東發亮　十三旦　馬勝榮　驢肉紅　俊生　羊喜壽　十一紅　十七紅　十三旦　十四旦　蘇延奎　常雅秋　劉七　趙斌恒　于景五

百壽圖　打龍袍　雙官誥　桃山洞　打沙鍋　定軍山　鳳儀亭　十樣雜耍　衆武行　溪皇庄　大鼓書詞

初九日晚七點鐘開演
上洋新到　上洋一等花旦

全台演　班　賈星橋　潘桂芳　小禿紅　葫蘆紅　香宵旦　賽呂布　海棠紅　李殿元　周春奎　左月春　馬雲仙　元元旦　十七紅　朱子久　楊四立　翟雪琴　萬齋鑾　明海山

全家福　硃砂痣　女中孝　賓鐵劍　小放牛　二進宮　採花趕府　衆武行　白蓮寺

告白
靜廬八月初一日會課陸沛郇都戎宣贈紫豪筆二十枝龍鳳墨二十錠延舒霞太守齡贈詩牋二十合張勛伯大令廣建贈石印書五種
本廬主人登報

開設馬家口南興基新馬路
天桂茶園
特請京都
慶吉祥名班
特請京都山陝姑蘇上洋河南等各處
頭等文武名角
新製
新彩　新切　平金行頭　新戲　亮臺
擇日開演

浙紹朱鈍翁先生術嫺心細游津十年屢臨重症均各穩慎近治勞瘟膏淋霍亂癮羅痧並婦科產後小兒喉癰俱喜同春久寓彌勒菴

美孚老牌煤油

啓者美國三達煤油公司之德富士老牌煤油天下馳名萬商稱羨蓋其質潔色清亮白如銀且絕無烟氣能耐久燃比之生荳等油晶光百倍而儉用價廉此為德富士老牌之佳處誠屬無雙妙品也　士商賜顧請到天津美孚洋行採辦或向就近殷實行店購買庶不致悞

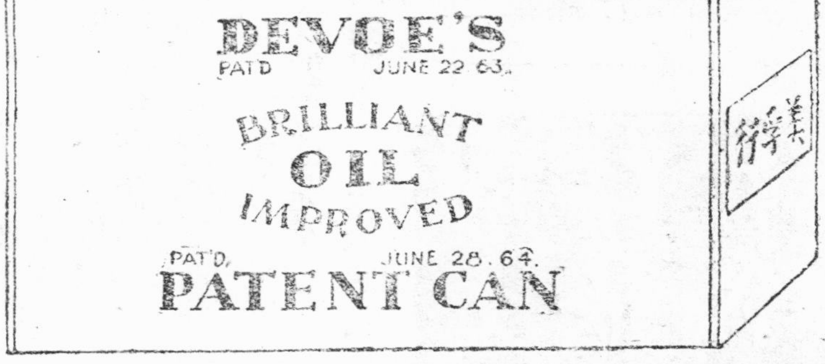

八月初九日出口輪船　禮拜六
海晏　輪船往上海　招商局
景星　輪船往上海　怡和行
八月初十日出口輪船　禮拜日
新裕　輪船往上海　招商局

八月初八日銀洋行情
天津通行九七六錢
銀盤二千三百五十文
洋錢一千六百四十文
紫竹林通行九六錢
銀盤二千三百八十文
洋錢一千六百六十五
洋錢行市七錢一分

直報

本館開設天津紫竹林海大道老栥市氣燈房巷內

光緒二十四年八月初九日
西歷一千八百九十八年九月廿四日　禮拜六
第一千百八十四號

上諭恭錄

上諭禁城內外理宜嚴肅前經屢次諭令值班官役認眞巡緝近來仍有閑雜人等任意出入實屬玩弛不成事體所有紫禁城西苑頤和園三處着步軍統領衙門遴派官弁帶領番役各在宮門外分段巡邏不准稍有疏懈其舊有護軍營管理地方仍着該統領等嚴飭派出各員弁認眞巡緝以重門禁倘再仍前玩愒定當查取職名嚴參懲辦欽此　上諭四川敍州府知府員缺着文煥補授欽此　旨奕功現在丁憂奉宸苑卿着明安署理欽此　旨奕功現在丁憂所管正白旗滿洲副都統着祥普署理欽此　旨奕功現在丁憂所管正白旗護軍統領着蘇嚕岱署理欽此　旨奕功現在丁憂鑾儀衛鑾儀使着福森布署理欽此　上諭都察院奏代遞已革參將金鳳岐條陳一摺金鳳岐前任江西吉安營參將所犯各案情罪重大經德壽查明奏參係奉旨革職勒令回籍交地方官嚴加管束之人茲復潛逃來京實屬胆玩着即遞回原籍交該地方官嚴加管束不准在京逗遛該衙門知道欽此　硃筆吳樹梅着補授內閣學士兼禮部侍郎銜欽此　上諭山東曹州鎮總兵員缺着崔廷桂補授欽此　上諭張汝梅奏節逾白露黃河水勢漸落謹擬籌欵堵築上中游漫口情形一摺本年伏汛盛漲險工迭出上游壽張各縣先後漫溢當飭該撫將漫口處所設法堵築現在節逾白露水勢漸落正可及時興工所請截撥各欵銀四十萬兩着戶部迅卽查照核撥奏明辦理該撫務飭在工各員將需用椿繩楷料赶緊購備並就近招集災民以工代賑核實修堵尅期告竣至撥用各欵尤當力求節省不可稍有虛縻以副朝廷愼重河防之至意欽此

英日當聯中以保東方太平之局論

吳廣沛劍華

嗚呼諺云止因一箸錯輸却滿盤棋其今日英人之謂乎論泰西通道中華以葡萄牙爲最先論增開口岸獨操商務勝算則以英人爲巨擘各國皆瞠乎後塵莫步也夫英既獨攬亞洲利權以富以强宜如何重視東方商務宜如何與中國親好常保太平之局而永執利權之柄此其故不獨英之當國者宜知卽英人經商於中國日久者固無不明茲緊要也乃前歲中東失好英人不能居間排解初僅猶豫持重欲收漁人之利繼見我用兵挫折更輕藐中國而不恤其艱結好日本而冀聯其助雖然結日是也結日而不謀所以聯中則是知其一不知其二仍非計之上乘也何則亞洲之國獨數中國爲最大日本次之高麗等國又次之況日東一水盈盈浩渺萬里旁絕四鄰非勢極富强則頗難孤立非聯結中國則不能持久輔車相依之勢所必然也日人既未明此遠畧而輕絕中國之好浪欲逞雄於一

戰已屬失計不意英復尤而效之舉百餘年來盟好不渝利權獨享之局一旦而自甘遺棄用心過巧則計事反拙當其徘徊觀望狐疑莫決時如一髮之偶絕如片隙之有瑕俄人已投袂而起毅然奮然扶中抑日獨仗大義以收戰局於是英人數十年所執東方牛耳一朝爲俄人從掌握中霍地奪去不啻靑天霹靂譬諸列國時桓文霸業旣衰楚莊王吳夫差始有爭盟中原之舉想英人至此必且咤訝驚駭神奪目眩而回顧空拳荅然竟喪其所恃此皆由用心過巧布局偶疏忽然一刬打翻竟成滿盤輸着也故當時西人日報頗不滿英之相國度久旅東方者必心知其非顧不肯自發其覆耳度英之執政者亦未嘗不悔其初時用心之誤而持滿不發反讓後射者爭先中的也　此稿未完

事屬訛傳　○昨日報登司農被譴比據訪事函稱是日崇受之大金吾等親帶武弁兵丁在東安門外錫臘胡同將張樵野少司農府圍繞者並非查抄因康有爲常在張府是以往拏禁止出入旋經英副金吾帶兵分往米市胡同南海會館拏獲康有爲之弟康有信郎康廣仁並僕從人共六名皆以黃繩捆縛解交步軍統領衙門看守於初七日由步軍統領衙門將康廣仁派差解送刑部收禁聽候提訊康有爲則於初五日早晨六點鐘乘火車已經出京英副金吾聞信赶緊郎帶領弁差數人乘火車飛往天津追緝云

醫學將興　○通政司衙門前經裁撤現在改爲醫學堂業將衙署地址丈量派供事官人看守諒不日動欵開工興修云

暫緩修理　○詹事府衙門前經裁撤改爲農工商總局業已疊列前報茲聞現已飭匠開工興修於八月初七日瓦木匠人正在動工忽端午樵觀察乘輿而來諭令停工暫緩修理當將工作人等一併驅逐聞有仍復舊制之說未知確否

上達天聽　○日前報登戶部主事楊楷呈遞條陳請旨簡派大員剿除廣西會匪一摺已經戶部堂憲於八月初七日據情代奏並聞另有附片奏稱各省匪徒常有拆毁教堂情事各州縣務當飛速稟詳上司速行奏報毋得稍有遷延亦於是日一併代奏

西人條奏　○八月初四日都察院署前有某西國人呈遞封口條陳經總憲准理當郎備文咨送總理衙門據情代奏至所陳何事一時碍難訪悉諒不日必有綸音矣

具有其說　○近日六部紛紛擾擾有併司之說以致人心惶惶今聞戶部六堂憲於八月初六日午前齊集署中公同會議大約所議皆裁併各司之事傳聞八旗歸四旗廣西浙江河南江南雲南四川六司均欲歸併福建等司至監印處現審處俸餉處捐納房井田科派辦處均欲裁撤究竟如何歸併裁撤統俟定局訪明再錄

老成持重　○吏部文選考功兩司平日公事繁難稽勳驗封兩司公務清簡前經諸堂憲商議欲將稽勳驗封兩司裁撤公事歸文選考功兩司辦理經徐中堂深知文選考功二事繁難若再辦稽勳驗封二司之事恐文選考功二司事太積重叢脞滋虞是以公同會議毋庸裁撤歸併仍照舊制

遵循年例　○都察院河南御史向於每年秋間有稽察宗人府內閣翰林院六部及五城司坊之責令各衙門將光緒二十三年八月起至二十四年七月底止所有收到文移及辦過案件註明已完未完分別造册名曰刷卷定於八月初十日爲刷卷之期倘有違誤遲延者郎時叅處決不寬貸

時疫堪虞　○節交秋分天時不正京師時疫流行勢未稍息近聞宣武門外七井胡同居住曹某夫婦年皆不惑於初二日同患時疫數刻間已作長眠客初六日發引雙棺抬至彰儀門大街增壽寺廟內暫停以待安葬云

薪桂米珠　○京師粮價過昂日見增漲近自八月初一日各米店齊行將老米每百斤合錢四十四吊白米每包合銀六兩白麵每百斤四十二吊玉米麵每十斤合錢兩吊六百文初五日米麵每百斤又漲京錢四吊據各糧行談及粮價仍要增漲是以居民莫不愁鎖雙眉矣

督轅門抄　○八月初九日中堂見　運司方大人　關道李大人　津道任大人　江蘇候補道沈楡慶　候補道嚴大人復

自是罪人　○康有爲在京逗遛初三日奉旨敦促不准觀望速赴上海開辦時務日報煌煌上諭已見邸鈔康郎於初四日出京是其違旨逗遛行似尙可信至初六日捉拏則其出京已三日附船赴滬殊不足怪至其如此被拏究因何事傳說者紛紛擾擾皆捕風

捉影之談康有爲之爲邪爲正姑不具論就其登台說法號召徒侶一則觀之則其人胆大不安本分巳可槩見國勢日艱罔食毛踐土之人所當共抒公憤第宜酌量輕重循序而行斷不可貪緣當道互爲黨援互相標榜致蹈明季東林陋習人言明不亡於流寇而亡於東林觀康之所爲可勝浩歎今爲康計既蒙嚴旨捉拏務卽自行投到庶不負平日以保教自命也噫

開塾有期　○前登西關外僧王祠爲津門善紳創設中西義塾惟以欵項未充僅額招學生四十名專爲育寒家子弟十五歲以內者先行報名以備考取茲聞定於本月十八日驗看去取後卽於二十日開塾

誰問東流　○蘆台武毅軍於月初抵津駐紮河東王家塲地方以備閱視昨有該軍兵丁某甲在陳家溝子鐵橋眺望失足落河趕緊撈救而水大溜急竟被洪濤捲去踪影全無刻尚未獲屍身云

漕船回空　○前報載江北糧船由津赴通交納昨聞漕糧業經過斛交代清楚回空頭帮糧船刻已抵津餘約數日亦陸續畢至小作勾留當卽連檣南下

罪在縱妻　○本埠少婦被匪竊負而逃者指不勝屈非係戀姦卽誘拐耳據聞城西先春園地方某甲妻僅中人時常濃抹豔妝倚門買俏日前不知被何人拐去甲入宮不見四出偵騎迄無踪影未悉故劍能返延津否

君子不入　○府院兩試隨棚局賭不勝枚擧雖經府縣嚴禁而若輩明目張胆置若罔聞仍在貢院附近以開烟館爲名實則暗設賭具引人入勝昨有某甲失足其中除將携帶現錢盡歸烏有外尚短錢七八千之譜甲擬回寓取償局頭不允欲留衣服爲質甲以體面攸關互相爭吵幾乎用武經魯仲連一流人出爲排解令取保三日交還開局聚賭其考耶生非考耶生要皆不分者耳

分兵靖亂　○西征之兵現奉粵督之命令分一營前往汕頭駐紮因該處附近亦有亂匪故分兵彈壓也

重慶水災　○重慶來信云近來各處河水陡漲二十年來未逢如此大水重慶城外及江北房屋爲水淹沒約有數百間之多被沖擊倒坍者亦復無數重慶朝天門水勢最高已經灌入城中被災難民觸目皆是道憲捐銀二千兩巴縣捐銀五百兩其餘各官均有捐助以爲賑濟每於城外閒行見婦女小孩露天席地日炙雨零無家可歸無物可食情形實堪憐憫如在他處尚有客棧醫院及閒空房屋可以暫行棲止重慶則無可設法災民苦不堪言令人目不忍覩幸水勢近已漸退但願水退比來時更速庶川難可以稍紓也

川匪滋蔓　○四川成都府遞來消息云現在匪目余蠻子嘯聚于達縣及東鄉二縣作亂勢將蔓延聚衆至五萬之多所派往剿官軍爲匪挫敗死傷無數若該匪直進逼攻重慶不知何策可以抵禦云

粵東辦匪　○廣東高州石城縣屬現有土匪蠢然思動紳士陳炳等昨赴督轅稟請派兵勦辦譚宮保以縣與陸川博白繡壤相連現在高州鎭潘巳派莫善積一營守陸川方柱東一營守博白而潘鎭常川周歷巡緝東西兼顧則縣內各鄉應拿之匪應辦之事地方官准可稟商籌辦何勞再調兵勇遂札飭潘總鎭於防勦西匪外分勇查拿石城化州信宜等縣著名積匪訊明就地懲辦限文到四十日內一律查辦清楚以衛閭閻而安良善

漢口鑄錢　○漢口來信云鑄錢局已於前六月十七日開工現每日出錢一百串各機開足每日可出錢三百串按該局所出錢甚佳較廣東所鑄畧小而厚銅質亦光潤堅緻鑄錢局兼鑄銀元每日可鑄銀三千兩銀元上兩邊花紋處改爲鑄局二字現在諒巳鑄出矣

温州大火　○温郡北門外恒盛魚行不知如何遺火一時烈焰飛騰紅光直上摧枯拉朽幾致不可收拾未幾四面延燒殃及荳麥行酒米店紙店魚行傘捐局洋廣局房屋不下二百餘間惟招商甌局巍然獨存郵政局則尚留一半當火熾時雖文自道府武自鎭守等官督率闔郡水洋龍在塲救護無如火勢猛烈難於撲滅以致熱鬧之區盡付焦土所値何止十數萬金亦云鉅矣傳述事在上月中旬云

經營租界　○福州來信云日本領事署巳於上月十號開辦冰廠後地爲日人買去建造洋行並棧房等屋有謂其巳造有鐵路由南台至羅星塔者但此事未必有如此易易云

茶磚暢消　○中國茶磚自今春更設新法以上品名茶細末製成小塊運俄消售者約有一百萬觔此等茶磚皆備行軍暨行商所用取其便於携帶業此者已獲利三倍譯英國新聞報

日高交涉　○近年日人在朝鮮被人謀害及產物之被損壞者業已由日本欽使嘉諳君向朝鮮政府索取賠償惟延至今日尚未辦妥其仁川斧山鐵路所立合同則已有定奪祇餘一二條尚須酌量云

中英茶務　○西報云中國茶業向甲全球今者貿易日衰皆爲華人不善講究致印度之茶消塲遠勝中國中國之茶遠勝印度萬萬惟工夫不及印度遂致華茶日行停滯不知西人飲茶惟求力足色深而外觀之耀不甚留意也苟華人能用新法製茶與印度之法無異而中國茶料又出於印度之上何患茶業之不蹶而復振歟今漢口設立茶務公司不知能步武西法而不蹈故轍否惟印度蒸蒸日上公司霧集雲屯中國僅於漢口設一公司恐未足敵其聲勢且華人出口稅重亦茶商裹足之由爲今之計惟有輕其關稅去其故法多購新機則中國茶業之隆可立而待聞之西人謂印度之茶食之令人煩惱不寐不如華茶之和平則中國一旦去其故習茶業之利權自能挽回矣

光緒二十四年八月初七日京報全錄

宮門抄○八月初七日工部　廂黃旗值日無引　見　載瀛續假十日　高慶恩續假二十日　馮寶琳洪用舟陳日翔陳桂芳預備召見　召見軍機　崇禮洪用舟　皇上明日卯初二刻升中和殿看版畢還海午刻至　勤政殿行禮申初二刻至　夕月壇行禮畢還海

○○延茂片　再查前將軍長順代奏已革長春府知府文韞聲訴寃抑呈內有夾荒匪徒嚻集聲勢震動鄰省以致奉天黑龍江各將軍派兵各邊界防堵是鄰省發兵在文韞請兵之先等語奴才曾於查辦摺內聲明已另片附陳在案查　盛京將軍裕祿預派營官徐玉生帶隊在懷德縣邊界駐防曾經長順奏報有案其黑龍江所派鎮邊軍是否在文韞請兵之先現無存案可稽當經咨查　盛京將軍依克唐阿黑龍江將軍恩澤去後茲據將軍依克唐阿覆稱此案奉天所派營官徐玉生查係由總理營務處已故總兵左寶貴等風聞夾荒聚衆恐匪徒因之而起札飭駐紮法庫門之營官徐玉生於距省九十里之石佛寺起沿途設立馬撥以通文報一面親往八家子嚴密布置嗣經營官於二十年四月初六日到八家子派弁赴長春探明情形報由該處轉呈前將軍裕祿查核等語是奉天預派官兵在邊界駐防與前將軍長順奏案相符又據將軍恩澤覆稱江省於光緒二十年四月十八日因吉林夾荒之變調派鎮邊軍馬隊統領永山帶領馬隊二百名赴茂興站一帶防守步隊統領富保帶領馬隊一哨步隊二百名雙口地面防守係前將軍依克唐阿任內之事旋以該處業已息事當於是月二十二日撤隊仍回原駐處所各在案是時並非聞警自派係准吉林將軍函請一次電催一次等語並據將軍依克唐阿咨覆前在黑龍江將軍任內派鎮邊軍赴茂興站一帶擇要扼守情形大致相同所有查明夾荒滋事奉天之隊係聞警自派黑龍江之隊係由吉林請派各情形理合附片具陳伏乞　聖鑒謹　奏奉　硃批另有旨欽此

○○瑞洵片　再奴才正摺所請改折南漕如蒙　宸衷獨斷　特旨施行不特監兌押運各費可裁卽倉漕糧衛等官並可酌汰每年約可省銀五六百萬兩米既改折州縣自無從浮收所存於民者其利尤大固非沾沾守舊一孔之見者所能知也此外尙有衛弁屯田一項再能裁撤歸併認眞整頓改由地方官徵租計一歲所入又可收回中飽銀七八萬之數理財大宗無逾於此如　聖明以爲可行奴才當再詳細具奏謹先附陳大概情形伏乞　聖鑒謹　奏奉　硃批另有旨欽此

○○頭品頂戴南洋通商大臣兩江總督臣劉坤一跪　奏爲遵保使才以備　簡用恭摺仰祈　聖鑒事光緒二十四年四月二十三日奉　上諭方今各國交通使才爲當務之急着各直省督撫於平日所知品學端正通達時務不染習氣者無論官職大小酌保數員交總理各國事務衙門考驗帶領引見以備朝廷任使欽此臣維使才之選固須公忠體　國專對擅長並須先在外洋閱歷人員或久辦洋務方可駕輕就熟查有江蘇補用道錢德培屢充出使日本德國各署隨員參贊又特用道阮祖棠記名道羅嘉杰二員先後隨使日本派充橫賓正理事官又試用道陶森甲經出使俄德奧和各國大臣奏調派駐伯靈辦事又候補道沈敦和以出洋肄業學生歷辦

上海租界會審及各處繙譯又安徽候補道張佩緒清厘教案甚多現署蕪湖關道善於撫馭以上六員屢試有效均能通達時務不染習氣倘蒙　高厚生成於萬一所有遵保使才以備　簡用緣由理合恭摺具　奏伏乞　皇上聖鑒　訓示謹　奏奉　硃批另有旨欽此

好色緬情　前登籌賑局書吏李某二子甲乙兩人不務正業因氣病迷乙不顧其父與名妓高麗四定嚙臂盟鵠堅不允行乙遂與四約曰我不能取汝爲妻不爲男子乙歸持刀入庶母室謂庶母曰無錢而生勝於有錢而死今出藏金則已否則頭落地矣遂以刃加頸李妾懼出債券二紙計錢四千緡乙拋刃持券去其庶母在國聞報登載告白言失去借券二紙四千緡作爲廢帋云云及乙持券討債債主以廢帋對乙復重賂中人討錢到手決意必取高麗四又恐強奪鵠不干休因在紫竹林租界內覓得外國衙署潛身茲有謀士爲乙畫策擬於某日招高麗四在外國飯店佐酒候四來則云飯店不雅必移席外國衙署方覺暢意俟其入署便閉置暗室計於夜間潛移他處并邀集武壯多人爲衛鵠如來索高麗四則有人出作合事老強以千緡了事否則武士齊出以爲恐赫現聞奩妝俱已備齊惟待吉期以成佳偶矣

頃接山左友人郝希孔兄來信據云東省水災久爲昭著惟今歲黃河決口已知八處災情大異往年澤國之區二十餘州縣計　高苑　博興　樂安　齊東　新城　蒲台　利津　濱州　章邱　歷城　齊河　德平　禹城　肥城　東阿　范縣　平陰　壽張　陽穀　東平　汶上此二十餘處居民廬舍墳墓盡行漂沒其災民數百萬啼飢號寒無所歸貲思及存無餬口沒無餘地令人傷痛無已現在雖經　大憲多方賑救無奈款項奇絀惠難均霑此等時光若能措欵來賑而功德實屬無量云云查本年東魯水災誠甚於昔年無如僕等自庚寅順直被水連年籌辦義賑勸捐一節早成努末徒喚奈何惟謹將郝君來函登諸報章以供　衆覽伏望大善仁人君子慨發慈念往賑災黎則功德不可言量矣僕等不禁爲億兆待斃生靈馨香祝之　津門義賑同人具

施救吞烟　白鴨血及人糞汁皆爲救吞鴨片妙方爲其吐耳然效與不效或未可必茲上洋白藥粉專救吞烟經驗多人萬無一失法用白藥粉一劑加熱水一碗冲藥溫服服畢以二人扶之行走不住卽易吐出若遲至半刻不吐再服一劑總以吐淨鴨片毒爲度吐後多飲清水仍令一吐再吐至所吐之水澄清無汚其毒乃盡可慶更生切不可用煤油醬油等方誤灌致傷性命如吞烟後一時取藥不及先以食鹽三錢攪冷水碗許灌入暫殺其毒以待藥至卽急灌救如吞烟歷時甚久昏迷欲睡此係烟毒已發恐一吐猶未能盡淨必須二人扶之行走另着人用竹竿打其兩腿皮肉務使知痛驚醒終夜不睡睡則難保無虞矣此藥西頭流水溝西河沿立興成糧棧暨金華園西河沿聚豐恒糧店河東十字街西存仁堂樂局中義當東愼修堂閻宅均爲施送台併錄報使遇此事者就近救急　諸善士如欲購捨此粉上海大馬路科發藥房及津郡老德記等大藥房均有價亦甚廉豫備不虞古之善道願我同人勿以小善而不爲也　同人公啓

代辦各種機器告白

敬啓者余自去歲代辦各種機器業　蒙紳商賜顧並無遲悞今又向英國着名大廠代辦各樣紡紗織布造磚炸毛等機器以及各行應用各樣機器零星物件定日交貨不能遲悞如　貴行包辦常年機器人工煤料或安設各樣機器價値格外相宜如蒙　貴官紳商購買者請至英新租界𧶼仙永茶園看圖面訂可也特此佈聞

甯子卿謹白

論義快覽

功令改試經義論策新章初立學者苦無佳本本齋舊藏兩田史論兩册世鮮藏本近因同人多來假抄幾有日不暇給之勢爰亟印行以公同好在天津文美齋寄售並各書坊分賣本齋又輯有經義導先集二本皆從前人各文集中廣爲搜羅採擇成帙而以四書精義揭要付其後亦即不日印出由文美齋付售

竹素齋主人白

紫竹林法租界 三義飯店

本店專做英法葷素大菜並由外洋自運各國上品洋酒各色異味點心罐頭鮮菓食物等類一應俱全本洋樓工程告竣房間寬闊夜時均用氣燈明亮異常　仕商光顧者或携　眷另有雅室亦足稱暢叙幽情矣擇於六月十七日開張至期請即駕臨賜顧是荷

本主人謹啓

告白

敬啓者茲因自蓋三層鴻春大樓開設番菜館以來生意稍佳奈因福仙戲園關閉不開兼之敝號生意寥寥故令敝東公議欲將小號出兌出賃均可任便所有店內一切各樣家具等件一併按單點交不悞有愿兌賃者務速　駕臨敝號面議以免先後自誤可也特此佈聞

海大道鴻春樓主人謹白

天后宮北 義興順綢緞莊

本莊自置顧繡綢緞綾羅紗絹哈喇大呢羽綾羽毛各樣花素洋布南貨雅扇桂母頭油香粉賤皂歸安貝松泉湖筆一概俱全

頭號杭甯綢
頭號摹本緞

每斤	
紅梅茶	九百六
紅茶	六百四
紅茶梗	二百二
龍井茶	一吊八

金百
壽棉𧝹裙布裡每套五兩八
雜色金刀絨每尺五錢五

味貝謀奪

田有春即田五在礦務局充當工頭二十年有餘總辦大人未有不知其勤慎有伊妻外甥孫荐舉王春亭即在田五處管賬日久心變侵吞自肥王某貪通下人在大人面前竟說田五妻不好今年六月初五日田五往問而王春亭並不算賬亦不給銀王春亭給田五偏方吃旋即氣絕而亡伊妻聲明委屈以盡夫婦之情田五在日屢蒙大人栽培提拔無如王春亭聲言非辦伊妻遞解不可似此昧良之人未有不報者也田五論帖亦被王某騙去有中保人說合每月給錢四十五千有王某吃郎有田某吃至田五死後分文不給田五無兒無女伊妻年逾五旬似此如之奈何以後大約非拚命不可張三娘娘賈老畢三作保王春亭不管

京都 內全盛

本店由京都移來專做全盛齋全樣鑲絨鞋亦有全樣布緞鞋各樣扎拉鎖綉扣鑲花鞋材料與衆不同樣式各外另有貞傳本店今有新添寄賣各樣旗鑾扎花坤鞋亦有鑲花坤靴一應俱全開設在天津府帶河門外樂壺洞北口巷內路北準　仕商賜顧者詳認本店字號便是貨眞價實言不二價不悞主顧

本店謹啓

告白

啓者澄思齋主人不惜工費聘請四方實學名儒精選各種書籍現因院試在邇未得求全先出四書經義史論時務策名曰改科欣賞集此書係書院前列各士課作迴非選拔古藝者可比准於即月初六日出書俟後別種印齊再爲登告

寄售處　襪子衚衕王宅

新開 天吉齋京靴店

本店開設天津府東門外天后宮前路北門面二間本號專辦京莊上上材料專做京都滿漢朝靴各款鑲繡插鎖全式名鞋一應俱全貨高價廉士商賜顧者請認明本號招牌庶不致悞

本店擇於七月十三日開張

本號特白

告白

茲因錦衣衛橋正骨科蘇靜軒三先生令孫名蔭棠字子甘少大先生承授家傳跌打損傷接骨等症分此在侯家后歸賈胡同太山菴西開設永生堂藥店自置藥材丸散俱全並家傳筋骨疼痛風寒膏藥蜜藥專治舒筋活血止疼丸散膏丹門診過午不候並施敷藥

同人公啓

石印留書

是書爲明章大力所著四書義章解句釋義理詳明誠善本也准於八月初二日出書

文美齋寄售及各書坊均售

告白

靜致廬八月初一日會課陸沛郇都戎宣贈紫豪筆二千枝龍鳳墨二十錠延齡舒霞太守贈詩妝二十合張勛伯大令廣建贈石印書五種

本廬主人登報

告白

新到四書五經義式續編附禮部奏定鄉會歲科試章程粵雅堂本羣英書義每部津價六百四十文寄售天津北門內府署東各報總處紫氣堂出售

學翼齋白

本津新出各書

大發行

敬啓者本津新出各種四書經義史論時策畧說等從今日起四方書賈批售格外價廉公道交易本津士林購取甚比從前廉外更廉

天津北門內各報總處紫氣堂全啓

開設天津紫竹林海大道旁

福仙永茶園

京都永慶成班

特請京都上洋蘇杭山陝等各處

頭等文武名角

八月初十日早十二點鐘開演

十七紅 小狸貓 潘桂芳 賈星橋 張鳳台 海棠紅 李喜棠 孫福林 胡少卿 楊四立 崔雪琴 李德山 左月春 董度雲 十六紅 朱子久 嚴寶恆 香霄旦 賽呂布 李殿元

勸世文 取滎陽 春秋配 衆武行 天飛閙 牧虎關 雙翠屏山 代殺山

初十日晚七點鐘開演

上洋新到 上洋一等花旦

劉桂林 史福奎 杜福玉 小秃紅 洒金紅 連喜 周春奎 馬雲仙 李德山 荀蓋紅 元元旦 萬壽登 汪立本 李殿元 醫寶恆 香霄旦 朱子久 明海山 嚴有蘭 瑞龍

文昭關 雙官誥 牧羊卷 回府算糧 割髮代首 戰皖城

浙紹朱鈍翁先生術嫺心細游津十年屢臨重症均各穩愼近治勞瘧膏淋霍亂痛羅痧並婦科產後小兒喉癰俱喜回春久寓彌勒菴

美孚老牌煤油

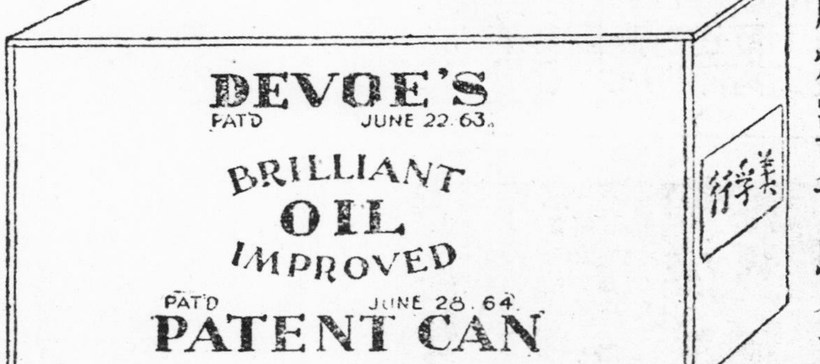

啓者美國三達煤油公司之德富士老牌煤油天下馳名萬商稱美蓋其質潔色清亮白如銀且絕無烟氣能耐久燃比之生荳等油晶光百倍而儉用價廉此爲德富士老牌之佳處誠屬無雙妙品也士商賜顧請到天津美孚洋行採辦或向就近殷實行店購買庶不致悞

開設紫竹林法國租界北

天福茶園

崇慶名班

特請京都上洋姑蘇山陝等處

各色文武 頭等名角

八月初十日早十二點鐘開演

小三寶 小連仲 十七紅 長祿 十二紅 崇芬 姜小五 張長奎 羊喜壽 楊福保 安桂秋 楊同來 李吉瑞 王喜雲 鄭鐵棍 小香鳳 于景五 趙斌恆 蘇廷奎 張永升

烈火旗 宮門帶 鐵冠圖 草橋關 宇宙鋒 獅子樓 羅四虎 衆武行

初十日晚七點鐘開演

全班合演 小德生 終德明 十二紅 自來紅 姜小五 十一紅 楊福保 江德寶 王喜雲 于報 周菊荃 羊喜壽 蘇廷奎 白文奎 常雅秋 趙斌恆 于景五

大賜福 擋亮 算糧 戰太平 三隻手 八本七 公鐵鷄 全班合演衆武行

開設馬家口南興基新馬路

天桂茶園

特請京都

慶吉祥名班

特請京都山陝姑蘇上洋河南等各處

頭等文武名角

新製

新彩 新切 平金行頭 新戲 亮臺

擇日開演

八月初十日出口輪船 禮拜日

新裕 輪船往上海 招商局

八月十二日出口輪船 禮拜二

通州 輪船往上海 太古行

安平 輪船往上海 招商局

八月初九日銀洋行情

天津通行九七六錢

銀盤二千三百五十文

洋錢一千六百四十文

紫竹林通行九六錢

銀盤二千三百八十文

洋錢一千六百六十五

洋錢行市七錢一分

直報

本館開設天津紫竹林海大道老菜市氣燈房巷內

光緒二十四年八月初十日　西歷一千八百九十八年九月廿五日　禮拜日　第一千百八十五號

上諭恭錄

上諭胡聘之奏遵旨保荐使才等語候選道許珏着胡聘之飭令該員來京預備召見欽此

英日當聯中以保東方太平之局論　續前稿

吳廣沛劍華

今日者俄之西伯里亞鐵路將成更欲接連東三省以迄旅順乃唆高麗君臣削奪英人稅務之權其唆麗人逐英人者固將晙麗以偪日也卽德之佔膠州度亦必與俄有密約如俄日有事德必助俄故先佔膠灣以爲屯泊兵艦之所也俄則藉口中國既容德人佔膠俄將取償乎旅順此皆密有成約而故生枝節也否則膠州之許俄借德人久悉又何以德之佔膠俄曾於德無責言而反藉詞索旅也然則俄德之成約必將大不利於日本倘英人助日則俄德法之兵鋒將幷集於英法之一時仍無舉動者欲留以制西方英之水師也夫俄德法既連盟有成約英在歐洲已成孤立之勢於東方又止聯一日而中國亦將爲俄德法所制軍糧煤水供其取求是雖欲不助俄德法猶之助也英日於是時尙能晏然安坐而不大動於心哉及今而爲英日計者莫如各遣重臣蒞中國與中國棄絕嫌隙堅定盟好聯兵力以助中首責德人退還膠州次責俄不得獨預麗政以高麗爲各國公共保護之國俄既不能獨提挈麗人又安能深禍日本而日本可以稍安德既還膠俄亦不能獨佔旅順俄德無旅膠之大口可屯兵艦則兵船必不能連檣而東而俄德之水軍無足慮西伯里亞鐵路未成陸路運兵轉餉皆難便捷則俄之陸軍亦可無虞水陸之勢皆絀俄德又焉能爲英日之患而擾害東方之利權哉俄德既皆情見勢屈法自不能獨爲英患也非然者俄德集水陸諸軍屯集東方以擾日本而奪英權留法人以綴英人之水師於歐洲而英人內外皆敵首尾不能兼顧勢必有一失着而英勢必危英勢危不能盡力助日而日勢亦危英日俱不能支則大患將終集於中而中國亦不堪問矣中國値此艱難之際倘得英日皆誠心實力以相聯助甯有不從特恐聯中而不出以誠助中而不盡其力則中國雖知日後必受俄德之害又豈肯俯首下心求援於不關痛癢坐視肥瘠之英日哉語云亡羊而補牢未爲晚也日來讀西報及日本報亦云英日有意聯盟翼助中國幷借國帑不許俄德及各國分佔中國之地意英日之執政已有悔禍之心故出此聯盟之計所謂英雄所見畧同也故吾願英日之君相深思利害早决大計

捕務廢弛 ○近日京西西山一帶幽僻之處時有盜刼之虞每至日暮奄茲卽有跳梁輩出沒行人裹足視爲畏途卽日之方中亦有伴夥多人方敢涉足該處以京師要地而盜黨如此橫行捕務廢弛於此可見

門禁嚴申 ○昨奉上諭重申門禁茲悉步軍統領崇受之大金吾派委員領番役分撥 大清門 東西長安門 天安門 端門 午門 東西闕門 東西華門 景運門 隆宗門 乾清門 神武門等處於每日黎明到班至夕換班晝夜巡查諒經此番嚴禁必當愼重而昭嚴肅

開放秋俸 ○本年秋季俸米王公以下文職五品武職四品以上八旗官員仍照新章暫由通倉支領其文職六品以下武職五品以下官員左翼四旗由南新倉支領右翼四旗由海運倉支領巳由戶部刷票蓋印倉塲塡號註明銜名米數統限三十日止八月初七日各旗巳自戶部彙領回旗分放矣

示傳教習 ○禮部示傳八旗官學候補教習張錫五王琢等二員限八月十一日辰刻赴部驗到備帶筆墨當堂塡寫履歷核對筆蹟毋得違悞特示

形若木雞 ○日前欽奉 密旨嚴拏康有爲並將康廣仁拏交刑部等情巳列前報玆聞刑部堂憲委派秋審處司員提訊康廣仁形似痴呆據供皆不知情是否被嚇所致抑假裝痴呆究有何供俟訪明再錄

拏獲私土 ○八月初八日前門外西月墻地方有人乘車而行忽來官人數名將乘車之人鎖拏連車夫一併解交崇文門稅課司訊辦聞該車所載烟土私貨甚多未悉如何訊辦俟訪明再錄

擄人勒贖 ○宣武門外北極菴居住王某工部書辦也於八月初八日有十餘人狐假虎威乘車而來聲稱宛平縣差役將王某由屋內搜出裝入車內强拉而去該家人比時被嚇昏迷旋卽醒悟既爲官署傳人何以不赴該管地面掛號協同總甲定有假冒官人情事赶卽赴宛平縣探詢果無其事噫輦轂之下匪徒結黨妄爲捉人勒贖惟望賢有司認眞嚴拏懲辦居民獲福非淺也

自貽伊慼 ○京師宣武門內安福胡同某姓家女傭年近四旬雖徐娘半老而丰韻猶存某晚出門買物途遇一少年躑躅道旁四顧無人胆敢向之調戲該女傭急聲呼救少年始捨命狂奔行至中途爲路人圍住少年無可脫身好事者咸以老拳奉敬並送官究懲幸經行人勸止命少年在女傭前負荆請罪始得抱頭鼠竄而去此正所謂伊戚自貽乎誌此以爲年少輕浮之鑒

督轅門抄 ○初十日中堂見 臬台廷大人 張大人鼎祜 王大人修植 新授正定鎭藍斯明號朗亭 樂字營梅大人 復濟船林穎啓 豐潤都司陳臻源 補用守備王經高 趙州孫傳栻 甯晉縣陸紹源辭 萬全縣吳沂 肥鄉縣張丙喆 廣昌縣鍾樹森 署唐山縣周 身

二令入局 ○差務局文案昨奉局憲稟明中堂札委孫大令毓秀會同廖大令炳樞入局辦理一切二令均巳於昨日趨赴督轅禀知入局辦事

協戎督軍 ○前河間協標兵丁奉派三百名來津站道一則昨聞協憲飭差札催該兵速卽預備准於九月初五日開往來津駐紮南門站道

轉飭遵照 ○天津鎭羅軍門札委恭辦 大差總查站道及彈壓地方隨查站道各段官員已將銜名派定照錄前報公事昨巳發下刻經該管官員亦各轉飭遵照矣

試事類誌 ○學憲張大宗師初七日早八點鐘按臨津郡各節均誌前報初九日業將全屬童古考訖所試約爲經術史事掌故格致諸古皆須參証時事題目俟再佈聞按津郡人才向稱蔚萃且樓台近水改試策論似較他屬得月爲先惟以風氣猶未大開與考士子未覩濟濟約俟來屆定當蒸蒸日上也初十日爲正場開考之期所考靑縣靜海南皮慶雲四屬文童業於是日五鼓入塲矣

力懲偸竊 ○河把裝卸船貨巳頭偶或失察脚夫輙行偸竊客問行行責把頭實堪痛恨日昨怡和碼頭卸貨有脚夫竊糖十數斤爲把頭瞥見立卽逐出把內送官懲辦有此一番整頓庶前弊可少淸歟

幸未成災　○河北大街某雜貨鋪存貨房內有邊炮數箱不知因何自燃聲達街巷幸隣居人衆立時救止未及成災云

拐犯惡極　○聞詔者向充印字館工役勤慎穩重衆所共知其眷口寓河東小關有五歲男孩忽於初八日失去闔僭戚友到處鳴鑼尋問迄無音耗適有賣食物人見其事秘告聞以其孩爲聞鄰里中王姓妻某氏牽拉入院隨卽閉門聞踵王姓致問王妻執云未見聞邀舅弟邏守王門終無聲響惟見王姓家一夜未息燈燭至天明聞與舅弟回家暫息王妻乘間雇洋車一輛云將歸甯母家以被裹兒抱之登車脚忙手亂悞傷該兒甚重兒於被中痛甚亟呼門前鋪掌聞呼驚問立命解被出兒氏以兒爲巳生何干汝事詎隣右早聞其事共圍視呼聞相認始知氏昨日拉兒入室置箱內畧啓一縫兒啼卽以布帶勒項故不敢啼兒見聞且哭且訴衆視兒項勒痕宛然聞乃赴該管鄉甲局鳴寃氏復浼人說合按氏夫王某在某大署充當差使其妻拐人子女貨錢乃其慣技云

南來新貨　○怡生輪船載卸計洋布一千二百四十六件茶葉一千七百零七箱雜貨八十件土布二十三件釘十筒馬籠二個綢子二件皮貨一件木頭一百三十六根木料二百四十一塊鐵器三十件機器六件白粉二十件共三千五百零四件

胡匪爲害　○吉林訪事友來箇云伯都訥廳所屬某堡王姓家前月初間來胡匪十餘人黃夜奪門而入搶掠衣物並擄婦女二名而去出門時揚言非千金不能贖回以十天爲限否則卽以斧鉞從事家人惶急鬻產得數百金不足又貸諸戚友無奈限期已迫銀未集數越一時憤極均尋短見該賊聞信卽將二婦釋回終日悲哭聞者傷心錄其顚末以告有捕緝之責者

廟改學堂　○粵省督撫會同司道四大書院山長設席廣雅書局議建設各等學堂茲聞各官紳業已議定欲將西湖禺山華粵秀等書院改爲中學堂而將省垣殘菴寺廟改爲小學堂務於月內鳩工修葺以便從速開辦培植眞材云

鐵路築堤　○漢皐友人來函云蘆漢鐵路現已動工從漢口城外大子門起手堅築車路高堤突起勢若長虹計已造成二十餘丈其路極高之處約得一丈四五尺寬闊亦復相等蓋爲來往雙行車路故須較單行車路尤放寬一倍也

川匪要聞　○重慶友人來信云離重慶約五十里之某處地方又有余蠻子黨羽嘯聚美法二國教堂均被擾害某教堂云被亂黨焚毀未知確否

新疆設局　○去年新疆省憲與禮和洋行定購後膛鎗彈及製銅帽造銀錢機器委員赴漢口轉運約今年六月到陝冬季出墓撫憲初擬於省城外南梁地方建築局房後又擬改在城南三十里之鳥拉擺地方蓋欲就山澗急湍可以激動機輪現估工尚未定奪未識有無更張否

粵勇互鬥　○有自西粵來者言及土匪近已敉平惟距藤縣城數十里處仍有流勇土匪勾通嘯聚負隅抗拒擾害閭閻但東省調援安勇現已奉檄東旋遂由廣西提督蘇軍門招募新軍前往勦辦該勇係由楚省選募前數日馳詣前敵乘舟溯流而行適安勇亦取道西江向東進發彼往此來塡塞河道偶因細故各不相讓始而角口繼而互鬥鎗械並舉各有痍傷比營官彈壓兩造竟有因傷殞命者各由本營醫理殮葬分道揚鑣始得了事蓋勇丁本屬無賴之尤雖勒以紀律而野性難馴故易滋生事端也

美談農務　○美國農務報云凡人言理財之道皆曰勤儉而行事乃日流奢靡至稼穡艱難惟農人知之故用財從儉然小事可省若買機器以爲耕耘之用宜出重貲購之蓋得精巧機器則用力少而成功多也又所蓄牛羊諸物凡在嚴冬不可任意放逐宜多聚粟米麥草等項養之使生機暢旺如養不得法偶損一物則虧耗轉甚此儉之貴得其當也又凡田中農務須酌其輕重如係輕工可雇小孩聽其在田中學習農家既省工錢且可代國家教民稼穡至雇佃耕耘當勤於督察所應下田中糞肥與飼養牲畜其斤兩重輕皆應用秤權足無使太過不及此爲撙節之一術云西七月日本郵報

軍艦新製　○西班牙加的士海口新造一海底艦行駛時不用煤與電氣中設機輪如鐘表然祇須兩人司之創造之人係加得士民人聞督獻諸政府或者有利於行軍

法意增戍　○法軍報云法國東南境阿拉伯山邊界地方向有馬賽陸軍第十五隊駐紮戍守近因意國增防軍法國亦由蒙特見里第十六隊內抽調一營移駐該處云

光緒二十四年八月初十日　直報　第三版　二八二三

光緒二十四年八月初八日京報全錄

宮門抄○八月初八日內務府 國子監 正黃旗值日 無引見 濂貝勒桂公那公錐楞額各假滿請 安 奎公由 東陵回京請 安 福森布等各謝署缺 恩 吳樹梅謝授內閣學士 恩 祁師曾李稷勳陳日翔陳桂芳預備 召見 內務府奏派致祭 凝和廟 派出富侯 召見軍機 陳日翔 陳桂芳

○○頭品頂戴兩江總督臣劉坤一跪 奏爲遵保人才以備簡用恭摺仰祈 聖鑒事光緒二十二年十二月廿五日奉 上諭現値時局孔艱需才尤亟各省督撫朝廷寄以股肱耳目其各澄心虛已一秉大公於所屬道府州縣中無論現任候補詳加鑒別擇其居心正大才識宏通足以力任艱鉅列爲上選他若盡心民事通達時務出具切實考語並臚列其人之實跡成效詳細具陳以備擢用等因欽此臣維眞才難得亦難知居心是否正大則必測其隱微才識是否宏通更須觀其抱負茲就臣察識所及查有江蘇試用道劉恩訓係已革雲貴總督劉佑長之子學術治術自有淵源嗣在京外服官多年益資歷練臣每試以疑難之事見其膽識過人不爲浮言所奪歷辦江西湖北局務皆有成效可觀自以世受 國恩常思捐摩以圖報稱江西廣饒九南道誠勳久居繁劇措置裕如該處交涉事宜最爲棘手該道頗有强忍之力率使就我範圍並實肯瘠私肥公爲地方興利除弊軍民樂爲之用江蘇候補知府柯逢時悃幅無華深沈有識前署江甯府數月便能剔除奸蠹振舉綱維凡事所應爲則毅然爲之不避嫌怨卽如理財一節亦復絲絲入扣滴滴歸公袁樹勳通達治體洞悉物情前任上海縣等處甚有威惠中外莫不憚其丰裁嗣隨臣赴山海關辦理軍務籌餉籌兵深資臂助該員等雖不敢列爲上選而要不失爲幹濟之才至於盡心民事如江蘇候補道丁葆元上年委署淮揚海道適値地方水災該道親往各屬督辦開河以工代賑爲目前救死之計卽爲將來謀生之資本年委辦堤工又値春水暴漲長堤岌岌可危該道急商運司先啓歸江各壩設法疏消並督同堤工各員晝夜防守救弊補偏幸獲安瀾之慶裏下河各州縣得以一律豐收公家省數十萬金錢民間保數百萬命賦是該道之大有造於淮揚也又江蘇徐州道桂嵩慶所屬水災更重該道督同州縣分途辦賑結据百端且以毗連河南山東時虞匪徒侵擾外籌防剿內盡拊循旰夕靡遑心力交悴徐屬夙稱難治加以多難之秋若非該道恩信素孚區處盡善幾何不致大亂也又江蘇江甯府知府劉名譽心氣和平吏事勤敏凡爲地方興養立教惟日孜孜本年夏間米少價昂窮民饑噪該府設局平糶寢饋俱忘一面嚴拿匪徒人心由是漸定得以化大爲小轉危爲安安徽鳳陽府知府馮煦心存利濟政切先勞所屬連年水潦而各州縣情形互異該府單騎按部逐一履勘以被災之重輕定給賑之多寡人沾實惠咸慶更生且於聽斷擅長屢次平反疑獄閭閻無歎息愁恨之聲洵不愧爲循良選又署高郵州知州江蘇候補知府章邦直以循吏而兼能吏其勸課農桑也民皆悅服其講求時務也士亦樂從卽至保甲團巡莫不嚴整數獲巨盜是其明徵臣飭藩司將該員留署一年俾得竟其設施爲各州縣取法該員度量恢宏志趣遠大以臣觀之將來必成偉器又江蘇海門廳同知王賓實心實政宜民宜人該廳係斥鹵之區風俗習於游惰該員相視原隰廣浚溝渠敎以樹藝之宜地方漸成沃壤由是購求蓄積以禦兇荒選募練丁以資守望有備無患闔境晏然士民莫不愛戴以上各該員等職守認眞於時務亦知留意臣與共事既久頗能悉其政績官聲據實具陳不敢稍涉虛飾所有遵旨奏保人才各緣由理合恭摺具奏奉 硃批另有旨欽此

○○頭品頂戴新授四川總督江蘇巡撫奴才奎俊跪 奏爲遵 旨保舉知兵之員以備任用恭摺仰祈 聖鑒事竊 皇上宵旰焦勞旁求念切 特頒明詔溥海同欽大凡知兵之員必窮數十年之精力諳練經歷而後戰守之宜規畫之要庶得瞭然心目見機而行現値改練洋鎗尤須胆畧過人能結士心方足寄以軍政奴才忝膺疆寄義當以人事 君敬舉所知以備 聖明採擇查在籍前署領練長江水師提督彭楚漢咸豐四年由武童投營轉湘戰鄂江皖閩衝鋒陷陣所向無前擢授廣東瓊州鎭總兵調補直隸大名鎭總兵統軍前直隸督臣曾國藩責令其認眞抽練該提督汰弱留强壁壘一新旋授福建水師提督甲申馬江之役閩台戒嚴維時奴才調任興泉永道同駐厦門該處孤懸海島與台北對峙民心驚惶奴才與該提督嚴密籌防地方賴以鞏固該提督忠勇沈毅樸實耐苦馭下以嚴將士無不用命丁憂服闋奉命署理長江水師提督尋以病退回湖南原籍聞該提督到籍後躬親耕鑿不肯稍耽安逸精力猶健尙堪爲 國馳驅又記名提督借補江南城守營副將楊金龍湖南人同治元年投營剿匪轉戰閩湘陝省由外委荐保記名提督借

補江南副將督臣劉坤一曾以該副將智勇深沉操持廉正專摺奏保奉　旨著交軍機處存記欽此上年前撫趙舒翹奉　旨閱伍又以該副將曉暢戎機剛潔自愛奏保該副將勇畧兼優堪勝專閫之任早邀　聖明洞鑒奴才兩次撫蘇悉心察該副將有膽有識堅慤嚴明實爲諸將之冠以上二員奴才知之旣稔不敢壅於上　聞應如何量予錄用出自　鴻施謹繕摺具陳伏乞　皇上聖鑒謹奏奉　硃批楊金龍著來京預備召見欽此

好色細情　前登籌賑司書吏李某二子甲乙兩人不務正業因氣病迷乙不顧其父與名妓高麗四定嚙臂盟鶼堅不允行乙遂與四約曰我不能取汝爲妻不爲男子乙歸持刀入庶母室謂庶母曰無錢而生勝於有錢而死今出藏金則已否則頭落地矣遂以刃加頸李妾懼出債券二紙計錢四千緡乙拋刃持券去其庶母在國聞報登載告白言失去借券二紙四千緡作爲廢帋云云及乙持券討債債主以廢帋對乙復重賂中人討錢到手決意必取高麗四又恐强奪鶼不干休因在紫竹林租界內覓得外國衙署潛身茲有謀士爲乙畫策擬於某日招高麗四在外國飯店佐酒候四來則云飯店不雅必移席外國衙署方覺暢意俟其入署便閉置暗室計於夜間潛移他處并邀集武壯多人爲衛鶼如來索高麗四則有人出作合事老强以千緡了事否則武士齊出以爲恐赫晛聞奩妝俱已備齊惟待吉期以成佳偶矣

頃接山左友人郝希孔兄來信據云東省水灾久爲昭著惟今歲黃河決口巳知八處灾情大異往年澤國之區二十餘州縣計　高苑　博興　樂安　齊東　新城　蒲台　利津　濱州　章邱　歷城　齊河　德平　禹城　肥城　東阿　范縣　平陰　壽張　陽穀　東平　汶上此二十餘處居民廬舍墳墓盡行漂沒其灾民數百萬嗁飢號寒無所歸貲思及存無餬口沒無餘地令人傷痛無巳現在雖經　大憲多方賑救無奈欵項奇絀惠難均霑此等時光若能措欵來賑而功德實屬無量云云查本年東魯水灾誠甚於昔年無如僕等自庚寅順直被水連年籌辦義賑勸捐一節早成努末徒喚奈何惟謹將郝君來函登諸報章以供　衆覽伏望大善仁人君子慨發慈念往賑灾黎則功德不可言量矣僕等不禁爲億兆待斃生靈馨香祝之　津門義賑同人具

施救吞烟　白鴨血及人糞汁皆爲救吞鴨片妙方爲其吐耳然效與不效或未可必茲上洋白藥粉專救吞烟經驗多人萬無一失法用白藥粉一劑加熱水一碗冲藥溫服服畢以二人扶之行走不住即易吐出若遲至半刻不吐再服一劑不吐仍即再服一劑總以吐淨鴨片毒爲度吐後多飲清水仍令一吐再吐至所吐之水澄清無汚其毒乃盡可慶更生切不可用煤油醬油等方誤灌致傷性命如吞烟後一時取藥不及先以食鹽三錢攪冷水一碗許灌入暫殺其毒以待藥至即急灌救如吞烟歷時甚久昏迷欲睡此係烟毒巳發恐一吐猶未能盡淨必須人扶之行走另着人用竹竿打其兩腿皮肉務使知痛驚醒終夜不睡睡則難保無虞矣此藥西頭流水溝西河沿立興成糧莊醫仝華園西河沿聚豐恆糧店河東十字街西存仁堂樂局中義當東愼修堂閻宅均爲施送台併錄報使遇此事者就近救急　諸善士如欲購捨此粉上海大馬路科發藥房及津郡老德記等大藥房均有價亦甚廉豫備不虞古之善道願我同人勿以小善而不爲也　同人公啓

代辦各種機器告白

敬啓者余自去歲代辦各種機器業蒙紳商賜顧並無遲悞今又向英國着名大廠代辦各樣紡紗織布造磚炸毛等機器以及各行應用各樣機器零星物件定日交貨不能遲悞如貴行包辦常年機器人工煤料或安設各樣機器價值格外相宜如蒙貴官紳商購買者請至英新租界蘊仙永茶園看圖面訂可也特此佈聞

寗子卿謹白

論義快覽

功令改試經義論策新章初立學者苦無佳本本齋舊藏兩田史論兩册世鮮藏本近因同人多來假抄幾有日不暇給之勢爰亟印行以公同好在天津文美齋寄售並各書坊分賣本齋又輯有經義導先集二本皆從前人各文集中廣爲搜羅採擇成帙而以四書精義揭要付其後亦即不日印出由文美齋付售

竹素齋主人白

在法租界 三義飯店

本店專做英法葷素大菜並由外洋自運各國上品洋酒各色異味點心罐頭鮮菓食物等類一應俱全本洋樓工程告竣房間寬闊夕時均用氣燈明亮異常仕商光顧者或携貴眷另有雅室亦足稱暢叙幽情安擇於六月十十日開張至期請卽賀臨賜顧是荷

本主人謹啓

告白

敬啓者茲因自蓋三層鴻春大樓開設番菜館以來生意稍佳奈因[illegible]之仙戲園關閉不開兼之敝號生意寥寥故今敝東公議欲將小號出兌出賃均可任便所有店內一切各樣家具等件一併按單點交不悞有應兌賃者從速駕臨敝號面議以免先後自誤可也特此佈聞

海大道鴻春樓主人謹白

天后宮北 義興順綢緞莊

本莊自置頭纜綢緞綾羅紗絹哈喇大呢羽綾羽毛各樣花素洋布南貨雅扇桂母頭沖香粉胰皂[illegible]安貝松泉湖筆一概俱全

頭號杭甯綢

頭號摹本緞

	每斤
紅梅茶	九百六
紅茶	六百四
紅茶磚	二百二
龍井茶	一吊八

金百

壽綿蝶裙布裡每套五兩八

雜色金刀絨每尺五錢五

昧良謀奪

田有春即田五在礦務局充當工頭二十年有餘總辦大人未有不知其勤愼有伊妻外甥孫蓉舉王春亭即在田五處管賬日久心變侵吞自肥王某貫通下人在大人面前竟說田五妻不好今年六月初五日田五往問而王春亭並不算賬亦不給銀王春亭給田五偏方吃旋卽氣絕而亡伊妻聲明委屈以盡夫婦之情田五在日屢蒙大人栽培提拔無如王春亭聲言非辦伊妻遞解不可似此味良之人未有不報者也田五論帖亦被王某騙去有中保人說合每月給錢四十五千有王某吃卽有田某吃至田五死後分文不給田五無兒無女伊妻年逾五旬似此如之奈何以後大約非拚命不可張二娘娘買老舉三作保王春亭不管

告白

茲因錦衣衛橋正骨科蘇靜軒三先生令孫名蔭棠字子昔少大先生承授家傳跌打損傷接骨等症分此在侯家后歸賈胡同太山菴西開設永生堂藥店自置藥材丸散俱全並家傳筋骨疼痛風寒膏藥蜜藥專治舒筋活血止疼丸散膏丹門診過午不候並施敷藥

同人公啓

告白

啓者澄思齋主人不惜工費聘請四方賢學名儒精選各種書籍現因院試在邇未得求全先出四書經義史論時務策名曰改科欣賞集此書係書院前列各士課作迥非選拔古藝者可比准於即月初六日出書俟後別種印齊再爲登告寄售處襪子衚衕王宅

石印留書

是書爲明章大力所著四書義章解句釋義理詳明誠善本也准於八月初二日出書

文美齋寄售及各書坊均售

告白

靜致廬八月初一日會課陸沛郁都戎宣贈紫毫筆二十枝龍鳳墨二十錠延舒霞太守齡贈詩牋二十合張助伯大令廣建贈石印書五種

本廬主人登報

京緞零剪 減價售現

零剪 寄售

品名	價
高鴉背	一千三百五
正號元青貢緞每尺	一千四百文
中號	一千一百文
副號	八百八十文
貢杭青金銀庫緞每尺	二千二百文
貢裕順曾皮絲烟每包	一千一百文
南京鹹鴨每支 大	一千八百文
南京鹹鴨每支 小	一千二百文
龍井（每斤）	一吊七百文
雨前	一吊一百文
珠蘭	一吊四百文
雀舌	九百六十文
蜂翅	一吊二百文
紅袍	六百四十文
小種	一吊二百文

本號自製元緞京緞零售零剪杭紡衣綠無金眼南貨精貨一應俱全近因錢市疲落不同分別減價抑因無恥之徒假冒南味字號者甚多雖云謀利誠恐亂眞欲辦謹猶用頤諸墨天津宮北大師子胡同公益仁記南號功謹白

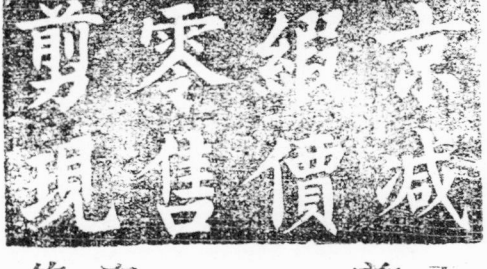

三井洋行分莊
告白

啟者日本商始創貿易爲業數拾年以來今分莊開設北門外鍋店街洗家衚衕口對過專選精工料實東洋棉紗各等時式大小疋棉布粗洋布斜紋洋標等格外公道價亦從廉凡仕商賜顧者請至分莊面議可也特此佈聞
三井本莊主人啟

海利鐘表洋行

啓者本行自上海分設天津紫竹林法租界良濟藥房對過女成衣飯店一號二號房內自製新式鐘表金銀表金表練各樣新式大小說話機器耳鳴機器金戒指金鋼石戒指大小洋鏡各樣新貨一應俱全貨好價廉格外公道在此住兩三個月後另造樓房批發諸公光顧請早駕臨海利洋行謹啓
戊戌年八月初十日禮拜日

名醫過津

前辦東海關官醫局嚴備九二尹鳳藻日前隨嵩武軍統領孫紹襄軍門到津寓紫竹林春元棧小住數日即赴小站新建陸軍將來能留寓津門則七十二沽中抱采薪憂者當受惠不淺矣同人仝啓

同仁南紙局 文記

本局自印耕香館畫牘每部價洋二元專辦各種書籍精選印高南紙加細雅扇格外價廉廣天津東門外襪子衚衕本局啓
本局謹啓

紫竹林 第一樓番菜館

本號專作英法大菜各色精細點心各樣洋酒洋貨等物一應俱全並售
上 紅茶每斤津錢八百
上 紅茶每斤津錢一千六百
又批發茂生公司鐵海紙烟零整發售價值格外公道原箱計一百盒價洋一百四十四元每盒計五支洋一元五角凡仕商賜顧請即駕臨是荷
風雨勿阻　主人謹白

減價

今有友人自辦陝西老土每兩津錢五百文新到梁州土每兩津錢五百六十文如蒙賜顧者請到東門內聚隆成寄售

天福茶園

新排新戲
左公平西

此戲係除暴安良於咸豐年間西下逆叛攪亂世界黎民不安振毀廟宇無惡不作故此上者大怒分遣列宿降生諸將帥運智設謀掃逆叛將盡克復一統錦繡山河從此海宴河計昇平永慶前有西下賊匪作亂在甘泉縣界逆叛造反想首在馬各由縣大爺家春被殺少爺逃走投奔迎左大帥求發救兵左大師意欲前往不日來到潞州倡扎營後平盡賊匪掃知逆叛大師得勝而歸義有數十餘本內中[illegible]節頗多並無奸途邪淫汚穢之處皆係忠臣良將舉子賢拯善夫節歸俠士烈士改惡從義去邪歸正天理昭彰循還報應可以勸世梨園中借詞演嚐勸人為善今本園料請藝人排成數十餘本不惜重資製辦細緞五彩旌旗軍裝器械全堂燈采鮮明既目向屬另有可觀本園並不荒言另期擇吉試演
本園謹啓

天福茶園

特請上洋新到
頭等名角
八月十一日晚准演
李長奎　劉聿奎
伐東吳　讓城都

福仙永茶園

特請上洋新到
頭等名角
八月十一日准演
元元旦　馬雲仙　左月春　香霄旦
拾玉鐲　感天孝　新排西平公左
包廂加錢五百文散座每位一百文

福仙永茶園

聘請上洋初次新到
頭等花旦
小萬盞燈
擇日開演

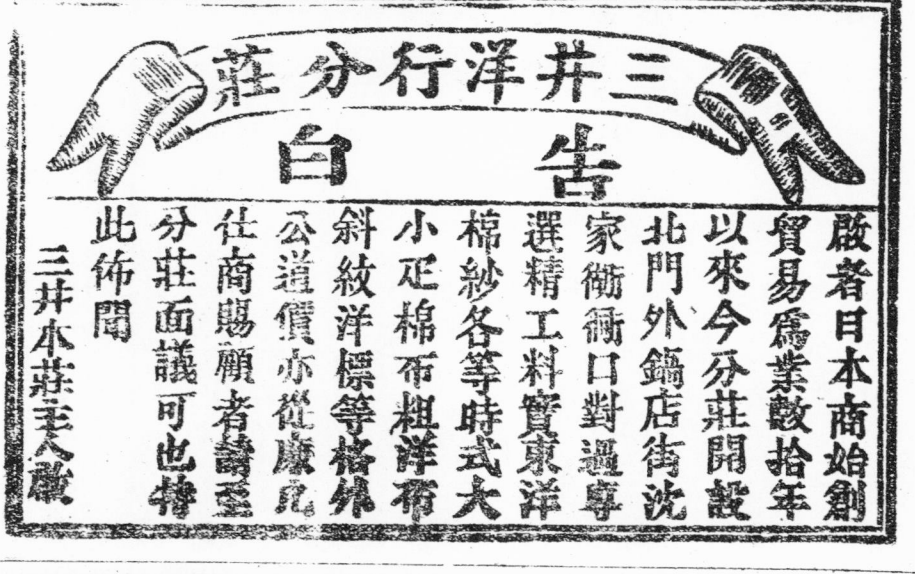

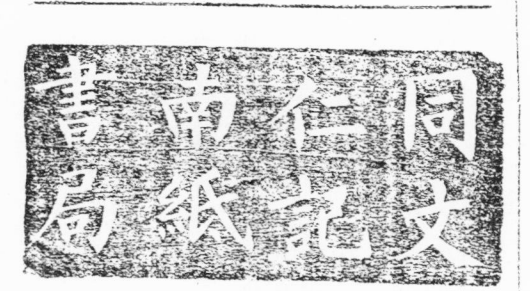

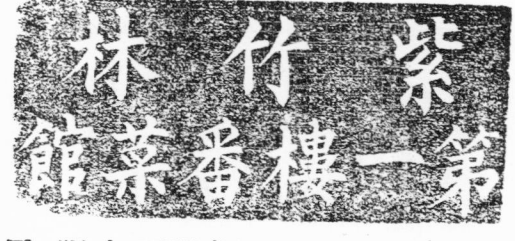

開設紫竹林法國租界北

天福茶園

崇慶名班

特請京都上洋姑蘇山陝等處

各色文武 頭等名角

八月十一日早

忌辰

十一日晚七點鐘開演

上洋新到一等名角

十二紅 小三寶 自來紅 崇芬 安桂秋 白文奎 十一紅 王喜雲 于都 楊同來 李長奎 羊喜壽 周茹奎 高玉喜 劉聿奎 終德明 張長奎 趙斌恒 蘇廷奎 小香鳳

十王府 殺府 戰蒲關 賣餑餑 伐東吳 讓城都 花蝴蝶 衆武行

開設馬家口南興基新馬路

天桂茶園

特請京都

慶吉祥名班

特請京都山陝姑蘇上洋河南等處

頭等文武名角

新製

新彩 新切 平金行頭 新戲 亮臺

擇日開演

八月十一日出口輪船 禮拜一

西平 輪船往上海 招商局

八月十二日出口輪船 禮拜二

通州 輪船往上海 太古行

安平 輪船往上海 招商局

八月初十日銀洋行情

天津通行九七六錢

銀盤二千三百五十文

洋錢一千六百四十文

紫竹林通行九六錢

銀盤二千三百八十文

洋錢一千六百六十五

洋錢行市七錢一分

開設天津紫竹林海大道旁

福仙永茶園

京都永慶成班

特請京都上洋蘇杭山陝等處各

頭等文武名角

八月十一日早忌辰

十一日晚七點鐘開演

上洋新到 上洋一等花旦

全班仝演 賈星橋 陸春蘭 潘桂芳 小禿紅 葫蘆紅 馬雲仙 牛處 明海山 霸州紅 元元旦 賽呂布

萬佛堂 戰蒲關 烏玉帶 孝感天 拾玉鐲

楊四立 崔雪琴 李德山 十六紅 朱子久 嚴寶恒 嚴有蘭 萬齋燈 香霄旦 周春奎 海棠紅 汪立本 李殿元 左月春 董度雲 張鳳台 史福奎 孫福林 胡少卿 杜福玉

全班 衆武行 合演

新彩新切 左公平西 另有奇文

浙紹朱鈍翁先生術嫻心細游津十年屢臨重症均各穩慎近治勞亂膏淋霍並痛羅瘀後小科產癰婦兒喉春俱喜回靡久寓彌勒菴

告白

新到四書五經義式續編附禮部奏定鄉會歲科試章程學雅堂本彙英書義每部津價六百四十文寄售天津北門內府署東各報總處紫氣堂出售

學翼齋白

本津新出各書

大發行

敬啓者本津新出各種四書經義史論時策畧說等從今日起四方貴客批售格外價廉公道交易本津士林購取甚比從前廉外更廉

天津北門內各報總處紫氣堂全啓

告白

本齋新印王蓮西先生摺楷與衆不同每本津價三百六用者請向天津北門內府署東各報總處紫氣堂購取可也

學古齋具

美孚老牌煤油

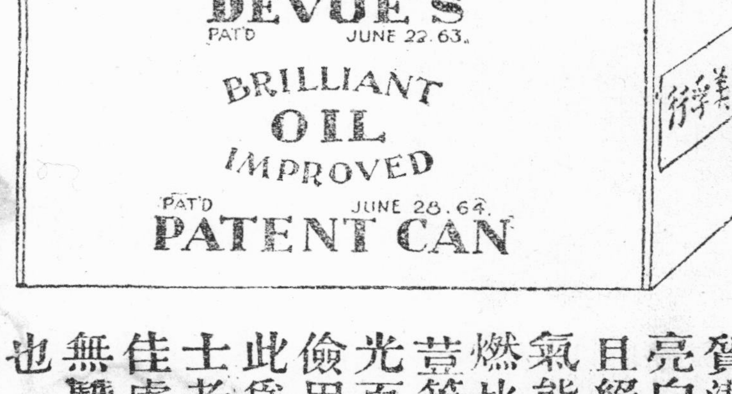

啓者美國三達煤油公司之德富士老牌煤油天下馳名萬商稱美蓋其質潔色清亮白如銀且絕無烟氣能耐久燃比之生荳等油晶光百倍而儉用價廉此爲德富士老牌之佳處誠屬無雙妙品也士商賜顧請到天津美孚洋行採辦或向就近殷實行店購買庶不致悞

直報

本館開設天津紫竹林海大道老菜市氣燈房巷內

光緒二十四年八月十一日　第一千百八十六號
西歷一千八百九十八年九月廿六日　禮拜一

上諭恭錄

上諭奉天府府丞兼學政着何乃瑩補授欽此　上諭廣州將軍保年由護軍荐升副都統簡放廣州將軍宣力有年克勤厥職茲聞溘逝軫惜殊深着加恩照將軍例賜卹准其入城治喪任內一切處分悉予開復應得卹典該衙門查例具奏欽此　旨這所參疎防監犯之管獄官山西靈邱縣典史吳開陽着即行革職拏問交胡聘之提同刑禁人等嚴訊有無賄縱情弊按律懲辦有獄官靈邱縣知縣陸叙釗據報先期公出着查明辦理仍勒限嚴緝逸犯李遇何即閻俊務獲究辦該部知道欽此

恭送　玉牒禮儀

禮部謹　奏為禮儀事恭照本年九月初一日午刻恭送此次續修　玉牒啓行前往　盛京尊藏禮節前期工部搭蓋綵棚於朝陽門外設書案於　玉牒館堂中總裁提調纂修等官恭捧　玉牒陳於案總裁以下各官行三跪九叩禮畢提調纂修等官率在館執事人等各依次敬謹裝設行箱仍於館堂中敬設在館執事人等坐更守護工部派員於前一日按數預設綵亭於　玉牒館門外啓程日預設行駕綵亭及黃蓋　御仗龍旗於朝陽門外欽天監候時官報届吉時在館執事人等以次安設行箱於綵亭均用綵綢穩箱總裁王大臣率提調纂修等官於亭前行一跪三叩禮畢校尉舁亭總裁以下各官隨行鑾儀衛備黃蓋一　御仗二龍旗二前導樂部作樂導引散秩大臣侍衛咸蟒袍補服前引後護自宗人府啓行由東交民巷單牌樓大街至朝陽門外綵棚內安奉畢樂止黃蓋旗仗導迎樂隨徹派送出城之前引後護各官俱退在京王公文武大臣官員咸蟒袍補服於朝陽門外大橋東分左右翼排立届時隨同送往之王大臣暨侍衛官員等先詣綵亭前行一跪三叩禮畢更換行駕綵亭裝設後送往之王大臣暨侍衛官員等俱更換行衣復於行駕彩亭前行一跪三叩禮畢　玉牒啓行在京王公大臣官員等於道旁分班跪送工部備黃蓋一　御仗二龍旗二前導每站安奉　玉牒於彩棚時隨同送往之王大臣官員等均於亭前行一跪三叩禮次日啓行復行一跪三叩禮所過各處文武地方官咸朝服出郭跪道左迎送派綠營官兵沿途護送周視巡防恭送至山海關出關後　盛京將軍派滿洲官兵敬謹防護至奉天城外奉天府先期搭蓋彩棚　盛京將軍先期預備黃案於　崇政殿又備彩亭鼓樂派官前引届時將軍五部侍郎等率領官員朝服出郭跪迎　玉牒行駕安奉彩棚內隨同送往之王大臣官員等俱各行衣先詣亭前行一跪三叩禮更換蟒袍補服恭請　玉牒行

箱安設畢復行一跪三叩禮行駕徹前引官導引入城至崇政殿前停止送往之提調修纂等官協同 盛京五部司官於亭前行一跪三叩禮就行箱內恭捧 玉牒安設 殿內黃案上送往之王大臣官員及該將軍以下各官均行三跪九叩禮提調纂修等官復同 盛京五部司員於 玉牒前行一跪三叩禮仍按次序用黃龍袱包畢再行一跪三叩禮退 盛京將軍會同五部侍郎府尹等派官於 殿外晝夜守護恭擇吉期仍設彩於 崇政殿前送往之王大臣官員咸蟒袍補服該將軍以下各官咸朝服屆吉時均詣黃案前行一跪三叩禮畢提調纂修等官協同 盛京五部司員就黃案上恭捧 玉牒安設於彩亭內行一跪三叩禮昇請 玉牒至 頤和殿琉璃門外停止送往之王大臣官員暨 盛京將軍以下等官仍行一跪三叩禮提調纂修等官協同 盛京五部司員恭捧 玉牒於敬典閣金匱內敬謹尊藏畢送往之王大臣官員暨該將軍以下等官在閣前階下兩旁行三跪九叩禮禮畢各退爲此謹具 奏 聞

閱操經費 ○戶部爲示傳事所有鑾儀衛請領今秋恭備 皇太后 皇上 駕幸南苑駐蹕閱操應用經費由部暫借銀二萬兩本部庫定於八月十二日開放務於是日辰刻派員赴庫承領毋得違悞特示

同干嚴譴 ○部門訪事至稱八月初九日清晨步軍統領崇受之大金吾英德兩副金吾親帶兵丁出城往宣武門外半截胡同南橫街炸子橋一帶拏獲楊銳林旭譚嗣同三名俱以黃絨繩背綁裝入車內派兵解送步軍統領衙門管押並聞是日由軍機處扣留軍機章京劉光第一員由 御前侍衛綑綁送交步軍統領衙門管押審訊諒不日奏送刑部按律審辦云云查楊銳林旭劉光第譚嗣同四員皆係新授四品銜軍機章京叅預新政每日 召見軍機大臣之後以二員輪班值日嚮用方殷乃竟遭此嚴譴事關機密有非外人所得而知所得而道者矣

查抄信件 ○日前三堂提憲嚴拏康有爲已列前報並聞由米市胡同南海會館康有爲處所查抄信件甚多並綑縛與康同寓之某拔貢一名僕人厮役四名一併在步軍統領衙門管押聽候刑部傳訊惟康廣仁一名已經送刑部收禁秋審處部郎再三研訊堅不吐實並聞康有爲之妾驚嚇恐懼於八月初七吞金畢命云

借欵築路 ○日前奉 旨在京西蘆溝橋迤北修築鐵路開行火車載運門頭村齋堂各煤窰所產烟煤一節現聞欵項支絀經順天府尹憲胡芸楣大京兆籌借洋欵一俟借妥當即開工修築諒不日即有端倪矣

需欵甚鉅 ○京師修理溝渠河道平墊各街巷道路日前奉諭旨已見邸抄茲聞估計此項工程非四百數十萬金不辦因庫欵支絀現歸總理衙門辦理後經洋工前往各街巷勘估共需三百數十萬金雖較前估可減省百餘萬然非籌有的欵無從興修也

傳差棚綵 ○九月初一日恭送 玉牒經工部票傳五城正副指揮吏目飭傳棚匠在東華門外高搭彩畫龍棚三座以備安設 玉牒並傳彩匠紮做龍亭三乘五色彩結三塊俱備是日裝嚴務於八月二十六日以前一律預備齊全毋得草率違悞

責在家督 ○八月初七日朝陽門內南小街居住曹姓幼童與鄰家兒戲毆竟一腿飛中腎囊將隣兒跌斃死者之父母痛子情切欲赴琴堂涉訟後經諸隣人出爲解釋令曹姓出貲殯殮齋醮始息訟事噫小孩戲耍事所恒有但爲家督者果訓敎有方亦不致肇此兇事也可不戒哉

吞烟斃命 ○前門外草廠四條胡同居住董少廷者戶部陝西司書吏也家有嫡妻高氏育一子一女其子年已及冠終日淫賭女年亦及笄曾經許字昏期在邇董少廷不但有子不敎而且迷於花物不顧家計日前高子將女聘禮私行竊出質銀賭輸高氏查知又因娶期相近無欵取贖焦愁莫釋於八月初六日夜間以一盞阿芙蓉膏吞服毒發斃命當經報驗嚴拏董按律審辦噫高子之肉尚足食乎

一蹶不起 ○前門內東交民巷巾帽胡同有賭局一區係宗室春秀所設每日由晨至夕呼盧喝雉之聲不絕於耳乃有名優小不點者著名武旦也於八月初七日赴該局賭博正在孤注爭勝之際忽然一脚跌倒即患中風不語痰壅斃命當即與伊妻送信詎伊妻嚴氏以夫身死不明等情赴提督衙門控告票委南城司項同壽指揮帶領吏仵相驗塡格錄供咨報刑部審訊

督轅門抄 ○八月十一日護督憲袁大人見 運司方大人 關道李大人 道台任大人 正定鎮藍大人 永定河道陳大人

督批照錄 ○天津縣民人楊振海呈批嚴查此案前據天津道飭局查得楊振豐將原領官地莊房交與楊振東接種得價銀九十六兩立有兌字私相授受不經官局主持實係盜賣至楊玉珍現種官地六車查其擋冊名戶係其祖父在時承領並非霸種等情詳經王前部堂批令飭縣將楊振豐應繳地價嚴追解局充公在案該民人何得妄思翻控砌詞呈瀆所請著不准行仍仰天津道查照抄呈批發

中堂晉京 ○初十日晚直隸總督榮中堂奉電旨召見所遺直督北洋大臣着袁世凱暫行護理等因欽此今早七點鐘中堂乘火車進京袁大臣於本日巳刻在行轅接印通城官憲皆冠裳濟濟赴行台叩賀

直藩牌示 ○欒城縣知縣沈爾裕病故遺缺以新海防遇缺先用知縣張源曾請補鉅鹿縣陳鴻保調補清苑縣遺缺以新海防遇缺先用知縣廖炳樞請補

派兵站道 ○天津鎮憲札飭鎮標三營兵丁七百名聽候指派敬謹供差所有駐蹕御路均按段站道衣帽均要鮮明以壯觀瞻毋得草率云

四屬試題 ○初十日正場 靜海 大德不踰閑 青縣 吾不試故藝 南皮 驥不稱其力 慶雲 文勝質則史 二題通場 錫貢磬錯

正場預聞 ○十二日考滄州 鹽山 灶籍 十四日考天津 旗籍合卽預報以快先知

補錄古題 ○昨報登試事類誌一則初九日童古題目合卽補錄 經解 三事就緒解 湯十一征考 居則致其敬養則致其憂論 史論 讀史記平準書書後 張知白論 輿地 直隸沿河險要考 問五河上下游能否開渠建閘於來源歸宿作何導疏變水患爲水利各對以所知 時務格致 鼓鑄銀圓剔弊說 問列國强弱商戰爲先直隸土貨何者爲大宗洋商宜何如抵制及一切興辦事宜又直隸沿海險要考又問五河上下游能否開築建閘於來源歸宿作何導疏變水災爲水利各對以所知 擬古 擬王政安言世務書 擬匡衡上治得失疏 擬庾子山謝趙王賚絲布啓 掌故 跋交涉公法論干預外國之事 問項羽降章邯而迅掃三秦淮陰降廣武而卽下全燕各舉其時勢智畧以對

公法具在 ○日來因康有爲被譴連累多人都門人心惶惶竟有不可終日之勢外間傳言又有各國公使干預之說夫變政維新當今要務但求治不可太急用人不可太濫歷觀兩月以來所降諭旨仰見我皇上孜孜求治之心旰夕焦勞之狀日不暇給有君如此誠中國億兆臣民之大幸也惜康有爲等不知聖功不容躐等變法自有端倪譬如治尫羸之病須用峻劑駭人聽聞致有初六日之事中外震驚機勢岌岌至各公使詢問緣由亦事理之常若以爲如此云云則萬國公法具在凡自主之國有自主之權內政不容他人干預各公使皇華久任豈肯蹈越俎之譏且皇太后訓政非始自今日宏濟艱難正以見母慈子孝於外人毫無干涉想各公使斷不出此市中有虎之談不足信也本館職司紀錄凡有所聞例當宣布但事關國勢不敢隨衆和同謹布區區 閱者亮鑒幸甚

載貨漏稅 ○昨晚新浮橋有一跨船鄉客裝載私貨被某稅局役查知勢欲稟官科罰時有多人理處欲出貲了結未知作何辦理訪明再登

津市糧價 ○八月初六日沿河頭堡西集雜糧行情列後 御河白秋麥十一千五六至十千零五六 生米八千七八至八千四五 紅秋麥十一千 元米八千四五 小元豆六千七八 春麥十一千 元玉米七千至六千七八 眞青豆八千二三 上河白麥十一千二三至十千零五六 白玉米六千七八至六千四五 吉豆八千一二 紅麥九千三四 花麥十千至九千五六 紅高糧五千五六 閘河白麥十千 黑豆五千七八 花麥九千六七 元豆七千五六 白黑豆七千四五 紅日芝麻十一千五

六至十三千　茶豆八千一二　元小米八千七八　稻米十七千五六

營口瑣聞　○牛莊訪事友人云本年夏令天氣清凉立秋後忽然炎熱至七月十三日薰蒸尤甚靜坐斗室尙覺揮汗如珠詎料是夜北風怒號震憾山岳次日晨起竟御棉衣居民偶失衛生往往患病施醫局中求治者異常擁擠說者謂寒燠不時禾苗易損恐秋收亦不免因此稍歉矣○國家創辦昭信股票屢奉　諭旨聽民自便不准苛派抑勒營地前經會議合繳銀三萬兩按大小店鋪均勻分派至小鋪之力不能勝者祇出銀五兩集二十家方可合買一股聞日前東營經紀房投廳署求請展緩三年再行措繳然刻下已欽奉　諭旨飭即亭止想民困當可稍蘇矣○自上海巨豐順倒閉後凡各油坊之與有交往者均受其累與順魁一家被欠約六七萬金不知如何了結聞此行係教中人所開然亦須請官追償也

粵匪述聞　○傳聞粵督函告兩湖總督云西匪猖獗聚衆至十萬人之多廣州省城岌岌可慮雖經官軍勦散而死灰復燃深恐滋蔓鄰省殊切杞憂現下兩廣兵力甚薄恐非借助鄰封未易靖斯小醜也云云

弛禁華人　○前美人禁止華人到小呂宋之苛例今已刪除惟須先在美總領事處取具供狀始準上岸

光緒二十四年八月初九日京報全錄

宮門抄○八月初九日理藩院　鑾儀衛　正白旗值日　無引見　明安假滿請　安並謝署缺　恩　濟澂假滿請　安　文煥謝授四川敘州府知府　恩　蘇嚕岱謝署護軍統領　恩　崑中堂續假五日　文琳永隆各請假十日　祁師曾李稷勳預備　召見　會章等奏派補進文職六班　派出薩廉清銳綿文　掌儀司奏十一日祭　奉先殿慶王行禮　召見軍機　文煥　祁師曾李稷勳　皇上明日卯初二刻至　奉先殿　壽皇殿行禮畢還海

○○大學士直隸總督奴才榮祿跪　奏爲海河淤淺分別籌欵修辦恭摺仰祈　聖鑒事竊査天津海河上游巨灣兜遏兩岸支河歧出分洩水勢白塘口以上節節淤淺華洋輪船不能上駛皆在塘沽停泊水程百數十里進出口各貨須有剝船過載非特糜費運腳而沿途偸漏傷耗尤多實於商務大有妨碍且海河爲五大河尾閭下壅則上易潰上年五月前督臣王文韶議覆通政使劉恩溥條陳河務摺內聲明籌辦海防海河爲五大河一大轉機已派道員吳廷斌等前往確勘俟籌定辦法估明工欵卽行興辦在案旋據該員等周歷上下游兩岸確切勘度求所以蓄潮力裁灣阻開挖直河建立閘座束水攻沙以順水性祗因工大費鉅遽難興辦嗣據駐津各國領事推薦丹國工程司林德條陳簡便法祗於支河歧出處建設洋閘八座並修理挂甲等處隄岸以收束水刷沙之效估須行梁化寶銀二十五萬兩應由直隸籌撥銀十萬兩其餘十五萬兩由各國領事認籌以十年爲限由新關稅務司於進出口貨物完納稅項之多無論華洋酌量抽捐擬具工捐稅則章程函請核辦前督臣王文韶因査測量考驗本爲西人專門之學林德寓京多年情形旣熟工程尤所擅長洋商均甚信服詳察辦法及估需銀數均爲核實當派津海關道李岷琛招商局道員黃建筦開平礦務局道員張翼稅務司賀璧會同商辦一面咨准總理各國事務衙門以修河辦法並所擬工捐稅則章程均屬公允應如所請辦理等因復經函檄遵行卽據法國領事函請撥欵王文韶未及核辦卸事奴才到任應由直隸設法籌撥當飭運司在於歷年鹽課項下撥銀二萬兩津海關道在於四五成洋稅項下撥銀一萬五千兩支應局在厘捐項下撥發銀一萬五千兩籌賑局在於賑欵項下撥發銀五萬兩共銀十萬兩以濟要工各國領事認籌銀十五萬兩現因修工購料待用孔殷未便僅恃捐欵已向銀行籌借墊欵六厘行息收起工捐陸續歸還應於工捐原限十年以外展限二年共以十二年爲期清還本利至海口工程已於本年六月十四日卽西歷八月初一日開辦工捐亦於是月起按章抽收由稅務司賀璧照會津海關道轉詳前來除飭該道與林德訂立合同詳咨外所有撥欵修辦海河緣由理合恭摺具陳伏乞　皇上聖鑒飭下各衙門立案謹　奏奉　硃批該衙門知道欽此

○○頭品頂戴閩浙總督臣邊寶泉頭品頂戴浙江巡撫臣廖壽豐跪　奏爲謹將浙江省歸併營汛扣裁各缺繕具清單恭呈　御覽仰祈　聖鑒事竊照浙省水陸標營裁官併汛先經臣等將酌議辦法附片奏明在案嗣據各鎭協體察形勢報裁各缺又經飭司妥議詳辦玆據浙江布政使惲祖翼按察使丁峻會遵就提鎭副叅遊報裁各缺通籌彚核統計浙省水陸三十九營除海防營專司塘工嘉

湖二協先巳奏准定案寗波城守海寗乍浦三營地當緊要設官無多均應請免議裁外其提標衢州鎭標紹興台州金華嚴州樂清太平玉環楓嶺敘浦衢州城守大荊盤石又定海海門溫州處州四鎭標泰山瑞安平陽鎭海甯海定海城守石浦溫州城守海門城守麗水又撫標左右杭州錢塘太湖等三十三營分別繁簡共擬裁副將二缺參將一缺遊擊六缺都司五缺守備十六缺千總二十九缺把總四十八缺外委七十三缺額外十一缺連同上年嘉湖所裁二十二缺統裁二百一十三缺年可節省銀三萬餘兩其裁缺所遺防務應以何員移駐或以何員兼管容再斟酌情形歸於裁存員弁分撥汛地案內核議開報所裁員弁統俟奉部覆准分別撤囘另補未補以前千總照缺給予候補俸薪外委額外仍准支食本身馬戰糧餉用示體恤詳請察核具　奏等情察核所議尚屬妥協除咨兵部查照並再督飭各營趕將所裁各缺應以何員移註何員兼管及巳併各營尚有裁存各缺應歸何營管轄分別妥議仍由該司彙核詳辦外謹會同浙江提督臣陳濟清合詞具陳並繕清單恭呈　御覽伏乞　皇上聖鑒　勅部核覆施行謹　奏奉　硃批兵部議奏單併發欽此

頃接山左友人郝希孔兄來信據云東省水災久爲昭著惟今歲黃河決口巳知八處災情大異往年澤國之區二十餘州縣計　高苑　博興　樂安　齊東　新城　蒲台　利津　濱州　章邱　歷城　齊河　德平　禹城　肥城　東阿　范縣　平陰　壽張　陽穀　東平　汶上此二十餘處居民廬舍墳墓盡行漂沒其災民數百萬嗁飢號寒無所歸資思及存無餬口沒無餘地今人傷痛無巳現在雖經　大憲多方賑救無奈款項奇絀惠難均霑此等時光若能指款來賑而功德實屬無量云云查本年東魯水災誠甚於昔年無如僕等自庚寅順直被水連年籌辦義賑勸捐一節早成弩末往喚奈何惟謹將郝君來函登諸報章以供　衆覽伏望大善仁人君子慨發慈念往賑災黎則功德不可言量矣僕等不禁爲億兆待斃生靈馨香祝之　津門義賑同人具

施救吞烟　白鴨血及人糞汁皆爲救吞鴉片妙方爲其吐耳然效與不效或未可必茲上洋白藥粉專救吞烟經驗多人萬無一失法用白藥粉一劑加熟水一碗冲藥溫服服畢以二人扶之行走不住卽易吐出若遲至半刻不吐再服一劑不吐仍卽再服一劑總以吐淨鴉片毒爲度吐後多飲清水仍令一吐再吐至所吐之水澄清無汚其毒乃盡可慶更生切不可用煤油醬油等方誤灌致傷性命如吞烟後一時取藥不及先以食鹽三錢攪冷水一碗許灌入暫殺其毒以待藥至卽急灌救如吞烟歷時甚久昏迷欲睡此係烟毒巳發恐一吐猶未能盡淨必須二人扶之行走另着人用竹竿打其兩腿皮肉務使知痛驚醒終夜不睡睡則難保無虞矣此藥西頭流水溝西河沿立興成糧莊豐全華園西河沿聚豐恒糧店河東十字街西存仁堂藥局中義當東愼修堂閣宅均爲施送台併錄報使遇此事者就近救急　諸善士如欲購捨此粉上海大馬路科發藥房及津郡老德記等大藥房均有價亦甚廉豫備不虞古之善道願我同人勿以小善而不爲也　同人公啓

新開　元隆號綢緞洋貨莊

自去歲四月初旬開張以來蒙　各主顧垂盼雲集馳名日盛本號特由蘇杭等處加意揀選名機新鮮貨色零整銀價俱照大莊行市公平發售以昭久遠此白

寄賣龍井雨前素茶福建皮絲水烟各種貢料大小皮箱

開設天津府北門外估衣街中路北門面便是

元茂機器磚瓦公司

本公司仿照西法燒作磚瓦事屬創舉曾經通禀在案該貨堅固異常價値從減並各様印花磚瓦俱全　賜顧者請至海大道新興南里內本公司面議可也　特此謹啓

魁陞號綢緞洋貨莊

本號自置頂織綢緞洋貨等物整零均按銀莊格外公道皆比大市價廉發售　寄賣各種貢料大小皮箱漢口水烟袋各種眼鏡龍井雨前紅茶梗　萬天津北門外估衣街五彩號牌衙口坐北向南　士商賜顧者請認本號招牌特此謹啓

代辦各種機器告白

敬啓者余自去歲代辦各種機器業蒙紳商賜顧並無遲悞今又向英國着名大廠代辦各樣紡紗織布造磚炸毛等機器以及各行應用各樣機器零星物件定日交貨不能遲悞如貴行包辦常年機器人工煤料或安設各樣機器價格外相宜如蒙貴官紳商購買者請至英新租界馨仙永茶園看圖面訂可也特此佈聞

甯子卿謹白

論義快覽

功令改試經義論策新章初立學者苦無佳本本齋舊藏雨田史論兩冊世鮮藏本近因同人多來假抄幾有日不暇給之勢爰亟印行以公同好在天津文美齋寄售並各書坊分賣本齋又輯有經義導先集二本皆從前人各文集中廣爲搜羅採擇成帙而以四書精義揭要付其後亦卽不日印出由文美齋付售

竹素齋主人白

告白

初九日接班新出工商學報第一冊　農學報至四十一冊　廣智報至二十九冊俱全　知新報丁酉全年俱全　萬國公報丁酉全年俱全　蒙學報至念九冊　渝報一至十六冊俱全　東亞報至七冊　華美報至五冊　商務報零本津價一百　富強報零本一百二十　餘者各報冊報紙各種時書均未全載

天津北門內各報總處啓

告白

敬啓者茲因自蓋三層鴻春大樓開設番菜館以來生意稍佳奈因福仙戲園關閉不開兼之敝號生意寥寥故令敝東公議欲將小號出兌出賃均可任便所有店內一切各樣家具等件一併按單點交不悞有願兌賃者務速駕臨敝號面議以免先後自誤可也特此佈聞

海大道鴻春樓主人謹白

天后宮北　義興順綢緞莊

本莊自置顧繡綢緞綾羅紗絹哈喇大呢羽綾羽毛各樣花素洋布南貨雅扇桂附頭油香粉胰皂跡安貝松泉湖筆一概俱全

頭號杭甯綢	
頭號摹本緞	
紅梅茶　每斤	九百六
紅茶　每斤	六百四
紅茶便　每斤	二百二
龍井茶　每斤	一吊八

金百壽棉緞裙布裡每套五兩八

雜色金刀絨每尺五錢五

新開　天吉齋京靴店

本店開設天津府東門外天后宮前路北門面二間本號專辦京莊上十材料專做京都滿漢朝靴各款鑲繡插鎖全式名鞋一應俱全貨高價廉士商賜顧者請認明本號招牌庶不致悞本店擇於七月十三日開張

本號特白

告白

新到四書五經義式續編附禮部奏定鄉會歲科試章程學稚堂本羣英書義每部津價六百四十文寄售天津北門內府署東各報總處紫氣堂出售

學翼齋白

告白

茲因錦衣衛橋正骨科蘇靜軒三先生令孫名蔭棠字子甘少大先生承授家傳跌打損傷接骨等症分此在侯家后歸賈胡同太山菴西開設永生堂藥店自置藥材丸散俱全並家傳筋骨疼痛風寒膏藥蜜藥專治舒筋活血止疼丸散膏丹門診過午不候並施敷藥

同人公啓

告白

啓者澄思齋主人不惜工費聘請四方實學名儒精選各種書籍現因院試在邇未得求全先出四書經義史論時務策名曰改科欣賞集此書係書院前列各士課作迥非選拔古藝者可比准於即月初六日出書俟後別種印齊再爲登告

寄售處襪子衚衕王宅

石印留書

是書爲明章大力所著四書義章解句釋義理詳明誠善本也准於八月初二日出書

文美齋寄售及各書坊均售

告白

靜致廬八月初一日會課陸沛郇都戎宣贈紫豪筆二十枝龍鳳墨二十錠延舒霞太守齡贈詩妝二十合張勛伯大令廣建贈石印書五種

本廬主人登報

京緞零剪　減價售現

零剪

高鴉背	一千三百五
正號元青貢緞每尺	一千四百文
中號元青貢緞每尺	一千一百文
副號	八百八十文
眞杭青金銀庫緞每尺	二千二百文
眞裕順會皮絲烟每包	一千一百文
南京鹹鴨每支　大	一千八百文
南京鹹鴨每支　小	一千二百文

寄售

龍井　每斤	一吊七百文
雨前　每斤	一吊一百文
珠蘭　每斤	一吊四百文
雀舌　每斤	九百六十文
蜂翅　每斤	一吊二百文
紅袍　每斤	六百四十文
小種　每斤	一吊二百文

本號自製元淺京緞蔥售零剪杭絨衣線[illegible]燕金腿南貨糟貨一應俱全近因錢市脹落不同分別減價抑因無恥之徒假冒南味字號者甚多雖云謀利誠恐亂眞欲辦薰猶用頗格墨

天津宮北大師子胡同公益仁記南陳坤謙白

紫竹林法租界 三義飯店

本店專做英法大菜，並由外洋自運各國上品洋酒各色異味點心罐頭鮮菓食物等類一應俱全本樓工程告竣房間寬闊夕時均用氣燈明亮異常仕商貴顧者或携眷另光雅室者亦足稱暢叙有情矣擇於六月十幽日開張至期請即七臨賜顧是荷本主人謹啓駕

天福茶園

特請上洋新到
頭等名角
八月十二日晚准演
李長奎
捧雪

福仙永茶園

特請上洋新到
頭等名角
八月十二日准演
元元旦　雙鎖山
馬雲仙　母女會
香雪旦　新安驛

福仙永茶園

聘請上洋初次新到
頭等花旦
小萬盞燈
擇日開演

三井洋行分莊

告白

啟者日本商始創貿易爲業數拾年以來今分莊開設北門外鍋店街沈家衚衕口對過專選精工料實東洋棉紗各等時式大小疋棉布粗洋帶斜紋洋標等格外公道價亦從廉凡仕商賜顧者請至分莊面議可也特此佈聞

三井本莊主人啟

海利鐘表洋行

啓者本行自上海分設天津紫竹林法租界良濟藥房對過女成衣飯店一號二號房內自製新式鐘表金銀表金表練各樣新式大小說話機器耳鳴機金戒指金鋼石戒指大小洋鏡各樣新貨一應俱全貨好價廉格外公道在此住兩三個月後另造樓房批發諸公光顧請早駕臨海利洋行謹啓

戊戌年八月十一日
禮拜一

紫竹林 第一樓番菜館

本號專作英法大菜各色精細點心各樣洋酒洋貨等物一應俱全並售
上上紅茶每斤津錢八百
上　　　　　　　　一千六百
又批發茂生公司鐵海紙烟零整發售價值格外公道原箱計一百盒價洋一百四十四元每盒計五百支洋一元五角凡仕商賜顧請即駕臨是荷
風雨勿阻　主人謹白

名醫過津

前辦東海關官醫局嚴備九二尹鳳藻日前隨嵩武軍統領孫紹襄軍門到津寓紫竹林春元棧小住數日即赴小站新建陸軍將來能留寓津門則七十二沽中抱采薪憂者當受惠不淺矣
同人仝啓

減價

今有友人自辦陝西老土每兩五百津錢文新到梁州土每兩六百津錢五十文如蒙賜顧者請到東門內聚隆成寄售

同仁南紙書局 文記

本局自印耕香館書臘每部價洋二元專辦各種石印書籍精選加高南紙項細雅扇格外價廉寓天津東門外襪子衚衕本局啓
本局謹啓

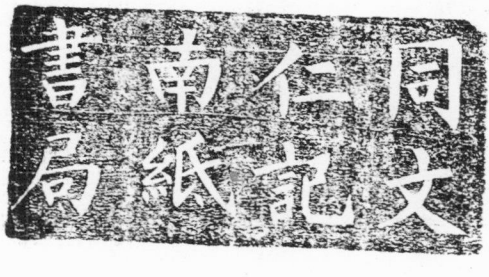

光緒二十四年八月十一日 直報 第八版 二八三六

開設法國新租界
馬家口下娘娘廟前
天仙茶園
特請京都
玉成全班
特請京都山陝姑蘇上洋等處
頭等文武名角

新製
新彩 新切 平金行頭 新戲 亮臺

十四日請客十五日開演

本津新出各書大發行
敬啓者本津新出各種四書經義史論時策畧說等從今日起四方貴客批售格外價廉公道交易本津士林購取甚比從前廉外更廉天津北門內各報總處紫氣堂全啓

開設天津紫竹林海大道旁
福仙永茶園
京都永慶成班
特請京都上洋蘇杭山陝等各處
頭等文武名角

八月十二日早十二點鐘開演

十七紅 雙明 劉桂林 文月山 小禿紅 胡蘆紅 牛處 賈星橋 陸春蘭 史福奎 李殿元 香霄旦 賽呂布 朱子久 十六紅 崔雪琴 小月樓

泗水關 羣臣宴 三疑計 回龍閣 新安驛 鬧昆陽 衆武行

十二日晚七點鐘開演
上洋新到 上洋一等花旦

張鳳台 袁清太 潘桂芳 董度雲 馬雲仙 明海山 海棠紅 杜福玉 周春奎 林德桂 元元旦 賽呂布 胡少卿 霸州紅 鑁寶恒 朱子久 楊四立

封神榜 戰太平 母女會 雙斷橋 五雷陣 雙鎖山 酸棗林 刺巴杰 巴駱合

浙紹朱鈍翁先生術嫻心細游津十年屢臨重症均各穩愼近治勞瘧膏淋霍亂藹羅痧並婦科產後小兒喉癰俱喜同春久寓彌勒菴

美孚老牌煤油

啓者美國三達煤油公司之德富士老牌煤油天下馳名萬商稱美蓋其質潔色清亮白如銀且絕無烟氣能耐久燃比之生芸等油晶光百倍而儉用價廉此為德富士老牌之佳處誠屬無雙妙品也

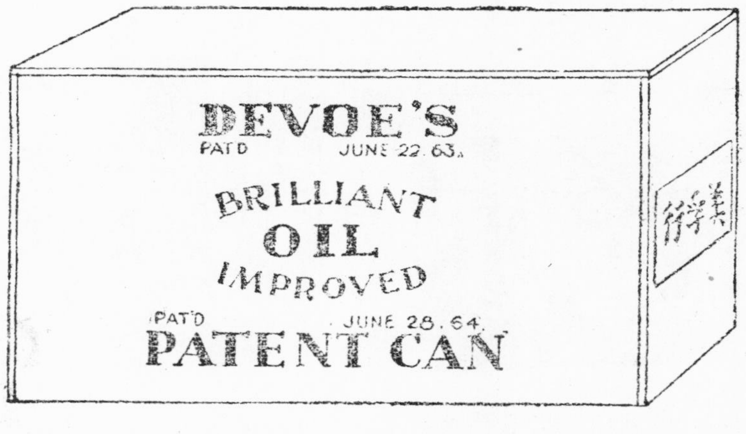

士商賜顧請到天津美孚洋行採辦或向就近殷實行店購買庶不致悞

開設紫竹林法國租界北
天福茶園
崇慶名班
特請京都上洋姑蘇山陝等處
各色文武 頭等名角

八月十二日早十二點鐘開演

劉景山 崇芬 十七紅 長祿 安桂秋 楊福保 十四旦 小連仲 十二紅 李吉瑞 容旉串 王雲 羊喜壽 蘇廷奎 常雅秋 于景五 張永升

五梅駒 斬子 落花園 七星廟 九龍山 蕩湖船 長板坡 衆武行

十二日晚七點鐘開演
上洋新到一等名角

小三寶 邊義臣 十二紅 劉景山 十八紅 自來紅 楊同來 十一紅 謝才寶 小德生 白文奎 王喜雲 李長奎 羊喜壽 常雅秋 通斌恒 衆武行

延安關 五雷陣 柳林池 洪洋洞 烏龍院 一捧雪 收關勝

開設馬家口南興基新馬路
天桂茶園
特請京都
慶吉祥名班
特請京都山陝姑蘇上洋等處
頭等文武名角

新製
新彩 新切 平金行頭 新戲 亮臺

擇日開演

八月十二日出口輪船 禮拜二
通州 輪船往上海 太古行
安平 輪船往上海 招商局
八月十三日出口輪船 禮拜三
新豐 輪船往上海 招商局

八月十一日銀洋行情
天津通行九七六錢
銀盤二千三百五十二
洋錢一千六百五十文
紫竹林通行九六錢
銀盤二千三百八十五
洋錢一千六百七十五
洋錢行市七錢一分

直報

本館開設天津紫竹林海大道老菜市氣燈房巷內

光緒二十四年八月十二日 第一千百八十七號
西歷一千八百九十八年九月廿七日 禮拜二

上諭恭錄

上諭朕躬自四月以來屢有不適調治日久尙無大效京外如有精通醫理之人即着內外臣工切實保荐候旨其現在外省者即日馳送來京毋稍延緩欽此

中國宜設商部以保利權論

楊毓煇然菁

立國之道不外農商中國以農爲本泰西以商爲本宗旨既異政教各殊究之商人長袖善舞操奇計贏不憚跋涉山河競逐錐毛之利而國家設關納稅其數倍於地丁此商務之致富所以勝於農而速於農也方今天下五大洲瀛寰數百國其以富强而著者皆視商務爲命脈罔不極力經營出口之稅恒輕輕則銷路日增漏卮不至於外溢入口之稅必重重則利權可保太阿不至倒持平日以其兵力輔其商力而兵力所能至即商力所能通有兵艦以壯聲威有領事以資保護有商律以爲準則有公會以善維持故商人遠適異邦不啻安居故國絕不至橫遭屈抑枉受欺淩而推原其致此之由則實由於商部有商部提綱挈領故能愈推愈廣愈辦愈精一日國家有事商人遂急公好義踴躍輸捐不吝以百十萬家貲上紓國難蓋國之待商既厚斯商之報國愈殷非若中國之聲氣不通上下相隔也雖然使中國能閉關絕市不與各國往來則商務任其衰微猶可說也即使中國土地瘠薄物產希少則商務不能講求亦可說也今乃通商之局長此終古甲午之役既畢復增開四口通商而我猶任其取求不能設法抵制則洋貨銷流日廣土貨出產愈稀數十年後民窮財盡國誰與立言念及此眞如芒刺之在背也況神州之地菁華薈萃盡屬膏腴西人嘗稱爲地球各國之冠商務有可興之理而不知興商務有可振之機而不能振毋乃自取貧弱乎今欲振興商務莫要於先設商部於 京師蓋凡事必有專理之人竭力維持實心整頓弊乃能革利無不興今中國從無督辦商務之員而於商務盛衰利害素不關心南北兩洋雖有通商大臣然所擘畫經營皆爲交涉之事安有暇及於商務故商務如何興利如何剔弊商民如何保護以作其銳氣稅則如何變通以塞乎漏卮天下之無盡利源如何開濬華人之出洋貿易如何擴充自內而外自上而下未聞有專任其責而實行其事者商務不振有由然矣若能設立商部專管商務則向來輕視之積習一洗而清從此持之以恒要之以久縱不能超各國之上必能與各國齊驅至於外省則當分設商務局一二所由商部大臣選精於商務者派充局董探訪商務利弊貨值盛衰按月造成清摺送呈備査局中應辦事宜第一在乎齊其行市蓋商務之

壞莫甚於互相傾軋互相擁擠卽以絲茶而言一經銷路暢旺無不爭先辦貨堆積如山各思捷足先登爲一網打盡之計及乎銷路稍滯則又競相貶價亟思售脫而洋商狡黠者故意把持壟斷貨少則抬價以招之貨多則貶價以困之舉自有之利權盡爲洋商所奪此豈非心志不齊之故哉欲救其弊當責成商務局會齊各業董事曉以利害嗣後不論何項貨物由董事會同商務局預估市面能銷之數令商人一概掛號彼此均勻採辦不得貪多務得市價則公同議定逐日掛牌有不遵定章私行增減者照例議罰每屆年終則由商務大臣將各埠所報市面情形銷場利鈍分列條款印成清冊發給商人觀覽俾作指南之針並多購泰西商報譯成華文查西國皆有商報或間日一出或禮拜一出或按月一出備載各種新法及一切情形實足以擴見聞而資習練宜擇要而譯各置一編庶可周知其時事詳審其情形明察其物產盛衰深悉其貨價高下師彼西人之長技保我中土之利權如是而謂中國商務猶不能日新月異而歲不同者必無之理也請以質諸關心商務者以爲何如

誰堪醫國　○皇上自四月以來聖體微有不和調理日久尙無大效欽奉　諭旨令京外訪精通醫理之人已見邸抄茲聞內務府已遵飭行文在京各衙門並飛咨各省督撫將軍都統府尹卽日延訪良醫切實保薦速趨　內廷診視想聖天子洪福齊天必有盧扁其人應召速來也

提騎再出　○日昨步軍統領三堂憲親帶弁兵前往南橫街一帶緝拏軍機章京楊銳等委派官兵看守已列昨報茲聞三堂復帶兵分往東安門外錫臘胡同查拏張蔭桓又在宣武門外南橫街老墻根等處查拏徐致靖楊深秀解送步軍統領衙門一併歸案管押於八月初十日辰刻均送刑部收禁刑部委派廣東司會同秋審處嚴行審訊至其中詳細情形因事關嚴密一時不便探訪俟有續聞再行補錄

兇毆致命　○前門外王皮胡同妓寮林立昨有回民馬五糾約匪徒多人施放洋鎗與葉某相鬥葉某素日兇橫力猛刻因寡不敵衆馬五羣毆用刀將葉某砍傷身死當經中城官人拏獲解案管押一面飭作相驗詳城訊明供詞咨送刑部按律審辦

口角生釁　○宣武門外堂子胡同有劉某者學得泰西救吞烟法大行其道昨由箭杆胡同救食洋藥回經王春軒茶社遂入館聽平話座中有倪姓人以細故極口譏訕劉不肯相下出口詈罵復以老拳相敬不料倪某暈絕臥地不起次晨赴琴堂控告未識爲民父母者若何判斷

據爲己有　○前門外蔴線胡同居往李某貿易爲生與嚴某相交莫逆嚴某於前年春間隨宦出京不便携眷將妻孟氏囑託李某照料求食卽將安家銀五十金一併交李代爲分勞調度日費李得其銀兩供給孟氏度日從此時常往來不知何時李某與孟氏有染日久捏稱嚴某在外病故卽將孟氏作爲再醮婦居然夫婦相得今秋嚴某回京探知李某强佔有夫之婦遂赴北城控告飭差傳李責押詳城將孟氏斷交本夫領回並將李某枷號二十日示衆以爲强佔有夫之婦者戒

督轅門抄　○八月十一日晚護督憲袁大人見　陸軍營徐邦傑　楊宗泰　又督操營務處景啓　武毅左軍後營陳泰文　前海軍副將葉祖珪　十二日見　提督聶軍門　運司方大人　關道李大人　津道任大人　永定河道陳大人　本府李大人　分司蔡大人　分府馮清泰　本縣呂增祥　黃大人建莞　承大人霖　佘大人昌宇　余大人文炳　王大人仁寶　繆大人彝　湯大人紀尙　洪大人恩廣　譚大人文煥　趙大人宗鼎　晏大人振恪　鄭大人業斅　那大人三　那大人晋　周大人傳經　姚大人文棟　吳大人廷斌　朱大人臻祺　張大人蓮芬　張大人錫鑾　柯大人欣榮　張大人翊宸　朱大人福春　張大人振棨　李大人樹棠　孫大人寶琦　蒯大人光猷　廕大人昌　王大人修植　候補府顧廷枚　武强縣魏祖德　水師營鄭國俊　馬小隊楊福同　總教習王得勝　樂字營梅東益　保定馬隊韓殿爵　張泰　記名提督萬翔麟　米占鰲　前廣西鎭安協王世濬　補用副將趙建臣　護理直督憲袁大人公館在河北獅子林河沿

通城叩賀　○袁欽差奉電　旨護理北洋大臣直隸總督鹽政已恭紀昨報是日辰刻通城司道以及文武各官趨赴督轅叩賀聞欽憲傳示每日在署會客後回公所辦事云

鎮標放餉　○天津鎮標三營秋季兵餉昨由天津道庫撥出於十一日發放鎮憲仍委中營韓游戎會同左右兩營在鎮署親詣點名發給

保甲銜名　○一段吳泰增字子益　二段鄭恩賓字熙門　三段蔡詠裳字秀巖　四段章師程字壽山　五段金復生字寅叔　六段丁仁繁字立堂　七段劉啓義字仲岩　八段瞿光第　九段王芬字子衡　十段鄧如松字茂青　十一段陳銑　十二段陸壽昌字星南　十三段黃鴻綬字羽儀　十四段鄭濤字少山　十五段孫作顯字春亭　十六段金文杜字慎三　十七段徐國光字幼亭　十八段胡秉穀字吟橋　十九段劉佑勳字幹臣　二十段謝錫圭字紹堂

送官懲辦　○三間房脚行與藥王廟後脚行因爭卸脚力不時起衅直如藕斷絲連日昨不知因何兩造各集多人炮聲隆隆刀鎗紛紛幸經東汛查知帶弁抓獲數人當即備文送縣懲辦

先生去矣　○靜邑所屬子牙鎮蔡某文學儔也年方花信舌耕餬口今歲設帳於鄰村王二莊某甲家七月下旬不知何故與甲口角經衆居停勸解言歸於好詎蔡愈思愈忿不別而行甲得耗倩人赴牙鎮詢問並未歸家遂四出偵尋迄無蹤影刻聞蔡之家屬擬赴琴堂控告經親友出爲攔阻共議設法尋覓俟找回再爲理處云

清泉滿腹　○本埠河北大關係水旱通衢往來行人時形擁擠稍一疎虞卽遭不測昨下午五點鐘時正値上關之際兩邊行人皆爭先恐後急遽間復有羊羣經過致將不識姓名年約十二歲女孩擠落河中幸經人赶緊撈救得慶更生然已如奚鼠飲河清泉滿腹矣

不容攜歸　○某甲者冀州產前在河北開設米面鋪積有餘貲憑媒聘娶該處某氏爲妻結褵數載子女尙虛近因生意蕭條閉門歇業擬攜眷回里詎氏母以生離慘於死別不容帶女同歸日前接女歸甯藏匿不見甲以泰水無情擬赴有司呈控經好事者出爲調處刻尙議論紛紜究不知作何了結也

南來新貨　○和生輪船載貨計　洋布一千二百一十六白糖一百三十八雜貨二百八十三紙頭二百五十三木板一百三十竹片一千麵粉五十桐油一百大木二十七神紙九十四方木四百五烟子七十瓦輅鐵一百六十五綢子一件紙碎十件小木板八十二共四千零零四件又烟台來空瓶一百五十六件○又連陞輪船載貨計　洋布二千二百二十六磁器三百八十八綢子二件茶葉二千二磚茶二千三百一十八鐵條九十雜貨四十五共七千二百六十九件

津市糧價　○八月初七日沿河頭堡西集雜糧行情列後　御河白秋麥十一千五六至十千零五六　生米八千七八至八千五六　紅秋麥十一千　元米八千五六　小元豆六千七八　春麥十一千　元玉米六千七八　眞靑豆八千二三　上河白麥十一千二三　白玉米六千六七至六千　吉豆八千　紅麥九千三　花麥十千至九千五六　紅高糧五千五六　開河白麥九千七八　黑豆五千七八　花麥九千六七　元豆七千五六　白黑豆七千四五　紅白芝蔴十三千至十一千五六　茶豆八千　元小米八千七八　稻米十七千五六

海南亂耗　○香港循環報接海口西信言瓊州某處土匪作亂勢甚披猖是處防營專候援軍速來方能協力進勦目下祇可自守藩籬而已六月二十七日亂匪約有千人分作六隊進攻防營意圖搶掠軍火經統帶某君分兵四隊拒之彼此博戰殊爲奮勇卒之亂匪敗北死者約一二十人傷者四五十人火器旗幟遺下頗多官軍受傷者僅一十總耳

籌銷生鐵　○日本訪事友人云今春鄂中大憲以漢陽所產生鐵甚多諭令吳笠農二尹赴日本廣籌銷路而日商把持市面任意低昂二尹患之因於五月杪親往東京謁見農商務大臣大石君正已請代籌銷大石慨然允諾卽飭屬下某君經理其事蓋某君曾至漢陽深悉箇中一切故有此委也

改廟述聞　○杭州訪友人云前奉　諭旨飭將不列祀典之庵觀寺廟一律改作學堂浙省大憲當卽委員查核計海潮長慶白衣三寺及慈孝庵均在應改之列近日惟海潮慈孝已飭糧書人等丈量基地呈報有司其中佛像移至他處供奉僧尼顯投何處棲

聽自便或派往木改各廟安插所有衣物均准自行携帶差役不得阻攔長慶白衣二寺是否裁改尙未定奪

各國水師比例表 ○英國武官三千零十九員水手六萬零一百五十五名 法國武官二千三百二十九員水手三萬九千三百三十六名 俄國武官一千五百四十二員水手三萬八千名 意大利國武官一千零五十八員水手二萬三千五百名 德國武官九百九十五員水手一萬零六百十五名 西班牙武官一千三百四十五員水手一萬四千 美國武官一千二百十八員水手一萬二十名 奧國武官九百九十五員水手一萬一千九百八十七名 日本國武官六百九十八員水手九千四百二十一名譯俄國模士高報

光緒二十四年八月初十日京報全錄

宮門抄○八月初十日吏部 翰林院 正紅旗値日 無引見 那王鍾公文熙各假滿請安 桂公等前往南苑請安 何乃瑩謝授奉天府丞恩 慶王請假五日 克王續假五日 文治請假十日 興伯續假十日 倉場奏漕船五日回空 召見軍機 何乃瑩嵩恩翁斌孫

○○都察院左都御史裕德等跪奏爲已革參將條陳時務請旨飭遵仰祈聖鑒事竊查條陳時務赴臣衙門呈請代奏者均各取具同鄉京官印結所以防冒濫備傳問也今已革江西吉安營參將金鳳歧呈遞條陳並未取具同鄉京官印結懇請代奏前來查該參將係前在江西吉安營任內經巡撫德壽查明該員縱容伊戚帶兵索詐吉安各店鋪得贓屬實並包庇私宰耕牛暨流娼收受規禮搶取鋪戶籠鳥又將追奪之人毆傷屢次游街跑馬撞損沿街物件均屬實有其事並因奉旨裁減制兵有縱兵滋鬧情弊專摺奏參於光緒二十二年八月欽奉諭旨革職勒令回籍交地方官嚴加管束之員今復潛行來京除將所遞條陳一併呈進外應否將該員仍遞回籍交地方官嚴加管束之處恭候聖裁伏乞皇上聖鑒謹奏請旨奉旨已錄

○○督理農工商總局二品頂戴三品卿銜臣徐建寅跪奏爲叩謝天恩遵旨北上恭摺仰祈聖鑒事竊臣於七月十二日在福州馬尾船政工次恭閱電傳邸抄初五日內閣奉上諭着卽於京師設立農工商總局派直隸霸昌道端方直隸候補道徐建寅吳懋鼎督率辦理端方着開去霸昌道缺同徐建寅吳懋鼎均着賞給三品卿銜一切事件准其隨時具奏等因欽此又於十五日承准福州將軍兼船政大臣增祺咨七月初七日承准總理各國事務衙門電開奉旨徐建寅現已賞給三品卿銜督理農工商總局着增祺迅卽遴員接辦船政提調傳知該員趕緊交卸來京毋稍延緩欽此欽遵咨行前來臣當卽恭設香案望闕叩頭謝恩訖伏念臣吳中下士樗櫟庸材蒙聖主特達之知沐逾格非常之寵階同三品晉卿銜以附淸班愧乏一長理局務以佐新政自天聞命伏地增慙竊維農政爲工商之權輿商務乃農工之樞紐論其迹則不相關涉考其本則互以相維明農以盡土宜而人材有所取給考工以利民用而百產愈獻菁英且樹藝之所獲匠作之所成尤賴商賈以懋遷俾通貨財而興利益阜民之要富國之原無逾於此我皇以天亶之聰行維新之政將舉農工商三事以振作之而使微臣及端方等效奔走於事間臣之下愚何克勝此重任震驚無措夙夜徬徨謹已懍遵諭旨將船政提調交卸淸楚於二十一日起程趨詣闕廷跪聆聖訓俾得有所遵守恪奉職司以仰答高厚鴻施於萬一所有微臣感激下忱及起程北上日期理合恭摺叩謝天恩伏乞皇上聖鑒再此摺係借用船政大臣關防拜發合併陳明謹奏奉硃批知道了欽此

○○頭品頂戴湖北巡撫臣譚繼洵跪奏爲遵旨酌保使才謹就平日所知恭摺臚陳仰祈聖鑒事竊臣接准吏部咨光緒二十四年四月二十三日內閣奉上諭方今各國交通使才爲當務之急着各直省督撫於平日所知品學端正通達時務不染習氣者無論官職大小酌保數員交總理各國事務衙門考驗帶領引見以備朝廷任使欽此仰見皇上懷柔經國延攬通才之至意伏讀之下欽佩莫名竊維才識學兼長明體卽能達用恭敬忠無間推已乃可及人國家變法維新殫精圖治聯大小相維之形勢親仁善鄰重中外交涉之事權講信修睦有爲有守不論其職而論其人曰富曰强必務於大而務於遠是不獨能稱專對尤貴乎洞達機宜膺斯選者其難其愼臣久膺疆寄自揣庸愚愧無眞知灼見之明常懍以人事君之義但就平日留心物色知之較深者如在籍翰林院檢討

宋育仁四川富順人操履端方學問優裕曾充駐英參贊於內政外交精心研究以周官經世之術取證於外國富強之效采風問俗洞見本原爲講求時務不可多得之員又鹽運使銜湖北候補知府洪超安徽祁門縣舉人才具幹練器識閎通曾充出使日本國隨員於洋務素所究心其言行以忠信篤敬爲本委辦各事誠實不欺以上二員擬請 飭下總理各國事務衙門調取考驗恭候 簡使所有遵保使才緣由理合恭摺臚陳伏乞 皇上聖鑒謹 奏奉 硃批另有旨欽此

○○德壽片 再江西候補道賀元彬氣宇宏遠才識超卓在江省候補資格最深從前統帶江軍水師於營務頗能整肅署理鹽法道亦能恪共厥職祇因江省道員缺少以致有才莫展上年經山西巡撫臣胡聘之 奏調該員前往山西尚未回江倘蒙 聖明採擇可否 飭下山西巡撫給咨送部引 見出自 鴻慈謹附片具陳伏乞 聖鑒 訓示謹 奏奉 硃批賀元彬着送部引見欽此

頃接山左友人郝希孔兄來信據云東省水災久爲昭著惟今歲黃河決口已知八處災情大異往年澤國之區二十餘州縣計 高苑 博興 樂安 齊東 新城 蒲台 利津 濱州 章邱 歷城 齊河 德平 禹城 肥城 東阿 范縣 平陰 壽張 陽穀 東平 汶上此二十餘處居民廬舍墳墓盡行漂沒其災民數百萬嗷飢號寒無所歸貧患及存無餬口沒無餘地令人傷痛無已現在雖經 大憲多方賑救無奈款項奇絀惠難均霑此等時光若能措款來賑而功德實屬無量云云查本年東魯水災誠甚於昔年無如僕等自庚寅順直被水連年籌辦義賑勸捐一節早成努末徒喚奈何惟謹將郝君來函登諸報章以供 衆覽伏望大善仁人君子慨發慈念往賑災黎則功德不可言量矣僕等不禁爲億兆待斃生靈馨香祝之 津門義賑同人具

施救吞烟 白鴿血及人糞汁皆爲救吞鴉片妙方爲其吐耳然效與不效或未可必茲上洋白藥粉專救吞烟經驗多人萬無一失法用白藥粉一劑加熱水一碗沖藥溫服服畢以二人扶之行走不住即易吐出若遲至半刻不吐再服一劑不吐仍即再服一劑總以吐淨鴉片毒爲度吐後多飲清水仍令一吐再吐至所吐之水澄清無汚其毒乃盡可慶更生切不可用煤油醬油等方誤灌致傷性命如吞烟後一時取藥不及先以食鹽三錢攪冷水一碗許灌入暫殺其毒以待藥至即急灌救如吞烟歷時甚久昏迷欲睡此係烟毒已發恐一吐猶未能盡淨必須二人扶之行走另着人用竹竿打其兩腿皮肉務使知痛驚醒終夜不睡睡則難保無虞矣此藥西頭流水溝西河沿立興成糧店曾金華園西河沿聚豐恒糧店河東十字街西存仁堂藥局中義當東慎修堂閻宅均爲施送合併錄報使遇此事者就近救急 諸善士如欲購捨此粉上海大馬路科發藥房及津郡老德記等大藥房均有價亦甚廉豫備不虞古之善道願我同人勿以小善而不爲也 同人公啓

代辦各種機器告白

敬啓者余自去歲代辦各種機器業　蒙紳商賜顧並無遲悞今又向英國着名大廠代辦各樣紡紗織布造磚炸毛等機器以及各行應用各樣機器零星物件定日交貨不能遲悞如　貴行包辦常年機器人工煤料或安設各樣機器價値格外相宜如蒙　貴官紳商購買者請至英新租界福仙永茶園看圖面訂可也特此佈聞　甯子卿謹白

論義快覽

功令改試經義論策新章初立學者苦無佳本本齋舊藏兩田史論兩冊世鮮藏本近因同人多來假抄幾有日不暇給之勢爰亟印行以公同好在天津文美齋寄售並各書坊分賣本齋又輯有經義導先集二本皆從前入各文集中廣爲搜羅採擇成帙而以四書精義揭要付其後亦凱不日印出由文美齋付售　竹素齋主人白

改科欣賞集

啓者自考試改爲論策經書義新章甫定學者苦無佳本本齋精選各書院課藝及他方郵寄名稿四種皆備先排印兩卷以公同好名曰改科欣賞集總售處東門外襪子衚衕王宅井於東門內二道街路北水舖旁陳宅內寓本齋發莊寄售處同文書局文美齋嫏嬛書莊寶森堂萃文魁當之閣及各書坊早於八月初五日出書願購者請先睹爲快　澄思齋主人啓

告白

敬啓者茲因自蓋三層鴻春大樓開設番菜館以來生意稍佳奈因福仙戲園關閉不開兼之敝號生意寥寥故今敝東公議欲將小號出兌出貨均可任便所有店內一切各樣家具等件一併按單點交不悞有願兌貨者務速　駕臨敝號面議以免先後自誤可也特此佈聞　海大道鴻春樓主人謹白

天后宮北　義興順綢緞莊

本莊自置顧繡縐緞綾羅紗絹哈喇大呢羽綾羽毛各樣花素洋布南貨雅扇桂叚頭油香粉胰皂蹈安貝松泉湖筆一概俱全

頭號杭甯綢	
頭號摹本緞	
紅梅茶　每斤	九百六
紅茶	六百四
紅茶梗	二百二
龍井茶	一吊八
金百壽榻[illegible]褥布裡每套	五兩八
雜色金刀絨每尺	五錢五

京都　內全盛

本店由京都移來專做全盛齋全樣鑲絨鞋亦有全樣布緞鞋各樣扎拉鎖綉扣鑲花鞋材料與衆不同樣式各外另有眞傳本店今有新添寄賣各樣旗鞾扎花坤鞋亦有鑲花坤靴一應俱全開設在天津府帶河門外樂壺洞北口巷內路北準仕商賜顧者詳認本店字號便是貨眞價實言不二價不悞主顧　本店謹啓

石印留書

是書爲明章大力所著四書義章解句釋義理詳明誠善本也准於八月初二日出書　文美齋寄售及各書坊均售

告白

茲因錦衣衛橋正骨科蘇靜軒三先生令孫名蔭棠字子甘少大先生承授家傳跌打損傷接骨等症分此在侯家后歸賈胡同太山巷西開設永生堂藥店自置藥材丸散俱全並家傳筋骨疼痛風寒膏藥蜜藥專治舒筋活血止疼丸散膏丹門診過午不候並施敷藥　同人公啓

拍賣告白

啓者本月十六日禮拜六早十點鐘在法國租界良濟藥房樓上拍賣外國家俱棹椅床舖地毯鏡子料器銀器立櫃鐘表外國刀叉書櫃各樣酒盃洋爐子各樣絨椅　如欲買者請早來細看面拍可也　集盛洋行謹啓

拍賣告白

啓者本月十三日即禮拜三下午兩點鐘在太古洋行內拍賣紅梅茶七箱香水胰子一百箱　如欲買者請早來細看面拍可也　集盛洋行謹啓

告白

靜致廬八月初一日會課陸沛郁部戎宣贈紫豪筆二十枝龍鳳墨二十錠延舒霞太守齡贈詩妝二十合張勛伯大令廣建贈石印書五種　本廬主人登報

京緞零剪　減價現售

零剪

高鴉背	一千三百五
正號元青貢緞每尺	一千四百文
中號	一千一百文
副號	八百八十文
眞杭青金銀庫緞每尺	二千二百文
眞裕順曾皮絲烟每包	一千一百文
南京鹹鴨每支　大	一千八百文
小	一千二百文

寄售

每斤	
龍井	一吊七百文
雨前	一吊一百文
珠蘭	一吊四百文
雀舌	九百六十文
蜂翅	一吊二百文
紅袍	六百四十文
小種	一吊二百文

本號自製元[illegible]京緞莊售零剪杭絨衣線帶燕金眼南貨糟貨一應俱全近因錢市漲落不同分別減價抑因無耻之徒假冒南味字號者甚多雖云謀利誠恐亂眞欲辦蕭豬用煩楮墨天津宮北大獅子胡同公益仁記南[illegible]坊謹白

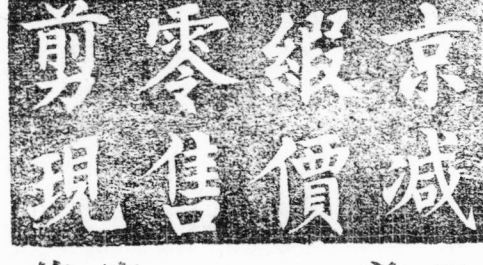

光緒二十四年八月十二日
直報
第七版
二八四三

三井洋行分莊
告白

啟者日本商始創
貿易爲業數拾年
以來今分莊開設
北門外鍋店街沈
家衚衕口對過專
選精工料實東洋
棉紗各等時式大
小疋棉布粗洋布
斜紋洋標等格外
公道價亦從廉凡
仕商賜顧者請至
分莊面議可也特
此佈聞
三井本莊主人啟

海利鐘表洋行

啟者本行自
上海分設天
津紫竹林法
租界良濟藥
房對過女成
衣飯店一號
二號房內自
製新式鐘表
金銀表金表
練各樣新式
大小說話機
器耳鳴機器
金戒指金鋼
石戒指大小
洋鏡各樣新
貨一應俱全
貨好價廉格
外公道在此
住兩三個月
後另造樓房
批發諸公光
顧請早駕臨
海利洋行謹
啟
戊戌年八月
十二日
禮拜二

名醫過津

前辦東海關官
醫局嚴備九二
尹鳳藻日前隨
嵩武軍統領孫
紹襄軍門到津
寓紫竹林春元
棧小住數日即
赴小站新建陸
軍將來能留寓
津門則七十二
沽中抱采薪憂
者當受惠不淺
矣
同人仝啟

同仁南書
文記紙局

本局自印耕
香館畫賸每
部價洋二元
專辦各種石
印書籍精選
加高南紙項
細雅扇格外
價廉廣天津
東門外襪子
衚衕本局啟
本局謹啟

紫竹林
第一樓番菜館

本號專作英法大菜各色
精細點心各樣洋酒洋貨
等物一應俱全並售
上　八百
紅茶　每斤津錢一千
上　六百
又批發茂生公司鐵海紙
烟零整發售價值格外公
道原箱計一百盒價洋一
百四十四元每盒計五百
支洋一元五角凡　仕商
賜顧請即駕臨是荷
風雨勿阻　主人謹白

減價

今有友人
自辦陝西
老土每兩
津錢五百
文
新到梁州
土每兩津
錢五百六
十文
如蒙賜顧
者請到東
門內聚隆
成寄售

紫竹林法租界
三義飯店

本店專做英法葷素
大菜並由外洋自運
各國上品洋酒各色
異味點心罐頭鮮菓
食物等類一應俱全
本□樓工程告竣房
間寬闊夕時均用氣
燈明亮異常　仕商
光顧者或携貴眷另
有雅室亦足稱暢叙
幽情矣擇於六月十
七日開張至期請即
駕臨賜顧是荷
本主人謹啟

天福茶園

特請上洋新到
頭等名角
八月十三日晚准演
李長奎
戰太平

啟者本園不
惜重資新排
左公平西一
戲本擬擇日
開演近因回
教親友再三
致意以不演
此戲爲妙並
非本園不能
開演新　觀
戲仕商諸公
諒之
本園主
人謹啟

福仙永茶園

特請上洋新到
頭等名角
八月十三日准演
元元旦　賈胭脂
馬雲仙　法門寺
香霄旦　烈女傳

福仙永茶園

聘請上洋初次新到
頭等花旦
小萬盞燈
擇日開演

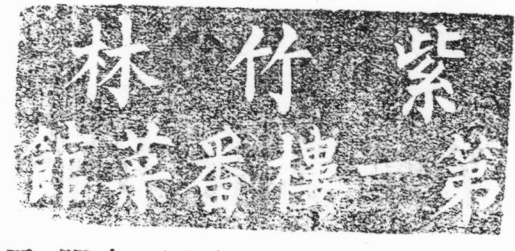

開設紫竹林法國租界北

天福茶園

崇慶名班

特請京都上洋姑蘇山陝等處

各色文武　頭等名角

八月十三日早十二點鐘開演

蓋天雪　崇芬　十七紅　王二奎　十四紅　十桂旦　安同秋　楊喜來　羊文壽　白尊奎　王雅雲　常廷秋　蘇景奎　于永五　張吉升　李雅瑞　常雅秋

赤桑鎮　斬黃袍　海潮珠　彩樓配　賣馬　鳳凰山　眾武行　丁甲山

十三日晚七點鐘開演

上洋新到一等名角

十八紅　老虎　謝才寶　張長奎　楊保　于福報　自紅　小來仲　十連包　于一報　王喜雲　鄭鐵桂　李長奎　羊喜壽　常雅秋　趙斌恒　眾武行

失街亭　御菓園　忠孝牌　鐵蓮花　打櫻桃　戰太平　惡虎村

開設馬家口南興基新馬路

天桂茶園

特請京都

慶吉祥名班

特請京都山陝姑蘇上洋等處

頭等文武名角

新製

新彩　新切　平金行頭　新戲　尭臺

擇日開演

八月十三日出口輪船　禮拜三

通州　輪船往上海　太古行

安平　輪船往上海　招商局

愛禮　輪船往廣東　招商局

新豐　輪船往上海　招商局

八月十二日銀洋行情

天津通行九七六錢

銀盤二千三百五十二

洋錢一千六百五十文

紫竹林通行九六錢

銀盤二千三百八十五

洋錢一千六百七十五

洋錢行市七錢一分

開設天津紫竹林海大道旁

福仙永茶園

京都永慶成班

特請京都上洋蘇杭山陝等各處

頭等文武名角

八月十三日早十二點鐘開演

胡盧紅　李喜棠　潘桂芳　史福奎　小秀紅　杜福玉　左月春　陸春青　賈星橋　馬雲仙　明海山　張鳳台　萬壽燈　嚴寶恒　王增福　李殿元　趙春永

觀陣　太平橋　東宮掃雪　一捧雪　法門寺　佘唐關　眾武行　趙家樓

十三日晚七點鐘開演

上洋新到　上洋一等花旦

劉桂林　李德山　牛處　桂二　香霄旦　十六紅　胡少卿　眾武行　周春奎　潘桂芳　元元旦　賽呂布　王全立　聚才　海棠紅　小理寶　十七紅

御林郡　彩樓配　烈女傳　泗泗洲　定軍山　賣胭脂　全班合演　三世修

浙紹朱鏞翁先生術嫺心細游津十年屢臨重症均各穩慎近治勞癤膏淋霍亂膏羅痧並婦科產後小兒喉癰俱喜回春久寓彌勒菴

開設法國新租界

馬家口下娘娘廟前

天仙茶園

特請京都

玉成全班

特請京都山陝姑蘇上洋等處

頭等文武名角

八月十五日早十二點鐘開演

全班　劉鳳崗　李發長　小千磬　十四紅　小千紅　楊英玉　飛來鳳　劉小黑　小金鐘　周福來　靈芝草　楊寶珍　瑞德寶　張玉蘭　黃雲鳳　眾武行

大賜福　渭水河　風雲會　蘆花河　慶頂珠　鎖雲囊　定軍山　日月圖　忠保國　花蝴蝶

十五日晚七點鐘開演

全班　馬連登　李發長　楊英玉　十四紅　小千紅　小金鍾　張占福　劉小黑　靈芝草　楊保珍　溜溜旦　想九霄　黃月山　飛來鳳　劉玉保　眾武行

萬壽堂　沙土國　葭萌關　柳林池　天水關　盜銀壺　忠孝圖　三疑計　新安驛　招賢鎮

美孚老牌煤油

啓者美國三達煤油公司之德富士老牌煤油天下馳名萬商稱美蓋其

質潔色清亮白如銀且絕無烟氣能耐久燃比之生萱等油晶光百倍而儉用價廉此為德富士老牌之佳處誠屬無雙妙品也士商賜顧請到天津美孚洋行採辦或向就近殷實行店購買庶不致悞

直報

本館開設天津紫竹林海大道老菜市氣燈房巷內

光緒二十四年八月十三日　禮拜三　第一千百八十八號
西歷一千八百九十八年九月廿八日

上諭恭錄

上諭朝廷振興庶務籌辦一切新政原爲當此時局冀爲國家圖富强爲吾民籌生計並非好爲變法棄舊如遺此朕不得已之苦衷當爲天下臣民所共諒乃體查近日民情頗覺惶惑總緣有司奉行不善未能仰體朕意以致無識之徒妄相揣測議論紛騰即如裁併官缺一事本爲沙汰冗員而外間不查遂有以大更制度爲請者舉此類推將以訛傳訛伊於胡底若不開誠宣示誠恐胥動浮言民氣因之不靖殊失朕力圖自强之本意所有現行新政中裁撤之詹事府等衙門原議將應辦之事分別歸併以省煩冗現在詳查情形此減彼增轉多周折不若悉仍其舊着將詹事府通政司大理寺光祿寺太僕寺鴻臚寺等衙門照常設立辦事毋庸裁併其各省應行裁併局所冗員仍着各該督撫認眞裁汰至開辦時務官報及准令士民上書原以寓明目達聰之用惟現在朝廷廣開言路內外臣工條陳時政者言苟可采無不立見施行而疏章競進輒多撫拾浮詞雷同附和甚至語涉荒誕殊多龐雜嗣後凡有言責之員自當各抒讜論以達民隱而宣國是其餘不應奏事人員槪不准擅遞封章以符定制時務官報無裨治體徒惑人心並着卽行裁撤大學堂爲培植人才之地除京師及名省會業以次第興辦外其各府州縣議設之小學堂着該地方官查酌情形聽民自便其各省祠廟不在祀典者苟非淫祀着一仍其舊毋庸改爲學堂致于民情不便此外業經議行現在交議各事如通商惠工重農務材以及修武備濬利原實係有關國計民生者極當切實次第舉行其無益時政而有礙治體者均毋庸置議着六部及總理各國事務衙門詳加核議據實奏明分別辦理方今時事艱難一切興革事宜總須斟酌盡善期於毫無流弊朕執兩用中不存成見爾大小臣工等務當善體朕心共矢公忠實事求是以副朝廷力精圖治不厭嚴求詳之至意將此通諭知之欽此

上諭刑部奏案情重大請欽派大臣會同審訊一摺所有官犯徐致靖楊深秀楊銳林旭譚嗣同劉光第並康有爲之弟康廣仁着派軍機大臣會同刑部都察院研行審訊其張蔭桓屢經被人參奏聲名甚劣惟尚非康有爲之黨着刑部暫行看管聽候諭旨至康有爲結黨營私情罪重大業將附和該犯之徐致靖等交部研訊此外難保官紳中無被其誘惑之人朝廷政存寬大槪不深究株連以示明愼用刑至意欽此

上諭吏部左侍郎徐用儀着在總理各國事務衙門行走欽此

上諭延茂奏押解秋審覆勘斬犯中途逃逸請旨將疏防原解差官革職一摺秋審重犯派差押解宜如何加意嚴防乃竟漫不經心以致中途脫逃實屬異常疏忽差官雲騎尉全保着先行革職並着延茂提同解兵等研訊有無受賄故縱情弊仍飭勒

限嚴緝逸犯袁果瞬務獲究辦該部知道欽此　硃筆成章補授太常寺少卿欽此

△聲名甚劣　○日昨訪事函云欽奉　密旨嚴拏張蔭桓時係步軍統領崇受之大金吾等親詣張宅飾言請至提督衙門有會審案件張蔭桓卽乘輿隨同前往迨入署後命其跪聽　旨意張始惶懼摘頂更衣宣旨畢派官兵看守押解刑部經官人數名揪扭牽鎖而走傳聞張侍郞此次被逮非因康黨以其屢被叅劾聲名甚劣是以拏問查辦云

△株連內監　○八月十一日內務府愼刑司咨送刑部太監楊某二名當卽收禁又聞　御前太監高某四名經　御前侍衛拏交愼刑司鎖押恭候　命下辦理探聞該太監等亦屬康黨是以拏問是日午後刑部門首及宣武門外菜市口市曹地方業經該管地面官廳看街兵先行傳信淨街有出決之差紛紛傳說以致觀看者大有空巷之勢候至黃昏並無音信人心惶惶於此益見

道器虛無　○日前京都城內各街巷所設小學堂皆係京官集貲創辦現因康有爲畏罪潛逃經三堂提憲親帶兵丁往各小學堂查問有無與康干涉之處前門外施家胡同陳劍秋部郞創設道器學堂因恐牽涉日昨將堂內一切書籍挪移並將道器學堂堂號扯去三堂提憲果於昨日率領官兵入堂查抄但見屋內破壞桌椅床橙餘無別物迨憲返駕門首赶卽黏貼楚北黃寓云

七日來復　○日前裁撤詹事府等六衙門詹事爲靑宮官屬本朝家法不預立儲位此官卽屬虛設原可裁汰惟通政大理等署各有專司事務併歸內閣刑部等衙門自可不誤公事第一時同撤似覺急遽且冗官冷署之可汰者又不僅此五署也頃悉恭奉諭旨將詹事府通政司大理寺光祿寺太僕寺鴻臚寺等衙門仍照常辦事毋庸裁併各署官吏人等可無事嗷嗷也

嚴稽出入　○左翼前鋒統領爲曉諭事奉　瀾公爺交諭現在禁城理宜嚴肅所有進班之日不准閑雜人等任意出入如有不服約束之人爾官兵立將其人捆送定當從重懲辦決不寬貸特諭

宵小宜防　○時屆秋凉晝短夜長宵小最易竊發八月初十日在中城練勇局前有勇牽拉一人年約三十項掛鐵練詢係分局查夜盤獲竊賊一名並起出贓物若干業經失主認領該賊名俞二送坊審訊管押詳城聽候懲辦

無子何害　○京師崇文門外東馬尾帽胡同居住顧子揚者大興縣人業儒十載未靑一衿父歿後事繼母沈氏先意承順沈生子華甫爲貿易人與母轉多齟齬故分爨後母依子揚度日家貧子揚課蒙於弘福寺廟中其母喜飲杯中物每日放學歸家必購隹釀以供甘旨每謂妻曰吾恨力薄所購甚微切勿分其口味也妻亦順志得堂上歡生子甫匝歲而殤嗣後遂絕育數年前母與妻相繼並卒子揚益孤苦至本年八月初九日無疾而逝刻下都中人士皆曰孝子無後天道蒙蒙然而生子不肖者轉不若無兒之爲愈也

△分別監禁　○日前欽奉　密旨嚴拿犯官徐致靖張蔭桓楊深秀等七名解送刑部當經提牢廳會部郞光岷點名張蔭桓徐致靖楊深秀譚嗣侗鐵掣收禁北監劉光第林旭楊銳鐵掣收禁南監奉刑部堂憲諭提牢廳云此案官犯皆係要証務須多派官人小心看守並嚴諭禁役人等毋許容令該犯官家屬看視送食物等事並諭本月十六日秋後處決人犯例應放進家口看視現因此案緊要十六日例放犯屬嚴行禁止以防該官犯等家人混入云

督轅門抄　○八月十二日晚見　大沽協韓大人照琦　候補叅將盧名珠　十三日護督憲袁大人見　關道李大人　候補道魯大人伯陽　工部員外郞程建勳　准補大名府吳積嶾　候補府周政　陳公恕　正任張家口同知沈守誠　候補同知張錫藩　候補直隸州雙奎　楊同鼎　候補州唐貞吉　周文藻　正任任邱縣張上龢　題補楊村通判時寶璋　候補通判吳泰增　候補縣章師程　陳用壎　史源　記名提督鄭才盛　署通州協龍殿揚　復濟輪船林穎啓　慈航輪船許復昌

帥節將旋　○榮中堂日前奉　旨電召赴京茲聞官場傳說中堂在京約於月之十五日公事辦畢十六日卽可來津云

民之父母　○郝晉川者以武職起家身故後遺產甚富嫡子郝芸以家有庶母庶弟彼此意見不同曾邀親族公議析產爲六肥瘠適均拈鬮各執著有析產苦言一册分送親族其書爲本館代印觀其叙述詳明帳目不苟令人有枯荊之感初以爲大公至正當可嫡庶相安無事矣詎訪事友人抄來縣批一則閱之始悉同室操戈葛藤未斷邑尊批示愷切慈祥處人骨肉語語從至性中流出誠不愧民之父母茲照錄於後郝陳氏稟批婦女出頭最爲惡俗氏夫在日係屬職官尤應顧惜顏面前因爭産互控抛露公庭尙屬情有

可原既經前縣提訊斷結在案此次復以窩棚爭競釁啓甚微各挾私心兩不相讓查該氏四月初二日呈詞謂郝芸係氏抱養子及提訊則供稱氏夫嫡妻抱養子無論控詞虛實卽此一端其爲該氏蔑視嫡子平日悍妬情形已可想見至郝萱呈稱王春普洪盛㡣二人並無瓜葛從中唆訟不爲無因其率領翟三等將王春普毆傷本有不合姑念郝萱在押多日已足以示懲儆從寬保釋以省訟累該氏復以郝芸等私分家產串霸房租來案混瀆試問親族具在何謂私分析單具在何謂串霸至暗帶多人偸竊衣物謀綑回家置之死地等詞有何証據信口雌黃尤爲虛誣似此架飾逞刁怨嫌不解一家骨肉盡爲仇人其亦念氏夫泉下有知安乎否乎要知此等爭產官司無大罪名頗可高下不但蠹役奸胥視爲奇貨卽刁生劣監訟棍等亦無不視爲利藪官司不結若輩皆得從中染指官司一結若輩卽無可覬覦該氏婦女無知如再聽人簸弄受人愚惑必至蕩產傾家追悔莫及經此批飭以後務須恪遵婦道安分守節保全遺產課子成人非特氏之嫡子郝芸等敬重卽親族亦無不敬重芸等或身躋仕版或名列膠庠當知大義自應視庶母如巳母視庶弟如胞弟勿啓猜嫌共敦親睦倘再另生枝節執迷妄呈是該氏毫無天良本縣定卽提抱先行責懲並嚴究唆使之人照律治罪不貸懍之切切

整飭士習　○隨棚槍手代人捉刀無識之人往往受其愚弄以圖僥倖不可不防本屆張大宗師按臨津郡場規甚肅府憲有提調之責恐有前項情弊因卽高懸示諭畧謂冐名槍替除嚴密查拿外倘有無知子弟不惜重資倩人代考一經敗露或被告發卽行照例究辦如廩保等扶同徇隱一併詳革重懲決不姑寬云云是亦整飭士習之要端也

買物肆竊　○日昨東門外北城根某銅鋪有衣服麗都者三人購買墨盒仿圈等物鋪長擬係應試士子毫不介意詎正在揀選之際一人暗竊數件袖之而去迨鋪主查點物數始知被竊急令學徒四出偵尋已鴻飛冥冥不知所之矣

乘間搶物　○西頭九道灣胡同韓某舌耕爲業於上月下旬授室奩貲雖不豐厚亦尚可觀匪人未免垂涎每於韓赴館時有一不識姓名之人時至其家尋問及氏告韓韓深爲詫異昨日其人伺韓赴館又至其家知屋內無人亦無同院直升堂入室袖出利刃逼氏脫下手鐲氏駭極大聲呼救其人恐有人來急搶衣包而去迨鄰右聞聲畢集詢問情由赶緊尾追巳經無及韓某巳據情赴縣稟控至如何訊辦容俟訪明再佈

津市糧價　○八月十二日沿河頭堡西集雜糧行情列後　御河白秋麥十一千六七至十一千　生米八千七八至八千四五　紅秋麥十一千　元米八千五六　小元豆六千七八　春麥十一千　元玉米六千七八至六千五六　眞青豆八千一二三　上河白麥十一千二三至十千零五六　白玉米六千七八至六千四五　吉豆八千一二至八千七八　紅麥九千四五　花麥九千至九千六七　紅高糧五千二三至四千七八　閘河白麥十千零一二　黑豆五千七八　花麥九千六七　元豆七千五六　白黑豆七千　紅白芝蔴十二千至十三千五六　茶豆八千　元小米九千大粒十千　新稻米十七千五六

擱淺請救　○上月二十四日福建通商局接到美國領事照會內稱伊國載貨夾板船一艘駛至馮祠澳洋面遭風擱淺其勢甚危請派輪船救護等情局憲接到照會之後旋派靖遠練船馳赴拖帶始得出險然船上諸人業巳飽受虛驚不少矣

漢鎭金價　○漢口金價日前曾漲至二十八換有奇玆悉日來價巳回跌每兩祇値銀二十六兩餘云

晉土稅則　○山西省罌粟之產以太原楡次交城文水代州歸化等處爲最盛歲征土藥地畝稅銀十萬九千四百餘兩坐賈厘金九萬六千餘兩行商藥科稅銀五萬七千七百餘兩計通省全年所入銀二十六萬三千一百餘兩而太原一百七十六村共種土藥四千五百三十五畝七分楡次一百五十村共種土藥三千零十三畝三分交城一百四十五村共種土藥二千五百七十一畝八分文水一百七十五　共種土藥四千三百零二畝五分代州一百九十四郵共種土藥五千零九十六畝七分歸化一百六十一郵共種土藥四千八百八十五畝一分

光緒二十四年八月十一日京報全錄

宮門抄○八月十一日戶部　廂白旗値日　無引　見　徐樹銘等謝賞綴正　恩　愛隆續假五日　澤公麟公各請假十日　學儀司奏十三日祭　奉先殿灃貝勒行禮　召見軍機

○○頭品頂戴河南巡撫臣劉樹堂跪　奏爲叩謝　天恩恭摺仰祈　聖鑒事竊臣於七月十四日欽奉　電諭東河總督事宜即當併巡撫兼辦等因欽此又於十六日欽奉　電諭河南河工已併巡撫兼辦劉樹堂責無旁貸等因欽此跪誦之下欽感莫名旋於七月二十二日准東河督臣任道鎔委員將關防文卷齎送前來臣即於是日恭設香案望　闕叩頭謝　恩接辦並臣先將接辦日期電奏在案竊維時艱方急强敵當前非亟變新法無以靖四鄰窺伺之陰謀非亟改舊章無以見天下更新之氣象　聖主銳意及此誠天下萬世之福微臣深受　國恩忝膺疆寄雖在一隅僻處每以天下爲憂凡近日　頒行新法莫不竭力奉行次第舉辦以期仰贊　維新之政夙夜兢兢常懷祇懼今復承　命兼辦河工任鉅責重報稱愈難臣維治河從無上策任事貴有實心但能工歸實用必無意外之虞款不虛縻必有可節之項臣惟有督飭道廳各員事事講求實際以仰答　聖主委任責成之至意除將接辦後應辦事宜另摺具陳外所有微臣感激欣幸下忱理合繕摺叩謝　天恩伏乞　皇上聖鑒謹　奏奉　硃批知道了欽此

○○胡聘之片　再臣接准吏部咨光緒二十四年四月二十三日奉　上諭方今各國交通使才爲當務之急著各省督撫於平日所知品學端正通達時務不染習氣者無論官職大小酌保數員交總理各國事務衙門考驗帶領引見以備朝廷任使等因臣聞近年外交之事日益繁重折衝撙俎尤貴得人顧數萬里瀛海之隔必身親閱歷乃能學有本原乃能力持大體以臣所知鹽運使銜候選道許珏品行端謹學識宏通曾隨出使大臣張蔭桓薛福成楊儒前後出洋三次派充駐美駐英參贊於美國驅逐華傭一事曾建重訂約章廢除苛例之議此外贊畫亦合機宜又江蘇試用同知鄭孝胥器識閎深志趣純正於中西各學俱能洞見本原曾經出使大臣李經芳調赴日本派充神戶領事約束嚴明辦事公允中外悅服以上二員學粹品端毫無習氣於中外交涉情形尤爲熟悉堪備使才之選謹附片具陳伏乞　聖鑒謹　奏奉　硃批另有旨欽此

○○頭品頂戴調補江蘇巡撫江西巡撫臣德壽跪　奏爲遵　旨查明通商口岸路礦事宜據實覆陳恭摺仰祈　聖鑒事竊臣接准總理各國事務衙門咨會議覆中允黃思永所請通商口岸路礦事宜一摺又奏路礦關繫緊要應切實保荐一片光緒廿四年四月十八日奉　硃批依議欽此欽遵咨行到臣伏查路礦兩項爲今日要務亟宜認眞講求趕緊開辦以拓利源而杜覬覦未便置諸緩圖坐失機宜惟江西地處腹裏濱臨長江與湖北粵東壤地相連若由漢口建造鐵路直達粵東商賈販運便捷公私獲利無涯前經臣飭司委派候補知縣張曾詔等詳細履勘其中山河重隔應如何鑿石建橋江西省現無熟悉此項工程之員亦無承任集股建造之紳商擬請稍緩俟蘆漢幹路告成再議舉辦支路以通脈絡至江西省礦產歷經飭屬招商集款廣爲開採五金皆未得的苗惟萍鄉宜春樂平等縣產煤之礦爲多現經湖鐵政局派員帶同洋礦師勘驗會同地方官開辦採運煤質尙屬佳旺此外各州縣凡有可開之礦一經紳商呈請試辦無不立卽批准並飭地方官開導居民毋惑於風水積習阻撓生事以期開闢利源辦有成效卽行　奏報斷不敢意圖苟安稍涉怠忽現在礦務一切飭藩司翁曾桂會同善後局司道悉心經理仍詳加考察如確有通曉礦務之員卽由局詳候保奏派令專司其事以盡地利而一辦法其開辦通商口岸一節原奏內稱不俟請立租界先行照會各國一律准其通商有利均沾有患共禦照上海租界辦法與各國明定條約勿任一國專擅於其間係爲廣招利益以杜覬覦起見查江西一省除九江府西門久已開辦通商口岸外其餘各處察看形勢未有地處扼要商賈輻輳可以添開口岸之區其鄱湖濱臨大江之湖口地方雖長江及內河船隻必由此經過惟地面窄狹左右兩山巉巖夾峙波濤洶湧衝激異常港口又不容多船每遇江風陡作商船無可灣泊撞岸觸石時蹈不測　國朝康熙年間曾將九江關移駐湖口尋以湖口不便立關復移歸九江現在該處設有厘卡因風波險惡船難穩泊須視水之漲落將該卡東移西遷是其不便之明徵如開作通商口岸似不甚相宜據布政使翁曾桂會同善後總局司道查明詳請覆奏前來臣覆查無異所有查明通商岸路礦事宜緣由謹恭摺具奏伏乞　皇上聖鑒　訓示謹　奏奉　硃批該衙門知道欽此

○○恭壽片　再敘州府知府孫賦謙因出缺應卽委員接署以重職守查有候補知府楊儀成才具明愼堪以署理據藩臬兩司會詳前來除批飭檄委外理合附片具陳伏乞　聖鑒謹　奏奉　硃批吏部知道欽此

○○奴才宗室祥亨謹跪　奏爲染患暑濕懇　恩賞假調理恭摺仰祈　聖鑒事竊奴才身體素尙充實無多疾病荊州地勢低窪潮

氣甚重前於光緒十三年夏因受暑濕病勢頗重延醫調治本卽痊愈惟每値夏令時有舉發醫治卽愈未敢請假詎本年春間陰雨過多交秋後久晴不雨濕氣蒸騰以致奴才所患暑濕風疾舉發甚重腰腿行動不利兼之頭暈目眩心悸嘔逆飯食減少夜不成寢據醫者云年近七旬氣血兩虧非靜心靜治一時恐難就痊伏査荊州爲南省重鎭將軍爲專閫大員一切訓練官兵鎭守地方在在均關緊要況當整頓營務之際疾病日增精力未能周到懼滋貽誤爲此仰懇 天恩賞假一月趕緊調理其日行尋常事件交左翼副都統奴才瑞興代拆代行遇有緊要公事仍由奴才自行辦理病勢稍減趕緊 奏請銷假所有奴才因病請假調治緣由理合恭摺具陳伏乞
皇上聖鑒 訓示謹 奏奉 硃批着賞假一個月欽此

昨天福茶園併各戲館登報演唱左公平西新戲系官軍戡定番回故事其中褒貶不無過當予等恐有循名不核實之徒見有回民粧拌必致妄起衅端況地近華洋交涉之處猶爲可慮因婉懇 貴園班主人停演此戲以消未萌之患 貴園班諸公深明大義慨爲允諾併許明永久停演予等無可稱謝急登報章以聲謝好義之極云
清眞寺執事人等公啓

頃接山左友人郝希孔兄來信據云東省水灾久爲昭著惟今歲黃河決口已知八處灾情大異往年澤國之區二十餘州縣計 高苑 博興 樂安 齊東 新城 蒲台 利津 濱州 章邱 歷城 齊河 德平 禹城 肥城 東阿 范縣 平陰 壽張 陽穀 東平 汶上此二十餘處居民廬舍墳墓盡行漂沒其灾民數百萬啼飢號寒無所歸貲思及存無餬口沒無餘地令人傷痛無已現在雖經 大憲多方賑救無奈欵項奇絀惠難均霑此等時光若能措欵來賑而功德實屬無量云云査本年東魯水灾誠甚於昔年無如僕等自庚寅順直被水連年籌辦義賑勸捐一節早成努末徙喚奈何惟謹將郝君來函登諸報章以供 衆覽伏望大善仁人君子慨發慈念往賑灾黎則功德不可言量矣僕等不禁爲億兆待斃生靈馨香祝之
津門義賑同人具

施救吞烟 白鴿血及人糞汁皆爲救吞鴉片妙方爲其吐耳然效與不效或未可必茲上洋白藥粉專救吞烟經驗多人萬無一失法用白藥粉一劑加熱水一碗冲藥溫服服畢以二人扶之行走不住卽易吐出若遲至半刻不吐再服一劑不吐仍卽再服一劑總以吐淨鴉片毒爲度吐後多飲清水仍令一吐再吐至所吐之水澄清無汚其毒乃盡可慶更生切不可用煤油醬油等方誤灌致傷性命如吞烟後一時取藥不及先以食鹽三錢攪冷水碗許灌入暫殺其毒以待藥至卽急灌救如吞烟歷時甚久昏迷欲睡此係烟毒已發恐一吐猶未能盡淨必須二人扶之行走另着人用竹竿打其兩腿皮肉務使知痛驚醒終夜不睡睡則難保無虞矣此藥西頭流水溝西河沿立興成糧莊暨金華園西河沿聚豐恒糧店河東十字街西存仁堂樂局中義當東愼修堂閻宅均爲施送合併錄報使遇此事者就近救急 諸善士如欲購捨此粉上海大馬路科發藥房及津郡老德記等大藥房均有價亦甚廉豫備不虞古之善道願我同人勿以小善而不爲也
同人公啓

代辦各種機器告白

敬啓者余自去歲代辦各種機器業蒙紳商賜顧並無遲悞今又向英國着名大廠代辦各樣紡紗織布造磚炸毛等機器以及各行應用各樣機器零星物件定日交貨不能遲悞如貴行包辦常年機器人工煤料或安設各樣機器價値格外相宜如蒙貴官紳商購買者請至英新租界福仙永茶園看圖面訂可也特此佈聞

寗子卿謹白

論義快覽

功令改試經義論策新章初立學者苦無佳本本齋舊藏兩田史論兩冊世鮮藏本近因同人多來假抄幾有日不暇給之勢爰亟印行以公同好在天津文美齋寄售並各書坊分賣本齋又輯有經義導先集二本皆從前人各文集中廣爲搜羅採擇成帙而以四書精義揭要付其後亦郎不日印出由文美齋付售

竹素齋主人白

改科欣賞集

啓者自考試改爲論策經書義新章甫定學者苦無佳本本齋精選各具院課藝及他方郵寄名稿四種皆備先排印兩卷以公同好名曰改科欣賞集總售處東門外襪子衙衙王宅并於東門內二道街路北水舖旁陳宅內寓本齋發莊寄售處同文書局文美齋嫏嬛書莊寶森堂萃文魁瑞芝閣及各書坊早於八月初五日出書願購者請先賭爲快

澄思齋主人啓

告白

敬啓者茲因自蓋三層鴻春大樓開設番菜館以來生意稍佳奈因福仙戲園闔閑不開兼之敝號生意寥寥故今敝東公議欲將小號出兌出賃均可任便所有店內一切各樣家具等件一併按單點交不悞有願兌賃者務速駕臨斂號面議以兌先後自誤可也特此佈聞

海大道鴻春樓主人謹白

天后宮北　義興順綢緞莊

本莊自置顧繡綢緞綾羅紗絹哈喇大呢羽綾羽毛各樣花素洋布南貨雅扇桂附頭油香粉胰皂歸安貝松泉湖筆一概俱全

頭號杭寗綢	
頭號摹本緞	
紅梅茶　每斤	九百六
紅茶	六百四
紅茶梗	二百二
龍井茶	一吊八
金百襇裙　壽棉布裡每套	五兩八
雜色金刀絨每尺	五錢五

新開　天吉齋京靴店

本店開設天津府東門外天后宮前路北門面二間本號專辦京莊上上材料專做京部滿漢朝靴各款鑲繡插鎖全式名鞋一應俱全貨高價廉士商賜顧者請認明本號招牌庶不致悞本店擇於七月十三日開張

本號特白

石印留書

是書爲明章大力所著四書義章解句釋義理詳明誠善本也准於八月初二日出書

文美齋寄售及各書坊均售

告白

茲因錦衣衛橋正骨科蘇靜軒三先生令孫名蔭棠字子廿少大先生承授家傳跌打損傷接骨等症分此在侯家后歸賈胡同太山菴西開設永生堂藥店自置藥材丸散俱全並家傳筋骨疼痛風寒膏藥蜜藥專治舒筋活血止疼丸散膏丹門診過午不候並施散藥

同人公啓

拍賣告白

啓者本月十六日禮拜六早十點鐘在法國租界良濟藥房樓上拍賣外國家俱棹椅床鋪地毯鏡子料器銀器立櫃鐘表外國刀叉書櫃各樣酒盃洋爐子各樣絨椅　如欲買者請早來細看而拍可也

集盛洋行謹啓

告白

本齋新印王蓮西先生摺楷與衆不同每本津價三百六用者請向天津北門內府署東各報總處紫氣堂購取可也

學古齋具

告白

靜致廬八月初一日會課陸沛郇都戎宣贈紫毫筆二十枝龍鳳墨二十錠延舒霞太守齡贈詩牋二十合張勛伯大令廣建贈石印書五種

本廬主人登報

京緞零剪　減價售現

零剪

高鴉青	一千三百五
正號元青貢緞每尺	一千四百文
中號	一千一百文
副號	八百八十文
眞杭青金銀庫緞每尺	二千二百文
眞裕順曾皮絲烟每包	一千一百文
南京鹹鴨每支　大	一千八百文
小	一千二百文

寄售

龍井　每斤	一吊七百文
雨前	一吊一百文
珠蘭	一吊四百文
雀舌	九百六十文
蜂翅	一吊二百文
紅苑	六百四十文
小種	一吊二百文

本號自製元淺京緞壹售零剪杭絨衣線年燕金腿南貨精貨一應俱全近因錢市張落不同分別減價抑因無恥之徒假冒南味字號者莊多雖云諜利誠恐亂眞欲辦蕭揹用頗椿盟天津宮北大獅子舖同公益仁記南昧圻謹白

三義飯店

本店專做英法葷素大菜並由外洋自運各國上品洋酒各色異味點心罐頭鮮菓食物等類一應俱全本[illegible]樓工程告竣房間寬闊夕時均用氣燈明亮異常仕商光顧者或攜貴眷另有雅室亦足稱暢敘幽情矣擇於六月十七日開張至期請即駕臨賜顧是荷

本主人謹啓

天福茶園

特請上洋新到

頭等名角

八月十四日晚准演

李長奎

烏龍院

啓者本園不惜重資新排左公平西一戲本擬擇日開演近因同教親友再三致意以不演此戲爲妙並非本園不能開演祈 觀戲仕商諸公諒之

本園主人謹啓

福仙永茶園

新排連本

九美奪夫

此戲出在明朝成化年間胡大海八代子孫胡必松義勇忠正文武雙全在八仙院打死國舅嚴世雄 聖上降 旨拿獲滿門家眷服毒盡忠身死胡必松一人逃走路遇九美許多折磨內有忠臣孝子義夫節婦山王草寇幫助保護招兵報仇許多奇文此戲二十四本暫時先排八本 士商臨期賞鑒閱觀

擇日開演

福仙永茶園

聘請上洋初次新到

頭等花旦

小萬盞燈

擇日開演

三井洋行分莊

告白

啟者日本商始創貿易爲業數拾年以來今分莊開設北門外鍋店街洗家衚衕口對過專選精工料實東洋棉紗各等時式大小疋棉布粗洋布斜紋洋標等格外公道價亦從廉凡仕商賜顧者請至分莊面議可也特此佈聞

三井本莊主人啟

海利鐘表洋行

啓者本行自上海分設天津紫竹林法租界良濟藥房對過女成衣飯店一號二號房內自製新式鐘表金銀表金表練各樣新式大小說話機器耳鳴機器金戒指金鋼石戒指大小洋鏡各樣新貨一應俱全貨好價廉格外公道在此住兩三個月後另造樓房批發諸公光顧請早駕臨

海利洋行謹啓

戊戌年八月十三日禮拜三

紫竹林第一樓番菜館

本號由作英法大菜各色精細點心各樣洋酒洋貨等物一應俱全並售

上　八百
紅茶　每斤津錢一千
上　六百

又批發茂生公司鐵海紙烟零整發售價值格外公道原箱計一百盒價洋一百四十四元每盒計五百支洋一元五角凡　仕商賜顧請即駕臨是荷風雨勿阻

主人謹白

減價

今有友人自辦陝西老土每兩津錢五百文
新到梁州土每兩津錢五百六十文
如蒙賜顧者請到東門內聚隆成寄售

名醫過津

前辦東海關官醫局嚴備九二尹鳳藻日前隨嵩武軍統領孫紹襄軍門到津寓紫竹林春元棧小住數日即赴小站新建陸軍將來能留寓津門則七十二沽中抱采薪憂者當受惠不淺矣

同人全啓

同文仁記南紙書局

本局自印耕香館書賸每部價洋二元專辦各種石印書籍精選加高南紙頂細雅扇格外價廉寓天津東門外襪子衚衕本局啓

本局謹啓

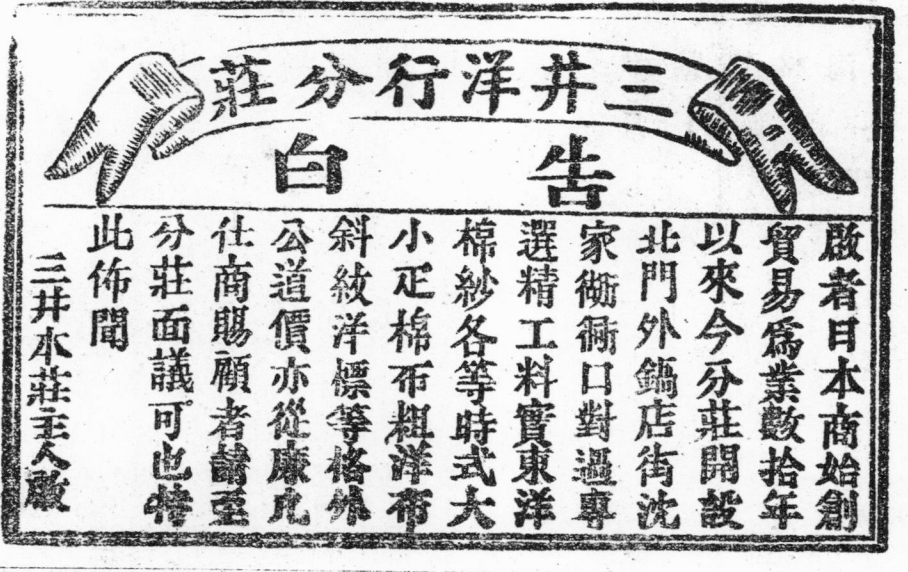

開設法國新租界
馬家口下娘娘廟前

天仙茶園

特請京都

玉成全班

特請京都山陝姑蘇上洋等處
頭等文武名角
八月十五日早十二點鐘開演

全班 劉鳳閣 李發長 小玉馨 十四紅 小千紅 楊英玉 飛來鳳 劉小黑 小金鍾 周福來 靈芝草 楊寶珍 瑞德寶 張玉蘭 黃雲鳳 衆武行

大賜福 渭水河 風雲會 蘆花珠 慶頂囊 鎖雲山 定軍山 日月圖 忠保國 花蝴蝶

十五日晚七點鐘開演

真正

全班 馬連登 李發長 楊英玉 十四紅 小千紅 小金鍾 張占福 劉小黑 蘩芝草 楊保珍 溜溜旦 想九霄 黃月山 飛來鳳 劉玉保 衆武行

萬壽堂 沙土國 葭萌關 柳林池 天水關 盜銀壺 忠孝圖 三疑計 新安驛 招賢鎮

開設英國租界
天津紫竹林海大道旁

福仙永茶園

特請京都

永慶成班

京都上洋蘇杭山陝等各處
頭等文武名角
八月十四日早十二點鐘開演

全桂班 劉鳳林 姚禿山 小盧紅 荀六紅 十德紅 林月桂 左春 牛處 香霄旦 李喜堂 賈星橋 董度云 小月樓 朱子久 楊四立 崔雪琴

大獻瑞 戰樊城 殺廟 伐東吳 走雪山 關王廟 舉鼎 衆武行 花蝴蝶

十四日晚七點鐘開演

小迎瀟 十七紅 潘桂芳 黃雯雲 馬雲仙 林德桂 元元旦 賽呂布 周春奎 張鳳台 明海山 萬齋燈 霸州紅 海棠紅 嚴寶恒 朱子久 賽呂布

忠保國 九龍山 宇宙峯 日月圖 捉放曹 全班合演 佛門點元

開設法國租界
天津紫竹林北

天福茶園

特請京都

崇慶名班

京都上洋姑蘇山陝等處
各色文武 頭等名角
八月十四日早十二點鐘開演

蓋天雷 十七紅 十八紅 東發亮 十四旦 小蓮仲 謝才寶 安桂秋 于報 張長奎 白文奎 終德明 羊喜壽 王喜雲 常雅秋 蘇廷奎 于景五

大保國 臨童山 忠孝圖 六月雪 魚藏劍 衆武行 戰皖城

十四日晚七點鐘開演

白雲發 十七紅 蓋天雷 張長奎 謝才寶 自來紅 十二紅 自文奎 白小五 姜二奎 王一紅 十玉喜 高德寶 汪喜雲 王長奎 李吉瑞 衆武行

挪子上殿 黑風帕 迴龍閣 狀元譜 取西川 烏龍院 茂州廟

開設馬家口南興基新馬路

天桂茶園

特請京都

慶吉祥名班

特請京都山陝姑蘇上洋等處
頭等文武名角
擇日開演

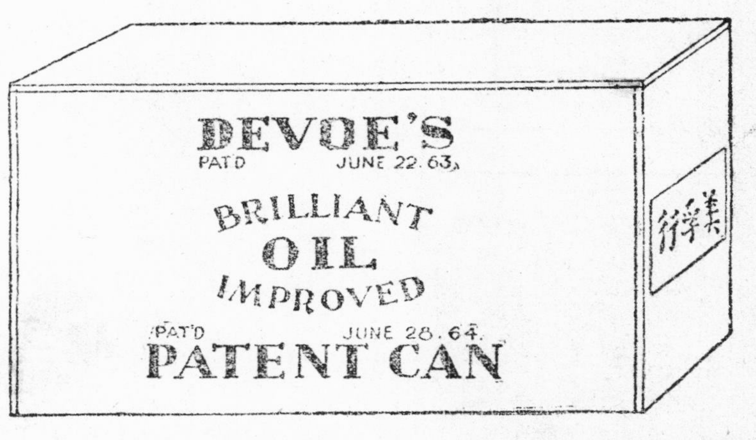

美孚老牌煤油

啓者美國三達煤油公司之德富士老牌煤油天下馳名萬商稱美蓋其質潔色清亮白如銀且絕無烟氣能耐久燃比之生荳等油晶光百倍而儉用價廉此為德富士老牌之佳處誠屬無雙妙品也士商賜顧請到天津美孚洋行採辦或向就近殷實行店購買庶不致悞

八月十五日出口輪船 禮拜五
順和 輪船往上海 怡和行
西平 輪船往上海 礦務局
連陞 輪船往上海 怡行和
八月十八日出口輪船 禮拜一
新濟 輪船往上海 招商局

八月十三日銀洋行情
天津通行九七六錢
銀盤二千三百五十二
洋錢一千六百五十文
紫竹林通行九六錢
銀盤二千三百八十五
洋錢一千六百七十五
洋錢行市七錢一分

直報

本館開設天津紫竹林海大道老菜市氣燈房巷內

光緒二十四年八月十四日　第一千百八十九號
西歷一千八百九十八年九月廿九日　禮拜四

上諭恭錄

上諭譚鍾麟奏查明貪劣不職文武各員請旨懲儆一摺廣東前署信儀縣知縣文博講案需索官聲甚劣南海縣縣丞張錫藩庇賭索費致釀人命代理瓊州府經歷王河屛聲名平常韶州府司獄文從周不明事理前署淸遠營遊擊馮驊不知振作帶勇缺額署廣州協西關汛千總李祥輝縱容賭匪互鬭斃命達濠營効力千總吳家兆行爲乖謬物議沸騰均着卽行革職以肅官常餘着照所議辦理該部知道欽此　上諭四川重慶府知府員缺着鄂芳補授欽此　上諭劉坤一等奏江蘇淮徐海等屬復被水災亟應預籌賑撫各摺片本年夏間徐海各屬霪雨爲災農田淹浸曾經諭令劉坤一等迅飭該地方官妥爲撫卹茲據奏稱災區較廣若不急籌賑撫則數百萬災黎必致流離失所着加恩撥給本年漕米八萬石儘數改折並將運費水脚等項一併提充賑欵以資接濟仍着飭令司局無論何欵先行借撥銀二三十萬兩發交地方官協同紳士嚴作霖帶往災區分別迅速散放餘着照所議辦理該部知道欽此

正人心論　北燕杞人謹識

天之生人所以維持宇宙配三才而備萬善者也善者何道心也道心者何上帝也上帝者何吾心之主宰也吾心有此主宰則五官位焉百骸充焉四體安焉九竅和焉詩曰上帝臨汝勿貳而心書曰惟皇上帝降衷下民衷卽心也故曰心之主宰上帝以此錫爾下民於是人人心中有一上帝矣雖然人人心中有一上帝而人人心中失其上帝失其上帝斯失其主宰矣失其主宰斯失其心矣失其心則念不正放僻邪侈皆足爲心之累心之關係大矣哉故君子三畏四知以愼其獨獨者正君子小人之交界也夫人心之不正久矣以故刼中刼刼外刼日復一日連綿不休詎天心忍而出此耶因人心澆漓無可挽救不得不命諸魔以收惡類使其以惡攻惡以暴殄暴原夫天心震怒亦因人心所招降此大刼也豈一朝一夕之故歟其所由來者漸矣夫生今之時國家多事之秋茫茫世界滾滾乾坤狂瀾旣倒無可挽迴惟有見善如不及見不善如探湯以求合上帝之心也大哉乾元爲善之長凡有善行皆從此出蓋萬善備於一身生初固有故孟子曰性善非由外鑠見善不爲何以正己正人以正天下風俗夫人心正天心因之亦正天心旣正斯大刼全消將見撥亂之人出輔我　聖君平治天下轉刼運爲昇平則唐虞之世可復覩矣吾不禁爲四百餘兆人民夜不安枕發大聲而急呼曰快正人心以廻天刼幸勿致天心震怒可耳

從牒儀文　○本年恭送　玉牒黃摺紅摺之期已迭次恭記前報茲聞禮部査照光緒十四年案應行典禮繕摺請　旨摺中署謂恭送　玉牒黃摺紅摺應咨王公大臣銜名奏請　欽派十員敬謹送往　盛京於敬典閣內尊藏應由工部備辦龍亭五座黃亭八座鑾儀衛照案傳派校尉舁往並由兵部牌劄沿途地方官恭修道路預備　黃幄行館並派官兵按站恭送　步綠兩營修墊近畿道路武備院於朝陽門外大橋支搭　黃幄是晨　皇上率王公文武大臣恭送該處行禮其正本舁往　盛京副本敬謹於　皇史成尊藏並由各處派委侍衛兵沿途照料獲送以示敬　祖尊親之意

會同核議　○大學堂爲培植人才之地坐落地安門外業已創立規模一切已有端倪昨奉　諭旨除京師大學堂及各省會學堂業已次第興辦外其各府州縣議設之小學堂著該地方官查酌情形聽民自便從此該學堂表率各省廣育人材趨向既正人才必多不禁爲該學堂慶又不禁於該學堂有厚望焉茲聞六部及總理各國事務衙門定於八月十三十四十六等日會議俟核覆准駁各欵再摺覆　命後再爲通行知照各省一體遵照云

嚴加防犯　○刑部獄中現在官犯徐致靖張蔭桓楊深秀楊銳林旭譚嗣同劉光第等並康廣仁等八名因案情重大已奉　諭旨派軍機大臣會同刑部都察院嚴行審訊是以刑部提牢廳在署內另派官人六十名謹慎看守並派左右兩翼技勇兵一百名自八月十一日爲始不分晝夜在署外擁護緊加防範並聞軍機大臣禮部裕壽山大宗伯剛子良大司馬王夔石大司農等會同刑部都察院諸堂憲定於八月十三日在都察院署中提犯會審至該官犯等如何供招諒必嚴密俟得有續聞再爲佈錄

寬典望邀　○日前所拏官犯皆由甲榜出身且係任子受縲絏之苦晝則與賊盜同食夜則與囚犯同眠雖名稱保國淸夜以思果能質天祖而不愧神明則卽血濺草萊流芳靑史所恐悞入匪黨名是實非惟望　聖天子恩深於海當寬典之幸邀也

懷疑妄控　○日前東交民巷巾帽胡同宗室春秀所開賭局內有優伶小不點李某患痰厥病症斃命伊妻以身死不明赴提督衙門控告等情已列前報茲聞已死名優小不點之妻疑有謀害情事供詞牽涉春秀求恩伸雪中東西北四城指揮會同復驗委係無傷因痰壅氣閉身死塡格錄供詳報刑部按律訊辦

蕩子下場　○前門外永安橋居住何某年近花甲育有二子乃長子永福不務正業癖染烟霞素爲其父所惡去春因將楊柳樹賣去四株得銀十金永福向父索取肆行狂悖其父忿甚遂以忤逆控於宛平縣飭差提訊收押候店迄今已閱年餘未經保釋永福於八月初十日染患暴疾身死經管店看役張斌稟報由大興縣隣封相驗飭知其父將屍備棺收殮蕩子下場至於如此眞所謂可憐而不足惜者矣用特訪錄以爲不孝者勸

輕於鴻毛　○前門外廊房三巷某玉器局夥友楊某生理有年頗有積蓄乃日前竟爲匪友所愚誆稱合股貿易將楊某年薪俸餘資共計千餘金盡行騙去欲尋其人則已杳如黃鶴今於八月十一日楊某左思右想節近中秋負帳甚多慚忿交集遂取紫霞膏和酒呑下爲其弟瞥見面色有異竭力灌救奈已受毒深重莫可挽回赶卽將伊攙回家內奄然而斃聞楊某年將而立竟因受騙輕生亦可謂視性命如鴻毛矣

督院門抄　○八月十三日晚見　新建陸軍砲隊第一營候選通知事段祺瑞　又陸軍後路委員候補縣丞王維墉　十四未會客

尙亦有利　○昨晚電　旨約云直隸總督榮祿留在軍機所遺直隸總督一缺着裕祿補授欽此時値艱危得此元老堪資柱石矣又榮中堂瀛眷已于十四日早十一點鐘乘坐火車赴京護理直督袁大人率同司道均赴車站恭送

委辦礦路　○孫慕韓觀察奉礦路大臣札委礦路總辦差昨已赴轅稟知督憲一二日卽赴都任事云

煙島養痾　○前者英領事司君請假養病偉君署理斯缺已紀前報昨晨司君乘火車赴唐沽搭船前往烟台養病云

獲賊被放　○河東溝子王姓家於夜三夜有賊入院鑽穴入室正在搜竊之際被王窺見獲住賊叩頭求饒王將賊衣履剝去飽以老拳縱之使去

炮炸傷身　○三間房腳行與藥王廟後腳行屢經羣毆書不勝書昨兩造復又肇事經河東汛帶弁抓獲數人送縣懲辦而若輩目無法紀於次日仍聚衆打作一團三間房張某持砲惡鬥不料炮炸自將頭腦轟破立時暈絕在地其夥抬赴寓所未知能保全性命否

大城力大　○大城縣民人李蔭平爲大城縣書吏張海觀賄買扒子牙河東堤洩水於河東靜海縣西界致淹百餘村以保河西大城縣河套田禾該犯李蔭平已爲河東靜民獲送靜案各節屢登前報茲聞該犯已將張海觀賄買各情供認不諱詎復聞發委廉提案至大城縣會審噫大民何幸竟得此大力之大父母哉

官犯已斬　○官犯楊深秀楊銳劉光第譚嗣同林旭並康有爲之弟康廣仁已於十三日四點鐘在刑部綁出押至菜市口斬訖

烟癮有蟲　○十一日有一人在古皇庵前宣言衆人圍聽據云初二日伊行至黃花店日晚住客邸中揚榻設燈吸烟過癮見對面仰臥一人形極枯槁詢之答曰戒烟五日矣勸之吸不肯然流香入鼻暗癮攢心久之其人忽覺喉中奇癢哇出一物蠕蠕而動就視之口眼畢具黑色似有鞕甲形畧似蟋蟀客實親目睹焉噫嗜烟者果有蟲矣

南來新貨　○廣生輪船載計花頭五百零八件糖包四千三百二十二包竹乜三十六件糖菓四十包山奈二十八件箱糖一十四箱瓦筩二千五百九十件氷糖一千零五十一包上紙三十七件鷄毛一件紙箔一百二十五箱酒壇二百件生糖二千五百三十包洋鎗八十四件共一萬五千六百七十件

路見不平　○據採訪人云昨有王云開父子在海大道開設寶豐木匠舖每日作工在官道隨便佔用該段巡兵理論約束不但不服硬將巡兵張得强毆打捆縛有擺茶攤人孫姓赴局送信該局員胡郎飭什長張起山巡兵閻炳義孫長發向該舖理論不料王云開之父喝命衆匠六十餘名各持斧子木棍不問情由遽行毆打該巡兵寡不敵衆又被木匠等均各倒背捆縛將什長巡兵四名弔縛柁樑上哄傳滿街行人皆抱不平不知總局憲如何處置也

越南鐵路　○頃接西貢友人來信云內河輪船公司所造之鐵路已經告成而法國駐越總督杜美君特於西歷八月二十二號淸晨八點二十分鐘啓程往瓜恒島行鐵路告成禮初次啓行查該鐵路不惟可以運載貨件並可用以載運輪船越湄拱河白薩克鬧口急流之處云云是其製造之工心思之巧可以窺見一斑矣

英論中國　○香港來信云英國委員來華査探商務已經返英著成一書五百餘篇專論中土商務此書要旨謂須多建淺水內河船蓋以中國河道經緯縱橫通達四方絡繹不絕而華人渡船遲鈍運載維艱此舟楫之不能靈通也渡船行數日之程輪船則數點鐘可至如能多製淺水小輪往還中國小河中國舟楫可一掃而空以內河而論從上海長江等處而至粤省西江祇有杜林北方有地一區相爲阻隔若通此一地以爲運河上海香港雖相去一千五百里之遙可由內河紆廻而至若論黃河支幹各處多有叉河相與吻接將通行各處之河貫而通之以天津上海香港爲大總鎭由此派船運貨入內地則英國製造貨物將可輸入中國且取華裝之貨式歸而講求精美然後運回中國內地消售必廣華人拙於製作有不盡奪其利藪耶

日購雷船　○日本政府近又向英國定造新式魚雷船五艘

電音彙譯　○英大臣吉箋尼往非洲花蘇打訪探事情曾奉廷命云若花蘇打可以力取須卽行奪佔並留埃及兵一隊戍守其地○奥后被刺死後其金棺已于禮拜六日葬于維尼那京都之及保箋禮拜堂內是時皇室懿親及大臣人等均執紼送殯一時儀禮頗爲整肅云○土耳其國王現佈告各國云不能屈從英水師提督那來所發哀的美敦書之請并籲懇各國公論調停此事○前報印度颶風一節今識巴備度城居民一時失所無家可歸者實數有五萬人聖運沙城則有四萬一千名現英京官紳等已籌辦賑濟往該處撫邺矣○小呂宋島亂酋阿箋度逼於美統帥之命現已將手下統帶之兵盡行遣散

光緒二十四年八月十二日京報全錄

宮門抄〇八月十二日禮部　宗人府　欽天監　廂紅旗値日　無引見　禮王等得賞謝恩　直隸總督榮中堂到京請安
湖北臬司瞿廷韶到京請　安　徐用儀謝在總理衙門行走　恩　成章謝授太常寺少卿　恩　徐郙續假二十日　普齡續假
五日　徐建寅預備　召見　侍衛處奏派盧溝橋演放砲位　派出潤貝勒那公溥巽鈕楞額常貴伊立布榮斌卓凌阿　掌儀司奏
十五日祭　奉先殿溥巽行禮　召見軍機　榮中堂

〇〇臣奕劻等跪　奏爲遵　旨編輯約章通行給領謹將辦理情形恭摺覆陳仰祈　聖鑒事光緒二十四年七月二十六日准軍機處鈔交候補道汪嘉棠條陳講求約章等語軍機大臣面奉　諭旨着總理各國事務衙門通行遵照同日又准鈔交面奉　諭旨通商約章成案彙編一書着總理衙門詳細閱看其中有應改正者有應分類續行纂入者着妥爲編輯擺印數百部呈覽頒行內外各衙門令其廣爲刊布以便遵守並着嗣後遇有訂立條約及奏定章程並往來照會等件卽行隨時分類增入擺印頒發毋得躭延遺漏欽此査閱原條陳稱近來各省州縣教案迭出每因細故釀成巨案貽累　國家平日未解約章臨時故多茫惑査北洋刊有通商約章彙纂一書詳載約章成案條分件繫頗爲賅備惟書已閱多年中國與各國續訂約章及辦過成案尙未增訂擬請飭下北洋大臣選派經辦洋務人員一面査案修補一面先將原書趕飭刷印多部通行各直省督撫將軍按照所屬州縣迅飭各領一部俟續刊告成補行頒發以便有地方之責者平時披閱遇事考核並嚴定章程責成該管道府隨時察核州縣如考究詳明辦理妥善者立予保荐不求甚解遇事顢頇者卽行罷黜賞罰旣明才能自出事多外結兗貽　宵旰之憂思患預防應早爲計等語臣等査辦理交涉事件自應講求約章遇事方有把握臣衙門排印約章近復增輯凡與各國交涉持以爲衡各省官吏知有條約者甚少祇山東書局翻刻一次其餘各省或以外交爲不急之務多不措意遇有交涉之案茫無把握輕重失當北洋所以有條約彙纂一書原期便於檢査而所敘成案間有中國自定未與各國商訂者持與各使臣領事辦論每多軒輕現在奉　旨編輯臣等自應督飭章京詳加整正書成呈候　欽定頒行以資遵守臣衙門編訂未竣以前仍就北洋原書査對不爲無益擬請　旨飭下各將軍督撫先行派員赴北洋請領嚴飭所屬道府州縣各領一部並入交代自領此書後勤加考究凡遇交涉事件辦理妥協者立予保薦否則卽行罷黜以昭激勸庶幾辦事有藉消患未萌臣衙門編輯妥當卽行補發所有遵辦緣由理合恭摺覆陳伏乞　皇上聖鑒謹　奏奉　硃批另有旨欽此

〇〇頭品頂戴山西巡撫臣胡聘之跪　奏爲遵　旨覆陳晉省辦理商務情形恭摺仰祈　聖鑒事竊臣准總理衙門咨開光緒二十四年四月二十四日奉　上諭總理各國事務衙門奏遵議侍郎榮惠請特設商務大臣一摺商務爲富强要圖自應及時舉辦前經該衙門議請於各省會設立商局公舉殷實紳商派充局董詳定章程但能實力遵行自必日有起色卽着各督撫督率員紳認眞講求妥速籌辦總期聯絡商情上下一氣毋得虛應故事並將辦理情形迅速具奏等因欽此遵査晉省於光緒二十二年五月經臣奏請在省城設立商務總局並奏調籍隸山西之刑部郎中曹中裕等來晉襄同辦理査晉中大利以煤鐵各礦爲最迭奉　諭旨飭令開辦顧欲興礦務以擴利源必先修鐵路以通運道節經臣將招商借欵籌辦情形先後奏明在案現在礦路章程業經總理衙門議准卽歸商務局承辦該局紳等已與洋商僉立合同一俟延訂礦師及工程師等來晉卽可定期開辦又省南蒲解一帶素產棉花可收紡織之利爰議於絳州所屬之三林鎭設立紡紗織布廠業經購定基址覓匠興工所訂機器現已由外洋運津惟鍋爐等件過於笨重尙須由水路運至道口再由陸路運赴絳州輾轉需時大約來年當可開辦因現署臬司河東道楊宗濂於機器紡織等事最爲熟悉當卽派令就近督辦以專責成近復議於該廠左近分設軋花榨油兩廠並因陽曲地面素產硫磺擬於省城設立火柴廠均經定購機器一俟秋冬運到卽可次第開辦此外如蒲桃釀酒奶油鎔鐵煉鋼火磚玻璃之類可興之利甚多現尙無力興辦緣商務局股本僅集銀四五十萬兩尙不敷紡織各廠之用仍須廣爲募集而晉省道途艱險外商裹足本省商富見利小而求效速此等創辦之事又多不願附股自非鐵路告成後商股雲集財貨充牣籌辦殊不易也臣惟有力求振興不憚勞費督同員紳等盡心籌畫勉力經營以期仰副　聖主通商阜民實事求是之至意所有晉省現辦商務情形理合恭摺具陳伏乞　皇上聖鑒　訓示謹　奏奉　硃批戶部知道着轉行農工商務總局査照欽此

○○恭壽片　再查本年入夏以來陰雨連綿時兼風雹正値收穫稻穀之際誠恐有損農田致小民有災祲之患曾於六月中旬臣率同僚屬先期齋戒設壇虔誠祈禱以求晴明旋據各廳州縣禀報被災輕重情形前來臣查其被災較重之射洪簡州資州資陽內江廣元等屬於六月雨水連朝風雹並作有城垣塌損有沖沒田禾更有沖毀房屋淹斃人口者小民遭此奇災殊堪憫惻臣即批飭藩司由庫分別提款迅委妥員分赴各處查勘情形妥爲撫恤以救災黎其被災稍輕之秀山開縣岳池江津灌縣江北廳等屬亦飭先行就地籌欵安撫隨卽分別委勘妥辦不使一夫失所謹將大概情形先行奏報以慰　宸廑此外尙有被災之處除俟禀報到日再行續陳外理合附片陳明伏乞　聖鑒謹　奏奉　硃批着奎俊飭屬將被災州縣認眞籌欵賑撫以拯窮黎欽此

昨天福茶園併各戲館登報演唱左公平西新戲系官軍戡定番回故事其中褒貶不無過當予等恐有循名不核實之徒見有同民粧拌必致妄起衅端況地近華洋交涉之處猶爲可慮因婉懇　貴園班主人停演此戲以消未萌之患　貴園班諸公深明大義慨爲允諾併許明永久停演予等無可稱謝急登報章以聲謝好義之極云

清眞寺執事人等公啓

頃接山左友人郝希孔兄來信據云東省水災久爲昭著惟今歲黃河決口已知八處災情大異往年澤國之區二十餘州縣計　高苑　博興　樂安　齊東　新城　蒲台　利津　濱州　章邱　歷城　齊河　德平　禹城　肥城　東阿　范縣　平陰　壽張　陽穀　東平　汶上此二十餘處居民廬舍墳墓盡行漂沒其災民數百萬嗷飢號寒無所歸貲思及存無餬口沒無餘地令人傷痛無已現在雖經　大憲多方賑救無奈欵項奇絀惠難均霑此等時光若能措欵來賑而功德實屬無量云云查本年東魯水災誠甚於昔年無如僕等自庚寅順直被水連年籌辦義賑勸捐一節早成努末徒喚奈何惟望將郝君來函登諸報章以供　衆覽伏望大善仁人君子慨發慈念往賑災黎則功德不可言量矣僕等不禁爲億兆待斃生靈馨香祝之

津門義賑同人具

施救吞烟　白鴨血及人糞汁皆爲救吞鴉片妙方爲其吐耳然效與不效或未可必茲上洋白藥粉專救吞烟經驗多人萬無一失法用白藥粉一劑加熟水一碗冲藥溫服服畢以二人扶之行走不住卽易吐出若遲至半刻不吐再服一劑不吐仍卽再服一劑總以吐凈鴉片毒爲度吐後多飲淸水仍令一吐再吐至所吐之水澄淸無汚其毒乃盡可慶更生切不可用煤油醬油等方訣灌致傷性命如吞烟後一時取藥不及先以食鹽三錢攪冷水一碗許灌入暫殺其毒以待藥至卽急灌救如吞烟歷時甚久昏迷欲睡此係烟毒已發恐一吐猶未能盡凈必須　人扶之行走男着人用竹竿打其兩腿皮肉務使知痛驚醒終夜不睡睡則難保無虞矣此藥西頭流水溝西河沿立興成糧棧豐金華園西河沿聚豐恒糧店河東十字街西存仁堂樂局中義當東愼修堂閻宅均爲施送合併錄報使遇此事者就近救急　諸善士如欲購捨此粉上海大馬路科發藥房及津郡老德記等大藥房均有價亦甚廉豫備不虞古之善道願我同人勿以小善而不爲也

同人公啓

新開　元隆號綢緞洋貨莊

自去歲四月初旬開張以來蒙　各主顧垂盼雲集馳名日盛　本號特由蘇杭等處加意揀選名機新鮮貨色零整銀價俱照　大莊行市公平發售以昭久遠此白　寄賣龍井雨前素茶福建皮絲水烟各種眞料大小皮箱　開設天津府北門外估衣街中路北門面便是

元茂機器磚瓦公司

本公司仿照西法燒作磚瓦事屬創舉曾經通禀在案該貨堅固異常價値從減並各樣印花磚瓦俱全　賜顧者請至海大道新興南里內本公司面議可也　特此謹啓

魁陞號綢緞洋貨莊

本號自置顧繡綢緞洋貨等物整零均按銀莊格外公道皆比大市價廉發售　寄賣各種眞料大小皮箱漢口水烟袋各種眼鏡龍井雨前紅茶梗　寓天津北門外估衣街五彩號衕衕口坐北向南　士翁賜顧者請認本號招牌特此謹啓

代辦各種機器告白

敬啟者余自去歲代辦各種機器業　蒙紳商賜顧並無遲悞今又向英國着名大廠代辦各樣紡紗織布造磚炸毛等機器以及各行應用各樣機器零星物件定日交貨不能遲悞如　貴行包辦常年機器人工煤料或安設各樣機器價值格外相宜如蒙貴官紳商購買者請至英新租界礶佃永茶園看圖面訂可也特此佈聞

寯子卿謹白

論義快覽

功令改試經義論策新章初立學者苦無佳本本齋舊藏雨田史論兩册世鮮藏本近因同人多來假抄幾有日不暇給之勢爰亟印行以公同好在天津文美齋寄售並各書坊分賣本齋又輯有經義導先集二本皆從前人各文集中廣爲搜羅採擇成帙而以四書精義揭要付其後亦即不日印出由文美齋付售

竹素齋主人白

啟科欣賞集

啟者自考試改爲論策經書義新章甫定學者苦無佳本本齋精選各書院課藝及他方郵寄名稿四種皆備先排印兩卷以公同好名曰改科欣賞集總售處東門外襪子衚衕王宅并於東門內二道街路北水舖旁陳宅內寓本齋發莊寄售處同文書局文美齋嫏嬛書莊寶森堂萃文魁瑞芝閣及各書坊早於八月初五日出書願購者請先睹爲快

澄思齋主人啟

告白

敬啟者茲因自蓋三層鴻春大樓開設番菜館以來生意稍佳奈因福仙戲園關閉不開兼之敝號生意寥寥故今敝東公議欲將小號出兌出貨均可任便所有店內一切各樣家具等件一併按單點交不悞有願兌貨者務速先駕臨敝號面議以免後自誤可也特此佈聞

海大道鴻春樓主人謹白

天后宮北　義興順綢緞莊

本莊自置顧繡綢緞綾羅紗絹哈喇大呢羽綾羽毛各樣花素洋布南貨雅扇桂圓頭油香粉胰皂歸安貝松泉湖等一概俱全

頭號杭寗綢
頭號摹本緞

每斤
紅梅茶　九百六
紅茶　六百四
紅茶梗　二百二
龍井茶　一吊八

金百壽棉繇裙布裡每套五兩八
雜色金刀絨每尺五錢五

京都　內全盛

本店由京都移來專做全盛齋全樣鑲絨鞋亦有全樣布緞鞋各樣扎拉鎖繡扣鑲花鞋材料與衆不同樣式各外另有眞傳本店今有新添寄賣各樣旗鞾扎花坤鞋亦有鑲花坤靴一應俱全開設在天津府帶河門外樂壺洞北口巷內路北準
仕商賜顧者詳認本店字號便是貨眞價實言不二價不悞主顧

本店謹啟

石印留書

是書爲明章大力所著四書義章解句釋義理詳明誠善本也准於八月初二日出書

文美齋寄售及各書坊均售

告白

茲因錦衣衛橋正骨科蘇靜軒三先生令孫名蔭棠字子甘少大先生承授家傳跌打損傷接骨等症分此在侯家后歸賈胡同太山菴西開設永生堂藥店自置藥材丸散俱全並家傳筋骨疼痛風寒膏藥蜜藥專治舒筋活血止疼丸散膏丹門診過午不候並施敷藥

同人公啟

拍賣告白

啟者本月十六日禮拜六早十點鐘在法國租界良濟藥房樓上拍賣外國家俱棹椅床鋪地毯鏡子料器銀器立櫃鐘表外國刀叉書櫃各樣酒盃洋爐子各樣絨椅　如欲買者請早來細看面拍可也

集盛洋行謹啟

告白

本齋新印王蓮西先生摺楷與衆不同每本津價三百六用者請向天津北門內府署東各報總處紫氣堂購取可也

學古齋具

告白

靜致廬八月初一日會課陸沛郇部戎宣贈紫毫筆二十枝龍鳳墨二十錠延舒霞太守齡贈詩妝二十合張勛伯大令廣建贈石印書五種

本廬主人登報

京緞零剪　減價售現

零剪

高鴉青　一千三百五
正號元青貢緞每尺　一千四百文
中號　一千一百文
副號　八百八十文
眞杭青金銀庫緞每尺　二千二百文
眞裕順曾皮絲烟每包　一千一百文
南京鹹鴨每支　大　一千八百文　小　一千二百文

寄售

每斤
龍井　一吊七百文
雨前　一吊一百文
珠蘭　一吊四百文
雀舌　九百六十文
蜂翅　一吊二百文
紅袍　六百四十文
小種　一吊二百文

本號自製元淺京緞躉售零剪杭絨衣線官燕金腿南貨精貨一應俱全近因錢市漲落不同分別減價抑因無恥之徒假冒南味字號者甚多雖云謀利誠恐亂眞欲辦蕭猶用煩諸墨天津宮北大獅子胡同公益仁記南味坊謹白

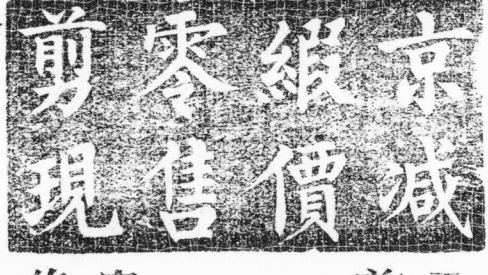

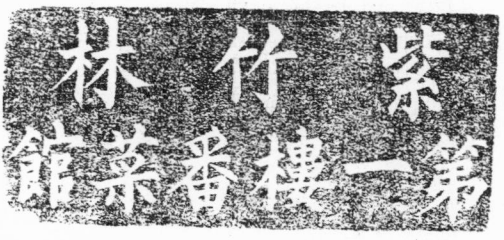

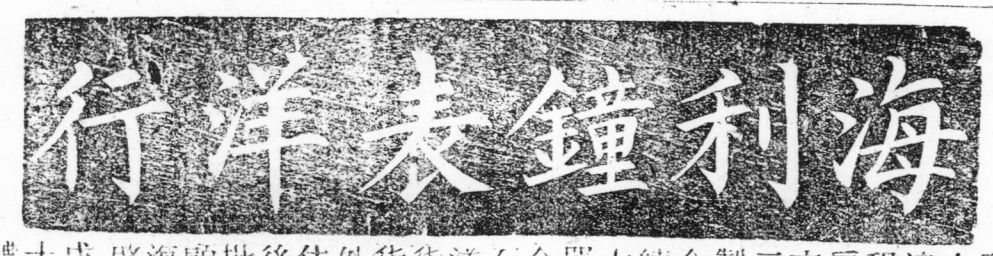

開設法國新租界
馬家口下娘娘廟前
天仙茶園
特請京都
玉成全班
特請京都山陝姑蘇上洋等處
頭等文武名角
八月十五日早十二點鐘開演

全班 劉鳳崗 李發長 小玉磬 十四紅 小千紅 楊英玉 飛來鳳 劉小黑 小金鐘 周福來 靈芝草 楊寶珍 瑞德寶 張玉蘭 黃雲鳳 衆武行

大賜福 渭水河 風雲會 蘆花河 慶頂珠 鎖雲囊 定軍山 日月圖 忠保國 花蝴蝶

十五日晚七點鐘開演
真正
全班 馬連登 李發長 楊英玉 十四紅 小千紅 小金鍾 張占福 劉小黑 靈之草 楊保珍 溜溜旦 想九霄 黃月山 飛來鳳 劉玉保 衆武行

萬壽堂 沙土國 葭萌關 柳林池 天水關 盜銀壺 忠孝圖 三疑計 新安驛 招賢鎮

開設英國租界
天津紫竹林海大道旁
福仙永茶園
特請京都
永慶成班
京都上洋蘇杭山陝等各處
頭等文武名角
八月十五日早十二點鐘開演

全班 賈星橋 張鳳台 香霄旦 十七紅 牛處 馬雲仙 海棠紅 聚才 賽呂布 十六紅 楊四立 崔雪琴 霸州紅 嚴寶恒 朱子久 小月樓

富貴長春 雙代箭 汴梁圖 別宮祭江 女起解 海潮珠 酸棗林 刺巴杰 巴駱合

十五日晚七點鐘開演
潘桂芳 姚鳳山 小禿紅 荀蘆紅 香霄旦 玫璃丑 嚴寶恒 李殿元 周春奎 董度雲 海棠紅 賽呂布 小月樓 朱子久 左月春 霸州紅 明海山

清官冊 牧羊卷 雙鎖山 丑拾八扯 打金枝 藏舟 全班合演 鐵公鷄

開設法國租界
天津紫竹林北大街
天福茶園
特請京都
崇慶名班
京都上洋姑蘇山陝等處
各色文武 頭等名角
八月十五日早十二點鐘開演

蓋天雷 十七紅 自來紅 十二紅 趙斌恒 常雅秋 李吉瑞 于景五 安桂秋 十一紅 李長奎 羊喜壽 蘇廷奎 白文奎 王喜雲 羊喜壽 十一紅

金殿封官 三疑計 衆武行 洗浮山 寄子 桑園 九龍山 衆武行 殺子報

十五日晚七點鐘開演
十八紅 小連仲 自來紅 十二紅 羊喜壽 高玉喜 十一紅 王二奎 謝才寶 李長奎 楊福保 張長奎 白文奎 十一紅 高玉喜 常雅秋 趙斌恒

打登州 望鄉台 鳳鳴關 慶頂珠 全班合演 衆武行 洛陽橋

美孚老牌煤油

啓者美國三達煤油公司之德富士老牌煤油天下馳名萬商稱美蓋其

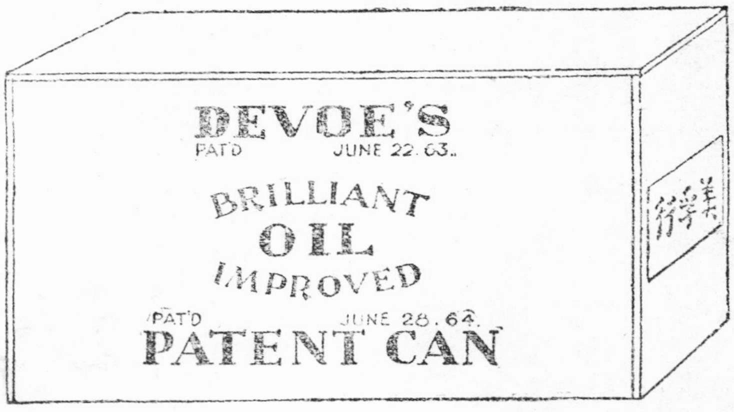

質潔色清亮白如銀且絕無烟氣能耐久燃比之生荳等油晶光百倍而儉用價廉此為德富士老牌之佳處誠屬無雙妙品也士商賜顧請到天津美孚洋行採辦或向就近殷實行店購買庶不致悞

開設馬家口南興基新馬路
天桂茶園
特請京都
慶吉祥名班
特請京都山陝姑蘇上洋等處
頭等文武名角
擇日開演

八月十五日出口輪船 禮拜五
順和 輪船往上海 怡和行
西平 輪船往上海 礦務局
連陞 輪船往上海 怡和行
八月十八日出口輪船 禮拜一
新濟 輪船往上海 招商局

八月十四日銀洋行情
天津通行九七六錢
銀盤二千三百五十八
洋錢一千六百五十五
紫竹林通行九六錢
銀盤二千三百八十八
洋錢一千六百八十文
洋錢行市七錢一分

光緒二十四年八月十四日
直報
第八版

第一頁

直報

本館開設天津紫竹林海大道老菜市氣燈房巷內

光緒二十四年八月十五日 第一千百九十號
西歷一千八百九十八年九月三十日 禮拜五

上諭恭錄

上諭已革戶部左侍郎居心巧詐行踪詭秘趨炎附勢反復無常着發往新疆交該巡撫嚴加管束沿途經過地方着各該督撫等遴派妥員押解毋稍疏虞已革翰林院侍讀學士徐致靖着刑部永遠監禁翰林院編修湖南學政徐仁鑄着革職永不叙用欽此　上諭大學士榮祿着管理兵部事務並節制北洋各軍由禮部頒給關防欽此　上諭榮祿着在軍機大臣上行走裕祿着補授直隸總督兼充辦理通商事務北洋大臣所有北洋各軍仍歸榮祿節制並着裕祿幫辦欽此　旨蘇州織造仍着海豐接管欽此　上諭戶部左侍郎兼管三庫事務着吳樹梅補授欽此　上諭禮部右侍郎着壽昌兼署欽此　旨廣忠桂祥恩佑現駐南苑所管正黃旗漢軍都統着裕德署理鑲白旗漢軍都統着載瀾署理鑲藍旗蒙古都統着崑岡署理欽此　旨明惠蘇嚕岱色普徵額現駐南苑鑲白旗蒙古副都統着彭壽署理廂白旗漢軍副都統着溥倫署理鑲紅旗漢軍副都統着恩霖署理欽此　旨蘇嚕岱現駐南苑其所署正白旗護軍統領着溥善暫行署理欽此

討康有爲檄

嗚呼至聖孔子被秦政焚書之厄二千數百年後又遇此南海康有爲之賊也哀哉痛哉歲丙申時務報館立康有爲之名顯凡所撰箸莫不曰師承南海先生議院也學會也西國行政之常欲中國仿行之尤怪誕不經之事則所稱之平權半權云者以爲西國人皆有自主權君師不能侵政教不能制直無父無君之不若連篇累牘呶呶不休經某大僚警戒始噤若寒蟬嗣又出印孔子改制考一書言春秋作周室亡二百四十年爲孔子改制之天下吾不知其爲狼鳴也鬼叫也其徒輩奉爲金科玉律由是而不纏足會而女學會而保國會幾幾震動全局今春南宮報罷由荐得蒙召見騰其口舌思欲蠱惑朝廷幸　聖明天縱采其可行者折其萬不可行者僅予以督辦時務報之職而康有爲爲鬼爲蜮盤距京師數閱月　皇上赫然震怒提騎往拿康有爲之賊技窮情露慾然遠竄藏匿於不知誰何之鄉天下無無君之國康有爲叛國罪人苟匿其人而容之殆其國必無君也已夫窮變通久因時之宜倫紀綱常萬世不敝倡無父無君之說爲補偏救敝之方士大夫孰不讀書何竟入其彀中而不悟也今中國削弱四鄰交侵非法紀淪胥有滅亡之道祇官邪耳誠能澄叙官方明其政刑文官不愛錢武官不惜死實事求是無詐無虞將見四鄰交睦之不暇更何有於侵削之事哉抑知各國所以富强

之術乎自羅馬一統治亂興亡五相遞嬗至今列國環峙各以五霸之術行堅忍之心開學校興工藝百餘年來炎炎日上始有不可一世之概東洋日本孤懸大海知非富强不足立國動心忍性君臣一德二十餘年遂有今日然一戰勝齊遂有南陽豈眞戰之功哉苟徒慕其發揚踔厲之形而不知先自貶抑先自刻勵遺神取貌吾未敢必其有成效之收也康有爲今已遁匿北走胡而南走越勢所必然海疆邊疆從此多事矣至其徒黨雖多猶幸半屬士類惑於經術遯入迷途一經道破明敏者必翻然改悔　朝廷置而不問固足以安反側之心若能於其中擇眞乃心君國之人舉一二用之既以示大公復以召來者否則縱不可縱誅不勝誅何以善其後耶且夫報館之爲用也貴乎通上下之情覘四海之勢軍國機密決不可宣也反是則恫喝貽譏先導是禍豈非名教罪人哉時務報開辦之初筆下千言頗可動聽議院之議能行於西國決不可行於中國平權之說可盡一已之應爲不可認作一己之權力且西之議院亦非盡人可入盡人可議也必家有產業若干財貨若干始得列名於院其愼其難已可概見況由上議院核其可否奏請君主批行亦猶中之有司申詳督撫咨由部院核覆而後施行雖無議院之名卻有議院之實何必徒事紛更哉平權果皆有權則西國何以有君長又何以有議院人人自行其是人人皆作帝王何以有今日也蓋亦不思之甚已究之西國之治長於質法疎而簡人恥玩法中國之治敝於文法密而勢人慣舞弊立一法必多一弊若以西人之疎節闊目治之而無西人之行已有恥則弊勝於法人議中爲弊國者眞將爲弊國而法紀蕩焉矣康有爲緣飾經術欺士類而妄朝廷誣聖人而滅倫紀罪通於天無可名不得已而名之曰賊賊而賊而烏足以言變法烏足以言西法嗚呼呂留良張積中而後康有爲鼎足而三矣何亂臣賊子後先同揆也

巡幸停止　○前奉　諭旨擇於九月初五日　皇上恭奉　慈禧端佑康頤昭豫莊誠壽恭欽獻崇熙皇太后慈輿啓鑾先赴南苑團河等處行宮駐蹕閱視秋操隨往天津以次閱操乃因本年節令較早現在天氣漸寒所有巡幸天津之處欽奉　上諭著卽停止所有武毅軍新建陸軍部甘軍各營官兵等平日操演不憚勤苦均賞銀兩以示體恤云

詳記斬犯　○昨晚得京師訪事友來信時本報已經排印因緊要新聞當將報中新聞撤去一條畧誌數語以致日錄列於告白之下茲將來函再錄仰見朝廷法律森嚴無知之等幸勿輕爲嘗試也函云日前所獲官犯張蔭桓徐致靖楊深秀楊銳林旭劉光第譚嗣同並康有爲之弟康廣仁收禁候訊欽奉　諭旨派軍機大臣會同刑部都察院嚴行審訊等因欽此已見邸抄茲聞　欽派大臣定於八月十三日會審尚未提訊是日卽經步軍統領崇受之大金吾英德二副金吾調集五營各汛弁兵親往刑部署前彈壓至午後暴傳劊子手囚車於四點鐘將楊深秀楊銳林旭劉光第譚嗣同並康有爲之弟康廣仁等六名由獄提出綁入囚車提憲親自督帶官兵解赴菜市口市曹行刑斬首示衆康有爲所結黨羽及保國會中之人仰邀寬典不株連不究治當無不毛骨悚然惟望洗心革面答報　國恩方爲回頭是岸矣其張蔭桓徐致靖二犯候　旨發落云

皇恩浩蕩　○康有爲前在輦轂下立爲保國會曾經侍御文悌指糾其會規設議員立總辦收捐欵與會匪行逕無異以致士夫惶駭庶民搖惑設使四民解體大盜生心從此聚徒衆招黨羽犯上作亂未知康有爲又何以善其後耶康有爲立會保國勢必亂國而又聯絡台諫宋伯魯楊深秀等事經敗露康卽遠飄楊譚等已受誅戮康雖法外逍遙當必聞知其何以對若輩此外徒黨幸邀寬典當可悟康實叛人改悔從前錯走痛煎舊染庶不負國家如天之仁恩倘再邪心不死虛詞恫喝依草附木死灰思燃是誠狗彘不若矣

電音啓節　○裕壽帥補授直督一則已見邸抄頃聞昨日壽帥由京電致袁慰帥云於八月十九日請訓二十日出都來津云

督批照錄　○天津縣文童范士珍禀批仰天津縣迅速提集犯証人等究明此案是否謀殺抑係鬥毆據實錄供秉公擬辦一面先將驗訊情形具報查核抄禀批發

預報考期　○學憲業於十三日招覆生童古於十四日將天津旗籍兩屬正場考訖十五日提覆頭二棚文童十六日考試頭棚文生正場十七提覆三棚文童委看武童外場十八日考試二棚文生正場十九日教貢優補考武生內場二十日招覆闔屬文童二十一日招覆闔屬文生二十二日看馬箭二十三日看步箭二十四五兩日看技勇二十六日文武童合覆二十七日獎賞二十八日起馬合卽預報以供衆覽

童經古榜 ○學憲於初九日考試闔屬文童經古業將題目列報茲悉正取十五名副取四十名仰學備造册卷於十三日送院覆試謹將前茅名次列後正取童生朱家琦劉嘉賓吉夢熊華增輝劉鴻翔朱鳳彩朱學程孫寶鐸王恩霖王淮珍副取童生林恩壽朱星煥劉嘉璋徐嘉藩宋壽桐又青靜南慶四屬文童試藝業已評定甲乙於十二日出榜計青縣招覆二十六名靜海招覆二十六名南皮招覆二十二名慶雲招覆二十五名已由學憲示仰該學諭飭認派各保於十五日帶領該童聽候覆試

准辦錢爐 ○關道批示守備陸宣等稟批據稟請派高令維敬充當鑄錢爐稽查委員應准照辦仰候會同天津道檄飭遵照此批

北轍南轅 ○初九日童試經古出示題目牌後學憲高坐大堂突有靜邑某童赴大堂跪請另出題目憲云此科題類極繁擇爾平素所長者靜作兩卷即爲完卷該童云此題目皆不對手須是聲光化電等題目方可憲大怒拍案曰我考爾乎爾考我乎題係不安本分故意攪擾本院初次出京不爲已甚否則定當重責遂傳該縣兩學諭令嚴加戒斥該童懼再三哀求乃免

馬車傷人 ○是早東門洞有馬車東來馬驚而逸將洋車撞翻坐洋車者爲婦女壓於車下衆人急爲救出延至時許始甦仍用洋車送該婦歸家未知能保全性命否

有保猶可 ○河北院署東某姓有喪於昨夜三更時有賊將牆杆撥倒進院被某窺獲黎明盤詰知賊爲王姓居住河東溝後時有賣魚某乙願保以去主遂釋放

幸未及溺 ○津堡携籃賣物皆有竹筒抽籤以賭勝負昨海公所前有一少年學徒抽籤負錢七串索之未有勢將不了少年懼事發舖掌驅逐遂奔赴河干欲圖畢命幸有人急往援救未及於溺云

南來新貨 ○順和輪船載貨計 洋布一千七百一十三鐵條二千三百九十六洋皂四十六鐵盆一百皮槁一千空瓶一千木板三百九十八雜貨三百三十三木頭四十七線球六十土布十件銅器五件綢子二件欄干二件

米價大減 ○杭垣近日新米來源頓旺價亦大減起碼每石售錢四千四百文惟上白陳米尚須大錢六千四百一二石每上下相去至二千餘文云

杭止平糶 ○杭州開辦平糶官米數月以來貧民頗沾實惠邇以新米上市來源已旺米價業已大減貧民可無乏食之虞故杭府尊林太守特行照會善堂紳董並出示曉諭所有四隅平糶米廠一律于七月三十日截止

乘球遊覽 ○西七月四號倫頓朝郵報云某法員擬由非洲加卑斯灣乘氣球遊歷沙漠之地此球寬廣約一萬三千蔑打可在空中四十日至六十日之久球內預備衣服糧食各物起程時任東北風吹送至乃架及南大西洋之處球內備紅色鉛樽且行且擲樽內有字誌其在空中情狀故所經各地擲下之樽人拾之便知其踪迹球下有鐵線長一千二百碼其線下垂若遇有不測之事球不能自下者即擲鉛樽使人之代牽其鐵線而氣球下墜令巴黎各人助以遊費令其在巴黎試演然後到非洲遊歷

意地慘震 ○西七月五號倫頓朝郵報云昨接意京來信謂意境烈遏泰曾於一千二百九十年開地震全境屋宇被毁不意於去月二十八夜地又大震此處爲繁盛商地屋宇宏壯衢道清潔舊有一大湖至今變爲平地居人將此地作大名園植花菓築臺榭今遭此刼已成瓦礫之場矣烈遏泰之戲園議院火車站銀行意王行宮及兵房散反蛇土教堂養貧院大書院囚獄居民屋宇皆遭傾覆受害情形慘不忍言有鼾於屋者有從夢中驚起不及穿衣服而逃出屋外者其時街中電燈亦震熄逃出街中之人舉頭望天初見蔚藍頃刻又變爲黑鉛色又聞牆裂聲瓦碎聲街中婦孺啼哭聲牛馬悲鳴聲受傷之人痛苦聲黑夜中不辨人影伏於街中至數打鐘久天色漸曙未傷之人不顧其屋宇即相率奔往教堂祈禱惟教堂已倒天主墮地各人入地先救出天主像於磚石中以爲祈禱求默佑焉雲忽風雨大至難民身無乾處後鄰境地方官及紅十字會董即派人攜營幕千餘具並糧食往恤被難者於是擇大地開營幕無論貧富皆居一幕其時各處好義者助金錢助衣食故被難之人亦不至再受飢苦其有親故在別境者則往寄寓而皇家又即建板屋以寓其不能去者

光緒二十四年八月十三日京報全錄

宮門抄○八月十三日兵部　太常寺　太僕寺　正藍旗值日　無引見　崑中堂德壽貽穀各假滿請　安　李端棻續假二十日　榮中堂瞿廷韶徐建寅預備　召見　常明等謝照常辦事　恩　兵部奏派管理小五處　派出者　召見軍機　榮中堂瞿廷韶　徐建寅

○○頭品頂戴山東巡撫臣張汝梅跪　奏爲遵　旨覆查東省勸辦昭信股票實無苛派情形恭摺瀝陳仰祈　聖鑒事竊臣恭奉光緒二十四年六月十五日　上諭戶部奏候補主事李經野以山東辦理股票實係苛派請旨飭查據呈代奏一摺前因安邱縣辦理股票有苛派擾民情事曾經諭令張汝梅確查具覆茲據該主事呈稱該撫覆奏不實流弊愈滋並歷指當日辦理情形懇請除去計頃按畝之弊等語昭信股票願借與否本屬聽民自便若計畝攤派卽不免抑勒之弊着張汝梅通飭各屬懍遵迭次諭旨斷不准稍有苛派並將該主事指陳各節確切查明據實覆奏不准稍有迴護欽此跪誦之下惶悚莫名查該主事所陳各節其關鍵全在勸辦股票以民之願不願數語爲斷東省並無紳事臣前摺業已詳晰具覆早邀　聖明洞鑒似可毋庸再瀆謹將其民自願認借實在情形及前摺所未及者再爲我　皇上敬陳之竊維勸辦昭信股票原是萬不得已之舉一再恭奉　諭旨不得稍涉煩苛是　朝廷勤恤民隱之心固爲天下臣庶所共諒也東省爲鄒魯舊俗禮樂名邦民風樸誠人知忠愛比年於倭之犯威海德之租膠州痛心怵目知國家安危實與一身一家之安危息息相關故當勸辦股票時經各印委邀請各屬紳民集衆籌議僉謂時事艱危至此　朝廷僅以股票勸借不令輸捐並將本息銀兩分年攤還　國恩如此優渥尙何忍吝惜私財置公家之急於不顧言次有泣數行下者羣情感奮爭願認借其數皆係自寫甫及三月數至百萬是皆涵濡　聖朝深仁厚澤二百餘年之久有以感而致之故無所用派者也東省紳富僉以章邱之孟姓爲最著臣查股票册籍孟姓僅認借一千五百兩高姓認五百兩以擁資百數十萬積田數百頃之紳富認借之款胥聽自願並未稍涉勉强而謂强派於零星小戶之貧民揆諸常情似無此理是東省之勸借股票亦實以民之願不願爲斷也現在東省黃河漫溢被灾州縣甚衆民情極爲困苦凡有附近灾區之認借股票未經繳銀者已由臣通飭各屬一體停收以紓民困而廣　皇仁並據查放急賑委員禀稱各屬灾民雖當田廬資財漂沒殆盡尙有以未繳所認股銀爲悔者能於顚沛流離之際無忘急公奉上之誠民風厚重更可概見伏維時局艱危民生困蹙能多恤一分民力卽可爲　國家多培一分元氣臣忝膺重寄隨時隨事無不敬體　朝廷寬大之政兢兢以恤民爲先如安邱縣知縣兪崇禮果是苛派擾民臣決不敢飾詞迴護今既一再查無其事而又官聲尙好其所以招物議者係紳民因認借先後口角官爲勸解以訛傳而起似未便故爲苛求轉使紳民自願效忠之誠無以上邀　宸鑒而失朝廷恤民之至意再臣於三月間出省閱伍沿途經過凡數十州縣並未有因勸辦股票苛派擾民赴臣行次控愬並於接見各州縣時無不諄以懍遵　諭旨毋涉紛擾爲戒隨處諮訪亦實無苛累情事惟曹州荷澤縣境士民以本地紳富無多公禀擬按照地畝攤借輕而易舉具禀由該印委據情轉禀當卽由臣嚴加駁斥並將該印委各記大過出示曉諭仍一面通飭各屬一體諭禁毋得陽奉陰違致干嚴叅是皆當日辦理實在情形非臣所敢託諸空言者也除再遵　旨嚴飭各屬於經收股票銀兩不准稍有擾累外所有覆查東省勸辦股票實無苛派各緣由理合恭摺具　奏伏乞　皇上聖鑒　訓示謹　奏奉　硃批知道了欽此

○○成都將軍兼署四川總督臣恭壽跪　奏爲川省武職借補限滿籲懇　天恩再准展限五年恭摺仰祈　聖鑒事竊臣前於光緒二十三年十一月准兵部咨以武職借補限期自光緒十八年經部議准再展五年令截至本年十一月限滿應令各省體察情形奏明停止等因具奏奉　旨依議欽此欽遵咨行到臣自應遵照部議屆限停止以符限制惟查軍務肅淸以後各省儘先武職人浮於缺位置維艱始定借補章程以爲疏通儘先人員起見川省此項人員最多自有借補定章稍覺流通而每年出缺有限借補者亦屬無幾茲查在標候補儘先人員除千把不計外其提鎭以及都守尙有三百餘員更有新到投標効力又復接踵而來人數實形擁滯總計通省副叅遊都守僅有一百二十餘缺無論何項缺出由部照章歸選者居多由外應行題補者甚少於是儘先人員能得借補之缺者亦屬寥寥今若依限停止則此項人員不惟補本缺無期亦且補他缺無望人數較多差使不易未免有坐困之處並恐無效用之期臣與署

提督臣夏毓秀悉心體察再三熟商應請仍照向章再行展緩並擬將本班儘先名次在前者與儘先借補各員隨時斟酌相應補用不使本班各員稍有向隅亦不使借補武職致阻官階於寬予展限之中仍寓嚴示限制之意庶提鎮以下等官仍可借補而本班亦不致挨補無期臣等熟察情形是此項儘先人員借補章程一時實難停止合無仰懇　天恩俯准將川省武職借補章程自此次限滿之日起再行展限五年仍照前次定章副將以下不得借至二級以示限制臣仍當隨時察看嗣後如儘先借補各員稍形疏通即當奏明停止所有川省武職借補章程再請展限五年緣由除咨部查照外謹會同署四川提督臣夏毓秀合詞恭摺具陳伏乞　皇上聖鑒訓示再成都將軍係臣本任毋庸列銜合併聲明謹　奏奉　硃批兵部議奏欽此

昨天福茶園併各戲館登報演唱左公平西新戲系官軍戡定番回故事其中褒貶不無過當予等恐有循名不核實之徒見有回民粧扮必致妄起衅端況地近華洋交涉之處猶爲可慮因婉懇　貴園班主人停演此戲以消未萌之患　貴園班諸公深明大義慨爲允諾併許明永久停演予等無可稱謝急登報章以聲謝好義之極云　清眞寺執事人等公啓

頃接山左友人郝希孔兄來信據云東省水災久爲昭著惟今歲黃河決口已知八處災情大異往年澤國之區二十餘州縣計　高苑　博興　樂安　齊東　新城　蒲台　利津　濱州　章邱　歷城　齊河　德平　禹城　肥城　東阿　范縣　平陰　壽張　陽穀　東平　汶上此二十餘處居民廬舍墳墓盡行漂沒其災民數百萬啼飢號寒無所歸貸思及存無餬口沒無餘地令人傷痛無已現在雖經　大憲多方賑救無奈款項奇絀惠難均霑此等時光若能措款來賑而功德實屬無量云云查本年東魯水災甚於昔年無如僕等自庚寅順直被水連年籌辦義賑勸捐一節早成努末徒喚奈何惟望將郝君來函登諸報章以供　眾覽伏誠大善仁人君子慨發慈念往賑災黎則功德不可言量矣僕等不禁爲億兆待斃生靈馨香祝之　津門義賑同人具

施救吞烟　白鴨血及人糞汁皆爲救吞鴉片妙方爲其吐耳然效與不效或未可必茲上洋白藥粉專救吞烟經驗多人萬無一失法用白藥粉一劑加熱水一碗冲藥溫服服畢以二人扶之行走不住即易吐出若遲至半刻不吐再服一劑不吐仍即再服一劑總以吐淨鴉片毒爲度吐後多飲清水仍令一吐再吐至所吐之水澄清無污其毒乃盡可慶更生切不可用煤油醬油等方誤灌致傷性命如吞烟後一時取藥不及先以食鹽三錢攪冷水碗許灌入暫殺其毒以待藥至即急灌救如吞烟歷時甚久昏迷欲睡此係烟毒已發恐一吐猶未能盡淨必須二人扶之行走另着人用竹竿打其兩腿皮肉務使知痛驚醒終夜不睡睡則難保無虞矣此藥西頭流水溝西河沿立興成糧棧暨金華園西河沿聚豐恒糧店河東十字街西存仁堂樂局中義當東愼修堂閻宅均爲施送台併錄報使遇此事者就近救急　諸善士如欲購捨此粉上海大馬路科發藥房及津郡老德記等大藥房均有價亦甚廉豫備不虞古之善道願我同人勿以小善而不爲也　同人公啓

新開元隆號綢緞洋貨莊

自去歲四月初旬開張以來蒙　各主顧垂盼雲集馳名日盛本號特由蘇杭等處加意揀選名機新鮮貨色零整銀價俱照大莊行市公平發售以昭久遠此白　寄賣龍井雨前素茶福建皮絲水烟各種眞料大小皮箱　開設天津府北門外估衣街中路北門面便是

元茂機器磚瓦公司

本公司仿照西法燒作磚瓦事屬創舉曾經通稟在案該貨堅固異常價値從減並各樣印花磚瓦俱全　賜顧者請至海大道新興南里內本公司面議可也　特此謹啓

魁陞號綢緞洋貨莊

本號自置顧繡綢緞洋貨等物整零均按銀莊格外公道皆比大市價廉發售　寄賣各種眞料大小皮箱漢口水烟袋各種眼鏡龍井雨前紅茶梗　寓天津北門外估衣街五彩號衚衕口坐北向南　士商賜顧者請認本號招牌特此謹啓

代辦各種機器告白

敬啓者余自去歲代辦各種機器業　蒙紳商賜顧並無遲悞今又向英國着名大廠代辦各樣紡紗織布造磚炸毛等機器以及各行應用各樣機器零星物件定日交貨不能遲悞如　貴行包辦常年機器人工煤料或安設各樣機器價值格外相宜如蒙　貴官紳商購買者請至英新租界醫仙永蔘園看圖面訂可也特此佈聞

甯子卿謹白

論義快覽

功令改試經義論策新章初立學者苦無佳本本齋舊藏雨田史論兩册世鮮藏本近因同人多來假抄幾有日不暇給之勢爰亟印行以公同好在天津文美齋寄售並各書坊分賣本齋又輯有經義導先集二本皆從前人各文集中廣爲搜羅採擇成帙而以四書精義揭要付其後亦郎不日印出由文美齋付售

竹素齋主人白

改科欣賞集

啓者自考試改爲論策經書義新章甫定學者苦無佳本本齋精選各書院課藝及他方郵寄名稿四種皆備先排印兩卷以公同好名曰改科欣賞集總售處東門外磯子衚衕王宅拜於東門內二道街路北永誦旁陳宅內寓本齋發莊寄售處同文書局文美齋嫏嬛書莊寶森堂萃文魁瑞芝閣及各書坊早於八月初五日出書願購者請先賭爲快

澄思齋主人啓

告白

敬啓者茲因自蓋三層鴻春大樓開設番菜館以來生意稍佳奈因福仙戲園關閉不開兼之纖號生意寥寥故今敝東公議欲將小號出兌出賃均可任便所有店內一切各樣家具等件一併按單點交不悞有愿兌賃者務速　駕臨敝號面議以免先後自誤可也特此佈聞

海大道鴻春樓主人謹白

天后宮北
義興順綢緞莊

本莊自置顧繡綢緞綾羅紗絹哈喇大呢羽綾羽毛各樣花素洋布南貨雅扇桂母頭油香粉膩皂歸安貝松泉湖筆一概俱全

頭號杭甯綢
頭號摹本緞
紅梅茶　每斤　九百六
紅茶　六百四
紅茶梗　二百二
龍井茶　一吊八
金百
壽綿緞裙布裡每套五兩八
雜色金刀絨每尺五錢五

新開
天吉齋京靴店

本店開設大津府東門外天后宮前路北門面二間本號專辦京莊上上材料專做京都滿漢朝靴各款鑲繡插鎖全式名鞋一應俱全貨高價廉　士商賜顧者請認明本號招牌庶不致悞

本店擺於七月十二日開張

本號特白

告白

浙紹朱鈍翁先生術嫺心細游津十年屢臨重症均各穩愼近治勞瘟膏淋霍亂痲羅瘵並婦科產後小兒喉癰俱喜同春久寓[illegible]勒菴

告白

茲因錦衣衛橋正骨科蘇靜軒三先生令孫名蔭棠字子甘少大先生承授家傳跌打損傷接骨等症分此在侯家后歸買胡同太山菴西開設永生堂藥店自置藥材丸散俱全並家傳筋骨疼痛風寒膏藥蜜藥專治舒筋活血止疼丸散膏丹門診過午不候並施敷藥

同人公啓

拍賣告白

啓者本月十六日禮拜六早十點鐘在法國租界良濟藥房樓上拍賣外國家俱棹椅床鋪地毯鏡子料器銀器立櫃鐘表外國刀叉書櫃各樣酒盃洋爐子各樣絨椅　如欲買者請早來細看面拍可也

集盛洋行謹啓

告白

靜致盧八月初一日會課陸沛郇部戎宣贈紫豪筆二十枝龍鳳墨二十錠延舒霞太守齡贈詩妝二十合張勛伯大令廣建贈石印書五種

本盧主人登報

出售天津各種新書
大發行

四書五經義式續集每部津價六百四　八面鋒　四書五經義史論初學入門
四書義彙編　改科欣賞集上下本內附經義策論　經義導先集上下本
博通齋論義　舟車便閱小本經義　兩漢史論　兩田史論上下本　義論正
執　歷代史事精論附五大洲時務新策即四本　勸學篇　王蓮西字楷　天
津古文所見錄　天津古詩　唐炎厚法　隋董美人志係隋朝古碑出土附
石印是整法也　又接來班歷代史論　東萊博議　史畧　中西時務要領
中外大畧時務要書　洋務備考　續九朝東華錄　中國兵畧指掌　八大家
中日始末記　中日戰輯附六圖　中東戰紀本末全集　中東戰紀續編
日本書目志　普法戰紀　德國軍制　管礦法程　列國陸軍制　美法水師致
萬國公法　萬國總說　萬國藥方　萬國史記　萬國公報丁酉年俱全　中
國電報新編　幷字譜　華英食譜　餘者各書各報不及全錄惟有經濟叢鈔一
書尚未接到不久來津再聲告白本津新出各書本堂分售紫竹林天福茶園對
門恒裕誠玻璃店就近向該處購取可也物新價廉

天津各報總處紫氣堂啓

光緒二十四年八月十五日

直報

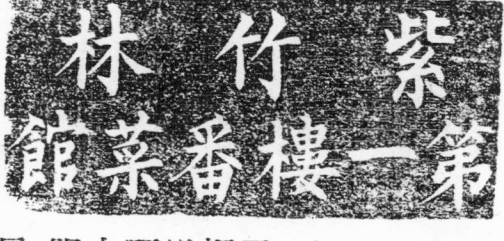

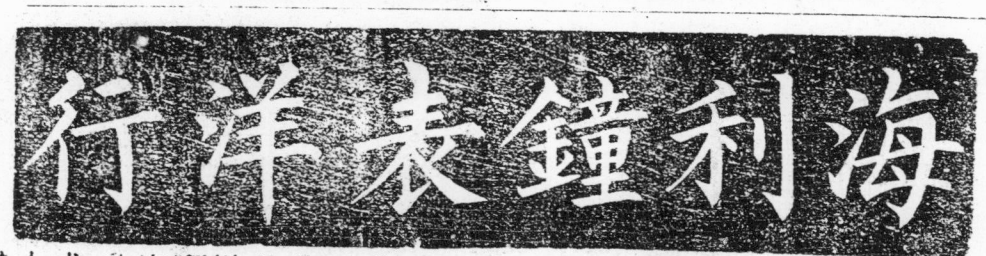

八月十八日出口輪船 禮拜一

新裕	輪船往上海	招商局
新濟	輪船往上海	招商局
泰順	輪船往上海	招商局
西平	輪船往上海	礦務局

八月十五日銀洋行情

天津通行九七六錢
銀盤二千三百五十八
洋錢一千六百五十五
紫竹林通行九六錢
銀盤二千三百八十八
洋錢一千六百八十文
洋錢行市七錢一分

直報

本館開設天津紫竹林海大道老菜市氣燈房巷內

光緒二十四年八月十六日　第一千百九十一號
西歷一千八百九十八年十月初一日　禮拜六

○上諭恭錄

硃諭近因時事多艱朝廷孜孜圖治力求變法自強凡所施行無非為 宗社生民之計朕憂勤宵旰每切兢兢乃不意主事康有為首倡邪說惑世誣民而宵小之徒群相附和乘變法之際隱行其亂法之謀包藏禍心潛圖不軌前日竟有糾約亂黨謀圍 頤和園劫制 皇太后及朕躬之事幸經覺察立破奸謀又聞該亂黨私立保國會言保中國不保大清其悖逆情形實堪髮指朕恭奉 慈闈力崇孝治此中外臣民之所共知康有為學術乖僻其平日著作無非離經畔道非聖無法之言前因其素講時務令在總理各國事務衙門章京上行走旋令赴上海辦理官報局乃竟逗遛輦下搆煽陰謀若非仰賴 祖宗默佑洞燭幾先其事何堪設想康有為實為叛逆之首現已在逃着各直省督撫一體嚴密查拿極刑懲治舉人梁啟超與康有為狼貝為奸所有文字語多狂謬着一併嚴拿懲辦康有為之弟康廣仁及御史楊深秀軍機章京譚嗣同林旭楊銳劉光第等實係與康有為結黨隱圖煽惑楊銳等每於召見時欺蒙狂悖密保匪人實屬同惡相濟罪大惡極前經將各該犯拿交刑部訊究旋有人奏若稽時日恐有中變朕熟思審處該犯等情節較重難逃法網倘語多牽涉恐致株累是以未俟覆奏於昨日諭令將該犯等即行正法此事為非常之變附和奸黨均已明正典刑康有為首創逆謀罪惡貫盈諒亦難逃顯戮現在罪案已定允宜宣示天下俾衆咸知我朝以禮教立國如康有為之大逆不道人神所共憤即為覆載所不容鷹鸇之逐人有同心至被其誘惑甘心附從者黨類尚煩朝廷亦皆察悉朕心存寬大業經明降諭旨概不深究株連嗣後大小臣工務當以康有為為炯戒力扶名教共濟時艱所有一切自強新政胥關國計民生不特已行者亟應實力舉行即尚未興辦者亦當次第推廣于以挽回積習漸臻上理朕實有厚望焉將此通諭知之欽此 上諭禮部尚書着啓秀調補裕德着補授理藩院尚書欽此 上諭裕長着調補甘肅布政使直隸布政使着會鉌調補欽此 上諭前經降旨擇於九月初五日朕恭奉 慈禧端佑康頤昭豫莊誠壽恭欽獻崇熙皇太后慈輿啓鑾先赴南苑再往天津以次閱操第本年節令較早現在天氣漸寒朕侍奉 慈躬允宜璇宮頤養以衛興居所有巡幸天津之處着即停止惟念國家講求武備本期親臨校閱鼓舞戎行近畿各軍業已次第預備該官兵等平日操演不憚勤苦朕心良深軫念提督聶士成所部武毅軍着賞銀六千兩侍郎袁世凱所部新建陸軍着賞銀四千兩提督董福祥所部甘軍着賞銀三千兩以示體恤該提督等仍當督率將士隨時認眞訓練總期紀律嚴明緩急足恃

毋負朝廷整軍經武之至意欽此

僞學誤國判

學者動言學問取法乎上而不知取法貴眞動言學問與世事無干而不知所關非細天下惡乎治有眞聖賢則治眞聖賢雖少而亦治天下惡乎亂有僞聖賢則亂僞聖賢愈多則愈亂居鄉非純良選立朝必非忠悃臣少小非佳子弟成人斷非大丈夫所以才由鄉里舉聖以蒙養正爲其眞而已矣果其眞也進則爲伊周退則爲孔孟隱居以求行義以達道同志同易地皆然法無往而非上品無在而非眞此聖賢所以爲學也聖賢得位則常治失位則不治失位而聖賢猶存不存而眞學尙在雖不治而不至於亂不亂仍終須爲治爲其學眞則氣直至大至剛浩然常塞乎天地不與虛器同澌滅學存則治可徐圖猶根存而實必終遂也　此稿未完

傳籌警夜　○禁城添派兵丁巡査十分嚴肅現在　皇太后　皇上駐蹕南海所有南海圍墻外設立朱車公所四十座今於八月十三日爲始每朱車公所添官一員兵丁二十名晝則巡査夜間傳籌呼號不准稍有停歇以昭愼重

吉期上任　○榮中堂以大學士長兵部已見邸抄茲聞中堂定於八月十八日辰刻上任示仰司務廳擺設公案恭拜印信並飭闔署司員筆帖式書皂人等至期一體謁見並經禮部鑄印局趕造關防屆期恭備開用新簡直隸總督幫辦通商事務北洋大臣裕壽山制軍聞不日擇吉起程赴津接篆任事

武塲供給　○每逢大比文武兩塲會試籌備所有塲內一切供給向係順天府大興宛平兩縣墊辦其所領欵項原不敷用況本年舉辦文武會試以致欵項支絀今逢武塲會試之期塲內應用浩繁無欵墊辦據大興宛平兩縣詳請順天府轉咨戸部支借銀十萬兩以備要差

善善從長　○日前所有都察院及部院代奏條陳共計數百件　皇上俱已留中現在　皇太后辦理朝政所有以前門外呈遞條陳　皇太后均欲詳細披閱倘有整理　朝政實有裨於　國計民生者自應照准予以嘉奬若所遞條陳有碍　國朝禁令者呈遞人恐不遭譴耳

恩施逾格　○已革戸部侍郎張蔭桓發往新疆已見邸抄恭錄昨日報章茲聞刑部飭行步軍統領督飭營員弁擇期押送起解俟遴派妥愼官員兵丁知照過部卽行長解矣

如獲再生　○所有詹事府光祿寺大理寺通政司太僕寺鴻臚寺等衙門前經裁撤以官員改作散卿爲有希冀將書差人等啜飯無所八口嗷嗷輕生者屢有所聞今奉　諭旨將前裁各衙門照常設立于是各該署之官員書皂人等如獲再生歡聲雷動均擇於八月中秋日祀紳恭備祭禮雲馬錢糧以答神庥云

入萬人坑　○八月十三日刑部已將官犯楊深秀等五名常犯康廣仁一名由刑曹提出斬迄已紀昨報茲悉　欽派剛子良大司馬爲監斬大臣行刑後經劊子手將首級呈驗畢卽將楊深秀等五名首級與屍身縫合由各家屬備棺成殮均抬往南下窪觀音院廟內暫停惟康廣仁無人認領由順天府廣仁堂施棺裝殮抬往萬人坑掩埋

拐匪就獲　○前門內張相公廟地方居住孫某鋸碗爲生去冬娶閻氏女爲妻年方十九稍有姿色無賴曹某垂涎已久日前乘間拐逃孫遍覓無蹤頃聞南營花兒市汎弁兵在東便門內番桃宮後身地方將曹某閻氏一併拏獲解送步軍統領衙門咨送刑部按律懲辦

督轅門抄　○八月十六日護督憲袁大人見　運司方大人　黃大人建完　張大人錫鑾　那大人晋　湯大人紀尙　候補府黃本慶　新選霸州呂品聿　前河南候補同知張毅　井徑縣言家駒　候補直隸州蔡紹基　劉崇惠　候補縣嚴祖慶　管鳳龢　孔憲廷　潘錫春

宗師憐才　○十五日學憲提覆頭二棚文童內有靑縣文童某座號爲書榜人誤塡經憲逐細査對靑縣文童並無此號始知所登非所取比卽諭令改發所取該童時已返里故着所取靑縣文童暫緩出榜飛飭該縣學速招其人以便來郡覆試宗師憐才如此

誠不負我　皇上作育人才之至意也夫

正場試題　○學憲來津各節均登前報茲將十四日考試天津正場題目照錄　首題　使子路問津焉義　旗籍正場首題士以旂　通場二題　震來虩虩笑言啞啞義

三課紅獎　○洪月般孝廉思齊所立靜致廬會課與課人才日見其盛八月初一日第三課得紅獎者二十六人甲乙名次照錄於后
薛洪基　劉賡雲　李樹芳　呂耀辰　杜鴻賓　姜蔭棠　武國楨　文斌　楊培蔭　楊鳳岡　[illegible]式曾　周麟符
崔士奎　范昌士　趙雲龍　吳士珊　楊培緒　陸大奎　任化棠　周俊元　謝墨田　趙雲鵬　錢景曾　吳士培　韓凌
朱慶藜

四課題目　○八月十六日第四課題目　恭讀光緒二十四年八月十一日　上諭時務官報無裨治體徒惑人心敬謹書後
問居今日而不言變法固無以圖富強變法而不便於民實無以安天下學者沈思深慮何者變之而有益何者變之而有弊試舉其大者言之

義方何在　○永豐屯某甲生意起家年近五旬僅一子愛同拱璧致失義方漸與匪人爲伍月之初旬暗將祖遺房契押錢百餘千以供賭博既經敗北遂匿跡於私相幷識之某氏家流連忘返夜以繼日昨爲甲偵獲除鞭責外並擬送逆爲敗子儆經親友竭力勸解始得寢息噫父兄之教不先子弟之率不謹如甲者可以知所先巳

勿貽伊戚　○天下無不媳之女即無不女之媳而世人通病於女則無不愛於媳實無或愛以致家庭之間變端百出矣據聞河北窰窪張某中郎有女愛若掌珠而於子媳則吹毛求疵動輒得咎該媳某氏以相形見絀遂有死之心無生之志昨夜乘夫睡熟竟以線帶爲畢命具一經投繯未免稍有動靜夫爲驚覺當即拯救得慶更生險成命案寄語世之爲翁姑者勿但知愛女而不知愛媳致生不測

貨客講和　○本埠脚行其良善者固不乏人而混混積習未除滋生事端不勝僂指大紅橋脚行某甲尤爲彰明較著日前在北營門外二道橋因上雜貨與船主某乙口角用武隨喝黨羽將乙毆傷甚重乙擬赴有司控告經貨客某丙煩人調處並出資擺席見面事遂寢息

聞風遠颺　○三間房脚行張某向與藥王廟後脚行羣毆用砲炸傷曾紀昨報茲聞曹某傷亦甚重兩造均擡赴縣署控告蒙邑尊派差嚴拿藥王廟後劉某劉聞風於昨夜逃匿矣

鮮貨船沉　○運河沿某村梁某舟子也日前裝載鮮貨來津以備中秋節售賣行距楊柳青三里許大梁庄地方掩奄茲方疑停船炊爨忽覺全船下沈梁憶某艙滲漏急令傍人查驗鮮貨積已滿一時未便塞堵措手不及當即沉沒幸該處泊船赶緊拯救未至淹斃一人翌日起運貨物而瓜菓皆糜爛不堪矣

盟會駭聞　○寶山縣流氓顧雲亭朱阿新王海林沈硯卿王大茂周妙二談鶴祥姚琴甫談毛毛談聚寶嚴妙生瞿士全王銀甫王全寶王毛毛王金甫吳阿至王全法候和尚張子良朱桂林張懇炎張吉仁張晋升張政春王樂法沈寶慶顧玉山沈順元嚴桂宮王小毛王兆林嚴叙法張小弟張賢賢周松松等三十六人於上月初八日夜半時備辦香燭三牲在天通港拜會結盟誓同生死初三日復備酒暢飲各以闊帶一條爲號事爲邑尊沈大令訪聞當即飭差協同地保按名拘拿以免貽害地方想一經獲案律有明條必難輕恕也

胡匪猖狂　○東三省胡匪搶刼人口勒限以銀錢取贖名曰綁票明目張膽毫無忌憚惟吉林爲最奉省則山溝中間或有之然未有距城不遠而綁票之案層見疊出者詎知近來牛莊城東一帶屢遭其害錦州地面亦復時有所聞居民行旅皆惴惴然有虎尾春冰之慮說者謂捕務不振有以致此爲民上者曷不急爲籌防耶

棉花奇種　○法國博學報載有英國人名亞陶而夫基兒者於西一千八百九十二年十一月二十號在亞非利加洲之光[illegible]

地方離赤道之南二十餘里間瀕海一千六百里見有棉樹一株高六邁源無枝而有葉葉式如無花果一般結實在枝葉間根大而直皮粗而毛捫而有刺花開在黑夜間其式頗圓雨不易滲入然採摘極便不甚費力詢諸土人皆莫識其爲何用也於是摘取其子饋與美國農夫試爲栽種及其抽牙發葉則異常暢茂同是種六畝地而此棉花囊極厚花子極小所出棉花約多六成其人欣感無已謂如此棉種實爲從來所未有迄今獲利遠邁凡種倫遍五大洲皆得栽此奇種則棉花豐盛衣被羣黎其有裨於國計民生者夫豈有涯涘也哉

光緒二十四年八月十四日京報全錄

宮門抄〇八月十四日刑部　大理寺　廂藍旗値日　無引見　詹事府通政司大理寺鴻臚寺謝照常辦事恩　慶王假滿請安　榮中堂謝在軍機大臣上行走　恩　裕祿謝授直隸總督　恩　濂貝勒等各謝署缺　恩　善耆謝管小五處　恩　鄂芳謝授四川重慶府知府　恩　大額駙續假五日　錫公續假十日　錫光請假十日　栢英續假二十日　召見軍機　裕祿　鄂芳

〇〇頭品頂戴河南巡撫臣劉樹堂跪　奏爲遵　旨兼辦河南河工謹將接辦後籌議情形恭摺具陳仰祈　聖鑒事竊臣於光緒二十四年七月十四日欽奉　電諭現在東河在山東境內者已隸山東巡撫管理祇河南河工由河督專辦今昔情形確有不同東河總督事宜卽當併河南巡撫兼辦等因欽此又於十六日欽奉　電諭河南河工已併歸巡撫兼辦劉樹堂責無旁貸着將接辦情形先行電奏等因欽此臣於接辦後當卽電請總理衙門代奏並聲明事關裁撤歸並電奏恐難詳晰容俟另摺縷陳等因在案竊惟河督衙門公事牽涉兩省當此裁併之初必將兩省牽涉之處先與清釐分晰彼此乃不至糾紛臣連日詳查舊卷體察情形籌議粗有端緒除山東運河前已電奏請歸山東巡撫兼管外所有接辦後應辦事宜約有數端請爲我　皇上詳晰陳之一山東河督衙門額設標將弁員缺請就近歸山東撫臣酌量辦理也河督既裁則督標額設副將以下等員弁其無防汛之責者似應以體裁撤河督衙門本在山東濟甯州城內標下各員弁亦俱留該處供差應由山東撫臣就近查明省標實缺各員有無防汛之責分別辦理其餘河標左右及城守黃運各營凡在山東境內請併歸山東撫臣主政其在豫省之懷豫二河營歸臣主政一河東總督關防由臣恭繳查銷其督署敬存欽頒之　王命旗牌及舊有文卷亦請就近歸山東撫臣查明分別辦理也臣於接辦之日卽准東河督臣任道鎔將東河總督關防隨同文卷一併齎交前來當卽接收封固具文送部查銷其　王命旗牌等件據稱敬存濟甯本署應由山東撫臣查明恭繳至河工文卷存於濟署者居多臣已咨商山東撫臣委員逐一檢查凡係山東河工公事剔出留存係河南河工公事卽咨送來豫以備查考一東河需次人員擬請查照兩省之缺分多寡有無分別令歸山東河南候補也查東河候補人員係兼補山東河南兩省之缺現既將河南河工併歸巡撫兼辦已與山東區分爲二項需次人員自應分歸兩省候補擬咨商山東撫臣查明兩省缺分候補班次就某省某班缺分之多寡區分某省某班候補之人數俾昭公允至閘官一項豫省所無惟運河始有此缺外尙有未入一班豫省河工實無可補之缺應一並咨送山東敘補以昭核實一查明河南山東兩省例應迴避本省人員分別令其迴避也查東河候補人員多有籍隸山東河南者向章籍山東者不補山東之缺籍河南者不補河南之缺現議查明各班候補分歸兩省應先儘此項例應迴避人員先行分別迴避俾免向隅已由臣咨商山東撫臣辦理一請嗣後分發河工人員分東河者專發往山東另分河南河工爲豫河也查河南河工現歸巡撫兼辦山東運河已由臣奏請歸山東撫臣兼東河兩省已分爲二將來掣籤指省各項分發人員自不得仍用東河名目擬請仿照南河北河之例將東河名目專指山東另分河南河工爲豫河以示區別一河工一切應辦事宜請仍按照舊章辦理也查豫省河工自前河臣許振褘改章以後工款皆能核實是以歲慶安瀾任道鎔接任以後力求撙節每年均有盈餘臣擬一切仍照向章辦理於工程則更求核實於款項則再求撙節以仰副　聖主慎重河工力戒虛糜之至意其河督衙門公事現既併歸臣署兼辦除酌留辦公書吏數名外其餘則應裁者裁應併者併查許振褘原奏各衙門公費係出於常年額款之中未便區分但浮費既減則額款不增而增實於工程庫款有裨益微臣受　恩深重値此籌款維艱倘能庫款多節省一分卽於微臣之心力亦稍盡一分第接辦之初殊難懸計應俟辦理一年以後察核情形實能節出款項若干再行據實呈報除將未盡事宜隨時　奏明辦理並分咨呈照外所有接辦河務後籌議情形

是否有當理合恭摺具陳伏乞 皇上聖鑒 訓示謹 奏奉 硃批該部議奏欽此

○○孫家鼐等片 再順天設立中學堂處所初擬卽由金台書院量爲擴充無如地處湫隘講舍無多不敷棲止現所裁各衙門亦屬院宇寥寥難期合用查地安門外兵將局有鈔產官房一所屋舍寬敞堪敷學生下帷之地可否請 旨飭下內務府將該處官房撥給順天府作爲首善中學堂之用以便揀選士子進堂肄業理合附片具陳伏乞 聖鑒謹 奏奉 旨已錄

○○恭壽片 再調署江油縣知縣桂秀年滿遺缺查有鑾山縣知縣朱言詩堪以調署該員任內並無經徵錢糧未完展參及承緝盜刦已起四參案件據藩臬兩司會詳請奏前來除批飭檄委外理合附片具陳伏乞 聖鑒謹 奏奉 硃批吏部知道欽此

昨天福茶園併各戲館登報演唱左公平西新戲系官軍戡定番回故事其中褒貶不無過當予等恐有循名不核實之徒見有回民粧拌必致妄起衅端況地近華洋交涉之處猶爲可慮因婉懇 貴園班主人停演此戲以消未萌之患 貴園班諸公深明大義慨爲允諾併許明永久停演予等無可稱謝急登報章以聲謝好義之極云　清眞寺執事人等公啓

頃接山左友人郝希孔兄來信據云東省水災久爲昭著惟今歲黃河決口已知八處災情大異往年澤國之區二十餘州縣計 高苑 博興 樂安 齊東 新城 蒲台 利津 濱州 章邱 歷城 齊河 德平 禹城 肥城 東阿 范縣 平陰 壽張 陽穀 東平 汶上此二十餘處居民廬舍墳墓盡行漂沒其災民數百萬嗷饑號寒無所歸貲思及存無餬口沒無餘地令人傷痛無已現在雖經 大憲多方賑救無奈欵項奇絀惠難均霑此等時光若能措欵來賑而功德實屬無量云云查本年東魯水災誠甚於昔年無如僕等自庚寅順直被水連年籌辦義賑勸捐一節早成努末徒喚奈何惟望將郝君來函登諸報章以供 衆覽伏望大善仁人君子慨發慈念往賑災黎則功德不可言量矣僕等不禁爲億兆待斃生靈馨香祝之　津門義賑同人具

施救吞烟 白鴨血及人糞汁皆爲救吞鴉片妙方爲其吐耳然效與不效或未可必茲上洋白藥粉專救吞烟經驗多人萬無一失法用白藥粉一劑加熱水一碗沖藥溫服服畢以二人扶之行走不住卽易吐出若遲至半刻不吐再服一劑不吐仍卽再服一劑總以吐淨鴉片毒爲度吐後多飲清水仍令一吐再吐至所吐之水澄清無汚其毒乃盡可慶更生切不可用煤油醬油等方誤灌致傷性命如吞烟後一時取藥不及先以食鹽三錢攪冷水碗許灌入暫殺其毒以待藥至卽急灌救如吞烟歷時甚久昏迷欲睡此係烟毒已發恐一吐猶未能盡淨必須一人扶之行走另着人用竹竿打其兩腿皮肉務使知痛驚醒終夜不睡睡則難保無虞矣此藥西頭流水溝西河沿益興成糧棧聚豐恆糧店河東十字街西存仁堂樂局中義當東愼修堂閻宅均爲施送合併錄報使遇此事者就近救急 諸君子如欲購捨此粉上海大馬路科發藥房及津郡老德記等大藥房均有價亦甚廉豫備不虞古之善道願我同人勿以小善而不爲也　同人公啓

新開 元隆號綢緞洋貨莊

自去歲四月初旬開張以來蒙 各主顧垂盼雲集馳名日盛本號特由蘇杭等處加意揀選名機新鮮貨色零整銀價俱照大莊行市公平發售以昭久遠此白

寄賣龍井雨前素茶福建皮絲水烟各種眞料大小皮箱

開設天津府北門外估衣街中路北門面便是

元茂機器磚瓦公司

本公司仿照西法燒作磚瓦專屬創舉曾經通稟在案該貨堅固異常價値從減並各樣印花磚瓦俱全 賜顧者請至海大道新興南里內本公司面議可也　特此謹啓

魁陞號綢緞洋貨莊

本號自置顧繡綢緞洋貨等物整零均按銀莊格外公道皆比大市價廉發售 寄賣各種眞料大小皮箱漢口水烟袋各種眼鏡龍井雨前紅茶梗 寓天津北門外估衣街五彩號衚衕口坐北向南 士商賜顧者請認本號招牌特此謹啓

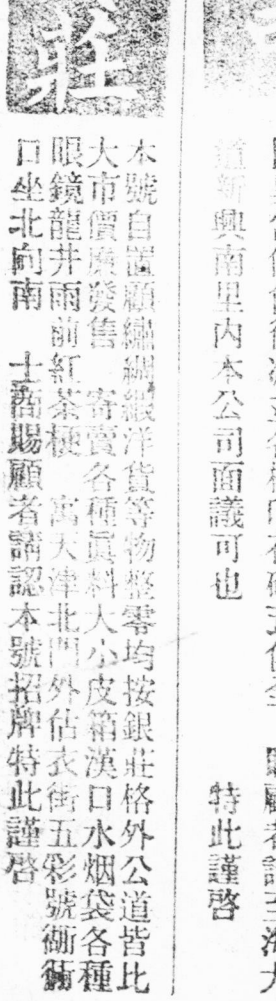

代辦各種機器告白

敬啓者余自去歲代辦各種機器業蒙紳商賜顧並無遲悞今又向英國著名大廠代辦各樣紡紗織布造磚炸毛等機器以及各行應用各樣機器零星物件定日交貨不能遲悞如貴行包辦常年機器人工煤料或安設各樣機器價值格外相宜如蒙貴官紳商購買者請至英新租界福仙永茶園看圖面訂可也特此佈聞

寗子卿謹白

論義快覽

功令改試經義論策新章初立學者苦無佳本本齋舊藏兩田史論兩冊世鮮藏本近因同人多來假抄幾有日不暇給之勢爰亟印行以公同好在天津文美齋寄售並各書坊分賣本齋又輯有經義導先集二本皆從前人各文集中廣爲搜羅採擇成帙而以四書精義揭要付其後亦即日印出由文美齋付售

竹素齋主人白

改科欣賞集

啓者自考試改爲論策經書義新章甫定學者苦無佳本本齋精選各書院課藝及他方郵寄□編四種皆備先排印兩卷以公同好名曰改科欣賞集□□處東門外襪子衚衕王宅並於東門內二道街路北水鋪旁陳宅內寓本齋發莊寄售處同文書局文美齋嫏嬛書莊寶森堂萃文魁瑞芝閣及各書坊早於八月初五日出書願購者請先睹爲快

澄思齋主人啓

告白

敬啓者茲因自蓋三層鴻春大樓開設番菜館以來生意稍佳奈因福仙戲園關閉不開兼之敝號生意寥寥故今敝東公議欲將小號出兌出賃均可任便所有店內一切各樣家具等件一併按單點交不悞有願兌賃者務速先後臨敝號面議以免先後自誤可也特此佈聞

海大道鴻春樓主人謹白

天后宮北 義興順綢緞莊

本莊自置顧繡綢緞綾羅紗絹哈喇大呢羽綾羽毛各樣花素洋布南貨雜扇杜用頭油香粉胰皂點安貝松泉湖筆一概俱全

頭號杭甯綢
頭號寧本緞
紅梅茶 每斤 九百六
紅茶 六百四
紅茶梗 二百二
龍井茶 一吊八
金百蠲
壽綿褡布禮每套五兩八
雜色金刀絨每尺五錢五

京都 內全盛

本店由京都移來專做全盛齋全樣鑲絨鞋亦有全樣布緞鞋各樣扎拉鎖綫扣鑲花鞋材料與衆不同樣式各外另有貢傳本店今有新添寄賣各樣旗鞋扎花坤鞋亦有鑲花坤靴一應俱全所設在天津府帶河門外樂壺洞北口巷內路北準仕商賜顧者詳認本店字號便是貨眞價實言不二價不悞主顧

本店謹啓

告白

浙紹朱鈍翁先生術嫻心細游津十年屢臨重症均各穩慎近治勞癆膏淋霍亂瘡羅瘵並婦科產後小兒喉癰俱喜同春久寓衚勒菴

告白

茲因錦衣衛橋正骨科蘇靜軒三先生令孫名蔭棠字子甘少大先生承授家傳跌打損傷接骨等症分此在侯家后歸買胡同太山菴西開設永生堂藥店自置藥材丸散俱全並家傳筋骨疼痛風寒膏藥蜜藥專治舒筋活血止疼丸散膏丹門診過午不候並施藥

同人公啓

新式四種

鹽山崔蘭溪孝廉著博通齋論義一書機圓法密議論宏通詢可爲後學之津梁也工料每本三伯六購取請到天津北門內天津府署東大街各報總處紫氣堂出售

四知齋主人白

告白

靜致盧八月初一日會課陸沛郁都戎宜贈紫豪筆二十枝龍鳳墨二十錠延齡舒徵太守贈詩戩二十合張勛伯太令廣建贈石印書五種

本盧主人登報

出售天津各種新書

大發行

四書五經義式續集每部津價六百四　八面鋒　四書五經義史論初學入門
四書義彙編　改科欣賞集上下本內附經義策論　經義導先集上下本
博通齋論義　舟車便閱小本經義　兩漢史論　兩田史論上下本　義論正
軌　歷代史事精論附五大洲時務新策部四本　勸學篇　王蓮西字楷　天
津古文所見錄　天津古詩　唐炎厚法　隋董美人志係隋朝古碑出土附
石印是整法也　又接來亞歷代史論　東萊博議　史略　中西時務要領
中外大略時務要書　洋務備考　續九朝東華錄　中國兵略指掌　八大家
中日始末記　中日戰韓附六圖　中東戰紀本末全集　中東戰紀續編
日本書目志　普法戰紀　德國軍制　管礮法程　列國陸軍制　美法水師致
萬國公法　萬國總說　萬國藥方　萬國史記　萬國公報丁酉年共全　中
國電報新編　并字譜　華英食譜　餘者各書各報不及全錄惟有經濟叢鈔一
書尙未接到不久來津再聲告白本津新出各書本堂分售紫竹林天福茶園對
門恒裕誠玻璃店就近向該處購取可也物新價廉

天津各報總處紫氣堂啓

光緒二十四年八月十六日
直報
第七版
二八七五

紫竹林法租界
三義飯店

本店專做英法葷素大菜並由外洋自運各國上品洋酒各色異味點心罐頭鮮菓食物等類一應俱全本[illegible]樓工程告竣房間寬闊夕時均用氣燈明亮異常仕商光顧者或携貴眷另有雅室亦足稱暢叙幽情矣擇於六月十七日開張至期請即駕臨賜顧是荷

本主人謹啓

天福茶園

特請上洋新到

頭等名角

八月十七日晚准演

李長奎

盜宗卷

啓者本園不惜重資新排左公平西一戲本擬擇日開演近因三教親友再再以不致意爲妙並此戲本園不能非本園祈觀開演仕商諸公戲之諒

本園主人謹啓

福仙永茶園

新排連本

九美奪夫

此戲出在明朝成化年間胡大海八代子孫胡必松義勇忠正文武雙全在八仙院打死國舅嚴世雄聖上降旨拿獲滿門家眷服毒盡忠身死胡必松一人逃走路遇九美許多折磨內有忠臣孝子義夫節婦山王草寇幫助保護招兵報仇許多奇文此戲二十四本暫時先排八本士商臨期賞鑒閱觀

擇日開演

福仙永茶園

聘請上洋初次新到

頭等花旦

小萬盞燈

擇日開演

三井洋行分莊
告白

啟者日本商始創貿易爲業數拾年以來今分莊開設北門外鍋店街沈家衚衕口對過專選精工料實東洋棉紗各等時式大小疋棉布粗洋布斜紋洋標等格外公道價亦從廉凡仕商賜顧者請至分莊面議可也特此佈聞

三井本莊主人啟

海利鐘表洋行

啓者本行自上海分設天津紫竹林法租界良濟藥房對過女成衣飯店一號二號房內自製新式鐘表金銀表金表練各樣新式大小說話機器耳鳴機器金戒指金鋼石戒指大小洋鏡各樣新貨一應俱全貨好價廉格外公道在此住兩三個月後另造樓房批發諸公光顧請早駕臨海利洋行謹啓

戊戌年八月十六日禮拜六

名醫過津

前辦東海關官醫局嚴備九二尹鳳藻日前隨嵩武軍統領孫紹襄軍門到津寓紫竹林春元棧小住數日即赴小站新建陸軍將來能留寓津門則七十二沽中抱采薪憂者當受惠不淺矣

同人仝啓

紫竹林
第一樓番菜館

本號專作英法大菜各色精細點心各樣洋酒洋貨等物一應俱全並售

上　八百
上　紅茶每斤津錢　一千
六百

又批發茂生公司鐵海紙烟零整發售價值格外公道原箱計一百盒價洋一百四十四元每盒計五百支洋一元五角凡仕商賜顧請即駕臨是荷風雨勿阻

主人謹白

減價

今有友人自辦陝西老土每兩津錢五百文新到梁州土每兩津錢五百六十文如蒙賜顧者請到東門內聚隆成寄售

同仁南書
文記紙局

本局自印耕香館畫譜每部價洋二元專辦各種石印書籍精選加高南紙項細雅扇格外價廉廣天津東門外襪子衚衕本局啓

本局謹啓

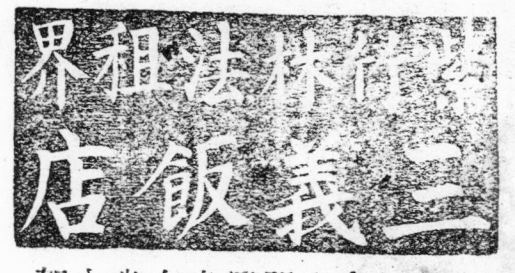

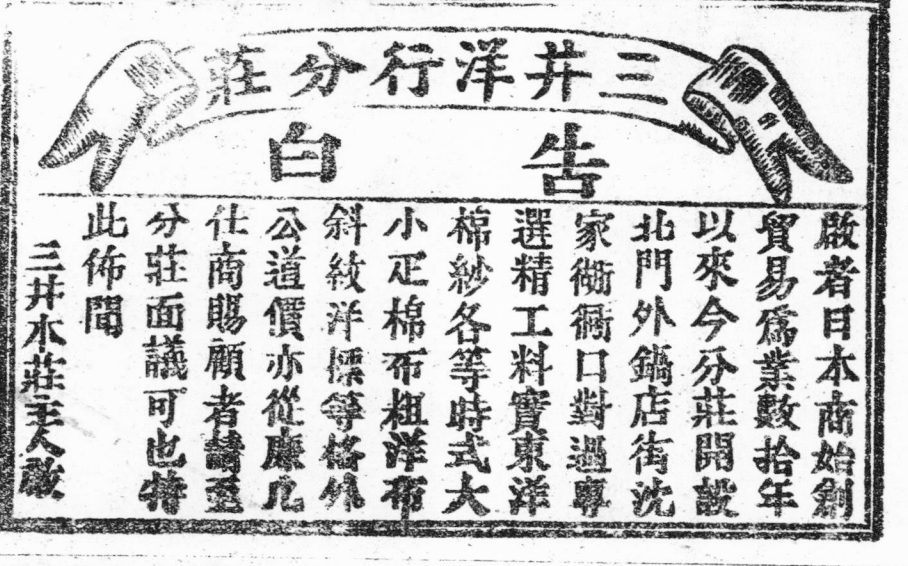

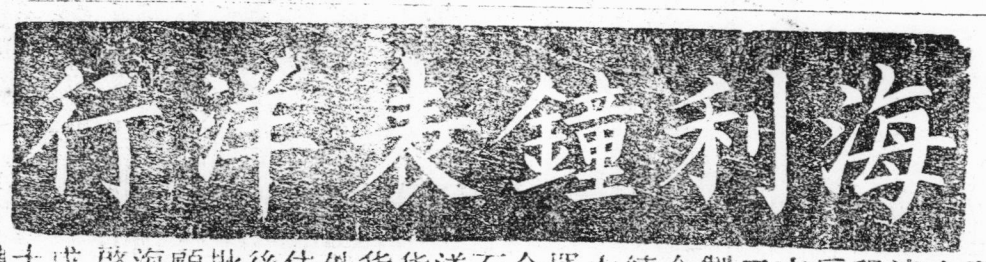

八月十八日出口輪船　禮拜一
新裕　輪船往上海　招商局
新濟　輪船往上海　招商局
泰順　輪船往上海　招商局
西平　輪船往上海　礦務局

八月十六日銀洋行情
天津通行九七六錢
銀盤二千三百五十八
洋錢一千六百五十文
紫竹林通行九六錢
銀盤二千三百八十八
洋錢一千六百八十文
洋錢行市七錢一分

直報

本館開設天津紫竹林海大道老菜市氣燈房巷內

光緒二十四年八月十七日　第一千百九十二號
西歷一千八百九十八年十月初二日　禮拜日

上諭恭錄

上諭都察院左都御史著懷塔布補授並補授總管內務府大臣欽此

僞學誤國判　續前稿

民之生也與亂俱生如雲從龍龍起處卽雲起處雲與龍俱起亂與民俱起自起而不能自已雲龍遇狂風則大變民亂遇僞學則大亂亦若大亂未生先生僞學以作亂大亂既生始生眞學以已亂似天生凡民若無心天生聖賢若有心者非有心也無疾風不識勁草無僞學不見眞學耳生民大患洪水後繼以賊虐匹夫匹婦若推溝中忍與日偕亡不得聖賢起畎畝堯舜其民禽獸夷狄相率食人聖賢佐戎衣兼夷驅獸以甯民人倫變起弒父弒君聖賢筆削褒貶以懼亂賊使其罪萬世莫逃處士橫議爲我兼愛又相將爲無父無君乎其權而近於禽獸聖賢復距楊墨以正人心前後千數百年伊去周來孔歿孟出蓋以聖賢眞學心傳其法不可一日無故不在於上必在於下其人要不可尋常得故治日恒少而亂日恒多溯其亂由上欺君下虐民大抵皆自作僞始惟是古今以來聖賢不識奸雄僞心則用不神奸雄不識聖賢眞心則術不巧伊尹當典型顚覆周公當家室飄搖思大權倘一旁落而湯之孫武之子勢將有所大不利故甯干國紀以神厥用不得已乃放桐負扆以保殷周春秋來時事愈艱持危愈苦中肩孺葛天子已無征出次陽州諸侯亦無討三綱淪九法繹苟無神術以爲繼萬世將不知王法宗邦已禍起蕭牆觀孔子以淸議斥舞佾刺歌雍稱林放以例泰山罪冉求而警季氏一經攝相遽誅聞人而衆不知突郤萊兵而敵不料卽他日退居林下猶且沐浴朝哀公請討陳恒剪三子聲勢於無形止代顓臾固宗邦脣齒於不覺而三家遂不敢暗干孰非卽以其人之術還制其人之術歟至修魯史存袞鉞猶其顯焉者也以逮戰國七雄並出殺人盈野殺人盈城愼到田駢外儀衍輩縱橫游說陳相時子更恃舌戰亂眞學設非孟子以善辯持其變則伊周孔孟眞學漢唐已早失傳何俟今日嗚乎自伊周孔孟以眞學持變局而僞學從此大開矣彼治僞學者方抱其雄猜陰狠恨覬覦之莫由適見伊周孔孟開此行權一術爰得明目張膽藉爲口實肆無忌憚而大逆不道作奸犯科結黨類以不時釁起奸臣則謬託伊周左道則妄稱孔孟陰謀不軌植黨營私冀一手盡掩天下目代有其人史册相望究之古今只論成敗賢奸惟判心期不惟其始惟其終不惟其事惟其志有伊周之志爲伊周之事則可無伊周之志爲伊周之事則篡有孔孟之志爲孔孟之事則可無孔孟之志爲孔孟之事則僭不謂陵夷至今而尤有異

也今有南海先生者挐或以孔孟相推彼且謂孔孟不足爲也問其居鄉入稱健訟及列賢書登仕版名愈震勢愈張以鼓簧竦上聽邀
天眷自謂伊周亦不足爲矣弟子繁有徒望門牆者往往奉兼金不得入朝登龍門則夕隸樞要自是權傾中外將不知其伊於胡底
也茲竊預擬其判曰南海某某者等盆城科爲殺才繼呂留良成僞學生而奇異譽少循良爲工揣摩幸博科舉私立名字廣召生徒冀
以蓋世僞名濟其未形奇禍造作言語竦動當途濫邀荐章干謁樞秘爰賄通夫閹寺爲潛伺於　宮闈溷爲藥石之呈幾類鴆毒之獻
謬云小效遂竊大權不料君以臣爲手足臣不以君爲腹心揆厥情形幾類恩將仇報測其隱秘乃知人係漢奸由是讒謗端人剪除異
己既成貝錦之黨復假虎狼之威九天　明聖視之不如奕棋萬姓　重慈忌之逆謀牽制於伊周間別開生面擬孔孟上更出一頭
僞也誕也僭也抑將以謀簒作亂耶數其罪擢髮難明誅其心一言可蔽曰僞而已矣情理實不能容神人莫不共憤假令遂其狡獪地
已無皮所望燭厥邪魔　天當有眼願請上方之劍斬他奸佞之頭翹俟傳首以快衆心此判
前數月僞學繁興本館卽撰有答與亞問暨公法具在二則登諸報牘其時斯判實已繼成因康犯罪名未奉　明詔未敢妄登茲特
補錄呈　政於知其事者並以戒羨豔僞學者云耳

愼重軍機　○軍機處本爲辦理樞密承寫密旨地方理宜嚴肅凡軍機大臣傳述　諭旨令章京繕寫均不應稍有漏洩現因
整頓之際倘有以囘事爲名探聽消息摺稿未達於宮廷新聞早傳於街市互相談論信口批評者實非政體現復嚴定章程以昭法守
至軍機辦事之處不准閒人窺覘倘有前項情事立卽嚴拏懲辦

吃虧不小　○本年秋季各部院衙門官員所領俸銀每十兩重銀課內皆有灌銅鉛情事京員受此暗虧者不可枚舉想係奸
商所爲抑或經管者施其伎倆耶似此巧騙之徒不難破獲矣

風不可長　○日前西便門城根地方宣武門內舊刑部街地方皆有西人或乘馬或步行均經無知匪徒聚衆毆辱稟報總署
箚飭步軍統領衙門嚴拏匪徒懲辦並出示曉諭嚴禁在案今聞八月十五日前門外東交民巷有某西國人乘脚踏車徐徐而行忽來
匪人上前批其一掌該西人正要向前揪扭忽有行路華人聚而相毆該西人寡不敵衆赴總署追究正在箚飭嚴拏之際又聞永定門
內天橋地方有某西國男婦乘車遊行經匪徒聚衆將其人毆傷甚至聚有數百人之多一鬨而散該西人赴珠市口官廳控究輦轂之
下竟有欺辱遠人一日再見之事諒總署必當嚴拏懲辦以儆將來也

光華後旦　○前任禮部尚書懷紹先大宗伯塔布現蒙簡放都察院左副都御史次晨趨朝謝　恩至許應騤傳廷楚岫曾廣
漢諸公諒光復亦當不遠

逆案紀餘　○日前所斬官犯林旭聞悉係某名臣之孫所斬楊深家有一妾痛夫情切於十四日乘間自縊身死已斬官犯譚
嗣同原因來京引　見聞保國會將來可圖上進於是由某號借銀三千數百金報効康有爲入其黨中爲日無幾事經發覺正典刑其
鄉誼皆咎其躁進應罹此禍按康有爲立會招搖必收捐欵得貲甚鉅雖已潛逃似此悖逆巨魁卽萬一脫卻法譴恐陰律難逃也官犯
張蔭桓前經奉　旨發往新疆今經刑部於八月十五日解交兵部起解派撥營兵押解頭站交蘆溝橋鞏濟營看管二站解交涿州按
站遞解中秋佳節縲絏在身回思翎頂輝煌當亦怦然心動乎

督轅門抄　○八月十六日晚護督憲袁大人見　統領盛軍呂大人本元　陸軍步隊龔大人元友　馬隊任大人永清　又
營務處候補同知馮國璋　又中書王英楷　統領毅軍宋得勝　候選府李作霖　俄領事書恩齊　又副領事格羅思　十七日見
海關道李大人　候補道吳大人廷斌　候補同知戴緒适　候補州朱成衍　靜海縣程恩中　記名提督邵復勝　鄭才盛　萬翔
麟　總兵郭學海

接篆預聞　○前聞裕壽帥有十九日請訓二十日來津之說茲聞官場傳云昨得京電壽帥於二十一日接篆慰帥得電卽傳
知預備一二日內均要整齊云

移署辦公　○欽差練兵大臣護理直隸總督袁慰帥因督前任赴京移運物件後任不日到津署中應修飾佈置是以憲節於

十六日早傳諭移至集賢書院會客辦公云

保陽官電　○昨晚由省來電云大名府呂太守積鎣天津府榮太守鍾均飭赴本任靜海以程大令恩中署李大令振鵬飭赴灤州新任諒日內即有牌示到矣

呼天以籲　○具禀靜海縣南泊九十二村職員田繩武劉蔭亭岳景銘邊長慶袁萬杰楊逢春等　禀爲賄縱嫁禍慣扒官堤懇　恩憲鑒察情僞賜札委道憲親訊令原派委廉就近將首要各犯提郡研鞫究懲以防袒護而警將來事竊查子牙河東隄修築以來河間大城青靜等縣綿長百數十里向由　天津道憲　水利局憲設法籌辦及歷年堵築楊家口等處東隄決口上年改修近堤並本年培修均無不仰蒙　憲恩派委發款辦理各在案至職縣東隄今春已蒙本縣天籌請款項擇要加修伏汛之時又曾派差集夫晝夜防護是以一律堅固共保無虞職等九十餘村秋成大有所望不意子牙河西岸大城縣屬辛家莊等村張海觀等只顧伊等河套私埝有謀扒東隄信息職等因與楊家口一隄利害相連時際搶險隨帶民夫前往未分畛域加意防範之間果於七月初八日初更時見多人往來其間經村夫查知而楊家口村之上下與辛家莊對河南距二三里東隄已扒決口十三道維時就近搜捕現獲李蔭平一人其餘早爲逃遁隨問其毀隄緣由輒稱前已毀過數年今又爲張海觀等賄買奈此決口倘非張海觀等首出賄縱李蔭平等久慣毀隄而堤身若何堅固村夫若何防守何至挖開決口十三道之多以致職等南泊數十村莊水長三四五尺不等田禾稻稗盡行淹沒惜乎職等數千頃之民田竟爲張海觀等河套私埝洩水之路也伏思伊等河套向係宣洩盛漲寬流消暢之區應得一水一麥之利例不准私築土埝與水爭地前督憲業經曉諭剷深在案詎伊等抗違前示反毀官堤爲伊等獲有限之利致職等受無窮之害情何以堪惟大堤決口向蒙　上憲發款堵築有卷可查甚或借貸民力亦係本境民夫操作越境本無此例至現時職等協同堵築情形因在口岸已奉本縣天並大城縣天以請款尚需時日兩縣天暫發零費錢一百九十六吊面諭職等設法挪借購備椿料相助大城縣村民合力工作以冀速堵而保田禾竣後准請專款以償借項現已堵築決日十二道花費共用錢文核清再行呈報其未堵決口一道口門過深勢難堵合民夫已散各顧身家當經職等據情禀　本縣天會傳在案發批據禀已悉候提訊現犯李蔭平並移會大城縣嚴拏張海觀等務獲質訊究辦一面已禀請　局憲撥款速發大城縣堵築矣等示本縣天正在備文移會間接奉　憲札急將扒隄人李蔭平移解大城候訊已發委候補知縣曹委廉前往大城會問審訊明確等諭初七日　本縣天點解覆問犯人李蔭平口供扒隄屬實被張海觀等僱覓屬實李蔭平法網難逃始終堅認並未返改職等公然提訊者李蔭平與張海觀等均係大城縣人前既爲張海觀等賄買扒隄爲大城縣河套私埝洩水該犯既同伊本縣張海觀等定必賄買返供希冀逃脫其中舞弊情節更出　憲天意料之外何則被毀隄段總係坐落大城該縣村庄無幾淹害甚輕東隄之內職縣百十餘村淹害較重百倍李蔭平與張海觀等既爲大城子民雖毀隄律例森嚴又蒙發委前往而大城縣主亦未始不作父母之想姑息袒護不問可知職等冒昧之見與其發委往大會審該犯等百弊叢生何若就近復委曹委廉嚴拏首從各犯調提靜海縣原供卷宗來轅審訊以折服衆心是否該犯毀隄職等億萬生靈亦甘心忍受矣除已據情禀明　道憲　水利局憲外爲此叩乞　督憲大人　恩准電鑒察情僞賜札委道憲親訊會原派委廉就近將首要各犯提郡研鞫究懲以防袒護而警將來則公候萬代矣上呈

拐有主名　○某甲齊人也僑寓本埠南門外娶婦劉氏於本月十一日被李姓婦誘拐匿於他處甲控於保甲限李三日交還本夫詎現已五日尚未交案想局員公正廉明必不容其玩延也

落河事結　○前報吳姓子在小鹽店擺渡挑水失脚落河茲聞吳欲控擺渡人有好事者出爲理處令擺渡出資棺殮吳始首肯豈渡夫有落河不救之事乎抑吳借屍訛詐耶

偸木被獲　○海防公所改修　行宮所有欽工灰土木料堆積如山昨夜有偸竊木料者四人經巡更夫窺見喝令同人扭獲黎明禀請該管送縣懲辦云

南來新貨　○連陞輪船載貨計茶葉二千四百三十三箱磚茶二千六百二十九箱烟土二包綢子四疋洋布九百九十八疋

土布十五疋雜貨二十六件共七千一百零七件○和生輪船載貨計洋布五百五十八疋烏烟十五件竹也一千五百零九捆茶葉二二千零三十三箱磚茶二千六百廿一箱麥粉一百七十五包長板四十八塊松板十八塊條鐵十五根大木三十八塊雜貨五百六十十八件紙頭八百六十三塊桶板八塊神紙二百四十二塊紙邊一百五十二塊茶樣一包鐵釘一百二十五根共九千一百二十四件

創造藥局　○湖廣總督張香帥自督鄂以來舉凡鐵政槍砲織布紡紗蠶桑湖絲等局廳以及文則兩湖書院武則自强武備各學堂莫不次第興修欒觀厥成求之近日督撫中實覺有一無二乃聞香帥日前又委幹員至漢陽城西之梅子山丈量基地修造無烟火藥局一所有飭令卽日庀材鳩工以期速成之語並聞已將善製無烟火藥之洋工師聘請在鄂而機器亦早由外洋運到祇待藥局落成卽可尅日開造矣

光緒二十四年八月十五日京報全錄

宮門抄○八月十五日工部鴻臚寺　八旗兩翼值日　無引　見　榮中堂等各謝調授缺　恩　熙公由白龍潭回京請　安　裕德謝授理藩院尚書　恩　鳳鳴假滿請　安　克王續假五日　良培請假十日　召見軍機

○○翰林院編修河南學政臣朱福先跪　奏爲小試章程應歸畫一恭摺仰祈　聖鑒事竊臣於六月二十八日接奉禮部文開欽奉諭旨張之洞陳寶箴奏請飭妥議科舉新章一摺着照所擬鄉試仍定爲三場第一場試中國史事國朝政治論五道第二場試時務策五道專問五洲各國之政專門之藝第三場試四書義兩篇五經義一篇頭場按中額十倍錄取取者方許試次場每場發榜一次三場完竣如額取中其學政歲科兩考生童亦以此例推之先試經古一場專以史論時務策發題正場試四書義五經義各一篇禮部卽通行各省一體遵照欽此又於七月十三日接奉禮部文開議覆湖廣總督張之洞等奏請　飭妥議科場新章各摺片於光緒二十四年七月初二日具奏奉　旨依議欽此相應刋刻原摺片箚知遵照辦理等因奉此臣恭繹　旨學政歲科兩試亦以鄉會試例推之照例分場去取又經古一場專以史論時務策命題似無庸再試詩賦云按部章策論一場願考與否各聽其便其詞章仍准兼試惟不得以此爲重生員優等童生取進先儘曾試策論場者如此則策論一場勢必人人應試而四書義經義又爲生童正場是生童兩試皆屬正場人數稍多日期卽須寬展且策論一場並不先行發案似於分場去取之意亦不相符擬請將歲科生童兩試分作兩場第一場試以史論時務策各一道照進額三倍錄取第二場試以四書義經義各一篇如額取進或酌加提覆一場以昭愼重首場錄取者始准試次場生員首場錄取者作爲優等其餘仍照向章作爲二等三等毋庸再試次場其生員科考次場仍照湖廣督臣張之洞原議試以四書義經義各一篇以免荒經之弊小試爲鄉會試之初基章程必須畫一士子所習有常自必易於興起至四書義體裁不可不正向來考試每割裂書句命題原以杜鈔襲之弊云命題既須平正剽竊陳文勢所不免按部章云叅取講義經說之意則當除去破承起講八股名目部章又云許其引徵史事博考羣書則不得再述口氣竊惟近來八股之文疊牀架屋重複支離最爲陋習而後生小子擫管爲文輒作聖賢語氣前人以爲侮聖傷道之尤者擬請明定章程或頒示各省使士子有所遵從而校試者亦明於棄取矣臣爲大小試章程應歸一律起見理合恭摺具陳是否有當伏乞　皇上聖鑒飭議施行謹　奏奉　硃批禮部議奏欽此

○○頭品頂戴山西巡撫臣胡聘之跪　奏爲晉省改設省會學堂擬就令德書院改設並籌撥經費以廣造就而育人材恭摺仰祈　聖鑒事竊臣前准總理衙門咨本衙門議覆御史李盛鐸奏請各省增設學堂一片奉　硃批依議欽此鈔錄原奏咨行到臣查原奏內開議令各省於省會建立學堂尅日興辦限六個月告成等因遵卽督同司道等察酌情形妥議辦法臣維學堂之與書院名異而實同均爲造就人才之地但期實力振興不在更新營建查山西省城向有令德書院專課經史性理諸學臣於光緒二十二年奏請變通書院章程兼課天算格格等學以裨實用奉　旨通行在案本年二月恭奉經濟特科之諭復與院長前御史屠仁守議添經濟門課四門曰政治時務曰農功物產曰地理兵事曰天算博藝每門分有子目令諸生各視性之所近任占一門逐日記所心得仍探本於經史性理諸書以爲經濟根柢雖於應習各種西學尚多未備然如天算博藝農功物產之類現皆分門探討不難漸窺其奧擬請卽就令德書院量加擴充改爲晉省省會學堂書院院長改爲學堂總教習再延訂精於西學一二人作爲副教習按照京師大學堂章程中西並課以

期門體達用蔚爲通才其住院各生向由學臣按試各屬拔其高等者調取入院原設肄業生五十名嗣又增博藝生四十名現擬再增三十名共一百二十名作爲定額應添學舍及副教習等所居房屋以及應行添置圖書儀器等件已飭先行籌借款項尅期動工並委員購辦將來再行募捐歸補惟查令德書院常年經費向僅四千餘兩現既改設學堂所需副教習薪膳諸生膏獎一切費用等項較前倍增必須易籌的款以備經費不敷之用擬請援照安徽湖南等省設立學堂　奏請撥款成案每年在於厘稅項下酌提銀六千兩撥入學堂俾資應用而期經久所有晉省改設省會學堂並籌撥經費緣由除分咨查照外理合恭摺具陳伏乞　皇上聖鑒訓示謹奏奉　硃批管理大學堂大臣並戶部知道欽此

昨天福茶園併各戲館登報演唱左公平西新戲系官軍戡定番回故事其中褒貶不無過當予等恐有循名不核實之徒見有回民紕拌必致妄起衅端況地近華洋交涉之處猶爲可慮因婉懇　貴園班主人停演此戲以消未萌之患　貴園班諸公深明大義慨爲允諾併許明永久停演予等無可稱謝急登報章以聲謝好義之極云

清眞寺執事人等公啓

頃接山左友人郝希孔兄來信據云東省水災久爲昭著惟今歲黃河決口已知八處灾情大異往年澤國之區二十餘州縣計　高苑　博興　樂安　齊東　新城　蒲台　利津　濱州　章邱　歷城　齊河　德平　禹城　肥城　東阿　范縣　平陰　壽張　陽穀　東平　汶上此二十餘處居民廬舍墳墓盡行漂沒其灾民數百萬啼飢號寒無所歸貲思及存無餬口沒無餘地令人傷痛無已現在雖經大憲多方賑救無奈款項奇絀惠難均霑此等時光若能措款來賑而功德實屬無量云云查本年東魯水灾誠甚於昔年無如僕等自庚寅順直被水連年籌辦義賑勸捐一節早成努末徒喚奈何惟謹將郝君來函登諸報章以供　衆覽伏望大善仁人君子慨發慈念佽賑灾黎則功德不可言量矣僕等不禁爲億兆待斃生靈馨香祝之

津門義賑同人具

施救吞烟

白鴨血及人糞汁皆爲救吞鴉片妙方爲其吐耳然效與不效或未可必茲上洋白藥粉專救吞烟經驗多人萬無一失法用白藥粉一劑加熱水一碗沖藥溫服服畢以二人扶之行走不住卽易吐出若遲至半刻不吐再服一劑不吐仍卽再服一劑總以吐淨鴉片毒爲度吐後多飲清水仍令一吐再吐至所吐之水澄清無汚其毒乃盡可慶更生切不可用煤油醬油等方誤灌致傷性命如吞烟後一時取藥不及先以食鹽三錢攪冷水碗許灌入暫殺其毒以待藥至卽急灌救如吞烟歷時甚久昏迷欲睡此係烟毒已發恐一吐猶未能盡淨必須二人扶之行走另着人用竹竿打其兩腿皮肉務使知痛驚醒終夜不睡睡則難保無虞矣此藥西頭流水溝西河沿立興成糧莊暨金華園西河沿聚豐恒糧店河東十字街西存仁堂樂局中義當東愼修堂閻宅均爲施送合併錄報使遇此事者就近救急　諸善士如欲購捨此粉上海大馬路科發藥房及津郡老德記等大藥房均有價亦甚廉豫備不虞古之善道願我同人勿以小善而不爲也

同人公啓

代辦各種機器告白

敬啓者余自去歲代辦各種機器業蒙紳商賜顧並無遲悞今又向英國着名大廠代辦各樣紡紗織布造磚炸毛等機器以及各行應用各樣機器零星物件定日交貨不能遲悞如 貴行包辦常年機器人工煤料或安設各樣機器價値格外相宜如蒙貴官紳商購買者請至英新租界藴仙永荼園看圖面訂可也特此佈聞

寗子卿謹白

論義快覽

功令改試經義論策新章初立學者苦無佳本本齋舊藏兩田史論兩册世鮮藏本近因同人多來假抄幾有日不暇給之勢爰亟印行以公同好在天津文美齋寄售並各書坊分賣本齋又輯有經義導先集二本皆從前人各文集中廣爲搜羅採擇成帙而以四書精義揭要付其後亦卽不日印出由文美齋付售

竹素齋主人白

改科欣賞集

啓者自考試改爲論策經書義新章甫定學者苦無佳本本齋精選各書院課藝及他方郵寄[illegible]稿四種皆備先排印兩卷以公同好名曰改科欣賞集總售處東門外磯子衚衕王宅并於東門内二道街路北六論旁陳宅內寓本齋發莊寄售處同文書局文美齋鄉娛書莊寶森堂萃文魁瑞芝閣及各書坊早於八月初五日出書願購者請先賭爲快

澄思齋主人啓

告白

敬啓者茲因自蓋三層鴻春大樓開設番菜館以來生意稍佳奈因福仙戲園關閉不開兼之敝號生意寥寥故今敝東公議欲將小號出兌出貨均可任便所有店內一切各樣家具等件一併按單點交不悞有愿兌賃者務速 駕臨敝號面議以免先後自誤可也特此佈聞

海大道鴻春樓主人謹白

天后宮北

義興順綢緞莊

本莊自置頭號綢緞綾羅紗絹哈喇大呢羽綾羽毛各樣花素洋布南貨雅扇桂肚頭油香粉胰皂舖安貝松泉湖筆一概俱全

貨名	價
頭號杭甯綢	
頭號摹本緞	
紅梅茶 每斤	九百六
紅茶 每斤	六百四
紅茶梗 每斤	二百二
龍井茶 每斤	一吊八
金百 / 壽綿瀫錯布裡每套	五兩八
雜色金刀絨每尺	五錢五

新開 天吉齋京靴店

本店開設天津府東門外天后宮前路北門面二間本號專辦京莊上上材料專做京都滿漢朝靴各款鑲繡插鎖全式名鞋一應俱全貨高價廉 士商賜顧者請認明本號招牌庶不致悞 本店擇於七月十三日開張

本號特白

告白

浙紹朱鈍翁先生術嫺心細游津十年屢臨重症均各穩愼近治勞瘧膏淋霍亂瘡羅痧並婦科產後小兒喉癱俱喜固春久寓彌勒菴

告白

茲因錦衣衛橋正骨科蘇靜軒三先生令孫名蔭棠字子甘少大先生承授家傳跌打損傷接骨等症分此在侯家后歸賈胡同太山菴西開設永生堂藥店自置藥材丸散俱全並家傳筋骨疼痛風寒膏藥蜜藥專治舒筋活血止疼丸敝膏戶門診過午不候並施敷藥

同人公啓

拍賣告白

啓者本月十八日卽禮拜一下午兩點鐘在太古洋行內拍賣紅梅茶七箱香水胰子一百箱如欲貨者請早來細看面拍可也特此佈聞

集盛洋行謹啓

拍賣告白

啓者本月十九日卽禮拜二下午兩點半鐘在禮和洋行內拍賣洋火連二十五罐如欲買者請早來細看面拍可也特此佈聞

集盛洋行謹啓

告白

靜致廬八月初一日會課陸沛郃都成宣贈紫豪筆二十枝龍鳳墨二十錠延舒霞太守齡贈詩妝二十合張勛伯大令廣建贈石印書五種

本廬主人登報

京緞零剪 減價現售

零剪

貨名	價
高鴉背號元青貢緞每尺	一千三百五
正號元青貢緞每尺	一千四百文
中號元青貢緞每尺	一千一百文
副號元青貢緞每尺	八百八十文
眞杭青金銀庫緞每尺	二千二百文
眞裕順曾皮絲烟每包	一千一百文
南京鹹鴨每支 大	一千八百文
南京鹹鴨每支 小	一千二百文

寄售

貨名（每斤）	價
龍井	一吊七百文
雨前	一吊一百文
珠蘭	一吊四百文
雀舌	九百六十文
蜂翅	一吊二百文
紅蓯	六百四十文
小種	一吊二百文

本號自製元淺京緞躉售零剪杭絨衣線官燕金腿南貨糟貨一應俱全近因錢市漲落不同分別減價抑因無恥之徒假冒南味字號者甚多雖云謀利誠恐亂眞欲辦薰猶用煩諸墨

天津宮北大獅子胡同公益仁記南味坊謹白

三井洋行分莊
告白

啟者日本商始創貿易爲業數拾年以來今分莊開設北門外鍋店街洗家衚衕口對過專選精工料實東洋棉紗各等時式大小正棉布粗洋布斜紋洋標等格外公道價亦從廉凡仕商賜顧者請至分莊面議可也特此佈聞

三井本莊主人啟

紫竹林法租界　三義飯店

本店專做英法葷素大菜並由外洋自運各國上品洋酒各色異味點心罐頭鮮菓食物等類一應俱全本樓工程告竣房間寬闊夕時均用氣燈明亮異常仕商光顧者或攜貴眷另有雅室亦足稱暢叙幽情兼擇於六月十七日開張至期請早駕臨賜顧是荷

本主人謹啓

海利鐘表洋行

啟者本行自上海分設天津紫竹林法租界良濟藥房對過女成衣飯店一號二號房內自製新式鐘表金銀表金表練各樣新式大小說話機器耳鳴機器金戒指金鋼石戒指大小洋鏡各樣新貨一應俱全貨好價廉格外公道在此什兩三個月後另造樓房批發諸公光顧請早駕臨海利洋行謹啟

戊戌年八月十七日禮拜日

天福茶園

特請上洋新到
頭等名角
八月十八日晚准演
李長奎
太平橋

啟者本園不惜重資新排左公平西一戲本擬擇日開演近因回教親友再三致意以不演此戲為妙並非本園不能開演新觀戲仕商諸公諒之

本園主人謹啓

福仙永茶園

新排連本
九美奪夫

此戲出在明朝成化年間胡大海八代子孫胡必松義勇忠正文武雙全在八仙院打死國舅嚴世雄聖上降旨拿獲滿門家眷一服毒盡忠身死胡必松一人逃走路遇九美許多折磨內有忠臣孝子義夫節婦山王草寇幫助保護招兵報仇許多奇文此戲二十四本暫時先排八本士商臨期賞鑒閱觀

擇日開演

名醫過津

前辦東海關官醫局嚴備九二尹鳳藻日前隨嵩武軍統領孫紹襄軍門到津寓紫竹林春元棧小住數日即赴小站新建陸軍將來能留寓津門則七十二沽中抱采薪憂者當受惠不淺矣

同人全啟

紫竹林　第一樓番菜館

本號專作英法大菜各色精細點心各樣洋酒洋貨等物一應俱全並售

上　　　　　　　八百
上　紅茶每斤津錢一千
　　　　　　　　六百

又批發茂生公司鐵海紙烟零整發售價值格外公道原箱計一百盒價洋一百四十四元每盒計五百支洋一元五角凡仕商賜顧請即駕臨是荷風雨勿阻

主人謹白

減價

今有友人自辦陝西老土每兩津錢五百文新到梁州土每兩津錢五百六十文如蒙賜顧者請到東門內聚隆成寄售

同文仁記南紙書局

本局自印耕香館書臍每部價洋二元專辦各種石印書籍精選加高南紙頂細雅扇格外價廉廣天津東門外磯子衚衕本局啟

本局謹啓

福仙永茶園

聘請上洋初次新到
頭等花旦
小萬盞燈
擇日開演

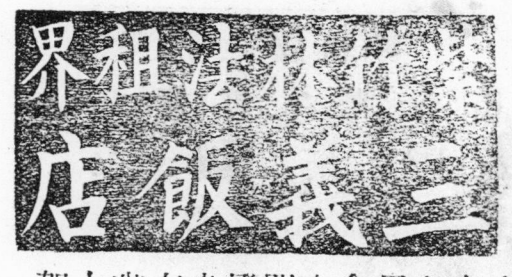

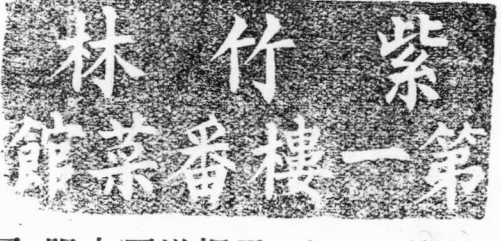

開設法國租界
天津紫竹林北大街
天福茶園
特請京都
崇慶名班
京都上洋姑蘇山陝等處
各色文武 頭等名角
八月十八日早十二點鐘開演

十東崇小鄭十發張高安白王于李趙張于
七發三鐵四長玉桂文尊吉斌永景
紅亮芬寶棍旦生奎喜秋雲報瑞恒升五

燭彰計 牧羊山 絨花計 五台山 寶蓮燈 董家山 蓮花湖 衆武行

十八日晚七點鐘開演

十蓋十自十崇張十姜白楊李王蘇王李常
七天八來二長一小文福長二廷喜吉雅
紅霄紅紅芬奎紅五奎保奎奎奎雲瑞秋

醉寫 殺廟 牧羊卷 天水關 洪洋洞 太平橋 迷人館 衆武行

開設英國租界
天津紫竹林海大道旁
福仙永茶園
特請京都
永慶成班
京都上洋蘇杭山陝等各處
頭等文武名角
八月十八日早十二點鐘開演

全班潘張馬明海洒賈趙香賽朱嚴李何楊
合桂鳳雲海棠金星春宵呂子寶殿富四
演芳台仙山紅紅橋永旦布久恒元有立

大賜福 戰太平 斬豆娥 審律 洪洋洞 富春樓 落馬湖 衆武行

十八日晚七點鐘開演

小十劉嚴朱牛元霸十賽杜嚴周香元左李
狸七桂寶子元州六呂福奮春霄元月殿
猫紅林恒久處旦紅紅布玉恒奎旦旦春元

忠保國 下河東 珍珠衫 汴梁圖 洛陽橋 煩演

開設馬家口下娘娘廟前
天仙茶園
特請京都
玉成全班
特請京都山陝姑蘇上洋等處
頭等文武名角
八月十八日早十二點鐘開演

劉李牡紅小胡馬小小宗章董楊劉飛楊衆
鳳永丹藥千兆玉玉玉德金志保慶來英武
樹瑚花花紅奎山磬林寶虎斌珍喜鳳玉行

南陽關 七星廟 戰北原 黃金台 鴻鸞禧 臨童山 青石山

十八日晚七點鐘開演
滿天飛

馬徐十小李張劉眞正李飛瑞楊溜黃淮楊
連文四金玉慶鑾連來德寶溜月英
登壽紅鐘奎黑喜之芝草仲鳳寶珍旦山演玉

赤桑鎮 取南昌 戰城都 小磨房 遺翠花 丁甲山 衆武行 烏玉帶 翠屏山

開設馬家口南興基新馬路
天桂茶園
特請京都
慶吉祥名班
特請京都山陝姑蘇上洋河南等處
頭等文武名角
擇日開演

八月十八日出口輪船 禮拜一
新裕 輪船往上海 招商局
新濟 輪船往上海 招商局
泰順 輪船往上海 招商局
西平 輪船往上海 礦務局

八月十七日銀洋行情
天津通行九七六錢
銀盤二千三百五十八
洋錢一千六百五十五
紫竹林通行九六六錢
銀盤二千三百八十八
洋錢一千六百八十文
洋錢行市七錢一分

美孚老牌煤油

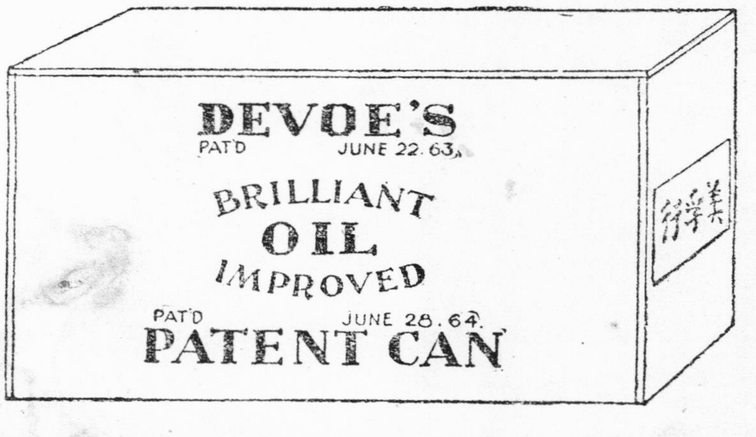

啓者美國三達煤油公司之德富士老牌煤油天下馳名萬商稱美蓋其質潔色清亮白如銀且絕無烟氣能耐久燃比之生荳等油晶光百倍而儉用價廉此爲德富士老牌之佳處誠屬無雙妙品也士商賜顧請到天津美孚洋行採辦或向就近殷實行店購買庶不致悞

直報

本館開設天津紫竹林海大道老柴市氣燈房巷內

光緒二十四年八月十八日　第一千百九十三號
西歷一千八百九十八年十月初三日　禮拜一

上諭恭錄

上諭昨日有旨將曾鉌調補直隸布政使現在裕祿補授直隸總督與曾鉌係屬同宗例應迴避甘肅布政使曾鉌毋庸調往直隸布政使着袁昶調補裕長着調補江甯布政使欽此　上諭湖南學政着吳樹梅去戶部左侍郎兼管三庫事務着徐會灃署理欽此　上諭礦務鐵路總局着派刑部左侍郎趙舒翹會同王文韶督辦欽此　上諭已革工部主事康有爲學術乖謬大悖聖教其所著作無非惑世誣民離經畔道之言着將該革員所有書籍板片由地方官嚴查銷毀以息邪說而正人心欽此

問中國仿行泰西農務利病

八月初一日靜致廬第三次會課第一名薛洪基

自古聖帝明王莫不躬耕耤田以勸穡事誠以農者天下之大命良農少惰農多則艱食之歎興故以身先者帥之也逮乎法廢井田制隳阡陌田歸於私賦內於公各田其田各力其力計畝之制雖壞未嘗不以收穫之多寡而區其良惰於是乎有所謂力田之員舉其意以道民故田制雖判古今而所以厲農勸稼則一也今狂悖之徒直　國家廣開言路搖脣掉舌襲西人之唾餘幾爲終南之捷足不顧喪廉恥而乖名義於商務之外別開農學之徑以爲中國將求自强舍農務蔑由自新將振興農務舍泰西蔑由取則而市獪而衣冠者流從而和之學非商君妄幾富强奸主才非李克將求闢地自雄嘵嘵是非利農也且又病焉悲可哉惡可哉我　國家內地各行省土壤交錯市廛闤闠之外無地非田士工商賈之外無人非農上田夏秋兩穫而後簽之冬菘春韭以收地力之餘以終歲計之且三穫矣其次或田於兩山之間樹木陰森風日所不及又或高亢注水爲艱然而野老田夫盡人力以爭地力春種秋收一穫之外復以其餘時餘力闢爲蔬畦計終歲兩穫焉又其次或沙石稜稜墽埆旱不利樹藝然而農民視一尺土一尺地若錦錯繡壤不使之少有餘隙爲麻爲菽爲烟爲茜爲萊服而蹲鴟所謂高燥旱乾則宜粟麥而低汙水淫則宜芋藕者農民之克盡地力蓋其視地無一不可盡力即無一不可獲利有如此然唯東南之農田則然若西北旱多水少藝黍麥菽粟常什九種稻田什一且不足然其所穫常不減於東南豐歲且或過之總東南西北以農夫之勞逸情形論大抵東南勤而西北逸何也東南稻田水旱皆須有備有時以人力回天西北麥粟之植顧視天年之旱潦以爲收穫之豐嗇人力無與焉此西北之農所以逸於東南也至於塞外蒙古烏拉之民則有所謂蠶種者蓋其人隨水草獸牧當春則蠶播籽種沮洳之區迄秋刈其成實者以爲糧不實則刈以食牛馬前不耕後不芸所謂望天收者此食肉飲乳之習

未可語於樹穀之農夫龍堆千里烏粱三族葱雪砭骨瀚海驚沙北望則窩集徧地西行則草木不生古人所以歎窮荒爲盤古不闢之地得志於齊猶獲石田雖有良農無所用其力故今日謂西北塞外農務未能講求則誠然矣謂內地農務猶未盡善而必取法泰西放其農器以求有利無病彼服西之服行西之行言西之言惡得不云爾然抑思中國之農何取乎西人之器而利之哉富者擁百頃千畝之田憚胼手胝足之苦於是以其田轉田於人而均其收穫焉貧者八口之家資數畝之田以爲衣食其爲功也耘以爲非種之誅耔以爲根本之護其爲器也有耒以推焉有耜以起土焉有耙而使土之蟲者加細焉潦者荷畚負鋤以洩畎澮之盈旱則水車轆轤以引水灌注凡可以救水旱而長養田苗罔不畢致其力而備其具故謂四民中士則有徼幸以獵取科名工則有作僞而器物苦窳商則有狡詐居奇入賤出貴唯農則滅裂從事者報以滅裂十倍其功者十倍其穫無詐僞焉無假貸焉　此稿未完

嚴拏賭犯　○京營哨官劉某向在提督衙門當差平日有劉盤龍癖中秋佳節更覺興高采烈又以營署爲節鉞重地不便大張旗鼓乃借王某寓所命儔嘯侶達旦通宵復借此抽頭漁利近以爭分頭錢始而口角繼以用武劉孔武有力王遂大受挫折經旁觀爲之解散劉盛怒之下復行互毆致成訟案現經步軍統領衙門查悉前情傳飭各地面官廳立將賭局一律禁止嚴拏照例懲辦

兩相孟浪　○阜成門內葡萄園地方有一冥衣舖昨突來一人手持利刃向該舖主人尋釁觀者如堵皆不解其爲何事旋見該舖主人忽提八九齡之子擲於地下當卽殞命有好事者上前詢問始悉顚末蓋所來慶某係旗人只生一子年未十齡珍如拱璧前二日與該舖主人之子打架稍受微傷越日身死乃慶某痛子情切移怒於該舖主人未遑審愼竟爾持刀問罪舖主素姓鯁直知慶尋釁之意無非爲子適見子立於旁因而擲死以相抵命幸好事者上前排解二人始罷爭鬥各赴步軍統領衙門控告未知如何訊斷俟訪明再錄

朝審名單　○朝審舊事官犯情實三起三名　福建司　一起斬犯一名何隆簡詐假官　直隸司　一起斬犯一名失陷城寨　貴州司　一起斬犯一名失陷城寨　朝審舊事情實六起人犯九名　山西司　一起斬犯一名張城靄卽張城海詐傳　詔旨　貴州司　一起絞犯一名于得立乘輿服物比依偸竊　安徽司　王二　一起絞犯三名劉二卽張二均光棍爲從劉　仔　浙江司　一起斬犯二名孟犇兒胡萌海均盜內府財物　陝西司　一起斬犯一名文沅卽文奎鳥鎗殺人　朝審服制二次改緩一起人犯一名　陝西司一起絞犯一名雙得刀傷胞兄　朝審新事常犯三十二起人犯三十四名口　直隸司　一起絞犯一名巴音葆門殺　一起絞犯一名馬二鐵門殺　一起絞犯一名徐勝共毆　奉天司　一起斬犯一名劉小裝卽劉四鳥鎗殺人　一起絞犯一名郭大共毆　江蘇司　一起絞犯一名小邢郞邢立合誘拐子女　一起絞犯一名趙四卽小青誘拐子女　安徽司　一起絞犯一名安三同謀共毆　江西司　一起絞犯一名李萌遠同謀共毆　福建司　一起斬犯二名劉小杜卽黑旗劉黎大猪卽厲大杜均偸竊乘輿服物　此單未完

○王主政呈稿　○具呈禮部主事王照爲矇混拘牽難行新政請　布綸首以袪衆惑廣　慈訓以定衆志設教部以釋衆疑呈請代　奏事竊自本年四月奉　上諭明定國是以來每有　諭旨有識者無不歡躍以爲天相中國牖啓　聖聰四萬萬臣民寵命未絕卽西人寓此者對中國人喜形於色脫帽　頂祝曰　貴國大皇帝如此英明爲目前環球列邦帝王所不及惟俄之先君彼得仿彿似之此職所親見親聞非設詞也惟兩月以來　皇上英毅奮發雷厲風行而諸臣遷就彌縫陽爲忠謹之詞實陰怙其舊習上以誠感下以僞應其號稱持正者相與欷歔歎息咀咒　聖躬身而人皆習聽不以爲非能若不早爲勸化恐　皇上力愈奮而勢益孤也謹條列轉移人心要端以備　采納一請　旨宣示削亡之禍已在目前竭力挽回猶恐緩不濟急勿空言萬全也甲午以前我國之力本不足立於羣雄之間所以暫容作大者賴羣雄適相忌也俄路東指英人東手日本乃急發難我大臣不悟既挫之後又思倚俄以息肩以致列國生心自去冬以來環迭進步並未歇手夫西人雖攻伐之際亦從容盤敦況我國已無戰之可言而諸臣則以爲目無烽燧耳無鼓鼙不過偶墮西人小術而已仍復貌爲莊論以改舊章爲傷元氣以黜新議爲杜亂萌以空言正學術爲純臣以自任滅外夷爲良將夢夢囈語不知其非今匪徒滋事無不託言殺鬼子者士大夫反多視此爲中國之元氣歎其爲義民愚民無知遂居之而不疑

實則外人割要害剝脂膏吸精髓我　皇上一人自痛之而所謂純臣良將義民者妄疑為虛聲恫喝而未覺其痛也此其受病譬如痰熱狂吽必以涼劑平之而其支體之殘氣血之虧始能自覺始能調養始可再言强壯今令通國咸曉然於强弱之分自有本原各國士農礦工商人人講習之功非一朝一夕之故必難以謬巧而勝此攻邪熱之涼劑也夫外人視我洞若觀火我何必掩耳盜鈴苟不於此顯揭危亡由此等僞純臣僞良將僞義民在在掣　皇上之肘以致變法無効迨月見國旗之換伊等始知滅亡必且死而不悟仍歸咎於　皇上之變法我國人心昏憒已極擬請　旨剴切宣示四民智能遠遜各國議論浮僞萬難圖存令地方官刊刻遍佈使人人知危急存亡　朝廷苦心挽救然後浮僞之論不得持權四萬之人同心奮勉急起直追庶丕基再造能有富强之日此轉移之術一也一請　皇上奉　皇太后聖駕巡幸中外無庸警蹕以袪浮靡而益光榮也自中外交通我　皇太后聽政三十年焦勞備至所有變通之端皆　皇太后開之　皇上繼之實與維多利亞東西媲美非荷西諸女主所能並論惟勢不同諸臣奉行亦不力以致尚勢今日之　擘畫而　皇太后起衰振靡之志亦久表著於環球各國矣今者合萬國之歡心以隆　孝養正宜奉慈駕遊歷鄰邦藉以考訂政策定是非宜先自日本始中日匹敵日主日后於我　皇太后無異姪男女其佐　皇上以捧觴上壽何快如之此議一出阻撓者必以先往為自卑殊不知各國之例原不以此判尊卑今地球之上比權量力英俄可稱兩大各國使臣賀俄加冕俄主乃遂躬歷同洲各邦英主每歲避暑至法視與巡幸境內無異不聞法因此而尊俗儒之見不復足辨也　此稿未完

督轅門抄　○八月十七日晚護督憲袁大人見　聶軍門　大沽都司卞長勝　黃大人建筦　新授江蘇蘇州府許葉芬辭　補直隸州蔡紹基　十八日見　中協張大人　關道李大人　永定河道陳大人辭　張大人錫鑾　佘大人昌宇　黃大人建筦　嚴大人復　潘大人志俊　補用同知伍光建　候補縣陸保善　高維敬　何維材　江宗瀚　馬毓藻　孫毓秀　候補縣丞劉延科　海容船李和

接篆改期　○裕壽帥日前來電諭於二十一日接篆一則曾紀昨報茲於昨晚電云二十日乘坐火車來津當日接篆刻已預備齊整矣

差務情形　○宜興埠操塲工程迭紀報端自節前大雨後水勢又漲淘吸維艱幸奉　旨停幸可免臨時竭蹶惟聞所造房屋已有七八分成就勢當竟此全工淘水則可從緩其餘海防公所改作行宮亦各妥為整理其應改之處暫為停輟差務局各憲日來已將應辦應停各事宜稟請署督憲飭遵矣

押餉赴京　○浙江候補縣夏大令敬宜奉浙藩札委押解京餉赴京於昨晚抵津暫以佛照樓為行台是日趨轅稟知督憲假水師砲船解通以便赴京交納

宵小繁興　○時屆秋深宵小繁興偶一疎忽即被竊去昨夜河北院署後崔姓家有賊撬門入室竊衣服外將棉被偸去三牀黎明即稟報該管有司飭捕嚴拿懲辦

賭之為害　○城內于某者小本營生克儉克勤僅堪餬口日昨被鄰人某甲誘引在南門西某姓烟館賭博連賭數日屢戰屢北致將所穿衣服盡行剝押其妻得耗以夫不務正業日受飢寒遂萌短見自投水缸覓死幸經同院瞥見撈救得慶更生否則不堪設想賭之害人可勝道哉

捆人詐財　○西門外一帶地方為無賴嘯聚之所而捆人詐錢之事尚未多見昨有冀州某甲習公輸子業頗有餘資曾娶異鄉再醮婦某氏主中饋已及月餘忽被該處混混乙丙丁等三人見其室有紅顏囊餘赤仄起意窘辱為勒贖計於前晚麕集其室不問情由雙雙捆縛逼謝厚貺時某甲進退維谷計無復之不得已以孔方兄了之始行釋放噫世俗日偸每況愈下此風斷不可長若不急為嚴禁其為害伊於胡底耶

因賭啓釁　○城內楊某俗名為半打半扣之流每於府院兩試在貢院附近開設寶局約得餘貲日以十餘千計他人未免垂涎有該處滕某意欲分肥赴局硬行入股楊不允故用武滕寡不敵衆臉受殊傷悻悻而返糾集黨羽十數人各持器械前來報復而楊

與該局夥友亦持刀相向兩造稱干比戈如臨大敵以致楊受槍傷數處左腿傷尤重血如湧泉當即倒地後經人竭力勸解勝始罷戰而回楊方背負入局而該管鄉甲局汛帶勇赶至將楊與械並賭具一併送官懲辦聞已將某等數人逮案至如何訊究容俟續錄

津市粮價 ○八月十四日沿河頭堡西集雜糧行情列後 御河白秋麥十一千五六至十千 生米八千六七至八千四五 紅秋麥十一千 元米八千五六 春麥十一千七八 元玉米六千七八至六千四五 眞青豆八千 上河白麥十一千二三至十千零五六 白玉米六千六七至六千四五 吉豆八千 紅麥九千四五 花麥十千至九千五六 紅高粱五千二三至四千六七 閘河白麥十千零一二 白黑豆七千 芝蔴十三千二三 茶豆八千 元小米九千二三 稻米十八千

光緒二十四年八月十六日京報全錄

宮門抄○八月十六日內務府 國子監 侍衛處値日 無引見 懷塔布謝授左都御史並謝總管內務府大臣 恩 愛隆阿克東阿各假滿請 安 車王續假五日 恩輝續假十日 內務府奏派致祭黃木神 派出世續 召見軍機 慶王

○○太子少保刑部尚書臣崇禮等謹 奏爲案情重大請 旨欽派大臣會同審訊以昭慎重恭摺仰祈 聖鑒事本月初六日步軍統領衙門奉 密旨工部候補主事康有爲結黨營私莠言亂政屢經被人叅奏着革職並其弟康廣仁均着步軍統領衙門拿交刑部按律治罪欽此旋經該衙門恭錄 諭旨將康廣仁先行解部並聲明康有爲一犯俟緝獲到案再行奏 聞臣等正在派員辦理間初九日該衙門續奉 上諭張蔭桓徐致靖楊深秀楊銳林旭譚嗣同劉光第均着先行革職交步軍統領衙門拿解刑部審訊欽此經該衙門遵將官犯張蔭桓等七名悉數拿獲於初十日一併解送到部臣等當飭提牢廳員將該官犯等分別收監査臣部向辦重大案件均經奏 派大學士軍機大臣會同審訊今此案該革員康有爲結黨營私莠言亂政牽涉大小臣工多名案情極爲重大相應援案奏請 欽派大學士軍機大臣會同臣部審訊以昭慎重是否有當謹恭摺奏 聞伏乞 皇太后 皇上聖鑒謹 奏請 旨奉

旨已錄

○○奴才恩澤薩保跪 奏爲審明因姦殺死一家二命服屬期親並刃傷二人重犯按例定擬恭摺仰祈 聖鑒事竊據呼蘭副都統倭克金泰咨據廂黃旗管界佐領額勒琿呈報包家井屯浮民田詠因姦殺斃劉文信之長女磨子及次女七兒並刃傷二人一案當以案關一家二命情罪重大飭令逐細勘訊旋經該副都統督同該佐領審明擬解交司覆核解勘奴才等親提研鞫緣田詠籍隸奉天新民廳劉文信籍隸呼蘭包家井屯田詠來屯傭工寄居旗丁錢廣林家與劉文信素不相識劉文信娶妻吳氏生有三女光緒二十二年正月間田詠錢廣林在街賭博適與劉文信路遇因此晤面嗣後劉文信與田詠時常同賭往來無間並留田詠在家住宿與其妻女習見不避是年六月間劉文信出外營運田詠乘隙與劉文信之長女磨子調誘成姦劉文信與其妻劉吳氏均不知情田詠戀姦情密向磨子暗謀婚娶以圖長久夫妻劉磨子應允田詠隨向錢廣林告細前情並央允代爲作媒嗣經錢廣林迭往劉吳氏處媒說劉吳氏不允迨至十月初七日劉文信自外回歸瞥見其女劉磨子與田詠同坐嬉笑識破姦情劉文信斥說伊妻劉吳氏不善約束隨將劉磨子毆責並逐趕田永不許在家居住因顧惜顏面未經告官次日劉文信進城尋覓房屋打算携眷搬遷適有同屯浮民在逃之石玉聞知搬家情事於初十日暗向田永告明田永因戀姦難捨聞而生氣起意將磨子致死以免另配他人是日二更時候田永乘劉文信未歸携帶尖刀洋煙前往維時劉吳氏亦因傭工在外只有劉磨子姊妹在家看屋田永進屋後立逼劉磨子呑食洋烟恐其不死隨用刀砍傷劉磨子心坎劉文信之次女七兒驚醒喊救田永復用刀砍傷劉七兒胸膛二處均各登時身死嗣劉文信三女庫兒驚起復被田永用刀砍傷心坎正擕刀逃走間適遇劉吳氏自外回歸田永復對胸膛左乳連戳二傷當時均各倒地傷輕未死田永慮及連殺四人難以幸逃用刀自刎亦未斃命旋絆劉文信赶回嗚約獲犯報驗生死各傷由該副都統招解前來提訊至再供吐前情不諱詰無起衅別故及另有同謀加功之人案無遁飾査例載殺一家非死罪二人者擬斬立決梟示酌財產一半給被殺二命之家養贍又凡賭博不分兵民俱枷號兩個月杖一百各等語此案田永因姦情敗露經劉文信拒絕覔屋搬遷輒敢謀殺劉磨子故殺劉七兒二命並刃傷劉吳氏劉庫兒二人實屬淫惡已極自應按例問擬田永除和姦及輕罪不議外合依殺一家非死罪二人者斬立決梟示例擬斬立決梟示

以昭炯戒先行刺字該犯係無業浮民並無財產可斷錢廣林明知田永與劉磨子姦私爲之媒合按律照和姦減一等罪止杖七十自應仍照賭博科斷錢廣林與供認同賭之劉文信均依凡賭博不分兵民俱枷號兩個月杖一百例飭依照例枷杖錢廣林係屬旗丁枷號滿日鞭責發落石玉探知劉文信覓屋搬遷暗向田永聲告以致釀出重案本干例議業已在逃獲日另結無干省釋屍棺飭屬領埋除供招咨部外所有審明擬議緣由理合恭摺具陳伏乞

皇上聖鑒　飭部核覆施行謹　奏奉　硃批刑部速議具奏欽此

○○崇文門片　再查崇文門每年應交　同樂園節省銀八千兩於道光二十九年八月初六日奉　旨崇文門每年應交同樂園八千兩著自本年爲始於此項內分交侍衛處二千兩仍以六千兩解交　內殿查收每年均照此辦理欽此欽遵在案今屆奴才等任滿照例如數備齊遵例解交　內殿銀六千兩其餘二千兩知照侍衛處查收謹此附片　奏　聞

拍賣告白

啓者本月十九日即禮拜二下午兩點半鐘在禮和洋行內拍賣洋火連二十五籮　如欲買者請早來細看面拍可也

特此佈　聞　集盛洋行謹啓

頃接山左友人郝希孔兄來信據云東省水災久爲昭著惟今歲黃河決口已知八處災情大異往年澤國之區二十餘州縣

計　高苑　博興　樂安　齊東　新城　蒲台　利津　濱州　章邱　歷城　齊河　德平　禹城　肥城　東阿　范縣　平陰

壽張　陽穀　東平　汶上　此二十餘處居民廬舍墳墓盡行漂沒其災民數百萬啼飢號寒無所歸貲思及存無餬口沒無餘地令人傷痛無已現在雖經　大憲多方賑救無奈款項奇絀惠難均霑此等時光若能措欵來賑而功德實屬無量云云查本年東魯水災誠甚於昔年無如僕等自庚寅順直被水連年籌辦義賑勸捐一節早成努末徒喚奈何惟謹將郝君來函登諸報章以供　衆覽伏望大善仁人君子慨發慈念往賑災黎則功德不可言量矣僕等不禁爲億兆待斃生靈馨香祝之　津門義賑同人具

施救香烟　白鴨血及人糞汁皆爲救香鴉片妙方爲其吐耳然效與不效或未可必茲上洋白藥粉專救香烟經驗多人萬無一失法用白藥粉一劑加熟水一碗冲藥溫服服畢以二人扶之行走不住即易吐出若遲至半刻不吐再服一劑不吐仍即再服一劑總以吐淨鴉片毒爲度吐後多飲清水仍令一吐再吐至所吐之水澄淸無汚其毒乃盡可慶更生切不可用煤油醬油等方誤灌致傷性命如香烟後一時取藥不及先以食鹽三錢攪冷水一碗許灌入暫殺其毒以待藥至即急灌救如香烟歷時甚久昏迷欲睡此係烟毒已發恐一吐猶未能盡淨必須二人扶之行走另着人用竹竿打其兩腿皮肉務使知痛驚醒終夜不睡睡則難保無虞矣此藥西頭流水溝西河沿立興成糧棧豐全華園西河沿聚豐恒糧店河東十字街西存仁堂樂局中義當東愼修堂閻宅均爲施送合併錄報使遇此事者就近救急諸君子如欲購捨此粉上海大馬路科發藥房及津郡老德記等大藥房均有價亦甚廉豫備不虞古之善道願我同人勿以小善而不爲也　同人公啓

新開 元隆號綢緞洋貨莊

自去歲四月初旬開張以來蒙　各主顧垂盼雲集馳名日盛本號特由蘇杭等處加意揀選名機新鮮貨色零整銀價俱照大莊行市公平發售以昭久遠此白

寄賣龍井雨前素茶福建皮絲水烟各種貢料大小皮箱

開設天津府北門外估衣街中路北門面便是

元茂機器磚瓦公司

本公司仿照西法燒作磚瓦事屬創舉曾經通稟在案該貨堅固異常價値從減並各樣印花磚瓦俱全　賜顧者請至海大道新興南里內本公司面議可也　特此謹啓

魁陞號綢緞洋貨莊

本號自置顧繡綢緞洋貨等物整零均按銀莊格外公道皆比大市價廉發售　寄賣各種貢料大小皮箱漢口水烟袋各種眼鏡龍井雨前紅茶梗　寓天津北門外估衣街五彩號衚衕口坐北向南　士商賜顧者請認本號招牌特此謹啓

代辦各種機器告白

敬啓者余自去歲代辦各種機器業　蒙紳商賜顧並無遲悞今又向英國着名大廠代辦各樣紡紗織布造磚炸毛等機器以及各行應用各樣機器零星物件定日交貨不能遲悞如　貴行包辦常年機器人工煤料或安設各樣機器價値格外相宜如蒙　貴官紳商購買者請至英新租界福仙永茶園看圖面訂可也特此佈聞　寗子卿謹白

論義快覽

功令改試經義論策新章初立學者苦無佳本本齋舊藏兩田史論兩册世鮮藏本近因同人多來假抄幾有日不暇給之勢爰亟印行以公同好在天津文美齋寄售並各書坊分賣本齋又輯有經義導先集二本皆從前人各文集中廣爲搜羅採擇成帙而以四書精義揭要付其後亦卽不日印出由文美齋付售

竹素齋主人白

改科欣賞集

啓者自考試改爲論策經書義新章甫定學者苦無佳本本齋精選各書院課藝及他方郵寄名稿四種皆備先排印兩卷以公同好名曰改科欣賞集總售處東門外襪子衚衕王宅并於東門內二道街路北水舖旁陳宅內寓本齋發莊寄售處同文書局文美齋嫏嬛書莊寶森堂萃文魁瑞芝閣及各書坊早於八月初五日出書願購者請先賭爲快

澄思齋主人啓

告白

敬啓者茲因自蓋三層鴻春大樓開設番菜館以來生意稍佳奈因福仙戲園關閉不開兼之敝號生意寥寥故今敝東公議欲將小號出兌出賃均可任便所有店內一切各樣家具等件一併按單點交不悞有愿兌賃者務速駕臨敝號面議以免先後自誤可也特此佈聞

海大道鴻春樓主人謹白

天后宮北 義興順綢緞莊

本莊自置顧繡綢緞綾羅紗絹哈喇大呢羽綾羽毛各樣花素洋布南貨雅扇桂母頭油香粉胰皂歸安貝松泉湖筆一概俱全

頭號杭寗綢

頭號摹本緞

品名	每斤
紅梅茶	九百六
紅　茶	六百四
紅茶梗	二百二
龍井茶	一吊八

金百

壽棉灑裙布裡每套五兩八

雜色金刀絨每尺五錢五

京都 內全盛

本店由京都移來專做全盛齋全樣鑲絨鞋亦有全樣布緞鞋各樣扎拉鎖綉扣鑲花鞋材料與衆不同樣式各外另有眞傳本店今有新添寄賣各樣旗蠻扎花坤鞋亦有鑲花坤靴一應俱全開設在天津府帶河門外樂壺洞北口巷內路北準仕商賜顧者詳認本店字號便是貨眞價實言不二價不悞主顧

本店謹啓

告白

浙紹朱鈍翁先生術嫻心細游津十年屢臨重症均各穩慎近治勞瘧膏淋霍亂蕎羅痧並婦科產後小兒喉癰俱喜同春久寓彌勒菴

告白

茲因錦衣衛橋正骨科蘇靜軒三先生令孫名蔭棠字子甘少大先生承授家傳跌打損傷接骨等症分此在侯家后歸貫胡同太山菴西開設永生堂藥店自置藥材丸散俱全並家傳筋骨疼痛風寒膏藥蜜藥專治舒筋活血止疼丸散膏丹門診過午不候並施敷藥

同人公啓

告白

昨天福茶園併各戲館登報演唱左公平西新戲系官軍戡定番回故事其中褒貶不無過當予等恐有循名不核實之徒見有回民粧拌必致妄起衅端況地近華洋交涉之處猶爲可慮因婉懇　貴園班主人停演此戲以消未萌之患　貴園班諸公深明大義慨爲允諾併許明永久停演予等無可稱謝急登報章以聲謝好義之極云

清眞寺執事人等公啓

告白

靜致盧八月初一日會課陸沛邨都戎宣贈紫豪筆二十枝龍鳳墨二十錠延舒霞太守齡贈詩妝二十合張勛伯大令廣建贈石印書五種

本盧主人登報

京緞零剪　減價現售

零剪

品名	價
高鴉背元青貢緞每尺	一千三百五
正號元青貢緞每尺	一千四百文
中號元青貢緞每尺	一千一百文
副號元青貢緞每尺	八百八十文
眞杭青金銀庫緞每尺	二千二百文
眞裕順曾皮絲烟每包	一千一百文
南京鹹鴨每支　大	一千八百文
南京鹹鴨每支　小	一千二百文

寄售

品名（每斤）	價
龍井	一吊七百文
雨前	一吊一百文
珠蘭	一吊四百文
雀舌	九百六十文
蜂翅	一吊二百文
紅葹	六百四十文
小種	一吊二百文

本號自製元淺京緞寄售零剪杭絨衣線官燕金腿南貨糟貨一應俱全近因錢市張落不同分別減價抑因無恥之徒假冒南味字號者甚多雜云謀利誠恐亂眞欲辦薰藩用煩緒墨天津宮北大鄉子胡同公益仁記南味功謹白

三井洋行分莊
告白

啟者日本商始創貿易爲業數拾年以來今分莊開設北門外鍋店街沈家衚衕口對過專選精工料實東洋棉紗各等時式大小疋棉布粗洋布斜紋洋標等格外公道價亦從廉凡仕商賜顧者請至分莊面議可也特此佈聞

三井本莊主人啟

紫竹林法租界三義飯店

本店專做英法葷素大菜並由外洋自運各國上品洋酒各色異味點心罐頭鮮菓食物等類一齊俱全本洋樓工程告竣房間寬闊夕時均用氣燈明亮異常　仕商光顧者或携貴眷另有雅室亦足稱暢叙幽情矣擇於六月十七日開張至期請即駕臨賜顧是荷

本主人謹啓

海利鐘表洋行

啓者本行自上海分設天津紫竹林法租界良濟藥房對過女成衣飯店一號二號房內自製新式鐘表金銀表金表練各樣新式大小說話機器耳鳴機器金戒指金鋼石戒指大小洋鏡各樣新貨一應俱全貨好價廉格外公道在此住兩三個月後另造樓房批發諸公光顧請早駕臨海利洋行謹啓

戊戌年八月十八日禮拜一

天福茶園

特請上洋新到

頭等名角

八月十九日晚准演

李長奎

鐵蓮花

啓者本園不惜重資新排左公平西一戲本擬擇日開演近因回教親友再三致意以不演此戲爲妙並非本園不能開演祈　觀戲仕商諸公諒之

本園主人謹啓

福仙永茶園

新排連本

九美奪夫

此戲出在明朝成化年間胡大海八代子孫胡必松義勇忠正文武雙全在八仙院打死國舅嚴世雄　聖上降旨拿獲滿門家眷服毒盡忠身死胡必松一人逃走路遇九美許多折磨內有忠臣孝子義夫節婦山王草寇帮助保護招兵報仇許多奇文此戲二十四本暫時先排八本　士商臨期賞鑒閱觀

擇日開演

福仙永茶園

聘請上洋初次新到

頭等花旦

小萬盞燈

擇日開演

紫竹林第一樓番菜館

本號專作英法大菜各色精細點心各樣洋酒洋貨等物一應俱全並售

上上紅茶每斤津錢一千

上紅茶每斤津錢八百

紅茶每斤津錢六百

又批發茂生公司鐵海紙烟零整發售價值格外公道原箱計一百盒價洋一百四十四元每盒計五百支洋一元五角凡　仕商賜顧請即駕臨是荷風雨勿阻

主人謹白

名醫過津

前辦東海關官醫局嚴備九二尹鳳藻日前隨嵩武軍統領孫紹襄軍門到津寓紫竹林春元棧小住數日即赴小站新建陸軍將來能留寓津門則七十二沽中抱采薪憂者當受惠不淺矣

同人全啓

減價

今有友人自辦陝西老土每兩津錢五百文、新到梁州土每兩津錢五百六十文如蒙賜顧者請到東門內聚隆成寄售

同仁南書文記紙局

本局自印耕香館畫譜每部價洋二元專辦各種石印書籍精選加高南紙項細雅扇格外價廉廣天津東門外襪子衚衕本局啓

本局謹啓

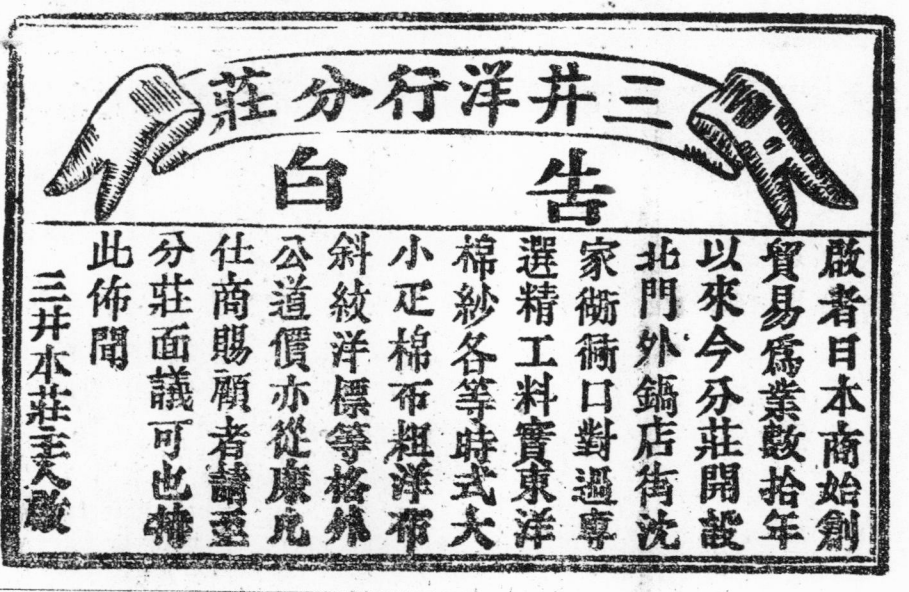

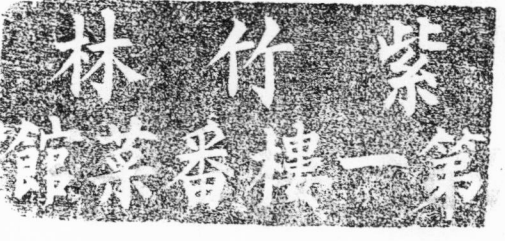

開設法國租界
天津紫竹林北大街
天福茶園
特請京都
崇慶名班
京都上洋姑蘇山陝等處
各色文武 頭等名角
八月十九日早十二點鐘開演

蓋天雷 長祿 十二紅 十四旦 十七紅 崇芬 楊福保 張長奎 謝才寶 安桂秋 謝才寶 王喜雲 于報 李吉瑞 趙斌恒 張永升 小香鳳

捕油禍 雙探母 代回令 斷后龍袍 探窯 拾玉鐲 衆武行 神洲雷

十九日晚七點鐘開演

小三寶 小連仲 蓋天雷 自來紅 張長奎 楊福保 安桂秋 十一紅 常雅秋 王喜雲 羊喜壽 李長奎 汪德保 蘇廷奎 李吉瑞 于景五 長祿

烈火旗 三擊掌 鍘美案 教子 虹霓關 鐵蓮花 衆武行 伐子都

開設英國租界
天津紫竹林海大道旁
福仙永茶園
特請京都
永慶成班
京都上洋蘇杭山陝等各處
頭等文武名角
八月十九日早十二點鐘開演

全台演 班 賈星橋 李殿元 香雪丑 三奎 霸州紅 汪立本 海棠紅 杜福玉 元元旦 小月樓 周春奎 嚴寶恒 張鳳台 朱子久 衆武行

萬壽堂 奇冤報 董家山 頭本雙訂計 斷橋 戲叔 伐齊都 九花洞

十九日晚七點鐘開演

八百黑 十七紅 潘桂芳 瑞龍 小禿紅 洒金紅 海棠紅 寨呂布 霸州紅 李殿元 周春奎 賈星橋 元元旦 玻璃丑 小月樓 嚴寶恒 朱子久

封官 桑園寄子 雙官誥 藏舟 二本雙釘計 取滎陽 雙鎖山 長板坡 衆武行

開設馬家口下娘娘廟前
天仙茶園
特請京都
玉成全班
特請京都山陝姑蘇上洋等處
頭等文武名角
八月十九日早十二點鐘開演

馬連登 劉慶喜 小千紅 十四紅 楊英玉 章小虎 顧金慶 牡丹花 紅芝草 靈菊花 高恩榮 溜溜旦 胡四 飛來鳳 瑞德寶 楊英玉 黃雲鳳

五梅駒 一捧雪 奇雙會 明月珠 三上轎 衆武行 畫春園

十九日晚七點鐘開演
飛天滸

馬連登 王子寶 十四紅 王子寶 章金虎 顧小農 小金鐘 張黑 馬玉山 溜溜旦 龐倉喜 靈芝草 紅菊花 淮演 楊寶珍 黃月山 飛來鳳

定中原 玉棠春 小宴 打魚殺家 掃雪 梅降雪 烈女傳 劍峯山

開設馬家口南興基新馬路
天桂茶園
特請京都
慶吉祥名班
特請京都山陝姑蘇上洋河南等
頭等文武名角
擇日開演

八月二十日出口輪船　禮拜三
景星　輪船往上海　太古行
海晏　輪船往上海　招商局
泰順　輪船往上海　招商局
永平　輪船往上海　礦務局

八月十八日銀洋行情
天津通行九七六錢
銀盤二千三百五十八
洋錢一千六百五十五
紫竹林通行九六錢
銀盤二千三百八十八
洋錢一千六百八十文
洋錢行市七錢一分

美孚老牌煤油

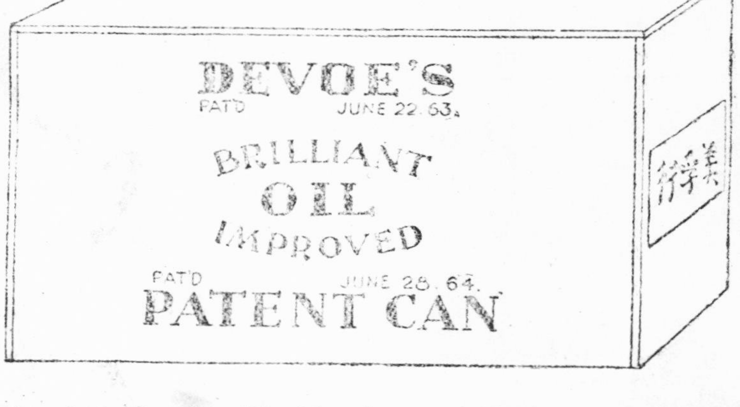

啓者美國三達煤油公司之德富士老牌煤油天下馳名萬商稱美蓋其質潔色清亮白如銀且絕無烟氣能耐久燃比之生萱等油晶光百倍而儉用價廉此爲德富士老牌之佳處誠屬無雙妙品也 士商賜顧請到天津美孚洋行採辦或向就近殷實行店購買庶不致悞

直報

本館開設天津紫竹林海大道老菜市氣燈房巷內

光緒二十四年八月十九日　第一千百九十四號
西歷一千八百九十八年十月初四日　禮拜二

上諭恭錄

上諭袁昶着賞給三品京堂在總理各國事務衙門行走欽此　上諭漕糧爲天庾正供關係綦重前據臣工條奏折漕利弊當經先後飭交奕劻孫家鼐會同戶部議奏茲據奕劻等將戶部辦理改折始末詳晰覆奏南漕歲有定額不特兵民生計所關而各省水旱偏災亦時有截留之事京師根本重地必須寬爲儲備乃不致竭蹶臨時從前言折漕之利所稱歲至五六百萬者詳加確核實無此數近年各處米價一律騰踊專恃採買亦多窒礙現在改折之議方興糧店即居奇陡漲閭閻艱食人心惶惶其不宜輕易更張已可概見着照所請本年江浙新漕除撥賑外均即照常起運毋庸改折以固邦本而重倉儲餘依議該部知道欽此　上諭毓崐等奏　昭西陵等處緊要急修各工請派大臣查勘一摺着楊頤迅速前往敬謹勘估奏明辦理欽此　上諭張汝梅奏災區需賑孔殷援案請截留新漕以資散放一摺本年山東黃河伏汛期內水勢盛漲泉流滙注以致壽張東阿歷城濟陽等縣大堤及濮州朱陰肥城等處民埝先後漫決南北運河亦以洪流漲溢村莊多有淹浸民情均極困苦業經張汝梅籌辦急撫並堵築漫口以工代賑惟瞬屆冬令小民生計維艱自應寬籌賑撫加恩着照所請將該省本年新漕扣除躉緩及照例撥交各處兵米外其餘應行運通米石悉數截留並將隨漕輕齎等項按數扣支以備賑需該撫即飭所屬分別被災輕重核實散放務使實惠及民毋任吏胥稍有弊混用副朝廷軫念災區至意欽此　上諭裁缺湖北巡撫譚繼洵着毋庸來京即日回籍欽此

問中國仿行泰西農務利病　續前稿　　八月初一日靜致廬第三次會課第一名薛洪基

今將仿英之機器水車爲我農貧水利仿美之耜爲我農多其功力且仿法之玻璃罩具爲我農辟風取氣而我老農且執其器以與西人爭曰機器取水雖多不若我車之便而易備且費數千金而易一機器是使我農百頃之田之家十年不食而蓄一機器也西人之犂起土雖倍於我然聞其一犂之直三十金我則一金可得五犂以彼一犂易我百五十犂鄉愚不爲也至其玻璃具以禦風霜不無小補然以我華壤地之廣墾億萬頃之田焉得億萬具機器而徧覆之即家備一具然非習其器者不能用亦猶之度金針於甲冑之士終歸之無用而已且聞英吉利長於務農爲西國最而農敎乃羅粟於紐約五印度數千里之地唯木棉鶯粟之務土毛所入僅給戍卒之食未聞有三年六年之蓄俄羅斯壤地綿亙亞歐二洲又割北墨洲之西北隅地雖大而樹藝無聞前年其東方悉比蠻阿民大饑告羅於

我載米十萬石振之以免於流亡謂我農務少利而且有餘粟以濟隣國謂西人農務之精然地廣物博如英俄且不能不資食於友邦絜短較長孰利孰病不竢明者辨之矣若謂西人顓用汽機用力少而成功多中國仿其法獲利當十倍於前是又盲夫之言知其細而遺其鉅也西人經營首重商務欲竭地之力常苦人力不足故不惜精制汽機以物力而代人功焉若中國總從衡二萬里之程有民人四萬萬之衆所患無地置人而不患無人墾地也而曰舍我人功就彼機器令而後十農所作者一農作之而有餘一農之力可獲十農之利以言利利孰大於是雖然利則利矣吾恐害且十倍之何也試以一州一縣論有田十萬頃準一夫百畝之制科之爲農夫十萬人今易之機器得萬人足辦矣而溢出者乃有九萬人其萬人則誠利矣彼九萬人者又將胡以置之將任其散而之四方與抑亦立而視其死與執此而談中國機器代農之法爲利爲病固已章明較著矣至於機器之直昂而難備其有毀敗而難於完繕猶其細焉者也是以古之聖人之教民也樸而毋巧約而毋泰凡以遏民之機心也孟子曰唯機變之巧者無所用恥焉故桔槔之巧野老羞稱楮刻之精列子喟歎機巧而可恃乎古人不竢今人也詎猶竢狉榛之俗緦緦然神其伎以敖我君子曰西人之機巧詭御之術也華人從而稱道之者嬖奚之流也滔滔者天下皆是也吾將與古爲徒

△聲明在先　○已死官犯譚嗣同係裁缺湖北巡撫譚大中丞繼洵之第三子素日不安本分任性妄爲大中丞聞知伊子授爲軍機叅預新政當經奏稱臣子並非安分之徒尤恐妄爲請　旨斬之聲明在案乃其子果入康黨獲罪知子莫若父譚大中丞之謂乎

△爲子所累　○頃聞犯官徐致靖與康有爲素不相識本不願保乃因伊子徐仁鑄屢次　稟懇是以列入剡章令蒙
皇太后洞悉其情非甘心從逆尙屬可原格外恩施永遠監禁云

含混不得　○日前永定門內天橋地方有匪徒聚衆毆打西國人及東江米巷阻毆西人等情事已列昨報茲聞現經該官廳鎖拏十數人皆非案內之人妄行責押最可異者鎖去孩童四名約年俱十齡以內一併解案查京城大小街巷皆設堆撥住有官兵彈壓地方法良意美當此人心惶惶之日該兵官等尤應小心謹愼勿使地方有滋事之人當聚衆圍毆西人之際該兵官等豈無聞見竟坐視不問耶及至奉飭拏人又漫不加察濫鎖十餘人希圖搪塞朝廷嚴申禁令保護西人各該官廳乃容衆圍毆事後復不認眞查拏匪犯國家功令視同弁髦良民性命視同兒戲該官兵沐豢養之恩若祖若孫已非一世乃喪心病狂至於此極可勝歎哉

尙屬平允　○京師前門大街石路迤東向有魚市擺設魚盆鱗次櫛比前因街道察院驅逐擺攤該魚市挪移東城根擺設頃有何某者在鮮魚口迤北租賃舖面房屋開設魚店購魚之人由此路過皆向該舖買魚可省步履于是東城根之生意愈覺不佳闔市之人不由忿火中燒聯名赴中東坊將何某控告當經邱竹溪少尉傳集兩造謂何姓係開設舖面並非擺攤何得聚衆妄控若何姓係獨在街面擺攤自應驅逐分派兩造各具安分結完案

貽累弟兄　○月前禮部主事王照呈請代奏一摺設敎部請巡幸皆似通非通之語牽强附會頗似唵囈現經　皇太后查閱王照所呈條陳顯係與康有爲結黨當令步軍統領衙門嚴密查拏乃王照早經遠颺頃聞八月十七日經步軍統領拏獲王照之兄吏部主事王倬其弟南營都司二人並洪姓一人送交刑部收禁未悉知何訊辦俟訪明再錄

畏罪投井　○安定門外小關地方某宅墳地墳丁黃某因手中空乏偷伐樹株變賣得錢花用墳主查知意欲送究琴堂詎料黃某畏罪乘間投井自盡經報案相驗詳城咨送刑部訊辦

朝審名單　○浙江司　一起絞犯二名王六于二均聽從夥搶婦女已成　一起絞犯一名金二卽金定榮誘拐幼女　一起絞犯一口李氏誘拐婦女　一起絞犯一名李泳汰卽李八竊盜拒捕刀傷人　一起絞犯一名魯二鬥殺　湖廣司　一起絞犯一名常山誤殺　河南司　一起絞犯一名溫五兒卽得海誘拐婦女　山東司　一起絞犯一名得增鬥殺　一起絞犯一名閻四共毆一起絞犯一名常得毆死妻　山西司　一起絞犯一名郭三郭淩阿鬥殺　四川司　一起絞犯三名呂授溥鬥殺　一起絞犯一名薛來喜太監在禁門開設烟舘　一起斬犯一名劉莽卽劉鴻山故殺　一起斬犯一名焦得海卽焦八鳥鎗殺人　廣西司　一起絞犯一名劉得詳卽劉羣强奪良家妻女爲妻　一起絞犯一名瑞增卽瑞淋鬥殺　雲南司　一起絞犯二名王三鬥殺　一起絞犯一

名董十門殺　貴州司一起斬犯一名盛蕣謀殺　一起絞犯一名常棲門殺　一起絞犯一名張二格誘拐子女　以上共四十二起共四十六名口　此單已完

督轅門抄　○十八日晚見　通永道李大人辭　那大人晉　本府李大人　十九日見　袁大人　江安糧道吳大人　黃大人建筦　本縣呂增祥　補直隸州蔡紹基　大沽千總章鈞生　税務司賀璧理

督轅批示　○撫甯縣斗秤經紀李承恩呈批仰撫撫甯縣按照呈情傳集兩造人証查驗牙帖秉公斷結具報勿稍偏延粘單帖存

直督將臨　○裕壽帥前由京電知袁慰帥於廿日接篆各則均已紀報茲於是早復由京電云明日中車抵津入署接篆任事

護督壽辰　○二十日爲護理直隸總督袁慰帥壽辰通城司道文武各官均於十九日午後趨赴行轅叩賀聞慰帥傳云所有恭送賀禮者一概不領云

方伯　陛見　○上諭裕壽泉方伯着調補江甯布政使已見邸抄茲由省來信云直隸藩台調補江甯藩台裕方伯於十八日由省赴京　陛見所遺篆務委直臬廷廉訪暫行護理俟正任到再行交卸云

勢當循理　○自査拿康有爲之日京外人心惶惶本津卽有傳言某國兵船若干停泊某口某國鐵甲若干停泊某處有以爲襆防俄者有以爲英保中者謠言肆起草木皆兵本館恐惑人心未敢錄報頃乃紛紛傳說某國有兵若干名砲若干尊卽日進京其在入國京館尙衆之語因思各國兵船停泊口岸蓋用以護商也京師非通商之地又無大宗行棧何必用兵且公法公理開化之國從無駐兵於人商乎獅之例砲火更在禁例之中況與中國最睦之邦商務最盛之國豈不知京師爲國之根本一有儆聞必致通國人心浮動羣起相爭得○嗬害商乎卽或另有別情恃強爭勝想廟堂諸公必當有以解釋也

偸得枷來　○□木賊被海防公所獲往竊木送縣一犯大令訊畢卽飭枷號交該管地保發往偸木處示衆期滿再行釋放求木未得求得一枷猶是木也此台兵下無情矣

大鬧茶園　○昨有蘆台羅聲數人在河北三條石某茶園因聽戲喝采與護衛營勇丁口角遂至用武一時園中茶碗齊飛棹橙亂響碎聲聲折木聲叫罵勸解聲□□攜一鼓聲聲並聲起而戲聲則戞然止矣聞園主欲赴營稟控未知作何辦理俟訪再登

剪綹可恨　○日昨路經鐵橋見老嫗經該處包袱放聲大哭觀者如堵好事者從旁詢問據云北鄉人韓姓子婦城內某富室傭工日前來津探視隨支工價英洋六元回家用度□不酸饑止値開橋因人多擁擠被綹割破包袱將銀洋全行竊去自思天氣漸寒衣食恃此一旦被竊全家未免凍餒不覺痛哭等語聞者莫不□□云

走路防跌　○河北窰窪張某骨董生理昨晚由市歸□不至斬浮橋對面適來一車張躲避不及跌落艙內摔折右肱車夫乘間遁去看橋夫倩人扶掖送至其家延醫調理折骨接續敷以刀圭□□命據云非百日後不能復元行路荒疏者曷以此爲前車之鑒耶

風災續述　○六月二十夜福建風災爲患所有沿海地方民屋遭風傾圯者無數□長門各營兵房亦有倒壞者事後經洪子青統領稟報上憲撥欵興修業已派員估定工料擇日興工詎至上月十三日風伯又復揚虐溺者□於前一時凡各兵房之未壞者亦被刮損屋瓦片片隨風飛舞如燕子凌空而去民人壓死者無數五虎口內外大小船隻同時被災□力收拾不勝屈指有桅舵破斷隨波逐流聽其飄浮者所損人口十死八九連日死尸相屬不絕隨潮而下由附近各船及救生船撈葬局□用棕繩牽帶隨地埋掩亦慘矣哉

潮屬教案　○日前惠潮嘉道聯觀察因公進省見大憲面陳一切乃節旌未返忽聞潮屬地方出有教案□觀察接□□電之後立卽登程而回免至釀成大事多所棘手但電文簡畧未得其詳俟有所聞再爲登錄

嶺西勦匪　○西省勦匪屢獲勝仗雖防兵未撤逆類已東散西奔昨又接西省友人函云蔡還浦都戎帶領勇隊於□月二十

九日在容縣之綠涯洲地方與賊交戰至六月初二日連獲勝仗傷斃賊匪數十名擒獲十餘名解縣正法餘黨逃散又六月十三日鄭惠霖協戎督率安勇至北流縣境力行勦辦生擒戕害金大令之兇犯駱亞木等七名匪首李立亭之妾李梁氏亦解縣研訊明確立予斬決及十九日鄭江兩協戎督隊會合西軍進攻大塘鄉賊巢該匪出村拒敵勇隊分左右夾攻開花砲隊發彈轟擊自晨至夕斃賊甚多直搗大塘左右之秧地塘上馬石兩小村巢穴二十日又出隊攻破新村大塘村生著塘等村將砲樓賊巢一幷焚燬林內伏莽盡數誅戮二十一日復出隊搜捕大容山大霜郁賊巢該匪拒敵勢甚兇猛發炮互擊而勇丁奮力直前生擒匪類多名復斃數十名奪獲軍械不少二十二日又與西軍分途攻勦林山郁彭郁匪勢不支四散奔逃焚巢燬穴逐處搜剔又獲軍械無算該匪黨迭經擒斬死傷不下數百人縱有漏網潛匿西山將來合夥大軍進攻老巢不難悉數殲除矣合亟登報以釋杞憂

光緒二十四年八月十七日京報全錄

宮門抄〇八月十七日理藩院　鑾儀衛　光祿寺　廂黃旗值日　無引　見　載瀛假滿請　安　直隸臬司周蓮請　訓　吳樹梅謝授湖南學政　恩　徐會澧謝署缺　恩　普公續假五日　成公續假十日　英侯續假十五日　召見軍機　周蓮　趙舒翹

〇〇奴才恩澤跪　奏爲邊軍迭次遵　旨裁汰勢已不敷分布實難再議歸併謹就現有各營咨調教習實力操練並擬另籌津貼之法恭摺仰祈　聖鑒事竊奴才欽奉五月初一日　寄諭今日時勢練兵爲第一大政練洋操尤爲練兵第一要著惟須選教習以勤訓課核餉力以籌軍實統限六個月將併餉練隊及分紮處所妥議覆奏欽此並鈔寄戶部兵部會議御史曾宗彥請改洋操原奏前來正欽遵核議間又准兵部咨到軍機大臣等會議順天府府尹胡燏棻奏請練陸軍出使大臣伍廷芳奏京營陸營參用西法等因原奏一件五月二十一日奉　上諭着該將軍督撫歸入前次戶部兵部議覆御史曾宗彥請改洋操摺內一併迅速籌議切實具奏欽此仰見
朝廷殫心兵事力圖自强奴才具有天良自當加意整頓溯查江省邊軍之設初爲前將軍文緒因地方多事奏練精銳營五千人光緒十六年將軍依克唐阿奏將精銳營改爲鎭邊軍加添二千五百人歲支部餉六十八萬餘兩此爲鎭邊軍馬步十八營之始是其始設額亦不過月餉五萬餘全隊七千五百人耳自奉二十三年三月初四日諭旨飭令各省裁兵節餉奴才奏請每營抽減二成裁去馬步水師共一千五百人並照二成裁去長夫六十二名於是鎭邊十八營僅餘八成隊矣自讀二十三年十一月二十五日暨本年正月初四日兩次諭旨着將防營勇丁實力裁汰員弁亦嚴核減奴才復奏請抽裁馬步水師共四營並行營營務處各統領營務處各營教習另於省城挑練炮隊一營於是所餘八成隊之十八營又僅十五營矣先後兩次節餉銀十六萬七千五百五十餘兩刻只歲支餉銀五十一萬二千四百餘兩此鎭邊一軍兵數餉數之實在情形也江省地處極邊迴環四五千里山河叢雜游民紛來與古先風氣各安樸拙者迥不相同其東西北三面處處可慮南境雖界吉林腹地又係蒙民雜處靑黑二山盜匪間作金礦煤礦之纍營旗荒民荒並放無一處不待彈壓即無一處可少兵力原額十八營實亦不敷分布況今日乎況再併乎部臣謂勇營兩名乃練洋操一名各省綠營勇營兩項一年統需銀三千萬兩約可練洋操二十餘萬人以此類推江省現餉五十萬不過練兵三千有奇以江境之大近事之繁需兵之多僅以三千人恐智者無以善其後矣至胡燏棻請裁虛額以八成爲定等語江省實額固係如此此兵單地曠難再裁併之實在情形也竊閱泰西向章各國亦非一律爲試如部臣所議只在練之何如耳邊軍向敎英操奴才到任以後改敎德操步伐止齊進退起伏分隊合隊站槍跪鎗以及馬步所練馬上急伏擊刺各項技藝奴才每次調閱均能練熟惟地營諸法均未習練口號營規亦或不能與內省新軍盡出一律謹當恪遵　諭旨咨請北洋新建陸軍酌撥教習前來以資訓課奴才並當加意督飭務使兵收實效餉不虛糜以仰副　聖主整軍經武之至意分紮處所奴才前於光緒二十二年二月二十八日具奏征軍回省量爲變通通肯克音湯旺都魯等河又相繼開荒礦儘恃馬隊三起實難兼顧歷年兵力皆側注於東南隨時變通不計外現在炮隊一營駐省馬隊四五兩起駐省惟邊軍餉制正兵每月四兩馬隊加乾三兩江省銀價低賤糧貨奇昂復値連年水災近又有人重價採購從此繼長增高不可復落然省城呼蘭猶稍愈也若愛琿一城糧貨轉自省城呼蘭又較省城呼蘭價昂數倍其沿江卡倫糧貨轉自愛琿者更無論已故論邊軍之苦卡倫爲最愛渾次之省城呼蘭又次之胡燏棻謂月餉不足贍身家誠與邊軍情形相合又右路移紮呼倫貝爾該處向不產粮必須轉自

省城此項運費亦殊不貲夫饟項固不必過優亦不可不使自給　諭旨所以飭令核饟力以籌軍實也無如爲勢所限無可再裁就餉騰挪實有未逮現擬另爲設法津貼容俟籌有的欵再當另摺陳明再本省旗隊現已咨商各城亦俟商妥另陳所有邊軍勢難歸併謹就現有各營咨調教習實力操練並擬另籌津貼緣由謹附片具陳伏乞　皇上聖鑒　訓示謹　奏奉硃批該部知道欽此

○○張汝梅片　再臣接記名提督正任曹州鎮總兵萬本華咨稱本華由行伍出師轉戰陝西甘肅台灣等省歷保今職前蒙　聖恩簡放曹州鎮總兵於光緒二十三年九月到任矢勤矢慎以期勉効駑台惟是隨營二十餘年屢受風寒烟瘴積於胸膈本年春間因卸篆在省偶感時症觸發舊病忽得吐血之症延醫服藥迄無稍效伏念時際艱虞本華受　恩深重且年甫五十三年正當力圖報効斷不敢稍耽安逸自外生成第病日益加劇一時難望速痊咨請代　奏開缺俾得回籍靜心調理等因臣查該鎮久歷戎行謀勇兼備在任年餘整飭營伍遇事認眞深資臂助茲因觸發舊病轉成吐血之症見其病體委頓係屬實在情形合無籲懇　天恩再准該員萬本華開缺回籍調理出自　鴻慈如蒙　俞允所遺曹州鎮總兵員缺應請　旨迅賜簡放以重職守理合恭摺具　奏伏乞　聖鑒　訓示謹　奏奉硃批另有旨欽此

頃接山左友人郝希孔兄來信據云東省水災久爲昭著惟今歲黃河決口已知八處災情大異往年澤國之區二十餘州縣計　高苑　博興　樂安　齊東　新城　蒲台　利津　濱州　章邱　歷城　齊河　德平　禹城　肥城　東阿　范縣　平陰　壽張　陽穀　東平　汶上此二十餘處居民廬舍墳墓盡行漂沒其災民數百萬啼飢號寒無所歸賁思及存無餬口沒無餘地令人傷痛無已現在雖經　大憲多方賑救無奈欵項奇絀惠難均霑此等時光若能措欵來賑而功德實屬無量云云查本年東魯水災誠甚於昔年無如僕等自庚寅順直被水連年籌辦義賑勸捐一節早成弩末徒喚奈何惟謹將郝君來函登諸報章以供衆覽伏望大善仁人君子慨發慈念往賑災黎則功德不可言量矣僕等不禁爲億兆待斃生靈馨香祝之　津門義賑同人具

施救吞烟　白鴨血及人糞汁皆爲救吞鴉片妙方爲其吐耳然效與不效或未可必茲上洋白藥粉專救吞烟經驗多人萬無一失法用白藥粉一劑加熱水一碗冲藥溫服服畢以二人扶之行走不住卽易吐出若遲至半刻不吐再服一劑不吐仍卽再服一劑總以吐淨鴉片毒爲度吐後多飲淸水仍令一吐再吐至所吐之水澄淸無汚其毒乃盡可慶更生切不可用煤油醬油等方誤灌致傷性命如吞烟後一時取藥不及先以食鹽三錢攪冷水碗許灌入暫殺其毒以待藥至卽急灌救如吞烟歷時甚久昏迷欲睡此係烟毒已發恐一吐猶未能盡淨必須　二人扶之行走另着人用竹竿打其兩腿皮肉務使知痛驚醒終夜不睡睡則難保無虞矣此藥西頭流水溝西河沿立興成糧莊暨金華園西河沿聚豐恒糧店河東十字街西存仁堂樂局中義當東愼修堂閤宅均爲施送台併錄報使遇此事者就近救急　諸善士如欲購捨此粉上海大馬路科發藥房及津郡老德記等大藥房均有價亦甚廉豫備不虞古之善道願我同人勿以小善而不爲也　同人公啓

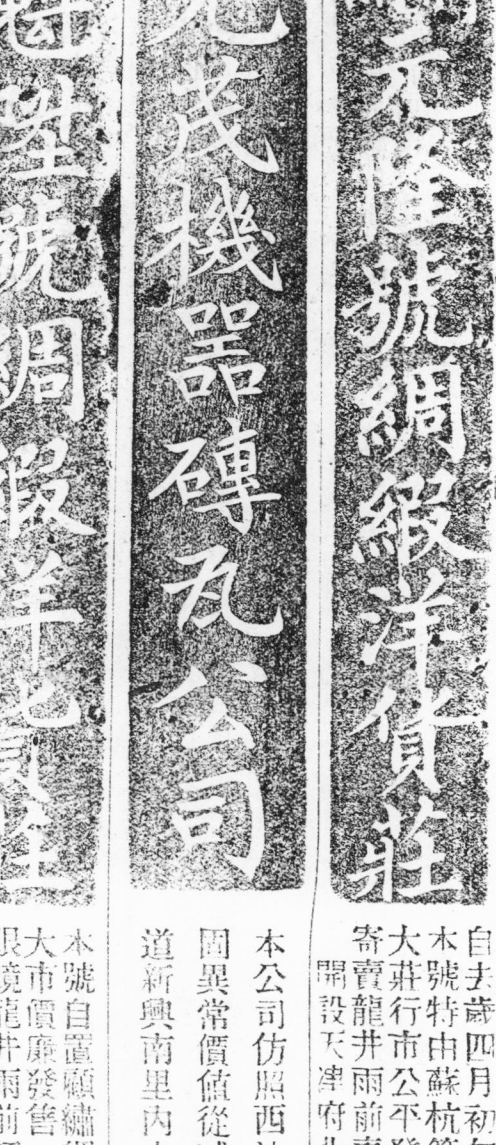

代辦各種機器告白

敬啓者余自去歲代辦各種機器業　蒙紳商賜顧並無遲悞今又向英國着名大廠代辦各樣紡紗織布造磚炸毛等機器以及各行應用各樣機器零星物件定日交貨不能遲悞如　貴行包辦常年機器人工煤料或安設各樣機器價値格外相宜如蒙　貴官紳商購買者請至英新租界福仙永茶園看圖面訂可也特此佈聞

寗子卿謹白

論義快覽

功令改試經義論策新章初立學者苦無佳本本齋舊藏雨田史論兩冊世鮮藏本近因同人多來假抄幾存日不暇給之勢爰亟印行以公同好在天津文美齋寄售並各書坊分賣本齋又輯有經義導先集二本皆從前人各文集中廣爲搜羅採擇成帙而以四書精義揭要付其後亦卽日印出由文美齋付售

竹素齋主人白

改科欣賞集

啓者自考試改爲論策經書義新章甫定學者苦無佳本本齋誦選各書院課藝及他方郵寄之稿四種皆備先排印兩卷以公同好名曰改科欣賞集總售處東門外磯子衚衕王宅并於東門內二道街路北六號旁陳宅內寓本齋發莊寄售處同文書局文美齋鄉嫚書莊寶森堂萃文魁端芝閣及各書坊早於八月初五日出書願購者請先睹爲快

澄思齋主人啓

告白

敬啓者茲因自蓋三層鴻春大樓開設番菜館以來生意稍佳奈因福仙戲園關閉不開兼之敝號生意寥寥故今敝東公議欲將小號出兌出賃均可任便所有店內一切各樣家具等件一併按單點交不悞有願兌賃者務速駕臨敝號面議以免先後自誤可也特此佈聞

海大道鴻春樓主人謹白

天后宮北
義興順綢緞莊

本莊自置頭號綢緞綾羅紗絹哈喇大呢羽綾羽毛各樣花素洋布南貨雅扇桂油頭油香粉胰皂蹄安貝松泉湖筆一概俱全

頭號杭寗綢		
頭號摹本緞		
紅梅茶	每斤	九百六
紅茶	每斤	六百四
紅茶梗	每斤	二百二
龍井茶	每斤	一吊八
金百壽棉襉裙布裡	每套	五兩八
雜色金刀絨	每尺	五錢五

新開
天吉齋京靴店

本店開設天津府東門外天后宮前路北門面二間本號專辦京莊上上材料專做京都滿漢朝靴各款鑲繡插鎖金式名鞋一應俱全貨高價廉士商賜顧者請認明本號招牌庶不致悞本店擇於七月十三日開張

本號特白

告白

浙紹朱鈍翁先生術嫺心細游津十年屢臨重症均各穩愼近治勞瘧膏淋霍亂癰羅痧並婦科產後小兒喉癰俱喜回春久寓慟勒菴

告白

茲因錦衣衛橋正骨科蘇靜軒三先生令孫名蔭棠字子甘少大先生承授家傳跌打損傷接骨等症分此在侯家后歸賈胡同太山菴西開設永生堂藥店自置藥材丸散俱全並家傳筋骨疼痛風寒膏藥蜜藥專治舒筋活血止疼丸散膏丹門診過午不候並施敷藥

同人公啓

告白

昨天福茶園併各戲館登報演唱左公平西新戲系官軍戡定番回故事其中褒貶不無過當予等恐有循名不核實之徒見有回民糕拌必致妄起衅端況地近華洋交涉之處猶爲可慮因婉懇
貴園班主人停寅此戲以消未萌之患　貴園班諸公深明大義慨爲允諾併許明永久停演予等無可稱謝急登報章以聲謝好義之極云

清眞寺執事人等公啓

告白

靜致盧八月初一日會課陸沛郇部戎宣贈紫豪筆二十枝龍鳳墨二十錠延齡舒霞太守贈詩箋二十合張勛伯大令廣建贈石印書五種

本盧主人登報

京緞零剪
減價售現

零剪

高鴉青		一千三百五
正號元青貢緞	每尺	一千四百文
中號		一千一百文
副號		八百八十文
眞杭青金銀庫緞	每尺	二千一百文
眞裕順曾皮絲烟	每包	一千一百文
南京鹹鴨（大）	每支	一千八百文
南京鹹鴨（小）	每支	一千二百文

寄售

龍井	每斤	一吊七百文
雨前	每斤	一吊一百文
珠蘭	每斤	一吊四百文
雀舌	每斤	九百六十文
蜂翅	每斤	一吊二百文
紅花	每斤	六百四十文
小種	每斤	一吊二百文

本號自製元淺京緞蕙售零剪杭綾衣線官燕金腿南貨精貨一應俱全近因錢市漲落不同分別減價抑因無恥之徒假冒南味字號者甚多雜云謀利誠恐亂眞欲辦蕭猶用煩楮墨

天津宮北大獅子胡同公益仁記南味功謹白

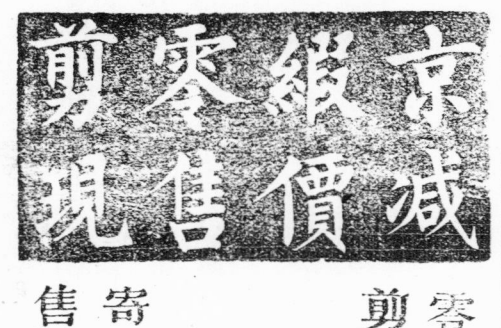

光緒二十四年八月十九日
直報
第七版
二八九九

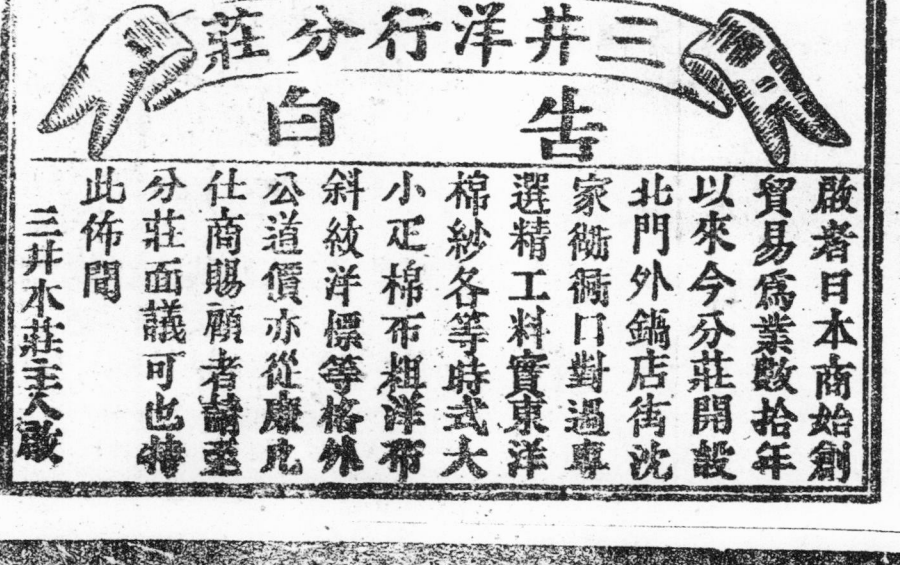

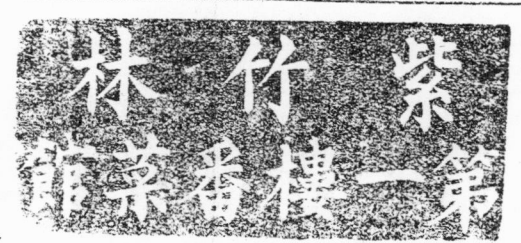

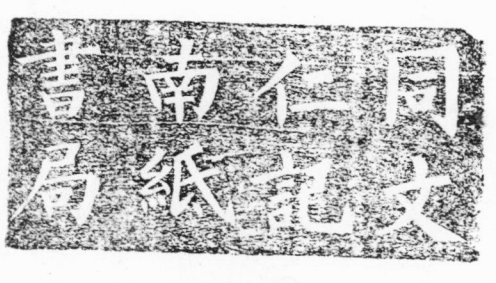

開設法國租界
天津紫竹林北大街
天福茶園
特請京都
崇慶名班
京都上洋姑蘇山陝等處
各色文武　頭等名角
八月二十日早十二點鐘開演

小邊長十東發自蓋高張楊姜王安羊白于
三義七發來天玉長福小喜喜桂喜文景
寶臣祿紅亮生紅雷喜全保五雲秋壽全五

延安關　宮門帶　三上轎　雅觀樓　鴻鸞禧　八大錘　代斷背

二十日晚七點鐘開演

全小十發十高李王鄭謝李于蘇白常趙于
連二一玉吉孝鐵才長廷文雅斌景
班仲紅生紅喜瑞雲泥寶全報全全秋恒五

大獻瑞　打登州　大報仇　獅子樓　瓊林宴　鐵公鷄　衆武行

開設英國租界
天津紫竹林海大道旁
福仙永茶園
特請京都
永慶成班
京都上洋蘇杭山陝等各處
頭等文武名角
八月二十日早十二點鐘開演

劉張潘陸香賽海洒霸李周馬元李嚴朱衆
桂鳳桂春霄呂棠金州殿春雲元殿寶子武
林台芳蘭旦布紅紅紅元全仙旦元恒久行

龍虎門　戰太平　富春樓　玉棠春　小過年　趕三關　紫金樹　落馬湖

二十日晚七點鐘開演

賈李潘小小胡孫嚴朱十周張元香海霸小
星德桂德秀蘆福賢子六春鳳元霄棠州秃
橋山芳生紅紅祥恒久紅全台旦旦紅紅紅

打金冠　鐵蓮花　桑園會　雙八蜡廟　衆武行　羣臣宴　全班合演　大思志誠　客煩

開設馬家口下娘娘廟前
天仙茶園
特請京都
玉成全班
特請京都山陝姑蘇上洋等處
頭等文武名角
八月二十日早十二點鐘開演

徐李牡劉十馬章董李小陳陳楊李盧飛賽
文慶丹小四連金志玉金連保永天來燕
壽長花黑紅登虎斌全鐘桂七珍華飛鳳飛

醉寫　青沙帳　三擊掌　過新年　失街亭　罵閻　盜魂鈴

二十日晚七點鐘開演

馬李十徐章李滿陳小小靈紅准衆楊黃溜
連慶四文金永天崇金玉芝菊武寶月溜
登長紅壽虎華飛云盧磬草花演行珍山旦

打鑾駕　廣泰庄　刺虎　巧連環　洪洋洞　拾玉鐲　乾元山　回荊州　蘆花蕩

開設馬家口南興基新馬路
天桂茶園
特請京都
慶吉祥名班
特請京都山陝姑蘇上洋河南等
頭等文武名角
擇日開演

八月二十日出口輪船　禮拜三
景星　輪船往上海　太古行
海晏　輪船往上海　招商局
泰順　輪船往上海　招商局
承平　輪船往上海　礦務局

八月十九日銀洋行情
天津通行九七六錢
銀盤二千三百五十八
洋錢一千六百五十五
紫竹林通行九六錢
銀盤二千三百八十八
洋錢一千六百八十文
洋錢行市七錢一分

直報

本館開設天津紫竹林海大道老菜市氣燈房巷內

光緒二十四年八月二十日
西歷一千八百九十八年十月初五日
第一千百九十五號　禮拜三

上諭恭錄

上諭直隸布政使着廷杰補授廷雍着補授奉天府府尹長蘆鹽運使着萬培因補授欽此

禦侮要言

時事緊急强鄰逼處伏莽時興內峠迭起患深矣可奈何或曰强鄰所以逼處者爲國弱宜練兵伏莽所以時興者緣法疎宜辦團內峠所以迭起者因勢分宜一權是三說者皆是也皆非所以弭患也患不在於既事之後在於未事之前衆見爲患而後設法爲防立一法生一弊前患未除後患踵起法中之弊未去法外之弊叢生防不勝防並其防而撤焉則患在目前當更不堪設想然則奈何曰中外所以多患者由於爲患者之敢於生心實由於生心者之敢於予侮其所以敢予侮者非以我械不利勇不多也非以民不衛身家不報國也非以卑之可以凌尊小之可以加大也不觀中東一役我船既堅且多我砲既大且利我勇既衆且壯我民皆遐邇同心我官皆文武相制而我兵未戰而敗我將未戰而亡我氣未戰而奪由是而番回而粵逆而川匪接踵以興而守舊而維新分黨排擠我何以衰若此彼何以盛若此豈時使然數使然歟蓋嘗察於我將有令而面從心違我民有志而始奮終怠我官有方而名是實非面從心違則操演有足觀臨敵無足恃始奮終怠則成軍爲甚易行軍爲甚難名是實非則責人者過於厚責已者過於薄將令不行民志無成官方莫叙遂使堂堂中國虛器僅存大而無當是不可悟致侮之道起患之由知敵之窺我於事前者固非一朝一夕胡弗思懾其侮心謀所以戰勝於朝廷耶夫朝廷上戰具爲何總不外此政刑而已政無不該刑僅居爲政之一刑實要爲政之終教養所不能行者非刑莫行使第襲無爲美名措刑不用應革反因宜修反墜有奸不知知亦不詰以仁廢刑刑廢則政廢姑息養陰滯之氣則不仁愈甚何如揭巳敝令典使開發以翼陽明俾祥刑之爲仁更大也夫平素飾德飾禮此異日張皇所伏也急切議兵議餉此疇昔叢脞所積也刑顧可忽乎哉且夫刑者兵之細者也兵者刑之巨者也三代而後未有不用刑而致治者用刑而不能致治毋亦刑有未明乎果明其刑以弼政刑無不允卽政無不平卽人無不服何忍侮亦何敢侮陰雨之詩曰迨天之未陰雨徹彼桑土綢繆牖戶今此下民誰敢侮予孔子以爲知道孟子謂及閒暇明政刑大國必畏夫望人畏而不明政刑是廢綢繆而望家室不飄搖因人侮而並棄政刑是因飄搖而自毀家室家室愈不可保也夫亦惟仍勤綢繆而已愚禦外侮亦惟仍明政刑而已昔舜時有苗不服乃舞干羽流共工放驩兜殺三苗而殛鯀有苗以

格天下咸服刑明故也今創痛之後時事緊急所大幸者我　皇上　皇太后洞燭僞妄預消亂萌擇其言可行者初不以人廢言其不可行者更不以言舉人魔嶂豁然光華復旦幽囚徒流大辟惟允惟平刑已明矣所尤慮者二憾遠颺我之罪人人之奸細雖鷹鸇逐雀理有固然而豺虎食人心必不死且將弄其狡獪萬變不窮急當時時處處籌備機宜防其不測邇日京師匪徒無端與洋人尋衅焉知非其所使冀藉此啓中外爭端而無知愚蒙隨聲附和抑大謬矣所宜速爲嚴拏重懲毋縱毋枉中外人民俱爲一體賞罰臧否不宜異同且　國家懷柔遠方來則安之　輦轂下豈容匪徒玩視王章狂悖乃爾務獲究辦以示明刑此外有藉端要挾恫喝者則據公法折之治化之邦無不講理鄰國有辭諸侯賴之況大國乎此亦戰勝朝廷禦侮無形之一會也時乎時乎想我政府持正不阿無煩杞人過慮耳

王主政呈稿　○泰西國主或隨意偶遊街市百姓見之脫帽爲禮以表親愛兩君相會路旁萬聚歡呼跳舞而不之禁此我入鄰境不能獨異者也卽在我國境內亦宜變通近世凡有巡幸先期數月地方官將　御路左右村市廟宇飭令修整以壯觀瞻不令露彫殘之狀夫古者陳詩納賈就向百年於民間實際惟恐不周知周禮雖有出蹕不過淸道去阻礙而已近世警蹕日嚴　鑾輿所經除例得跪迎人員及軍校外闃其無人此蓋後世人臣束縛人主之術故爲鄭重勞費令其不敢輕動藉便蒙蔽之私圖今將考証於中外之故正宜破此積習何可因過慮而自蔽聰明擬請　皇上先請於　皇太后特下明詔以後　鑾輿所經安堵如常勿得修飾避匿境內境外之象呈斯爲敗爲興之原著然後善則稱親以孝治鎭服天下而天下莫敢復持異議此轉移之術二也一請專設教部以重宗教而免糾纏也自來陋儒墨守章句皆藉口於懼滅聖教於是經濟家特標明西法不外孔教惟近日談時務者拘文牽義專欲以儒書課經濟如科場新章三場始就經義如額取中夫前二場考政藝各事所選之人平日功力層累繁重戞戞其難至第三場專較文字三人去二而所謂四書義經義者果道乎抑不過如前此之文章乎時事至此尙以務虛名而隳人志氣阻人精進乎夫　孔子之道無所不賅而道德與政藝各分體段相貫而不相雜譬如醫理徧身知覺運動皆由腦筋無徵不入而先生高論遂令弟子之學治手足胸背臟腑牙骨之疾者皆於腦求之竊恐徒延歲月卒無一有把握之醫學生也夫西人之深入其教也亦謂各項有用之學皆原本於其教亦非虛言也然其設官分職以正人心厚風俗也則有特派之總監督焉各教會教堂隸之以育人材資幹濟也則有學部焉大臣統之大小各學堂隸之其教會教堂徧於國內通國無一人一日不在教中此奉教之事也若大小各等學堂亦徧於國內每七日中盡其六日除晨夕饔飧祈禱誦其揭言外孜孜講求小學政藝各學循序而進或兼習或專精繼其才力所至月考季考歲大考各等學堂以次上升以備國家之用其功令與教事無涉此育才之事也亦有不設總監督者則兩類之事統於一官仍係分治而不相混今欲以　孔子之教正人心而如此牽雜於各等學業之中恐徒多論說人才不出而孔教益微今請以西人尊奉而教之法尊我　孔子之教以西人培植人才之法育我中國之才特設教部就翰林院爲教部以年高之大學士統之專講三綱四維經常大道翰林官討論之學政督之教職勸之飭每邑各鄉皆立公所聚講儒書令鄉老族長書其品行之優者具結上陳教官訪其確否徇隱者並罪之勿得如前此之舉優視爲具文三年一考考以四書義經義每州縣拔一二文行兼優者作爲優貢生備作教官其章服禮數格外優異以榮之廣勸教品讀書仿傳教之法以行孔教此教部之專責無難恢之彌廣也至各學堂政藝專門各業亦自博大精深層累而上爲生員舉人進士其升考之際皆專以經濟定去取亦帶課經義而已若學堂之學生係曾爲優貢生者遞考升入大學堂成進士後卽用爲翰林以備作相非優貢生之進士經義較優者亦拔爲翰林其餘因材器使槪不以文字繩如此決定程途然後道藝之說不相糾纏有眞品而無浮議人才可望有成此轉移之術三也倘蒙　采納施行則疑惑悉解衆志成城然後新政遞頒方可令行禁止無所阻滯矣伏乞代　奏謹呈　此單已完

督憲抵津　○裕壽帥由京來津各節均已登報今早八點鐘壽帥由都乘坐火車十一點鐘抵津　聖安在火車站袁慰帥率司道恭請　聖安卽請壽帥進署吩諭卽日申刻接篆慰帥將欽印督印鹽印派中軍祗送督轅屆時接受云

謙尊而光　○今日恭逢袁慰帥壽辰同城文武各官俱赴行轅叩祝慰帥一概擋駕昨日各官近賀亦一律擋謝云

憲諭照錄　○欽命護理北洋大臣直隸總督部堂袁　爲出示曉諭事照得本國鐵路原爲載運商貨客位及本國奉調軍營而設其他國兵丁軍器如無特准明文無論多人不准裝載特諭

阻止西兵　○英國兵欲進京昨已畧志報端聞護北洋大臣袁欽憲飭關道李觀察向英領事愷切陳說力行阻止欽憲並出示車站不准載送又派兵在車站一帶彈壓恐無知匪徒乘機滋事今早六七點鐘時西兵之在鐵路觀望者尙有多人云

鬥毆餘聞　○前登三間房腳行與藥王廟後腳行鬥毆炮炸自傷一則茲聞其人並非自傷繫爲對頭人用鎗轟擊被傷制命數處事已拘案審訊惟藥王廟後劉姓聞風遠颺又聞三間房某甲暗邀水梯子混混假用蔴袋裝運器械以備不日惡戰若不嚴爲查察恐必有一場大鬧也該管者亦知之否

衣被窮檐　○本埠及外來流氓貧窮者甚夥每屆冬令無計禦寒向賴諸大善士施捨棉衣聊以卒歲近聞諸善社已派人購備棉衣褲若干套俟天氣嚴寒卽當査放並聞如有情願施捨而無暇査放者不拘多寡送至各善社均可代爲賑濟云

煤油焚身　○河北小藥王廟後李某異鄉產開設油檜舖十五日早將夥計喚醒及早操作以便歇節安排畢李仍入室和衣而臥睡夢中不知如何將煤油燈碰倒燃着衣服迨李負痛驚醒不知所措經舖夥某甲聞聲赶視竭力撲救全身已糜爛不堪能否無恙尙難預卜

南來新貨　○景星輪船載貨計茶葉三千三百一十六頁貨八十磚茶一千九百廿綢子十件雜貨三百零四鐵器一件洋針四件土布十件鐵瓦八件魚翅二件大吉一件家具三十九茶油五十洋布一千一百八十九玻璃九百七十五共七千九百零八件

津市粮價　○八月十八日沿河頭堡西集雜糧行情列後　御河白秋麥十一千七八至十一千　生米八千六七至八千二三　紅秋麥十一千　元米八千五六　小元豆六千七八　春麥十一千五六　元玉米六千六七至六千一二　眞青豆八千　上河白麥十一千四五至十千零五六　白玉米六千六七至六千二三　吉豆八千　紅麥九千四五　花麥十千零一二至九千五六　紅高粱五千三四至四千七八　閘河黑豆五千七八　元豆七千三四　白黑豆七千二三　白芝蔴十三千四五　茶豆八千　元小米九千四五至九千　稻米十七千五六

刦署駭聞　○友自廣東鶴山縣來言該縣署昨被賊刦失去糧銀若干殊屬駭人聽聞先是每年徵解地丁向由邑尊委員落鄉徵收承辦吏役按册催徵習以爲常歷年無悞今秋七月徵得糧銀若干存儲戶房内以待驗兌呈解詎被賊匪偵悉卽于月之初一晚更魚二躍突糾黨類二百餘人闖入縣衙直進戶房將丁粮銀兩搜刦殆盡想　國課攸關邑尊不知如何彌縫得以免干吏議也

潮州亂匪　○傳聞潮州府屬邇有土客各匪勾通煽聚揭竿倡亂本地官兵勦辦未能得力各官來省禀報請發援軍省憲特調安勇數百馳往亂區勦撫兼施以冀膚功迅奏有謂該匪卽前月倡亂之餘黨勇至則散勇去則聚倘不善爲辦理恐未易肅清伏莽安靖閭閻也

廣東鐵路招股章程　○粵漢鐵路經奉　諭旨迭催開辦幷由總辦盛大臣委張弼士觀察到粵商權一切茲悉此項路費已經借定美國英金四百萬磅其餘則先集股本銀一千二百萬兩分作一十二萬股每股科銀　百兩現已擬定招股章程十條刋佈於衆其一設公司在於粵省設立辦公總滙之所幹路則由廣州經佛山至三水遶湖南以達漢口與蘆漢北幹路相接支路東則由廣州經惠州至潮州達福建西則三水經梧州桂林其二定招股立招股部編列號數分爲存根執照領部之人限兩月將存根繳交總辦核計其三收定銀每股先收掛號定銀五兩其四定銀期除收五兩外再收二十兩其餘按三個月一期分作三期每期收銀二十五兩其五給奬勵能招一百股以上給花紅股多者並可舉爲幫辦大工告成作爲異常勞績奏奬其六分溢息老本週息六釐洋債五釐每年結帳一次餘爲溢息照分其七益土著除僱洋匠外概招土人作工其八設學堂在省設立鐵路礦務學堂聘請洋師教習先准有股子弟入學其九興地利五金各礦由公司彙辦其十請廣益所有辦法到時邀集股東從長計議各抒所見此其大畧也其詳俟續報

槍砲無靈　○昔泰西有某士曾用新法製成一衣可擋砲彈厥後試驗近則不穿而遠反透過以藥彈有直力遠而愈鋭故此

衣未足恃爲行軍之用也今聞廣東有英某者博羅人也自少游歷南洋各島學得一善法能於鎗林彈雨之中縱横馳驟無所損傷前巳學成回鄉歸閭株守茲聞當道需才孔亟卽一才一藝亦准錄用況此奇技異能乎英某現已到省欲向當道試驗果能防制有術從此鎗砲無靈廣爲傳授亦可助自强之基豈徒臨陣者蒙其福庇哉

日本地震　○日本九州所屬之福岡縣下系島郡前原今宿等處於東歷八月十號晚地大震動連日不止十二號早八點鐘震更甚地忽裂陷二尺五六寸民房倒坍傾側者不計其數近處井水皆變赤色而混濁向上沸騰并旁土蠹坟起又臥牛山四周每日地中隱聞鳴響因之人盡相率外宿不敢家居昨今二日始畧覺鎭靜耳譯日本報

光緒二十四年八月十八日京報全錄

宮門抄○八月十八日吏部　翰林院　正黃旗值日　吏部引　見七十三名　直隸總兵藍斯明到京請　安　袁昶謝三品京堂並在總理衙門行走　恩　載蕙請假十日　延祉預備　召見　福珠哩遞遺摺　召見軍機　藍斯明　延祉

○○頭品頂戴兩江總督臣劉坤一升任四川總督江蘇巡撫臣奎俊跪　奏爲淮徐海等屬復被水災擬請開辦實官賑捐照新海防例請奬以惠災黎而資工作恭摺具陳仰祈　聖鑒事竊江蘇淮徐海各屬復被水災亟須預籌賑撫業經臣等另摺陳　奏在案茲據辦理賑捐局署江寗布政使胡家楨等詳稱籌賑以集欵爲先本非易易而在今日則尤難江南各庫自前歲籌辦海防早已羅掘殆盡又有認還華洋各欵本年復將鹽貨厘金改歸稅司代徵抵借餉源頓竭益覺窘迫難支無論正雜各欵苦無可撥用是此次淮徐海賑務舍勸捐外別無籌欵之法夫以捐事久成弩末而歷年各省辦賑猶必恃此爲挹注者則以直省之中偏災僅見東南財賦之地歲事尚豐紳富欲博顯揚捐輸頗資鼓舞並有虛銜抵捐實官之例以故勸捐者尚得藉手集成鉅資乃比年以來往往數省告災捐局林立勸辦不易無異竭澤而漁加以糧貴錢荒各省一轍農工商賈無不疲病物力益艱其在素封之戶頻年捐賑均已銜封疊晉無可再加又因抵捐之例不行收數益形減色上年江蘇賑捐開辦已逾七八月之久收數無幾墊欵尚未清還方冀本年通省豐收賑事截止可以徐圖歸補詎意淮　海等屬又遭水患麥穗垂熟不及搶收秋禾在田又多淹沒就目前情形而論邳州宿遷海州沭陽被災最重睢寗銅山蕭縣豐縣贛榆安東桃源清河阜甯低窪處所亦均受傷統計災區仍有十餘州縣之廣此時之急辦安撫及將來通籌工賑一切端緒極繁況値上年災祲之餘徐海地方民俗素稱强悍其界連東豫等處兼有大刀會匪潛相勾結並以光緒二十一年滋擾教堂之案未得逞其所欲時思藉端報復窮民飢寒所迫煽惑易從尤須妥爲撫綏俾免流離失所庶不致挺而走險貽害地方又如上年興修河堤各工經此次漫溢沖盪必多淤墊殘缺亦須俟水退後大舉浚治乃能資以宣防永爲利賴然此數大端需欵均鉅約畧計之非百數十萬金不能濟事江南庫儲如此物力如此將何以堪若僅稍事補苴不爲久遠之計顧此嗷嗷之衆亦何忍聽其連年顚沛　國家深仁厚澤淪浹寰區每遇大災　恩發內帑部欵至數十萬金而不惜但際此部庫亦非充裕何敢遽請撥欵再四思維非就賑捐暫予變通不足以資集事溯查前次海防籌餉紳富捐欵至百數十萬近年鹽商報効亦屢經認捐百萬皆因准奬實官是以輸將踴躍且查從前山西河南賑捐亦有請奬實官成案全活甚衆至今感頌　皇仁今江蘇淮徐海等屬災情雖尚不及晉豫之重而庫儲物力之艱則數倍於曩日擬請准令本省及僑寓之紳商富戶比照籌餉及鹽商報効之案公同集捐隨時彙繳照新海防例請奬實官以本省之捐輸濟本省之工賑保全實多大局良有裨益等情詳請具　奏前來臣等覆加查核委係實情當茲費絀用宏百端拮据此項工賑鉅欵委屬無可設籌該局請開實官賑捐誠亦萬不獲已之策民命所繫不得不迫切上陳合無仰懇　天恩准如所請俾得早日舉辦仍以一百萬兩爲限數滿卽行停止不准稍有勒派他省亦不得援以爲請庶於軫恤災黎之中仍寓愼重名器之意如蒙　俞允卽由臣衙門印給實收飭局勸辦按次造冊咨部核給奬敘所收捐欵酌量各該局工賑事宜分別勻撥並嚴飭承辦各員務使實惠及民工歸實濟不准稍有侵漁以副　聖主念切民依之至意抑懇　勅部另行撥欵之處非臣等所敢擅擬所有淮徐海等屬復被水災請開實官賑捐緣由謹合詞恭摺具　奏伏乞　皇上聖鑒　訓示謹　奏奉　硃批戶部議奏欽此

○○奴才宗室松安跪　奏爲恭報巡查　後龍風水火道起程日期恭摺具　聞伏乞聖鑒事恭照　陵寢後龍風水火道向於每年

節交白露責成各該營汎將火道荒草一律芟除打掃潔淨俾昭愼重曾於同治七年間經前任總兵景霖 奏准自同治八年爲始總兵與中軍遊擊輪流間年往查一次並總兵巡查之年由永濟庫動支經費銀三百兩歷經辦理在案今輪應奴才巡查之年所有經費銀兩自應按照新章支領八成銀二百四十兩茲據各營汎呈報芟割火道將次完竣奴才卽擬於八月二十日起程前赴，後龍周歷查看除俟查畢再行具 奏外謹將奴才巡查 後龍風水火道起程日期理合恭摺奏 聞伏乞 皇上聖鑒謹 奏奉 硃批知道了欽此

御製四書五經論 國朝名家史論 四書義彙編 經義遵先集 舟車便閱小本經義 雨田史論 兩漢史論 義論正軌 改科欣賞集 歷代史事精論附五洲時務策 新式四種上下本經義 四書義史論時務策 新續五經四書義式 勸學篇 津門古文所見 津門古詩錄 中滬來斑 十朝東華錄 續九朝東華錄 大淸律例便覽 大淸律例增修統纂集成 遵四函 康熙字典上下函 時務策論 中西時務要錄 日本國志 時事新論各說 自強新論 續富國策 洋務備考 歷代史論
天津北門內府署東各報總處紫氣堂分售紫竹林北恒裕玻璃舖仝啓

頃接山左友人郝希孔兄來信據云東省水災久爲昭著惟今歲黃河決口已知八處災情大異往年澤國之區二十餘州縣
計 高苑 博興 樂安 齊東 新城 蒲台 利津 濱州 章邱 歷城 齊河 德平 禹城 肥城 東阿 范縣 平陰 壽張 陽穀 東平 汶上 此二十餘處居民廬舍墳墓盡行漂沒其災民數百萬啼飢號寒無所歸貲思及存無餬口沒無餘地令人傷痛無已現在雖經 大憲多方賑救無奈款項奇絀惠難均霑此等時光若能措款來賑而功德實屬無量云云查本年東魯水災誠甚於昔年無如僕等自庚寅順直被水連年籌辦義賑勸捐一節早成努末徒喚奈何惟謹將郝君來函登諸報章以供 衆覽伏望大善仁人君子慨發慈念往賑災黎則功德不可言量矣僕等不禁爲億兆待斃生靈馨香祝之 津門義賑同人具

施救吞烟 白鴨血及人糞汁皆爲救吞鴉片妙方爲其吐耳然效與不效或未可必茲上洋白藥粉專救吞烟經驗多人萬無一失法用白藥粉一劑加熱水一碗冲藥溫服服畢以二人扶之行走不住卽易吐出若遲至半刻不吐再服一劑不吐仍卽再服一劑總以吐淨鴉片毒爲度吐後多飲淸水仍令一吐再吐至所吐之水澄淸無汚其毒乃盡可慶更生切不可用煤油醬油等方誤灌致傷性命如吞烟後一時取藥不及先以食鹽三錢攪冷水一碗許灌入暫殺其毒以待藥至卽急灌救如吞烟歷時甚久昏迷欲睡此係烟毒已發恐一吐猶未能盡淨必須二人扶之行走另着人用竹竿打其兩腿皮肉務使知痛驚醒終夜不睡睡則難保無虞矣此藥西頭流水溝西河沿立興成樓莊豐全華樓西河沿聚豐恒糧店河東十字街西存仁堂藥局中義當東愼修堂閤宅均爲施送合併錄報使遇此事者就近救急諸君士如欲購捨此粉上海大馬路科發藥房及津郡老德記等大藥房均有價亦甚廉豫備不虞古之善道願我同人勿以小善而不爲也 同人公啓

新開元茂號綢緞洋貨莊

自去歲四月初旬開張以來蒙 各主顧垂盼雲集馳名日盛本號特由蘇杭等處加意揀選名機新鮮貨色零整銀價俱照大莊行市公平發售以昭久遠此白
寄賣龍井雨前素茶福建皮絲水烟各種眞料大小皮箱
開設天津府北門外估衣街中路北門面便是

元茂機器磚瓦公司

本公司仿照西法燒作磚瓦事屬創舉曾經通禀在案該貨堅固異常價値從減並各樣印花磚瓦俱全 賜顧者請至海大道新興南里內本公司面議可也 特此謹啓

魁陞號綢緞洋貨莊

本號自置顧繡綢緞洋貨等物整零均按銀莊格外公道皆比大市價廉發售 寄賣各種眞料大小皮箱漢口水烟袋各種眼鏡龍井雨前紅茶梗 寓天津北門外估衣街五彩號衚衕口坐北向南 士商賜顧者請認本號招牌特此謹啓

代辦各種機器告白

敬啓者余自去歲代辦各種機器業 蒙紳商賜顧並無遲悞今又向英國着名大廠代辦各樣紡紗織布造磚炸毛等機器以及各行應用各樣機器零星物件定日交貨不能遲悞如 貴行包辦常年機器人工煤料或安設各樣機器價値格外相宜如蒙 貴官紳商購買者請至英新租界藴仙永荼園看圖面訂可也特此佈聞

甯子卿謹白

論義快覽

功令改試經義論策新章初立學者苦無佳本本齋舊藏雨田史論兩冊世鮮藏本近因同人多來假抄幾有日不暇給之勢爰亟印行以公同好在天津文美齋寄售並各書坊分賣本齋又輯有經義導先集二本皆從前人各文集中廣爲搜羅採擇成帙而以四書精義揭要付其後亦卽日印出由文美齋付售

竹素齋主人白

攺科欣賞集

啓者自考試改爲論策經書義新章甫定學者苦無佳本本齋精選各書院課藝及他方郵寄名稿四種皆備先排印兩卷以公同好名曰改科欣賞集總售處東門外礮子衚衕王宅并於東門內二道街路北水謝旁陳宅內寓本齋發莊寄售處同文書局文美齋鄉嬛書莊寶森堂萃文魁瑞芝閣及各書坊早於八月初五日出書願購者請先賭爲快

澄思齋主人啓

告白

敬啓者茲因自蓋三層鴻春大樓開設番菜館以來生意稍佳奈因福仙戲園關閉不開兼之敝號生意寥寥故今敝東公議欲將小號出兌出賃均可任便所有店內一切各樣家具等件一併按單點交不悞有愿兌賃者務速 駕臨敝號面議以免先後自誤可也特此佈聞

海大道鴻春樓主人謹白

天后宮北 義興順綢緞莊

本莊自置顧繡綢緞綾羅紗絹哈喇大呢羽綾羽毛各樣花素洋布南貨雅扇桂母頭油香粉臙皂蹄安貝松泉湖筆一概俱全

頭號杭甯綢
頭號摹本緞

品名	每斤
紅梅茶	九百六
紅茶	六百四
紅茶梗	二百二
龍井茶	一吊八

金百
壽棉𧝓褶布裡每套五兩八
雜色金刀絨每尺五錢五

京都 內全盛

本店由京都移來專做全盛齋全樣鑲絨鞋亦有全樣布緞鞋各樣扎拉鑽綉扣鑲花鞋材料與衆不同樣式各外另有眞傳本店今有新添寄賣各樣旗鑾扎花坤鞋亦有鑲花坤靴一應俱全開設在天津府帶河門外樂壺洞北口巷內路北準仕商賜顧者詳認本店二字號便是貨眞價實言不二價不悞主顧

本店謹啓

告白

浙紹朱鈍翁先生術嫺心細游津十年屢臨重症均各穩慎近治勞瘧膏淋霍亂癃羅痧並婦科產後小兒喉癰俱喜同春久寓彌勒菴

告白

茲因錦衣衛橋正骨科蘇靜軒三先生令孫名蔭棠字子甘少大先生承授家傳跌打損傷接骨等症分此在侯家后歸賈胡同太山菴西開設永生堂藥店自置藥材丸散俱全並家傳筋骨疼痛風寒膏藥蜜藥專治舒筋活血止疼丸散膏丹門診過午不候並施敷藥

同人公啓

告白

昨天福茶園併各戲館登報演唱左公平西新戲系官軍戡定番回故事其中褒貶不無過當予等恐有循名不核實之徒見有回民糕拌必致妄起衅端況地近華洋交涉之處猶爲可慮因婉懇 貴園班主人停演此戲以消未萌之患 貴園班諸公深明大義慨爲允諾併許明永久停演予等無可稱謝急登報章以聲謝好義之極云

清眞寺執事人等公啓

告白

靜致廬八月初一日會課陸沛卿都戎宣贈紫豪筆二十枝龍鳳墨二十錠延舒霞太守齡贈詩壯二十合張勛伯大令廣建贈石印書五種

本廬主人登報

京緞零剪 減價售現

零剪

品名	價
高鴉青	一千三百五
正號元青貢緞每尺	一千四百文
中號元青貢緞每尺	一千一百文
副號元青貢緞每尺	八百八十文
眞杭青金銀庫緞每尺	二千二百文
眞裕順曾皮絲烟每包	一千一百文
南京鹹鴨每支 大	一千八百文
南京鹹鴨每支 小	一千二百文

寄售

品名	每斤
龍井	一吊七百文
雨前	一吊一百文
珠蘭	一吊四百文
雀舌	九百六十文
蜂翅	一吊二百文
紅袍	六百四十文
小種	一吊二百文

本號自製元[illegible]京緞臺售零剪杭絨衣線[illegible]燕金腿南貨糟貨一應俱全近因錢市跌落不同分別減價抑因無恥之徒假冒南味字號者甚多雜云謀利誠恐亂眞欲辦蠹猶用煩楮墨

天津宮北大獅子胡同公益仁記南味坊謹白

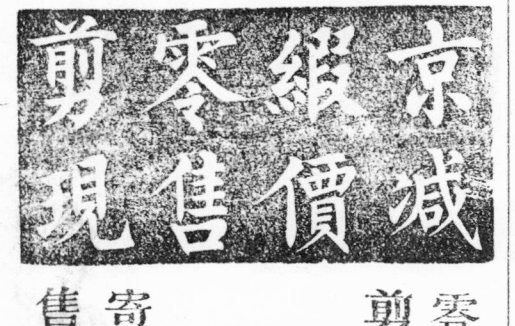

光緒二十四年八月二十日
直報
第七版
二九〇七

三井洋行分莊 告白

啟者日本商始創貿易爲業數拾年以來今分莊開設北門外鍋店街沈家衚衕口對過專選精工料實東洋棉紗各等時式大小疋棉布粗洋布斜紋洋標等格外公道價亦從廉凡仕商賜顧者請至分莊面議可也特此佈聞

三井本莊主人啟

昧石懶人沈式齋畫山水花卉索畫者紙交文美齋有潤格可閱

紫竹林法租界 三義飯店

本店專做英法葷素大菜並由外洋自運各國上品洋酒各色異味點心罐頭鮮菓食物等類一應俱全本洋樓工程告竣房間寬闊夕時均用氣燈明亮異常仕商光顧者或攜貴眷另有雅室亦足稱暢叙幽情擇於六月十七日開張至期請即駕臨賜顧是荷

本主人謹啓

海利鐘表洋行

啓者本行自上海分設天津紫竹林法租界良濟藥房對過女成衣飯店一號二號房內自製新式鐘表金銀表金表練各樣新式大小說話機器耳鳴機器金戒指金鋼石戒指大小洋鏡各樣新貨一應俱全貨好價廉格外公道在此住兩三個月後另造樓房批發諸公光顧請早駕臨海利洋行謹啓

戊戌年八月二十日禮拜三

天龍茶園

特請上洋新到

頭等名角

八月二十一日晚准演

李長奎

賣馬

啓者本園不惜重資新排左公平西一戲本擬擇日開演近因回教親友再三致意以不演此戲爲妙並非本園不能開演新戲觀戲仕商諸公諒之

本園主人謹啓

福仙茶園

新排連本

九美奪夫

此戲出在明朝成化年間胡大海八代子孫胡必松義勇忠正文武雙全在八仙院打死國舅嚴世雄　聖上降旨拿獲滿門家眷服毒盡忠身死胡必松一人逃走路遇九美許多折磨內有忠臣孝子義夫節婦山王草寇幫助保護招兵報仇許多奇文此戲二十四本暫時先排八本士商臨期賞鑒閱觀

擇日開演

福仙茶園

聘請上洋初次新到

頭等花旦

小萬盞燈

擇日開演

名醫過津

前辦東海關官醫局嚴備九二尹鳳藻日前隨嵩武軍統領孫紹襄軍門到津寓紫竹林春元棧小住數日郎赴小站新建陸軍將來能留寓津門則七十二沽中抱采薪憂者當受惠不淺矣同人全啓

紫竹林 第一樓番菜館

本號由作英法大菜各色精細點心各樣洋酒洋貨等物一應俱全並售

上　八百
上紅茶每斤津錢一千
六百

又批發茂生公司鐵海紙烟零整發售價值格外公道原箱計一百盒價洋一百四十四元每盒計五百支洋一元五角凡　仕商賜顧請即駕臨是荷風雨勿阻

主人謹白

同文仁記南紙書局

本局自印耕香館畫譜每部價洋二元專辦各種石印書籍精選加高南紙項細雅扇格外價廉廣天津東門外襪子衚衕本局啓

本局謹啓

減價

今有友人自辦陝西老土每兩津錢五百文新到梁州土每兩津錢五百六十文如蒙賜顧者請到東門內聚隆成寄售

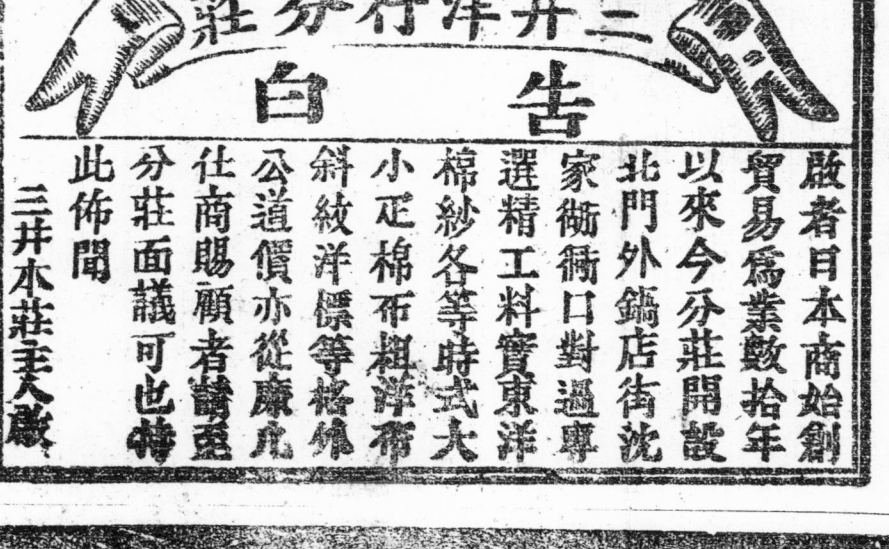

八月廿二日出口輪船 禮拜五
新裕 輪船往上海 招商局
海晏 輪船往上海 招商局

八月廿五日出口輪船 禮拜一
永平 輪船往營口 礦務局

八月二十日銀洋行情
天津通行九七六錢
銀盤二千三百五十八
洋錢一千六百五十五
紫竹林通行九六錢
銀盤二千三百八十八
洋錢一千六百八十文
洋錢行市七錢一分

直報

本館開設天津紫竹林海大道老棻市氣燈房巷內

光緒二十四年八月二十一日　第一千百九十六號
西歷一千八百九十八年十月初六日　禮拜四

啓者今擇於本月二十三日早十點鐘在本局戈登堂酌定大英新拓租界章程所有該地地主房主等屆期務祈早到爲荷
大英駐津工部局總管柏齡庚啓

上諭恭錄

上諭李端棻奏濫保匪人自請懲治一摺該尚書受恩深重竟將大逆不道之康有爲等濫行保薦並於召對時一再面陳令據事後檢舉實屬有意取巧未便以尋常濫保之例稍從末減禮部尚書李端棻着卽行革職發往新疆交地方官嚴加管束以示懲儆欽此　上諭都察院奏遵查四品京堂王照並無下落一摺該員畏罪避匿實難姑容候補四品京堂王照着卽行革職着步軍統領順天府五城一體嚴拿務獲並着順天府府尹督飭甯河縣知縣將該革員原籍家產一律查抄毋任隱匿欽此　軍機大臣面奉　諭旨嗣後京外各衙門凡有照例應用清字奏事摺件均着用清漢合璧其各衙門應用清字引見排單亦着書寫滿漢合璧呈遞欽此　上諭直隸大順廣道員缺着龐鴻書補授欽此　旨正藍旗漢軍副都統着訥欽奏補授欽此　旨分發直隸道徐楨祥顧元勳江蘇道賴紹濂陳紹棠凌盛禧貴州知府劉寅浚江蘇知府潘永齡湖北知府李常度江蘇同知文鳳江西同知張政慶四川直隸州知州楊金鐙廣東直隸州知州龍學宸江西知州許炳常湖北知州陳文琪廣東知州潘森瑞四川通判王祖慶江蘇通判劉國丙江西通判夏濟安四川通判興元奉天知縣王恩銜江蘇知縣單琳朱枚山東知縣裘祖謂山西知縣劉在德河南知縣李光侮浙江知縣程文龍江西知縣舒龍夔湖南知縣李尚卿四川知縣黃應泰廣東知縣蔡維藩廣西知縣黃承貽直隸知縣同書江蘇知縣張燕昌安徽知縣楊漸鴻董玉書山東知縣顧思孝韓作霖陝西知縣梁士選浙江知縣朱得壽唐植仁江西知縣黃作元福建知縣鍾祥湖北知縣敖式滄王汝翼張德柄湖南知縣賀國昌周鳳群四川知縣蔣式芬武迺恩曾壽祺廣東知縣黃培琰廣西知縣徐夔綸貴州知縣楊世祚兩浙鹽大使黃遜焱浙江鹽大使李祖慈福建鹽大使丁先達廣東鹽大使陳韻珂俱照例發往浙江道監察御史着孫朝華補授河南道監察御史着秦夔揚補授截取掌浙江道監察御史徐士佳保舉山東補用知府吳中欽俱照例用保送直隸州刑部主事張登瀛着交部記名以直隸州知州用察哈爾游牧主事着祥珍補授擬補國子監學正路由義着准其補授陞補安徽六安直隸州知州符兆鵬着准其陞補工部郎中着奎秀補授擬補盛京將軍衙門筆帖式鐵孚着准其補授欽此

邊防獎單　○花翎在任遇缺即補道調署長春府事吉林府知府鄂齡請俟離知府任歸道班後　賞加二品頂戴　候補州同後在任以知州遇缺即補補用州同李祈年擬請　賞加四品銜　花翎四品銜補用同知戴鴻鈞　候補同知農安縣知縣杜學瀛　以上二員均擬請俟補缺後在任以知府補用　藍翎雙月選用同知忠勳　四品銜候選直隸州知州主事喜成　以上二員均擬請俟得缺後在任以知府補用　揀選知縣趙維城　委用知縣唐安仁　候選通判吳大方　以上三員均擬請俟得缺後在任以同知直隸州知州遇缺儘先前補用　五品藍翎遇缺即補知縣八品筆帖式成惠擬請俟得知縣後以直隸州知州遇缺即補　儘先選用知縣八品筆帖式烏金布　五品頂戴儘先選用知縣劉萬賓　以上二員均擬請俟選缺後以同知在任遇缺即補　補用知縣魁福　候補知州張廷桂　以上二員均擬請俟得缺後以同知儘先補用　補用知縣候選府經歷張維棣擬請歸知縣班後　賞加同知銜　花翎四品銜候補缺後以外升應升之缺升用吏部補用主事鄂英　五品銜工部即補主事毛鴻遇　以上二員均擬請俟補主事後以直隸州知州遇缺即選　五品頂戴補用主事八品筆帖式福成擬請俟補主事後以員外郎遇缺即補　詹事七品筆帖式斌奎擬請在任以通判不論雙單月儘先前選用　五品頂戴儘先補用筆帖式榮恩擬請俟得缺後以通判遇缺即選　六品頂戴即補筆帖式附生蔭霖　補用筆帖式附生張雅南　以上二員均擬請俟補筆帖式後以本省主事遇缺即補　同知銜候選知縣崇耀　以上二員均擬請以知縣本班不論雙單月儘先前選用　五品頂戴補用筆帖式優廩生錫廉擬請俟補缺後以知縣不論雙單月遇缺儘先前即補　遇缺儘先府經歷縣丞董華珍　五品頂戴候選直隸州州判鄭鐸　六品銜在任候選府經歷賓州廳巡檢李冠瀛　藍翎分省試用府經歷李樹滋　候選縣丞李紹祖　候選府經歷王敬熙　候選縣丞王汝琦　五品頂戴即選府經歷金錫[illegible]　以上八員均擬請俟得缺後在任以知縣遇缺即補　兵部候補筆帖式炳楨　五品頂戴藍翎儘先補用筆帖式文清　以上二員均擬請俟補缺後以知縣儘先前選用　驛站筆帖式儘先前升用主事年滿倉官連喜擬請俟歸主事班　賞加員外郎銜　五品頂戴即補總站官八品筆帖式全瑞擬請俟補總站官後以本省主事補用　五品藍翎七品筆帖式常林擬請以本省銀庫主事遇缺即補　此單未完

催解部欵　○頃聞各省欠解京餉戶部以現在庫欵支絀於上年撥定數目嚴飭各省督撫務將本年欠解京餉項於六月內報解一半於十二月初掃數清完迄今仍蒂欠甚鉅經堂憲行知各省本年指發京餉倘有逾期不解或解而不能掃數者指名糸處

司農到任　○新簡署戶部左侍郎徐少司農會澧定於八月二十二日午刻上任示仰闔署滿漢司員書皂人等及大興宛平兩縣知縣至期一體謁見毋得違悞

加惠獄囚　○戶部爲示傳所有刑部奏請修理南北兩監獄房等處工程工料銀五千九百八十兩本部庫定於八月二十三日開放務於是日辰刻派員赴庫承領毋得違悞

嚴拿逸犯　○日前因王照逃逸步軍統領衙門嚴密査拿等情已列昨報頃聞軍機處交片諭令都察院飭五城嚴密緝拿王照居住宣武門外潘家河沿係屬北城地面八月十八日經院又飭行五城察院暨司坊各官齊赴署中密諭設法嚴拿歸案訊辦

出結受累　○前有林纘統者在都察院署中呈遞條奏刻聞林瓚統係廣東會匪又係康有爲門生因此四處偵探其人業巳出京現經都察院憲與林纘統出結官某甲傳案管押令其將林纘統交出否則恐難免訟累也至能否拿獲俟訪再錄

懸賞拿人　○廣東巳革總兵金鳳歧安遞條陳奉旨遞籍巳見邸抄金鳳歧原居宣武門外騾馬市廣陞客棧現經往拿起解聞巳遠颺巳由五城懸示賞格矣

荷校示衆　○日前永定門內天橋地方有匪徒聚衆毆打洋人疊列前報現聞步軍統領衙門巳將滋事逞兇之高二等六名業經拿獲荷校在犯事地方示衆以爲目無法紀者戒

督轅門抄　○八月二十日晚裕制台見　運司方大人　關道李大人　津道任大人　永定河道陳大人　鎮台羅大人　候補道汪大人瑞高　余大人昌宇　黃大人建莞　朱大人臻祺　吳大人廷斌　本府李大人　分司蔡壽臻　分府馮清泰　本

縣呂增祥　二十一見　提督聶軍門　中協張大人　馬小隊楊大人　練軍營何大人　水師營鄭大人　保定馬隊張奎　韓殿
爵　中營韓大人　總教習王得勝　候補道那大人晉　那大人三　張大人翼　張大人振棨　張大人鼎祜　黃大人建藩　孫
大人鍾祥　李大人樹棠　王大人仁寶　李大人肇文　張大人錫鑾　張大人翊宸　鄭大人　黃大人建筦　晏大人　程大人
朱大人　竇大人　洪大人　蒯大人　聯大人　湯大人　繆大人　柯大人　趙大人　佘大人　姚大人　潘大人　承大人
以待來年　○今秋巡幸停止並賞各軍銀兩已恭紀前報茲悉所調練軍各營勇隊吸水做工已奉各該營統領檄撤回營及時操練宜興埠所有營哨住址房間飭後軍後哨帶勇前往拆卸以備將來再築云

宗師起馬　○學憲考試文童竣事後接考武場日期已登前報茲悉文武兩試於二十六七日畢事文旌定於二十九日起馬通城官憲擇於二十八日設筵公宴刻下新進各生送報帖拜老師謝塾師者紛紛藉藉改試策論第一次之人材必有可觀也

遺愛在人　○定州直隸州徐子樹直刺銘勳以名翰林改官知縣所莅各任卓著循聲頃悉在任病故由州判照例稟報督憲所遺篆務委王太守守堃署理諒日內卽當趨轅謝委

預備行裝　○武毅軍新建陸軍甘軍各營均於秋節前拔隊來津在宜興埠左右駐紮紀律嚴明正額足數各營皆然尤以新建軍爲尤精健現奉　旨停止巡幸各軍皆奉其統帥之諭預備行裝卽日候令大約不歸防次卽往紮邊海一帶也

汴麥中稔　○昨有友人自汴來言及河南今年麥收中稔奈自七月間雨水連綿未得颺晒故至今不得運津刻下行情每石價漲一吊倘封河以前不能源源而來則麥價必有增無減云

相幫綹物　○十九日晚五點鐘火車由唐沽到津棧忽有路旁人從車上推下茶箱二隻坐車押箱人王姓赶卽將推箱人扭住問其來歷據云伊係某棧人來此接貨王扭往某棧質對行逾十數武見推箱人並無難意王意其或非宵小又以車有眷口未便遠離遂釋令去及到車查點行李失去皮箱一口比到家再查物件又少梨與百合各一簍隨遣人赴唐沽棧中問云上車時均已點清乃知推茶箱人卽小綹之幫夥也車棧碼頭恒有其事術之巧風之弊矣附車者曷慎諸

拐賣有主　○前報登拐有主名案據鄉甲局限三日交人茲悉某氏媳赴李姓家取衣被王姓暨西門外混混郭二拐去[illegible]復據李云是媳已賣與靜海縣大糞堆某姓得錢一百千云云語云來說是非者便是是非人李固難辭其咎也

新米入市　○湖北武昌漢陽諸郡本歲五穀豐收節近中秋新米業經踴躍入市漢口米市中人懾於官場示禁不敢如前居奇價遂大減前時每擔四千文者今則減至三千文之譜相彼小民當無不鼓腹嬉遊而忘帝力之艱矣

電燈專利　○二品頂戴江南蘇松太道爲呈送事案奉憲台批職道許商民張國榮創製水月電燈以便民用據情請予專利年限並求分咨立案由奉批查商民張國榮所造水月電燈是否確實合用居民購製嘗點當不至如洋油之易兆火患仰卽飭裝數盞呈送來轅考驗明確再行給與專利年限分咨立案仍候北洋大臣批示等因奉此遵經諭飭該商遵照配裝數盞呈送考驗去後茲悉商人張國榮候選縣丞萬國賓備就燈檬兩盞稟請轉呈前來理合備文呈送仰祈憲台俯賜察收考驗給予專利年限批示飭遵並求分咨立案實爲德便再此項水月電燈公司現據具稟由候選縣丞萬國賓邀唐紳書琦經手招股定購電石各藥並定造各式電燈立有合同凡銀錢賬目及各用人等事議歸唐紳總理開廠購機考究電理製造電燈責成萬國賓張國榮辦理合併陳明爲此呈乞照驗施行須至呈者右呈　南洋商憲　光緒二十四年七月日

古巴總督被刺　○紐約消息古巴總督博朗哥某日出外有一兵作擎槍示敬狀遽燃一彈向之轟擊中左腿總督倒地呼救此兵不逃亦不再擊少頃人集將犯人拘住詢之據云爲兄復仇官司卽以該犯坐罪云

入水求珠　○英太晤士報云波斯國政府近允一法國機器師之請准其在近海等處地方求取珍珠以三十年爲限邀約俄國殷富本家入股辦事告以渠已得有專利之權如俄人肯出貲經營將來俄權可盛行於該地此絕好機會不可錯過也據巴黎時報

日本人地總數　○日本自中東一役有意自强逞其勢力幾與歐亞各大邦並駕齊驅惟向來該國人丁[illegible]人每[illegible]其女多於

男至面積若干知者甚希今閱倫敦郵報所載人地總數甚詳非比耳食之談因卽譯登諒亦留心時事者所樂聞也日本全國周圍七千零二十八里廣五六千里裏六百餘里全國面積共二萬四千七百九十四方里每一方里計千六百三十餘人全國共計四千零四十五萬餘人男計二千零四十三萬餘人女計二千零二萬餘人

光緒二十四年八月十九日京報全錄

宮門抄〇八月十九日戶部　通政司　詹事府　正白旗值日　刑部引　見十四名　工部十二名　廂黃四名　廂紅蒙九名　內務府十五名　直隸總督裕祿請　訓　大額駙永隆各假滿請　安　意公續假十日　端方預備　召見　召見軍機　裕祿　端方

〇〇頭品頂戴兩江總督臣劉坤一跪　奏為遵　旨設立江南省府縣各學堂謹將籌辦情形恭摺具陳仰祈　聖鑒事竊臣恭閱邸抄光緒二十四年五月二十二日奉　上諭前經降旨開辦京師大學堂入堂肄業者由中學小學以次而升必有成效可觀惟各省中學小學尚未一律開辦總計各直省省會及府廳州縣無不各有書院著各該督撫督飭地方官各將所屬書院坐落處所經費數目限兩個月詳查具奏卽將各省府廳州縣現有之大小書院一律改為兼習中學西學之學校至於學校等級自應以省會之大書院為高等學郡城之書院為中學州縣之書院為小學皆頒給京師大學堂章程令其仿照辦理其地方自行捐辦之義學社學等亦令一律中西兼習以廣造就至各書院需用經費如上海電報局招商局及廣東闈姓規費頗有溢款此外陋規濫費當亦不少著該督撫儘數提作各學堂經費各省紳民如能捐建學堂或廣為勸募准各督撫按照籌捐數目酌量奏請給獎其有獨力措捐鉅款者朕予以必破格之賞所有中小學應讀之書仍遵前諭由官設書局編譯中外書頒發遵行至於民間祠廟其有不在祀典者着由地方官曉諭民間一律改為學堂以節糜費而隆教育似此實力振興庶幾風氣偏開人無不學學無不實用副朝廷愛養成材至意將此通諭知之欽此復於七月初四日奉電傳　諭旨前於五月二十二日降旨諭令各省開辦學堂限兩個月覆奏現在限期將屆各省籌辦情形若何着各督撫迅卽電奏欽此並准總理衙門將大學堂章程咨送前來竊惟學堂之設為自強根本要圖我　皇上作育人才孜孜求治屢發　明詔於京師創立大學堂　特派管學大臣妥議章程尅期舉辦　諭令各省一體實力奉行洵足立當代之楷模新斯民之觀聽臣受　恩深重圖報情殷何敢稍涉因循自蹈咎戾惟是造端伊始考核不厭精詳經費有常籌畫尤須審慎茲遵照大學定章斟酌變通就江寧城先行開辦以期迅速集事謹將籌擬情形為　皇上詳陳之查江甯地方為東南一大都會向來江蘇安徽兩省於茲合闈鄉試此次設立學堂係為科舉之梯航俾知學術之階級則兩省士子自應一視同仁擬設江南學堂一區為高等學堂江寧府所統七屬上元江寧兩縣本係同城擬設中等小學府縣學堂各一區與京師大學堂一氣貫注層累遞進以符書升掄秀之規通計學堂三處員司教習薪水學生飯食書籍紙筆月課獎賞以及各項雜支每年非八九萬金不足敷用而開辦之初如經營學舍延聘教習購買中外書籍圖冊儀器等項又非十餘萬金不辦當茲費絀用宏度支告匱如此鉅款實苦羅掘無從而地方應辦事宜更何敢輕言請款伏思江南舊有儲材學堂原議分設交涉農政工藝商務四大綱學額以一百二十名為止又以學生未解西書不得不以語言文字為塗徑現在所學僅英法德日四國語言文字卽使三年有成不過備譯人之選而於律例賦稅輿圖繙書種植水利畜牧農務化學汽機礦務工程各國商務中國土貨錢幣貨物諸學均未講求仍須俟諸數年之後定額既少收效又遲且與大學堂章程多不能相應方今　朝廷勵精圖治百度維新各省徧設學堂一洗空疏積習宏規茂矩體用兼賅不患無繙譯之才而患無會通之士臣之至愚應迅設省府縣各學堂以植其本另設農工商等學堂以造其精既為溥通學先立始基卽為專門學豫籌進境庶幾人才輩出不致遲緩費時擬將儲材學堂改為江南學堂推廣學額多延教習其舊學生嚴加考核分別去留並將舊有之鍾山彝經惜陰文正鳳池奎光六書院並改為府縣各學堂所有各該學堂書院經費悉數撥給濟用至開辦經費儲材學堂連年節省尚有數萬金可以提撥如有不敷容臣另行籌款現已派委道員蒯光典總司其事次第舉行此籌辦江南省府縣各學堂之實在情形也若夫外府州縣雖已有數處設立中西學堂而辦理未能畫一章程難免參差茲幸圭臬有資自應敬謹遵守惟各屬學額之多寡須視地方廣狹經費之優絀以為衡碍

雖遽爲懸定業經臣將大學堂章程刊印分發嚴飭各該地方官查照速辦將本有之書院一併改爲學堂經費不敷均着就地籌款依限於一年之內一律告成其有紳耆好義或捐資獨建學堂或合力分設學塾俱照新章分別奏請獎勵總期漸推漸廣日起有功仰副聖主殷殷誥誡振興實學之至意所有遵旨設立江南省府縣各學堂緣由理合恭摺具奏伏乞皇上聖鑒訓示謹奏奉硃批管理大學堂大臣並該衙門知道片一件併發欽此

出售新書大發行

御製四書五經論　國朝名家史論　四書義彙編　經義遵先集　舟車便閱小本經義　雨田史論　兩漢史論　義論正軌　改科欣賞集　歷代史事精論附五洲時務策　新式四種上下本經義四書義史論
時務策　新續五經四書義式　勸學篇　津門古文所見　津門古詩錄　申滬來班　十朝東華錄　續九朝東華錄　大清律例
便覽　大清律例增修統纂集成連四函　康熙字典上下函　時務策論　中西時務要錄　日本國志　時事新論各說　自強新論　續富國策　洋務備考　歷代史論圖　餘者各書各報不及全載

天津北門內府署東各報總處紫氣堂分售紫竹林北恒裕玻璃鋪仝啓

頃接山左友人郝希孔兄來信據云東省水災久爲昭著惟今歲黃河決口已知八處災情大異往年澤國之區二十餘州縣
計
高苑　博興　樂安　齊東　蒲台　利津　濱州　章邱　歷城　齊河　德平　禹城　肥城　東阿　范縣　平陰
壽張　陽穀　東平　汶上　此二十餘處居民廬舍墳墓盡行漂沒其災民數百萬啼飢號寒無所歸貲思及存無餬口沒無餘地令人傷痛無已現在雖經大憲多方賑救無奈款項奇絀惠難均霑此等時光若能措款來賑而功德實屬無量云云査本年東魯水災誠甚於昔年無如僕等自庚寅順直被水連年籌辦義賑勸捐一節早成弩末徒喚奈何惟謹將郝君來函登諸報章以供衆覽伏望大善仁人君子慨發慈念往賑災黎則功德不可言量矣僕等不禁爲億兆待斃生靈馨香祝之　津門義賑同人具

施救吞烟　白鴨血及人糞汁皆爲救吞鴉片妙方爲其吐耳然效與不效或未可必茲上洋白藥粉專救吞烟經驗多人萬無一失法用白藥粉一劑加熟水一碗冲藥溫服服畢以二人扶之行走不住即易吐出若遲至半刻不吐再服一劑不吐仍即再服一劑總以吐淨鴉片毒爲度吐後多飲清水仍令一吐再吐至所吐之水澄清無汚其毒乃盡可慶更生切不可用煤油醬油等方誤灌致傷性命如吞烟後一時取藥不及先以食鹽三錢攪冷水碗許灌入暫殺其毒以待藥至即急灌救如吞烟歷時甚久昏迷欲睡此係烟毒已發恐一吐猶未能盡淨必須一人扶之行走另着人用竹竿打其兩腿皮肉務使知痛驚醒終夜不睡睡則難保無虞矣此藥西頭流水溝西河沿立興成糧莊暨金華園西河沿聚豐恒糧店河東十字街西存仁堂樂局中義當東慎修堂閣宅均爲施送台併錄報使遇此事者就近救急諸善士如欲購捨此粉上海大馬路科發藥房及津郡老德記等大藥房均有價亦甚廉豫備不虞古之善道願我同人勿以小善而不爲也　同人公啓

新開元隆號綢緞洋貨莊

自去歲四月初旬開張以來蒙各主顧垂盼雲集馳名日盛本號特由蘇杭等處加意揀選名機新鮮貨色零整銀價俱照大莊行市公平發售以昭久遠此白
寄賣龍井雨前素茶福建皮絲水烟各種眞料大小皮箱
開設天津府北門外估衣街中路北門面便是

元茂機器磚瓦公司

本公司仿照西法燒作磚瓦事屬創舉曾經通禀在案該貨堅固異常價値從減並各樣印花磚瓦俱全　賜顧者請至海大道新興南里內本公司面議可也　特此謹啓

魁陞號綢緞洋貨莊

本號自置顧繡綢緞洋貨等物整零均按銀莊格外公道皆比大市價廉發售　寄賣各種眞料大小皮箱漢口水烟袋各種眼鏡龍井雨前紅茶梗　寓天津北門外估衣街五彩號衚衕口坐北向南　士商賜顧者請認本號招牌特此謹啓

代辦各種機器告白

敬啓者余自去歲代辦各種機器業蒙紳商賜顧並無遲悞今又向英國着名大廠代辦各樣紡紗織布造磚炸毛等機器以及各行應用各樣機器零星物件定日交貨不能遲悞如貴行包辦常年機器人工煤料或安設各樣機器價值格外相宜如蒙貴官紳商購買者請至英新租界麟仙永茶園看圖面訂可也特此佈聞

寗子卿謹白

論義快覽

功令改試經義論策新章初立學者苦無佳本本齋舊藏雨田史論兩册世鮮藏本近因同人多來假抄幾有日不暇給之勢爰亟印行以公同好在天津文美齋寄售並各書坊分賣本齋又輯有經義導先集二本皆從前人各文集中廣爲搜羅採擇成帙而以四書精義揭要付其後亦即不日印出由文美齋付售

竹素齋主人白

改科欣賞集

啓者自考試改爲論策經書義新章甫定學者苦無佳本本齋精選各書院課藝及他方郵寄名篇四種皆備先排印兩卷以公同好名曰改科欣賞集總售處東門外襪子衚衕王宅并於東門內二道街路北水閣旁陳宅內寓本齋發莊寄售處同文書局文美齋鄭嬛書莊寶森堂萃文魁瑞芝閣及各書坊早於八月初五日出書願購者請先睹爲快

澄思齋主人啓

告白

敬啓者茲因自蓋三層鴻春大樓開設番菜館以來生意消佳奈因福仙戲園關閉不俾兼之敝號生意寥寥故今敝東公議欲將小號出兌出賃均可任便所有店內一切各樣家具等件一併按單點交不悞有願兌賃者務速駕臨敝號面議以免先後自誤可也特此佈聞

海大道鴻春樓主人謹白

天后宮北 義興順綢緞莊

本莊自置顧繡綢緞綾羅紗絹哈喇大呢羽綾羽毛各樣花素洋布南貨雜扇桂圓頭油香粉胰皂歸安貝松泉湖筆一概俱全

頭號杭甯綢

頭號摹本緞

紅梅茶　每斤　九百六

紅茶　六百四

紅茶湧　二百二

龍井茶　一吊八

金百壽棉縐褶布裡每套五兩八

雜色金刀絨每尺五錢五

京都 內全盛

本店由京都移來專做全盛齋全樣鑲絨鞋亦有全樣布緞鞋各樣扎拉鎖綉扣鑲花鞋材料與衆不同樣式各外另有貨傳本店今有新添寄賣各樣旗鞋扎花坤鞋亦有鑲花坤靴一應俱全開設在天津府帶河門外樂壺洞北口巷內路北準仕商賜顧者詳認本店字號便是貨眞價實言不二價不悞主顧

本店謹啓

告白

浙紹朱鈍翁先生術嫺心細游津十年屢臨重症均各穩愼近治勞瘧膏淋霍亂癰羅痧並婦科產後小兒喉癰俱壽同春久寓伽勒菴

告白

茲因錦衣衛橋正骨科蘇靜軒三先生令孫名蔭棠字子甘少大先生承授家傳跌打損傷接骨等症分此在侯家后歸賈胡同太山巷西開設永生堂藥店自置藥材丸散俱全並家傳筋骨疼痛風寒膏藥蜜藥專治舒筋活血止疼丸散膏丹門診過午不候並施敷藥

同人公啓

石印新書

自明詔改試策論義精選良才本齋新集四書義若干首名曰四書義滙編都爲一册有志觀光者不可不先覩爲快也每册津價一百六十文分售處府署東各報總處紫氣堂及各書坊

京都清華齋啓

告白

靜致廬八月初一日會課陸沛郇都戎宣贈紫豪筆二十枝龍鳳墨二十錠延舒霞太守齡贈詩妝二十合張勛伯大令廣建贈石印書五種本廬主人登報

京緞零剪 減價售現

零剪　寄售

高鴉青	一千三百五
正號元青貢緞每尺	一千四百文
中號	一千一百文
副號	八百八十文
眞杭青金銀庫緞每尺	二千二百文
眞裕順曾皮絲烟每包	一千一百文
南京鹹鴨每支　大	一千八百文
小	一千二百文
龍井	一吊七百文
雨前	一吊一百文
珠蘭	一吊四百文
雀舌	九百六十文
蜂翅	一吊二百文
紅花	六百四十文
小種	一吊二百文

（茶葉每斤）

本號自製元錢京緞躉售零剪杭紬衣線燕金腿南貨精貨一應俱全近因錢市漲落不同分別減價抑因無恥之徒假冒南味字號者甚多雖云謀利誠恐亂眞欲辦薰猶用須諸墨天津宮北大鄉子胡同公益仁記南味坊謹白

三井洋行分莊 告白

啟者日本商始創貿易爲業數拾年以來今分莊開設北門外鍋店街沈家衚衕口對過專選精工料實東洋棉紗各等時式大小疋棉布粗洋布斜紋洋標等格外公道價亦從廉凡仕商賜顧者請至分莊面議可也特此佈聞

三井本莊主人識

昧石懶人沈式齋畫山水花卉索畫者紙交文美齋有潤格可閱

紫竹林法租界 三義飯店

本店專做英法葷素大菜並由外洋自運各國上品洋酒各色異味點心罐頭鮮菓食物等類一應俱全本□樓工程告竣房間寬闊夕時均用氣燈明亮異常仕商光顧者或攜眷另有雅室亦足暢敘幽情擇於六月十七日開張至期請即駕臨賜顧是荷

本主人謹啟

海利鐘表洋行

啟者本行自上海分設天津紫竹林法租界良濟藥房對過女成衣飯店一號二號房內自製新式鐘表金銀表金表練各樣新式大小說話機器耳鳴機器金戒指金鋼石戒指大小洋鏡各樣新貨一應俱全貨好價廉格外公道在此什兩三個月後另造樓房批發諸公光顧請早駕臨海利洋行謹啟

戊戌年八月二十一日禮拜四

天福茶園

特請上洋新到頭等名角

八月二十二日晚准演

李長奎

盤河戰

啟者本園不惜重資新排左公平西一戲本擬擇日開演因三回教親近再演致意以不並此戲爲妙能非本園新觀開演仕商諸公之戲諒

本園主人謹啟

名醫過津

前辦東海關官醫局嚴備九二尹鳳藻日前隨嵩武軍統領孫紹襄軍門到津寓紫竹林春元棧小住數日即赴小站新建陸軍將來能留寓津門則七十二沽中抱采薪憂者當受惠不淺矣

同人全啟

紫竹林 第一樓番菜館

本號專作英法大菜各色精細點心各樣洋酒洋貨等物一應俱全並售

上　　八百
紅茶　每斤津錢　一千
上　　六百

又批發茂生公司鐵海紙烟零整發售價值格外公道原箱計一百盒價洋一百四十四元每盒計五百支洋一元五角凡仕商賜顧請即駕臨是荷風雨勿阻

主人謹白

福仙茶園

新排連本

九美奪夫

此戲出在明朝成化年間胡大海八代子孫胡必松義勇忠正文武雙全在八仙院打死國舅嚴世雄 聖上降旨拿獲滿門家眷服毒盡忠身死胡必松一人逃走路遇九美許多折磨內有忠臣孝子義夫節婦山王草寇幫助保護招兵報仇許多奇文此戲二十四本暫時先排八本 士商臨期賞鑒閱觀

擇日開演

同文仁記南紙書局

本局自印耕香館畫臏每部價洋二元專辦各種石印書籍精選加高南紙頂細雅扇格外價廉廣天津東門外襪子衚衕本局啟

本局謹啟

減價

今有友人自辦陝西老土每兩津錢五百文新到梁州土每兩津錢七百六十文如蒙賜顧者請到東門內聚隆成寄售

福仙茶園

聘請上洋初次新到

頭等花旦

小萬壽燈

擇日開演

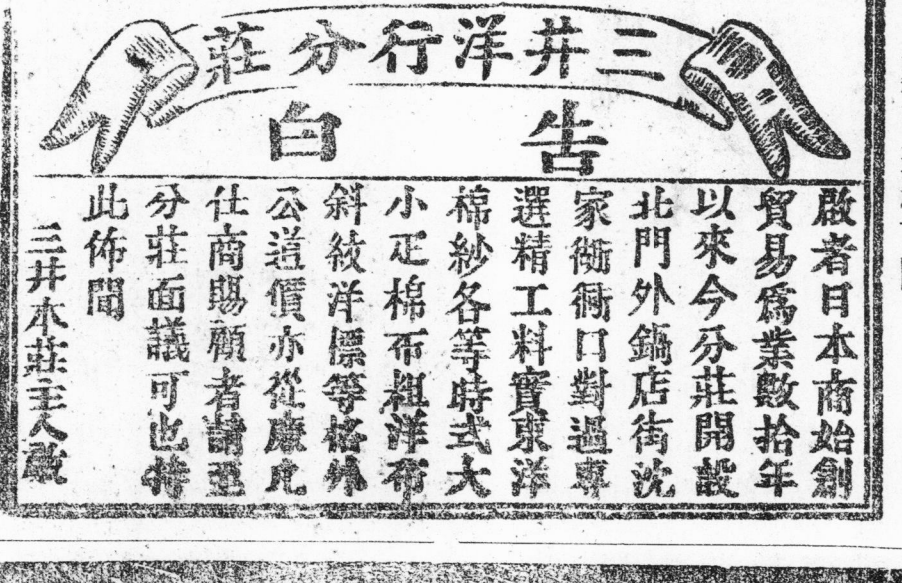

開設法國租界
天津紫竹林北大街
天福茶園
特請京都
崇慶名班
京都上洋姑蘇山陝等處
各色文武 頭等名角
八月廿二日早十二點鐘開演
蓋天雷 長祿 十二紅 小連仲 姜小五 張長全 終德明 汪德保 自文全 王二全 十八紅 崇芬 王喜雲 于銀 蘇娃全 羊喜壽 常雅秋
沙土國 太平城 鎖五龍 審頭 殺府 小過年 長板坡 衆武行

廿二日晚七點鐘開演
十七紅 邊義臣 自來紅 十四旦 安桂秋 謝才寶 趙斌恒 于景五 常雅秋 張永升 十一紅 謝才寶 李長全 趙斌恒 李吉瑞 王喜壽 蘇廷全
取北原 海潮珠 孝感天 喜崇台 衆武行 盜骨計 戰盤河 翠屏山

開設馬家口南興基新馬路
天桂茶園
特請京都
慶吉祥名班
特請京都山陝姑蘇上洋河南等
頭等文武名角
擇日開演

八月廿二日出口輪船　禮拜五
新裕　輪船往上海　招商局
海晏　輪船往上海　招商局
八月廿五日出口輪船　禮拜一
承平　輪船往營口　礦務局

八月二十一日銀洋行情
天津通行九七六錢
銀盤二千四百零八文
洋錢一千六百八十五
紫竹林通行九六錢
銀盤二千四百三十八
洋錢一千七百一十文
洋錢行市七錢二分

開設英國租界
天津紫竹林海大道旁
福仙永茶園
特請京都
永慶成班
京都上洋蘇杭山陝等各處
頭等文武名角
八月廿二日早十二點鐘開演
文月山 袁清太 小禿紅 萌盧紅 海業紅 李殿元 朱子久 嚴寶恒 周春全 潘桂芳 董度雲 元元旦 賽呂布 崔雪琴 李喜棠 小月樓 衆武行
大回朝 三疑計 小放牛 黃鶴樓 富貴圖 雙伐子都

廿二日晚七點鐘開演
潘桂芳 林壽桂 香壽旦 十七立 賈星橋 牛子處 朱天久 徐武元 衆州行 霸殿紅 李元元 元呂旦 賽布 京都超等子弟老鄉親
盤河戰 七人賢 教子 百草山 潮義縣 佘唐關 浣沙計 代魚 藏劍

開設馬家口下娘娘廟前
天仙茶園
特請京都
玉成全班
特請京都山陝姑蘇上洋等處
頭等文武名角
八月廿二日早十二點鐘開演
李慶長 張加福 小王馨 小玉林 胡四 馬連登 章金虎 牡丹花 董志斌 顧小農 小金鐘 李永華 楊寶珍 馬玉山 飛來鳳 黃雲鳳 瑞德寶
三家店 御菓園 徐母罵曹 雙沙河 雷陣 五認子 馬前 蟠桃會 衆武行

廿二日晚七點鐘開演
十四紅 小千紅 宗德寶 溜子旦 王永寶 李保獅 楊芝珍 靈天草 瀟全飛 馬鑠 崔演 章金虎 高恩榮 楊英玉 李連仲 黃月山 瑞德寶
鍘美案 對銀盃 梅龍鎮 全本錯中錯 精忠傳 槍挑小樑王

美孚老牌煤油

啓者美國三達煤油公司之德富士老牌煤油天下馳名萬商稱美蓋其

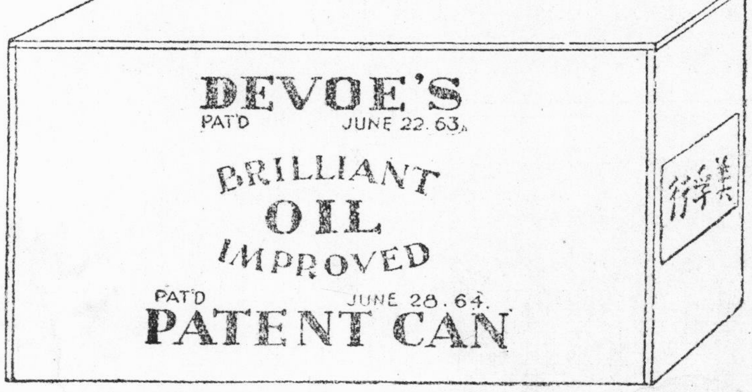

質潔色清亮白如銀且絕無烟氣能耐久燃比之生荳等油晶光百倍而儉用價廉此爲德富士老牌之佳處誠屬無雙妙品也士商賜顧請到天津美孚洋行採辦或向就近殷實行店購買庶不致悞

直報

本館開設天津紫竹林海大道老菜市氣燈房巷內

光緒二十四年八月二十二日　第一千百九十七號
西歷一千八百九十八年十月初七日　禮拜五

上諭恭錄

上諭前湖廣道御史文悌着以知府候補欽此　上諭廖壽恒着調補禮部尚書刑部尚書着趙舒翹補授欽此

整頓茶絲議

刑部候補主事譚呈爲中國茶絲遞年減耗宜圖補救以囿利源而阜民生呈請代　奏事竊以絲茶二項爲出口貨之大宗通商五十年洋貨日增惟此二項相爲抵制稍補漏卮乃自近十年以來茶則印度錫蘭亞之産植日增絲則意大利法蘭西年盛一年日本崛起東隅上下講求紅茶綠茶出口歲增絲之爲利十倍與茶比較三年歐西銷絲之數日本僅十成之六華絲僅十成之一若不急圖補救將必愈趨愈下自有之利必至爲外人所奪職目擊時艱謹就管見所及博攷中西諸書及近年試驗成效爲我　皇上分析言之茶之宜整頓者凡四端一曰立茶務學堂華茶日替其故有二始則培植失宜繼則焙製不善其實本質濃厚遠過印錫但以人工未至缺於講求故出産日劣聞福州商人至印度學習歸用機器製焙去年出口共有四萬餘箱温州茶至甚鈍近用機器烘焙亦得善價爲今之計似應於産茶適中之所妥爲酌立學堂數處開通風氣教以培壅芟刈採摘疏通之法人工之勤惰即利源嬴絀所關此爲茶務之本源所費無多收效甚鉅一曰講求種植東西各省土性均與茶宜從前山戶獲利甚厚實因勤於培溉之故自茶市虧折以來貶跌山價於是偷工減料紅茶則攙雜失眞綠茶則有陰光名目市面之衰以此應請明發　諭旨電諭各督撫通飭州縣各茶釐局於今歲秋分節後先期出示曉諭山戶咸令將土鋤鬆用乾泥密戻以壤地之瘠肥酌糞壅之多少蓋茶之爲物施肥不可過度過度則轉使精味離開印度茶書言之甚詳其有腴壤則茶株行列之中應雜種菜蔬豆麥等物應以地面淡氣幷吸出地心淡氣尤能吸取空中養氣西人格致之理於植物極有效驗如果培植得法茶葉自佳能用機器固爲精益求精即但用舊法色味仍登上品亦茶務中之本原而今之論者動云減整稅不知我減出口彼即加重進口是徒增洋人稅入無補商人何以求精進於茶事居奇待價收自有之利權哉一曰盡地利茶性畏寒周年宜得熱至六十一度爲中數有畏旱故夏令必得濕氣滋潤中國地居温常東西各省尤爲茶宜應由督撫督飭地方官悉心勸導凡土性宜茶者皆一律種植其有老枝苦𦮼均令芟刈舍舊圖新若新開茶山其分行可用弧綫大約直綫可種一百株之地弧綫則可種一百十五株且茶株多山嶺用弧綫則山水不至直瀉泥水亦難衝決近聞俄人於柯恰薩士設種茶學堂植茶日盛又爲黑茶增一勁敵矣査批澳尼西報二十二年春夏二季印茶運入中國者已增至二十五萬七百零五磅是反有內灌之勢美澳南洋新嘉坡亦仿而講求茶事然土宜均皆不及中國歐美人口歲增日長炎炎如果我茶果佳則銷場自暢西人極重品茶斷無有舍

美而飲惡者敵但求茶葉之良而不患其貨多棄地

此稿未完

邊防奬單 ○續前稿 五品頂戴八品筆帖式連陞擬請開去底缺以本省主事儘先補用 五品頂戴七品筆帖式明和擬請以主事遇缺卽選 五品頂戴儘先筆帖式附生富海 五品頂戴補用筆帖式附生西朗阿 以上二員均擬請俟補缺後以本省主事補用 五品頂戴筆帖式明喜擬請以總站官儘先前補用 五品頂戴儘先卽補筆帖式領催祥寬 儘先卽補筆帖式德勝 以上二員均擬請俟補缺後以總站官補用 五品藍翎委筆帖式監生崇綬 五品頂戴委筆帖式監生德榮 委筆帖式監生熙雍 五品頂戴委筆帖式披甲承喜 五品頂戴委筆帖式披甲恩祺 五品頂戴委筆帖式王錫慶 貢生金重 五品頂戴附生雲路 六品頂戴監生崔榮麟 監生海常 監生德霖 以上十一員均擬請以筆帖式儘先前補用 補用主簿林介械擬請俟補缺後在任以府經歷遇缺儘先卽補 五品頂戴府經歷銜李汝訥 五品頂戴府經歷銜顧炎慶 五品頂戴府經歷附生曲鳴鑾 府經歷銜鄭紹卿 府經歷銜王祖蔭 府經歷銜田汝霖 府經歷銜汪文熙 府經歷銜張乃武 府經歷銜鄒樹琪 五品頂戴附貢生吳瓊 貢生杜蔭田 廩生向劭靖 附生閻廉清 附生董垣 附生郝桂芬 附生劉恩溎 以上十六員均擬請以府經歷不論雙單月遇缺儘先選用 五品頂戴候選主簿荊其壽擬請俟得缺後在任以縣丞卽補 縣承銜增生郝泰年 廩生孫慶雲 以上二員均擬請以縣丞不論雙單月儘先選用 委用訓導李毓庚擬請俟得缺後以州判在任遇缺卽補 五品頂戴廩生楊肇祺擬請以訓導儘先選用 本班先用巡檢程鵬 五品頂戴候選巡檢丁欽澂 候選巡檢隋鴻恩 六品頂戴候選從九品劉芳 候選從九品徐珍 以上五員均擬請俟得缺後以主簿遇缺儘先卽補 此單未完

道器徵實 ○各處學堂屆三節照章前後數日皆一律放假停課本無足怪京都道器學堂原設會課兼授西文近以五城開辦學堂一切規模較若畫一不欲贅設故另延名家専課各種算學移館永光寺中街因趕於節前搬定以便節後卽能開館所以先行搬移前報所登道器虛無一則實無其事乃係傳聞之誤合亟更正

明火連刦 ○前門外趙錐子胡同東口永盛鞋舖於八月十八日夜間魚更三躍忽來匪人十數輩各持刀械洋鎗撞門入屋撬開箱櫃搜刦銀錢携贓逃逸該舖主正欲赴營坊報案又聞西鄰同義煤舖亦有匪徒十數名施放洋鎗轟聲貫耳搶去衣服十數件紋銀三十餘兩旋卽逃逸噫輦轂之下竟有同夜連刦之案殊出意外現聞營坊勘驗後密派捕役往南城所屬六鋪地面搜拿未悉能否破獲俟訪明再錄

刑餘受刑 ○日前拿獲內侍楊某等四名交愼刑司審訊管押半月之久忽於八月二十日經愼刑司立斃杖下將屍用蘆蓆包裹抬至彰儀門內萬人坑棄放與刑戮各屍叢葬聞悉該內侍係是康黨尚有十餘名在愼刑司管押云

挼之以手 ○彰儀門內某姓於前年娶妻陳氏花容月貌冠絕一時八月中旬某姓以病死陳年僅花信平日嫌夫蠢俗有夫弟某乙靈巧俊逸頗蒙垂愛至次夕停柩在堂夜深人靜陳自靈次歸房乙隨入陳不忍峻拒竟得同上陽臺詎死者之母不能成寐復至各處照料忽聞陳房喁喁私語推門瞥見不由大怒男女卽叩頭如搗蒜當將二人捆縛跪伏於地次日招陳父母至而告其故其父曰女在爾家任從辦理毋溷我忿忿而去未知如何結局俟訪明再錄

傳爲笑柄 ○前門外四聖廟地方土娼妓寮林立前因屢有匪徒滋生事端經城憲一律封禁在案近聞有孫嫗在彼開設半掩私門招引狂蜂浪蝶彼出我入得些夜合資爲生活八月十七日有某嫖客留宿至人定時候一對野鴛正作交頸同眠忽來匪徒數人撞門入室持刀威嚇將男女所脫衣服並被褥等物一併蓆捲而去祇剩赤條條一對野鴛不得出門次日幸經某娼瞥見覓來衣褲始得起身哄傳都城傳爲笑柄

督轅門抄 ○八月二十一日晚制台見 前江西撫台德大人馨 前江西藩台瑞大人璋 二十二日見 候補侍郎袁大人 天津鎮羅大人 通永鎮李大人 重慶鎮呂大人 運司方大人 關道李大人 道台任大人 候補道汪大人 周大人傳經 楊大人士驤 程大人恩培 蔭大人昌 聯大人芳 嚴大人復 魯大人伯陽 河間府如大人松 候補府江槐序 汪文

綏 顧廷枚 候補同知張錫藩 海琛船劉冠雄 海容船李和 復濟船林穎啓 正定游擊汪文標 拱極游擊李永和 鄭口游擊東長泰 補用游擊朱其辰 協領成鶴 記名提督宋占鰲 樂字營梅東益 前海軍副將葉祖珪

委看日操 ○刻聞那錫侯觀察晉奉委帶同熟習東語隨員數人前往日本看操計於八月二十四日由津起程那觀察總理武備學堂經此閱歷歸來堂務必更有起色也

天津 貴 ○學憲取中天津縣學 劉夢揚 戴蘊璋 朱家琦 楊澤濡 劉嘉賓 唐肇奎 劉福慈 張汝翼 李鍾晉 王士珍 李銘 張鴻藻 李澍 劉恩漢 華俊賢 何家鯉 于振凱 韋冕 朱星煥 趙德蔭 郭鴻年 黃樹聲 劉瑞麟 張棣 邱鍾璐 趙寶箴 華增煇 華以恪 呂錦麟 華以恒 撥府學 倪文錦 王嘉香 潘兆新 徐世綱 高爾昌 王鳳洲 刑鳳章 鄭淑 劉蓮江 袁金詔 周永銘 劉鴻翔 王恩霖

電准赴京 ○俄英德各國兵丁經袁慰帥阻止不准進京等因均已登前報茲聞由總理衙門電知北洋大臣裕壽帥委派海關道憲會同各國領事官及繙譯等官止准一國進兵三十名現於二十二日早九點鐘乘火車北上

車傷數命 ○雙廟街某姓騾馬車廠養車若干輛其一爲廠主之子某甲所御某年才十七歲馳驅就範人或稱能某亦自喜詎於二十日御車行經估衣街一帶馬逸不能止車前東洋車上坐有先生診病回寓聞車聲轟轟來回顧大驚喝令扯車人避於巷路甫轉車已飛過將洋車後尾稍去前轅被折先生落於車幸未傷第見御騾車人手挽轡足快如輪向西馳去聞至南閣御車人被擠於墻倒車下輪從胸過比即氣絕復撞一十五歲兒亦氣絕又兩婦人亦被傷輕重如何俟訪再佈

火災例誌 ○紫竹林後韓家車店中住有廣東娼在樓下燒帋偶不留神將樓板烘著遂成燎原自九點鐘延至十點餘經公議水局暨外國水龍極力灌救始熄延燒洋靴舖扎彩舖與民房共二十餘間云

甌穀豐收 ○温郡永嘉縣西溪等處今秋早穀豐收前月初普濟輪船到滬裝來食米二三百擔其價每石三元二三角又賑杭省飢民早穀一千袋此穀自永嘉縣盈餘倉內發出每百斤約一元四五角前月温州平糶局共開六七十日內中經理委員三四人皆耐勞奉公至六月間運到之米所有缺少斤兩嗣由府尊查追令委員賠補今據局紳經手人云前次米糧缺數本非外來運到所少乃向年存儲義倉日久爲鼠所耗此事尚在情理之中查甌地例禁米穀出口因夏初甌飢杭濟之粟今杭民嗷嗷復哺甌人昔能閉糶不發故上憲委札時慶萊觀察到温採運近日温郡食米源源而來想從此臨安不致有哀鴻之賦矣

晉詳武備 ○山西省爲詳請派員採辦事晉中奉 旨設立武備學堂業已酌擬章程籌撥經費詳請在案竊以學堂以中學爲體西學爲用武備以講堂爲體操場爲用諸生質有穎鈍學有偏全雖指授各有專門而耳目必資博習先之以子史韜畧累朝軍制之攷近日戰事之紀以究兵法之原流推之於英美德法各國史志兵書營陣攻守之方溝壘砲台之制以通兵法之變化此書籍之宜備者也詳考各直省之圖知水陸防守之緩急橫覽五大洲之圖知列邦形勢之險易以至設伏出奇擣虛避實不明地理何以行軍此地志之宜備者也炮有單響雙響五響十三響之分彈有開花子母葡萄等式藥有棉花油甜無烟等製以及工程表中所列各器非逐物指講不能了然此軍械之宜備者也測算之法中用勾股西用三角繪圖之法德國最準英國最精二者相須均資乎器然度地經天測山量海器不一式各有所宜茲就行軍測繪圖所需酌購各種以資考驗此儀器規矩表式之宜備者也以上數項名目甚繁開具清摺詳請 憲台查核晉省開堂在即似宜先事預備可否先撥欵項派員提前採辦之處伏候批示遵行爲此備由具呈詳請施行

西匪要聞 ○廣西土匪李立亭前報載業已被擒茲悉西報載其逃竄五馬山時爲蘇軍所圍因而與其僞先鋒官二名亂黨三百名同時被獲現已由方桂廷統領在靈山縣梟其首級發回廣州示衆

改用山炮 ○印度向有過山砲隊近嫌其炮式不佳議改用新式大砲此炮能容十磅炮彈配以哥低炸藥名爲運膛山砲暫經試驗甚爲靈便

光緒二十四年八月二十日京報全錄

宮門抄○八月二十日禮部　宗人府　欽天監　正紅旗值日　無引見　克王假滿請　安　訥欽奏謝授正藍旗漢副都統　恩　龐鴻書謝授直隸大順廣道　恩　文琳文治各續假十日　補用道府徐禎祥等謝　恩　徐中堂續假二十日　徐士佳預備　召見　召見軍機　龐鴻書　徐士佳

○○頭品頂戴安徽巡撫臣鄧華熙跪　奏為知縣揀員對調以資治理恭摺仰祈　聖鑒事竊查知縣為親民之官必須與地方相宜方可以資治理查定例州縣以上等官應行揀選對調者如係簡缺其所調之員如有降革留任例有展參及督催分數錢糧承追虧空贓罰與請調之例未符者不准調補其未經到任或歷俸未滿者仍准一律揀調等語今太平府屬當塗縣係衝繁附郭首邑政務殷繁且濱臨大江圩埂林立在在須加意防護地方一切事宜均關緊要必須精明幹練之員方足以資治理該縣准補知縣呂耀軫現年六十五歲江蘇陽湖縣人由監生遵例報捐縣丞指發安徽試用同治元年到省復行捐免驗看於雉河解圍案內出力保免補本班仍留安徽以知縣補用捐加同知銜十二年請咨赴部引　見於八月初九日繳照到省試看期滿甄別留省補用光緒九年丁憂十一年服滿回省奉部核准起復旋遵鄭工加捐本班儘先補用奉部過班知照二十一年　題補當塗縣知縣奉部覆准二十二年調署含山縣知縣二月二十五日到任二十四年三月十九日交卸回省該員殫心民事謹飭和平惟當塗縣地方情形恐未能措置裕如自應揀員對調查有來安縣知縣于普源現年二十八歲係山東維縣人由廩生中式辛卯科本省鄉試舉人甲午　恩秋會試中式第二甲進士　欽點翰林院庶吉士光緒二十一年四月十八日散館二十八日引　見奉　旨著以知縣即用欽此八月分籤掣江西吉安府泰和縣知縣因親老告近改選安徽來安縣知縣十一月初二日經吏部帶領引　見奉　旨著補授欽此領憑起程到省於二十二年六月初三日到任該員實心實力勤政愛民以之調補當塗縣知縣可期振作有為所遺來安縣知縣係簡缺即請以呂耀軫對調亦堪勝任似此互相對調實於該二缺地方均有裨益查該員呂耀軫未到本任並無承緝已起四參案件又該員于普源本任內亦無展參有關降調及盜刦已起四參之案與例相符據藩臬兩司會詳前來合無仰懇　天恩俯准將來安縣知縣于普源與准補當塗縣知縣呂耀軫對缺調補如蒙　俞允該員等均係中簡知縣互相對調銜缺相當毋庸送部引見所有揀員對調知縣員缺緣由謹會同兩江督臣劉坤一恭摺具陳伏乞　皇上聖鑒　訓示謹　奏奉　硃批吏部議奏欽此

○○頭品頂戴兩江總督臣劉坤一跪　奏為揀員升補陸路參將員缺恭摺仰祈　聖鑒事竊准部咨江西撫標中軍參將鮑莊赴部引　見在京病故所遺員缺係陸路題調之缺行令迅揀合例人員題請升調等因查例載題調之缺俱令先儘現任人員內揀選調補如通省內或缺居緊要或人地未宜或例應迴避實無合例堪以揀調者准於現任合例應升人員內據實保題陞用又例載遊擊以上歷俸二年始准保題各等語臣於江西現任參將內逐加遴選除廣信營參將亦係題調之缺不計外饒州營參將員缺前請以錢鑑明補授寧都營參將員缺請以胡煦借補甫經接准部覆南安營參將徐壽春據報病故吉安營參將松山到任一年與此缺不甚相宜均未便遷就調補實無合例堪調之員當於江西現任遊擊各員內復加揀選查有九江前營遊擊周步雲年六十一歲山東萊陽縣人由武生中式咸豐九年巳未科本省鄉試武舉人同治四年乙丑科會試中武進士　欽點三等侍衛行走期滿奉　旨以遊擊用欽此光緒五年選補江西九江前營遊擊員缺六年到任十八年軍政案內保荐卓異二十年請咨赴部八月初六日引　見奉　硃筆圈出着准其卓異加一級註冊回任　例候升欽此嗣因拿獲著名會匪楊四海出力保請在任以參將用並加副將銜經部議准具奏二十一年六月十八日奉　旨依議欽此二十三年委署撫標中軍參將篆務六月到任該員才具明幹營務勤慎於江西地方情形甚為熟悉現署斯缺措理裕如且歷俸早滿與例亦屬相符以之升補是缺參將洵堪勝任合無仰懇　天恩俯准以副將銜補用參將江西九江前營遊擊周步雲准補江西撫標中軍參將員缺實於營伍地方均有裨益如蒙　俞允俟部覆至日即行給咨送部引　見以符定制除將該員履歷咨移部科查照外謹會同江西巡撫兼提督銜臣德壽恭摺具　奏伏乞　皇上聖鑒　訓示再所遺九江前營遊擊員缺係陸路部推之缺兩江現有軍功著績儘先人員應請扣留由外揀員請補合併陳明謹　奏奉　硃批兵部議奏欽此

武清縣儒醫李子良先生術妙岐黃舉手病除如湯潑雪沉疴臥榻望色即辨着手成春誠今世之和緩也先生爲濟世不爲求利但動輒需轎欲聘者須出轎資洋二元 現寓侯家後四合軒仁壽堂藥局敦請者到局掛號可也

大日本牙醫生 血脇守之助

人之養生必須飲食飲食之入必經齒牙故牙爲人生至要之物也然人之於牙或冷煖不時或洗滌不潔均足致壞置而不問一牙既壞衆牙隨之是將大碍於養生非但外觀語言之不美已也目下牙科風氣雖開藝精者甚少求治者一不小心轉受其害眞可嘆矣鄙人久歷歐美藝成而歸用心多年今偶遊支那若諸君有意於治牙者幸垂問焉

大日本齒科醫會副會長
高山齒科醫學院副醫長
東京齒科醫學叢談主華
現寓天津法租界烏利文洋行對面格[illegible]旅館 齒科醫血脇氏謹啓

算學課徒

啓者本學堂原設會課兼授西文現在五城小學堂業已開立自無庸贅設爰另延名家專課古籌算今籌算珠算筆算尺算比例對數天元四元借根代數微分積分各種算學移館永光寺中街前靑廠如有聽穎子弟願習此道者請至彼處商定一切可也

道器學堂白

出售新書大發行

御製四書五經論 國朝名家史論 四書義彙編
經義遵先集 舟車便閱小本經義 雨田史論
兩漢史論 義論正軌 改科欣賞集 歷代史
事精論附五洲時務策 新式四種上下本經義四
書義史論時務策 新續五經四書義式 勸學篇
津門古文所見 津門古詩錄 申滬來埏 十
朝東華錄 續九朝東華錄 大清律例便覽 大
清律例增修統纂集成連四函 康熙字典上下函
時務策論 中西時務要錄 日本國志 時事
新論各說 自強新論 續富國策 洋務備考
歷代史論圖 餘者各書各報不及全載

天津北門內府署東各報總處紫氣堂分售紫竹林北恒裕玻璃鋪仝啓

施救吞烟 勺鴨血及人糞汁皆爲救吞鴨片妙方爲其吐耳然效與不效或未可必茲上洋白藥粉專救吞烟經驗多人萬無一失法用白藥粉一劑加熱水一碗冲藥溫服服畢以二人扶之行走不住卽易吐出若遲至半刻不吐再服一劑不吐仍卽再服一劑總以吐淨鴨片毒爲度吐後多飲清水仍令一吐再吐至所吐之水澄清無汚其毒乃盡可慶更生切不可用煤油醬油等方誤灌致傷性命如吞烟後一時取藥不及先以食鹽三錢攪冷水碗許灌入暫殺其毒以待藥至卽急灌救如吞烟歷時甚久昏迷欲睡此係烟毒已發恐一吐猶未能盡淨必須 人扶之行走另着人用竹竿打其兩腿皮肉務使知痛驚醒終夜不睡睡則難保無虞矣此藥西頭流水溝西河沿立興成糧莊暨全華園西河沿聚豐恒糧店河東十字街西存仁堂藥局中義當東慎修堂閣宅均爲施送台併錄報使遇此事者就近救急 諸善士如欲購捨此粉上海大馬路科發藥房及津郡老德記等大藥房均有價亦甚廉豫備不虞古之善道願我同人勿以小善而不爲也

同人公啓

頃接山左友人郝希孔兄來信據云東省水災久爲昭著惟今歲黃河決口已知八處災情大異往年澤國之區二十餘州縣計高苑　博興　樂安　齊東　新城　蒲台　利津　濱州　章邱　歷城　齊河　德平　禹城　肥城　東阿　范縣　平陰　壽張　陽穀　東平　汶上此二十餘處居民廬舍墳墓盡行漂沒其災民數百萬嗷嗷號寒無所歸貲思及存無餬口沒無餘地令人傷痛無已現在雖經大憲多方賑救無奈款項奇絀惠難均霑此等時光若能措款來賑而功德實屬無量云云査本年東魯水災誠甚於昔年無如僕等自庚寅順直被水連年籌辦義賑勸捐一節早成努末徒喚奈何惟謹將郝君來函登諸報章以供衆覽伏望大善仁人君子慨發慈念往賑災黎則功德不可言量矣僕等不禁爲億兆待斃生靈馨香祝之

津門義賑同人具

瑞林祥元記

本號今在天津府北門外估衣街中間路北由京分設瑞林祥元記擇於八月二十日開張自置綢緞洋貨織絨線貨洋廣等貨粗細布正眞正廣東丸藥貢緞小帽京城自染透骨眞青京靛大藍鄭州自染佛青正藍碗青細布凡備各色向來不惜工本務要眞而求眞價本酌以公道務取其實以圖久遠懇祈貴商尊客賜顧者留神細察特此佈聞

本號謹啓

代辦各種機器告白

敬啓者余自去歲代辦各種機器業蒙紳商賜顧並無遲悞今又向英國着名大廠代辦各樣紡紗織布造磚炸毛等機器以及各行應用各樣機器零星物件定日交貨不能遲悞如貴行包辦常年機器人工煤料或安設各樣機器價値外相宜如蒙貴官紳商購買者請至英新租界藉仙永茶園看圖面訂可也特此佈聞

寗子卿謹白

論義快覽

功令改試經義論策新章初立學者苦無佳本本齋舊藏兩田史論兩冊世鮮藏本近因同人多來假抄幾有日不暇給之勢爰亟印行以公同好在天津文美齋寄售並各書坊分賣本齋又輯有經義導先集二本皆從前人各文集中廣爲搜羅採擇成帙而以四書精義揭要付其後亦卽不日印出由文美齋付售

竹素齋主人白

設科欣賞集

啓者自考試改爲論策經書義新章甫定學者苦無佳本本齋精選各書院課藝及他方郵寄名稿四種皆備先排印兩卷以公同好名曰改科欣賞集總售處東門外襪子衚衕王宅并於東門內二道街路北水閣旁陳宅內寓本齋發莊寄售處同文書局文美齋鄉嬛書莊寶森堂萃文魁瑞芝閣及各書坊早於八月初五日出書願購者請先睹爲快

滋思齋主人啓

告白

敬啓者茲因自蓋三層鴻春大樓開設香茶館以來生意稍佳奈因臨仙戲園關閉不開氣之敝號生意寥寥故今敝東公議欲將小號出兌出賃均可任便所有店內一切各樣家具等件一併按單點交不悞有願兌賃者務速駕臨敝號面議以免先後自誤可也特此佈聞

海大道鴻春樓主人謹白

天后宮北

義興順綢緞莊

本莊自置頂繡綢緞綾羅紗絹哈喇大呢羽綾羽毛各樣花素洋布南貨雅扇甚母頭油香粉胰皂蹄安貝松泉湖筆一概俱全

頭號杭寗綢
頭號摹本緞
紅梅茶　每　九百六
紅茶　六百四
紅茶磚　二百二
龍井茶　斤　一吊八
金百壽錦薇緒布裡每疋五兩八
雜色金刁絨每尺五錢五

新開

天吉齋京靴店

本店開設天津府東門外天后宮前路北門面二間本號專辦京莊上上材料專做京都滿漢朝靴各款鑲繡插鎖全式名鞋一應俱全貨高價廉士商賜顧者請認明本號招牌庶不致悞

本店擇於七月十三日開張

本號特白

告白

浙紹朱鈍翁先生術嫻心細游津十年屢臨重症均各穩愼近治勞瘧膏淋霍亂孺羅痧並婦科產後小兒喉癰俱喜回春久萬喇勒菴

石印新書

自明詔改試策論義精選良才本齋新集四書義若千首名曰四書義滙編都爲一冊有志觀光者不可不先覩爲快也每冊津價二百六十文分售處府署東各報總處紫氣堂及各書坊

京都清華齋啓

三井洋行分莊 告白

敬者日本商始創貿易爲業數拾年以來今分莊開設北門外鍋店街沈家衚衕口對過專選精工料實東洋棉紗各等時式大小疋棉布粗洋布斜紋洋標等格外公道價亦從廉凡仕商賜顧者請至分莊面議可也特此佈聞

三井本莊主人啟

昧石懶人沈式齋畫山水花卉索畫者紙交文美齋有潤格可閱

紫竹林法租界 三義飯店

本店專做英法葷素大菜並由外洋自運各國上品洋酒各色異味點心罐頭鮮菓食物等類一律俱全本[illegible]樓工程告竣房間寬闊夕時均用氣燈明亮異常仕商光顧者或携貴眷另有雅室亦足稱暢叙幽情茲擇於六月十七日開張至期諸郎駕臨賜顧是荷

本主人謹啓

天福茶園

特請上洋新到

頭等名角

八月二十三日晚准演

李長奎

九更天代滾釘板

啓者本園不惜重資新排左公平西一戲本擬擇日開演近因同教親友再三致意以不演此戲爲妙並非本園不能開演新觀戲仕商諸公諒之

本園主人謹啓

海利鐘表洋行

啓者本行自上海分設天津紫竹林法租界良濟藥房對過女成衣飯店一號二號房內自製新式鐘表金銀表金表練各樣新式大小說話機器耳鳴機器金戒指金鋼石戒指大小洋鏡各樣新貨一應俱全貨好價廉格外公道在此住兩三個月後另造樓房批發諸公光顧請早駕臨海利洋行謹啓

戊戌年八月二十二日禮拜五

福仙茶園

新排連本

九美奪夫

此戲出在明朝成化年間胡大海八代子孫胡必松義勇忠正文武雙全在八仙院打死國舅嚴世雄 聖上降 旨拿獲滿門家眷服毒盡忠身死胡必松一人逃走路遇九美許多折磨內有忠臣孝子義夫節婦山王草寇幫助保護招兵報仇許多奇文此戲二十四本暫時先排八本 士商臨期賞鑒閱觀

擇日開演

名醫過津

前辦東海關官醫局嚴備九二尹鳳藻日前隨嵩武軍統領孫紹襄軍門到津寓紫竹林春元棧小住數日郎赴小站新建陸軍將來能留寓津門則七十二沽中抱采薪憂者當受惠不淺矣

同人全啓

紫竹林 第一番菜館

本號專作英法大菜各色精細點心各樣洋酒洋貨等物一應俱全並售

上 紅茶 每斤津錢 八百

上 一千

六百

又批發茂生公司鐵海紙烟零整發售價值格外公道原箱計一百盒價洋一百四十四元每盒計五百支洋一元五角凡仕商賜顧請即駕臨是荷風雨勿阻

主人謹白

福仙茶園

聘請上洋初次新到

頭等花旦

小萬盞燈

擇日開演

同仁南書 文老紙局

本局自印耕香館畫臘每部價洋二元專辦各種石印書籍精選加高南紙項細雅扇格外價廉處天津東門外襪子衚衕本局啓

本局謹啓

減價

今有友人自辦陝西老土每兩津錢五百文新到梁州土每兩津錢五百六十文如蒙賜顧者請到東門內聚隆成寄售

開設馬家口下娘娘廟前
天仙茶園
特請京都
玉成全班
特請京都山陝姑蘇上洋等處
頭等文武名角
八月廿三日早
忌辰

廿三日晚七點鐘開演

劉玉寶 飛來鳳 黃雲鳳 准演 溜溜旦 楊保珍 滿天飛 靈芝草 紅菊花 溜溜旦 楊寶珍 准演 滿天飛 小千紅 李連仲 黃月山 小金鍾

眾武行 雙洒洲城 頭二本春秋配 富春樓 三四本春秋配 眾武行 長板坡

開設英國租界
天津紫竹林海大道旁
福仙永茶園
特請京都
永慶成班
京都上洋蘇杭山陝等各處
頭等文武名角
八月廿三日早
忌辰

廿三日晚七點鐘開演

全班 賈星橋 張鳳台 霸州紅 李殿元 海棠紅 十七紅 嚴寶恒 衆武行 元元旦 賽呂布 京都子弟老鄉親 超等 朱雙明 洒金紅

大獻瑞 罵曹 雙沙河 忠孝圖 譜球山 遺翠花 搜孤救孤 高平關

開設法國租界
天津紫竹林北大街
天福茶園
特請京都
崇慶名班
京都上洋姑蘇山陝等處
各色文武 頭等名角
八月廿三日早
忌辰

廿三日晚七點鐘開演

十二紅 崇芬 張長奎 高玉言 安桂秋 白文奎 十一紅 高玉喜 王喜雲 [illegible]雅秋 羊喜壽 李長奎 謝才寶 蘇廷奎 李吉瑞 趙斌恒 子景五

臨童山 草橋關 牧羊卷 文昭關 賣胭脂 九更天 代滾釘板 眾武行 四杰村

美孚老牌煤油

啓者美國三達煤油公司之德富士老牌煤油天下馳名萬商稱美蓋其質潔色清亮白如銀且絕無烟氣能耐久燃比之生荳等油晶光百倍而儉用價廉此為德富士老牌之佳處誠屬無雙妙品也士商

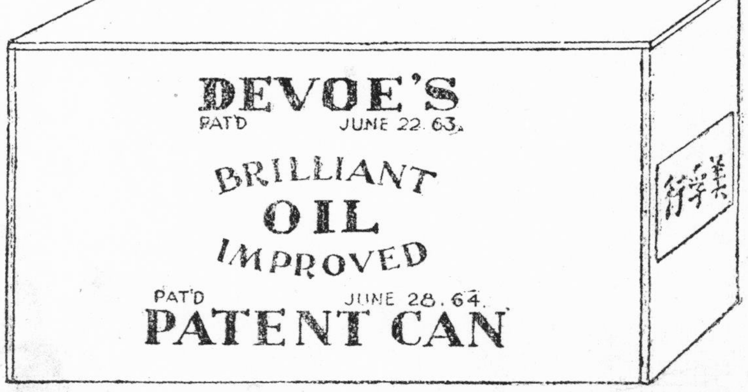

賜顧請到天津美孚洋行採辦或向就近殷實行店購買庶不致悞

開設馬家口南興基新馬路
天桂茶園
特請京都
慶吉祥名班
特請京都山陝姑蘇上洋河南等
頭等文武名角
擇日開演

八月廿四日出口輪船 禮拜日
圖南 輪船往上海 招商局
新濟 輪船往上海 招商局
八月廿五日出口輪船 禮拜一
承平 輪船往營口 礦務局

八月二十二日銀洋行情
天津通行九七六錢
銀盤二千四百零八文
洋錢一千六百八十五
紫竹林通行九六錢
銀盤二千四百三十八
洋錢一千七百一十文
洋錢行市七錢二分

直報

本館開設天津紫竹林海大道老菜市氣燈房巷內

光緒二十四年八月二十三日　第一千百九十八號
西歷一千八百九十八年十月初八日　禮拜六

啓者今擇於本月二十三日早十點鐘在本局弋登堂酌定大英新拓租界章程所有該地地主房主等屆期務祈早到爲荷

大英駐津工部局總管柏齡庚啓

本館所載新聞皆係訪問確實據事直書並非無端毀譽亦非有意要求執筆人向皆潔身自愛不染一塵從無在外招搖情事倘有無知之徒架名誑騙卽希將其人扭赴本館面相質証或將姓名告知以便稟官究辦愼無受其愚弄也

本館謹白

上諭恭錄

上諭內閣學士兼禮部侍郎銜着溥頲補授欽此　上諭刑部左侍郎着李培元調補徐會澧着補授吏部右侍郎兼署戶部左侍郎並兼管三庫事務仍在上書房行走欽此　上諭奎俊奏特參庸劣各員請旨懲處等語江蘇太湖廳同知趙毓忠畏葸無能緝捕不力寶山縣主簿吳廷瑞庸鄙不職昭文縣白茅司巡檢倪錫慶擅受民詞太倉州甘草司巡檢陳輝昇縱丁擾民丹徒縣港口巡檢許祖蔭昏庸荒謬高家鎮巡檢姚鏞聲貪詐無恥靑浦縣山淀巡檢李耀光聲名甚劣宜興縣典史馬長康胆大妄爲均着即行革職寶山縣知縣鄭仲和才欠開展着開缺另補以示懲儆餘着照所議辦理該部知道欽此　上諭湖南巡撫陳寶箴以封疆大吏濫保匪人實屬有負委任陳寶箴着即行革職永不敘用伊子吏部主事陳三立招引奸邪着一併革職候補四品京堂江標庶吉士熊希齡庇護奸黨暗通消息均着革職永不敘用並交地方官嚴加管束欽此　硃筆稽察正藍旗滿洲旗務着麟趾去欽此　欽奉　慈禧端佑康頤昭豫莊誠壽恭欽獻崇熙皇太后懿旨自開埠通商以來中外一家誼應不分畛域即如各國教士之在內地迭經諭令各地方官實力保護不啻三令五申各省官紳士民自應仰體朝廷一視同仁之意開誠布公無嫌無疑以期日久相安乃近日各省民教滋事之案仍不能免四川各起教案至今尚未了結在愚民無知造言生事輕啓衅端固爲可恨而該管官吏不能隨時開導先事防維實亦難辭其責用特詳加申諭各直省大吏於教堂所在務當嚴飭地方官懍遵迭次諭旨認眞保護各國教士往來均宜以禮相待遇民教交涉之案持平辦理迅速斷結並勸導紳民安分自守毋得逞忿肇衅其各國游歷洋人所到之處尤應一體保護以盡懷柔之誼經此次降旨之後如再有防範不力致滋事端定當將該管地方官從重參辦並將該督撫等一併懲處毋謂誥誡之不預也欽此　太常寺題九月初七日祭　歷代帝王廟奉　旨遣凱泰行禮兩廡遣闊普通武淸銳崇寬崇勳各分獻欽此　又題九月初十日致祭　都城隍廟奉　旨遣英俊行禮欽此

八月分缺單　○小京官鑾儀衛經歷沈金鑑分發　道湖北督糧岑春煊調　知縣直隸曲周王希賢終養　湖南敘浦王樹屏修墓　河南泌陽盧煦春丁夏邑愛仁丁　廣西來賓杜作航近　山東樂陵戚揚近　吏目奉天錦遠李國瑞陞　義州趙朝宗革　巡檢湖北房縣陳方實逾限　福建建安章其鏞故　典史廣東翁源桂凌漢近

邊防獎單　○五品頂戴從九品銜孫黼貴　六品頂戴從九品銜張性天　以上二員均擬請以從九品不論雙單月儘先選

用　五品頂戴文童李振鐸　五品頂戴文童宋培縉　五品頂戴文童劉汝翼　五品頂戴文童魯承勳　五品頂戴文童劉柏松　五品頂戴文童周汝楫　五品頂戴文童張履謙　五品頂戴文童劉炳志　六品頂戴文童劉離曜　六品頂戴俊秀劉翰　七品頂戴俊秀管書麟　俊秀趙家璧　俊秀蔣世忠　以上十四員均擬請以從九品不論雙單月遇缺儘先選用　以上共文職九十九員

奉　硃批覽　謹將邊防擬保武職各員銜名繕具清單恭呈　御覽　計開　吉林琿春正藍旂記名協領先換頂戴藍翎佐領兼雲騎尉富隆額　吉林蒙古正藍旂三品頂戴補用協領花翎佐領恩吉　吉林琿春鑲紅旗三品頂戴記名協領花翎佐領瑞霖　吉林鳥鎗營鑲白旂記名協領花翎佐領文煥　吉林滿洲鑲黃旗補用協領佐領斌俊　吉林鳥鎗營正藍旗補用協領藍翎佐領兼騎都尉劉嘉善　吉林伯都訥正藍旗記名協領花翎佐領富蔭　以上七員均擬請俟歸協領班　賞加副都統銜　吉林鳥鎗營鑲藍旗三品頂戴記名參領佐領兼雲騎尉全吉擬請俟補參領後　賞加副都統銜　吉林伯都訥正黃旗協領頂戴佐領永和　吉林伯都訥鑲紅旗三品頂戴花翎佐領德亮　以上二員均擬請以協領補用　吉林滿洲鑲藍旂佐領慶祥　吉林伯都訥正白旗花翎佐領兼雲騎承祿　以上二員均擬請以協領補用　　此單未完

辦公時刻　○京師各部院衙門案牘浩繁所有值差司員部書前於立夏節後因天氣炎熱改早清晨辦公以避暑熱現在節交秋令各部院堂憲公議自九月初一日仍改晚署午刻進署辦公至四點鐘散署以復舊制云

添兵護行　○前門大街直至永定門外馬家堡地方現經添設遊擊一員兵丁一百五十名遇有西國人出入遊行派兵沿途護送彈壓以免滋生事端

照成畫片　○日前永定門內天橋地方有匪徒聚衆毆打洋人業經提督衙門將匪犯六名枷號一個月在天橋地方示衆昨有某西國人至該處將枷號情形用拍照法照成畫片傳播外洋亦可見政府之慎重睦誼已

堪稱鐵面　○康有爲盛時舉者甚多劾者祗文悌一人其先見之明不苟同之志洵出人頭地惜其言過率直復牽許尚書爲證致不諳臺規回原衙門行走聞昨蒙　皇太后披閱前摺嘉其忠正恭奉　諭旨以知府候補次日謝恩　召見所對甚洽聖意古所謂鐵面御史者文公其人矣

督轅門抄　○八月二十三日見　永定河道陳大人　勝字營任效文　統領武毅左軍楊慕時　統領武毅右軍姚良才又營務處鞏振翩　左軍前營王佩蘭　左營洪殿元　右營徐照德　後營陳泰慶　右軍前營孔慶塘　右營潘金山　後營周鼎甲　左營胡名旭　記名提督鄒復勝　鄭才盛　萬翔麟　周慶榮　記名總兵王征元　聶榮華　馬占鰲　補用參將陳萬清劉恩榮　副將趙建臣　遊擊徐國祥　天津練軍中營董全勝　前營王乂才　左營龔先第　親兵營單瀛　副將王兆端

直藩牌示　○委署清苑縣知縣管河縣丞計琳因日久並未來省領委扣委遺缺輪委儘先縣丞陳毓英署理交河縣原恩瀛調補天津縣遺缺擬以候補縣龔彥師請補唐縣秦家棫捐升知府遺缺以代理斯缺之王毓葵改爲署理署廣平縣董恩慶期滿委候補縣張祖昶接署署蠡縣知縣周濂溥期滿以阜平縣張則周調署所遺阜平縣缺輪委大挑縣鍾靈署理署獻縣胡良駒期滿以現署邢台縣吳壽一調署所遺邢台縣缺仍委現署新樂縣張桂芬飭回本任所遺新樂縣缺委候補縣福厚署理肥鄉縣張炳吉與靈壽縣侯天錫互相調補

豸節將臨　○周廉訪蓮奉　上諭着補授直隸臬台已見邸抄聞於二十四日引　見後即出都乘火車來津謁見督憲邑尊得信飭差役在吳楚公所預備行轅頗形忙迫云

杉篙漏報　○湖北運來鐵路木料該木廠夾帶杉篙八百根未經報稅經海關查出聞已將杉篙扣置碼頭云

官料變賣　○自今春三月間由楚省官木廠運到津埠木料若干以備蘆漢鐵路應用經鐵政局業已照收聞復經揀選挑出不適於用之木六百九十六根內有杉木四十餘根餘皆松木每根長約二十四英尺大約英尺二尺四五三四不等據云買此木料計本銀數千餘兩茲由局派天津木廠估價云僅值銀千兩若是則木商賠累不輕矣

西河多盜　○下西河楊柳青與當城交界之間十數里一片汪洋茫無涯際時有盜匪出沒行船被刦者不一而足雖派有砲船一隻在該處彈壓而終日株守當城絕不一事梭巡畏盜耶抑縱盜耶是眞索解不得者

南來新貨　○怡生輪船載貨計洋布四百二十五木器一百一十一茶葉一千七百八十八玻璃三十一磚茶一千四百四十鐵箱七件紙頭五十鐵絲五十一冰糖一百四鐵條一百六十四水仙二百二十一鐵札五件糖果七十油漆一百六十二釘桶五十九大桶油一十一木頭二十五茶油三十八絲一件雜貨二百八十四活馬一匹共五千零一十四件

起超超然　○蘇友來函謂升撫令大中丞接有　聖躬不豫京電並密　旨嚴拿康有爲等語中丞奉電之下因卽電飭各處一體嚴密查拿無如毫無彰響然刻下尙在秘查並留心餘黨云云其時本埠城內訪事人來報已革工部主事康有爲及已革舉人梁啓超由本邑官塲接電密拿均未獲案僅將梁開之大同書局所用張其明各夥並梁之家丁胡啓發等五人提解到縣由帮審李葆初二尹訊無實供在案經黃大令親坐三堂屏退左右命提張等五犯逐一研訊張供稱廣東新會人捐有監生在梁卓如所開大同書局爲夥向來安分梁卓如於今春晉京會試久未回來不知現避何處家丁胡啓發供家主入都之後局事由梁父經管本月初七日梁父接到京中發來電報一封電中不知何言語是日遂挈其次子不知去向唐阿二供在大同書局送書局中各事向不干預錢阿金供在局中拉包車張其明與梁同鄉且梁帶伊來滬貿易平日向稱親熟初八日張曾央由小的至電報局打電不知是何言語劉德榮供是本局茶房餘事不知大令一再盤詰各執如前問官以時已深晚遂判將張收所胡劉交差看管唐錢二人訊明無干當堂開釋旋於昨晨急詣道轅將訊供情形面禀道憲核示施行至康有爲則自初九日被英兵輪提去後迭經蔡觀察一再照會英領事請示至今並無回信也

水衣新奇　○美路濱城有西人名哥頓自運巧思新製水衣一種最合下水之用其衣以銅爲首領加以彈弓配以樹膠聯以布帛貫以螺絲故能十分稠密水洩不通手足運動極其靈便毫無窒碍且水力雖大亦無通壓之勢有曾用其水衣試驗者直下海中計有二百英尺之深居於水底五十一棉尼鐘之久每隔十二棉尼抽取淸氣一次卽不覺其辛苦似此利便若用以入海打撈物件誠爲有益也

各國軍情　○今歐美諸國日以造戰艦擴陸軍爲事誠以五洲太平之局萬難久保一旦有警庶可有備無患况强隣逼處我雖自守能禁彼不侵我乎是講求武備亦勢使然耳茲各國鑒於美日之戰患增軍置械較前尤覺吃緊因將本年夏季各國增兵登左

甘國兵部大臣喀威那克創議額兵當差年限減爲二年增陸軍第二十一全軍且將第六第二十兩全軍合歸一將統領第六全軍提標仍紮沙隆歸提督克司拉爾管轄該軍內分步隊第四十第四十二翼馬隊三旂砲隊一旂第四十二翼又分爲第二十三二十四兩標一駐麥其來一駐塞丹每標分三營營分六哨第四十翼內分步隊七十九八十兩標一駐克美奇一駐米西耳又有新增之第四十二翼內分八十三八十四兩標均駐非耳敦馬隊一旂駐克美奇砲隊一標駐沙隆米西耳等處又有工程隊輜重隊各一營

巨砲無益　○某戰士云巨砲之膛徑在二十八及三十四桑的邁當之間者施放時未必能轟燬敵船因敵船游弋擊中不易而施放巨砲之船往往致有不測蓋砲巨則吃藥多稠烟騰空如飀風然守砲偶不小心必致耳聾船中汽燈家具等物不免損傷美水師提督與西班牙開仗時曾經閱歷又西班牙某船主報政府云施放巨砲而巨砲忽墜爲患船面實非淺鮮

非洲戰耗　○日本郵報內載英京電云英派非洲奈路河近處勦亂官兵現已抵沙布路加紮營亂黨亦於奧打門地方聚衆整飭軍旅不日交戰云

光緒二十四年八月二十一日京報全錄

宮門抄○八月二十一日兵部　太常寺　太僕寺　廂白旗值日　無引　見　東王澤公各假滿請　安　廖壽恒等各謝調授缺　恩　福建總兵宋得勝到京請　安　徐琪請假五日　德魁請假十日　麟公續假二十日　兵部奏派武舉覆試之王大臣　派出恭王莊王鄭王睿王敬信溥善啓秀溥良　掌儀司奏二十三日祭　奉先殿溥侗行禮　召見軍機　宋得勝

○○頭品頂戴安徽巡撫臣鄧華熙跪　奏為遵　旨督率安徽省各屬籌辦農桑種植情形恭摺覆陳仰祈　聖鑒事竊臣迭奉　諭
旨整理農務工商務訓農又為通商惠工之本令各省督撫切實籌辦先行具奏等因欽此仰見　朝廷振興庶務重在盡地利而裕民
生薄海臣民同聲欽感臣維生財大經首在生之者衆自古三農而外兼重園圃虞衡勸相必始於官司藝穀及夫種樹安徽省壤地二
千餘里兵燹後荒未盡開田有汙萊民多貧苦半由磽瘠之少穫半由游惰之相仍法在相度土宜兼種各項植物使衆財成而工資造
作物產盛而商廣懋遷上年春間上海並設農學報內多新法利益田功即由臣購置其書與陸任徽甯池太廣道袁昶刊印後魏賈思
齊民要術元司農司桑輯要兩書通發各屬諄諭牧令等官倡率紳耆參稽互證開民智以盡力農事秋間又復通飭各屬示以泰西
各國廣植樹株均收美利之明徵堪鼓作興之眞意令各屬歷四鄉辨明土性所宜酌量栽植其宜於五穀田畝仍當專力耕耘此外隙
地荒區無論近水依山一切閑曠之處聽民擇定何項樹木選購種子秧株一律分栽每屬以三十萬株為率以樹之多寡為勸懲事之
虛實定功過並勉以果能踴躍從事當予　奏請獎敘以勵勤能本年交春以來據該各屬陸續稟覆大都稱稼穡之事民所素知惟釀
土不如西陸之精爰從按月農學報删擇要刊示式擴見聞其樹藝一事本有者推廣本無者擇栽或由官捐廉購種秧子以倡導或率
紳集欵議設土所以講求或酌定章程分播鄉保以作則或開治官地雇人培植以造端所報新種樹數至多者數百萬株以次二三十
萬株至數十萬株不等臣皆批飭加意推求用心培養俟各長成暢茂稟請委員勘驗以期徵實無虛其間如松杉檜柳之材梨榴棗栗
之果不待製造皆可銷行若漆之割煑樟之熬腦橡皮之煎膠蔴棉之織布桐梗子之榨油竹之造　及製各器與夫剝椶熬蔗焙茶皆
先殖之於農然後工製之商以販之循其次序兼須考求造法雇用工師使土物阜成以開商賈營運之路亦經指示明晰令各遵行間
有遲延未覆及舉辦不力之州縣分別申飭嚴催痛戒因循積習近來　明詔頻頒宣示以農為體以工商為用飭令認眞勸導皆經迅
速轉行務令實力實心次第遵辦查考出洋華貨以絲斤為大宗各州縣多認種桑而於栽培良法與育蠶繅絲等事嫻習者稀必得諳
練勤懇之員先自省城董勸茲有候補知州彭名保等籍隸江蘇深悉蠶桑事務熟察安省沿江一帶土質物候均宜蠶桑本年春初先
請撥用安慶省城外寬閑官地闢為課桑之園買浙江湖州桑秧並雇來該處二人督同如法試栽枝葉長發肥潤又取湖州蠶種飼以
本地野桑成繭抽絲亦與湖州無異試辦有效急宜擴充議　日新蠶桑公司約同有志員紳籌集股分增購附近田地廣植桑株逐漸
建造屋廬力桑興事每歲採購湖州桑秧兼為鄉民代辦民或樹桑而不諳養蠶則購其葉或養蠶而不能繅絲則買其繭或繅絲而難
以出售亦均給價收買公司工作多用土民另募湖州桑工教授成法蠶桑暇日兼治別項種植與畜牧工藝等務且購化學各器以考
驗土質置顯微鏡以剔選蠶種多置農學新學新器以備集衆討論多造蠶桑所用器具以便民間購用仿製設蒙學館以教農家子弟
授以簡易功課現在議章稟請立案一切應辦事宜需用欵項通盤核計數目招股籌集接續布置期底於成據呈公司章程前來臣逐
加查核其辦法由農桑入手而工之造辦商之貿易堪以依次類推本末相資為地方興利省外各屬觀法起見均屬切實可行與電傳
七月二十六日　上諭主事蕭文昭條陳設立蠶桑公院之意正相符合當經批飭按照所設盡心經理徐圖開拓務期實效可觀謹將
送到章程清單恭呈　御覽除咨總理各國事務衙門查照外所有遵　旨督率各屬籌辦農桑種植情形謹繕摺覆陳伏乞　皇上
聖鑒　訓示謹　奏奉　硃批該衙門知道單併發欽此

○○劉坤一片　再淮徐海被水甚重災黎困苦不啻倒懸若待秋後再行查勘賑撫則援救無及殊非　聖主視民如傷之意臣與義
紳嚴作霖面商非先急賑不可惟欵不能應手焦灼萬分業經飭令司局無論何欵先行借撥銀二三十萬兩發交該紳帶往災區迅速
散放以濟眉急仍俟捐務奏　旨允准後勸集歸墊臣為保全民命起見謹附片陳明伏乞　聖鑒謹　奏奉　硃批另有旨欽此

○○劉坤一片　再捐納道府循例分發人員以到省之日起試用一年期滿應行察看才具分別繁簡奏明留省補用等因歷經遵辦
在案茲據江甯藩司將江蘇差委業經試用期滿之道員照章甄別詳請加考具　奏前來經臣察看得試用道吳學廉才具優長辦事
勤慎試用道許夔年力壯盛氣宇安詳均堪勝繁缺道員之任除咨部查照外理合會同升任四川總督江蘇巡撫臣奎俊附片陳明伏
乞　聖鑒謹　奏奉　硃批吏部知道欽此

武清縣儒醫李子良先生術妙岐黃舉手病除如湯潑雪沉疴臥榻望色即辨着手成春誠今世之和緩也先生爲濟世不爲求利但動輒需轎欲聘者須出轎資洋二元　現寓侯家後四合軒仁壽堂藥局敦請者到局掛號可也

施救吞烟
与鴉血及人糞汁皆爲救吞鴉片妙方爲其吐耳然效與不效或未可必茲上洋白藥粉專救吞烟經驗多人萬無一失法用白藥粉一劑加熱水一碗冲藥溫服服畢以二人扶之行走不住即易吐出若遲至半刻不吐再服一劑不吐仍即再服一劑總以吐淨鴉片毒爲度吐後多飲清水仍令一吐再吐至所吐之水澄清無汚其毒乃盡可慶更生切不可用煤油醬油等方誤灌致傷性命如吞烟後一時取藥不及先以食鹽三錢攪冷水碗許灌入暫殺其毒以待藥至即急灌救如吞烟歷時甚久昏迷欲睡此係烟毒已發恐一吐猶未能盡淨必須二人扶之行走另着人用竹竿打其兩腿皮肉務使知痛驚醒終夜不睡睡則難保無虞矣此藥西頭流水溝西河沿立興成糧莊暨金華園西河沿聚豐恒糧店河東十字街西存仁堂樂局中義當東愼修堂閻宅均爲施送合併錄報使遇此事者就近救急　諸善士如欲購捨此粉上海大馬路科發藥房及津郡老德記等大藥房均有價亦甚廉豫備不虞古之善道願我同人勿以小善而不爲也

同人公啓

新開元隆號綢緞洋貨莊

自去歲四月初旬開張以來蒙　各主顧垂盼雲集馳名日盛本號特由蘇杭等處加意揀選名機新鮮貨色零整銀價俱照大莊行市公平發售以昭久遠此白

寄賣龍井雨前素茶福建皮絲水烟各種眞料大小皮箱
開設天津府北門外估衣街中路北門面便是

元茂機器磚瓦公司

本公司仿照西法燒作磚瓦事屬創舉曾經通禀在案該貨堅固異常價値從減並各樣印花磚瓦俱全　賜顧者請至海大道新興南里內本公司面議可也

特此謹啓

魁陞號綢緞洋貨莊

本號自置顧繡綢緞洋貨等物整零均按銀莊格外公道皆比大市價廉發售　寄賣各種眞料大小皮箱漢口水烟袋各種眼鏡龍井雨前紅茶梗　寓天津北門外估衣街五彩號衚衕口坐北向南　士商賜顧者請認本號招牌特此謹啓

大日本牙醫生
血脇守之助

人之養生必須飲食飲食之入必經齒牙故牙爲人生至要之物也然人之於牙或冷煖不時或洗滌不潔均足致壞置而不問一牙旣壞衆牙隨之是將大碍於養生非但外觀語言之不美已也目下牙科風氣雖開藝精者甚少求治者一不小心轉受其害眞可嘆矣鄙人久歷歐美藝成而歸用心多年今偶遊中國若諸君有意於治牙者幸垂問焉

大日本齒科醫會副會長
高山齒科醫學院副醫長
東京齒科醫學叢談主筆

現寓天津法租界烏利文洋行對面格利旅館　齒科醫血脇氏謹啓

算學課徒

啓者本學堂原設會課兼授西文現在五城小學堂業已開立自無庸贅設爰另延名家專課古籌算今籌算珠算筆算尺算比例算對數天元四元借根代數微分積分各種算學移館永光寺中街前靑廠如有聽頴子弟願習此道者請至彼處商定一切可也

道器學堂白

念二日接到蒙學報至念八冊　申滬新蘇游趣此六種均接全本月十六日　昌言報至第四冊送過　廣智報至三十冊送過　知新報至六十四冊送過餘欠數期經天津關周老爺手誤接　農學報至四十二冊送過　蜀學報東亞報下期未到　格致報譯書報亦未接到　醫學報月底月初可至　萬國公報月底可到　餘者各報來班再聲　又班西學大成算學續算學大成　通商始末記　洋務時務彙編　大清律例便覽　大清律例集成　繪圖五經體註　格致鏡原上下函　代數備旨　續九朝東華錄　十朝東華錄全集　時事新論圖說　英人強賣稚片記　日本書目志　中西時務要領　全部康熙字典　續富國策　自強新論　駁案彙編　餘者各報各書來班再錄先取爲快天津北門內府署東各報總處紫氣堂仝啓

頃接山左友人郝希孔兄來信據云東省水災久爲昭著惟今歲黃河決口已知八處災情大異往年澤國之區二十餘州縣計高苑　博興　樂安　齊東　新城　蒲台　利津　濱州　章邱　歷城　齊河　德平　禹城　肥城　東阿　范縣　平陰　壽張　陽穀　東平　汶上此二十餘處居民廬舍墳墓盡行漂沒其災民數百萬嗁飢號寒無所歸貴思及存無餬口沒無餘地令人傷痛無巳現在雖經　大憲多方賑救無奈款項奇絀惠難均霑此等時光若能措款來賑而功德實屬無量云云查本年東魯水災誠甚於昔年無如僕等自庚寅順直被水連年籌辦義賑勸捐一節早成弩末徒喚奈何惟謹將郝君來函登諸報章以供衆覽伏望大善仁人君子慨發慈念往賑災黎則功德不可言量矣僕等不禁爲億兆待斃生靈馨香祝之

津門義賑同人具

瑞林祥元記

本號今在天津府北門外估衣街中間路北由京分設瑞林祥元記擇於八月二十日開張自置綢緞洋貨織絨線貨洋廣等貨粗細布疋眞正廣東丸藥貢緞小帽京城自染透骨眞青京靛大藍鄭州自染佛青正藍椀青細布凡備各色向來不惜工本務要眞而求眞價本酌以公道務取其實以圖久遠懇祈　貴商尊客賜顧者留神細察特此佈聞

本號謹啓

代辦各種機器告白

敬啓者余自去歲代辦各種機器業　蒙紳商賜顧並無遲悮今又向英國著名大廠代辦各樣紡紗織布造磚炸毛等機器以及各行應用各樣機器零星物件定日交貨不能遲悮如　貴行包辦常年機器人工煤料或安設各樣機器價值格外相宜如蒙　貴官紳商購買者請至英新租界福仙永茶園看圖面訂可也特此佈聞

寗子卿謹白

論義快覽

功令改試經義論策新章初立學者苦無佳本本齋舊藏雨田史論兩册世鮮藏本近因同人多來假抄幾有日不暇給之勢爰亟印行以公同好在天津文美齋寄售並各書坊分賣本齋又輯有經義導先集二本皆從前人各文集中廣爲搜羅採擇成帙而以四書精義揭要付其後亦卽不日印出由文美齋付售

竹素齋主人白

改科欣賞集

啓者自考試改爲論策經書義新章甫定學者苦無佳本本齋精選各書院課藝及他方郵寄名稿四種皆備先排印兩卷以公同好名曰改科欣賞集總售處東門外襪子衚衕王宅並於東門內二道街路北水鋪旁陳宅內寓本齋發莊寄售處同文書局文美齋嫏嬛書莊寶森堂萃文魁瑞芝閣及各書坊早於八月初五日出書願購者請先覩爲快

澄思齋主人啓

告白

敬啓者茲因自蓋三層鴻春大樓開設番菜館以來生意稍佳奈因福仙戲園關閉不開兼之敝號生意寥寥故今敝東公議欲將小號出兌出賃均可任便所有店內一切各樣家具等件一併按單點交不悮有願兌賃者務速　駕臨敝號面議以兌先後自誤可也特此佈聞

海大道鴻春樓主人謹白

天后宮北

義興順綢緞莊

本莊自置頭號綢緞綾羅紗絹哈喇大呢羽綾羽毛各樣花素洋布南貨雅扇桂毋頭油香粉胰皂歸安貝松泉湖筆一概俱全

頭號杭甯綢
頭號摹本緞
紅梅茶　每斤九百六
紅茶　六百四
紅茶梗　二百二
龍井茶　一吊八
金百
壽棉襁裙布禮每套五兩八
雜色金刀絨每尺五錢五

新開
天吉號京靴店

本店開設天津府東門外天后宮前路北門面二間本號專辦京莊上上材料專做京都滿漢朝靴各款鑲繡插鎖全式名鞋一應俱全貨高價廉　士商賜顧者請認明本號招牌庶不致悮本店擇於七月十三日開張

本號特白

告白

浙紹朱鈍翁先生術嫻心細游津十年屢臨重症均各穩慎近治勞瘧膏淋霍亂瘡羅痧並婦科產後小兒喉癰俱喜同春久寓彌勒菴

石印新書

自　明詔改試策論義精選良才本齋新集四書義若千首名曰四書義滙編都爲一冊有志觀光者不可不先靚爲快也每冊津價三百六十文分售處府署東各報總處紫氣堂及各書坊

京都清華齋啓

三井洋行分莊 告白

啟者日本商始創貿易爲業數拾年以來今分莊開設北門外鍋店街沈家衚衕口對過專選精工料實東洋棉紗各等時式大小疋棉布粗洋布斜紋洋標等格外公道價亦從廉凡仕商賜顧者請至分莊面議可也特此佈聞

三井本莊主人啟

味石懶人沈式齋畫山水花卉索畫者紙交文美齋有潤格可閱

海利鐘表洋行

啓者本行自上海分設天津紫竹林法租界良濟藥房對過女成衣飯店一號二號房內自製新式鐘表金銀表金表練各樣新式大小說話機器耳鳴機器金戒指金鋼石戒指大小洋鏡各樣新貨一應俱全貨好價廉格外公道在此住兩三個月後另造樓房批發諸公光顧請早駕臨

海利洋行謹啓

戊戌年八月二十三日禮拜六

名醫過津

前辦東海關官醫局嚴備九二尹鳳藻日前隨嵩武軍統領孫紹襄軍門到津寓紫竹林春元棧小住數日即赴小站新建陸軍將來能留寓津門則七十二沽中抱采薪憂各當受惠不淺矣

同人仝啓

同仁南書 文記紙局

本局自印耕香館畫譜每部價洋二元專辦各種石印書籍精選加高南紙頂細雅扇格外價廉廣天津東門外襪子衚衕本局啓

本局謹啓

紫竹林 第一樓番菜館

本號專作英法大菜各色精細點心各樣洋酒洋貨等物一應俱全並售

上　八百
紅茶每斤津錢一千
上　六百

又批發茂生公司鐵海紙烟零整發售價值格外公道原箱計一百盒價洋一百四十四元每盒計五百支洋一元五角凡仕商賜顧請即駕臨是荷風雨勿阻

主人謹白

減價

今有友人自辦陝西老土每兩津錢五百文新到梁州土每兩津錢五百六十文如蒙賜顧者請到東門內聚隆成寄售

紫竹林法租界 三義飯店

本店專做英法葷素大菜並由外洋自運各國上品洋酒各色異味點心罐頭鮮菓食物等類一應俱全本〻樓工程告竣房間寬闊夕時均用氣燈明亮異常仕商光顧者或攜貴眷另有雅室亦足稱暢叙幽情矣擇於六月十七日開張至期請即駕臨賜顧是荷

本主人謹啓

天福茶園

特請上洋新到

頭等名角

八月二十四日晚准演

李長奎

鳳鳴關

啓者本園不惜重資新排左公平西一戲本擬擇日開演近因同教親友再三致意以不演此戲爲妙並非本園不能開演祈觀戲仕商諸公諒之

本園主人謹啓

福仙永茶園

新排連本

九美奪夫

此戲出在明朝成化年間胡大海八代子孫胡必松義勇忠正文武雙全在八仙院打死國舅嚴世雄聖上降旨拿獲滿門家眷服毒盡忠身死胡必松一人逃走路遇九美許多折磨內有忠臣孝子義夫節婦山王草寇帮助保護招兵報仇許多奇文此戲二十四本暫時先排八本士商臨期賞鑒閱觀

擇日開演

福仙永茶園

聘請上洋初次新到

頭等花旦

小萬盞燈

擇日開演

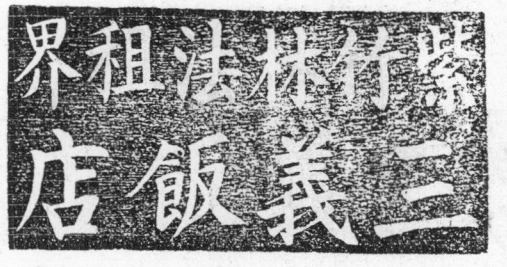

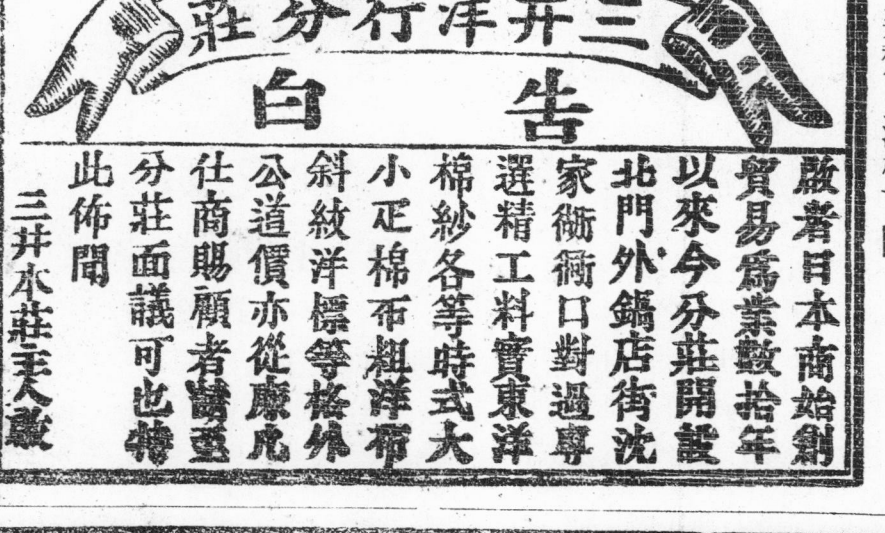

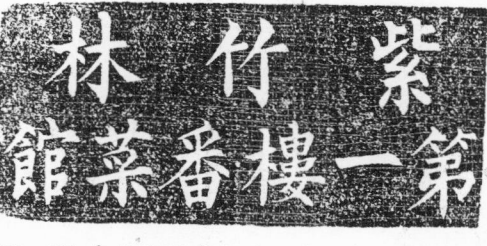

開設馬家口下娘娘廟前

天仙茶園

特請京都

玉成班

特請京都山陝姑蘇上洋等處

頭等文武名角

八月廿四日早十二點鐘開演

徐文壽 李慶長 小玉林 周福來 小四紅 十千紅 章金虎 董志斌 陳連桂 小金蓮 小玉鑾 靈芝草 紅菊花 飛來鳳 瑞德寶 楊英玉 黃雲鳳

清河橋 打龍袍 蘆花計 背板橙 樊城長亭 少華山 薛家窩 衆武行

廿四日晚七點鐘開演

十四紅 小千紅 陳連桂 小金鐘 章金虎 董志斌 溜溜旦 楊寶珍 滿天飛 靈芝草 准演 牡丹花 飛來鳳 瑞德寶 李連仲 黃月山 楊英玉

十王府 九更天 桑園會 全本鳳凰山 佛門點元 衆武行

開設英國租界

天津紫竹林海大道旁

福仙永茶園

特請京都

永慶成班

京都上洋蘇杭山陝等各處

頭等文武名角

八月廿四日早十二點鐘開演

全班合演 賈星橋 馮瑞龍 香宵旦 賽殿布 霸州紅 李呂元 海棠紅 玻璃丑 劉景雲 老鄉親 嚴寶恆 朱子久 小月樓 胡少卿

失街亭 全家福 洪洋洞 雙鎖山 銀匠回家 海潮珠 空城計 斬馬謖 雙挑滑車 衆武行

廿四日晚七點鐘開演

潘桂芳 林德桂 海棠紅 杜福玉 小秀紅 胡盧紅 周春全 牛處 十六紅 衆武行 元元旦 霸州紅 子弟老鄉親 文月山 劉桂林

太平橋 斷橋 烏玉帶 馬蹄金 茂州廟 拾玉鐲 桑園寄子 雅觀樓

開設法國租界

天津紫竹林北大街

天福茶園

特請京都

崇慶名班

京都上洋姑蘇山陝等處

各色文武 頭等名角

八月廿四日早十二點鐘開演

劉景山 銀堂 邊義臣 崇芬 謝才寶 張長奎 楊福保 草上飛 小香鳳 終德明 安桂秋 楊同來 王喜雲 汪德寶 蘇廷奎 常雅秋 李吉瑞

紅逼宮 火烟駒 牧虎關 大賣藝 宇宙峯 打櫻桃 英雄義 衆武行

廿四日晚七點鐘開演

小三寶 邊義臣 十八紅 東發亮 自來紅 長小祿 姜文五 白小奎 謝才寶 十一紅 楊福保 李長奎 王二奎 常雅秋 李吉瑞 趙斌恒 于景五

全家福 男起解 雙官誥 狀元譜 慶項珠 鳳鳴關 醒世圖 衆武行

開設馬家口南興基新馬路

天桂茶園

特請京都

慶吉祥名班

特請京都山陝姑蘇上洋河南等

頭等文武名角

擇日開演

八月廿四日出口輪船 禮拜日

圖南 輪船往上海 招商局

新濟 輪船往上海 招商局

八月廿五日出口輪船 禮拜一

承平 輪船往營口 礦務局

八月二十三日銀洋行情

天津通行九七六錢

銀盤二千三百八十五

洋錢一千六百七十文

紫竹林通行九六錢

銀盤二千四百一十五

洋錢一千六百九十五

洋錢行市七錢二分

美孚老牌煤油

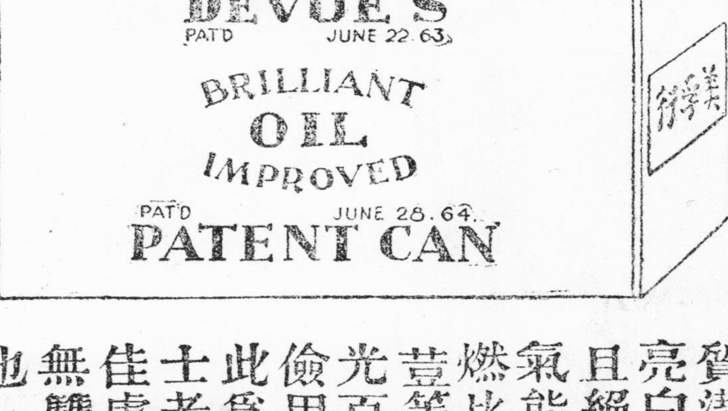

啓者美國三達煤油公司之德富士老牌煤油天下馳名萬商稱美蓋其質潔色清亮白如銀且絕無烟氣能耐久燃比之生荳等油晶光百倍而價用儉此爲德富士老牌之佳處誠屬無雙妙品也士商賜顧請到天津美孚洋行採辦或向就近殷實行店購買庶不致悞

直報

本館開設天津紫竹林海大道老菜市氣燈房巷內

光緒二十四年八月二十四日　第一千百九十九號
西歷一千八百九十八年十月初九日　禮拜日

上諭恭錄

上諭湖南巡撫着俞廉三補授毓賢着補授湖南布政使山東按察使着景星調補錫良着補授山西按察使欽此　欽奉　慈禧端佑康頤昭豫莊誠壽恭欽獻崇熙皇太后懿旨國家振興庶政尤賴封疆大吏深維至計共任仔肩各直省督撫實心任事者固不乏人而養尊處優狃於積習者亦或不免方今海宇未奠內治宜先深宮宵旰焦勞無時不以國計民生爲念該督撫等身膺重寄受國厚恩舉凡飭吏治培人材開利源修武備皆分內應辦之事應如何因時制宜力求實効其各悉心籌畫詳晰奏陳務期實見施行不准空言塞責州縣爲親民之官宜重其選近來各省仕途冗雜奔競成風非激濁揚淸不足以昭懲勸各牧令中盡心民事卓著循聲者隨時保奏其貪庸不職聲名平常者亦即據實糾參至於練兵尤爲急務各省防營不無習氣統軍將帥亟宜振興士氣勉以忠義認眞操防而營中尅扣之弊尤宜痛除務期臂指相聯緩急足恃用備折衝禦侮之用總之朝廷勵精圖治尙實政不尙虛文該督撫等惟當破除錮習力矢公忠方爲不負委任倘或因循諉卸貽誤事機責有攸歸自亦難辭重咎也凜之勉之欽此　上諭都察院奏革員在逃請飭嚴拿一摺巳革參將金鳳岐本係交地方官嚴加管束之人前因私行來京在都察院呈遞條陳當經諭令該衙門遞回原籍茲據奏稱該革員住居無定是否聞風遠颺抑或隱匿他處着步軍統領順天府五城直隸總督江西巡撫一體嚴拿解交該革員原籍嚴加管束毋任漏網該衙門知道欽此　上諭戶部左侍郎兼管三庫事務着曾廣漢署理徐會澧毋庸兼署欽此　旨此案着交俞廉三督同臬司調集人証卷宗研訊確情按律定擬具奏抱告民人李松該部照例解往備質欽此　上諭袁世凱奏藩司因病籲請開缺據情代奏一摺員鳳林着准其開缺湖北布政使着善聯補授欽此　旨此案着交奎俊督同臬司親提人証卷宗研訊確情按律定擬具奏原告回民馬生貴該部照例解往備質欽此　欽奉　慈禧端佑康頤昭豫莊誠壽恭欽獻崇熙皇太后懿旨致治之道首在求言前因舉行新政朝廷明目達聰力祛壅蔽而中外條陳時務不免議論紛淆當經申明定章凡不應奏事人員仍不許擅遞封奏至其中足資采擇者亦巳具見施行現在時事艱難萬幾待理拾遺補闕端賴臣僚嗣後有言責諸臣務當共獻嘉謨各攄讜論凡有關於國家大計者指陳得失毋得自甘緘默果係心存君國直言無隱無不曲予優容倘若淆亂是非徒事攻訐亦必治以應得之罪爲公爲私自難逃朝廷洞鑒也欽此　上諭袁世凱奏永定河伏秋大汛搶護平穩獲慶安瀾一摺永定河本年伏秋汛內迭次盛漲經該道督同工員設法搶辦全工一律平穩現在節逾秋分仰賴　神靈默佑獲慶安瀾實深寅感發去大藏香十枝着該督祗領交永定河道陳慶滋虔詣大王廟敬謹祀謝以答　神庥餘著照所議辦理該部知道欽此　上諭巡視南城御史英壽等奏拿獲鄰境搶劫盜犯請交部訊辦一摺所有拿獲之盜犯劉星甫焦黑仔二名着交刑部嚴行審訊按律懲辦未獲之張傻仔即老道着嚴飭務獲究辦所有曾同原拿此案之文武

官紳着俟刑部定案時聲明請旨欽此　上諭詹事府少詹事王錫蕃工部員外郎李岳瑞刑部主事張元濟均着革職永不敘用欽此
上諭陳寶箴昨已革職永不敘用榮祿曾經保荐茲據自請處分榮祿着交部議處欽此　上諭吳懋鼎着撤銷三品卿銜勿庸管理農工商總局事務欽此　上諭工部筆帖式志錡撞騙招搖不安本分着卽行革職以儆官邪欽此　上諭張百熙保送康有為使才實屬荒謬着部嚴加議處欽此

邊防獎單　○吉林烏拉正藍旗花翎佐領豐陞額擬請以叅領補用　吉林拉林正藍旗儘先佐領藍翎防禦雲海　吉林蒙古正藍旗記名佐領騎都尉吉祥　吉林滿洲正白旗儘先佐領先換頂戴藍翎防禦倭勇武　吉林滿洲正黃旗藍翎補用佐領騎都尉兼雲騎尉英輔　吉林烏槍營廂白旗花翎記名佐領驍騎校明瑞　吉林滿洲廂白旗忠誠佐領下協領銜記名佐領花翎驍騎校法克精阿巴圖魯勝福　吉林寧古塔滿洲正黃旗成喜佐領下儘先卽補佐領雲騎尉圖瓦謙　此單未完

值班公啓　○頃聞莊王那王崑中堂等於八月二十一日在內大臣值房商擬值班公啓其詞曰啓者准領侍衛內大臣處知照議奏値班遵照舊章領侍衛內大臣有差假應補進內大臣替班其紫禁城內應內大臣值班有差假應補進內大臣替該等因是內大臣値班應照正進之例六百一輪如有差假等事始請補進內大臣諸位替該班自應仍遵舊章辦理今內大臣公同商定自九月初一日爲始卽照正進之例按月値班所有値班轉牌應由補進內大臣六位輪流收存俟有墊班日期除由侍衛處知照並外由應値班內大臣行文請墊按次値班凡吾同人自應遵照領侍衛內大臣奏定章程不得仍前藉詞推諉以資拱衛特此公啓

武舉覆試　○本屆舉行戊戌武闈會試之期各省武舉未經覆試者先赴兵部投結聽候定期覆試昨經六部奏請　欽派覆試王大臣恭親王鄭王睿王敬信溥善啓秀溥良諸王公傳示應行覆試各省武舉等於八月二十三日黎明在東安門內南池子　御箭亭先行點名隨將弓刀石馬步箭當塲按試分別等第專摺　覆　命云

派兵護送　○八月廿二日英俄德日四國兵由津乘火輪車至馬家堡排隊進永定門至正陽門內東交民巷各該國欽使府第先經總署行知步軍統領衙門箚調京營兵丁沿途彈壓護送頗覺安靜云

獲譴起解　○湖南巡撫陳大中丞寶箴暨其子吏部主事陳三立候補四品京堂江標庶吉士熊希齡等保荐匪人招引奸邪一併獲譴已見邸抄於八月二十二日經刑部將江標熊希齡傳案暫行看管擇於二十三日起解

閹人發遣　○八月二十一日內務府愼刑司拿獲太監張進喜一名卽起解發遣烏拉打牲地方充當苦差聞該太監因走漏消息　皇太后慈顏大怒是以發譴云

刑人於市　○八月二十二日刑部江蘇司由獄提出斬決人犯傳二一名於點名後綁入囚車撥派兵丁沿途護解押赴市曹行刑聞該犯因爭下車行貿易聚衆械鬥砍斃四命問擬抵償以正典刑

爲鬼爲蜮　○近來京師各舖戶資本殷實者甚屬寥寥一經倒閉卽爲逃逸誠市面之澆風也順治門大街廣通米店與大道口廣豐米店連號皆係鄒某所開歷年生意頗稱茂盛前有風傳虧欠之説川換家咸以鄒號素豐故不介意詎今中秋節兩號忽一時倒閉虧欠數千金僞稱業已兌交他人承做舖主於二十一日棄舖逃逸聞悉復有撞騙多金之事現經該管地面嚴拿未悉能否弋獲俟訪明再錄

督轅門抄　○八月廿四日制台見　新授直隷臬台周大人蓮　關道李大人　潘大人志俊　黃大人建筦　傅大人雲龍　張大人鼎祜　已革江蘇候補道游春澤　正定府吳煥棨　河間府如松　候補府楊善慶　陳忠儀　黃本慶　周政　陳公恕　山東東昌府洪用舟　永定河北岸同知張凱廉　候補同知雷震南　左運璣　署廬台通判范樹恒　京府通判劉子祐　候補通判姜泰增　候補州秦華良　趙炳林　楊煥章　唐占吉　題補鉅鹿縣廖炳樞　候補縣丞方庚源　沈普藩　大沽協韓照琦　樂亭營梅東益辭　拱極營游擊李永元辭　練軍左營楊金富　後營汪有明　記名總兵郭學海　狄鳳鳴　副將衛本先　張銀龍　王靖華　程起鳳　張志勇　李鳴鈞　叅將張占魁　游擊周行彪　龍爾關都司秀崑辭　城守營都司徐傳藻　鎭標左

營金玉琪　補用都司吳朝祥　新萬福　劉奇坤　守備孫貫和　王經高　制台二十四日午後出府拜　德大人馨　瑞大人璋

直藩牌示　○署永平縣胡賓周與雄縣郭東槐互相調署　署安肅縣周愷修期滿卽飭正任安肅縣方鳳苞仍回本任　署唐山縣周是身期滿輪委儘先同知金厚生接署　署高陽縣唐國珍期滿委候補縣黃國宣署理　署藁城縣胡雲書期滿以現署懷來縣責成調署准補懷來縣吳永飭赴新任

閱操起程　○日本西師團於九月間合操照會北京總理衙門派員往觀已誌前報茲聞總署電咨北洋大臣酌派素諳洋操之員會同前往業由北洋大臣派定那錫侯觀察卞長勝副戎二人袁慰帥派定三人聶功亭軍門派定四人計共九員起程日期擇於二十四日聞南洋亦派定數員其銜名俟訪再佈

飛鴻餘音　○頃聞人傳說某宦犯奉　旨發往新疆交該巡撫嚴加管束由刑部解交兵部委派妥員帶同差弁於前數日起程嗣聞行至某縣界中途有變第聞諸道路不知信否俟訪再佈

鹽船被撞　○昨有載鹽船一艘行駛三岔河口因風大浪急逼船上岸勢將沉沒衆水手七手八脚將鹽包運往他船幸得保全雖湯鹽數包然亦不幸之幸已

事頗費解　○昨有少年人衣瘦而長頗麗都在海大道南與一貌似女僕之少婦語聲低不可辨頃之少婦色作怒進批其頰復用手中碗擲中額血流被面少年情急聲言控官旁一男子謂婦曰彼既控官汝可隨之去何畏焉一時紛紛擾擾後不知作何了結

河東械鬥　○三間房腳行與藥王廟後腳行屢次械鬥本報登不勝登日昨三間房腳行復邀同水梯子著名混混田六馮二藍二狗等帶同小炮洋槍與藥王廟後腳行交戰一時炮聲隆隆如臨大敵當經保甲局及大廠河東汛調同各段勇丁前往彈壓抓獲三間房豐三田六馮二藍二狗等五名藥王廟後劉某等二名立加責打仍備文送縣

楚粵消息　○本月二十三號廣西梧州海南瓊州二處之教民均函稟美領事官懇請速派官兵往該二處保護教民性命產業恐有匪徒嘯亂○前聞廣西大吏請兩湖派兵幫剿茲聞兩湖督憲張香帥不允所請因見黑旗兵丁與招募之勇積不相能恐有爭鬥且見時事多艱又須預防湖北湖南兩省意外之變

海南勦匪　○海南白廟墩匪徒勢甚洶洶茲聞在該處傳教之士四處紛逃居民切望官軍從羊城速至該處營兵雖不甚多仍能勇敢足以阻拒賊勢駐省英領事迭次催請譚制軍從速調兵前去勦匪想日間省勇馳至不日可以敉平矣

香帥心香　○湖北訪事友人云自科舉改廢八股後鄂省各書院皆以策論命題諸生厭故喜新往往剿襲西書語多龎雜轉置四子六經於不顧甚至離經畔道爭涉歧趨兩湖總督張香濤制軍關心名教慇焉憂之日前檄各屬略謂鄉會歲科既改爲策論各府縣書院自應一律遵改恭查五月初五日欽奉　上諭謂士子爲學以四子六經爲根柢制藝與策論殊流同源不得徒蹈空言致負破格求才至意等因欽此自應敬謹遵行嗣後書院命題不准全無四書六經之題所出時務各題亦不得以狂悖怪謬顯違聖經之言任情闌入倫有違悖經書廢棄倫常干犯　朝廷詆毀先聖者係應課之人卽咨明學院斥革係命題之人卽據實奏參香帥力挽狂瀾維持聖學彼矯枉過正者其亦可廢然返矣

街市電車　○西人街市之上往來多用馬車今英京有用電車者此車極速極輕行動無聲因其輪用樹膠爲外廓也身輕如飛機軸運動亦無聲又無油氣車底置有電機名尋孫倫敦摩陀每機器有三馬力能行五十英里再更換電池英倫已設電車公司總理郵政電學士名卑士在場察驗該公司已於去年西八月二十二日放出電車十二乘往來街上爲城中載客用每車可坐二客車上亦可載行李車夫在前其位頗高另有機括二件車夫用之遲速如意

光緒二十四年八月二十二日京報全錄

宮門抄○八月二十二日刑部　都察院　大理寺　廂紅旗值日　無引見　普公興伯各假滿請　安　潤貝勒等蘆溝橋演放砲位覆　命　徐會澧等各謝調授缺　恩　裕德等演放砲位覆　命　順王請假十日　召見軍機　李培元　皇上明日卯正

第四頁

至　壽皇殿行禮

○○臣李端棻跪　奏爲濫保匪人自請懲治恭摺仰祈　聖鑒事竊因時勢多艱需才孔亟臣或謬采虛聲而以爲足膺艱鉅或輕信危言而以爲果由忠憤曾將康有爲譚嗣同奏保在案本月十一十四等日恭讀　上諭康有爲所爲誠非臣夢想所及雖凡被誘惑之人　聖恩寬大概不深究惟臣職分較崇知人不明萬難原宥比擬具疏陳請又恐事後檢舉或以引咎爲邀　恩之計悚惶迫切病勢益增姑續假期靜以待罪乃泥首數日　朝廷尙無譴責　鴻慈高厚欽感莫名而臣內疚於心終覺難安寢饋惟有請　旨治臣以應得之咎以爲大臣之濫保匪人者戒理合恭摺自陳不勝伏枕待罪之至伏乞　皇太后　皇上聖鑒謹　奏奉　旨已錄

○○都察院左都御史懷塔布等跪　奏爲奏　聞事本月十七日軍機處片交軍機大臣面奉　諭旨候補四品京堂王照寓居何處現在是否在京着都察院飭令五城坊官確切查明迅即具奏欽此臣等遵即飭令五城坊官迅即查明旋據該坊官等面稟當即赴順治門大街直隸會館查訪該館長班李姓呈出直隸京官住址單註明王照住打磨廠瞿家口路西祝宅復至瞿家口祝姓訪聞據候選訓導祝華春試用鹽大使祝楷結稱職等與王照係屬親戚今年正月曾在職楷叔母院居住兩月嗣後移居南橫街自立之學堂遂未往來又赴南橫街西頭八旗奉直第一號小學堂詢之學堂管事人劉鑑泉等結稱該學堂自閏三月設立係直隸京官經理王照亦在經理之內至七月下旬王照辭退學堂事即出學堂司事等實不知移居何處等語又查其弟吏部主事王焯其兄右營叅將王燮均係職官應否請　旨飭令吏部步軍統領衙門傳詢王照住址及是否出京之處伏候　聖裁相應遵　旨將查訪情形據實奏　聞伏乞　皇太后　皇上聖鑒謹　奏奉　旨已錄

○○三品頂戴督辦雲南礦務臣唐炯跪　奏爲趕辦京銅需款甚急籲懇　天恩飭部籌撥銅本銀五十萬兩迅速解滇以濟要需恭摺仰祈　聖鑒事竊據署布政使陳啓泰詳稱滇省自奉准加價出示招徠半年以來民間開辦較前踴躍雖見功遲速未可預料而所需工本不能不照案隨時預發需欵亦遂較前增多查光緒二十年原奉部撥一百萬兩截至本年六月底止湖北福建河南江西湖南尙共欠解銀三十三萬兩前次開單具奏欽奉　硃批着戶部轉咨各該省從速批解單併發欽此經部欽遵行催至今解到仍屬無幾在湖北等省自以稅厘撥償洋欵騰挪爲難而滇省銅本支絀未能及時應手又疊奉部嚴催加批起解無米爲炊實處貽悞合無仰懇　天恩飭部於財力較裕之廣東省指撥銀三十萬兩距滇較近之四川省於官運局指撥銀二十萬兩分年解滇庶籌解較易不致望梅止渴且得及時藉資調辦以收加批實效無誤京運等情詳請具奏前來臣覆查無異所有滇省趕辦京銅需欵甚急籲懇　天恩飭部籌撥銅本銀五十萬兩迅速解滇以濟要需緣由謹會同雲貴總督臣崧蕃雲南巡撫臣裕祥恭摺陳請伏乞　皇上聖鑒　訓示謹　奏奉　硃批戶部議奏欽此

○○頭品頂戴山東巡撫臣張汝梅跪　奏爲灾區寬廣需賑孔殷援案請截留本年新漕以資散放恭摺仰祈　聖鑒事竊照本年伏汛期內黃流盛漲異常加以霪雨連綿坡水山泉同時滙注河身不能容納以致壽張東阿歷城濟陽等縣大堤及濮州壽張東阿平陰肥城長淸等處民埝先後漫決南北運河亦以洪流漲溢村莊多有淹浸業經臣飭局遴委妥員擇其最重庄村極苦戶口分投查放急賑並將籌欵堵築各處漫口情形專摺　奏明在案所有被水州縣共計三十餘處灾情輕重不等且係連年積歉之區民困未蘇今復猝罹昏墊蕩析離居深堪憐憫急賑已將次放竣而灾區較廣哀鴻遍野嗷嗷待哺轉瞬隆冬飢寒交迫必須預籌賑濟來春青黃不接爲日甚長又應再加撫䘏現在籌堵漫口招集附近災民以工代賑約計工賑兩項同時並舉非有大宗的欵斷難措手請發部帑之外不敷尙鉅東省賑捐收數寥寥久已勢成弩末義賑來源枯竭勸募亦無把握臣與司道等悉心商酌連年籌辦海防河工庫欵羅掘一空洋債旣須認還防營未能盡裁支撥浩繁時虞匱乏而又增長意外賑需更屬無從設措再四思維惟有援照光緒十五年十八二十一等年截漕成案籲懇　天恩俯念灾區需賑孔殷准將東省本年新漕除扣蠲免緩徵及撥兌例不缺額照　東陵　西陵等處駐防兵米外下餘運通米石悉數截留備賑隨漕輕齎等欵並請按數扣支第恐本年蠲緩過多截漕之項設有不敷再當奏懇　恩施則億兆灾黎得免流離失所皆出自　聖慈再造矣是否有當謹恭摺具陳伏乞　皇上聖鑒謹　奏奉　硃批另有旨欽此

武清縣儒醫李子良先生術妙岐黃舉手病除如湯潑雪沉疴臥榻望色即辨着手成春誠今世之和緩也先生爲濟世不爲求利但動輒需轎欲聘者須出轎資洋二元　現寓侯家後四合軒仁壽堂藥局敦請者到局掛號可也

施救吞烟勻鴨血及人糞汁皆爲救吞鴉片妙方爲其吐耳然效與不效或未可必茲上洋白藥粉專救吞烟經驗多人萬無一失法用白藥粉一劑加熱水一碗冲藥溫服服畢以二人扶之行走不住即易吐出若遲至半刻不吐再服一劑不吐仍即再服一劑總以吐淨鴉片毒爲度吐後多飲清水仍令一吐再吐至所吐之水澄清無汚其毒乃盡可慶更生切不可用煤油醬油等方誤灌致傷性命如吞烟後一時取藥不及先以食鹽三錢攪冷水一碗許灌入暫殺其毒以待藥至即急灌救如吞烟歷時甚久昏迷欲睡此係烟毒已發恐一吐猶未能盡淨必須二人扶之行走另着人用竹竿打其兩腿皮肉務使知痛驚醒終夜不睡睡則難保無虞矣此藥西頭流水溝西河沿立興成糧莊暨金華園西河沿聚豐恒糧店河東十字街西存仁堂藥局中義當東慎修堂閣宅均爲施送台併錄報使遇此事者就近救急諸善士如欲購捨此粉上海大馬路科發藥房及津郡老德記等大藥房均有價亦甚廉豫備不虞古之善道願我同人勿以小善而不爲也

同人公啓

新開元隆號綢緞洋貨莊

自去歲四月初旬開張以來蒙　各主顧垂盼雲集馳名日盛本號特由蘇杭等處加意揀選名機新鮮貨色零整銀價俱照大莊行市公平發售以昭久遠此白

寄賣龍井雨前素茶福建皮絲水烟各種眞料大小皮箱

開設天津府北門外估衣街中路北門面便是

元茂機器磚瓦公司

本公司仿照西法燒作磚瓦事屬創舉曾經通稟在案該貨堅固異常價値從減並各樣印花磚瓦俱全　賜顧者請至海大道新興南里內本公司面議可也　特此謹啓

魁陞號綢緞洋貨莊

本號自置顧繡綢緞洋貨等物整零均按銀莊格外公道皆比大市價廉發售　寄賣各種眞料大小皮箱漢口水烟袋各種眼鏡龍井雨前紅茶梗　寓天津北門外估衣街五彩號衚衕口坐北向南　士商賜顧者請認本號招牌特此謹啓

大日本牙醫生
血脇守之助

人之養生必須飲食飲食之入必經齒牙故牙爲人生至要之物也然人之於牙或冷煖不時或洗滌不潔均足致壞置而不問一牙旣壞衆牙隨之是將大碍於養生非但外觀語言之不美已也目下牙科風氣雖開藝精者甚少求治者一不小心轉受其害眞可嘆矣鄙人久歷歐美藝成而歸用心多年今偶遊中國若諸君有意於治牙者幸垂問焉現寓天津法租界烏利文洋行對面格利旅館

大日本齒科醫會副會長
高山齒科醫學院副醫長血脇氏謹啓
東京齒科醫學叢談主筆

算學課徒

啓者本學堂原設會課兼授西文現在五城小學堂業已開立自無庸贅設爰另延名家專課古籌算今籌算珠算筆算尺算比例對數天元四元借根代數微分積分各種算學移館永光寺中街前靑廠如有聰穎子弟願習此道者請至彼處商定一切可也

道器學堂白

告白

念二日接到蒙學報至念八冊　申滬新蘇游趣此六種均接至本月十六日　昌言報至第四冊送過　廣智報至三十冊送過　知新報至六十四冊送過餘欠數期經天津關周老爺手誤接　農學報至四十二冊送過　蜀學報東亞報下期未到　格致報譯書報亦未接到　醫學報月底月初可至　萬國公報月底可到　餘者各報來班再聲　又班西學大成　算學續算學大成　通商始末記　洋務時務彙編　大清律例便覽　大清律例集成　繪圖五經體註　格致鏡原上下函　代數備旨　續九朝東華錄　十朝東華錄全集　時事新論圖說　英人強賣雅片記　日本書目志　中西時務要領　全部康熙字典　續富國策　自強新論　駁案彙編　餘者各報各書來班再錄先取爲快天津北門內府署東各報總處紫氣堂仝啓

光緒二十四年八月二十四日
直報
第五版

頃接山左友人郝希孔兄來信據云東省水災久爲昭著惟今歲黃河決口已知八處災情大異往年澤國之區二十餘州縣計 高苑 博興 樂安 齊東 新城 蒲台 利津 濱州 章邱 歷城 齊河 德平 禹城 肥城 東阿 范縣 平陰 壽張 陽穀 東平 汶上此二十餘處居民廬舍墳墓盡行漂沒其災民數百萬嗷饑號寒無所歸貲思及存無餬口沒無餘地令人傷痛無已現在雖經 大憲多方賑救無奈款項奇絀憲難均霑此等時光若能措款來賑而功德實屬無量云云查本年東魯水災誠甚於昔年無如僕等自庚寅腊直被水連年籌辦義賑勸捐一節早成努末徒喚奈何惟謹將郝君來函登諸報章以供 衆覽伏望大善仁人君子慨發慈念往賑災黎則功德不可言量矣僕等不禁爲億兆待斃生靈馨香祝之

津門義賑同人具

瑞林祥元記

本號今在天津府北門外估衣街中間路北由京分設瑞林祥元記擇於八月二十日開張自置綢緞洋貨織絨線貨洋廣等貨粗細布疋眞正廣東丸藥貢緞小帽京城自染透骨眞青京靛大藍鄭州自染佛青正藍椀青細布凡備各色向來不惜工本務要眞而求眞價本酌以公道務取其實以圖久遠懇祈 貴商尊客賜顧者留神細察特此佈 聞

本號謹啓

代辦各種機器告白

敬啓者余自去歲代辦各種機器業蒙紳商賜顧並無遲悞今又向英國著名大廠代辦各樣紡紗織布造磚炸毛等機器以及各行應用各樣機器零星物件定日交貨不能遲悞如貴行包辦常年機器人工煤料或安設各樣機器價值格外相宜如蒙貴官紳商購買者請至英新租界福仙永莘園看圖面訂可也特此佈聞

甯子卿謹白

論義快覽

功令改試經義論策新章初立學者苦無佳本本齋舊藏兩田史論兩册世鮮藏本近因同人多來假抄幾有日不暇給之勢爰亟印行以公同好在天津文美齋寄售並各書坊分賣本齋又輯有經義導先集二本皆從前人各文集中廣爲搜羅採擇成帙而以四書精義揭要付其後亦卽不日印出由文美齋付售

竹素齋主人白

改科欣賞集

啓者自考試改爲論策經書義新章甫定學者苦無佳本本齋精選名書院課藝及他方郵寄名稿四種皆備先排印兩卷以公同好名曰改科欣賞集總售處東門外襪子衚衕王宅并於東門內二道街路北水鋪旁陳宅內寓本齋發莊寄售處同文書局文美齋嫏嬛書莊寶森堂萃文魁瑞芝閣及各書坊早於八月初五日出書願購者請先睹爲快

澄思齋主人啓

告白

敬啓者茲因自蓋三層鴻春大樓開設番菜館以來生意稍佳奈因語仙戲園關閉不開兼之敝號生意寥寥故今敝東公議欲將小號出兌出賃均可任便所有店內一切各樣家具等件一併按單點交不悞有願兌賃者務速駕臨敝號面議以免先後自誤可也特此佈聞

海大道鴻春樓主人謹白

天后宮北
義興順綢緞莊

本莊自置頭號綾羅綢緞綾縐絹哈喇大呢羽綾羽毛各樣花素洋布南貨雅扇桂莊頭油香粉胰皂歸安貝松泉湖筆一概俱全

頭號杭甯綢
頭號摹本緞
紅梅茶 每斤 九百六
紅茶 六百四
紅茶磚 二百二
龍井茶 一吊八
金百壽棉縐裙布裡每套五兩八
雜色金刀絨每尺五錢五

新開
天吉齋京靴店

本店開設天津府東門外天后宮前路北門面二間本號專辦京莊上上材料專做京都滿漢朝靴各款鑲繡插鎖全式名鞋一應俱全貨高價廉士商賜顧者請認明 本號招牌庶不致悞 本店擇於七月十三日開張

本號特白

告白

浙紹朱鈍翁先生術嫻心細游津十年屢臨重症均各證愼近治勞瘧膏淋霍亂癰羅痧並婦科產後小兒喉癰俱喜同春久寓彌勒菴

石印新書

自明詔改試策論義精選良才本齋新集四書義若干首名曰四書義滙編都爲一册有志觀光者不可不先覩爲快也每册津價三百六十文分售處府署東各報總處紫氣堂及各書坊

京都清華齋啓

光緒二十四年八月二十四日
直報
第六版
二九三八

三井洋行分莊
告白

啟者日本商始創貿易爲業數拾年以來今分莊開設北門外鍋店街沈家衚衕口對過專選精工料實東洋棉紗各等時式大小疋棉布粗洋布斜紋洋標等格外公道價亦從廉凡仕商賜顧者請至分莊面議可也特此佈聞

三井本莊主人啟

林石懶人沈式齋畫山水花卉索畫者紙交文美齋有潤格可閱

海利鐘表洋行

啓者本行自上海分設天津紫竹林法租界良濟藥房對過女成衣飯店一號二號房內自製新式鐘表金銀表金表練各樣新式大小說話機器耳鳴機器金戒指金鋼石戒指大小洋一各樣新貨鏡齊俱全貨好價廉格外公道作此往兩三個月後另造樓房批發諸公光賜請早駕臨海利洋行謹啓

戊戌年八月二十四日初刊日

名醫過津

前辦東海關官醫局嚴備九二尹鳳藻日前隨萬武軍統領孫紹襄軍門到津寓紫竹林春元棧小住數日即赴小站新建陸軍將來能留萬津門則七十二沽中抱采薪憂者當受惠不淺矣

同人仝啓

同文仁記南紙書局

本局自印耕香館書膾每部價洋二元專辦各種石印書籍精選加高南紙頂細雅扇格外價廉[illegible]大津東門外襪子衚衕本局啓

本局謹啓

紫竹林第一樓番菜館

本號由作英法大菜各色精細點心各樣洋酒洋貨等物一應俱全並售

上　八百
紅茶每斤津錢一千
上　六百

又批發茂生公司鐵海紙烟等整發售價值格外公道原箱計一百盒價洋一百四十四元每盒計五百支洋一元五角凡仕商賜顧請即駕臨是荷風雨勿阻

主人謹白

減價

今有友人自辦陝西老十每兩津錢五百文新到梁州七每兩津錢五百六十文如蒙賜顧者請到東門內聚隆成寄售

紫竹林法租界三義飯店

本店專做英法葷素大菜並由外洋自運各國上品洋酒各色異味點心罐頭鮮菓食物等類一應俱全本[illegible]樓工程告竣房間寬闊夕時均用氣燈明亮異常仕商光顧者或攜眷另有雅室亦足稱暢叙幽情矣擇於六月十七日開張至期請即駕臨賜顧是荷

本主人謹啓

天福茶園

特請上洋新到
頭等名角
八月二十五日晚准演
李長奎
下河東

啓者本園不惜重資新排左公平西一戲本擬擇日開演近因回教親友再三致意以不演此戲爲妙並非本園不能開演祈諸觀戲仕商諸公諒之

本園主人謹啓

福仙承茶園

新排連本
九美奪夫

此戲出在明朝成化年間胡大海八代子孫胡必松義勇忠正文武雙全在八仙院打死國舅嚴世雄　聖上降旨拿獲滿門家眷服毒盡忠身死胡必松一人逃走路遇九美許多折磨內有忠臣孝子義夫節婦山王草寇幫助保護招兵報仇許多奇文此戲二十四本暫時先排八本　士商臨期賞鑒閱觀

擇日開演

福仙承茶園

聘請上洋初次新到
頭等花旦
小萬盞燈
擇日開演

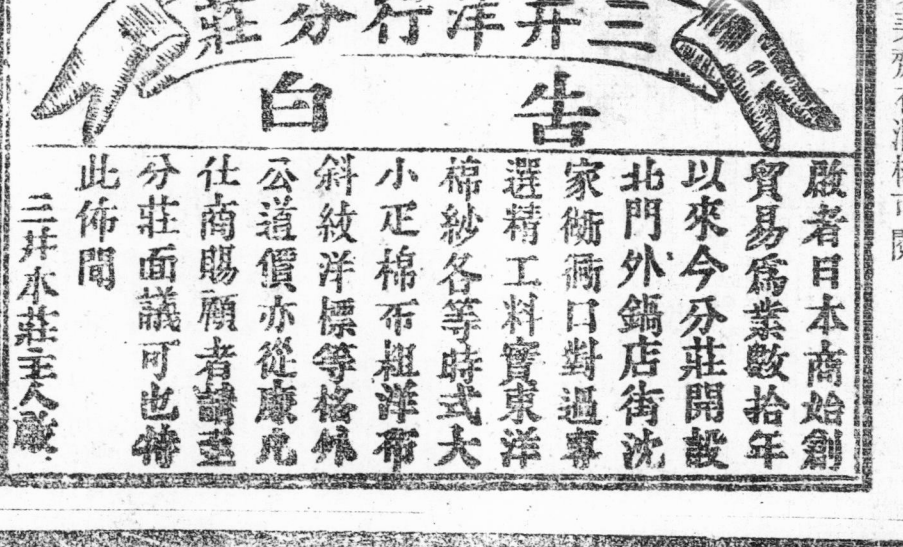

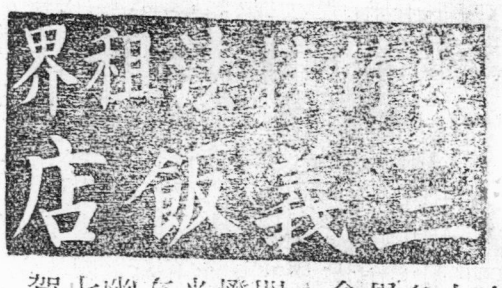

開設法國租界
天津紫竹林北大街
天福茶園
特請京都
崇慶名班
京都上洋姑蘇山陝等處
各色文武　頭等名角
八月廿五日早十二點鐘開演

十七紅 長祿 十四旦 十二紅 崇芬 十八紅 張長全 高玉喜 安桂秋 白文奎 終德明 姜小五 王喜雲 汪德寶 常雅秋 李吉瑞 小香鳳

斬子 汴梁圖 柳林池 風雲會 寶蓮燈 入府 飛坡島 衆武行

廿五日晚七點鐘開演

蓋天雲 崇芬 十二紅 自來紅 安桂秋 楊同來 周茹奎 張長奎 十一紅 楊靈保 李長奎 蘇廷奎 王喜雲 姜小五 常雅秋 趙斌恒 李吉瑞

赤桑鎮 算糧 彩樓配 天水關 下河東 玉玲瓏 潮金頂 衆武行

開設英國租界
天津紫竹林海大道旁
福仙永茶園
特請京都
永慶成班
京都上洋蘇杭山陝等各處
頭等文武名角
八月廿五日早十二點鐘開演

全班合演 十七紅 洒金紅 潘桂芳 林德桂 賈星橋 劉桂林 小禿紅 胡盧紅 左月春 馮瑞龍 海棠紅 寒呂布 朱子久 小月樓 胡少卿

大賜福 十王府 伐東吳 文昭關 殺廟 御菓園 翠屏山 四美圖 衆武行

廿五日晚七點鐘開演

小狸貓 八百黑 牛處 明海山 萬盞燈 賽呂布 霸州紅 李殿元 元元旦 十六紅 王桃林 周春奎 林德桂 朱子久 小月樓 崔雪琴 孫福林

忠保國 母女會 反延安 十二紅 九件衣 五雷陣 翠鳳樓 衆武行

開設馬家口下娘娘廟前
天仙茶園
特請京都
玉成全班
特請京都山陝姑蘇上洋等處
頭等文武名角
八月廿五日早十二點鐘開演

馬連登 李慶長 十四紅 小千紅 宗德寶 小金鐘 小玉馨 溜溜旦 紅菊花 章金虎 顧小農 楊保珍 魯玉官 飛來鳳 瑞德寶 楊英玉 黃雲鳳

泗水關 回龍閣 黃金台 斷橋 雙搖會 反唐邑 娘子軍 衆武行

廿五日晚七點鐘開演

十四紅 小千紅 章金虎 顧小農 小金鐘 小玉磬 小玉林 溜溜旦 馬玉山 靈芝草 馬全祿 楊寶珍 楊英玉 瑞德寶 滿天飛 李連仲 黃月山

斬子 琴挑 捉放 敎子 珍珠衫 上天台 刺巴杰 巴駱合 衆武行

開設馬家口南興基新馬路
天桂茶園
特請京都
慶吉祥名班
特請京都山陝姑蘇上洋河南等
頭等文武名角
擇日開演

八月廿六日出口輪船　禮拜二
新豐　輪船往上海　招商局
通州　輪船往上海　太古行
四川　輪船往牛莊　太古行
承平　輪船往營口　礦務局

八月二十四日銀洋行情
天津通行九七六錢
銀盤二千三百八十五
洋錢一千六百七十文
紫竹林通行九六錢
銀盤二千四百一十五
洋錢一千六百九十五
洋錢行市七錢二分

美孚老牌煤油

啓者美國三達煤油公司之德富士老牌煤油天下馳名萬商稱美蓋其質潔色清亮白如銀且絕無烟氣能耐久燃比之生荳等油晶光百倍而儉用價廉此爲德富士老牌之佳處誠屬無雙妙品也士商賜顧請到天津美孚洋行採辦或向就近殷實行店購買庶不致悞

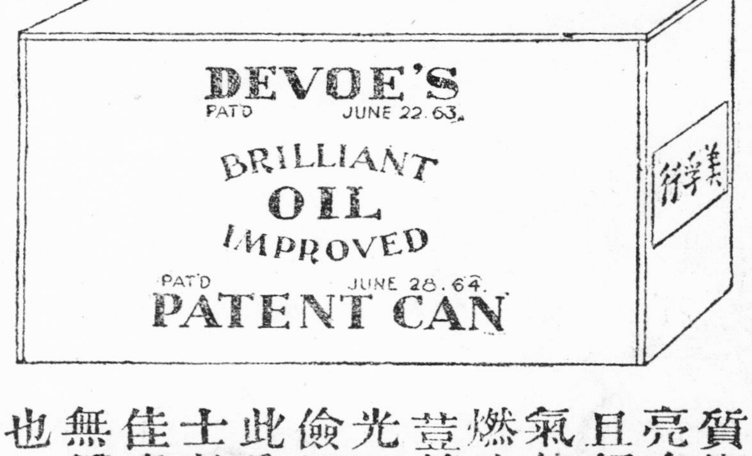

直報

本館開設天津紫竹林海大道老桀市氣燈房巷內

光緒二十四年八月二十五日　第一千二百號
西歷一千八百九十八年十月初十日　禮拜一

上諭恭錄

上諭會章奏敬陳管見一摺據稱逆犯康有爲結黨煽亂外間浮言頗有以誅戮皆屬漢人遂疑朝廷有內滿外漢之意等語前因楊深秀等黨附康有爲同惡相濟情眞罪當特明正典刑並諭以此外概不株連朝廷執法豈有滿漢歧視之理今會章妄以私意揣測果何所據而云然爾大小臣工通達事理自不致爲浮言所惑總之有犯則懲國家一秉大公毫無成見也欽此　欽奉　慈禧端佑康頤昭豫莊誠壽恭欽獻崇熙皇太后懿旨從來制治未亂保邦未危我朝　聖聖相承憲度修明無不盡美盡善至於深仁厚澤難以枚舉水旱偏災無不立施蠲賑江河漫溢深恐累及窮黎遇有軍務並未抽派丁役宮中使女亦未選及民間仁民之政又如此宜其上下一德耕鑿相安以期共享承平之福乃有大逆不道之徒聚黨密謀辯言亂政而士大夫中竟有不明大義者援引匪人心懷叵測言念及此能勿憤懣朝廷屢示寬大姑免株連爾諸臣等受恩深重具有天良際茲邪說暴行之繁興當以名教綱常爲巳任以端學術以正人心共矢公忠勤修職業各部院堂司各官均應常川進署認眞辦事痛戒因循力求振作事無鉅細苟有益於國計民生者皆當實事求是一洗泄沓之習至於物力匱乏理財之道固在開源尤貴節流凡在官者皆有表率士民之責務宜敦崇節儉力戒奢靡但使官場能省一分浮費卽可閭閻多養一分元氣藏富於民誠爲根本至計自此次申諭之後中外臣工皆當激發忠忱各思奮勉仰體朝廷殷殷垂訓之意凡事必講求實際勿託空言以期共濟時艱漸臻上理予實有厚望焉將此通諭知之欽此　旨黑龍江副都統員缺着調任河南開封府知府壽山補授欽此

整頓茶絲議　續前稿

一曰用機器印錫茶味不濃厚而能壓倒華產者實以機器製造之故査中國現行機器有二宗一爲台惟生廠新法焙茶機器計價一百零五磅加裝箱十磅漢口茶商曾經試用雖已經雨漬之茶亦能使色味俱佳惜僅烘焙若採捲皆用機器則更臻美善近聞湖廣總督張之洞在湖北集欵八萬金置機製茶業已肇端倪一爲碾壓機器聞兩江總督劉坤一會飭皖南茶局向公信洋行購置四具每架九百金但均係一味試辦無裨全局且無茶師口傳指授辦理安有把握似應由督撫體察情形於產茶極盛之區墊欵購置機器數十具官督民辦延聘西人爲敎習每月薪水二百金訂定三年所費無幾將來轉相傳授使產茶之區人人知用機器則閭閻歲增數千萬進欵阜民財裕　國用計無善於此者此事應於今秋預先籌畫庶明春茶市可收厚利不致臨渴掘井絲之宜整頓者凡二端一曰立育蠶之法以重蠶政昔時中國之絲與義國之絲相敵今則遠遜於前至歐美諸國織絲皆用法意橫絲乃取中國前數年法國理昂考察絲院格致家云中國所收之蠶一次不如一次日本則一年佳似一年假應選聰穎子弟素知蠶事年在二十以內者分往法國日本

公院學習蓋中國蠶病雖深蠶力本大較之日法印度等處蠶瘟設法尙易現聞浙江已開學堂應推行有蠶各省按照巴斯陡選擇無病蠶母之法蓄留其子由公院發子令民間領買布種中國蠶子每重八兩收絲二十五斤若用新法則可至百斤是一歲而多三倍之獲　此稿未完

邊防奬單　○吉林漢軍正白旗魁英佐領下騎都尉永鎮　吉林滿洲鑲紅旗德雲佐領下花翎防禦雙清　以上二員均擬請以佐領補用　吉林滿洲鑲藍旗英順佐領下儘先卽補防禦先換頂戴驍騎校富陞保　吉林滿洲廂白旗安楚拉佐領下補用防禦雲騎尉貴昌　盛京滿洲鑲紅旗毓英佐領下藍翎卽補防禦玉和　吉林滿洲正白旗訥通阿佐領下記名防禦花翎雲騎尉海順　吉林滿洲正黃旗毓麟佐領下五品頂戴補用防禦驍騎校德英阿　吉林滿洲正白旗訥通阿佐領下花翎儘先補用防禦雲騎尉奎文　吉林滿洲正白旗訥通阿佐領下補用防禦雲騎尉魁陞　盛京正黃旗漢軍遇春佐領下花翎免補驍騎校存營班補用防禦興奎　以上八員均擬請俟補防禦後以佐領補用　此單未完

場期在邇　○本屆舉行戊戌科武會試場期在邇於八月二十三日經順天府由兵部領出大刀技勇地球等用車載運至德勝門外校廠地方以備場期需用

交愼刑司　○八月二十三日由內廷交愼刑司管押太監十名至所犯何事如何究辦俟有續聞再錄

人心惶惶　○八月二十二日京師永定門進城西國兵三百數十名二十三日又來西國兵四百數十名並携有砲車藥彈等於是都中人心惶惶隨經探詢此次西國兵皆因保護教堂而來雖屢經官府開導居民無須疑懼而居民人等三三兩兩各述所見各言其言心志終不能寧帖奈何

示傳坊官　○本年朝審人犯名單業經登列前報茲聞刑部廣西司票仰五城司坊各官等於八月二十六日辰刻赴刑科掣籤大差應派看囚棚護決彈壓地面看屍等差以崇典制

加意整頓　○京師爲輦轂重地五方雜處尤易藏奸近日奸黨結夥自應加意整頓昨奉步軍統領五城院憲會議城內交派各甲喇官廳弁兵城外責令五城司坊官所屬地面遇有烟館妓寮一律嚴拿懲辦以免窩藏奸宄倘有影射及故縱情弊一經查出立卽嚴懲不貸

假票滋事　○前門大街東發錢店於八月二十二日有匪徒韓某向該錢店以銀票易錢當經舖夥查出僞造情事卽將銀票扣留彼此口角互相毆打摔毀家俱甚多并將舖夥林某毆傷立赴中東坊控告將韓某鎖拿解案責押詳城究辦未悉如何訊辦俟訪明再錄

示期揀選　○太常寺爲咨行事本寺懸有贊禮郞讀祝官等缺業經各旗營將願揀贊禮郞讀祝官等分造印册先後送寺定於九月初二日奏請　欽派大臣會同本寺堂官於是日夘刻在太常寺署內揀選各缺相應咨行各衙門傳知册送人等務於是晨赴本寺報到以便排列揀選並傳令送揀人等於前期三日親身赴寺核對履歷否則照章扣除

眷屬隨行　○頃有友人自蘆溝橋來談及張蔭桓自解至拱極營經遊擊守備千總派兵看守於八月十九日由鞏極營起解時有眷屬隨行按站至新疆約在歲暮時也

住宿而去　○頃聞犯官李端棻發往新疆業經起解詎李以家累長行具呈懇請步軍統領崇受之大金吾代奏賞假五日未蒙允准是以起解後在彰儀門外天凝寺住宿一宵隨卽撥派弁兵起解不准稍有逗遛云

督轅門抄　○八月二十五日制台見　中協張大人　臬台周大人　運司方大人　關道李大人　道台任大人　永定河道陳大人　候補道李大人樹棠　朱大人臻祺　吳大人廷斌　衛大人杰　承大人霖　汪大人瑞高　鄭大人業斆　李大人竟成　趙大人宗鼎　張大人錫鑾　孫大人寶琦　王大人修植　張大人翼　本府李大人　本縣呂增祥　灤州程熙　直隸州雙奎　補用州章兆蓉　周文藻　楊村通判時寶璋　補用通判沈茗球　清河縣王德輿　井陘縣言家駒　題補靜海縣張上龢

候補縣平章 史源 金永 章國治 高嘉和 高維敬 陳用壎 王樹泰 王會圖 本衙門筆帖式明恩 總兵蔡其華 秋鳳明 副將李葆玉 叅將楊常泰 河營守備劉玉昌

豸旌戾止 ○新簡直隸臬司周廉訪於引見後卽來津謁見督憲等因已誌前報茲聞日昨下午乘火車馳抵天津暫駐吳楚公所俟謁見督憲後再赴保陽蒞任

迎接瀛眷 ○頃聞官塲傳云裕壽帥接京中竹報瀛眷約在月底來津督署刻已騰清俟整理完竣卽派差赴都迎迓

京餉抵津 ○昨由輪船裝來餉銀若干詢係福建省第二批京餉銀五萬兩赴戶部交納者地方官當卽知照營汛派差役看守並擬換搭火車北上以祈迅速云

瞻望長城 ○總統武毅軍宋宮保老於兵事洞曉戎機洵屬一時名將近因年屆八旬精力漸不及從前當茲時事多艱設有貽誤深恐負咎難辭日昨有具摺告退之信未悉能邀允准否瞻望長城不知重任誰屬也

既濟未濟 ○邇來朝政復常凡有保送經濟特科人員有已到京候試者有未蒙保送謀幹保送者有挾策干時擬上條陳者更有赴都行至中途者熱如火豔如花欣欣向榮自康之不康悉化有爲無爲廢然思返紛紛羣集雲津火車輪舟客棧中送舊迎新又添生涯無算矣

械鬥誌詳 ○前報鄉甲局抓獲械鬥土棍數名備文送縣等情嗣聞並抄獲兩造槍炮刀矛等兇器共三四十件亦經縣尊驗明發庫似此聚衆逞兇愍不畏法諒必嚴加懲處以戒將來

新郎淹斃 ○昨二更時候正在風雨驟至忽聽新浮橋上人聲大喊燃燈趨視見一人撐小划持篙救人半晌竟無踪影詢悉落水者係某船主子年十九歲娶妻三日不知如何失脚落水然則死者已矣生者將何以爲情耶

馬撞老叟 ○前日學憲考試武童外塲時有老叟在馬道拾箭因年老脚步遲緩被馬撞倒而乘馬之武童亦跌落地下經人趕緊扶起武童無恙叟則傷勢頗重恐難保性命耳

南來新貨 ○連陞輪船載貨計洋布一百五十四青鉛一百雜貨三百五十六茶葉三百一十八烏烟十件洋燭三十紙碎一百二十木頭一百四十紙頭四百零六竹笏一千二百四十九洋鎗三件共二千八百七十六件

瓊州近信 ○客自臨高來言該處土匪邇復披猖煽集數千人嘯聚大黃山上匪首藍鏡高每當出刦先期一二日標貼佈啓於當途以示傳檄之意屆期登壇祭纛點名列隊而出七月上浣糾黨數百至縣城下分隊把守各門而以二百餘匪入刦縣衙輦運錢糧釋放囚犯縣宰常大令國路自顧兵微役寡未能勦辦飛稟府衙陳太尊立飭幹弁帶勇進勦遇匪於禾舍墟勇僅數百匪逾二千列陣對仗幸官軍悉用快鎗匪不能敵死亡枕藉敗竄回山勢成負隅弁勇因勢力單薄道路險峻不敢進擊匪旋勾結黎匪以成犄角之勢現在鎭府商議勦辦尚未定奪據言渠魁本係黃姓少年時列名膠庠縈叨廩餼乃因屢躓塲屋功名心熱成此妄想其藍鏡高乃彼之僞名也嗚呼內訌外寇屢次生心蒿目時艱曷勝浩嘆

旅順近聞 ○旅順地方自租與俄國之後所有砲台已修二處泊有鐵甲兵輪八只中國二只俄國水陸兵士共約萬名船塢係與中國公用故顧元勳觀察尚駐船塢局辦事河中泊有兵輪二只岸上無中國兵丁云

俄營滿礦 ○廣州博聞報云邇來俄人之往滿洲者惟日孜孜以開拓利源爲事有熟諳煤務之俄人偕礦師工匠人等幷馬兵一隊由海參威前赴琿春意欲包辦是處煤礦查琿春介於俄之間爲海參威至滿洲必由之路幷爲滿洲現築鐵路所經之地煤產甚富足供鐵路及海參威兵船之需雖煤質稍軟而種却佳惜華人不能合力興辦惟以舊法從事故開採無多銷路亦不甚廣每墩售價只合英金六先令前時又有向在俄國南方經理煤務之礦師奉俄廷之命至滿洲細察產煤之處欲得一價廉而運[illegible]之煤礦以供海參威及太平洋船艦之用以冀大興其利於滿洲焉蓋目下俄人所用之煤悉仰給於日本設有意外事起日本必禁[illegible]出口則俄將有煤斤不繼之虞今俄之所以竭力經營惟恐不速者正爲此耳

光緒二十四年八月二十三日京報全錄

宮門抄○八月二十三日工部　鴻臚寺　正藍旗值日　無引　見　睿王等武舉覆試覆　命　曾廣漢謝署戶部左侍郎　恩

召見軍機　曾廣漢

○○貴州學政臣傅增育跪　奏爲恭報貴州上游歲事試竣仰祈　聖鑒事竊臣荷蒙　恩命視學黔中於上年十二月初十日到任業經　奏報在案旋於今年二月初一日出省按試先安順府次興義府附考普安廳次大定府次遵義府附考仁懷廳[illegible]月初八日回省按試貴陽各場俱已告竣查各屬文風貴陽爲最安順次之大定遵義又次之興義又次之武則普安廳最爲出色安順[illegible]勇較優餘亦能取進如額臣惟考試取士首在釐剔弊竇弊竇既除然後眞才可得每到一棚申明　功令後嚴整頓童場點名責令廩保認眞試別間有弊竇發覺無不立予究治自出題以訖掃棚終日堂上躬自程督以是場規肅然頗皆安謐貴州僻處萬山之中書籍罕致見聞較隘自承平日久絃誦風興奮起力學頗不乏人臣到任後發題觀風試以經史時務算學等類值貴陽一棚於經古場分門考試亦有褒然傑出之作現奉　特旨推廣學校改試策論臣仰蒙　聖意孜孜汲汲與多士講明立身之大端經世之要務其間雋異之選大都鼓舞嚮風察看士氣尙易振興一俟奉到部章改絃更張起而大定當可於作新之餘漸收得人之效惟是士瘠民貧習俗未免浮動其以一衿自足恃符滋事者時亦有之臣於其優者既酌量提陞等第以昭激勸其尤無行者亦卽由地方官及儒學詳具劣迹批准褫革不少寬貸至各學補廩帮增尤易朦混臣摘錄簡明條例頒發各屬一切遵照辦理期於吏無骫法事皆就範臣之庸陋於作人造士之道未能一一克當然職分所在義難自諉惟有恪遵成憲實事求是使之植品立行沈潛義理以培其本根進之趣時應變恢張才識以儲其幹濟此則縷縷愚忱所願萬一得當用仰副　主聖振士類甄拔才俊之至意臣本擬貴陽考畢於七月間出省考試下游現因部咨詳細新章尙未接准無憑通飭各屬且久習制藝驟易策論亦須稍待時日俾有志進取之士得以改圖用功准擬八九月間馳赴下游各州郡歲科併試所有上游歲試情形理合恭摺具陳伏乞　皇上聖鑒謹　奏奉　硃批知道了欽此

○○頭品頂戴貴州巡撫臣王毓藻跪　奏爲本年春季分調委現任及委署有員各缺恭摺仰祈　聖鑒事竊查前准部咨凡調署實缺州縣佐雜不得逾十分之二並將因何調署緣由及委署若干員按季造冊詳咨又咸豐十一年十一月二十三日奉　上諭嗣後各州縣無論奏調委署代理著每屆三月彙奏一次由吏部嚴行查核如有違例更調等弊卽將該督撫藩司分別叅奏欽此又准部咨候補委用試用人員除委署無人之缺及暫時代理毋庸核計外如委署有人之缺擬請州縣與佐雜分計各不得逾十分之一以示限制又州縣佐雜實缺人員調署比照委署定章各不得逾十分之一以示區別各等因歷經遵辦在案茲查光緒二十四年春季分調委現任人員署理別缺者知州一員經歷二員候補委用試用人員除實缺調署別缺及因病請假另有差委所遺各缺不計外委署有員之缺開州吏目一員據藩司邵積誠造冊具詳前來臣覆查無異除冊分送部科外謹恭摺具　奏伏乞　皇上聖鑒謹　奏奉　硃批吏部知道欽此

○○奴才良弼跪　奏爲遵章揀派稅務委員恭摺祈仰　聖鑒事竊查前於光緒十年四月初九日准　盛京將軍咨稱查奉天牛馬稅向擬由該監督查照左右翼監督委員成案在於省城各署官員內擇其妥實可靠者酌委一員責成常赴總局綜理一切稅務其在總分各局當差之家丁書吏巡役人等統歸稽察經　欽差查辦事件大臣徐桐等奏准照辦等因歷經各前任監督遵辦在案茲奴才現蒙　恩管理稅務自應援案揀派妥員以昭愼重查有　盛京兵部主事延溥當差循謹辦事細心堪以派委認眞稽察倘總分各局當差之家丁書役人等有勒索賣放等弊一經查出處由該委員禀知從重懲辦若該委員有挾同徇庇情事由奴才隨時叅撤以防流弊而重稅課所有奴才揀充稅務委員緣由理合恭摺具陳伏乞　皇上聖鑒謹　奏奉　硃批知道了欽此

○○奎俊片　再署元和縣知縣郭重光調署武進縣知縣所遺元和縣知縣係省會要缺政務殷繁必須遴委精明幹練之員接署方足以資治理茲査有准補武進縣知縣施沛霖堪以署理據蘇藩司會同臬司具詳前來除批飭遵照外謹合詞附片具　奏伏乞　聖鑒謹　奏奉　硃批吏部知道欽此

武清縣儒醫李子良先生術妙岐黃舉手病除如湯潑雪沉疴臥榻望色卽辨着手成春誠今世之和緩也先生爲濟世不爲求利但動輙需轎欲聘者須出轎資洋二元　現寓侯家後四合軒仁壽堂藥局敦請者到局掛號可也

施救吞烟勻鴉血及人糞汁皆爲救吞鴉片妙方爲其吐耳然效與不效或未可必茲上洋白藥粉專救吞烟經驗多人萬無一失法用白藥粉一劑加熱水一碗冲藥溫服服畢以二人扶之行走不住卽易吐出若遲至半刻不吐再服一劑不吐仍卽再服一劑總以吐淨鴉片毒爲度吐後多飲淸水仍令一吐再吐至所吐之水澄淸無汚其毒乃盡可慶更生切不可用煤油醬油等方誤灌致傷性命如吞烟後一時取藥不及先以食鹽三錢攪冷水一碗許灌入暫殺其毒以待藥至卽急灌救如吞烟歷時甚久昏迷欲睡此係烟毒已發恐一吐猶未能盡淨必須二人扶之行走另着人用竹竿打其兩腿皮肉務使知痛驚醒終夜不睡睡則難保無虞矣此藥西頭流水溝西河沿立興成糧莊暨金華園西河沿聚豐恒糧店河東十字街西存仁堂藥局中義當東愼修堂閻宅均爲施送合併錄報使遇此事者就近救急諸善士如欲購捨此粉上海大馬路科發藥房及津郡老德記等大藥房均有價亦甚廉豫備不虞古之善道願我同人勿以小善而不爲也

同人公啓

新開 元隆號綢緞洋貨莊

自去歲四月初旬開張以來蒙各主顧垂盼雲集馳名日盛本號特由蘇杭等處加意揀選名機新鮮貨色零整銀價俱照大莊行市公平發售以昭久遠此白

寄賣龍井雨前素茶福建皮絲水烟各種眞料大小皮箱開設天津府北門外估衣街中路北門面便是

元茂機器磚瓦公司

本公司仿照西法燒作磚瓦事屬創舉曾經通禀在案該貨堅固異常價值從減並各樣印花磚瓦俱全　賜顧者請至海大道新興南里內本公司面議可也　特此謹啓

魁陞號綢緞洋貨莊

本號自置顧繡綢緞洋貨等物整零均按銀莊格外公道皆比大市價廉發售　寄賣各種眞料大小皮箱漢口水烟袋各種眼鏡龍井雨前紅茶梗　寓天津北門外估衣街五彩號衚衕口坐北向南　士商賜顧者請認本號招牌特此謹啓

大日本牙醫生

血脇守之助

人之養生必須飲食飲食之入必經齒牙故牙爲人生至要之物也然人之於牙或冷煖不時或洗滌不潔均足致壞置而不問一牙既壞衆牙隨之是將大碍於養生非但外觀語言之不美已也目下牙科風氣雖開藝精者甚少求治者一不小心轉受其害眞可嘆矣鄙人久歷歐美藝成而歸用心多年今偶遊中國若諸君有意於治牙者幸垂問焉現寓天津法租界烏利文洋行對面格利旅館

大日本齒科醫會副會長
高山齒科醫學院副醫長血脇氏謹啓
東京齒科醫學叢談主筆

京緞減價零售現剪

零剪

品名	價
高鴉背	一千三百五
正號元青貢緞每尺	一千四百文
中號	一千一百文
副號	八百八十文
眞杭青金銀庫緞每尺	二千二百文
眞裕順會皮絲烟每包	一千一百文
南京鹹鴨每支　大	一千八百文
小	一千二百文

寄售

品名（每斤）	價
龍井	一吊七百文
雨前	一吊一百文
珠蘭	一吊四百文
雀舌	九百六十文
蜂翅	一吊三百文
紅袍	六百四十文
小種	一吊二百文

本號自製元霄京緞躉售零剪杭絨衣線官燕金腿南貨糟貨一應俱全近因錢市漲落不同分別減價抑因無恥之徒假冒南味字號者甚多雖云謀利誠恐亂眞欲辦薰猶用煩楮墨

天津宮北大獅子胡同公益仁記南味坊謹白

光緒二十四年八月二十五日
直報
第五版
二九四五

計頃接山左友人郝希孔兄來信據云東省水灾久爲昭著惟今歲黃河決口已知八處灾情大異往年澤國之區，餘州縣
高苑 博興 樂安 齊東 新城 蒲台 利津 濱州 章邱 歷城 齊河 德平 禹城 肥城 東阿 [illegible] 范縣 平陰
壽張 陽穀 東平 汶上此二十餘處居民廬舍墳墓盡行漂沒其灾民數百萬啼飢號寒無所歸貲思及存無餬口[illegible]沒無餘地令
人傷痛無已現在雖經大憲多方賑救無奈款項奇絀惠難均霑此等時光若能措款來賑而功德實屬無量云云[illegible]東魯水灾
誠甚於昔年無如僕等自庚寅順直被水連年籌辦義賑勸捐一節早成努末徒喚奈何惟謹將郝君來函登諸報章[illegible]衆覽伏
望大善仁人君子慨發慈念往賑灾黎則功德不可言量矣僕等不禁爲億兆待斃生靈馨香祝之 津門[illegible]同人具

瑞林祥元記

本號今在天津府北門外估衣街中間路北由京分設瑞林祥元記擇於八月二十日開張自置綢緞洋貨織絨線貨洋廣等貨粗細布正眞正廣東丸藥貢緞小帽京城自染透骨眞青京靛大藍鄭州自染佛青正藍皖青細布凡備各色向來不惜工本務要眞而求眞價本酌以公道務取其實以圖久遠懇祈 貴商尊客賜顧者留神細察特此佈 聞

本號謹啓

代辦各種機器告白

敬啓者余自去歲代辦各種機器業蒙紳商賜顧並無遲悞今又向英國著名大廠代辦各樣紡紗織布造磚炸毛等機器以及各行應用各樣機器零星物件定日交貨不能遲悞如貴行包辦常年機器人工煤料或安設各樣機器價値格外相宜如蒙貴官紳商購買者請至英新租界蘊仙永茶園看圖面訂可也特此佈 聞

甯子卿謹白

算學課徒

啓者本學堂原設會課兼授西文現在五城小學堂業已開立自無庸贅設爰另延名家專課古籌算今籌算珠算筆算尺算比例對數天元四元借根代數微分積分各種算學移館永光寺中街前靑廠如有聰穎子弟願習此道者請至彼處商定一切可也

道器學堂白

改科欣賞集

啓者自考試改爲論策經書義新章甫定學者苦無佳本本齋精選各書院課藝及他方郵寄名稿四種皆備先排印兩卷以公同好名曰改科欣賞集總售處東門外襪子衚衕王宅并於東門內二道街路北水鋪旁陳宅內寓本齋發莊寄售處同文書局文美齋嫏嬛書莊寶森堂萃文魁瑞芝閣及各書坊早於八月初五日出書願購者請先睹爲快

澄思齋主人啓

告白

敬啓者玆因自蓋三層鴻春大樓開設番菜館以來生意稍佳奈因福仙戲園關閉不開兼之敝號生意寥寥故今敝東公議欲將小號出兌出賃均可任便所有店內一切各樣家具等件一併按單點交不悞願兌賃者務速駕臨敝號面議以免先後自誤可也特此佈聞

海大道鴻春樓主人謹白

告白

玆因本各報處經理報務二十年南北皆便官紳士林稱許時事靈通開風氣非閱各報不可如有定閱各報帋各報冊賜函分送不誤外埠定寄各報請先付報款或有妥實保單方可交易本津走待送報夥計六人總理一人賬房一人各號向敝處交易皆有摺子爲憑或有本堂圖記如無有此二種空影之談於本各報總處無涉特此聲明

天津各報總處紫氣堂仝啓

告白

浙紹朱鈍翁先生術嫺心細游津十年屢臨重症均各穩愼近治勞瘧膏淋霍亂癃羅痧并婦科產後小兒喉癰俱喜同春久寓彌勒菴

石印新書

自明詔改試策論義精選良才本齋新集四書義若干首名曰四書義滙編都爲一冊有志觀光者不可不先覩爲快也每冊津價三百六十文分售處府署東各報總處紫氣堂及各書坊

京都清華齋啓

紫竹林法租界 三義飯店

本店專做英法葷素大菜並由外洋自運各國上品洋酒各色異味點心罐頭鮮菓食物等類一應俱全本洋樓工程告竣房間寬闊夕時均用氣燈明亮異常仕商光顧者或攜貴眷另有雅室亦足稱暢叙幽情矣擇於六月十七日開張至期請即駕臨賜顧是荷

本主人謹啓

天福茶園

特請上洋新到

頭等名角

八月二十六日晚准演

李長奎

九更天　代滾釘板

啓者本園不惜重資新排左公平西一戲本擬擇日開演近因間教親友再三致意以不演此戲爲妙並非本園不能開演祈諸觀戲之仕商公諒

本園主人謹啓

福仙永茶園

新排連本

九美奪夫

此戲出在明朝成化年間胡大海八代子孫胡必松義勇忠正文武雙全在八仙院打死國舅嚴世雄　聖上降旨拿獲滿門家眷服毒盡忠身死胡必松一人逃走路遇九美許多折磨內有忠臣孝子義夫節婦山王草寇幫助保護招兵報仇許多奇文此戲二十四本暫時先排八本　士商臨期賞鑒閱觀

擇日開演

福仙永茶園

聘請上洋初次新到

頭等花旦

小萬盞燈

擇日開演

三井洋行分莊 告白

啟者日本商始創貿易爲業數拾年以來今分莊開設北門外鍋店街沈家衚衕口對過專選精工料實東洋棉紗各等時式大小疋棉布細洋布斜紋洋標等格外公道價亦從廉凡仕商賜顧者請至分莊面議可也特此佈聞

三井本莊主人啟

味石懶人沈式齋畫山水花卉索畫者紙交文美齋有潤格可閱

海利鐘表洋行

啓者本行自上海分設天津紫竹林法租界良濟藥房對過女成衣飯店一號二號房內自製新式鐘表金銀表金表練各樣新式大小說話機器耳鳴機器金戒指金鋼石戒指大小洋鏡各樣新貨一應俱全貨好價廉格外公道在此仕兩三個月後另造樓房批發諸公光顧請早駕臨

海利洋行謹啓

戊戌年八月二十五日禮拜一

紫竹林 第一樓番菜館

本號專作英法大菜各色精細點心各樣洋酒洋貨等物一應俱全並售

上　八百
上紅茶每斤津錢一千
六百

又批發茂生公司鐵海紙烟零整發售價值格外公道原箱計一百盒價洋一百四十四元每盒計五百支洋一元五角凡仕商賜顧請即駕臨是荷風雨勿阻

主人謹白

減價

今有友人自辦陝西老土每兩津錢五百文新到梁州土每兩津錢五百六十文如蒙賜顧者請到東門內聚降成寄售

名醫過津

前辦東海關官醫局嚴備九二尹鳳藻日前隨嵩武軍統領孫紹襄軍門到津寓紫竹林春元棧小住數日即赴小站新建陸軍將來能留寓津門則七十二沽中抱采薪憂者當受惠不淺矣

同人全啓

同仁文記書局

本局自印耕香館書牘每部價洋二元專辦各種石印書籍精選加高南紙項細雅扇格外價廉廣天津東門外襪子衙衕本局啓

本局謹啓

八月廿八日出口輪船　禮拜四
新濟　輪船往上海　招商局
海晏　輪船往上海　招商局
順和　輪船往上海　招商局
連生　輪船往上海　怡和

八月二十五日銀洋行情
天津通行九七六錢
銀盤二千三百八十五
洋錢一千六百七十文
紫竹林通行九六錢
銀盤二千四百一十五
洋錢一千六百九十五
洋錢行市七錢二分

直報

本館開設天津紫竹林海大道老榮市氣燈房巷內

光緒二十四年八月二十六日　第一千二百零一號
西歷一千八百九十八年十月十一日　禮拜二

上諭恭錄

硃筆呂海寰補授光祿寺卿欽此　上諭禮部左侍郎着徐承煜署理欽此　上諭河南開封府知府員缺緊要着該撫於通省知府內揀員調補所遺員缺着文悌補授欽此　欽奉　慈禧端佑康頤昭豫莊誠壽恭欽獻崇熙皇太后懿旨着步軍統領衙門等專派妥員督率得力弁兵於各國使館一帶地方晝夜巡邏認眞保護並彈壓一切倘有閑雜人等藉端滋事立卽當塲拏獲懲辦不得推諉致有疎懈欽此　上諭奉天府府丞何乃瑩奏京師城垣諸多傾塌壇廟圍墻基址均有掘挖情形請一律修整等語着工部查明具奏欽此

✕上諭莠言亂政最爲生民之害前經降旨將官報時務報一律停止近聞天津上海漢口各處仍復報館林立肆口逞說揑造謠言惑世誣民罔知顧忌亟應設法禁止着各該督撫飭屬認眞查禁其館中主筆之人率皆斯文敗類不顧廉恥卽由地方官嚴行訪拏從重懲治以息邪說而靖人心欽此　欽奉●慈禧端佑康頤昭豫莊誠壽恭欽獻崇熙皇太后懿旨國家以四書文取士原本儒先傳註闡發聖賢精蘊二百餘年來得人爲盛近來文風日陋各省士子往往抄襲雷同毫無根柢此非時文之弊乃典試諸臣不能厘正文體之弊也論者不揣其本輒以所學非所用歸咎于立法之未善殊不知試塲獻藝不過爲士子進身之階苟其人懷奇抱偉雖沿用唐宋舊制試以詩賦亦未嘗不可得人設使論說徒工心術不正雖日策以時務亦適足長囂競之風用特明白宣示嗣後鄉試會試及歲考科考等塲悉照舊制仍以四書文試帖經文策問等項分別考試經濟特科易滋流弊並着卽行停罷朝廷于掄才大典斟酌至再不厭求詳嗣後典試諸臣及應試士子務當屏斥浮華力崇正學毋負朝廷作育人才之至意至富强之術固當講求惟必須地方官認眞舉辦方不至有名無實所有農工商諸務亟宜實力整頓惟總局設在京城文牘往還事多隔膜一切未能靈通仍應責成各督撫在省設局分門別類詳加考核庶有實際着直隸總督遴派妥員督率辦理以爲各省之倡京城現設之局着卽裁撤欽此

整頓茶絲議　續前稿

一曰發種桑考成桑如五穀無土不宜禹言蠶者六州然三代之時未有木棉章身暖體均賴於蠶足見無處不有今則惟存揚荊二州之域耳西人蠶種滅絕之說細思之亦極有理然事貴補救正　聖主開物成務之功必先有桑樹乃言蠶利應請明發　諭旨凡有隙地皆令樹桑卽以勸課之多爲州縣之殿最職昔在湖南原籍曾請巡撫吳大澂置辦湘桑布種四鄉陳寶箴抵任後益加擴充爲廠沅江等處今已蔚然成林足見收效之捷一曰須蠶桑書籍元司農司農桑輯要載養蠶之法亦以別蠶母之病爲先西人[illegible]極奧窮微更爲精到杳伯撇靈病必用六百倍顯微鏡方能出價値甚昂民間豈易購辦近日本人著有微粒子病肉眼鑑定法簡明淺近按圖考究辨別甚易梧州蠶學館已有刻本稅務司康發達淸摺體貼甚細又湖北所刋蠶桑輯要切實易明均[illegible]頒行各直省令其[illegible]刻板發布民間至蠶事之衰旺全憑天時若用寒暑表定烘暖之度則適劑其平此物市價甚廉其有偏僻之區應由官司採買令民間[illegible]價領取以資長育以上各節均係因事補救所費無多收效甚速挽已失之利源裕民生之本計愚昧之見是否有[illegible]謹繕摺呈請代[illegible]奏伏乞[illegible]

皇上聖鑒謹　呈

續邊防奬單　○吉林蒙古廂藍旗全安佐領下雲騎尉全順查該員係屬蒙古向無防禦升階擬請以應得官階補用　吉林漢軍廂黃旗王寬佐領下藍翎雲騎尉景英查該員係屬漢軍向無防禦升階擬請以應得官階補用　吉林鳥槍營正藍旗劉嘉善佐領下五品頂戴藍翎驍騎校忠和查該員係屬蒙古向無防禦升階擬請以應升之缺升用　吉林蒙古正藍旗恩吉佐領下五品頂戴記名驍騎校歲貢生忠祥查該員係屬蒙古向無防禦升階擬請俟補驍騎校後以應升之缺升用　吉林水師營五品頂戴昆齡擬請以四品官補用　吉林伊通廂黃旗明德佐領下五品頂戴驍騎校景文　吉林三姓正紅旗五品頂戴藍翎驍騎校吉爾蔓春　吉林滿洲廂黃旗貴慶佐領下五品頂戴驍騎校毓廉　吉林琿春廂白旗喜昌佐領下五品頂戴驍騎校金成　吉林滿洲廂藍旗英順佐領下雲騎尉伊鏗額　吉林滿洲正白旗訥通阿佐領下雲騎尉四喜　吉林烏拉正白旗雙林佐領下雲騎尉雙魁　吉林烏拉廂白旗魁常佐領下雲騎尉景荃　以上八員均擬請以防禦補用　此單未完

慈蹕還宮　○皇太后駐蹕南海近因天氣漸寒於八月二十五日由南海還慈寧宮所有御前大臣及值差王公大臣俱穿花衣以昭敬慎

賞食少牢　○南海墻垣內外各朱車堆子共四十座向設武弁一員兵丁二十名自八月初六日　皇太后駐蹕　南海每朱車多添武官一員兵丁二十名每夜傳籌通宵不息始終勤奮頃聞二十四日每名賞食羊肉六兩由光祿寺支付羊肉二百四十斤其價由廣儲司給發

海外奇香　○八月二十四日經內務府收到某省呈進密香花樹數株俱用木桶種植二十五日清晨舁往西苑門交內監抬入　南海進呈　慈覽復行抬入慈寧宮擺設聞此種密香非內地所產香氣異常馥郁衣襦沾襲經久不散云

重懲無賴　○日前永定門內天橋地方有匪徒聚衆毆打洋人已列前報茲聞阜成門大街又有匪徒聚衆毆打美國人業經赴總理衙門報案立卽派差嚴拿懲辦並行知步軍統領衙門於各城門添派兵丁遇有外國人出入卽爲護送毋得稍有疏懈以盡保護之實意

按期操演　○近因康黨悖逆內廷各禁門均添派番役認眞盤詰稽查內務府又箚飭八旗都統諭令滿蒙漢兵丁各按三六九日期操演刀矛步箭各項技藝務臻嫻熟以備王公大臣閱視而昭愼重

恪循故事　○宗人府內閣翰林院詹事府六部九卿五城司坊各衙署每年秋間須由都察院派員稽查一次所有公事文移案件均於查驗後註明册中彼此校對如有錯悞惟經手人是問本屆查驗之期已有都察院特派京畿道胡月舫諸侍御前往稽查所有各署公事限於八月底將册一律造齊至九月初二日帶同書吏人等逐一查察如有不符定當叅處云

竊賊遺踪　○八月二十一日夜間崇文門內東單牌樓堂子胡同居住劉某家被賊挖穴入室撬開箱櫃將衣飾等物搜竊罄盡而去迨天明家人見門戶洞開知必有異卽呼衆起視見房上遺落手巾一塊隨風飄蕩後院墻下遺下領衣一襲此賊來去忽忙必非老斲輪手或不難於破案也

督轅門抄　○八月二十五日晚制台見　順天學院張大人英麟　正任灤州李振鵬　候補直隸州蔡紹基　候選巡檢李廷桂　法文繙譯李家瑞　法國領事杜士蘭　副領事杜理芳　武官魏達理　大夫德博施　稅務司賀璧理　又帮辦達闓文　二十六日見　通永鎭李大人辭　關道李大人　候補道張大人蓮芬　張大人振棨　梁大人誠　保定馬隊韓大人殿爵辭　候補府勞乃寬　試用同知周炳蔚　候選運同鄭嘉榮　蠡縣章燾　寗津縣祝嘉庸　長蘆鹽知事桂先培　候補州吳畬　鄭思壬　候補縣曾山　王道昌　朱員保　文元　候補縣丞劉延科　候補直隸州蔡紹基　鴻臚寺序班劉崇惠　俄國領事書思齊　德國領事艾忠文　副領事佛爾克　記名提督李學孔　候補府胡大人濚

奉調赴京　○北洋武毅軍甘軍陸軍毅軍四大軍奉　諭均歸榮中堂節制一則邸抄曾紀前報茲聞榮中堂因政務繁雜諸

事恐不能躬親昨由京電調督署辦理軍需房通商房海軍房之熟手各檢選一員赴京會商辦理電巳接到諒不日卽當稟辭督憲赴京任事云

練軍合操　○天津練軍各營自勘修　欽工息操約有兩月之久刻工已告竣昨奉統領傳諭仍按三六九日期操演並傳各營于二十六日合操統領親詣演武廳閱看

督轅批示　○集賢書院肄業舉人張懷燕等稟批據稟已悉候行津郡司道查明議覆此批

桃李濤陰　○津屬文武生童業經考試完竣文宗牌示於二十六日冠項並獎賞一等生員是日辰刻各生童均衣冠赴貢院聽候發落畢復行兩拜禮乃紛紛退出

憲眷將來　○前報裕壽帥瀛眷諒在月底到津一節日昨復接京電云准於二十七日早由京乘坐火車來津云

兌換淨錢　○昨津縣有禁私錢示諭約謂據錢商陸雨棠稟稱竊商在河北大街開設文太成錢舖出使一二吊之票以便街市通行而商用現錢皆使整票由大錢店取之內因私錢甚多遇有兌換現錢者皆不免口角之患恐有街市之碍請出示嚴禁等情爲此示仰津郡各舖及軍民人等知悉自示之後一律兌換淨錢不准任意攙和私錢致干査拿或被人指控定行究辦特示

醉飽之失　○昨晚有練軍某營勇丁曾不知來從何處酩酊大醉向新浮橋某包子舖抽籤口角乘醉打鬧當經多人勸散該勇復持刀尋毆幸經本營兵丁拉往營中聞巳稟明營主未知作何辦理也

南來新貨　○順和輪船載貨計鉛皮一十二鐵槽十件松板一百三十七漆油一十七銀表一件面粉一百鐵板九百二十五角鐵四百四十槽鋼四十鐵條二千八百五十七靑鉛二件鉛板三件銅板四件紫銅七十二洋皂九十一面巾一十一鐵　一零千零四鐵管四十八馬車一件玻璃二百煤油一千大木二十二紬子四件上紙四十六洋布一千三百二十五雜貨七百零一共九千零七十三件另外活馬一匹

淸査衛田　○兩江督憲前奉　上諭着將漕督所轄衛所各官一律淸査現在既改海運各衛所官弁均屬有名無實此項人員本在應行裁併之列其各衛所軍田應卽改衛爲屯作爲屯租飭卽詳議具奏峴帥奉　旨當卽通飭各衛一體澈底淸査迅速詳稟以便早日上達　九重云

汕頭商務　○英國駐汕頭領事具報一千八百九十七年汕頭商務云上年進出口貨稍覺增加惟滙水價値增長以英磅合計故覺數目畧少耳船位載重約二十一萬二千餘墩較上年數目差減以上年比較約少二百餘隻帆船則絕無僅有北方裝載米豆之船亦減少各國旗號船倶少惟中國旗號船則多二十隻出口之貨以糖爲大宗數既增多價亦增漲靛靑蔴橘煙絲向來爲出口大宗今出口既少價亦驟跌花生花生油出口本少本年則增數頗多香港及廣東所用花生倶由海口一帶運來去年該處收成減色故多由烟台天津運來汕頭出口之貨亦因而增多進口之貨亦見減少又値金價繼長增高就豆米二項估計米價約少三十七萬三千英金磅豆價少九萬九千英金磅洋藥向來盛行近爲川土攙奪進口日少華商欲集股設一公司專收土烟仿西法重製惟至今未見此種烟在市上發售汕頭一埠如遇豐收之年各項生意定形暢旺火油價廉用者日衆茶油菜油之利巳爲所奪豆餅亦出口之一大宗上年進口較多價値少高銷路多在日本一帶因豆節長價故糖價亦隨之而長近日出洋至新加坡庇能之人亦少一千八百九十六年出洋人數約有五萬人上年僅得二萬千人其故因該處染疫症禁止輪進口故華人出洋者日少一[illegible]外洋並[illegible]用華[illegible]其往蘇門答臘人較多往西貢者與上年無甚增減往暹羅者較上年多二千人合上年一千計之共有七萬一千二百[illegible]人以千八百九十六年計之共有九萬一千四百八十七人

美國軍實　○美國全境計得三十萬二千八百九十丁方英里西歷一千八百九十年査計居民共得六千二[illegible]八十二萬二千二百五十名口現在任總統爲麥乾利每年薪俸五萬元副總統爲荷弼每年薪俸一萬元全國陸軍[illegible]爲米露士[illegible]通國常備馬隊共十營計得六千零一十人員弁四百四十七人炮隊五營計得三千九百三十四人員弁二百九[illegible]步兵二十[illegible]計得一萬

二千八百七十一員弁九百一十名其餘機器隊醫隊等服役兵士共得二千五百三十八名員弁五百[illegible]名以上統　常備兵士
及武員共祇二萬七千五百三十二人然其各省皆有防勇若有戰務合得兵勇一千零一十三萬九千[illegible]八十八名云

光緒二十四年八月二十四日京報全錄

宮門抄○八月二十四日內務府　國子監　廂藍旗值日　廂黃蒙引見一名　正紅蒙五名　廂紅滿四名[illegible]九名　兩
翼十五　奉天府丞何乃瑩請　訓　善聯謝授湖北布政使　恩　錫侯續假十五日　掌儀司奏初一日[illegible]王行禮
召見軍機　善聯　何乃瑩

○○頭品頂戴廣東巡撫臣許振禕跪　奏爲遵　旨來京便道過籍乞　恩賞假兩個月修理親墓恭摺叩謝　天恩仰祈　聖鑒事
竊微臣謬膺疆寄奉職無狀今歲三四月間粵東大疫城廂內外病故幾十萬人而臣署中親屬多罹其災臣亦感受時毒兩耳忽爾大
閉痰喘足弱不良於行當時公事大半督臣宣勞臣亦力疾勉隨經理五中惶悚莫可名言今幸奉　旨裁缺臣謹於七月二十九日將
任內公事一切淸厘卽遵　旨將印信文件交督臣兼管訖本日又恭奉　電旨許振禕電悉該撫業已卸任卽着來京聽候簡用欽此
臣聞　命自天感激無地臣蒙　皇上天恩由庶僚荐擢封圻仰惟　高天厚地之恩至矣盡矣臣雖犬馬亦不能不戀　德而感德
也一息尙存何敢不力求圖報惟臣前歲來粵過籍蒙　恩賞假二十日適見父母墳墓悉由山水冲塌維時江省大雨月餘無從移取
乾土假期已滿遂爾趨程至今以爲心疚頃幸入京道經本籍又値秋深水退正可培修先塋以釋人子積年之憾伏惟　聖主鴻慈孝
治天下敬乞　賞假兩個月俾遂鳥私而臣旣離瘴鄉病體亦必輕減俟假期屆滿卽當剋日趨途泥首　宮門叩求差使斷不敢稍躭
安逸自外　生成所有微臣感激下忱及乞假修墓緣由除另恭疏具題外理合恭摺叩謝　天恩伏乞　皇上聖鑒謹　奏奉硃批
着賞假兩個月欽此

○○傅增育片　再臣竊撰　國家所以設立武科之意非第羈制强武而已固欲有以用之也於綠營練勇經制之而必設武科今又
改弓矢爲鎗砲所習必期有用尤彰彰明矣然第改鎗砲而用昔日科舉之法則每省所取者不過十分之一或五十分之一挑入學堂
者又不過十分之四其餘不取及未挑者仍棄置無用亦非義之善者也臣之愚見莫如合武試於鄉兵聯科舉於營伍鄉兵之法爲部
爲圖應練有人若區若甲應有十人都圖長區甲領以什長旗幟刀矛皆備暫於防營酌派一教習督同操練將來教習卽可以武生充
之應武試者必出於此則不强人以爲兵而習武者無不能兵科舉之制夏秋合操數次以習陣法歲終由該管州縣會同營汛武弁調
閱一次簽名兵籍三年由府會考一次中式者爲武生或仍由學考取督撫合考武生中式者爲舉人會試中式者爲進士除用侍衛外
照新章營哨隨員分用其餘舉人挑入學堂或以爲各府廳州縣教習則旣有武科之名卽有經武之實綜而計之約有十便區甲不下
數百家僅出十人事易集而費不多便一教習惟教技藝稽査管領及鎗砲器械責成團什長而又以一鄉公正有聲望者爲之平時足
以約束不致爲非便二一年簽名兵籍之後退歸田里不至荒其本業便三循環迭更人盡知兵不煩招募不費餉糈便四武生可充教
習旣資安插不取者不致曠功而資身無藝便五武試取材於此出身有正途操演有定所督責有專司因勢利導不必廣設學堂便六
以本鄉之人保衛本鄉武備不弛匪類無所容身有事易聯聲勢互相應援便七營兵任戰鄉兵任守無征調之煩如臂指之使便八各
省團家出一丁偶然呼集旋卽星散器械窳敗技藝生疎今以應武試者爲之畧爲更張自收實效便九軍成旣壯人心自固强鄰不敢
肆其要挾便十有此十便而無向者之三難庶武科非贅設更嚴定章程以防流弊務使習武者均歸有用攻戰之事不必全恃招募矣
臣竊觀近日事勢咸以練兵爲先然非各省皆有大技勁旅亦不足敷防禦現雖整頓營伍而兵制有限則宜合而不宜分徃者粵捻披
猖鄉團頗著明效曾敗奧法亦以通國皆兵中國四百兆人民之衆地球各國所無果使寓兵制於武科不第改鎗砲爲有用亦且與營
伍相輔而行近可以弭內地之隱憂遠可以絕外人之窺伺建威銷萌殆無逾此臣書生不知兵事因議武科章程思念及此一得之愚
敬爲我　皇上陳之如以爲可請　旨飭下部臣詳議施行於大局或不無少裨萬一謹附片具陳伏乞　聖鑒謹　奏奉　硃批覽
欽此

武清縣儒醫李子良先生術妙岐黃舉手病除如湯潑雪沉疴臥榻望色即辨着手成春誠今世之和緩也先生爲濟世不爲求利但動輒需轎欲聘者須出轎資洋二元 現寓侯家後四合軒仁壽堂藥局敦請者到局掛號可也

施救吞烟

白鴨血及人糞汁皆爲救吞鴨片妙方爲其吐耳然效與不效或未可必茲上洋白藥粉專救吞烟經驗多人萬無一失法用白藥粉一劑加熱水一碗冲藥溫服服畢以二人扶之行走不住即易吐出若遲至半刻不吐再服一劑不吐仍即再服一劑總以吐淨鴨片毒爲度吐後多飲清水仍令一吐再吐至所吐之水澄清無汚其毒乃盡可慶更生切不可用煤油醬油等方誤灌致傷性命如吞烟後一時取藥不及先以食鹽三錢攪冷水一碗許灌入暫殺其毒以待藥至即急灌救如吞烟歷時甚久昏迷欲睡此係烟毒已發恐一吐猶未能盡淨必須二人扶之行走另着人用竹竿打其兩腿皮肉務使知痛驚醒終夜不睡睡則難保無虞矣此藥西頭流水溝西河沿立興成糧棧暨金華園西河沿聚豐恒糧店河東十字街西存仁堂藥局中義當東愼修堂閻宅均爲施送台併錄報使遇此事者就近救急諸善士如欲購捨此粉上海大馬路科發藥房及津郡老德記等大藥房均有價亦甚廉豫備不虞古之善道願我同人勿以小善而不爲也

同人公啓

新開元隆號綢緞洋貨莊

自去歲四月初旬開張以來蒙 各主顧垂盼雲集馳名日盛本號特由蘇杭等處加意揀選名機新鮮貨色零整銀價俱照大莊行市公平發售以昭久遠此白

寄賣龍井雨前素茶福建皮絲水烟各種眞料大小皮箱

開設天津府北門外估衣街中路北門面便是

元茂機器磚瓦公司

本公司仿照西法燒作磚瓦事屬創舉曾經通稟在案該貨堅固異常價値從減並各樣印花磚瓦俱全 賜顧者請至海大道新興南里內本公司面議可也 特此謹啓

魁陞號綢緞洋貨莊

本號自置顧繡綢緞洋貨等物整零均按銀莊格外公道皆比大市價廉發售 寄賣各種眞料大小皮箱漢口水烟袋各種眼鏡龍井雨前紅茶梗 寓天津北門外估衣街五彩號衚衕口坐北向南 士商賜顧者請認本號招牌特此謹啓

大日本牙醫生
血脇守之助

人之養生必須飲食飲食之入必經齒牙故牙爲人生至要之物也然人之於牙或冷熱不時或洗滌不潔均足致壞置而不問一牙既壞衆牙隨之是將大礙於養生非但外觀語言之不美已也目下牙科風氣雖開藝精者甚少求治者一不小心轉受其害眞可嘆矣鄙人久歷歐美藝成而歸用心多年今偶遊中國若諸君有意於治牙者幸垂問焉現寓天津法租界烏利文洋行對面格利旅館

大日本齒科醫會副會長
高山齒科醫學院副院長血脇氏謹啓
東京齒科醫學叢談主筆

京緞零剪 減價售現

零剪

- 高鴨青 一千三百五
- 正號元青貢緞每尺 一千四百文
- 中號 一千一百文
- 副號 八百八十文
- 眞杭青金銀庫緞每尺 二千二百文
- 眞裕順曾皮絲烟每包 一千一百文
- 南京鹹鴨每支 大一千八百文 小一千二百文

寄售

龍井 雨前 珠蘭 雀舌 蝦翅 紅苞 小種 每斤 一千七百文

本號自製元滾京緞薹售零剪杭絨衣線年燕金腿南貨糟貨一應俱全近因錢市飯落不同分別減價抑因無恥之徒假冒南味字號者甚多雖云謀利誠恐亂眞欲辦薰爲印自褚墨天津宮北大獅子胡同公益仁記南味坊謹白

頃接山左友人郝希孔兄來信據云東省水災久爲昭著惟今歲黃河決口已知八處災情一十餘州縣
計 高苑 博興 樂安 齊東 新城 蒲台 利津 濱州 章邱 歷城 齊河 德平 平 范縣 平陰
壽張 陽穀 東平 汶上 此二十餘處居民廬舍墳墓盡行漂沒其災民數百萬嗷嗷饑寒無所歸 沒無餘地令
人傷痛無已現在雖經大憲多方賑救無奈款項奇絀惠難均霑此等時光若能指款來賑而功德實 年東魯水災
誠甚於昔年無如僕等自庚寅順直被水連年籌辦義賑勸捐一節早成努末徒喚奈何惟謹將郝君來函 供衆覽伏
望大善仁人君子慨發慈念往賑災黎則功德不可言量矣僕等不禁爲億兆待斃生靈馨香祝之

津門義賑同人具

瑞林祥元記

本號今在天津府北門外估衣街中間路北由京分設瑞林祥元記擇於八月二十日開張自置綢緞洋貨織絨線貨洋廣等貨粗細布疋眞正廣東丸藥貢緞小帽京城自染透骨眞青京靛大藍鄭州自染佛青正藍槐青細布凡備各色向來不惜工本務要眞而求眞價本酌以公道務取其實以圖久遠懇祈 貴商尊客賜顧者留神細察特此佈 聞

本號謹啓

代辦各種機器告白

敬啓者余自去歲代辦各種機器業蒙紳商賜顧並無遲悞又向英國着名大廠代辦各樣紡紗織布造磚炸毛等機器以及各行應用各樣機器零星物件定日交貨不能遲悞如 貴行包辦常年機器人工煤料或安設各樣機器價値格外相宜如蒙 貴官紳商購買者請至英新租界福仙永㕘園看圖面訂可也特此佈聞

寗子卿謹白

算學課徒

啓者本學堂原設會課兼授西文現在五城小學堂業已開立自無庸贅設爰另延名家專課古籌算今籌算珠算筆算尺算比例對數天元四元借根代數微分積分各種算學移館永光寺中街前青廠如有聽穎子弟願習此道者請至彼處商定一切可也

道器學堂白

改科欣賞集

啓者自考試改爲論策經書義新章甫定學者苦無佳本本齋精選各書院課藝及他方郵寄名稿四種皆備先排印兩卷以公同好名曰改科欣賞集總售處東門外襪子衚衕王宅并於東門內二道街路北水舖旁陳宅內寓本齋發莊寄售處同文書局文美齋娜嬛書莊寶森堂萃文魁瑞芝閣及各書坊早於八月初五日出書願購者請先睹爲快

澄思齋主人啓

告白

敬啓者茲因自蓋三層鴻春大樓開設番菜館以來生意稍佳奈因福仙戲園關閉不開兼之敝號生意寥寥故今敝東公議欲將小號出兌出貨均可任便所有店內一切各樣家具等件一併按單點交不悞有愿兌貨者務速駕臨敝號面議以免先後自誤可也特此佈聞

海大道鴻春樓主人謹白

天后宮北
義興順綢緞莊

本莊自置顧繡綢緞綾羅紗絹哈喇大呢羽綾羽毛各樣花素洋布南貨雅扇桂丹頭油香粉胰皂歸安貝松泉湖筆一概俱全

頭號杭甯綢 本
頭號摹本緞
紅梅茶 每 九百六
紅 茶 六百四
紅茶梗 斤 二百二
龍井茶 一吊八
金百
壽棉襴裙布裡每套五兩八
雜色金刀絨每尺五錢五

新開
天吉齋京靴店

本店開設天津府東門外天后宮前路北門面二開本號專辦京莊上上材料專做京都滿漢朝靴各款鑲繡插鎖全式名鞋一應俱全貨高價廉士商賜顧者請認明本號招牌庶不致悞

本店擇於七月十三日開張

本號特白

告白

浙紹朱鈍翁先生術嫺心細游津十年屢臨重症均各穩愼近治勞瘧膏淋霍亂孺羅痧並婦科產後小兒喉癰俱喜回春久寓彌勒菴

石印新書

自明詔改試策論義精選良才本齋新集四書義若干首名曰四書義滙編都爲一冊有志觀光者不可不先覩爲快也每冊津價三百六十文分售處府署東各報總處紫氣堂及各書坊

京都清華齋啓

光緒二十四年八月二十六日 直報 第六版 二九五四

三井洋行分莊
告白

啟者日本商始創貿易爲業數拾年以來今分莊開設北門外鍋店街洗家衚衕口對過專選精工料實東洋棉紗各等時式大小疋棉布粗洋布斜紋洋標等格外公道價亦從廉凡仕商賜顧者請至分莊面議可也特此佈聞

三井本莊主人啟

味石懶人沈式齋畫山水花卉索畫者紙交文美齋有潤格可閱

紫竹林法租界 三義飯店

本店專做英法葷素大菜並由外洋自運各國上品洋酒各色異味點心罐頭鮮菓食物等類一應俱全本洋樓工程告竣房開寬闊夕時均用氣燈明亮異常仕商光顧者或携眷另有雅室亦足稱暢叙幽情矣擇於六月十七日開張至期請即駕臨賜顧是荷

本主人謹啓

海利鐘表洋行

啓者本行自上海分設天津紫竹林法租界良濟藥房對過女成衣飯店一號二號房內自製新式鐘表金銀表金表練各樣新式大小說話機器耳鳴機器金戒指金鋼石戒指大小洋鏡各樣新貨一應俱全貨好價廉格外公道在此住兩三個月後另造樓房批發諸公光顧請早駕臨海利洋行謹啓

戊戌年八月二十六日禮拜二

天福茶園

特請上洋新到

頭等名角

八月二十七日晚准演

李長奎

翠英會

名醫過津

前辦東海關官醫局嚴備九二尹鳳藻日前隨嵩武軍統領孫紹襄軍門到津寓紫竹林春元棧小住數日即赴小站新建陸軍將來能留寓津門則七十二沽中抱采薪憂者當受惠不淺矣

同人仝啓

紫竹林 第一樓番菜館

本號專作英法大菜各色精細點心各樣洋酒洋貨等物一應俱全並售

上 八百

上 紅茶 每斤津錢 一千

六百

又批發茂生公司鐵海紙烟零整發售價值格外公道原箱計一百盒價洋一百四十四元每盒計五百支洋一元五角凡仕商賜顧請即駕臨是荷風雨勿阻

主人謹白

福仙永茶園

新排連本

九美奪夫

此戲出在明朝成化年間胡大海八代子孫胡必松義勇忠正文武雙全在八仙院打死國舅嚴世雄　聖上降　旨拿獲滿門家眷服毒盡忠身死胡必松一人逃走路遇九美許多折磨內有忠臣孝子義夫節婦山王草寇幫助保護招兵報仇許多奇文此戲二十四本暫時先排八本閱觀士商臨期賞鑒

擇日開演

同文仁記

本局自印耕香館畫牘每部價洋二元石印書籍精選加高南紙項細雅扇格外[illegible]廉廣大津[illegible]礅子

減價

今有友人自辦陝西老土每兩津錢五百文新到梁州土每兩津錢五百六十文如蒙賜顧者請到東門內聚隆成寄售

福仙永茶園

聘請上洋初次新到

頭等花旦

小萬盞燈

擇日開演

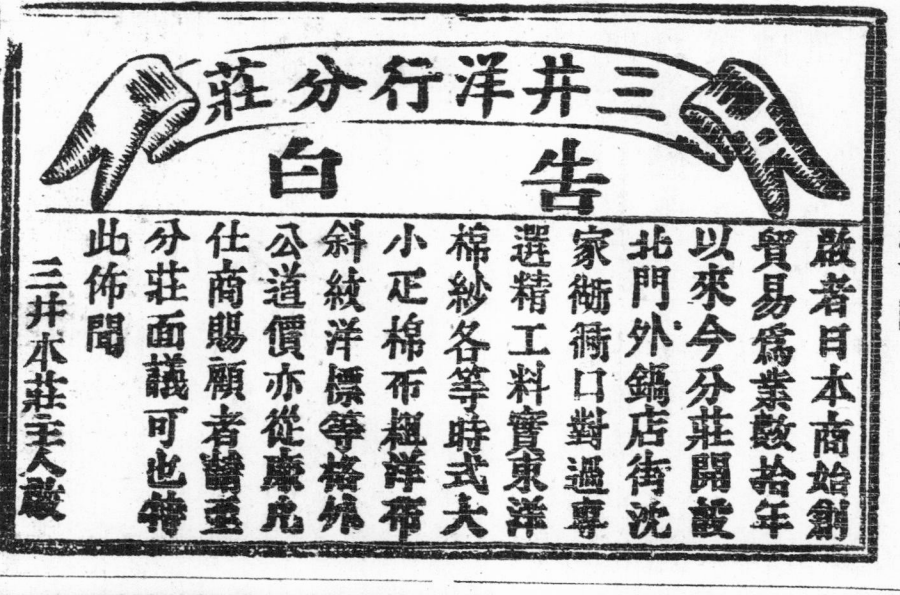

開設馬家口下娘娘廟前

天仙茶園

特請京都

玉成全班

特請京都山陝姑蘇上洋等處

頭等文武名角

八月廿七日早十二點鐘開演

王子寶 李慶長 陳連桂 董志斌 牡丹花 紅菊花 劉小黑 章金虎 顧小慶 十四紅 小千紅 靈芝草 馬全錄 李連仲 滿天飛 瑞德寶 飛來鳳

殺寺 吊金龜 佘唐關 折柳 森羅殿 青雲下書 丁甲山 衆武行

廿七日晚七點鐘開演

陳連桂 陳七 十四紅 小千紅 小玉林 小金鐘 小玉磬 楊寶珍 楊英玉 溜溜旦 李慶長 黃月山 章金虎 李永華 瑞德寶 靈芝草 馬全錄

風雲會 殺廟 魚藏劍 法門寺 戰皖城 代盜雙戟 富春樓

開設英國租界

天津紫竹林海大道旁

福仙永茶園

特請京都

永慶成班

京都上洋蘇杭山陝等各處

頭等文武名角

八月廿七日早十二點鐘開演

十七紅 八百黑 小德生 張鳳台 十六紅 小狸鐵 王全立 三奎 李殿元 林德柱 賈星橋 劉桂林 元元旦 賽呂布 楊四立 汪立本 明海山

請太公 江東橋 金剛廟 臨童山 代勸軍 拾黃金 戰城都 日月圖 白蓮寺 衆武行

廿七日晚七點鐘開演

劉桂林 姚鳳山 明海山 李殿元 小禿紅 王全立 賈星橋 牛處 潘桂芳 元元旦 賽呂布 海棠紅 周春奎 元元旦 霸州紅 萬齋證 張鳳台

樊城長亭 藥茶計 火烟駒 戰蒲關 鳳儀亭 洛陽橋 衆武行

開設法國租界

天津紫竹林北大街

天福茶園

特請京都

崇慶名班

京都上洋姑蘇山陝等處

各色文武 頭等名角

八月廿七日早十二點鐘開演

十七紅 崇芬 張長保 楊福秋 安桂五 姜小奎 周茹奎 蘇廷喜 常雅秋 高玉奎 白文奎 大禿 王喜雲 于報 劉景山 十二紅 邊義臣

三疑計 黑風帕 宇宙峯 取洛陽 七星燈 送灰面 借嬰威 衆武行

廿七日晚七點鐘開演

十二紅 小三寶 十八紅 崇芬 自來紅 小連仲 江德竇 十一紅 于報 王喜雲 十四旦 高玉喜 李長奎 常雅秋 趙斌恒 李吉瑞 賽旋風

十王府 斬黃袍 取西川 奇寃報 新安驛 羣英會 搖錢樹 衆武行

開設馬家口南興基新馬路

天桂茶園

特請京都

慶吉祥名班

特請京都山陝姑蘇上洋河南等

頭等文武名角

擇日開演

八月廿八日出口輪船 禮拜四

新濟 輪船往上海 招商局
海晏 輪船往上海 招商局
順和 輪船往上海 怡和行
武昌 輪船往上海 太古行

八月二十六日銀洋行情

天津通行九七六錢
銀盤二千三百八十五
洋錢一千六百七十文
紫竹林通行九六錢
銀盤二千四百一十五
洋錢一千六百九十五
洋錢行市七錢二分

美孚老牌煤油

啓者美孚老牌煤油

質潔色清亮白如銀且絕無烟氣能耐久燃比之生荳等油晶光百倍而儉用價廉此爲德富士老牌之佳處誠屬無雙妙品也 士商賜顧請到天津美孚洋行採辦或向就近殷實行店購買庶不致悞

直報

本館開設天津紫竹林海大道老菜市氣燈房巷內

光緒二十四年八月二十七日　第一千二百零二號
西歷一千八百九十八年十月十二日　禮拜三

上諭恭錄

上諭薩廉鳳鳴現在出差禮部右侍郎着準良署理工部左侍郎着崇勳署理欽此　旨永隆現在出差所管正黃旗漢軍副都統着載瀛署理其所署廂黃旗漢軍副都統着愛隆暫行署理欽此　旨永隆現在出差所管正紅旗護軍統領着官祥署理欽此

說報　來稿

曷有報通所不知也報何昉昉於泰西也曷爲泰西有報而中國古無報也古者中國民風樸厚耳目狹隘各尊所聞各行所知足不出九州禹治之地耳不習四海以外之事所讀者古人之書所聞所見者一鄉一邑之得失故承學之士其陋之甚者至不識一物其稍通古今治亂之理者稱通儒矣其所以致此者豈中國之人不足以語博通之才乎蓋有以域之也泰西則不然報館之設多至不可數計其閱報之人則自國君以至黎庶無不日購一紙以資披覽故倫敦泰晤士之報日售數十萬紙稱最有名矣其餘類此者尚有十餘家其小者不計其數英國若此他國可知英京若此他城更可知蓋其視報之重爲出納王命聯屬上下之關鍵矣然吾聞泰西之報自季報月報禮拜報以及日報其體例甚嚴而日報尤爲鄭重執筆之人亦益嚴恪謹愼不敢稍參以私意況妄造黑白變亂是非哉按泰西之報論說三一內政一外政一雜事凡主筆意議盡在於是乃一報之要領執筆之喉舌藉以自攄其見解者也若在電報則尤爲衆人所注目新聞之尤緊要者泰西各報最爲講求有路透電有彙中電有各報會電有對色爾電有各報本館各處訪事專電有關切某事者請代登之電其視電也以爲尤速尤要之新聞者也主筆之人並不敢參以自己見地其有實據者自不必論無實據者苟出有因則加以傳言等字閱者各自有見其虛實自能瞭然無俟贅言也至於新聞但據其事實實敘尤不敢加以評斷其得失是非明眼者自能於言外見之卽偶有尾註亦祗爲聲明之地並不入譏諷之辭電報及新聞之中雖稍寓是非之意者亦必刪除盡淨其嚴其愼固如此也今中國風氣大開各省報館次第創設而以滬上爲最盛竊謂中國自邸抄朝報京報外自古無報館者也既採仿泰西之制開立報館則當採泰西各報之規模體裁以與中國本有之邸抄朝報參酌而核用之以成中國之名報以求無慚於　而往往訪事之人不能深體此意輒復於每事之後橫加評論執筆之人偶一不愼卽蹈斯弊至於有意誣陷報復三尺之童尚　遠西人之不若哉特是生艷生妒華人之常至於既妒之後則傾軋詬詈無所不至自有報館以後遂有借報紙—者也

八月分選單　○小京官鑾儀衛經歷張文瀾浙江舉　道湖北督糧譚啓宇貴州監　知縣
林[illegible]銘福建山　[illegible]陵何業健甘肅直隸州周齊耀琳奉天河南泌陽錫鐸鑲藍夏邑胡嗣芬貽穀
西監福建建安　善[illegible]江蘇人　典史廣東翁源呂悳曾山東監

續單　○吉林烏槍營正紅旗慶桂佐領下藍翎五品頂戴驍騎校慶壽　吉林漢軍

承順 以上員係屬漢軍向無防禦升階均擬請以應升之缺升用 吉林漢軍廂黃旗王寬佐領
催明福 吉林槍營正紅旗慶桂佐領下五品頂戴記名驍騎校附生榮升 吉林烏槍營廂白
校領催德楞額 吉林漢軍廂黃旗王寬佐領下五品頂戴補用驍騎慶魁 吉林烏槍營廂黃旗
魁陞 吉林漢軍廂黃旗王寬佐領下五品頂戴藍翎補用驍騎校依薩布 吉林烏槍營正黃旗德
校領催德華 吉林烏槍營正黃旗德喜佐領下五品頂戴記名驍騎校全祿 吉林烏槍營廂藍旗〻
校領催魁慶 吉林烏槍營廂藍旗全吉佐領下五品頂戴藍翎補用驍騎校披甲恩蔭 以上十員係 仍均拔請驍
候補驍騎校後以應升之缺升用 泰西 此單未完

川匪風聞 ○頃渝城友人來京談及以賊已竄至重慶府左近府城現已戒嚴居民商賈無不人心惶惶思適樂土之語而都門官場尚無信息不知確否

僞物求質 ○世風不古詐僞百出防不勝防然而作僞心勞日拙古有明訓未見有久而不敗者也前門外香廠苗某與兩幼孩未知是否同黨每向各當中典質僞飾已非一次日昨又有以舊簪赴南横街某質庫典當經某朝奉查係僞物立即甘言誘獲稟請營汛究懲旋即派差傳訊按律究辦

歌行路難 ○京師前門外高廟居住夏某京南雄縣人也自幼隨父來就長安食橐有餘貧倦遊思返帶領妻孥十二人扶靈柩一具由京起程返里行至固安縣境渾河過渡波浪洶湧致將夏某翻入河內雇人打撈赶即灌救得生誠幸事哉

痌瘝在抱 ○永定門內天橋地方經步軍統領衙門枷號人犯六名已列昨報八月二十四日有美國人由天橋經過瞥見枷號六犯瑟縮可憐當即解囊付給洋銀四元爲該犯飲食之用一面嘆惜其人咎由自取云

督轅門抄 ○八月二十七日制台見 候補道衛大人杰 徐大人楨祥 正定府吳煥采辭 候補府祥順 林際康 盛時濚 正任河間府如松 前河南試用同知張毅 候補直隸州王繼善 磁州許之軾 寗津縣祝嘉庸 正任威縣張聯恩 候補州朱紘 張霨 候補通判呂紹斌 趙懌芳 前奉天知縣高嘉和 候補縣陳用壎 黃震 孔憲廷 嚴祖慶 馮麟湛 孫克超 王景沂 曾兆鴻 何維材 趙巽年 陳曾翰 王曾禧 孫毓秀 方天文 余榮清 楊爾瓚 桂淩霄 廣積庫大使劉恩誠 長蘆鹽經歷徐鈞 候補縣丞方庚源 邱廷榮 成緒 統領盛軍呂大人本元 安徽補用游擊吳開甲 補用都司張福勝

督批照錄 ○具呈職員田繩武等係靜海縣人批據呈大城縣子牙河東隄李蔭平聽從張海觀等倫扒決口已由曹委員會同大城縣審訊明確是否屬實仰天津道即飭該印委將訊供情形據實具報核奪粘單抄存

水利局批 ○監生李鴻儀等寶坻縣人稟批查此案前據該監生等來局稟控當因劉振瀛所居之韓盛莊隸在津屬節經札飭天津縣拘案訊究懲辦有案茲據該生等稟請飭委彈壓自行堵築決口如果別無流弊自應照辦以衛民田候札候選巡檢高學儒迅速前往會同寶坻縣查勘明確彈壓堵築勿得任意尋釁滋事爾等應回籍靜候舉辦可也此批

文宗起馬 ○提督學院張大宗師考試文武各場畢諏於二十七日起馬按臨河間預於二十六日在督署公宴各司道作陪本日早八點鐘茶座預備吳楚公所督憲暨各官復以次相送文宗乃乘官舫起程

盤查運庫 ○新督憲到任例有盤庫之舉歷經照辦在案日前裕帥蒞津後即委派各員挨次盤查汪觀察係奉委盤查運庫差使聞昨會同運憲所派之江太守蔡刺史親赴運庫逐一點查與冊存均屬相符諒觀察回寓即當具稟覆詳以憑核奪

津屬武案 ○天津縣新進文童業經照錄茲復錄武童全案以供衆覽 黑承彥 金寶貴 楊文治 劉鵬一 宛振名 高登瀛 穆祥俊 李春豐 楊士傑 趙斯魁 張起祥 岳世忠 劉鳳書 黃文錦 丁長佑 劉振鵬 韓恩元 王國璽 于松年 董金鵬 李聯甲 楊萬林 李占鰲 胡振英 賈鴻儀 陳忠祥 時保琦 曹斌 林占魁 于金城 劉會文

于得龍 傳作彤 范國鎭 張文元 劉恩會 張萬鵬 宋有慶 楊恩鑑 喬世斌 李文斌 石振鵬

求築民埝 ○昨有獨流迤北蓮花淀地方共約十三村紳民聯名赴水利局遞稟叩懇恩憲復修民埝等語當蒙接閱飭令候批發下再作定奪

津市糧價 ○八月二十五日沿河頭堡西集雜糧行情列後 御河白秋麥十二千二三 生米八千六 紅秋麥十一千四五 元米八千四 小元豆六千七八 春麥十二千五 元玉米七千五六至六千六七 眞青豆八千 上河白麥十一千六七 白玉米七千七八至六千七八 吉豆七千四五 紅麥九千七八 花麥十千 紅高糧五千五六 閘河黑豆六千四五 元豆七千一二 白黑豆七千二三 芝蔴十三千 茶豆八千 元小米十千至九千五六 稻米十六千五六 白小米九千四五

皖省蠶桑章程 ○一蠶絲爲華貨出洋大宗亟宜實力講求庶不致利源外溢安徽省沿江一帶土質物候均宜蠶桑歷年上憲頒發桑秧民間具領分種於育蠶繅絲等法均鮮有所知蓋因風氣未開難與圖始爰約同志 設日新蠶桑公司以爲之倡由農而工推及經商次第興舉意主便民藉資利導 一育蠶以桑葉爲重種桑以拓地爲先現在安慶省城東門外五里廟地方設課桑園請撥官置基地稟定自光緒二十四年正月爲始至五年以後分次呈繳原價永歸公司執業惟地僅十三畝有零急須開拓以廣栽種桑園左近民業曠地尙多應由公司備價置買過戶完糧以垂永久 一園中多造蠶室以備育繭繅絲應設廳事以供講學會友建化學房專以儲器藏書蓋製造廠專爲工作棲止開塘築圃以資畜牧闢徑治圃以試種植購化學器以考驗土質置顯微鏡以剔選蠶種所有農學新器廣爲購備以便員紳士商同志之人隨時切實討論 一桑園工役俱用附近土民另雇浙江湖州桑工教授栽種各法俾易流傳俟桑地逐漸擴充人數亦隨時加增於培壅修剪桑樹餘暇按農學新書考究畜牧種植不厭精詳以盡地力三年後桑葉蕃盛養蠶繅絲以爲遠近則傚 一桑秧蠶種湖州最佳鄉民路遠力薄難於零星購致應由公司每年派人赴湖州石門一帶採辦凡附近鄉民卽外府州縣有欲附購九月內來園訂定數目開春到園領取攤計運費收回原價如係附近鄉民所購並可由公司派人授以栽育各法 此稿未完

新練馬兵 ○九江總鎭宋佩珍軍門因各營兵操練均循舊例是以日前諭令選鋒新勁等營除操鎗砲外並飭馬兵各備沙袋儲沙半斤繫于兩足跑路跳溝于本月初四日由營官帶領操練鬪路以廿里溝以六尺爲度云

借地屯兵 ○頃據福州友人來函云法人在省向增將軍欲借南台後之山屯兵或馬尾對面之山亦可法使立意甚堅增帥頗難回復據云上月杪法國來兵輪一艘隨後尙有兵輪二三艘續來倘不允其請恐將來勢成決裂函述如此未知確否

西賊復熾 ○星報云粵西土匪揭竿倡亂官軍進勦馬到功成匪魁擁衆竄匿西山曾錄前報不料六月二十二日又有土匪在平南之思旺墟歃血豎旗擾害良懦無賴之徒應聲附和約及千數逼近江口鎭江口商民咸興避地之思遷徙遠處迨二十五日匪果攻陷江口大恣擄掠緣江口爲西省要津地達雲貴柳州南寗貴縣等處行旅多出其途今旣爲匪所踞商旅不通往來禪梧各行亦暫停辦貨市面頗形阻碍並聞梧州府屬土匪依然潛滋竟敢嘯聚大王嶺中潛出滋擾雖經兵勇馳詣勦辦而勢成負隅難期得力梧城商民以賊巢相距匪遙恐其乘隙竊發蹂躪及於郡城深爲惶恐風聲鶴戾寢饋不安但西省向來兵力[illegible]旣土匪紛起勢難分投勦辦是以梧民瞻望粵東援兵儼如大旱之望雲霓也

太湖山礦 ○厦門之大湖山礦承充人請[illegible]道台出示勸諭附近村民不得阻止礦工并明頒發告示矣

宜防 ○瓊州在海一隅又港紛歧萑苻出沒其際山深海遠雖有官兵難遽制服去[illegible]處防營欲刼軍械等物該營管帶官[illegible]君率勇鏖戰良久斃賊約二十名傷[illegible]并周[illegible]爲鎗彈所傷幸非要害惟該防營不過百人若非省憲速調援兵誠恐

報 選錄

[illegible]尾准

子人分布六

械甚多餘匪

已具稟飛詳

承順 以上

明福 旨廿四年八月二十五日京報全錄

校鑲儀德楞額二十五日理藩院　鑾儀衛　光祿寺　八旗兩翼值日　侍衛處引　見三名 …七名 上駟

蚪陞　吉林□恭送玉牒請　訓　恩輝恩慶良培各假滿請　安　徐中堂因伊子署侍郎 …九請 訓 直

校員催毓斯明請　訓　貴州總兵張紹樸請　訓　楊頤前往東陵請　訓　理藩院奏派管理 …此中堂裕德

部奏派演放水師砲位　派出善耆霍倫泰　召見軍機　怡王　藍斯明　張紹樸　錫光

○○頭品頂戴山東巡撫臣張汝梅跪　奏爲遵　旨覆陳東省清訟情形現復叅訂舊章增補道府功…恭摺仰祈　聖鑒事竊臣接總理各國事務衙門來電光緒二十四年七月二十日　上諭張蔭桓奏請增修…國家振興庶務尤以通達民隱爲先各直省州縣於聽訟一事久不講究往往於戶婚田土錢財細故任意積壓累月經年書役門丁之藉端訛索愚民受累無窮前大學士直隸總督曾國藩所撰清訟事宜及清訟功過章程曾經頒行各省着各將軍督撫府尹重爲刷印頒發各屬並原定功過章程外增補道府功過章程所屬州縣各員有記大過三起以上者道府記過一次六起以上者記大過一次記功者亦如之其有徇隱在先續經舉報或揭叅隱匿提案淸結除將州縣屬員分別輕重叅劾記過外道府亦卽照例記功凡實缺計典候補委署年終察考俱以清訟之功過分別予奪優劣不准虛應故事視同具文並將遵辦情形迅速具奏等因欽此臣跪誦之下欽佩莫名伏念牧令爲親民之官首重撫字而聽訟一道其大端也民情不能無訟戶婚田產爭之不決其勢必受成於官該地方官自當勤愼將事應駁者明白批示應准者速傳斷結判一日之是非平兩造之意氣雖未能期於無訟則思亦過半矣倘稍涉延宕則訟師乘隙挑唆胥役從中需索流弊叢生枝節百出爲害誠有不可勝言者查東省詞訟案件自前撫臣丁寶楨於同治八年間通飭各屬創辦月報迨光緒七年東河總督前撫臣任道鎔復叅酌江西省清訟事宜增訂功過章程分爲八條一如東省奏交咨文京控向歸臬司督審其批審委審等案概發濟南府訊辦而司府讞局委員非有聽斷勤能長於折獄之吏不得充膺是差以昭愼重其二各屬每逢三八放告必須親自接收詞狀應准應駁立予施行當斷不斷查出懲處其三月報冊式有五曰州縣自理詞訟曰上司衙門批發控案曰監禁罪囚曰管押人犯皆分舊管新收開除實在爲四柱又曰逸犯凡係命盜案內在逃未經緝獲者亦分舊逸新逸已獲未獲爲四柱遂起聲敘以憑隨時密查其四尋常詞訟批准簽差祇准酌傳干證一二人亦不准多派差役其有必須管押訊辦者由該州縣製造大粉牌一面懸挂頭門將在押之姓名人數事由收管省釋月日逐一開列俾使周知以免書差私押擾累其五民間果有寃抑或地方官判斷不公照例許赴上司衙門申訴昭雪如係訟棍播弄愚民刁徒挾嫌誣告審實並予嚴究以儆刁風其六各州縣相驗命案後立限五日內盜案勘訊後立限三日內先將大概情形尅期稟報以杜匿報諱飾之弊其七事主被賊搶刦呈報到案地方官嚴比捕役懸立重賞以收其效而又當力行保甲查拿賭博窩家使匪類無從匿迹自可消患未形其八州縣自理詞訟以及上司批審等案均限二十日傳訊斷結一月之內審結自理三十起以上記功一次六十起記功二次其讞局委員審結京控及州縣審結省控批發各案四起以上記一功六起以上記二功結案多者以遞加倘逾限十日未結者記過一次二十日者倍之凡記二過作爲大過一次記功亦如之其餘若約束門丁書役勒緝盜賊未獲諸事報解遲延輕則酌記大過重則分別撤叅力戒因循以除積弊嗣經歷任撫臣於功過一條屢有增刪一併刊發成冊先後飭發各屬按月造冊稟報由臣暨臬司批定功過每於季底經藩臬二司會同查核凡積記大功已至十次無過可銷者酌量給獎積大過至十次無功可抵者分別撤任停委彙詳臣衙門照章批行並於年終委員分往各府直隸州及其所屬清查一次自定章以來各屬於審理詞訟案件自顧考成尚不敢虛應故事辦理迄今久著成效此東省現辦清訟之實在情形也臣查東省清訟舊章核與曾國藩所撰直隸清訟事宜各條大致亦復相同而體察各屬於聽斷事件尙能恪遵功令不至任意積壓惟道府功過未經議及臣仍當隨時認眞考核如有始勤終怠貽累民生之員卽行從嚴叅辦決不稍事姑容現直東二省章程增補道府功過彙爲册行同刊發各屬一體遵照至嗣後實缺計典候補委署年終密考等案自應欽遵　諭旨以清訟之功過定各員之優劣分別予奪實力奉行仰副　聖主飭吏安民之至意理合恭摺覆陳伏乞　皇上聖鑒　訓示謹　奏奉　硃批另有旨欽此

武清縣儒醫李子良先生術妙岐黃舉手病除如湯潑雪沉疴臥榻望色卽辨着手成春誠今世之和緩也先生爲濟世不爲求利但動輙需轎欲聘者須出轎資洋二元 現寓侯家後四合軒仁壽堂藥局欵請者到局掛號可也

施救吞烟 白鴨血及人糞汁皆爲救吞鴉片妙方爲其吐耳然效與不效或未可必茲上洋白藥粉專救吞烟經驗多人萬無一失法用白藥粉一劑加熱水一碗冲藥温服服畢以二人扶之行走不住卽易吐出若遲至半刻不吐再服一劑不吐仍卽再服一劑總以吐淨鴉片毒爲度吐後多飲清水仍令一吐再吐至所吐之水澄清無汚其毒乃盡可慶更生切不可用煤油醬油等方誤灌致傷性命如吞烟後一時取藥不及先以食鹽三錢攪冷水碗許灌入暫殺其毒以待藥至卽急灌救如吞烟歷時甚久昏迷欲睡此係烟毒已發恐一吐猶未能盡淨必須二人扶之行走另着人用竹竿打其兩腿皮肉務使知痛驚醒終夜不睡睡則難保無虞矣此藥西頭流水溝西河沿立興成糧莊暨金華園西河沿聚豐恒糧店河東十字街西存仁堂樂局中義當東愼修堂閻宅均爲施送合併錄報使遇此事者就近救急 諸善士如欲購捨此粉上海大馬路科發藥房及津郡老德記等大藥房均有價亦甚廉豫備不虞古之善道願我同人勿以小善而不爲也 同人公啓

新開 元隆號綢緞洋貨莊

自去歲四月初旬開張以來蒙 各士商垂盼雲集馳名日盛本號特由蘇杭等處加意揀選名機新鮮貨色零整銀價俱照大莊行市公平發售以昭久遠此白 寄賣龍井雨前素茶福建皮絲水烟各種眞料大小皮箱開設天津府北門外估衣街中路北門面便是

元茂機器磚瓦公司

本公司仿照西法燒作磚瓦事屬創舉曾經通稟在案該貨堅固異常價値從減並各樣印花磚瓦俱全 賜顧者請至海大道新興南里內本公司面議可也 特此謹啓

魁陞號綢緞洋貨莊

本號自置顧繡綢緞洋貨等物整零均按銀莊格外公道皆比大市價廉發售 寄賣各種眞料大小皮箱漢口水烟袋各種眼鏡龍井雨前紅茶梗 寓天津北門外估衣街五彩號衕衕口坐北向南 士商賜顧者請認本號招牌特此謹啓

大日本牙醫 血脇守之助

人之養生必須飲食飲食之入必經齒牙故牙爲人生至要之物也然人之於牙或冷熯不時或洗滌不潔均足致壞置而不問一牙旣壞衆牙隨之是將大碍於養生非但外觀語言之不美已也目下牙科風氣雖開藝精者甚少求治者一不小心轉受其害眞可嘆矣鄙人久歷歐美藝成而歸用心多年今偶遊中國若諸君有意於治牙者幸垂問焉現寓天津法租界烏利文洋行對面格利旅館

大日本齒科醫會副會長
高山齒科醫學院副醫長血脇氏謹啓
東京齒科醫學叢談主筆

京緞零剪 減價寄售

零剪

高鴉背	一千三百五
正號元青貢緞每尺	一千四百文
中號	一千一百文
副號	八百八十文
眞杭青金銀庫緞每尺	二千二百文
眞裕順曾皮絲烟每包	一千一百文
南京鹹鴨每支 大	一千八百文
小	百文

寄售

龍井 雨前 珠蘭 雀舌 蜂翅 紅蕊 小種 每 啓

本號自製元綫京緞臺售零剪杭絨衣線官燕金腿南貨糟貨一應俱全近因錢市漲落不同分別減價抑因無恥之徒假冒南宋字號者甚參雜[illegible]謀利誠恐[illegible]欲辦棄[illegible]宮北大

光緒二十四年八月二十七日 直報 第五版

友人郝希孔兄來信據云東省水災久為昭著惟今歲黃河決口已知八處災情[illegible]興 樂安 齊東 新城 蒲台 利津 濱州 章邱 歷城 濟河 德平[illegible]壽張 陽穀 東平 汶上 此二十餘處居民廬舍墳墓盡行漂沒其災民數百萬嗷饑號寒無[illegible]痛無已現在雖經 大憲多方賑救無奈款項奇絀惠難均霑此等時光若能捐款來賑而功德[illegible]甚於昔年無如僕等自庚寅順直被水連年籌辦義賑勸捐一節早成努末徒喚奈何惟謹將郝君[illegible]望大善仁人君子慨發慈念往賑災黎則功德不可言量矣僕等不禁為億兆待斃生靈馨香祝之

[illegible]同人[illegible]伏[illegible]

瑞林祥元記

本號今在天津府北門外估衣街中間路北由京分設瑞林祥元記擇於八月二十日開張自置綢緞洋貨織絨線貨洋廣等貨粗細布正眞正廣東丸藥貢緞小帽京城自染透骨眞青京靛大藍鄭州自染佛青正藍梳青細布凡備各色向來不惜工本務要眞而求眞價本酌以公道務取其實以圖久遠懇祈貴商尊客賜顧者留神細察特此佈聞

本號謹啓

代辦各種機器告白

敬啓者余自去歲代辦各種機器業蒙紳商賜顧各並無遲悞今又向英國着名大廠代辦各樣紡紗織布造磚炸毛等機器以及各行應用各樣機器零星物件定日交貨不能遲悞如貴行包辦常年機器人工煤料或安設各樣機器價值格外相宜如蒙貴官紳商購買者請全英新租界福仙永茶園看圖面訂可也特此佈聞

寗子卿謹白

算學課徒

啓者本學堂原設會課兼授西文現在五城小學堂業已開立自無庸贅設爰另延名家專課古籌算今籌算珠算筆算尺算比例對數天元四元借根代數微分積分各種算學移館永光寺中街前青廠如有聽穎子弟願習此道者請至彼處商定一切可也

道器學堂白

敬啓者各省來報多有久遲不到非本堂存報不送經售各報各館寄售而矣本堂出售各書為業購取價廉物新 康熙字典全集 國朝駢體正宗 國朝名家史論 格致鏡原 仁在堂全集 耕齋天津古文所見錄 天津古詩所見錄 御製駢體類編 正續經餘必讀 繪圖經體註 寄雲齋全註 五經文府不二題 五伯家名稿 九朝東華錄 蘭言詩鈔 餘者經史來班再錄

天津北門內府署東紫氣堂書局啓

告白

敬啓者茲因自蓋三層鴻春大樓開設番菜館以來生意稍佳奈因福仙戲園關閉不開兼之敝號生意寥寥故今敝東公議欲將小號出兌出賃均可任便所有店內一切各樣家具等件一併按單點交不悞有願兌賃者務速駕臨敝號面議以免先後誤可也特此佈聞

海大道鴻春樓主人謹白

天后宮北 義興順綢緞莊

本莊自置綢縐綢緞綾羅紗絹哈喇大呢羽綾羽毛各樣花素洋布南貨雅扇杭灶頭油香粉鴨皂蘇安貝松泉湖筆一概俱全

頭號杭甯綢 每 九百六
頭號摹本緞
紅梅茶 每 六百四
紅茶 二百二
紅茶 使
龍井茶 斤 一吊八
金百薇裙布裡每套五兩八
壽棉
雜色金刀絨每尺五錢五

新開 天吉齋京靴店

本店開設天津府東門外天后宮前路北門面二間本號專辦京莊上上材料專做京都滿漢朝靴各款鑲繡插鎖全式名鞋一應俱全貨高價廉士商賜顧者請認明本號招牌庶不致悞本店擇於七月十三日開張

本號特白

告白

浙紹朱鈍翁先生游術嫺心細十年屢津重症均臨慎近膏各種癆瘧治霍亂癰淋痧婦羅產並小科喉後俱兒疳癰久喜回春萬彌勒菴

石印新書

自論策義本齋明詔改試新集精選良才若千首四書義名曰四書義一冊有匯編都為一冊不可志觀光者不可先覩為快也每冊津價三百六十文分售處府署東各報總處紫氣堂及各書坊

京都清華齋啓

光緒二十四年八月二十七日
直報
第七版
二九六三

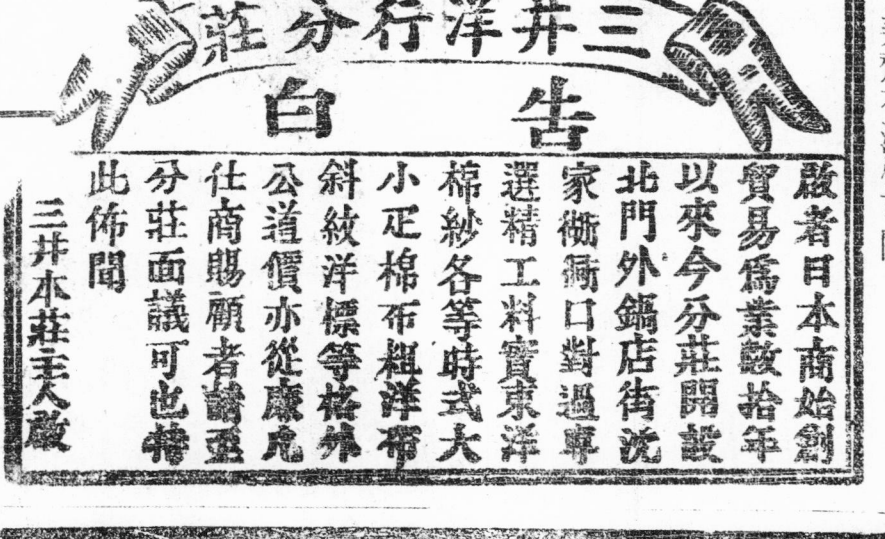

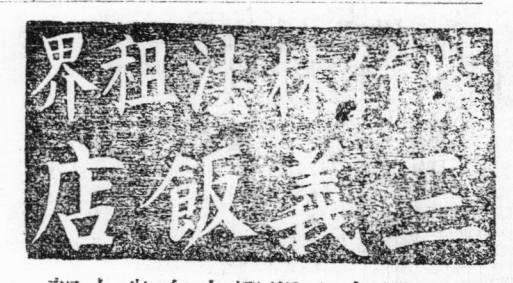

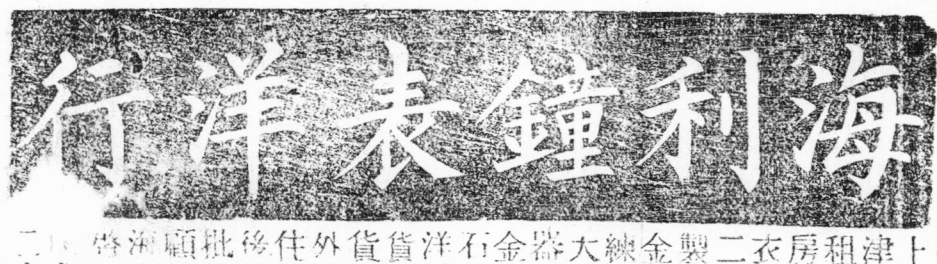

開設法國租界
天津紫竹林北大街
天福茶園
特請京都
崇慶名班
京都上洋姑蘇山陝等處
各色文武 頭等名角
八月廿八日早晚
堂會

開設馬家口南興基新馬路
天桂茶園
特請京都
慶吉祥名班
特請京都山陝姑蘇上洋河南等
頭等文武名角
擇日開演

開設英國租界
天津紫竹林海大道旁
福仙永茶園
特請京都
永慶成班
京都上洋蘇杭山陝等各處
頭等文武名角
八月廿八日早十二點鐘開演
劉桂林 馮瑞龍 小狸貓 杜福玉 牛處 賈星橋 陸春蘭 胡盧紅 小禿紅 十七紅 三套 元元旦 賽呂布 崔雪琴 朱子久 小月樓 胡少卿
御林郡 掃雪 金水橋 回荊州 賣胭脂 大溪皇庄 衆武行
廿八日晚七點鐘開演
全合演 班 蕭度雲 潘桂芳 林德杜 海棠紅 李喜堂 周春奎 張鳳台 萬鐵柱 霸州紅 十六紅 李殿元 明海山 賽呂布 王全立 楊四立
萬壽堂 鎮譚州 血手印 捉放曹 全班合演 佛門點元

家口下娘娘廟前
天仙茶園
特請京都
玉成全班
特請京都山陝姑蘇上洋等處
頭等文武名角
八月廿八日早十二點鐘開演
馬運登 劉慶喜 馬玉山 小千紅 李慶長 牡丹花 紅菊花 胡四 章金虎 宗德寶 楊保珍 溜溜旦 龐倉喜 瑞德寶 劉玉寶 飛來鳳 李連仲
定中原 打宮 遊園贈珠 項磚 馬前認子 四美圖 衆武行
廿八日晚七點鐘開演
四紅 千紅 金虎 賽志斌 小金鐘 小玉碧 陳連桂 飛來鳳 滿天飛 楊寶珍 溜溜旦 黃月山 瑞德寶 李永華 李連仲 靈芝草 馬全錄
殺宮 捉姦 文昭關 十字坡 三疑計 大戰定燕平 富春樓

告白
念五日接到昌言報至五冊東亞報至十五冊友人寄售光緒二年光緒三年整二十本一套俱全原印格致彙編售價七圓各種算學醫學閑書又新出中外政俗異同攷餘者各均未全錄天津北門內府署東紫氣堂啓

八月廿八日輪船 禮拜四
新濟 輪船往上海 招商局
海晏 輪船往上海 招商局
順和 輪船往上海 怡和行
武昌 輪船往上海 太古行

八月二十七日銀洋行情
天津通行九七六錢
銀盤二千四百一十文
洋錢一千六百九十文
紫竹林通行九六錢
銀盤二千四百四十文
洋錢一千七百一十五
洋錢行市七錢二分

光緒二十四年八月二十七日
直報
第八版
二九六四

直報

本館開設天津紫竹林海大道老菜市氣燈房巷內

光緒二十四年八月二十八日　第一千二百零三號
西歷一千八百九十八年十月十三日　禮拜四

上諭恭錄

旨鳳鳴現在出差所管正藍旗蒙古副都統着德魁署理欽此　欽奉　慈禧端佑康頤昭豫莊誠壽恭欽獻崇熙皇太后懿旨聯名結會本干例禁乃近來風氣往往私立會名官宦鄉紳罔顧名義甘心附和名爲向人勸善實則結黨營私有害於世道人心實非淺鮮着各省督撫嚴行查禁拿獲在會人等分別首從按律治罪其設會房屋封禁入官該督撫務當實力查辦勿得陽奉陰違庶使奸黨寒心而愚民知所儆懼將此通諭知之欽此　欽奉　慈禧端佑康頤昭豫莊誠壽恭欽獻崇熙皇太后懿旨湖北廣東雲南三省巡撫現經裁撤地方一切事宜總督能否兼顧究竟巡撫是否可裁着軍機大臣會同吏部妥速議奏欽此　欽奉　慈禧端佑康頤昭豫莊誠壽恭欽獻崇熙皇太后懿旨爲治之道以得民爲本頻年以來海宇多故物力爲艱小民困苦情形深宮時厪軫念各直省督撫皆有保衛民生之責務當加意撫循州縣爲親民之官尤當慎選循良盡心民事保甲團練皆以綏靖地方審時度勢勿得藉端滋擾水利蠶桑以及製造販運有資民間利賴者皆宜因地制宜隨時教導務期家給人足民心固結以迓咸和而消隱患將此通諭知之欽此　欽奉　慈禧端佑康頤昭豫莊誠壽恭欽獻崇熙皇太后懿旨大學士榮祿奏開用關防日期一摺覽奏均悉現當時事艱難以練兵爲第一要務是以特簡榮祿爲欽差大臣所有提督宋慶所部毅軍提督董福祥所部甘軍提督聶士成所部武毅軍候補侍郎袁世凱所部新建陸軍以及北洋各軍悉歸榮祿節制以一事權該大臣務當統率有方認眞督練隨時考核毋稍疏懈俾各軍悉成勁旅用副朝廷整飭戎行至意欽此　上諭御史攀桂奏玉田縣屬水災甚重請飭籌賑恤一摺本年七月間直隸玉田縣屬霪雨爲災黑龍雙城二河同時漲發小民流離凍餒情殊可憫着裕祿遴派妥員迅速查明籌辦賑撫以蘇民困欽此

日球地球月球淺說

日出於東入於西此古語也今考歐洲之精於天文地輿者曰太陽亦如球形懸空不動惟地球則由東向西而轉每閱二十四點鐘旋繞地軸一次成一晝夜所賴日光發出熱氣在海面吸縮空濕凝成雨露若無太陽便無雨水一切植物動物之類皆不能生[illegible]可以蓄水因海洋鹹水爲太陽熱氣吸縮成雨流入山地遂生草木復由山澗衝出成河可知溪河海半由水力[illegible]力以開通之也查太陽距地九千一百萬英里若就平地推測而言鐵路火車每點鐘能行六十英里若晝夜[illegible]抵日球而地球之大若有鐵路火車節節相[illegible]不過一個月便能環繞一週蓋地毬橫量[illegible]千英里通盤測算是日比地大有一百萬餘[illegible]乃一大毬地乃一小毬倘將地毬放在[illegible]滿日毬之徑太陽之廣大如此所[illegible]吸力能攝動地毬使其旋轉而不息也[illegible]式物類不致大受焦熾但露[illegible]其細目不能見譬有兩人對語彼[illegible]氣[illegible]至耳內便覺得之爲聲太陽光力之滿照地球其理亦猶是也[illegible]

□近各有等差其最近之時去地二十二萬一千六百英里最遠之時□□十英里比地毬約小七分之□　地毬比月大有五十倍然其重比□轉較地毬頗漫其體比地毬小而□　亦須二十三點餘鐘若繞地一週須□人事不便故概以三十日爲一月大約月繞地□三十週或六千九百三十九日十六點□

八月分教職單　○教授直隸天津程芹香深州尹奉天府徐作楫順天廩安徽甯國洪茂全徽州□鴻志眉州雲南開化張榕曲江俱舉江西吉安李子春南昌甲　正諭河南鹿邑金耀祥衛輝甘肅永昌孔洛□南長沙廣西宜山盧用世桂林四川蓬州尹光祜童川湖南攸縣要岳鍾辰州俱舉　訓導直隸望都徐振鏞順□南靈寶薛□甘肅金縣謝邦彥鞏昌江西永豐王步瀛南康四川犍爲易鴻昭資州雲南廣通武光烈雲南廣西岑溪鍾榮煇南甯山東定陶□兗州俱舉直隸新樂黃際春永平順天平谷張寶森天津四川彭水張德紳重慶俱歲安徽　縣陳之澍甯國優甘肅崇信李聯芳蘭州挨廣西昭平李學融慶遠挨　復諭河南尉氏張樹人陳州恩河南扶溝段虎文河南陝西藍田周碩齡漢中俱拔廣西荔浦黎士輿梧州舉雲南永平鄭淸雲南副湖南桂東劉人蓉長沙廣西武緣馮載賡尋州廣西修仁石維璜梧州四川蘆山郭琳嘉定蒲江胡登岱成都南充駱騰煥資州俱廩　復訓直隸曲周李蔭林遵化開州高蘭順天江西章州陳之濬臨江湖北鄖西韓聯元安陸湖南道州郭龍允長沙湖南湘陰李顯修桂林貴州石阡徐應奎貴陽俱廩安徽鳳陽崔鎭邦甯國附山東滕縣劉慕周萊州副河南洛陽白桂麟陳州增貴州安化孔憲和興義恩

續邊防奬單　○吉林水師營藍翎六品官沈克襄　吉林水師營六品官毛魁齡　以上二員均擬請以五品官補用　吉林滿洲廂藍旗慶祥佐領下五品頂戴記名驍騎校領催慶瑞　吉林滿洲廂黃旗恒春佐領下五品頂戴補用驍騎校領催德崇阿　吉林琿春廂藍旗貴山佐領下五品頂戴記名驍騎校領催喜廉　吉林滿洲廂白旗成恩佐領下五品頂戴補用驍騎校領催依薩佈　吉林甯古塔正紅旗穆隆阿佐領下五品頂戴記名驍騎校前鋒訥穆音　黑龍江齊齊哈爾城廂藍旗補用驍騎校安順　黑龍江齊齊哈爾城廂白旗滿洲烏爾滾佐領下五品藍翎補用驍騎校錫慶　吉林滿洲正白旗訥通阿佐領下五品頂戴記名驍騎校披甲常慶　吉林滿洲正紅旗欒陞佐領下五品頂戴補用驍騎校四有　吉林甯古塔廂白旗圖奇科佐領下五品頂戴補用驍騎校披甲祥福　吉林滿洲正藍旗石柱佐領下五品頂戴儘先驍騎校披甲春貴　以上十一員均擬請俟補驍騎校後以防禦補用　此單未完

察院鳴冤　○具呈民婦謝程氏民人龔德淸喬本和均湖南岳州府臨湘縣人抱告民人李松爲縱官殺民懇賜奏辦事竊氏孫謝二邪龔德淸之子龔開仕喬本和之堂弟喬本舒皆鄉村農業毫不爲非因臨湘知縣劉楡生本年三月臨卸事時被監生謝邦晉等在本府控其侵義學育嬰公欵貢生沈定柄控其冒蝕蛟災錢糧書辦李怡卿等控其墊欵多年肯欠不發各情無可搪抵適有官親周書田姦拐何程氏被其親族何書堂程少林追究經地保調處扣留周所執劉官兌省之三千兩銀票約定交人還票一事遂發通稟誣謝邦晉等爲主搶一面發兵三月十七日駐紮謝家祠堂聞有各紳從中解說署有成議不知因何起衅十九日午後哨官盧姓掌號開差氏孫買油進門被哨官在馬上用刀砍斃當又喝勇開槍打死龔喬二人旋經新任上官令詣驗流涕賞錢面許伸雪不意回衙受劉串哄反以拒捕格殺稟報併請上憲加發營兵幸本府英親身到縣察看電請止兵竊念氏祖孫孤苦非紳非耆爲扣爲搶與氏無涉且孫年十三何能拒捕龔適路過横遭槍斃喬替差挑擔尤非拒捕之人員弁相鈎虐民欺上控府控司惟批静候控院則一概批斥反予羈押殺人之文武安然在位氏孫等三命冤沈大海伏思紳士告官誠恐致長刁風官府殺人豈遂不爲命案伏乞奏請劾治以雪横冤小民幸甚又督部衙門係七月呈控未經奉批合併聲明

垂念巖疆　○湖北處天下之中長江上游政務至繁至劇廣東濱海要區雲南遠隸南天中國屏障督撫同城當時建置不無深意前奉諭旨裁缺三撫臣已分別用舍昨奉　皇太后懿旨令樞臣核議　聖母垂念巖疆慮總督一人未能兼顧意至深切想樞部王大臣統籌全局必有眞知灼見也

世臣足重　○徐蔭軒中堂年逾八旬已臻老境祇以時事孔棘世受國恩未敢告退而政躬時有不適不得不一再請假調理近以公子升署侍郎受恩逾重具摺謝恩時戒其公子務當盡心厥職共濟時艱不得隨俗浮沈致速官謗云云仰見中堂乃心王事善厥貽謀世臣之足重也曷勝景仰

督轅門抄　○八月二十八日制台見　關道李大人岷琛　通永道沈大人能虎　候補道晏大人振恪　王大人仁寶　孫大人鍾祥　顧大人元勳　吳大人懋鼎　黃大人建藩　張大人翼　前甘肅甘涼道張大人其濬　工部員外郎程建勳　大名府吳積簃自省來　正任張家口同知沈守誠　保定府理事同知慶安　候補府白曾垣　候補同知程鶴鳴　勝岱　准補懷來縣吳永　候補縣熊紹冉　陸保善　陳錦標　劉炳炎　劉尚文　張輅　邱道孝　章師程　陳鳳翔　施有方　潘江　前奉天錦州府教授劉蔭椿　候補鹽大使孫用釗　壽祺　候補縣丞虞懋猷　典史瞿光第　補用游擊林輔臣　慈航輪船許復昌　候補直隸州蔡紹基　比國領事官標爾

靜令遲來　○署灤州程刺史熙奉藩憲牌示改署靜海一則曾紀前報茲於二十四日刺史來津稟謁督憲嗣因　御牒差使未辦清楚聞於下月初五日告竣約在初七八日即可交卸以赴新任云

委查鹽坨　○直隸總督本兼理鹽政刻聞新督裕壽帥蒞任之始實事求是不肯稍涉含糊昨經派員將各庫盤查清楚復因長蘆鹽務爲國課大宗所有鹽坨積有鹽堆若干例應按冊查核聞已委某觀察前往會同運司照辦矣

魚雷請示　○德國什好廠代中國製造魚雷艇計四艘曰海龍海犀海珠海青現雖竣工試水而未便駛行來華昨由廠主電寄本埠泰來洋行據云天氣漸寒計該艇到津時已交大雪以後海口封凍亦未能試行驗收不如待明春開往等語諒該洋行當即稟請北洋大臣核示遵行

時文未喪　○自奉　旨鄉會試暨歲科考改八股用策論各書院山長塾師多被辭退有焚棄筆硯另謀生計者刻聞悉照舊制仍以四書文試帖經文策問等項分別考試之信不禁色飛眉舞共慶八股有靈云

逐出營外　○前報某營勇沙某與新浮橋某包子舖酒醉打鬧當經和事老勸往營中稟知營主各則詢沙係中營後哨翼長董游戎恐其在外爲非姑念事因醉後未加重責但斥革逐出營外云

尋仇莫解　○三間房腳行與藥王廟腳行械鬥屢經官場拿獲重責示懲本報書不勝書刻聞復邀糾水梯子混混某等暗借器械預備不日大戰並云雖有官司攔阻決不聽從

皖省蠶桑章程　○一公司以便民爲主凡民間種桑而未諳養蠶者桑葉歸公司收買須於上年年終訂定先給半價次年找價採葉其無地種桑而願學養蠶者所需桑葉亦由公司售給與收買之價進出一律極貧之戶亦准由鄰佑擔保向公司認領桑秧蠶種試辦俟獲利後收回原值至於育繭不能繅絲繅絲不便遠售者均歸公司備價收買俾資利便　一就課桑園設業學館收附近農家子年十歲左右者以五十人爲額延師教授不取束脩另定簡易功課每日八點鐘至十點鐘認字並講解字義二點鐘至四點鐘温習並學寫已認之字第一二兩年先教實字次及虛字自四字加八字可認三千餘字第三年温字寫字之外師以家常白話寫[illegible]生將應答之語用筆寫出但取明白通順不求文法字體自一二句漸增至二三十句爲止第四年留住桑園[illegible]化學驗種栽桑養蠶烘繭繅絲及一切樹藝畜牧之法[illegible]授以加減乘除淺近筆算學滿五年方爲卒業[illegible]新資俾敎養兼施用收實效　一公司先設課[illegible]勸農入手次及育蠶繅絲講求工藝將來運[illegible]毛集腋以底於成現在亟須廣置基地添置桑[illegible]案後邀集同志將章程內一切應辦[illegible]辦准此舉係爲地方興利起見[illegible]款無利三年後得有出息始能酌[illegible]擬大端如有應變通增益[illegible]時集議會同酌定合併陳明

[illegible]自廣西來電據云所有內地[illegible]亂上海謠多一切謠傳斷非確實

十英里分拔壓旋已解圍矣查西匪猖獗人言頗多雖本館既得此確實轉交也[illegible]見有督轅所發紫花印捷電[illegible]亦擊散匪首成擒字樣想此事未必八事不[illegible]

○杭州訪事人云杭省鑄造銀[illegible]二十[illegible]於清波門內六官巷口上年爲雷[illegible]入境埋土未深難期堅固因卜地於報國寺[illegible]甲奉[illegible]上設廠所刻已竣工委候補同知朱司[illegible]

志冒歸云[illegible]昌甲[illegible]南靈寶韓[illegible]南

光緒二十四年八月二十六日京報全錄

宮門抄○八月二十六日吏部 翰林院 侍衛處值日 無引 見 崑中堂謝管雍和宮事務 恩 孝南甯山東定陶[illegible] 恩 高賡恩徐琪各假滿請 安 崇勳等各謝署缺 恩 文悌謝授河南遺缺知府 恩 睿王熙公各請假十日 [illegible]芳蘭州假一個月 吏部奏派驗看月官 派出徐用儀溥善徐會澧溥良榮惠懷塔布趙舒翹曾廣鑾鄭思賀高燮曾唐椿森慶綿齊蘭如連陞謝希銓 召見軍機 文悌 熙瑛

○○都察院左都御史臣懷塔布等跪 奏爲據呈奏 聞事據四川回民馬生貴等以誣良爲叛霸產藐法等詞赴臣衙門呈訴臣等公閱呈稱同治年項爾本潛引滇匪戕害土司直擾白鹽井盤踞八日回滇俱遭塗炭回民有捐軀出奔者有被裹殞命者遭遇雖殊其心則同劣紳謝申錫等誣回爲叛將三百餘戶田地房產碾磨鹽竈清眞三寺古墓神田及仕宦在外者之業槪指作叛產朦混霸吞又立格殺毋論之禁碑不准回人入境適馬維麟李阿三黎登明回籍省墓即被謀害所有逃奔回民先後具呈報各衙門懇求歸案蒙各上憲批准該劣紳等抗不淸還以致延三十年之久存者寃沉海底歿者哀怨黃泉連名上訴等語臣等伏思漢回雜處往往因小嫌而釀大禍必須地方官持平判斷乃克消患未萌茲回民以誣良霸產具控查閱黏批該回民產業迭經前後督臣批令照契給領何以民士等竟敢任意抗阻以致延宕日久尙未淸還應請 飭下四川總督迅速查明秉公辦理其馬維麟等究竟因何致死是否報驗有案亦應據實究辦毋稍徇縱謹鈔錄原呈恭呈 御覽再據該回民結稱在本府本道及藩臬巡撫總督各衙門控告不記次數伏乞皇太后 皇上聖鑒謹 奏奉 旨已錄

○○具訴呈四川甯遠府鹽源縣白鹽井回民馬生貴馬瑤馬鍾麟趙文彬馬仕雄馬連龍馬九如慶發黎登籍趙登甲等呈爲誣良爲叛霸產分肥抗官藐法懇乞上奏以期昭雪而免流離事情因本里土司叔姪忿爭而項爾本包藏禍心潛投於滇同治六年夏間引滇匪至本里戕害土司項札什玉活佛亦被擄項爾本爲姪弒叔以下叛上此鹽源肇釁釀禍之原由也同治年鄰封永北廳失陷建昌鎮劉統帶漢土重兵防堵滇匪保守川疆迨賊氛逼近堵禦不力十月十五日賊衆直擾白鹽井回漢俱遭塗炭此滇匪擾川之情形也賊盤踞六日回民有捐軀盡忠盡節者有潔身出奔者有逃避不及被裹者有威脅不從駡賊碎身殞命者遭遇雖殊而可鑒之心則同也於是劣紳謝申錫宋兆基李本華廖明海等誣回爲叛將三百餘戶之田地房產碾磨鹽竈數百年古墓陰地清眞三寺蒸嘗神田及仕宦在外者之業槪指作叛產立局經管朦混霸吞又立格殺毋論之禁碑不准回人入境適有馬維麟李阿三黎登明回籍省墓即被劣紳謀害所有逃奔之回民先後具呈報縣府道藩督各衙門懇求歸業幸蒙各上憲洞悉寃抑批准歸業在案該劣紳等抗不淸還雖遇廉明有司亦莫可如何以致案延三十年之久實因回漢私嫌之所致也伏思 國家治世 聖聖相承體上天之心爲心一視同仁而不異視回人故世世受生成之德水土之恩孰非赤子盡是編氓無如天降大刦何分賢愚滇黔關隴回民因微嫌而釀大禍深荷 穆宗毅皇帝洞鑒隱微分別剿撫施再造之恩將關隴之回衆安插 給口糧耕牛子種農器以農爲務滇南之回民發路費遣歸原業回漢均順氣數前釁渙釋相睦如初衆回民普受皇恩如枯木之逢春四民安居樂業共享承平疊被國家深仁厚澤重見堯天舜日復爲良民惟白鹽井乃彈丸之地僅被六日之擾難民三十年莫立錐之所迄無覩天日之期而爲長夜不旦之人鰥寡孤獨流離失所忠魂寃鬼悠悠無依存者寃沉海底歿者哀怨黃泉皆由劣紳等霸產分肥以私廢公久蔽浩蕩之 皇恩罔遏九重雨露之膏澤難民等午夜泣思含寃不鳴則 皇恩不顯幽明不平但吞匿之弊彌天已成尾大難掉之勢萬分無可如何只得連名來京瀝淸上訴以雪沉

寃俾難等各歸原業鰥寡孤獨得延殘喘忠魂寃鬼續獲祭享則死生有歸不作化外之悲歿存均感大德無旣矣謹呈

○○都察院左都御史臣懷塔布等跪　奏爲奏、聞請　旨事八月初七日欽奉　上諭都察院奏代遞已革叅將金鳳岐條陳一摺金鳳岐前任江西吉安營叅將所犯各案情罪重大經德壽奏叅係奉旨革職勒令回籍交地方官嚴加管束之人茲復潛逃來京實屬胆玩著卽遞回原籍交地方官嚴加管束不准在京逗遛該衙門知道欽此臣等遵卽傳知各司坊官查金鳳岐曾在保安寺街薛宅住宿旋由北城傳到副指揮薛宏亮係東城差委之員取具親供據稱金鳳岐在宅內或三五日十餘日偶爾住宿一次在內城黑寺時居多本月初一日云遞條陳需用印結又借銀兩亦未與一怒而去等情並據北城派坊官於德勝門外淮安武舉各寓查找均未緝獲查該革員潛逃來京居無定處是否聞風遠颺抑或隱藏他處除仍飭五城嚴密查拿外擬請　飭下順天府步軍統領衙門直隸總督江蘇巡撫一體嚴拿解交該革員原籍嚴加管束所有查拿已革叅將金鳳岐緣由恭摺覆陳伏乞　皇太后　皇上聖鑒謹　奏

奉　旨已錄

施救

白鴉血及人糞汁皆爲救吞鴉片妙方爲其吐耳然效與不效或未可必兹上洋白藥粉專救吞烟經驗多人萬無一失法用白藥粉一劑加熟水一茶冲藥溫服服畢以二人扶之行走不住即易吐出若遲至半刻不吐再服一劑不吐仍即再服一劑總以吐淨鴉片毒爲度吐後多飲清水仍令一吐吐至所吐之水澄清無污其毒乃盡可慶更生切不可用煤油醬油等[illegible]灌致傷性命如吞烟後一時取藥不及先以食鹽[illegible]殺其毒以待藥至即急灌救如吞烟歷時甚久[illegible]一吐猶未能盡淨必須二人扶之行走方者人[illegible]知痛驚醒終夜不睡睡則難保無虞矣[illegible]藥[illegible]曾金華園西河沿聚豐恒糧店河東[illegible]澄閣宅均爲施送台併錄報使過此[illegible]乃[illegible]士如欲購捨此粉上海大馬路[illegible]方[illegible]亦甚廉豫備不虞古之善道[illegible]

瑞林祥元記

兄來信據云東省水災久爲昭著惟今歲黃河決口已知八處災情
東新城蒲台利津[illegible]地[illegible]章邱歷城齊河德平
此二十餘處居民廬舍[illegible]沒其災民數百萬[illegible]飢號寒無
大憲多方賑救無奈款項[illegible]亦[illegible]此等時光若能措款來賑而功德
等自庚寅順直被水連年籌款[illegible]一節早成努末徒喚奈何惟冀將[illegible]
[illegible]經[illegible]等不禁爲億兆待斃生靈馨香祝之
仁人君子慨發慈念往賑災黎則功德不可言[illegible]

本號今在天津府北門外估衣街中間路[illegible]
擇於八月二十日開張自置綢緞洋貨織[illegible]
正貢正廣東丸藥貢緞小帽京城自染透[illegible]貢青京靛大[illegible]
染佛青正藍椀青細布凡備各色向來不惜工本務要貢而求貢價
本酌以公道務取其實以圖久遠懇祈　貴商尊客賜顧者留神細
察特此佈聞　本號謹啓

代辦各種機器告白

敬啓者余自去歲代辦各種機器業蒙紳商賜顧並無遲悞今又向英國着名大廠代辦各樣紡紗織布造磚炸毛等機器以及各行應用各樣機器零星物件定日交貨不能遲悞如貴行包辦常年機器人工煤料或安設各樣機器價值外相宜如蒙貴官紳商購買者請至英新租界福仙永茶園看圖面訂可也特此佈聞

寓子卿謹白

算學課徒

啓者本學堂原設會課兼授西文現在五城小學堂業已開立自無庸贅設爰另延名家專課古籌算今籌算珠算筆算尺算比例對數天元四元借根代數微積分各種算學移館永光寺中街前青廠如有聰穎子弟願習此道者請至彼處商定一切可也

道器學堂白

告白

敬啓者各省來報多有久遲不到
非本堂存報不送經售各報各館
寄售而矣本堂出售各書爲業購
取價廉物新　康熙字典全集
國朝駢體正宗　國朝名家史論
格致鏡原　仁在堂全集　天津目
耕齋　天津古文所見錄　天津
古詩所見錄　御製駢體類編
正續經餘必讀　繪圖經體註
寄雲齋全註　五經文府不二題
五伯家名稿　續九朝東華錄
蘭言詩鈔　餘者經史來班再錄
天津北門內府署
東紫氣堂書局啓

告白

敬啓者茲因自蓋三層鴻春大樓開設番菜館以來生意稍佳奈因福仙戲園關閉不開兼之敝號生意寥寥故今敝東公議欲將小號出兌出賃均可任便所有店內一切各樣家具等件一併按單點交不悞有願兌賃者務速駕臨敝號面議以免先後自誤可也特此佈聞

海大道鴻春樓主人謹白

天后宮北　義興順綢緞莊

本莊自置頭繡縐緞綾羅紗
絹哈喇大呢羽綾羽毛各樣
花素洋布南貨雅扇桂母頭
油香粉胰皂歸安貝松泉湖
筆一概俱全
頭號杭甯綢
頭號摹本緞
紅梅茶每九百六
紅茶六百四
紅梗茶二百二
龍井茶每斤一吊八
金百
壽棉襉裙布裡每套五兩八
雜色金刀絨每尺五錢五

新開　天吉祥京靴店

本店開設天津府東門外天后宮前路北門面二間本號專辦京莊上上材料專做京都滿漢朝靴各款鑲繡插鎖全式名鞋一應俱全貨高價廉士商賜顧者請認明本號招牌庶不致悞

本店擇於七月十三日開張

本號特白

告白

浙紹朱鈍翁先生術嫺心細游津十年屢臨重症均各穩慎近治勞瘵膏淋霍亂痧羅痧並婦科產後小兒喉癰俱喜回春久寓彌勒菴

石印新書

自　明詔改試策論義精選良才本齋新集四書義若千首名曰四書義滙編都爲一冊有志觀光者不可不先覩爲快也每冊津價三百六十文分售處府署東各報總處紫氣堂及各書坊

京都清華齋啓

紫竹林法租界 三義飯店

本店專做英法葷素大菜並由外洋自運各國上品洋酒各色異味點心罐頭鮮菓食物等類一應俱全本[illegible]樓工程告竣房間寬闊夕時均用氣燈明亮異常仕商光顧者或携貴眷另有雅室亦足稱暢叙幽情矣擇於六月十七日開張至期請即駕臨賜顧是荷

本主人謹啓

三井洋行分莊 告白

啟著日本商始創貿易爲業數拾年以來今分莊開設北門外鍋店街洗家衚衕口對過專選精工料實東洋棉紗各等時式大小疋棉布粗洋布斜紋洋標等格外公道價亦從廉凡仕商賜顧者請至分莊面議可也特此佈聞

[illegible]主人啟

昧石懶人沈式齋畫山水花卉索畫者紙交文美齋有潤格可閱

天福茶園

特請上洋新到

頭等名角

小十萬金

擇日開演

海利鐘表洋行

啓者本行自上海分設天津紫竹林法租界良濟藥房對過女成衣飯店一號二號房內自製新式鐘表金銀表金表練各樣新式大小說話機器耳鳴機器金戒指金鋼石戒指大小洋鏡各樣新貨一應俱全貨好價廉格外公道在此住兩三個月[illegible]另造樓房[illegible]發諸公光面請早駕臨[illegible]洋行謹[illegible]乃[illegible]吸力[illegible]八月[illegible]八月禮拜四

福仙永茶園

新排連本

九美奪夫

此戲出在明朝成化年間胡大海八代子孫胡必松義勇忠正文武雙全在八仙院打死國舅嚴世雄　聖上降　旨拿獲滿門家眷服毒盡忠身死胡必松一人逃走路遇九美許多折磨內有忠臣孝子義夫節婦山王草寇幫助保護招兵報仇許多奇文此戲二十四本暫時先排八本　士商臨期賞鑒閱觀

擇日開演

紫竹林 第一樓番菜館

本號由竹英法大菜各色精細點心各樣洋酒洋貨等物一應俱全並售

上　八百

上　紅茶　每斤津錢一千

六百

又批發茂生公司鐵海紙烟零整發售價值格外公道原箱計一百盒價洋一百四十四元每盒計五百支洋一元五角凡仕商賜顧請即駕臨是荷風雨勿阻

主人謹白

名醫過津

前辦東海關官醫局嚴備九二尹鳳藻日前隨嵩武軍統領孫紹襄軍門到津寓紫竹林春元棧小住數日即赴小站新建陸軍將來能留寓津門則七十二沽中抱采薪[illegible]者當受惠[illegible]

癸[illegible]同人全啟

福仙永茶園

聘請上洋初次新到

頭等花旦

小萬盞燈

擇日開演

減價

今有友人自辦陝西老土每兩津錢五百文新到梁州土每兩津錢五百六十文如蒙賜顧者請到東門內聚隆成寄售

同文

本局自印耕香館書籍[illegible]部價洋一[illegible]

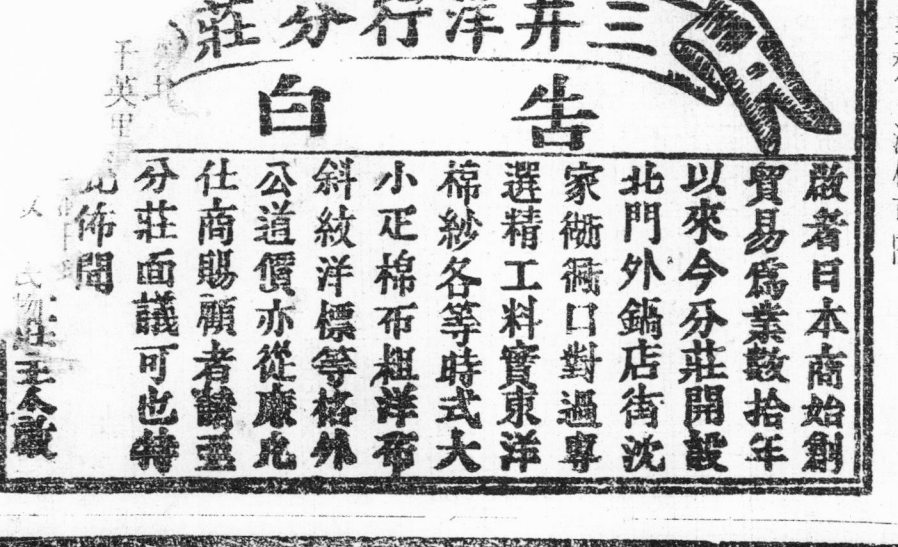

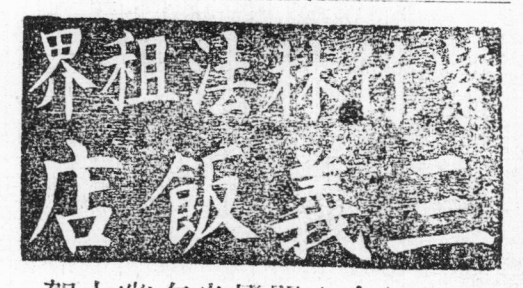

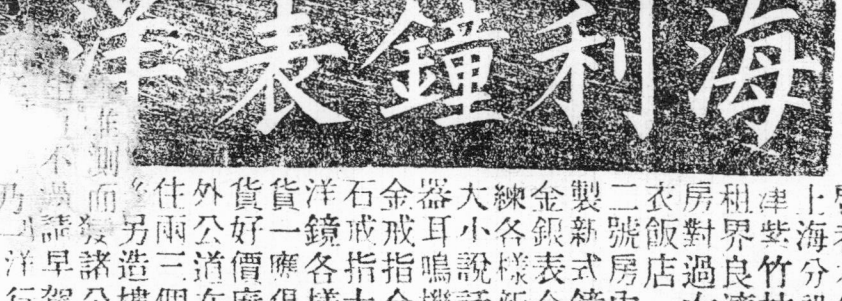

開設法國租界
天津紫竹林北大街
天福茶園
特請京都
崇慶名班
京都上洋姑蘇山陝等處
各色文武 頭等名角
八月廿九日早晚
堂會

開設英國租界
天津紫竹林海大道旁
福仙永茶園
特請京都
永慶成班
京都上洋蘇杭山陝等各處
頭等文武名角
八月廿九日早晚
堂會

[illegible]下娘娘廟前
[illegible]茶園
特請京都
[illegible]成全班
京都山陝姑蘇上洋等處
頭等文武名角
八月廿九日早十二點鐘開演

董瑞泉 陳七 馬連登 十四紅 胡兆紅 王子寶 飛來鳳 楊英玉 徐文壽 牡丹花 劉慶喜 章金虎 董志斌 瑞德寶 劉玉寶 李金茂 黃雲鳳

祥梅寺 五雷陣 反延安 合鳳裙 玉玲瓏 蘆林坡 衆武行

[illegible]晚七點鐘開演

馬[illegible] [illegible] 紅[illegible]花 楊寶珍 溜溜旦 龐倉喜 滿天飛 黃月山 瑞德寶 張玉爾

巴州 [illegible]重山 取滎陽 富春樓 柳林池 洛馬湖 衆武行

開設馬家口南興基新馬路
天桂茶園
特請京都
慶吉祥名班
特請京都山陝姑蘇上洋河南等
頭等文武名角
擇日開演

告白

武淸縣儒醫李子
良先生術妙岐黃
舉手病除如湯潑
雪沉痾臥榻望色
郎辨着手成春誠
今世之和緩也先
生爲濟世不爲求
利但動輒需轎欲
聘者須出轎資洋
二元 現寓候家
後四合軒仁壽堂
藥局敦請者到局
掛號可也

告白

念五日接到昌言
報至五冊 東亞
報至十冊 友人
寄售光緒一年光
緒三年整二十本
一套俱全原印格
致彙編售價七圓
各種算學醫學閑
書又新出中外政
俗異同致餘者各
均末全錄
天津北門内府
署東紫氣堂啓

九月初一日出口輪船 禮拜六
泰順 輪船往上海 招商局
海晏 輪船往上海 招商局
順和 輪船往上海 怡和行
武昌 輪船往上海 太古行

八月二十八日銀洋行情
天津通行九七六錢
銀盤二千四百一十文
洋錢一千六百九十文
紫竹林通行九六錢
銀盤二千四百四十文
洋錢一千七百一十五
洋錢行市七錢二分

直報

本館開設天津紫竹林海大道老菜市氣燈房巷內

光緒二十四年八月二十九日　第一千二百零四號
西歷一千八百九十八年十月十四日　禮拜五

上諭恭錄　論醫　續邊防獎單　夜當高枕
毛羽遽豐　人瑞述奇　南船北馬　督轅門抄
先生休矣　栢節榮程　五馬同遷　是謂進香
可當含飯　是皆已甚　巽節同芳　南來新貨
梟匪當勦　居奇失利　商鹽聚議　奉邊馬賊
日本糖稅　銅礦流毒　京報全錄　各行告白

第一頁

上諭恭錄

旨這所參疎防監犯越獄之三姓管獄官雲騎尉額爾德科着革職拏問交延茂提同值班官兵等嚴訊有無縱刑賄縱情弊照例懲辦仍飭勒限嚴緝逸犯龐喜才務獲究辦餘着照所議辦理該部知道欽此　上諭蘆漢等處鐵路着裕祿會同張之洞督率籌辦欽此

論醫

甚哉當今之世業醫者何其多也甚哉當今之世知醫者又何其少也夫醫理深醫道微醫術豈易言哉街市懸壺之士大半寒熱不分虛實莫辨五行六氣舉未知為何物而略記湯頭數首率爾問世徒為獵取衣食計其不至草菅人命者幾何即偶有稍通一二者輒高貼報單榜其門不曰世醫即曰儒醫以自高其聲價乃或好博而不專食古而未化甚至滋陰補陽分門別戶入主出奴師心自[illegible]昨有能博綜羣言折衷一是者以此而欲壽世活人亦未見其可也曾聞名醫家言醫學一道必先辨衆說之非乃能知一說之[illegible]并讀[illegible]千卷書歷治數百人病加以數十年之工夫學問未可輕心以掉誠閱歷之談哉古名醫若和若緩若秦越人類皆攷此[illegible]學[illegible]天陰陽五行之秘析人身血氣臟腑之精故其治病也洞見五臟　結神明變化而不拘於形迹神乎技矣繼之者其惟漢之張仲景乎[illegible]景本內經眞旨祖伊尹湯液經集古聖相傳奇方作傷寒論卒病論統治傷寒雜病至晉又有王叔和謂卒病論當時已失其傳迨厥後金匱玉函經出自灰燼蠹簡之中詳治雜病計傷寒一百十三方金匱一百七十四方醫方始燦然大備焉乃淺學家不明其旨敢云[illegible]雖黃或謂仲景治傷寒則優治雜病則絀治雜病者當推劉李朱張為最讀仲景書而不讀河間書則火熱殺人多讀河間書[illegible]垣書則內傷殺人多讀東垣書而不讀丹溪書則陰虛殺人多其說謬妄未足信也後世醫書並作何[illegible]汁經畔道唐孫思邈著千金等方王燾著外台秘要其說雖近偏雜純正然尚不失仲景心源明季喻[illegible]柯韻伯諸君子皆尊信仲景薪傳猶未墜焉其[illegible]往往龐雜不可信誠恐其貽禍生靈[illegible]儒而不宗孔聖不得以言儒醫而不[illegible]得以言醫世之敢於非仲景者何啻[illegible]商以來西醫盛行亦頗著奇效[illegible]祇用聞症簡顯微鏡長於治外[illegible]閱[illegible]無不達所謂究天地[illegible]秘通人身血氣臟腑之精故[illegible]讀傷寒金匱神農本[illegible]其所賴高明之士於羣言淆[illegible]化或舍脈而從症或舍症而從脈用法而不爲法所拘庶幾[illegible]應得縱徵倖獲免而陰律難逃數十百枉死冤魂[illegible]

□黃旗蒙古恩恒佐領下七□院司譯護軍希曾擬請以□係屬京旗蒙古向無防禦□□□請以應升之階升用　京□□前□後以委前鋒參領即□□洲正白旗訥通阿佐領下□領下五品頂戴委筆帖式領催常　□□槍營正藍旗劉嘉善佐領下五品吉佐領下五品頂戴委筆帖式披甲□　□鳥槍營廂黃旗勝安佐領下以五□□正白旗舒沖阿佐領下五品頂戴委筆帖式披　□旂吉林滿洲廂黃旗多倫佐領下委筆滿洲廂白旗全福佐領下六品頂戴披甲附生恩蔭　吉林鳥槍營廂黃旗勝安佐領下六品頂戴附生佐領下六品頂戴繙譯附生領催勝春　吉林漢軍正白旗魁英佐領下六品頂戴繙譯生員披甲文□下五品頂戴領催慶春　吉林蒙古廂黃旗關福佐領下五品頂戴領催祿慶　吉林雙城堡漢軍正藍旗連貴□領下五□志相　吉林滿洲正藍旗常青佐領下五品頂戴領催貴成　吉林滿洲正藍石柱佐領下五品頂戴領催豐順　吉林三姓滿洲旗訥蘇肯佐領下前鋒德英阿　吉林蒙古正紅旂慶喜佐領下藍翎員外郎銜監生富淩阿　盛京滿洲廂黃旗永恰佐領下五品頂戴監生覺羅裕祺

此單未完

夜當高枕　○月間無知愚民毆辱洋人於前門外至永定門一帶派兵彈壓曾紀前報茲由步軍統領衙門復派兵丁在各巷駐紮晝夜巡邏如有洋人在街行走該兵逐段護送以免無知匪徒滋生事端不獨拋磚擲瓦之事可以無虞□□□□□之案□亦可絕迹洵閭閻之幸事也

毛羽遽豐　○友人又言山家有畜雞者羣雌啄啄生卵頗多內一雞慣生軟殼卵其家人厭而棄之月前經□□雛□與常雞無異逾七日其雛振翮作欲飛勢人亦不之異也月之九日雛忽轉雌爲雄周身毛羽成金碧色晨炊時向主婦引頸長鳴鼓翅飛起逾飛逾高望東而去不知其何祥也

人瑞述奇　○房山友人來言其山鄉有老農年延齡者世業耕家有山田七百畝現年百十有三歲鬚髮皓白步履矯健膝下兒年已八十餘孫曾二五輩問晴課雨隨老翁周旋隴畝間無游惰當老翁年三十時卽鰥居頤養數十載頗得導引術詎於去年春忽動生梯念鄰村有少女憑媒妁娶焉梨花海棠之喻人皆笑之今年中秋夕誕生一子試啼聲居然英物族鄰咸以爲奇瑞云云吾聞仁者樂山山主靜多壽年翁得壽一百十三年之多又復生子其稟賦之厚殊覺異常不得不謂非熙朝人瑞也

南船北馬　○本屆戊戌科武會試各省武舉陸續來都黑寺一帶赳赳者雲屯霧沛近因場期在邇各武舉皆摩厲以需每日在馬道馳馬射箭彎弓舞刀者各盡其技有南省某舉與奉省某舉居相近情相洽朝夕晤談昨南舉謂北舉曰古稱南人乘船北人乘馬以今日論之似當有別吾南產從不習水面事今歲附輪來幸値風浪平偶一登舵樓卽眩暈而騎馬轉覺平穩君北人想更差勝北舉曰否否吾亦由奉乘輪船至津附輪車北上在船之日適有風浪船甚簸揚吾居之若平地隨衆登降舵樓覺海氣撲人眉宇殊爽塏迨乘車則反是心搖搖如懸旌此何故耶豈今南人慣騎馬北人慣乘船耶相與一笑而罷

督轅門抄　○二十九日制台見　臬台周大人蓮　正定鎭藍大人斯明　衛大人杰　譚大人啓瑞　王大人修植　山東武昌府尙其亨號會臣　候補同知鄭崇新　戴緒　補通判羅燮陽　候補縣錢澄彎　韓廷煥　傅徵源　左連樞　嚴鎭場大使衡吉　補用大使卓德徵　補府經歷王芬　北河試用縣丞余耀祖　涿州參將常安　幇辦快馬船陸孝旺　海疆兵船李鼎新　補用副將盧名珠　補用遊擊韓謙　蒲河營狠窩口千總毛連元　昨晚見　廕大人昌

先生休矣　○督轅示安徽阜陽縣文童亓承先禀批該文童前上條陳榮任並未移交查士民上書言事已奉　上諭停止該文童應卽回籍安業毋得妄言時事自干咎戾此批

栢節榮程　○直隸臬台周廉訪蓮引　見旋津謁見督憲各節均登前報日昨奉督憲飭知蒞任廉訪卽於是日趨轅稟謝並

稟知明早赴省接篆任事

五馬同遷　○吳太守積祭奉藩憲牌示准補大名府飭赴新任已紀前報日前太守赴省謁見藩憲領委於昨晚旋津稟謁督憲諏於九月初旬起程前往接篆任事榮太守亦即來津接篆云

是謂進香　○重陽節近玉皇閣水月菴等廟向皆於九月初一日闢門進香至初九日善男信女攢香拜斗者尤絡繹不絕刻已粘貼報單矣

可當含飯　○河東鹽坨西胡同賣豌豆糕者穿街過巷之餘腹餒思食厭豆糕而買煎餅裹以油條充饑詎食甫入口忽然倒地氣絕當經該管地保稟報邑尊於廿七日請委廉某大令詣場相驗據仵報稱並非服毒身死時有該屍同鄉識其人有心痛舊症時發時愈發即疼痛欲死茲或重以食物相壓痛鉅而絕歟抑亦其數應若是歟大令得供飭地保討棺掩埋插標候屍親來津認領

是皆已甚　○東浮橋某鞋舖伺事于某因與上鞋侯某收取活件彼此口角遂至用武經勸了結不料于某復於二十七日晚邀集數人乘侯某送活歸去時在東浮橋等候齊力毆打甚重經人背負送至鴿子集侯某家中未知性命能保無虞否

異節同芳　○燕子樓之盼盼金谷園之綠珠一餓於樓中一墜於樓下一全節於建封亡後以酬畢世之恩一委命於季倫生前俾瞑百年之目其志潔其魂芳其所以為感恩知己報者巾幗剛腸丈夫抱愧幾訝為古今罕有矣有之則為津門嚴宅之小星劉公之副室嚴為雲津世族自賢姬某氏入門後于友彌篤娣姒以偕香閨內別具至情其夫弟太史某於其兄歿時擬為姬正名為嫡所以服其義者自非一言可盡也而姬則堅拒誓不敢當又知夫弟意不回乃於夜吞金畢命意深哉情至矣方擬濡毫為記又聞劉公姬人之事劉公名金相號恒齋前為參將以事被議其弟某為津鎮楊柳青汛官公攜姬就居病將不諱姬先自盡劉亦卒斯二姬者其即盼盼綠珠之亞歟然夷考其行尤有進焉惜未識二姬姓氏容續訪之以為詳述

辦欽此

南來新貨　○和生輪船載貨計洋布一百二十二箱雜貨一百六十三件火油四千桶糖色九百六十九包神紙一百大米四百包麥子二百件木板七十四塊洋針六件茶葉三千二百箱磚茶六百八十箱共九千九百二十五件

梟匪當勦　○鹽梟之盛向以江浙兩省為最然自擒黑面白面兩施老窩子暨董必貴董必富明正典[illegible]梟首孔某者聲稱與從前正法之孔廣裕及施等報復嘯聚多人舟船百餘號在金山縣一帶橫行[illegible]金山縣屬之李王鎮適與駐防該處鹽務中營之左領哨官蕭某相值兩處開仗無如衆寡懸殊[illegible]勇二名倘諱其事恐匪徒之橫行無忌也安得上峯嚴行督率殲此小醜以安地方黎庶乎企予望之

居奇失利　○粵東銷售紙章多係來自福建上年因該處所植竹株多遭虫蠹材料既乏紙價頓昂市[illegible]前時幾漲半倍佛山紙業各商向來善登壟斷者莫不廣為囤積期罔市利不料新紙業已出槽前月紛紛來粵一凡積紙之家皆貴買賤賣利固難圖本亦虧折各皆壓損春山書空咄咄生意場中恐難免微有變動也

鹽商聚議　○近日粵垣各埠鹽商因昭信股票及各項捐款為數甚巨故集衆公議自六月起舉行[illegible]斤為一包價值則各埠一律非若從前間有參差也但此例一行諸多窒碍故至今舉行時竟絕無過問[illegible]公所會同委員商議兩日卒無定議因各運販欲照依新例剗船行首肯故此下河鹽船刻下仍未開[illegible]

奉邊馬賊　○有王四喇嘛者馬賊之巨魁也其說[illegible]三座塔竄入奉界往來錦州等[illegible][illegible]帶距城七八里望台地方該處有奉[illegible]馬其[illegible]見賊即與之戰兵敗賊勝復至海[illegible]處會合土匪黃四秧子橫行村[illegible]醫而不[illegible]恐不為該處楊紳處為蹂躪[illegible]聞毅軍將至始[illegible]

[illegible]商以來[illegible]日下傳說紛紛謂已大[illegible]增抽入口糖稅以[illegible]抽亦難[illegible]濱兩處日商已經議[illegible]

[illegible]而懸壺之士大半寒熱不分[illegible]何即偶有稍通一二者輒高[illegible]戶入主出奴[illegible]心自[illegible]乃能知一[illegible]論之[illegible]人類皆攻其[illegible]天[illegible]之[illegible]其惟漢之張仲景乎[illegible]病論當時已失其傳迨厥後[illegible]乃淺學家不明其旨[illegible]殺人[illegible]

□□梧□□□糖生長者亦經□□本國政府求其預備
係□……請
□後之不竭等名□即……漏貽害非淺上年是利銅中
是銅礦係□於明治十七八年……杌□漁毒甚鉅本年東歷七月二日
□其類甚漕毒□兼之本年收成大有□……鳥□所過禾苗頓萎農民遇此
……吉

□□二十四年八月二十七日京報全錄

宮門抄○八月二十七日戶部 通政司 詹事府 □□鴻臚□值日 無引見 □意公錫霖成端各□

訓 準良等各謝署缺 恩 莊王崑中堂各請假十日 召見軍機 松壽 長萃

○○護理北洋大臣直隸總督候補侍郎臣袁世凱跪 奏爲查明福靖兵輪遭風失事被難員弁繕具□□□請 聖鑒事竊查福靖兵輪本年四月間在旅順口外遭風沉沒情形業經前署臣榮祿專摺 奏報候查□□□請卹在案茲據水師營務處海防支應局詳稱福靖兵輪操巡海面此次在旅順口外洋面猝遇颶風以致失事□副梁鴻春等四名得生其餘悉被淹沒骸骨無存情形甚爲可慘除將水手匠役人等一百三十六名應給卹賞別給領另行造册咨部外所有該船管帶都司職銜關慶祥等十二員弁開具銜名清單詳請奏卹等情□□□公殞命深堪憫惻合無仰懇 天恩俯准飭部從優議卹以慰幽魂謹繕清單恭摺具陳伏乞 皇太后

奏奉 硃批着照所請該部知道單併發欽此

○○袁世凱片 再臣恭閱電抄本月十四日奉 上諭裕長調補甘肅布政使直隸布政使着曾禾調補欽此昨日有旨將曾禾調補直隸布政使現在裕祿補授直隸總督與曾禾係屬同宗例應迴避甘肅布政使曾禾毋庸□袁昶調補裕長着調補江寧布政使欽此即據藩司裕長電稱與新授督臣裕祿係親兄弟例應迴避□請迅即派員□□□先行交卸等情前來查有現署臬司之長蘆運司覺羅廷雍堪以接署仍暫令兼署臬司篆務一面由臣飭催新授臬司周蓮迅速□以專責成覺羅廷雍俟周蓮到任後再行交卸臬篆除分飭遵照外理合附片具陳伏乞 聖鑒謹 奏奉 硃批知道了欽此

○○董福祥片 再奴才前因所部甫經調集募補成軍而新募回隊五營尚未報到在在悉關緊要贊助需人 奏請將總理行營務處新授甘肅甘涼道白遇道仍舊留營暫緩赴任奉 旨允准管理欽遵分別咨行在案現在諸務畧清五營亦到雖該員在營日久練達老成遇事仍應商確而既已蒙 恩簡放奴才亦未便久留已據將應行事務逐一清厘並無經手未完事件擬於月內起身離營赴任除咨部並陝甘總督臣 查照外理合附片陳明伏乞 聖鑒 訓示謹 奏奉 硃批着照所請該部知道欽此

○○奴才恩澤薩保跪 奏爲黑龍江副都統因病出缺謹先遴員前往接署並請 旨迅賜簡放以重邊疆恭摺馳奏祈 聖鑒事竊照黑龍江副都統景祺前因染受時疾兼患左腿疼痛當於本年七月二十七日附片代陳請假調理在案適於是月三十日據該城協領西林巴圖等聯名呈稱副都統景祺二十七日卯刻出缺□□情呈請揀派大員往署前來奴才等伏查該處爲通省緊要之區與俄境僅隔一江舉凡中外交涉以及鐵路金煤各礦事宜諸多繁重當即一面將該城副都統印務並倉庫監獄各要隘先行電飭該城協領西林巴圖暫行守護一面由總管協叅等官內詳加考核查有保涥兩次卓異 記名簡放副都統銜齊齊哈爾鑲白旗花翎協領錫隆阿老成持重有守有爲堪以派往接署除分別檄飭遵照外伏懇 天恩俯念邊疆重要副都統員缺□□簡□以專責成而資坐鎮所有黑龍江副都統因病出缺遴員先往接署並請 旨迅賜簡放緣由謹恭摺馳奏伏乞 皇上聖鑒 訓示謹 奏奉 硃批另有旨欽此

○○劉坤一片 再前准部咨道府州縣無論何項勞績保奏歸入候補班人員以到省之日起予限一年□□看□□切實考語分別繁簡奏明留省補用等因歷經遵辦在案茲據藩司將到省一年期滿在江甯差委之道府州縣等官照章甄別詳請加考具 奏前

……鎮下五品
吉林三姓滿洲
□與永恰佐領下五品頂
此單未完
□衙門□復派□□在各
□□後□□□之案
前綸補□□雞□具黨雞
引頭長鳴鼓翅飛起逾
□□健勝下
春忽